Pour Daniele

« Mais les îles n'existent vraiment
Que si nous y avons aimé. »

Derek WALCOTT

I

Le collectionneur d'histoires

1914 – 1921

Extrait du carnet d'Amedeo

Il y a de cela bien longtemps, l'île de Castellamare fut frappée d'une malédiction : des pleurs fantomatiques commencèrent à s'y faire entendre. Le fléau prenait sa source dans les grottes le long de la côte ; cependant, comme les habitants de l'île avaient taillé les pierres de leurs maisons dans cette roche née de la lave du volcan, les pleurs retentirent bientôt dans chaque logis du village et dans chacun de ses murs. Ils hantaient les rues, et même la porte de la ville sanglotait la nuit, telle une fiancée éconduite au pied de l'autel.

Ce phénomène troubla les villageois, faisant souffler sur l'île un grand vent de discorde. Il monta les pères contre les fils, les mères contre les filles, les voisins les uns contre les autres, tant et si bien que, très vite, l'île ne connut plus la paix.

La malédiction dura de nombreuses années, jusqu'à ce que, un automne, survienne un tremblement de terre. Les habitants de Castellamare furent tirés de leur sommeil par une grande palpitation, un frisson terrible venu du cœur même de l'île. Le séisme ébranla les pavés, entrechoqua les tasses dans les vaisseliers, fit frémir les maisons comme de la ricotta. Au matin, il ne restait que des ruines.

Au son des lamentations des gravats, on se réunit pour décider de ce qu'il convenait de faire.

Il se trouva qu'Agata, une fille de paysans, avait eu une vision céleste : la Vierge lui était apparue pour lui livrer les clés de la malédiction. « Un obscur chagrin s'est infiltré dans nos pierres, déclara Agata aux villageois. Ramassons nos ruines, érigeons avec elles une ville neuve et, quand nous serons venus à bout de cette lourde tâche, la malédiction sera levée et les pleurs cesseront. »

Alors, pierre par pierre, les villageois rebâtirent leurs demeures.

Légende de Castellamare, telle que me l'a racontée Pina Vella en 1914, à l'occasion du festival de Sant'Agata.

1

Il fut réveillé par des coups frappés au volet. Il avait donc dormi.

— *Signor il dottore !* appelait une voix. Le bébé ! Il arrive !

Dans les brumes du sommeil, il crut d'abord qu'on lui parlait de l'enfant que portait sa femme et il sauta du lit et, entortillé dans son drap, courut vers la fenêtre avant d'avoir repris ses esprits. Sa femme dormait à ses côtés.

Derrière les volets se tenait Rizzu, le paysan. Son visage pâle faisait comme une pleine lune à la fenêtre.

— Quel bébé ? demanda le médecin.

— Celui de *signor il conte*, pardi !

Pour ne pas réveiller sa femme, le médecin sortit. La lune baignait la cour d'une étrange clarté. Même Rizzu n'avait pas sa dégaine habituelle. En habits du dimanche, cravate et gilet compris, il paraissait aussi engoncé que dans un costume de planches et de clous.

— Il y a erreur, affirma-t-il. Je ne suis pas le médecin de la *contessa*.

— Mais puisque c'est *signor il conte* lui-même qui m'envoie !

— Je n'ai pas pour instruction d'accoucher son épouse. La sage-femme l'a suivie pendant toute sa grossesse, c'est à elle de s'en occuper. C'est elle que d'Isantu vous envoie chercher…

— La sage-femme, elle y est déjà ! C'est vous que je dois ramener, et vite ! Ordre du comte, insista Rizzu, tout bouffi de l'importance de sa mission. Alors, vous venez ? C'est que ça urge !

— Ma femme aussi est enceinte. Le travail a commencé. Je ne veux pas la quitter, sauf cas de force majeure.

Mais Rizzu n'en démordait pas :

— La *contessa*, elle est en train de mettre bas à l'heure où je vous parle. Sauf votre respect, *dottore*, il faut me suivre.

— La sage-femme ne peut pas s'en charger seule ?

— Non, *dottore*. Voyez-vous, il y a des complications. Le bébé ne sortira pas sans votre espèce de grosse pince à sucre...

Rizzu faisait la moue : il n'aimait pas aborder ces sujets-là. Lui-même n'avait assisté à la naissance d'aucun de ses neuf enfants, préférant les penser jaillis de la terre, tels Adam et Ève.

— Vous venez ? insista-t-il.

Ravalant un juron, le médecin se résigna. Il n'avait guère le choix.

— Je prends mon veston et mon chapeau et je vous rejoins sur la route du manoir dans cinq minutes. Vous avez votre carriole, ou faut-il aller à pied ?

— J'ai pris la carriole, *dottore*.

Le médecin consulta sa montre. Elle indiquait deux heures moins le quart.

— Tenez-vous prêt à partir, ordonna-t-il au paysan.

Il s'habilla dans le noir et emballa ses instruments, qu'il avait préparés en prévision de l'accouchement de sa femme – forceps, ciseaux d'acier, seringues. Il prit aussi quelques fioles de morphine et de sulfate de magnésium pour parer à toute éventualité. Puis il réveilla sa femme.

— *Amore*, les contractions se rapprochent-elles ? lui demanda-t-il. La femme d'*il conte* est en train d'accoucher, prématurément, le diable l'emporte ! Je dois y aller.

Sa femme fronça les sourcils, mécontente d'avoir été tirée de son sommeil.

— Ce n'est pas pour tout de suite… Laisse-moi dormir…

Avec l'aide de Dieu, il réussirait peut-être à accoucher la comtesse et à rentrer à temps pour la naissance de son propre enfant. Il traversa la place au pas de course, jusque chez Gesuina, la vieille aveugle qui avait été autrefois l'accoucheuse de l'île.

— Signora Gesuina, *mi dispiace*, pouvez-vous venir veiller ma femme ? Le devoir m'appelle, or les contractions ont commencé…

— Et où t'appelle-t-il, ton devoir ? Par Sant'Agata, faut-il que le Seigneur rappelle à lui quelque pauvre âme, pour que tu désertes ta femme en un moment pareil ?

— La femme du comte est en plein travail. C'est une naissance prématurée et il y a des complications.

— La femme du comte, tiens donc ! Et c'est toi qu'on appelle ?

— Oui, signora.

— Vu ce qu'on raconte, m'est avis que tu ferais mieux d'éviter de le mettre au monde, cet enfant-là.

Sur ce, la vieille s'abîma dans un silence lourd de sous-entendus.

— Et que raconte-t-on, signora Gesuina ? s'enquit le médecin, irrité.

— Oh ! Bien des choses.

— Qu'importe ! Acceptez-vous de veiller ma femme, oui ou non ?

Gesuina se reprit :

— Par Sant'Agata, oui, j'accepte. Où es-tu, mon garçon ? Laisse-moi prendre appui sur toi, que je ne me torde pas la cheville sur ces maudits pavés.

Elle le suivit jusque chez lui en s'agrippant à son veston. Le temps qu'il l'installe sur une chaise dans un coin de la chambre, il était deux heures sonnées. Le médecin baisa le front de sa femme et fila en priant pour que la silhouette voûtée de la vieille n'effraie pas trop celle-ci si elle venait à s'éveiller.

Il courut jusqu'à la route en jurant à mi-voix. Maudits soient le comte et sa femme ! Durant toute sa grossesse, elle avait refusé ses soins, leur préférant ceux de la sage-femme, et voici qu'elle le tirait du lit en catastrophe, justement cette nuit ! Quant à ces prétendues complications, il s'agissait vraisemblablement d'une simple torsion du cordon ombilical ou de contractions particulièrement douloureuses, il en aurait mis sa main au feu. Le forceps ne serait même pas nécessaire. Hélas ! Sa conviction ne faisait rien à l'affaire : il lui fallait quitter le chevet de sa femme. Le comte avait parlé.

Rizzu l'attendait à l'endroit convenu, son chapeau dans les mains comme à la messe. Ils prirent place à bord de la carriole, une coquette voiturette dont les panneaux verts et jaunes racontaient les batailles, naufrages et miracles qui avaient jalonné l'histoire de l'île. Le véhicule n'était pas conçu pour battre des records de vitesse. Dans un silence que ne rompait que le distant fracas des vagues sur les brisants, ils sillonnèrent les ruelles endormies. La lune faisait reluire les frondaisons et illuminait le poil poussiéreux de l'âne.

— Deux naissances le même soir, ici, à Castellamare, maugréa le médecin. C'est à vous dégoûter du métier de *medico condotto* !

— Bah, fit Rizzu, peu enclin à se prononcer sur le sort des médecins de campagne. Tout de même, *dottore*, c'est une double bénédiction, vous ne trouvez pas ? Deux pitchounes en une nuit ! C'est inouï…

— C'est un casse-tête, oui !

Il était deux heures vingt lorsqu'ils atteignirent enfin le domaine du comte. Le médecin prit son chapeau, sa sacoche et son stéthoscope, franchit la grille et s'élança dans l'allée au petit trot, pressé d'en finir.

Le comte montait la garde devant la porte de sa femme, dans l'aile moderne du manoir. La lumière électrique qui inondait son visage le faisait transpirer et lui donnait des airs reptiliens.

— Ce n'est pas trop tôt, gronda-t-il. Voilà près d'une heure que je vous ai envoyé chercher !

— Il n'a jamais été question que j'accouche Madame, protesta le médecin, échauffé par ce reproche, et pour tout vous dire je m'en serais volontiers dispensé. Ma propre épouse est sur le point d'accoucher et j'aurais préféré rester auprès d'elle. Je croyais que la comtesse ne voulait voir que la sage-femme…

— C'est juste. Cependant, pour ma part, j'ai jugé plus sage de vous faire venir. Vous feriez mieux d'aller ausculter Carmela.

Le comte s'écarta. Le médecin contourna son importante masse et pénétra dans les appartements de la comtesse.

On venait d'installer l'électricité et toute la pièce nageait dans une étrange lividité. La sage-femme était à pied d'œuvre.

— Soufflez, Madame. Poussez. Soufflez, poussez…

Mais Carmela ne soufflait ni ne poussait. Au premier coup d'œil, le médecin vit qu'il s'était trompé. Il ne s'agissait pas d'une torsion du cordon ou d'un désagrément bénin. Lorsque la parturiente ne poussait pas à ce stade du travail, c'était mauvais signe. Le médecin, d'ordinaire imperturbable dans l'exercice de ses fonctions, sentit un frisson glacé lui courir le long de l'échine.

— Enfin, vous êtes là ! pesta la sage-femme à sa vue.

Au pied du lit tremblait la femme de chambre, une créature fluette – comment s'appelait-elle, déjà ? Ah, oui : Pietrangela. Il avait soigné ses cors.

— Pietrangela, apporte-moi de quoi me laver les mains, ordonna-t-il. Depuis combien de temps est-elle dans cet état ?

— Seigneur ! Des heures, *signor il dottore*, des heures !

— Madame a des convulsions depuis une heure environ, corrigea la sage-femme. Celles-ci sont suivies de crises d'apathie pendant lesquelles elle ne semble plus consciente de rien.

— Quand ont débuté les contractions ?

— Hier matin. On m'a fait venir vers sept heures.

Le calvaire de la comtesse durait donc depuis dix-neuf heures !

— La grossesse ne présentait pas de complications ?

— Oh, si. La *contessa* a dû garder le lit tout le mois dernier : elle avait les mains gonflées et de violents maux de tête.

La sage-femme lui tendit une liasse de papiers. Comme s'il avait le temps d'étudier le dossier de Carmela en cette heure critique !

— Les mains gonflées, vous dites ? s'écria-t-il. Et des maux de tête ? Mais pourquoi ne m'a-t-on pas averti ?

— La *contessa* ne voulait pas.

— Mais vous, vous auriez pu me prévenir !

— Le médecin du comte l'a vue la semaine dernière, celui de la ville. Il a dit que ce n'était rien. Qu'est-ce que j'étais censée faire, moi ?

— Elle aurait dû accoucher à l'hôpital, à Syracuse ! Pas ici ! explosa le médecin, terrifiant la petite bonne. Je n'ai pas les outils pour réaliser une césarienne ! Je n'ai même pas assez de morphine !

— Puisque je vous dis qu'elle refusait de vous voir, persista la sage-femme. Je me doutais bien, moi, qu'elle faisait une toxémie, mais on ne m'écoute jamais…

— Il fallait insister, bon sang !

Pietrangela s'embarqua dans une litanie :

— Gesù, Santa Maria, Sant'Agata, patronne des infortunés, et tous les saints du paradis…

— Éloignez tout le monde ! tonna le médecin. Faites bouillir de l'eau et préparer des linges propres. Tout doit être propre !

On apporta l'eau bouillante, on arracha les draps sales de sous la parturiente inerte. Le médecin stérilisa une seringue, l'emplit de sulfate de magnésium et l'injecta à Carmela. Petit à petit, l'expérience et le savoir-faire calmèrent le tremblement de ses mains. Sa fébrilité s'inclinait toujours devant la nécessité d'agir.

Il prépara la morphine, les ciseaux, le forceps. Il naviguait à présent d'une tâche à la suivante de manière instinctive, rituelle, comme on récite l'angélus, comme on égrène un chapelet.

— Qu'on m'apporte du fil et une aiguille, des bandes de gaze et de la teinture d'iode. Il y a ce qu'il faut dans ma sacoche.

Reprenant alors connaissance, Carmela déclara :

— Non. Pas lui. Je veux la sage-femme.

Sans croiser son regard, le médecin laissa tomber :

— Trop tard. Il faut mettre l'enfant au monde.

Sans attendre, il acheva de préparer la solution de morphine et piqua de nouveau le bras gracile de la comtesse, qui retomba inconsciente. Le médecin brandit les ciseaux et se disposa à pratiquer l'incision. Il répéta le geste dans le vide : un trait bien net de trois centimètres de long.

Les linges, où diable étaient les linges ? La bonne s'affolait, inefficace.

— Qu'on m'apporte immédiatement les draps ! rugit-il. Tout doit être propre ! Bon sang, si *la contessa* survit à l'accouchement, la septicémie la tuera !

Il avait fourbi ses armes de médecin dans les tranchées boueuses du Trentin : il savait de quoi il parlait.

La comtesse revint à elle. La peur arrondissait ses yeux comme ceux des soldats après une opération sous éther. Lorsque le médecin la toucha, il sentit quelque chose s'altérer en elle. Elle se redressa à demi, le fixa et, avec toute la puissance d'une malédiction, lui cracha :

— Tout cela est ta faute !

— Augmentez la dose de morphine ! lança le médecin à la sage-femme.

— C'est ta faute, répéta Carmela. Cet enfant est le tien. Tout le monde le sait, sauf toi. Pourquoi fuis-tu mon regard, Amedeo ?

Il la piqua sans relever la tête. La pièce entière semblait vaciller sous le coup de son accusation. Sitôt qu'elle fut de nouveau sans connaissance, il s'agenouilla et pratiqua l'incision puis, d'une série de gestes fluides, plongea les mains dans l'ouverture, retourna le bébé de trois quarts et l'extirpa de la cavité au forceps.

C'était un garçon. Il respirait. Le médecin coupa le cordon et déposa l'enfant dans les bras de la sage-femme.

— *La contessa* n'est pas tirée d'affaire, déclara-t-il. Il faut encore expulser le placenta.

Dans un glissement brusque, la masse visqueuse se détacha et il ne resta plus alors que le sang, la confusion et les pleurs de l'enfant. C'était terminé.

Ainsi qu'il s'y attendait, Carmela reprit ses esprits peu après. Elle se hissa sur les coudes sur sa couche humide et réclama son enfant. Le médecin alla se placer à la fenêtre. Il dissimulait à grand-peine son soulagement, et cet effort lui donnait la nausée. Il considéra l'allée plantée de réverbères ; ces derniers transformaient les arbres alentour en globes verdoyants. Le paysage respirait la mélancolie, la terre aride plongeait dans une mer noire et infinie. Que les choses avaient donc changé, depuis la dernière fois qu'il avait contemplé ce panorama ! La chambre n'était plus la même. Carmela non plus. À peine s'il les avait reconnues, l'une et l'autre…

Reprenant contenance, il regagna le chevet de sa patiente, prit son pouls ainsi que celui de l'enfant, recousit l'incision et la tamponna d'iode. Il donna ensuite des instructions pour qu'on fît brûler le placenta, les draps tachés, la gaze et la ouate usagées, et alors seulement il s'autorisa à regarder Carmela. Absorbée dans la contemplation de son fils, elle ne lui prêtait plus la moindre attention. Qu'il était étrange de songer que ce corps ravagé par les affres de l'accouchement, ce corps qu'il venait de piquer et d'entailler et de découper, n'avait été lors de leur dernière entrevue que jeunesse et fraîcheur…

C'est ma faute, pensa-t-il. L'enfant est de moi.

Il s'accorda un unique regard vers le bébé. C'était un garçon robuste coiffé d'une touffe de cheveux noirs. À cet âge, qui aurait su dire de qui il était ? Plus le médecin le scrutait, plus il lui semblait se parer des traits du comte, de son cou gras, de ses yeux globuleux.

Peut-être, mais la comtesse l'avait accusé. Le reste était sans importance.

Une profonde lassitude s'abattit sur le médecin. Le comte parut sur le seuil ; on épongea et l'on couvrit promptement le corps de sa femme. Il incombait au médecin d'annoncer la naissance au père, et il joua son rôle avec une assurance feinte, prononçant les formules de circonstance :

— Un beau garçon en pleine santé… Cas de toxémie gravidique… La mère et l'enfant tirés d'affaire… Vœux de prompt rétablissement…

Le comte inspecta le bébé, la mère, puis, d'un signe du menton, il congédia le médecin.

Celui-ci nettoya et remballa ses instruments, enfila les couloirs étroits du manoir et sortit. Dehors, le soleil se levait, teintant les environs des lueurs matinales propres à la Méditerranée. Il était à peine six heures.

Une silhouette se découpa entre les palmiers. Rizzu.

— *Signor il dottore !* le héla le vieil homme, exultant de joie. Vous avez un fils !

Dans son état de fatigue extrême, le médecin ne comprit pas tout de suite son propos.

— Un fils ! répéta Rizzu, faisant s'égailler les colombes perchées dans l'arbre le plus proche. Votre femme, elle a accouché d'un beau garçon !

Cazzo ! Il l'avait oubliée. Il s'élança.

— La naissance s'est très bien passée, l'informa le vieil homme, sa pudeur envolée. En une heure, c'était bouclé, même que Gesuina prétend qu'elle aurait pu mettre au monde le petit les yeux fermés. (Il eut un rictus.) D'ailleurs, c'est à peu près ce qui s'est produit, pardi ! Ah, gloire à Dieu et à Sant'Agata ! Les saints soient loués !

Il désigna sa carriole mais le médecin, jugeant l'affaire trop fastidieuse, déclina l'offre et se dirigea au pas de course vers le village. Les rues s'éveillaient. Les cigales s'étaient mises à striduler et les rayons du soleil gagnaient progressivement les places et les ruelles. Dans les cours, les volets s'ouvraient par centaines avec le même claquement sec, impatient. Dans sa course, le médecin sentait le jour gonfler en lui et le monde entier lui semblait gorgé d'une prodigieuse luminosité.

La chambre sentait le sang et la transpiration. Gesuina somnolait, toute raide, sur la chaise au pied du lit. Le bébé dormait, lui aussi, dans le giron de sa mère.

— *Amore*, je te demande pardon, murmura-t-il.

— Ç'a été plus facile que je ne le craignais, lui répondit-elle avec son pragmatisme coutumier. Gesuina et moi, on s'est débrouillées. Dire que je m'en faisais toute une histoire ! Au final, ça n'aura duré qu'une heure.

Le médecin fit disparaître les derniers vestiges de l'accouchement.

Quant à l'enfant, c'était un tout petit être couinant, une créature aussi étrange qu'un chaton nouveau-né. Son père le prit : il ne pesait rien. Il examina ses bras, ses jambes, appuya sur la plante de ses pieds, compta ses doigts et, non sans fierté, pressa son stéthoscope contre son petit cœur qui battait comme celui d'un oiseau. Une joie indicible s'empara de lui, le rendant mièvre, presque lyrique. Car il le comprenait, désormais : être père était bien davantage qu'être amant. Pourquoi avait-il tant tardé à faire un enfant ? C'était évident, désormais : sa vie d'avant n'avait eu aucun sens, hors celui de mener posément ses pas vers ce moment précis.

Restait le problème de l'autre nourrisson. À cause de cette sorcière de Carmela, la rumeur allait se propager aux quatre coins de l'île avant l'après-midi. On invoquerait un miracle : des jumeaux de mères différentes, venus au monde au même instant comme par un accord mystique ! Pour sûr, cela ferait jaser.

Sa femme gisait, éreintée comme après plusieurs heures de course. Il l'ausculta de pied en cap, la couvrant de baisers, d'autant plus tendre en vérité d'avoir senti en lui l'aiguillon de la culpabilité. De sérieux ennuis se profilaient : la sage-femme et Pietrangela avaient toutes deux entendu l'accusation de Carmela. Allait-il voir se détourner de lui son épouse ? Ses voisins ? L'acculerait-on à l'exil ? On verrait. Pour l'heure, seule comptait la lumière qui croissait en lui.

2

Les circonstances de sa propre naissance, que ne consigna nul registre et qui ne causa aucune joie, demeuraient obscures.

À Florence, au-dessus de l'Arno, s'étend une place où la lumière est douce et les ombres marines. À une extrémité se dresse un édifice pourvu de neuf portiques, dans un mur duquel s'ouvre une fenêtre armée de six barreaux de métal, noirs de rouille, trois horizontaux et trois verticaux. L'hiver, ils laissent entrer le froid, l'humidité, le brouillard. Derrière ces barreaux se trouvait autrefois une unique colonne de pierre, tronquée et surmontée d'un coussin.

C'est là que commença la vie du médecin, celle dont subsisterait une trace écrite, par cette nuit de janvier où on le fourra sans ménagement entre les barreaux de fer. Une cloche sonna. Nu, seul, le bébé se mit à pleurer.

Des pas se rapprochèrent. Des mains le soulevèrent. Il fut pressé contre un plastron amidonné et ramené vers la lumière.

Quand les dames de l'orphelinat défirent ses langes, elles découvrirent un corps chétif : contrairement à ce que laissait penser sa grande taille, l'enfant venait de naître. On lui avait noué autour du cou, au bout d'un ruban rouge, la moitié d'une médaille.

— C'est peut-être San Cristoforo, suggéra l'une des infirmières. Voyez : deux jambes et des lignes ondulées, comme des vaguelettes. À moins qu'il ne s'agisse d'un saint occidental.

Le bébé paraissait en bonne santé. On le confia pour la nuit aux soins d'une nourrice.

Au début, il ne sut comment téter, mais Rita Fiducci, la nourrice, n'était pas femme à baisser les bras. Elle pressa encore et encore son téton usé dans la bouche du petit jusqu'à ce qu'il se mette à boire à grandes goulées entrecoupées de hoquets. Rassasié, il dormit. Rita le berça, lui chantant d'un ton de léger reproche : « Ambara-bà, cic-cì, coc-cò », une chanson destinée à un enfant plus âgé, mais celui-ci lui paraissait trop costaud pour ses berceuses habituelles. Sa vie durant, il conserverait le souvenir de la chanson de Rita, qui lui reviendrait en mémoire aux moments les plus imprévisibles.

Le directeur de l'hospice examina le nouveau venu avant de rentrer chez lui. C'était le cinquième, cette nuit-là. Cela virait à l'épidémie. Un tiers des enfants nés à Florence échouaient désormais sur la colonne tronquée derrière les barreaux de fer. Là, on les recueillait, on les emmaillotait, on les baptisait, on les nourrissait, on les soignait le cas échéant puis on les rendait au vaste monde qui les avait abandonnés.

Le directeur ouvrit à une page vierge le grand registre jaune des *Balie e Bambini.* Il y inscrivit l'heure d'arrivée du petit, le nom de la nourrice qu'on lui avait assignée et compléta l'entrée par une brève description de l'enfant, évoquant son lange (« bleu, taches de sang éparses »), sa médaille (« possiblement San Cristoforo »), ainsi que son poids, pour le moins étonnant : près de quatre kilos six, un record pour l'orphelinat.

Le directeur prit le médaillon d'étain, l'enveloppa dans du papier et le remisa dans la boîte correspondant au mois de janvier 1875. Elle contenait quantité d'autres brimborions emballés de la même manière : un flacon de parfum pendu au bout d'une chaînette, une poupée de papier sectionnée au niveau de la taille, des moitiés et des quarts de médaillons, comme autant de tickets de consignes à bagages. Plus d'un enfant sur deux possédait à son arrivée à l'hospice quelque objet de ce genre.

Le directeur réfléchit un instant, puis attribua à l'enfant le nom de Buonarolo. Depuis la vague récente d'abandons (on avait recueilli quelque deux mille enfants au cours de l'année écoulée), le directeur et l'infirmière-chef avaient élaboré un système : pour nommer les orphelins d'une même journée, on changeait une ou deux lettres à la fois seulement. Ainsi, les quatre autres nourrissons de la soirée avaient été baptisés Buonareale, Buonarealo, Buonarala et Buonarola. Quant au prénom, Amedeo siérait à ce grand gaillard : c'était un prénom solide, un prénom de bon chrétien. Le directeur acheva sa prise de notes et referma le registre.

L'enfant se réveilla et téta de nouveau, avec application cette fois. Déjà se faisait jour en lui la grande ambition qui ne devait plus le quitter : vivre, grandir, et fonder un foyer.

Non seulement il était le plus gros bébé qu'on eût jamais vu à l'hospice, mais de plus il grandissait deux fois plus vite que ses camarades Buonareale, Buonarealo, Buonarala et Buonarola. Il fallut bientôt deux nourrices pour assouvir son appétit et on dut se procurer pour lui un couchage spécial qu'on cala entre leurs deux lits, car, dès qu'on le plaçait dans le berceau aux draps rêches, il s'agitait, à l'étroit entre ses barreaux.

Il grandit à bonds de géant, « le dégingandé », comme l'appelait Franca, sa seconde nourrice. Rita, elle, ne l'appela jamais autrement que « mon petit ange ». Elle l'asseyait sur ses genoux et lui chantait sa chanson, « Ambara-bà, cic-cì, coc-cò », si bien qu'il en oubliait parfois qu'elle n'était pas sa vraie maman.

Quand il fut un peu plus âgé, Rita lui tira les cartes à l'aide d'un vieux jeu de tarot. Le directeur, la surprenant, lui défendit de recommencer, et Amedeo ne se rappela rien de la fortune qu'elle lui avait prédite, mais il n'oublia ni les cartes ni les histoires passionnantes que chacune renfermait : celle de l'Ermite, celle des Amants, celles du Pendu, du Diable et de la Tour… Il en réclama d'autres. Privée de ses cartes, Rita lui raconta de mémoire la fable de la jeune fille qui se transforme en pomme, puis en arbre, puis en oiseau. Elle lui conta ensuite celle du renard rusé, à la suite de quoi Amedeo se languit longtemps d'un renard qui dormirait à ses pieds sur les dalles de pierre du dortoir. Sa soif d'histoires ne fit que se développer. Franca lui en raconta deux : celle du démon Truffe-d'Argent et celle du sorcier Corps-Sans-Âme. Peu après, on retrouva Amedeo tapi dans le coffre de Rita : il avait peur que le démon ou le sorcier vienne le prendre, alors il se cachait. Mais son amour pour les histoires ne s'en trouva pas entamé.

Alors qu'il était encore petit garçon, Rita quitta l'orphelinat et l'on n'en entendit plus parler. Puis Amedeo fut envoyé à la campagne. Pendant quelque temps, il vécut dans une maisonnette au sol de terre battue, avec une mère et un père adoptifs. Quand on grimpait sur la lunette des latrines, en collant le nez au carreau, on distinguait au loin le serpentin brillant de l'Arno et le dôme de brume qui coiffait la cité de Florence, où il avait vu le jour.

La mère adoptive décréta qu'il coûtait trop cher à nourrir et grandissait trop vite pour ses vêtements. On le renvoya à l'orphelinat.

Quand il eut six ans, il n'y restait à part lui presque que des filles. On avait entre-temps condamné la fenêtre aux barreaux de fer. Dorénavant, pour abandonner un enfant, il fallait l'apporter dans un panier à la réception. Selon Franca, c'était plus civilisé. Sans quoi, les gens abandonneraient leurs petits à tour de bras, pour se décharger du fardeau ! En grandissant, Amedeo se demanda souvent s'il avait été un fardeau, lui aussi, et si c'était pour cette raison qu'on n'avait pas voulu de lui. Il se persuada que sa maman l'avait simplement égaré, si bien qu'il prit l'habitude de s'asseoir sur l'accotement au pied de la fenêtre condamnée, au cas où elle repasserait le chercher.

C'est là qu'un après-midi de mai, alors qu'il se rendait à l'hospice pour la visite médicale, le médecin trouva Amedeo. Il avait toujours été attentif à ce garçon hors du commun. Sa croissance rapide lui tenaillait les jambes et, à cause de son grand gabarit, il lui arrivait souvent de petits accidents, en conséquence de quoi l'enfant passait plus de temps chez le médecin que ce dernier ne l'aurait souhaité.

— Bonjour, jeune homme (le médecin n'avait jamais trouvé le ton juste pour s'adresser aux jeunes enfants), pas de bobo à déplorer ces dernières semaines ? Bonne nouvelle, ma foi ! Mais dis-moi, qu'allons-nous faire de toi ?

Amedeo se trouvait cet après-midi-là en proie à une mélancolie vague, et, à ces mots, celle-ci se cristallisa : prenant la question au sérieux, il se mit à pleurer.

Malgré lui, l'homme s'émut. Il fouilla ses poches en quête d'une bricole pour apaiser le petit. Il lui tendit tour à tour une pastille à la violette, une pièce d'une lire, un vieux billet de théâtre, un mouchoir brodé des initiales *A* et *E*… Amedeo, éploré, accepta le mouchoir.

— Là, là, lui dit le médecin. Bon, ce ne sont pas tes initiales, mais ça fera l'affaire. La première lettre, à droite, c'est un « A », comme dans « Amedeo », tu vois ? C'est parce que mon nom de baptême, c'est Alfredo. La deuxième… tu ne sais pas lire, si ? J'imagine que non. Mon nom de famille, c'est Esposito. C'est un nom qui t'irait bien : il signifie « abandonné ». Mais de nos jours on n'a plus le droit de donner ce nom-là aux enfants comme toi, ça les désavantagerait dans l'existence…

— Toi aussi, tu as été abandonné ? demanda Amedeo, interdit.

— Non. Mais je crois que mon arrière-grand-père était orphelin. Dans la famille, on n'a jamais vu son acte de naissance.

Le petit se remit à pleurer, comme offensé par le fait que le médecin ne partageât pas personnellement son destin.

— Prends un bonbon à la violette.

— Je n'aime pas ça, affirma Amedeo, qui n'en avait jamais goûté.

— Bon, tu aimes quoi, alors ?

L'enfant lui répondit d'une voix hachée :

— Les… histoires.

Le médecin se creusa la mémoire, déterra une fable que lui racontait sa nourrice quand il était petit. Il y était question d'un perroquet qui, voulant empêcher une femme de tromper son mari absent, lui inventait un interminable récit truffé de péripéties pour la retenir au foyer. Le récit ne cessait de s'allonger et de s'enrichir de nouveaux rebondissements jusqu'à ce que plusieurs jours et autant de nuits se soient écoulés de la sorte, et le mari finissait par rentrer. Ou quelque chose dans ce goût-là.

Amedeo se redressa, sécha ses yeux, et ordonna :

— Raconte comme il faut.

Le médecin ne se rappelait pas le conte dans le détail, mais, la semaine qui suivit, il en apporta le texte au garçon, écrit de sa propre main dans un gros carnet rouge. Sa gouvernante Serena lui en avait raconté la version qu'on se transmettait dans la famille de sa grand-mère, une lignée de conteurs. Pourquoi l'homme avait-il pris la peine de la coucher sur le papier pour le jeune orphelin, il n'aurait su le dire.

Une fleur de lys dorée ornait la reliure de cuir du carnet. Amedeo n'avait jamais rien vu de si joli. Le voyant fou de joie, sur un coup de tête le médecin le lui offrit.

— Tu n'auras qu'à y copier d'autres histoires, lui conseilla-t-il, ou bien t'en servir pour faire des lignes d'écriture.

À compter de ce jour, plus encore qu'auparavant, Amedeo tendit l'oreille chaque fois que quelqu'un racontait une histoire : les infirmières, les bonnes sœurs et les prêtres de Santissima Annunziata qui passaient dans la rue, les donateurs en visite à l'hospice… Et lorsqu'elles lui plaisaient, il les notait dans son carnet.

Quand il eut treize ans, on lui demanda de choisir un métier pour en faire l'apprentissage. Amedeo répondit qu'il voulait devenir médecin. On l'envoya chez un horloger. Qui le renvoya au bout de trois jours : avec ses mains épaisses, l'adolescent brisait les rouages délicats. On le confia alors à un boulanger. Celui-ci n'en fut pas plus satisfait : avec son imposante carrure, il se cognait sans arrêt au garçon dans le fournil. Il prit son mal en patience mais au bout de quelques mois il se foula la cheville à la suite d'une énième collision et décréta que cela suffisait. Amedeo passa les mois suivants chez un imprimeur. Le travail lui plaisait, mais on le renvoya à l'orphelinat au motif qu'il faisait trop de pauses pour lire les histoires pendant ses heures de travail, coûtant à son employeur des clients et de l'argent.

Le jeune homme se retrouva sans métier ni vocation. En dépit de son âge, déjà avancé, on le fit retourner à l'école. Contre toute attente, il ne tarda pas à s'y distinguer. Il était toujours premier, meilleur que les fils de marchands et d'employés de bureau, plus jeunes que lui, dont il partageait les bancs.

Amedeo s'obstinait à vouloir étudier la médecine. Pour un pupille de l'orphelinat, de mémoire d'homme, ce serait une première ! Le directeur demanda conseil au docteur Esposito. La chose était-elle seulement possible ?

— Elle le serait, le renseigna le médecin, si quelqu'un s'acquittait des frais, et qu'un membre de la profession consentait à encadrer sa formation. Il faudrait aussi que le garçon surmonte sa maladresse, bien entendu. Mais s'il s'y emploie, ma foi, pourquoi pas ?

Pressé par le directeur, l'un des membres bienfaiteurs de l'orphelinat accepta de financer les études d'Amedeo. Un autre lui paya sa blouse et ses manuels. Il fallut patienter deux ans, le temps qu'Amedeo eût fini son service militaire, mais à son retour ce qui devait arriver arriva : le docteur Esposito le prit sous son toit car, au fond, il s'était attaché au colosse dégingandé. On lui fit une chambre d'un cagibi au fond de la maison. Il prendrait ses repas avec Serena, la gouvernante. Et le médecin consentait à le former à son art. Pour le reste, Amedeo avait entre-temps atteint ses vingt et un ans : il se débrouillerait. Le médecin lui obtint le droit d'assister à des conférences à l'hôpital chirurgical de Santa Maria Nuova. Le soir, il gagnerait son pain en faisant la plonge dans une taverne située entre la via dell'Oriuolo et Borgo degli Albizi.

L'arrangement fut, à tous points de vue, un succès. Le garçon était plein de bonne volonté : il courait allumer le feu et tendre son fauteuil à Esposito lorsque celui-ci entrait, avec une prévenance que le médecin, un éternel célibataire qui commençait à prendre de l'âge, trouvait presque filiale, ce qui ne laissait pas de l'attendrir. Amedeo faisait de surcroît un bon partenaire de conversation, car il lisait tous les jours le journal de la première à la dernière ligne et s'attachait en parallèle à dévorer le contenu de la bibliothèque de son protecteur. Toutes choses considérées, ce dernier se félicitait de sa décision. Certains soirs, il invitait même Amedeo à dîner à sa table, ou plus exactement dans son bureau, une pièce sombre où s'amoncelaient les revues spécialisées et les curiosités.

Le médecin était collectionneur. Son bureau regorgeait de spécimens en tous genres : papillons, vers blancs dans des bocaux, morceaux de corail sculptés, rongeurs polynésiens empaillés, et cent autres singularités de la nature, tous glanés au cours de sa longue vie solitaire, par lui, le dernier d'une dynastie d'hommes de sciences. Ce qui fascinait le plus Amedeo dans ce capharnaüm, c'était une réplique en cire de l'œil humain, sans les paupières : tout un réseau de veinules s'offrait au regard, là, sur le guéridon, à côté des parapluies. Non loin, liés par des fils de fer à la rampe de l'escalier, un rien inquiétants, pendaient des fanons de baleine. Non qu'Amedeo s'en effrayât ; au contraire, il vouait à ces reliques presque autant de respect que leur propriétaire, et il résolut en secret de posséder un jour son propre cabinet de curiosités. Ainsi, à mesure que son carnet de cuir s'étoffait de nouvelles histoires, son cœur forgeait de nouveaux désirs, fruits de son instruction en chantier.

Quand on le jugea prêt, au terme d'un temps qu'Amedeo trouva interminable (à ce qu'il lui semblait, tout prenait deux fois plus longtemps quand on était sans famille), il devint non pas chirurgien, comme son tuteur, mais *medico condotto*, médecin de campagne. En hommage à l'homme à qui il devait tant, il prit le nom d'Esposito.

Ne trouvant pas de poste fixe, il exerça d'abord dans des bourgades dépeuplées, remplaçant un médecin malade ou décédé ou tout simplement débordé. Il n'avait ni cheval ni bicyclette, aussi ralliait-il à pied les demeures de ses patients, tantôt au petit jour sous une pluie battante, tantôt dans le froid mordant de la nuit. Sur les flancs des collines, au pied de Fiesole et de Bagno a Ripoli, il banda les chevilles cassées des fermiers, pansa leurs épaules transpercées par un coup de corne et accoucha leurs femmes.

En quête d'un poste fixe, il envoya des lettres de candidature dans tous les villages de la région, en vain.

Pendant ces années-là, sa collection d'histoires s'agrandit. Il devait y avoir en lui quelque chose qui invitait à la confidence. Ses patients lui parlèrent de filles perdues en mer, de fils si longtemps séparés qu'en se retrouvant, au lieu de se reconnaître, ils s'étaient entretués ; ils lui parlèrent de bergers aveugles qui se repéraient au chant des oiseaux… Les plus pauvres affectionnaient tout particulièrement les tragédies. Mais aux yeux du jeune médecin il n'était pas un récit qui ne recelât au moins une pépite de magie. Quand il rentrait chez lui, dans tel ou tel logis provisoire, aux heures grises du petit matin, il se lavait les mains, se préparait du café, ouvrait en grand les fenêtres, puis, au rythme des bruits familiers de la vie quotidienne, il notait dans son carnet de cuir rouge les histoires glanées au cours de la nuit, avec la même solennité, quel qu'ait été le sort des patients qui les lui avaient confiées, rehaussant les pages de fragments étincelants d'autres vies que la sienne.

Cependant, sa propre vie demeurait exiguë, sans racines, comme s'il n'avait pas vraiment commencé à la vivre. Ce grand homme d'apparence bourrue, dont les sourcils broussailleux se rejoignaient au-dessus de l'arête du nez, ne paraissait pas s'excuser de sa haute stature, comme le faisaient certains hommes au physique imposant. Sa carrure, doublée du mystère qui nimbait ses origines, le faisait remarquer en tout lieu, si bien que, où qu'il allât, il se sentait un étranger. Quand il voyait des jeunes gens se faire tirer le portrait par des photographes sur la piazza del Duomo à Florence ou boire du chocolat à de petites tables de café aux délicats pieds ouvragés, il lui semblait n'avoir jamais appartenu à la même espèce qu'eux. Sa jeunesse à lui s'était envolée, il se trouvait au seuil de la maturité. C'était un être solitaire, réservé, vêtu avec sobriété, qui consacrait ses soirées à parfaire son art et ses dimanches à commenter l'actualité avec son vieux tuteur, à admirer avec lui la dernière pièce de sa collection de curiosités ou encore à jouer aux cartes. Il repensait alors à celles de son enfance, avec leurs étranges histoires : le Pendu, les Amants, la Tour…

Alfredo Esposito n'exerçait plus mais effectuait encore des visites à l'orphelinat, qui s'était modernisé ces dernières années. Les enfants couchaient désormais dans des dortoirs bien aérés et jouaient sur de grandes terrasses, construites exprès, parmi le linge qui séchait.

Amedeo continuait de chercher un poste fixe. Il multiplia les candidatures, envoyant des lettres dans des villages reculés du sud du pays dont il n'avait jamais auparavant soupçonné l'existence, dans des communes perchées sur les hauteurs alpines, et jusque dans des îles minuscules d'où on lui faisait parvenir des réponses par bateau au village côtier le plus proche, parce que les services postaux ne s'étendaient pas encore jusqu'à eux.

C'est sur ces entrefaites qu'un jour de l'année 1914 le maire d'un village lui répondit. Il s'appelait Arcangelo, et sa ville Castellamare. Si Amedeo voulait bien venir à eux, dans le Sud, écrivait-il, l'île serait heureuse de l'accueillir.

En fait d'île, il s'agissait plus exactement d'un caillou à peine visible sur la page de l'atlas de son tuteur, posé au sud-est de la Sicile. Un peu plus et c'était l'Afrique. Amedeo accepta l'offre par retour de courrier.

Enfin, un vrai poste ! Son tuteur l'accompagna à la gare et, mettant à mal ses résolutions, versa une larme. Ils se promirent qu'à l'été ils se retrouveraient sur une terrasse, sous les bougainvillées, pour boire un verre de *limoncello* (car ils se faisaient du Sud une idée vague et plutôt cliché).

— Peut-être bien que je te rejoindrai là-bas pour y couler mes vieux jours ! suggéra même Esposito.

Il ne voyait plus Amedeo comme un pupille ou comme un apprenti mais bel et bien comme son propre fils, même s'il ne trouvait pas les mots pour le lui faire comprendre. Et

Amedeo, lui, se démenait en quête d'une formule à même d'exprimer au vieil homme l'étendue de sa gratitude, mais il ne parvint qu'à lui serrer la main. Ainsi se séparèrent-ils. Ils ne se revirent jamais.

3

Amedeo se rendit à Naples dans l'entrepont d'un vapeur. Il n'était jamais allé en mer et son immensité, conjuguée au sifflement hydraulique des machines, l'étourdit. Le jeune médecin emportait pour tout bagage la malle qui renfermait ses instruments, empaquetés dans de la paille, ses quelques vêtements, sa pipe et son matériel de rasage, serré dans une petite valise de cuir, ainsi que son carnet d'histoires et le petit appareil photo de marque Kodak, un modèle pliant, que son tuteur lui avait fait la surprise de lui offrir. Amedeo avait résolu de devenir à Castellamare un homme nouveau, un homme dont les expériences vaudraient d'être immortalisées. Un homme digne de siroter des chocolats chauds à la terrasse de cafés élégants. Et non plus un orphelin, un besogneux, un miséreux. Car il demeurait aussi démuni sur cette terre qu'au jour de sa naissance : sans femme, sans descendance, sans ami (excepté son tuteur). Sa vie pouvait-elle changer ? Avait-elle déjà pris un tournant, puisqu'il entreprenait ce voyage ? Il approchait des quarante ans. Il était temps de s'embarquer pour le destin qu'il avait toujours cru être le sien.

Depuis l'enfance, il lui avait semblé avancer à contre-courant, et cette impression se confirmait à présent : en se retournant, il vit que tous les vapeurs quittant le port piquaient vers le nord, comme attirés par quelque boussole invisible, tandis que son embarcation à lui mettait le cap au sud, fendant laborieusement les flots de sa proue où s'ébattait le reflet éclatant de la lune. Le vapeur longea la côte de Salerne jusqu'à Catane puis jeta l'ancre à Syracuse. C'est là qu'Amedeo aperçut pour la première fois l'île de Castellamare. Un relief bas et sinistre à l'horizon, à peine plus qu'un rocher crevant la surface de l'eau. Ne trouvant pas de bac ni de vapeur pour l'y mener, Amedeo dut se contenter d'une barque de pêcheur au nom lugubre, *Seigneur, Prends Pitié*. Oui, il le ferait traverser, déclara son propriétaire, mais pas à moins de vingt-cinq lires, parce que, avec ce qu'il soufflait, il en aurait pour la soirée à faire l'aller-retour.

Un vieillard qui s'affairait au-dessus d'un tas de filets se mêla à leur conversation : l'île portait la poisse, marmonna-t-il. Une malédiction s'y était abattue autrefois, une épidémie de sanglots, ou quelque chose dans ce goût-là. Il se lança dans un long récit tortueux à propos d'une grotte remplie de crânes blanchis. Le pêcheur le fit taire et le chassa : il avait un marché à conclure, le vieux allait lui faire rater une affaire, avec ses histoires !

Mais Amedeo n'était pas superstitieux. Et, ne connaissant pas encore les coutumes du Sud, il ne chercha pas à marchander. Il paya au pêcheur le prix demandé et, avec son aide, hissa sa malle sous le barrot central.

Le pêcheur ramait, parlait, ramait, parlait… Les gens de Castellamare, apprit-il à Amedeo, vivaient péniblement de l'élevage de chèvres et de la production d'olives. Ils pêchaient également le thon et d'autres poissons, et ce par tous les moyens possibles et imaginables : à l'hameçon ou encore à la gaffe, en visant sous les branchies. En réponse à cet exposé, Amedeo, qui avait le mal de mer depuis qu'il avait quitté Naples, serra fermement les dents. Enfin, on aborda au petit port de Castellamare.

Il était un peu plus de vingt et une heures. En suivant des yeux le falot du grand mât du *Seigneur, Prends Pitié* qui s'éloignait en tanguant, Amedeo eut l'impression qu'un grand silence se faisait autour de lui, un grand vide, comme si l'île était finalement inhabitée. De fait, aux fenêtres des rares maisons qui émaillaient la côte, pas une lumière ne brillait. Le quai de pierre, encore tiède, était constellé de pétales de bougainvillées et de lauriers-roses, et il flottait dans l'air comme une odeur d'encens. Abandonnant sa malle, Amedeo se mit en quête d'un paysan ou d'un pêcheur qui voulût bien lui prêter une charrette. Il ne trouva qu'une vieille *tonnara* arabe sous les voûtes de laquelle traînaient des mégots et des cartes à jouer, ainsi qu'une chapelle blanche, également déserte. La figure d'une sainte en ornait l'autel ; Amedeo ne la reconnut pas. De part et d'autre se dressaient des vases garnis de lys fatigués par la chaleur.

Suivant les instructions que lui avait communiquées le maire, Amedeo gravit la colline : le bourg l'attendait « au détour d'un champ de cactus, au-delà de la porte de pierre, tout au sommet de l'île ». Il commençait à s'habituer à l'obscurité et distinguait désormais les contours d'un village perché en haut de la falaise. Il discerna en outre de petites maisons aux volets clos et la façade, baroque, décatie, d'une église au clocher carré dont la coupole d'émail bleu reflétait les étoiles.

Impossible de hisser la malle jusque là-haut. Il allait falloir la laisser sur place. Amedeo traîna son bagage jusqu'à la chapelle, espérant qu'on n'oserait pas le lui voler en ce lieu sacré, et, muni de sa seule valise, entama l'ascension. Le sol était inégal et caillouteux ; de part et d'autre, des lézards se mouvaient dans les fourrés. Le frou-frou du ressac résonnait dans l'obscurité et, en baissant les yeux vers la côte, le jeune homme vit de grandes lames s'écraser à l'orée d'un chapelet de grottes frangées de criques écumantes. Un peu plus haut, la route bifurqua, s'éloignant du littoral, et une autre partie de l'île lui apparut, plus plate, moins sauvage : des prés étroits, semés d'humbles demeures de pierre. Il traversa ensuite une oliveraie pleine de ténèbres, puis un sentier hérissé de cactus en ombres chinoises, et bientôt, comme promis, une porte de pierre, ancienne et décrépite, s'érigea devant lui. Parvenu au point culminant de l'île, exposé au vent, il constata que Castellamare était bien telle qu'elle lui était apparue de loin : un rocher perdu sur une vaste mer d'encre. Au nord, les lumières de l'Italie et de la Sicile scintillaient faiblement. Au sud, rien ne rompait l'obscurité.

Quant au village, il s'en dégageait cette quiétude aveugle propre aux lieux qui ne reçoivent jamais de visiteurs. La rue principale était éclairée par une ribambelle d'ampoules à filament ; des lampes à gaz de toutes espèces pendues aux balcons diffusaient leur lueur dans les venelles. On devinait à l'odeur ambiante de luxuriants massifs de thym et de basilic. Amedeo quadrilla le centre au hasard, guettant un signe de vie. Il longea une rue marchande ; les noms des boutiques s'étalaient en lettres noires à même le plâtre. Une fontaine aux effluves végétaux jouxtait un belvédère qui surplombait la mer. Mais, dans les rues, personne. Amedeo commençait à perdre espoir quand il crut entendre chanter. Se laissant guidé par la voix, il tourna à droite, à gauche, dans des allées obscures, s'empêtra dans une corde à linge, fit une rencontre hasardeuse avec un chien errant et, enfin, parvint au pied d'une volée de marches en bordure d'une placette. C'est là, enfin, qu'il fit la connaissance des habitants de Castellamare.

La place était en proie à un joyeux chaos. Des femmes se pressaient, portant à bout de bras de grands plateaux chargés de poissons. On versait le vin à copieuses rasades, des mélodies carnavalesques qu'on égrenait à la guitare et à l'*organetto* emplissaient l'air nocturne. Un garçon et une fille promenaient pieds nus des brouettes en frôlant de près les chalands. Dans un coin, on vendait un âne aux enchères ; hommes, femmes et enfants jouaient des coudes autour de la bête en agitant leurs billets roses. Sur une estrade, on avait dressé une grande sculpture de plâtre peint à l'effigie d'une sainte, une femme à l'épaisse tresse noire et au regard effrayant, embrasé par le feu de cent bougies rouges. Amedeo l'ignorait, mais il débarquait en plein cœur du festival de Sant'Agata. Il lui semblait assister à un phénomène merveilleux, magique et résolument inédit, et il s'y engagea comme dans une mer accueillante.

Il s'enfonça parmi les festivaliers, sur la placette où la senteur du jasmin rivalisait avec l'arôme des anchois et des liqueurs, où fusaient des bribes d'un dialecte à l'accent marqué, où vibraient des mélopées, où rougeoyaient des feux, des flambeaux et les mèches des mille cierges rouges qui encerclaient la sainte fantomatique. Émergeant enfin, sa valise contre son sein, Amedeo arriva au pied d'une étonnante demeure.

La bâtisse était carrée, couleur d'ambre terni, et semblait tenir en équilibre tout au bord de la falaise, à mi-chemin entre la place aux lumières vives et la mer enténébrée. Elle était flanquée d'une terrasse à la tonnelle envahie d'épaisses brassées de bougainvillées. Assis à de petites tables, des hommes et des femmes buvaient du *limoncello* et de l'*arancello*, disputaient des parties de cartes en jurant gaillardement, se balançaient au rythme des mélodies entraînantes que jouait un *organetto*... Sur un écriteau, on pouvait lire, en caractères bouclés, les mots : *Casa al Bordo della Notte.*

Un vieillard chétif aborda Amedeo. Chancelant légèrement, il leva les yeux vers lui et lui demanda :

— Qui êtes-vous ?

— Je m'appelle Amedeo Esposito, répondit le jeune homme, pris de court. Je suis le nouveau médecin.

Le vieillard en bomba le torse de ravissement.

— Le nouveau médecin ! répéta-t-il. Le nouveau médecin !

Au grand dam d'Amedeo, voici que, comme un seul homme, tous les habitants de l'île se levèrent et applaudirent et se massèrent autour de lui pour lui distribuer bourrades vigoureuses et claques sonnantes sur l'épaule. Il lui fallut quelques instants pour comprendre ce qui se passait : on lui souhaitait la bienvenue.

Le petit homme roucoulait d'aise.

— Mon nom, c'est Rizzu. Ici, c'est le café de mon frère. Vous verrez, *signor il dottore*, nous, les Rizzu, on est des gens importants, sur l'île ! Mais que je vous serve à boire ! Et puis des anchois grillés, une boulette de riz, une assiette de mozzarella…

Le médecin, qui n'avait rien avalé depuis Syracuse, fut soudain pris d'une fringale. Il s'assit. On lui versa des liqueurs, on lui dressa une table. Bientôt parut le maire, Arcangelo, un épicier corpulent, souriant et amène, doté d'un liant manifeste. Il serra la main d'Amedeo, lui asséna à son tour une bourrade et lui souhaita cordialement la bienvenue sur l'île. Puis il lui présenta le prêtre, un homme étroit d'épaules qu'on appelait père Ignazio et qui siégeait aussi, apprit-on au nouveau venu, au conseil municipal.

Suite à ces accolades, le maire disparut prestement. Le prêtre, en revanche, toussota, solennel, et s'assit à la table du médecin.

— Il me semble que vous n'avez pas encore été présenté à *signor il conte*, remarqua-t-il. Notre ancien maire, actuellement adjoint au signor Arcangelo. Voyez-vous, vous nous trouvez en pleine phase de modernisation.

Amedeo ne sut que répondre. Jamais il n'aurait soupçonné la présence d'un comte sur cet îlot reculé.

— Ne vous en faites pas, enchaîna le prêtre. Vous le rencontrerez bien assez tôt.

Rizzu reparut, des assiettes plein les bras, flanqué d'un petit homme aussi malingre que lui, qu'il présenta au médecin comme son frère cadet, propriétaire de l'établissement. Rizzu attrapa la chaise en face de son hôte, remplit son verre et entreprit de lui conter l'histoire de l'île et de la sainte qu'on fêtait sur la place du village.

— Je me tue à répéter au père Ignazio qu'il faut prier le pape de faire canoniser notre Sant'Agata, dit-il à Amedeo. Elle a soigné bien des maux. Notamment une malédiction : une épidémie de sanglots. Et une autre de typhoïde. Elle a sauvé l'île de l'envahisseur en faisant s'abattre sur les navires ennemis une tempête de poissons volants, et elle nous a fait don d'un quatrième miracle, grâces lui en soient rendues, en réparant les jambes d'une petite qui était tombée dans un puits… Tenez, la voici justement ! C'est elle, là. La signora Gesuina.

Amedeo plissa les yeux.

— Non, signore ! Là !

Enfin, il comprit que Rizzu lui désignait une femme vieille comme Mathusalem qui oscillait gauchement au son de l'*organetto*.

— Quand s'est produit ce miracle ? se renseigna le médecin.

— Oh, il y a quelques années de cela, répondit vaguement Rizzu. Mais Sant'Agata nous en offrira bientôt un nouveau, ça ne saurait tarder. Chaque année, en son honneur, nous faisons faire le tour de l'île à sa statue et, pour nous en récompenser, elle bénit nos barques, nos cultures et tous les enfants nés ici. Sept cette année, *dottore* ! Vous n'allez pas chômer, pardi !

— Et tous se prénommeront Agata, précisa le prêtre sans se départir de son sérieux. M'est avis qu'on ne trouve nulle part ailleurs une telle concentration d'Agata. Elles sont si nombreuses chez nous qu'on doit leur accoler des attributs pour les différencier : Agata-les-yeux-verts, Agata-des-bougainvillées, Agata-la-fille-de-la-sœur-du-boulanger…

— Je ne connais pas meilleur prénom qu'Agata ! le coupa Rizzu, plein d'une ardeur éthylique.

Il sauta à bas de sa chaise et s'en fut chercher du vin pour le médecin : il ne devait pas apprécier les liqueurs locales, puisqu'il traînait à vider son verre et accompagnait chaque gorgée de quintes de toux et de raclements de gorge que le vieil homme jugeait au reste bien superflus.

Amedeo, en son absence, fit le bonheur de la foule en tirant de sa valise son carnet de cuir rouge et en y copiant l'histoire qu'on venait de lui conter et qui l'avait enchanté. Oui, l'histoire de Sant'Agata était enchanteresse, comme tous les événements de la nuit, et le médecin voulait ne jamais l'oublier.

Quand les autres se furent dispersés, le père Ignazio se pencha vers Amedeo.

— Je crains que vous ne souffriez rapidement de surmenage, chez nous, lui glissa-t-il. Nous n'avons pas eu de médecin résident depuis que les premiers marins grecs ont accosté sur nos berges, il y a de cela deux millénaires. Nos gens vous apporteront leurs cors, leurs hémorroïdes, leurs chats malades et leurs filles hystériques ; ils vous raconteront tous leurs maux sur les quinze dernières années, et des histoires ! Des histoires à n'en plus finir. Sachez-le.

— Vous n'avez jamais eu de médecin sur place ?

— Jamais.

— Mais... comment faites-vous en cas de maladie ?

Le père Ignazio écarta les mains en signe d'impuissance.

— Quand c'est grave, on les envoie en barque à Syracuse.

— Mais en cas de tempête ? Ou quand tous les canots sont au large ? Moi-même, j'ai eu du mal à trouver quelqu'un pour me faire traverser...

— J'ai une petite réserve de médicaments que j'administre au besoin. La bonne veuve Gesuina s'occupe des femmes enceintes. À nous deux, on se débrouille. Mais c'est malheureux, je vous l'accorde. Nous nous réjouissons de vous accueillir. Lorsque je préside à l'enterrement d'un de nos jeunes, cela me fend le cœur de ne pas avoir de médecin à qui demander si le malheur aurait pu être évité.

— Alors, pourquoi n'en avoir pas recruté un plus tôt ?

Le prêtre eut un reniflement sonore.

— Question de politique. L'ancien maire y était opposé. Il n'en voyait pas la nécessité. Seulement, la constitution du conseil a changé. J'en fais partie, désormais, de même que Vella, notre instituteur, et c'est Arcangelo qui est maire. Ensemble, nous faisons bouger les choses.

— Qui était maire précédemment ?

— Je vous l'ai dit. *Il conte d'Isantu.*

— Le fameux comte ? Celui dont tout le monde me parle ?

— Oui, *dottore*. Oh ! En réalité, il y a belle lurette qu'il n'est plus comte que de nom. Mais les habitants, ces sots, ont élu maire les d'Isantu de génération en génération depuis le temps de l'Unification. Sauf aux dernières élections. Dieu et Sant'Agata seuls savent pourquoi !

— Vous voulez dire que ce comte a été maire pendant des années et qu'il n'a jamais vu l'utilité de recruter un médecin ? ! Combien y a-t-il d'habitants sur l'île ?

Le père Ignazio estimait la population totale de l'île à environ mille têtes mais, pour autant qu'il le sût, on n'avait jamais procédé à aucun recensement officiel. Changeant abruptement de sujet, il aborda la question du logement d'Amedeo :

— Vous aurez une chambre chez Vella, l'instituteur, et sa femme Pina, l'informa-t-il. Ils doivent être dans les parages… Ne bougez pas, je vais les chercher.

Le prêtre se leva et reparut quelques minutes plus tard en compagnie du maître d'école et de sa femme. *Il professore*, comme on l'appelait, était un homme d'une quarantaine d'années aux cheveux lissés à l'huile sur le côté. Il abattit sa paume sur l'omoplate d'Amedeo et s'exclama :

— Ah ! Un homme instruit, enfin ! Excellent !

Le prêtre renifla avec ostentation. *Il professore* ne parut pas s'en apercevoir. Il accapara Amedeo et se mit en devoir de lui narrer une sélection d'anecdotes historiques au sujet de l'île.

— Pas moins de huit invasions étrangères, rendez-vous compte ! Et pas d'église avant 1500 !

Vers trois heures du matin, trop ivre pour poursuivre sa péroraison, il bascula et chuta de son siège.

On l'escorta jusqu'à son domicile. Alors, Pina, sa femme, sortit de l'ombre. Dans son long discours embrouillé, *il professore* avait appris à son interlocuteur que les habitants de l'île descendaient à la fois des Normands, des Arabes, des Byzantins, des Grecs, des Phéniciens, des Hispaniques et des Romains, et cette ascendance métissée semblait s'incarner en la personne de Pina, qui avait d'épais cheveux noirs et les yeux d'une étonnante couleur d'opale. On l'attira au centre du cercle et on l'exhorta à raconter « la véritable histoire de Castellamare ». La jeune femme s'exécuta, d'une voix hésitante mais forte. C'était une épopée pleine d'invasions, d'exils, d'éruptions volcaniques et de sanglots fantomatiques, de lamentations désincarnées et de grottes où cliquetaient des os blanchoyants – un récit tellement fantastique qu'Amedeo peinerait à s'en rappeler au matin les détours et les rebondissements, et dont il resterait à jamais persuadé d'en avoir oublié les passages les plus savoureux, à jamais convaincu que nul ne pourrait le conter si bien que Pina Vella.

Quand elle eut terminé, elle prit congé de l'assistance : elle devait s'assurer que son mari était bien rentré. Peut-être reviendrait-elle pour la fin des festivités, elle ne manquerait en aucun cas le lâcher de fleurs. Elle s'en alla.

— Pina est intelligente, commenta le prêtre en la suivant des yeux. C'est moi qui l'ai baptisée et qui lui ai enseigné le catéchisme. Elle a bien trop d'instruction pour cette île rustre, et pour son mari, hélas ! Mais je n'arrive pas à persuader notre ami le professeur de lui céder son poste. Elle ferait une bien meilleure enseignante que lui. Cet homme est d'un ennui !

À ces mots, le vieux Rizzu, qui était revenu écouter Pina, gloussa de plaisir.

— Ce cher père Ignazio, quel olibrius ! Il adore le scandale, déclara-t-il. Pour un peu, il le provoquerait lui-même. On n'a jamais vu prêtre pareil !

Visiblement flatté par cette description, le prêtre vida d'un trait son verre d'*arancello*.

C'est alors qu'une perturbation tout juste perceptible troubla l'ambiance de la fête. Une sorte de frisson collectif, qui traversa la foule comme une vague.

— *Il conte*, annonça Rizzu. Le voilà enfin.

— Hum, fit le prêtre. Encore un que je ne supporte guère. Permettez, *dottore* : je préfère m'éclipser.

Un homme corpulent en veste de velours parut au pied de la statue de la sainte. Amedeo observa, intrigué, ses échanges avec les habitants : il semblait quémander l'attention et les ronds de jambe. Certains villageois s'inclinèrent devant lui, d'autres lui serrèrent la main, d'autres encore lui présentèrent des plats d'aubergines, des bouteilles de vin, et même une poule dans une cagette de bois, autant d'offrandes qu'il acceptait complaisamment avant de s'en décharger auprès de quelqu'un de sa suite. La scène ne semblait surprendre personne ; toutefois, Amedeo nota que tous ne couraient pas au-devant du personnage, et que certains même ne lui tendaient pas la main.

Enfin, le comte s'arrêta à la table du médecin. Le prêtre avait décampé. Rizzu bondit sur ses pieds et baissa la tête en signe de respect. Devinant qu'on en attendait autant de sa part, Amedeo se leva.

— Vous êtes le médecin, je présume, laissa tomber le comte. Je suis Andrea, *conte* d'Isantu.

Amedeo se présenta en quelques mots.

— *Piacere*, répondit le comte, sans plaisir apparent. Voici ma femme, Carmela.

Une jeune femme à l'air las émergea de la foule. Elle portait sur sa crinière de boucles noires un petit chapeau à plume droite, à la mode de Londres ou de Paris, qui détonnait parmi les atours démodés des paysans.

— Carmela, la héla le comte, un geste impérieux à l'appui. Apporte le café et les liqueurs. Et du vin. Et quelque chose à grignoter, un gâteau ou un *arancino*.

Là-dessus, il prit une chaise, s'y assit et s'abîma quelques instants dans un silence emphatique et maussade.

— Alors, lâcha-t-il enfin, quand êtes-vous arrivé ? Qui vous a accueilli sur le quai ?

— J'ai accosté vers neuf heures, répondit Amedeo. Personne ne m'a accueilli. J'ai trouvé mon chemin tout seul. Mais j'ai fait entre-temps la connaissance du signor Arcangelo et de quelques membres du conseil municipal : le professeur Vella et le père Ignazio.

— Vous êtes de la ville, je me trompe ? Et du Nord... Que venez-vous faire ici, sur ce caillou perdu aux confins du monde civilisé ? Vous fuyez quelque chose, forcément.

Le comte eut un éclat de rire tonitruant.

Amedeo, décontenancé, répondit simplement qu'il avait cherché dans tout le pays un poste fixe et n'en avait trouvé qu'ici.

— Eh bien, j'espère que vous parviendrez à joindre les deux bouts. Mais dites-moi, Esposito, c'est curieux, comme nom. De quel coin venez-vous, au juste ?

— Je l'ignore. Je n'ai pas de famille, à l'exception d'un tuteur, répondit Amedeo d'une voix claire.

Ses origines n'avaient jamais été pour lui une source de honte. Pourtant, l'interrogatoire du comte, combiné à la touffeur ambiante, commençait à le faire transpirer. Il glissa l'index sous le col de sa chemise amidonnée afin de mieux respirer.

— Un sans-famille, reprit le comte. Venu de nulle part... Un orphelin, en somme ?

— J'ai grandi à l'Ospedale degli Innocenti de Florence. Un orphelinat, oui. L'un des meilleurs, précisa Amedeo non sans fierté.

— Oui, c'est bien ce qu'il m'avait semblé en apprenant votre nom. Esposito. Abandonné.

Carmela reparut, Rizzu et son frère sur les talons, chacun portant qui des tasses à liseré doré, qui une soucoupe chargée de sucreries, qui une nouvelle bouteille d'*arancello*.

— Le meilleur de la cave, murmura Rizzu, qui se dandinait d'un pied sur l'autre non loin de la chaise du comte.

— Carmela, sers-moi à boire, ordonna ce dernier sans la regarder.

Elle obéit, puis alla s'installer à quelque distance de là, les mains jointes en signe de respect.

— Chez nous, au manoir, nous avons de la glace et des alcools dignes de ce nom, que nous faisons venir de Palerme, déclara le comte. (Il poussa un petit soupir.) Mais je crains que nous ne soyons un peuple bien primitif à vos yeux, *dottore*. Pas d'électricité, ou presque, et pas de bibliothèque – l'air marin fait pourrir les livres. Et nous sommes illettrés, avec ça ! Moi seul sais lire, ici, ainsi que le prêtre, l'instituteur et notre maire, Arcangelo. Et encore, si peu ! Ah oui, et Carmela. Mais mérite-t-elle vraiment d'être qualifiée de lettrée, elle qui ne lit que des revues de mode et des romans français ? J'espère pour vous que votre orphelinat ne vous a pas donné le goût du luxe. Notre île a de quoi mettre à mal les nerfs d'un homme civilisé.

— En ce qui me concerne, je trouve qu'on reconnaît une société civilisée à ses services de santé, affirma Amedeo, qui venait à l'instant de concevoir cette opinion.

À sa consternation, la belle Carmela partit d'un vif éclat de rire. Le comte remua son café. Il rompit une pâtisserie, mordit dedans à belles dents, déglutit et essuya grossièrement les miettes qui lui collaient aux commissures.

— Employer un médecin sur l'île est une très mauvaise idée, gronda-t-il. Le nouveau maire et ses conseillers se fourvoient. C'est une dépense que nous ne pouvons pas nous permettre. Certes, j'espère que vous gagnerez votre vie parmi nous, mais sachez que les temps sont durs. Cela me navre, je ne serais pas étonné que vous ne teniez pas l'année.

Un ange passa. Amedeo croisa le regard de Carmela et se décomposa. La jeune femme, en revanche, tendit le buste vers lui.

— Il faudra que vous veniez dîner au manoir un de ces jours, lui dit-elle, l'œil pétillant de malice. Je suis sûre que mon mari et vous ne manquerez pas de sujets de conversation.

— C'est très aimable à vous, mais sitôt installé j'entends me consacrer entièrement à mon travail.

— Sage résolution, observa le comte. Peut-être arriverez-vous ainsi à gagner votre pain. Du moins n'êtes-vous encombré ni de femme ni d'enfants : vous n'aurez à assurer que votre propre subsistance, et, si vous ne perdez pas votre temps en mondanités, vous vous en tirerez peut-être. Modestement. Comme il sied aux célibataires, si vous me comprenez. Moi, je ne pourrais pas vivre comme cela, mais chacun fait à sa guise. Ah ! Quelle chance d'être orphelin, seul et sans descendance ! Libre de toutes attaches en ce bas monde !

Il lança une œillade à sa femme, laquelle semblait trouver la scène follement divertissante.

— Et vous, *signor il conte* ? riposta Amedeo. Combien d'enfants avez-vous, *la contessa* et vous-même ?

Quelque chose lui disait en effet qu'ils n'en avaient aucun, et, bassement, il espérait ainsi les moucher.

Mais d'Isantu se contenta de secouer la tête et d'affirmer :

— Ma femme est stérile.

Carmela baissa la tête. Amedeo la vit rougir sous le coup de cette humiliation publique. D'une unique réplique, son mari l'avait écrasée tout en coupant la chique au médecin. Andrea d'Isantu se leva pour partir. Il saisit un dernier gâteau, vida sa tasse, tendit la main à Amedeo, et répéta :

— J'espère que vous arriverez à joindre les deux bouts.

— C'est mon intention, répliqua Amedeo.

Il conte s'éloigna parmi la foule. Amedeo entendit alors un reniflement mélancolique. Il fit volte-face : le père Ignazio se tenait juste derrière lui.

— Mes félicitations, ironisa-t-il. Vous avez survécu à votre premier entretien avec *il conte*. À la bonne heure ! Le pire est passé.

— Sa femme m'a fait un peu de peine..., commenta Amedeo.

— Carmela ? demanda le prêtre. Elle nous en fait à tous.

L'aube vint plus tôt que prévu, une grisaille qui nimba de clarté les environs, et toujours la fête se poursuivait. Amedeo, trop soûl pour se risquer à se lever mais recru de fatigue, restait assis entre Rizzu et le prêtre tandis que la musique s'emballait et que les danses tourbillonnantes se faisaient toujours plus effrénées. Les joueurs de cartes étaient absorbés dans une partie de *scopa* qui paraissait durer depuis des heures. Chaque fois qu'un chanceux récoltait un paquet de cartes, les vivats se faisaient plus virulents, les insultes bienveillantes plus colorées. Au cours de la dernière partie, le frère chétif de Rizzu avait jailli, triomphal, de son siège, brandissant sa mise au-dessus de sa tête et renversant dans son élan un pichet de *limoncello*. Du côté des danseurs, un jeune homme accoutré à la mode paysanne, en veston et gilet noirs, exécutait des sauts de plus en plus périlleux tout autour de la ronde. Soudain, on rangea les cartes, tous se dispersèrent et la place se trouva en ébullition.

— Seigneur ! jura le prêtre en sautant sur ses pieds. Déjà l'heure des fleurs ! Je suis distrait, comme toujours.

Il fila, se frayant un chemin à travers la cohue avec une agilité surprenante, et réapparut au pied de la statue à l'effigie de la sainte. Une poignée de jeunes hommes la soulevèrent dans les airs. De toutes parts, à grand bruit, on ouvrait des volets.

— Que font-ils ? s'enquit Amedeo.

Mais Rizzu s'en était allé, lui aussi, et il était seul à la terrasse du café.

Le prêtre entonna une prière. Puis dans un grand déploiement, avec la fulgurance d'un phénomène naturel, survint une pluie de pétales. Par toutes les fenêtres qui encadraient la place, des femmes déversaient de pleins paniers de fleurs de bougainvillées, de lauriers-roses, de dentelaires du Cap et de trompettes de Virginie, jusqu'à ce que l'air soit plein de corolles bigarrées. Les enfants piaillaient, cabriolaient. Un cantique retentit, repris par toutes les guitares et les *organetti* tandis que, dans le tourbillon fleuri qui saturait l'atmosphère, la statue paraissait flotter au-dessus de la foule.

Le médecin eut soudain une idée. Fouillant dans sa valise, il en extirpa son appareil photo, le plaça sur la table et réalisa son tout premier cliché, immortalisant le café, la place et la pluie de pétales.

Il ne le développa que plusieurs semaines plus tard, dans une chambre noire de fortune qu'il avait établie au fond d'un placard chez l'instituteur (et qui lui servait de refuge où fuir les sermons de son hôte). La photo était sous-exposée et granuleuse, les fleurs s'y réduisaient à de simples traînées blanches sur fond gris. La netteté de l'image, en revanche, le sidéra. C'était beau. Il n'avait encore jamais pris de photo. Sur celle-ci, il distinguait, parmi la foule, les visages de ces étrangers qui allaient bientôt faire partie de sa vie : Rizzu et son frère, bras dessus bras dessous, devant le café dont les lumignons scintillaient comme autant d'étoiles. Le père Ignazio sous la statue. La silhouette noire du comte, Pina Vella dans l'encadrement d'une fenêtre haut perchée, et, seule en marge de la foule, la belle Carmela d'Isantu.

Plus tard, Amedeo verrait dans cette photo une prémonition, car elle portait en elle, comme le tarot de Rita Fiducci autrefois, les indices de tout ce que réservait l'avenir.

Par-delà les rives de l'île, en cette année 1914, le monde se dirigeait lentement mais sûrement vers la guerre. Amedeo tarda à le comprendre. La nouvelle de l'assassinat de François-Ferdinand d'Autriche, qui survint quelques heures à peine après la miraculeuse pluie de pétales de la Sant'Agata, mit treize jours à parvenir aux oreilles des habitants de Castellamare, et l'île regorgeait de vie et de joie, si bien que, déjà, le jeune médecin effaçait de sa conscience toute autre réalité.

Pourtant, c'était indéniable : à Castellamare, il restait un étranger, aussi hors de propos que les géants de ses contes. Du haut de ses deux mètres dix, il était sans conteste le plus grand de tous les hommes à avoir foulé le sol de Castellamare. D'ailleurs, il se cogna plus d'une fois en entrant chez tel patient, en sortant de chez tel autre. Leurs lits étaient trop courts pour lui ; on les avait bâtis pour les paysans du XIXe siècle, et il lui fallut en accoler deux et y dormir en travers en attendant qu'on pût lui en construire un sur mesure (bien des années plus tard, il faudrait de la même manière lui confectionner un cercueil à ses dimensions). Non, il ne s'intégra pas tout de suite sur l'île, et pourtant, confusément, il s'y sentait chez lui.

Quand il s'éveilla, le lendemain de la Sant'Agata, il constata que quelqu'un avait halé sa malle jusque chez les Vella. Le père Ignazio passa spontanément lui faire part des nouvelles de Sicile, arguant qu'un homme de son instruction aurait sûrement des opinions. Les frères Rizzu l'alpaguaient entre deux visites pour lui offrir café et boulettes de riz. Au bout d'un mois, même les veuves du comité de Sant'Agata (qu'il avait pourtant scandalisées, le dimanche suivant son arrivée, en n'assistant pas à la messe, car il n'était pas croyant) vinrent le consulter sur les couleurs des fils à commander pour la confection d'une nouvelle banderole dédiée à la vie de la sainte patronne de l'île. Puis, après qu'Amedeo eut ôté des épines d'oursin du talon de Pierino le pêcheur, la guilde des pêcheurs de l'île l'invita à la *tonnara* pour une cérémonie en l'honneur de la prise d'un thon d'un poids record.

La ville était le théâtre de mille petites querelles, qu'il fallait arbitrer ; Amedeo, qui s'était laissé convaincre d'accepter un siège honorifique au conseil municipal, contribuait à cette tâche. On déplora des cas de typhus. Huit bébés devaient naître sur l'île plus ou moins prochainement. Le jour où l'Italie entra en guerre, Amedeo se trouvait au marais, dont il envisageait de faire drainer l'eau stagnante afin de réduire le risque de malaria. Dans sa hiérarchie des priorités, son combat contre la maladie et l'insalubrité était plus digne d'être mené que la guerre des dirigeants du continent. L'île était devenue pour lui une sorte de pays à part, et non plus une miette de cette Italie où il avait vécu sa solitaire jeunesse.

Les dimanches après-midi, le père Ignazio lui apprenait à nager, plongeant dans les rouleaux en maillot de laine noire. Le soir, sur la terrasse d'*il professore*, sitôt que ce dernier se mettait à ronfler sous l'effet de l'alcool, Pina Vella lui racontait les histoires de l'île.

Le prêtre avait prévenu Amedeo :

« Un environnement restreint comme le nôtre peut vite devenir oppressant. Pour le moment, vous ne remarquez rien, mais ça viendra, vous verrez. Ceux qui nous viennent du continent s'émerveillent des charmes rustiques de notre île, au début. J'étais comme eux. Mais ceux qui sont nés ici, à Castellamare, se démènent pour s'en échapper et, tôt ou tard, vous en aurez envie, vous aussi. Moi, j'ai tenu dix ans avant que ça me tombe dessus. »

Amedeo ne s'en inquiétait guère. Lui qui depuis toujours se sentait dépourvu de poids, comme si un souffle d'air risquait de l'arracher au sol, il trouvait plutôt rassurantes la masse compacte de l'île et ses frontières resserrées. Ses patients savaient tout de lui avant même qu'il le sût lui-même ? Il s'en amusait. Les veuves l'épiaient, vissées sur les bancs de bois de leurs perrons, les paupières plissées, le regard scrutateur ? Il ne s'en formalisait pas. De n'importe quelle demeure on pouvait voir, immuable, la ligne bleue de la mer, et le médecin y puisait du réconfort.

L'île mesurait huit kilomètres de long et, lors de ses rondes quotidiennes, Amedeo entreprit d'en sillonner toute la surface. Il découvrit les replis de la roche où dormaient à midi les troupeaux de chèvres sauvages. Il faisait s'égailler les lézards qui se terraient dans les ruines, derrière l'enceinte du village, et les regardait gicler comme de l'eau le long des éboulis. Au café, sur un morceau de papier buvard, il dessinait le plan de l'île, encouragé par les hochements de tête approbateurs de Rizzu, qui le corrigeait au besoin.

Le printemps arriva et il envoya une lettre à son tuteur l'invitant à venir siroter le *limoncello* en sa compagnie, au café Au Bord de la Nuit, car il s'y trouvait bien une terrasse envahie de bougainvillées, lui écrivit-il plein de fougue, comme ils l'avaient prédit. L'été succéda au printemps et Amedeo dut renoncer aux retrouvailles à l'ombre de la vigne, car il avait reçu un télégramme : il était appelé sous les drapeaux, dans le Nord.

4

On l'envoya dans les tranchées du Trentin.

Loin de son île, deux objets revêtirent pour lui un caractère presque vital : la photographie de la place le jour de la Sant'Agata, et son carnet d'histoires. Parmi les médecins militaires qu'il côtoyait, certains avaient apporté leur appareil, bien que ce fût contraire au règlement. Lui-même avait laissé son Kodak sur l'île, sachant que rien de ce qui l'attendait à Trente ne mériterait d'être immortalisé. Il ne voulait pas d'autre photo que celle de la place, cette frêle passerelle tendue vers son monde à lui. Il l'épingla à la doublure de sa casquette pour la protéger de la boue. Car la boue était partout, et quand ce n'était pas la boue c'était la neige, et quand ce n'était pas la neige c'était l'eau, et quand ce n'était pas l'eau c'étaient les gaz et le brouillard. On aurait cru la terre réduite à de purs éléments, et les hommes, hurlant, l'écume aux lèvres, à des assemblages rudimentaires de pièces détachées. Or, à l'école de médecine de Santa Maria Nuova, on ne lui avait pas appris à rapiécer les hommes…

Dans la poche intérieure de son uniforme, il conservait son carnet de cuir rouge. La fleur de lys dorée qui en ornait la couverture s'effaçait et le cuir s'élimait, mais les histoires lui prouvaient qu'il existait encore, ailleurs, une autre réalité que celle des tranchées.

Comme avant, Amedeo devint le dépositaire des récits de ses patients. Pour le capitaine en état de choc après un tir d'obus de trop, pour l'officier d'infanterie gazé qui recouvrait péniblement la vue dans la boue d'un hôpital de campagne, le mieux qu'il pût faire était encore de les écouter parler. De leur terre natale, de leurs proches, de leur enfance. Amedeo les interrogeait avec délicatesse et, parfois, il voyait poindre dans leur regard une petite flamme. Timidement, un changement s'opérait en eux : d'une voix incertaine, ils se mettaient à balbutier, et leur histoire personnelle émergeait petit à petit, comblant l'écart qui les séparait du médecin, comme s'ils partageaient un moment une bougie dans les ténèbres.

Ces récits, Amedeo ne les consigna pas dans son carnet de cuir. Il ne voulait pas s'en souvenir.

Quand les mots refusaient de franchir les lèvres des blessés, c'était lui qui leur lisait des contes merveilleux riches de siècles de transmission orale, ceux-là mêmes qu'avaient inventés les pauvres et les malheureux pour fuir un quotidien trop gris : celui de la jeune fille devenue arbre puis oiseau, celui des deux frères se retrouvant sans se reconnaître, celui de l'épouse et du perroquet. De sorte qu'Amedeo se fit bientôt connaître dans la région : l'homme aux contes, ainsi le désignait-on. Il lui arrivait de parler de son île à ses patients. Mais l'histoire qui brûlait en lui incessamment, c'était celle qu'il se narrait à lui-même : celle de sa survie et de son retour à Castellamare.

Quand la guerre s'acheva enfin, il ne croyait plus en rien, hormis en l'existence de l'île. Tout le reste avait disparu derrière le linceul gris que la guerre avait jeté entre le monde et lui.

Il se languissait de revoir son tuteur, son père adoptif. Pendant la guerre, au gré des victoires et des revers de la nation, des sujets de discorde s'étaient fait jour entre eux : des abysses séparaient leurs expériences respectives, menaçant de les rendre ennemis. *C'est peut-être à cause de ton statut d'orphelin que la flamme patriotique qui anime tes camarades te fait, à toi, défaut*, lui écrivit ainsi le vieux médecin. *Peut-être est-ce pour cette raison que la guerre t'est si pénible à supporter.*

À quoi Amedeo avait répondu : *Peut-être que mon statut d'orphelin me permet de reconnaître la guerre pour ce qu'elle est. Une vaste escroquerie.*

À la suite de cet échange, pendant plus d'un an, il ne reçut aucune lettre. Lui-même se contentait d'envoyer à Esposito des cartes postales de l'armée marquées d'un laconique « Je t'embrasse, Amedeo ». La guerre s'acheva, mais le rapatriement se faisait désirer. Il fallait soigner des troupes et des villages entiers atteints de la grippe. Ce ne fut pour Amedeo qu'une nouvelle déclinaison de l'horreur des tranchées : la mort fauchait les jeunes comme les vieux, les bien portants comme les faibles, bouffissant les visages et voilant de blanc les yeux sans parvenir à en gommer l'expression de stupeur.

Amedeo ne fut libéré qu'en 1919. Il avait quarante-quatre ans. Dans le train bondé qui le ramenait à Florence, vers le sud, filant le long d'une procession de villages vides et dévastés, il fut saisi d'un tel sentiment de gâchis qu'il lui sembla en sentir le goût putride sur sa langue. Mais il se ressaisit. Il allait revoir son tuteur, puis il rentrerait à Castellamare et, d'une façon ou d'une autre, la vie reprendrait son cours.

Il alla directement frapper à la porte d'Esposito. Une femme maigre comme un clou lui ouvrit. Ce n'était pas la gouvernante de son souvenir.

— Es… posito ? bredouilla-t-elle, perplexe. Ah, vous parlez du vieux docteur ! Il est mort. Emporté par la grippe. On l'a enterré l'hiver dernier.

La famille du défunt – sa vraie famille – était descendue de Rome récupérer ses affaires. La femme ne remit à Amedeo que le ballotin fait des cartes postales qu'il lui avait envoyées des tranchées.

Elle lui permit toutefois de faire un dernier tour dans la maison. Les serpents dans leurs bocaux, les masques, les fanons de baleine qui pendaient près de l'escalier – tout avait disparu. Seuls quelques clous aux murs, quelques carrés de papier peint fané attestaient de la présence des curiosités d'antan.

— Nous avons tous perdu des proches, ajouta la femme d'un ton de reproche, voyant Amedeo pleurer.

Bouleversé, il reprit la direction de Castellamare. Il lui semblait que son premier voyage pour l'île, celui qu'il avait entrepris à bord du vapeur napolitain, appartenait à une autre vie. Jamais il n'avait vraiment vécu dans la maison-musée d'Esposito, jamais obtenu le diplôme de *medico condotto*, jamais fait un apprentissage chez l'horloger, l'imprimeur et le boulanger, jamais été recueilli ni abandonné – il n'était jamais né.

Mais à Castellamare ! Là, oui, il avait vécu. Ses souvenirs de l'île étaient bien réels.

Le père Ignazio lui avait écrit après l'armistice. *L'île va mal,* disait-il dans sa lettre. *Nous avons perdu beaucoup de nos jeunes, vingt-sept hommes si je ne m'abuse. D'autres sont encore portés disparus, sans compter ceux qui menacent de plier bagage et de fuir en Amérique ; c'est une vraie manie en ce moment. Depuis la guerre, l'île semble avoir encore rétréci. Nous ne mangeons pas à notre faim. Je crains que vous ne nous trouviez très diminués.*

Le prêtre apprit également à Amedeo le départ du frère de Rizzu, parti outre-Atlantique, lui aussi. Le café avait donc fermé, car nul n'avait manifesté le désir de reprendre l'établissement. Vella, le maître d'école avait été tué, tout comme deux des petits-fils de Rizzu. En fait, seule la famille d'*il conte*, retiré des combats à Trente en 1915 des suites d'une blessure à la jambe, demeurait indemne. Le prêtre précisait qu'Andrea d'Isantu s'était brouillé avec sa femme, Carmela, laquelle avait quitté l'île peu après le retour du comte, mais on était allé la chercher et on l'avait ramenée. Il était question d'un amant. (« Méfiez-vous de Carmela, indiquerait plus tard Pina au médecin. Depuis la guerre, elle a le diable au corps. »)

Même la lettre du prêtre n'avait pas préparé Amedeo au spectacle qu'il découvrit à son arrivée. Castellamare était effectivement diminuée. Dans la rue principale, tous les volets étaient clos. D'abord, il ne s'en inquiéta pas, ayant débarqué à l'heure de la sieste. Sauf qu'à y regarder de plus près il s'aperçut que certains étaient condamnés pour de bon, à l'aide de planches, et quelques portes aussi. Des objets encombraient leur seuil, visiblement abandonnés : chaise dépourvue d'assise, basilic mort dans son pot fendu... Deux enfants jouaient dans la poussière. Amedeo crut les reconnaître, car il avait présidé à leur naissance : c'étaient les jumeaux Mazzu.

— Maddalena ! Agato ! les interpella-t-il.

Les petits approchèrent, timides.

— Où est le prêtre ? leur demanda Amedeo, pris d'un vif désir de revoir son ancien ami, pour s'assurer que lui, au moins, n'avait pas changé.

Les enfants ne savaient pas.

Amedeo reprit la route qu'il avait parcourue le tout premier soir. Le café Au Bord de la Nuit était fermé, comme le lui avait annoncé le père Ignazio. La terrasse disparaissait sous une masse indomptable de plantes à l'abandon, et déjà les mauvaises herbes envahissaient les marches.

Il reprit son ancienne chambre chez les Vella. Au fond de sa penderie, il fixa à même la pierre sa photo de la place. Pina lui semblait la seule habitante de l'île à porter la tête plus haut qu'autrefois, la seule à être sortie grandie de la guerre. Après la mort de son mari, elle avait été nommée institutrice. Tard, le soir, Amedeo discutait avec elle et le père Ignazio autour d'une bouteille, élaborant des plans pour sauver l'île de l'exode. Il fallait procéder à des modernisations. Pourvoir Castellamare d'un bac à horaires réguliers, d'un hôpital d'au moins deux chambres. D'une seconde salle de classe. D'un système d'assurance funéraire pour les plus âgés. Hélas ! Le comte d'Isantu avait été réélu maire, au grand dam du prêtre, et depuis régnait sur l'île l'immobilisme le plus total. D'Isantu passait sa vie en Sicile, manœuvrant dans l'ombre auprès de ses accointances catanaises pour favoriser son avancement personnel, séjournant des mois entiers dans sa résidence de Palerme, et délaissait Castellamare, où il y avait pourtant fort à faire. Le café pourrissait sur pied. Les disparus ne revenaient pas, plus personne ne jouait à la *scopa* sur la place, plus personne n'y dansait. Au reste, la musique de l'*organetto* s'était tue.

Quand Amedeo revit la belle Carmela, quelques semaines plus tard, il fut rassuré de la trouver fidèle au souvenir qu'il en gardait. Elle le héla alors qu'il passait sur le chemin de la plage, où elle flânait, endimanchée, une ombrelle à l'épaule.

— Vous n'êtes jamais venu nous rendre visite au manoir, *dottore*, lui reprocha-t-elle en le gratifiant d'une moue. Or vous êtes rentré depuis un mois, on me l'a dit. Si vous saviez ce qu'on s'ennuie, ici ! Pas de toilettes neuves, rien de correct à se mettre sous la dent, et pas de visites, à cause de la grippe ! Mais vous voici revenu sain et sauf, et je m'en réjouis. D'autant que vous êtes sans doute un héros de guerre, contrairement à mon mari…

Amedeo, étonné qu'elle se soucie de lui, ne sut que lui répondre.

Elle lui proposa de lui faire visiter les grottes, cette curiosité géologique qu'il n'avait pas eu l'occasion d'admirer de près avant la guerre. Perplexe, mais intrigué, il accepta. Dès qu'ils eurent pénétré dans l'ombre humide de la roche, elle se mit à l'embrasser et à le caresser. Et Amedeo comprit qu'elle entendait faire de lui son amant, comme le lui avait prédit Pina à demi-mot.

— Ne t'en fais pas pour mon mari, lui susurra-t-elle à l'oreille. Je ne l'ai jamais aimé, et toute l'île sait que c'est un tyran doublé d'un imbécile.

Amedeo se dégagea de son étreinte et s'éclipsa, prétextant qu'il lui fallait rendre visite aux petits Mazzu, qui avaient de la fièvre, ainsi qu'au vieux veuf Donato, qui l'attendait avant midi.

Quinze jours durant, elle le poursuivit de ses assiduités, l'interceptant entre deux visites dans les recoins les plus isolés de l'île. Le quinzième jour, il succomba et ils firent l'amour à même la pierre froide d'une des grottes. Pourquoi avait-il cédé ? Il n'aurait su le dire. Parce qu'elle insistait, sans doute. Après coup, il s'aperçut qu'il n'en concevait guère de remords. Au fond, l'épisode ne lui inspirait aucune émotion particulière.

Il se rhabillait à tâtons dans la pénombre quand il sentit quelque chose craquer sous ses pieds. S'agenouillant, il découvrit un tas d'ossements blanchis.

— N'aie pas peur ! lui lança en riant Carmela. Il y a deux mille ans qu'ils sont là. Tu prenais l'histoire de nos os blancs pour une légende ? Avance, tu les verras. Les pêcheurs, eux, n'entrent jamais ici : ils craignent la malédiction.

Sourd à son invitation, Amedeo ressortit à l'air libre. Ils s'ébrouèrent, chassant le sable de leurs cheveux et de leurs vêtements. Amedeo lui tendit son ombrelle. Elle boutonna ses dessous, ferma l'agrafe de son petit gilet cintré (qui, nonobstant ses lamentations, sentait encore la teinture fraîche du tailleur), recouvrant son élégance coutumière. Puis elle tira d'une poche un miroir d'argent et, dans le clair-obscur à l'orée de la grotte, elle arrangea ses cheveux à grand renfort d'épingles. L'aisance avec laquelle elle reprenait contenance charmait et effrayait Amedeo tout à la fois. Lui était trempé, échevelé, étourdi – elle ne transpirait même pas. Elle replaça son chapeau, en ajusta l'angle, puis considéra calmement le médecin à travers sa voilette de tulle. On aurait juré que leurs rapports n'avaient jamais attenté aux bonnes mœurs ni à la décence.

— Docteur, je vous mets en retard, minauda-t-elle. Je m'en voudrais de faire attendre votre prochain patient.

En remontant, elle lui montra une seconde grotte qui contenait non pas des ossements mais des centaines de pierres blanches éclatantes. Il les reconnut : les pêcheurs locaux en faisaient des talismans qu'ils fixaient à la coque de leurs esquifs.

— Puisqu'elle vous plaît, la prochaine fois, nous nous retrouverons ici, décréta la jeune femme.

Ils regagnèrent le bourg chacun de son côté, Carmela par la route et lui par les sentiers. Des bourres se prirent dans son beau pantalon de laine. Quand il arriva chez Pina, celle-ci posa sur lui un étrange regard, mais n'émit aucun commentaire.

Après cet épisode, Carmela prit l'habitude de le convoquer dans les grottes une ou deux fois par semaine. Puis elle le fit venir au manoir même, en l'absence du comte. Ces nuits-là, Amedeo faisait d'abord le tour du village, conversant avec les uns et les autres, pour se persuader qu'il restait libre de décliner les appels de sa maîtresse. En vérité, cela n'arriva pas une seule fois. Ses longs détours par la place lui servaient surtout à arriver au manoir bien après la tombée de la nuit, qui le dérobait aux regards. Quand il s'avançait, furtif, entre les palmiers de l'allée, Carmela paraissait à sa fenêtre, une lampe à la main. En silence, afin de ne pas attirer l'attention des domestiques, elle le faisait entrer directement dans sa chambre, une pièce d'inspiration baroque aux murs ornés de chérubins et au plafond bariolé de nuages fanés. Le comte envisageait d'y faire installer l'électricité, l'informa-t-elle. Pour l'heure, cependant, leurs entrevues se déroulaient sous un éclairage tamisé, mi-ambré, mi-rosé. C'était Carmela qui en dictait toutes les conditions et, toujours, elle le congédiait avant l'aube.

Une fois, il aborda de nouveau la question de son époux.

— C'est un imbécile, répéta Carmela. Je l'ai déjà trompé, tu sais. J'étais même partie en Sicile ! Mais il est venu me chercher. Il prétend qu'une infidélité de plus l'achèverait. Si cela pouvait être vrai !

Son détachement le glaça.

— Mais, sérieusement, Carmela...

— Tu as peur qu'il nous découvre ? Ça ne risque pas : cet homme est aveugle ! Il ne m'a pas jeté un regard depuis des mois. Il est bien trop occupé à se faire un nom en politique, et d'ailleurs, bon débarras ! Du reste, qu'est-ce qui me dit qu'il passe ses nuits seul, de son côté ? Non, vraiment, cet arrangement nous convient à merveille, à lui comme à moi. La dernière fois que j'ai pris un amant, si j'avais tenu ma langue, il n'en aurait rien su. De toute façon, Amedeo, tu l'entendrais rentrer.

En effet, le comte avait fait l'acquisition d'une voiture à moteur, la seule dont pourrait se targuer l'île pendant les trente années à venir. Il se l'était fait livrer en bateau depuis Palerme et on l'avait déchargée au petit port à grand renfort de cordes, de gesticulations et de cris. Depuis, on voyait d'Isantu circuler sur les pistes poussiéreuses et les routes caillouteuses, suant sous son bonnet de cuir et ses lunettes de pilote de course, inspectant le travail des paysans qui cultivaient ses terres. À l'approche de la grosse guimbarde qui grondait et crachait comme un diable, les vieillards se signaient.

Un matin qu'Amedeo quittait au point du jour la chambre de Carmela et s'engageait dans la contre-allée, il perçut au détour du virage le rugissement saccadé de l'auto. Son estomac se vrilla comme sous l'effet d'un coup de poing et il se jeta la tête la première dans les herbes hautes du bas-côté.

L'auto déboula, éclairant sur son passage les troncs des arbres, faisant poudroyer l'allée dans son sillage.

À cette période de sa vie, Amedeo avait l'impression de mener une existence qu'il n'avait pas choisie, une existence aussi étrange qu'un rêve.

Cette année-là, la Sant'Agata aussi fut différente de toutes celles qui l'avaient précédée.

Dès l'aube, il pesa sur l'île une chaleur de plomb, de fièvre. Pendant toute la durée de la messe matinale, dans l'église si bondée qu'une mouche n'aurait pu se glisser entre les fidèles, il n'y eut pas un souffle de vent. Midi vint, avec son jour miroitant et ses ombres tronquées. Selon la tradition, il fallait faire faire à la statue de Sant'Agata le tour complet de l'île, la promener dans ses moindres criques, dans ses moindres recoins. Elle devait voir les champs du comte d'Isantu, les roches crénelées de la pointe, les hameaux désertés de la côte sud, l'intérieur des grottes marines (où, au moins, il faisait frais) et, pour finir, le port, où elle serait accueillie par de l'encens ainsi qu'une tempête de fleurs. Seulement, cette année-là, il ne se trouvait plus de jeunes pêcheurs pour s'acquitter de cette tâche. Les vieillards durent s'en charger.

La statue pesait une demi-tonne. Tout au long de la procession, les porteurs trébuchèrent à qui mieux mieux, le front couronné de traces de sueur. Il fallut les abreuver de vin, pour leur redonner du cœur à l'ouvrage, et leur éponger le visage avec des linges frais. Touchant au but de leur pérégrination, ils s'enfoncèrent avec gratitude dans l'eau de la baie, mais la trouvèrent à peine rafraîchissante ; en vérité la mer était tiède et sans vie, sauf autour des récifs, où elle bouillonnait et moussait.

On bénit les bateaux. On baptisa les trois enfants nés dans l'année. Puis chacun entreprit la lente ascension jusqu'au sommet de la colline. Les villageois gravissaient péniblement la pente abrupte quand, enfin, le soleil se coucha. Tous se rassemblèrent sur la place, apaisés par l'obscurité.

Le vieux Mazzu traîna sur les pavés son âne le plus squelettique afin de le mettre aux enchères. On accorda les guitares, on dépoussiéra les *organetti*, et les veuves sortirent des plateaux d'anchois grillés et de courgettes farcies de la cuisine de Gesuina, où elles étaient claquemurées depuis le point du jour. Mais le café, pour sa part, demeura plongé dans le noir. Cette année-là, il n'y eut pas de jeux de cartes sur la terrasse, pas de danses, pas davantage de *limoncello*. On resta sobre et l'on se coucha longtemps avant l'aube.

À l'automne, Amedeo décida de racheter le café. Le médecin ne supportait plus de le voir là, désert, et, maintenant que l'île s'était vidée de la moitié de ses habitants, la pierre coûtait moins que le sel, de sorte que même un *medico condotto* avait les moyens de se payer une maison.

Depuis le départ de son frère, une étincelle s'était éteinte chez Rizzu.

— La bicoque tombe en ruine, déclara-t-il. Elle ne vous apportera rien de bon. C'est un coup à vous porter la poisse.

Amedeo finit par le persuader de vendre, mais l'autre n'en accepta en échange que cinq cents lires et un poulet. Et encore, le médecin avait dû négocier le prix à la hausse.

Il consigna l'acquisition dans son éternel carnet rouge : la vente fut conclue le 24 septembre 1919. Il avait dorénavant un toit à lui. Avec un peu de chance, il était encore temps de débuter la vie qu'il s'était apprêté à commencer lorsque la guerre avait frappé.

Rizzu avait dit vrai : la maison tombait en ruine. Amedeo s'installa à l'étage et entreprit derechef de sabler la façade et de remplacer les portes, qui ployaient sous le poids de la pourriture. Et, comme son tuteur avant lui, il se mit à collectionner. Des légendes, toujours, mais aussi des objets, des curiosités trouvées sur l'île. Il repêcha des fragments de poteries et des pièces de monnaie romaines, que les fermiers jetaient tous les jours par poignées, et les rapporta au café Au Bord de la Nuit. Aux murs, il fixa des carreaux de faïence ornés de fleurs de tournesol, de fleurs de lys, de portraits de seigneurs ou de dames. Ces œuvres, dont certaines avaient des centaines d'années, présentaient des couleurs si fantaisistes, un trait tellement vif et virevoltant qu'on aurait cru que la peinture finissait juste de sécher. Vincenzo, le peintre de l'île, comptait quantité d'artistes parmi ses ancêtres ; ensemble, ils avaient peint plus de carreaux qu'on ne pouvait en utiliser. Vincenzo les remonta bien volontiers de la cave où il les entreposait et les offrit à Amedeo – sur les marchés du Sicile, plus personne ne lui en achetait depuis longtemps, et il était content de s'en débarrasser.

Dans les catacombes au pied de la falaise, Amedeo se remplit les poches de cailloux blancs lumineux et il en garnit les rebords des fenêtres du premier étage. Sur la table de la salle à manger s'accumulaient reliques et bibelots relatifs à Sant'Agata, qui étaient le mode de paiement des pauvres lorsque la municipalité ne couvrait pas les frais des services d'Amedeo. Ainsi posséda-t-il bientôt plusieurs figurines de la sainte, des fioles d'eau bénite, ainsi qu'une statuette de bois la représentant, la poitrine ouverte sur un cœur teinté de rouge, qui lui inspirait une affection mêlée de crainte. La religion n'avait jamais été pour lui une source de réconfort.

Cependant, il lui semblait avoir enfin commencé à accrocher la vie, à l'habiter pour de vrai. Tous les matins, avant ses tournées, il plongeait dans la mer, s'attirant les quolibets des pêcheurs (aucun adulte de Castellamare n'aurait pris de bain de mer aux abords de l'automne, à moins d'être ivre). Ensuite, il remontait la pente, le sel crissant dans les replis de sa peau, s'arrêtant çà et là pour ramasser un caillou blanc ou un éclat de poterie à ajouter à sa collection. Entre ses visites aux malades, il retapait la maison, consignant par écrit chacun de ses travaux. Une œuvre de longue haleine. Le rez-de-chaussée était humide, inhabitable. À l'étage, les pièces étaient sombres, les meubles recouverts de poussière. Au début, par les nuits d'orage, le médecin en fut réduit à dormir sous une bâche. Ces nuits-là, il goûtait un sentiment proche du bonheur.

En parallèle, il entreprit de rédiger systématiquement les annales de l'île car, au vu de l'état général du monde, il craignait que ses légendes ne se perdent. Manifestement, il n'était pas seul à redouter l'oubli, car les histoires affluaient ; pour les recueillir Amedeo n'avait qu'à tendre l'oreille là où le devoir l'appelait : dans les pièces mal éclairées où les veuves bossues égrenaient leurs chapelets, dans les cahutes poussiéreuses des pêcheurs, et jusque dans les habitations abandonnées en marge du village, rocailleuses et bibliques, que hantaient les enfants dans leurs jeux. Apparemment, les histoires affectionnaient l'obscurité.

Amedeo installa son vieil appareil photo pliant dans la seule pièce sèche de la maison, le petit débarras dans la soupente du grenier, parmi les vieux cartons d'emballage qui avaient recelé autrefois, à en croire leurs étiquettes, des cigarettes Modiano et des alcools Campari. Devant ce capharnaüm, il tendit un rideau rouge, comme dans un studio de photographe. Dans son esprit, la maison Au Bord de la Nuit était un musée, comme la demeure de son défunt tuteur, rempli de livres et de curiosités et, bien qu'il n'eût ni femme ni enfants, il brûlait déjà d'immortaliser les descendants dont les portraits orneraient un jour, à n'en pas douter, les murs de l'entrée et de l'escalier.

Au cours de l'été torride qui suivit la Sant'Agata, sa liaison avec Carmela commença de l'ennuyer. Il avait contracté une habitude, celle de remettre son destin entre les mains de l'intimidante statue de la sainte patronne de l'île avant d'entrer chez lui ou d'en sortir, surtout s'il partait présider à une naissance ou à un décès. Bien que non croyant, il jugeait désormais toute heureuse fortune bonne à prendre. C'était la même désespérance, la même soif de saisir la vie qui l'avait fait céder aux avances de Carmela et poussé à racheter le café, le même obscur besoin de voir sa vie changer. Mais, lorsqu'il revenait d'une halte chez la comtesse, il lui semblait parfois que la statue le considérait d'un air triste et désapprobateur. Lui qui aspirait à se marier, à fonder une famille, semblait-elle lui dire, pourquoi persistait-il dans cette relation qui allait s'étiolant et qui, comme le bouillon aqueux dont il devait se contenter les soirs où ses patients ne l'avaient pas payé, creusait sa faim au lieu de l'apaiser ?

En guise de pénitence, avec l'aide de ses amis, le prêtre, la maîtresse d'école, les élus du conseil municipal, il se jeta à corps perdu dans la réparation de sa maison.

Un soir qu'ils buvaient le fond sirupeux d'une des vieilles bouteilles de la réserve, assis sur la terrasse envahie de végétation, Pina Vella lui conta l'histoire du café.

— C'est le deuxième plus ancien édifice de l'île, lui apprit-elle. Les vieux prétendent qu'il porte malheur. C'est dans cette maison que les pleurs de la malédiction se sont attardés le plus longtemps, il y a de cela des siècles. On a voulu la raser, mais ses murs étaient trop épais, on n'a pas réussi. Elle a résisté à quatre tremblements de terre et à un glissement de terrain, ce qui lui a valu un certain respect…

— Alors, comment pourrait-elle porter malheur ? s'étonna Amedeo.

— De deux choses l'une. Pour avoir essuyé tant de catastrophes, il faut qu'elle ait été maudite par le Malin. Pour être encore debout, elle doit avoir été bénie par Sant'Agata. C'est ce qu'on raconte, en tout cas.

Quant à son nom, « Casa al Bordo della Notte », Pina en ignorait l'origine.

— Certains vieux se rappellent un Alberto Delanotte qui aurait habité ici, avança-t-elle. Peut-être qu'à l'époque la maison s'appelait « Casa di Alberto Delanotte »...

Amedeo s'assombrit. Pour lui, cette éventualité manquait de poésie.

— Mais je préfère penser la maison campée au bord de la nuit, reprit Pina. C'est bien le cas : regardez.

Amedeo regarda. Un unique réverbère éclairait la terrasse, son ampoule cernée de moustiques ; des lézards alanguis sous le verre projetaient sur les carreaux leurs ombres mouvantes. Au-delà s'étalaient la place, les lueurs rassurantes du bourg et, à l'horizon, celles de la côte sicilienne. Encadrée de lumière sur presque tous les côtés, on aurait pu prendre Castellamare pour une presqu'île, quelque surrection rocheuse rattachée par un isthme au continent. Mais, de l'autre côté, on ne voyait que la mer et la nuit ; rien n'arrêtait ce paysage de ténèbres jusqu'à l'Afrique du Nord.

— Drôle d'endroit pour ouvrir un café, conclut Amedeo.

— La maison n'a jamais été autre chose. Le premier comte avait interdit l'ouverture de débits de boissons dans le centre. Il craignait le désordre sur la voie publique et le démon du jeu. Avant que les Rizzu reprennent le commerce, la maison était vide depuis des années. Certains vieux n'en franchiraient le seuil pour rien au monde. C'est vrai que l'endroit semble poursuivi par le malheur, en un sens. Prends le frère de Rizzu, qui a perdu deux fils en autant d'années... Je comprends que certains pensent la maison maudite.

— C'est cette maudite guerre qui nous a tous empoisonnés, oui ! Sûrement pas un vieux café.

— Certes, acquiesça doucement Pina en tordant d'une main la lourde tresse de ses cheveux.

Pensait-elle à son mari ? Amedeo se le demanda. Mais le silence de Pina ne dura qu'une minute. Ensuite, relâchant sa natte, elle se redressa et déclara :

— Je dois y aller.

Autrefois, c'était toujours pour *il professore* que Pina devait s'en retourner chez elle. Amedeo aurait été curieux de savoir si elle se sentait seule, elle aussi, dans sa vieille maison près de l'église. Ses deux plus proches voisins avaient émigré en Amérique et, depuis son veuvage, personne ne lui avait fait de proposition. Peut-être parce que sa beauté avait quelque chose de digne et de distant, comme celle d'une statue grecque. Son père, qui avait été l'instituteur de l'île au tournant du siècle passé, était décédé depuis longtemps ; son gendre Vella avait à sa mort hérité de l'école. Pina n'avait plus à ce jour la moindre famille à Castellamare, exception faite de Pierino le pêcheur, qui était un lointain cousin.

Amedeo finit le fond d'une bouteille de liqueur rouge. Il regrettait de ne pas s'être ouvert davantage à Pina. Elle restait toujours maîtresse d'elle-même, plus inébranlable que les murs du vieux café. Il aurait aimé lui dire que la guerre avait ouvert en lui une béance grise, qu'il avait cherché à combler en fricotant avec la femme du comte, en achetant une maison croulante, mais qui bâillait toujours, tel un gouffre, par les nuits comme celle-ci. Il lui convenait, décidément, d'habiter « au bord de la nuit », car son esprit, ces derniers temps, était comme scindé en deux moitiés bien distinctes : l'une claire et pénétrable, l'autre aussi noire et insondable que l'océan.

Un début d'après-midi, vers la fin du mois d'octobre, son ami le père Ignazio l'intercepta sur le parvis de l'église.

— Venez prendre le café avec moi, *dottore*.

Amedeo était attendu chez les Mazzu, où il avait promis d'examiner une chèvre à l'œil infecté (car les locaux le considéraient indifféremment comme un médecin et un vétérinaire), mais l'invitation du prêtre était un ordre, aussi le suivit-il sous la voûte austère, débouchant sur la cour intérieure, un lieu sombre où flottait l'odeur verte des lauriers-roses et qui semblait imperméable à la chaleur.

Le prêtre disposa tasses et soucoupes sur la petite table rouillée, servit le café et adressa à Amedeo ces propos sévères :

— Il est temps qu'une noce égaye notre pauvre île. C'est de cela que je veux m'entretenir avec vous.

Désarçonné, Amedeo remuait machinalement son café.

— Je parle de vous et de Pina, lui expliqua le père Ignazio. Autant vous le dire sans détours. Elle vous porte une grande affection, cela saute aux yeux. Et vous, regardez-vous : célibataire à presque quarante ans !

Amedeo en avait quarante-quatre, mais ne reprit pas son interlocuteur.

— J'aimerais la voir remariée, poursuivit le prêtre. Elle souffre de la solitude, surtout depuis que vous êtes parti retaper ce vieux taudis, al Bordo della Notte.

Incertain, Amedeo hasarda quelques mots de protestation :

— Nous nous voyons souvent, Pina et moi...

— Bien, bien. Mais pourquoi ne pas la voir tous les jours ? En tant que mari et femme, s'entend. Amedeo, vous lui seriez un bon époux. Vous ne la harcèleriez pas pour qu'elle abandonne ses lectures et ses réflexions comme le feraient d'autres, moins cultivés que vous. Et je vous parie dix mille lires qu'elle dirait oui, bien que je ne sois pas en mesure d'affirmer qu'elle vous aime. Mais elle vous aimera, ça, je vous le garantis ! Il y a trois ans que son mari est mort, Amedeo, et ils formaient un couple mal assorti. L'union n'a été contractée que pour des raisons d'intérêt, à cause d'une maison et d'un bosquet de citronniers. Ce n'était pas un mariage d'amour. Pina est une femme remarquable, loyale, dégourdie. Et, si Dieu veut, elle est encore en âge de vous donner des enfants. Allons, pourquoi hésiter ?

Amedeo vida sa tasse et considéra le dépôt granuleux qui en maculait le fond.

— Il y aurait une autre femme ? supputa l'homme d'Église. Il est vrai que j'ai eu vent de certaines rumeurs, ces derniers mois…

— Non, il n'y a personne d'autre.

— Alors, promettez-moi au moins d'y réfléchir. Cela me chagrine de vous voir ainsi isolés dans vos grandes maisons vides, tous les deux.

Pina… Amedeo repartit abasourdi par tant d'étrangeté.

Cet après-midi-là, chez les Mazzu, il examina la chèvre malade et, pour récompense, reçut au pouce une méchante morsure. Mazzu payait toujours le médecin en nature, ne possédant pas d'autre ressource que les produits de sa ferme, et c'est ainsi qu'Amedeo reprit le chemin du bourg les poches pleines de noisettes et de truffes blanches. Il gagna la ferme des Dacosta, où on l'avait fait venir pour un cas inquiétant de constipation, puis il passa ausculter les deux derniers petits-enfants de Rizzu, qui se plaignaient de démangeaisons. Il les trouva s'ébattant gaiement avec une poignée de frères et de sœurs, la peau couverte de croûtes : d'ici à vendredi, tous seraient contaminés, à n'en pas douter. Leur vue lui serrait la poitrine, au point qu'il lui était presque douloureux de les regarder en face. Avec les enfants de l'île, cela ne manquait jamais. Tout en désinfectant leurs petits dos brûlants et en séchant leurs larmes (la teinture d'iode les piquait), il eut soudain un vertige. Il faisait chaud, et même très chaud pour la saison, mais c'était son désir d'enfant qui l'avait assommé sans crier gare.

Il se rendit chez Pina et entra sans frapper. Elle était aux fourneaux ; les cheveux relevés avec des épingles, elle préparait un poulet. Il attendit, la bouche sèche, se peignit un sourire poli. Enfin, il s'agenouilla à ses pieds (elle n'avait ni père ni frère à qui présenter sa demande) et lui demanda de devenir sa femme.

— Ou du moins d'y réfléchir, se rattrapa-t-il, sentant le courage lui manquer.

À son grand étonnement, Pina accepta aussitôt, des larmes dans les yeux.

— Je n'ai pas besoin d'y réfléchir. J'ai déjà ma réponse. Oh, Amedeo !

Ils décidèrent de se marier sans attendre. Le dernier jour de novembre, le père Ignazio leur joignit les mains devant la statue de Sant'Agata et l'île de Castellamare au grand complet.

Ce fut Pina qui réalisa la toute première photo d'Amedeo. Quelques jours après la cérémonie, elle l'attendit, embusquée en haut de l'escalier, prête à dégainer l'appareil.

— Ne bouge plus ! lui cria-t-elle. Tiens-toi tranquille ! Laisse-moi t'immortaliser…

Amedeo, interloqué, prit la pose, un peu mal à l'aise, le poing sur la hanche. Il rentrait de ses visites matinales et n'avait même pas encore posé sa sacoche. Il tenait également son carnet de cuir rouge, car le vieux Donato, qu'il avait vu ce matin-là, venait de lui raconter ce jour où la sainte était apparue à sa tante durant le festival de 1893. Sur la photo, Amedeo irradiait, comme habité par le bonheur, tout son être tendu vers la femme derrière l'objectif. Car Pina s'était révélée animée de trésors de passion, cette même passion qui faisait si cruellement défaut à la vie d'Amedeo. Carmela n'avait pas su la lui inspirer. Mais il l'avait enfin trouvée en la personne de l'institutrice au visage de statue grecque ; c'était là qu'elle se cachait.

Ils ne firent pas de voyage de noces, mais en l'honneur de son épouse, pendant les cinq jours qui suivirent la cérémonie, Amedeo renonça à toute tâche professionnelle (urgences exceptées). Pina, emportant ses caisses de livres et une jolie petite valise, l'avait rejoint à la maison au Bord de la Nuit, qui commençait à devenir habitable. Elle embaumait désormais le parfum violet des bougainvillées et la mer ronflait à toutes les fenêtres. Le bonheur flottait dans l'air, il vibrait au creux des murs, paraissant une chose accessible, enfin. Le soir de son installation, Pina avait gravi l'escalier jusqu'au grenier, explorant chaque pièce à demi oubliée, chaque chambre ensevelie sous la poussière, ouvrant en grand les fenêtres, tandis que dans son sillage Amedeo ramassait les épingles que semait sa longue natte noire. Et, une fois parvenue tout au sommet, d'un air mutin, elle avait retiré sa couronne nuptiale de branches de laurier-rose et libéré le reste de sa chevelure. Brillante, luxuriante, elle avait diffusé son odeur dans l'atmosphère, si bien que, malgré lui, Amedeo s'était mis à l'empoigner par brassées. Puis, les jeunes époux s'étaient donné la chasse à travers toute la maison, redevenue un havre de joie, pour la première fois depuis la guerre.

La chance voulut qu'il n'y ait pas d'urgence médicale, et ils connurent cinq jours de pure félicité. Amedeo se réjouissait, avec le recul, de n'avoir jamais invité Carmela sous son toit et d'avoir mis un terme à sa liaison avec elle. Il fit le vœu de devenir un homme meilleur. Et comme pour le récompenser de ses bonnes résolutions, pendant la lune de miel des époux, qu'ils passèrent à pique-niquer dans de la vaisselle ébréchée comme deux pêcheurs en mer, à dormir jusqu'à midi, à faire l'amour partout où ils se trouvaient (sur le parquet poncé de frais, sur le canapé poussiéreux du bureau d'Amedeo, sur les matelas de paille des chambres inoccupées), pendant ces cinq jours merveilleux, plus croissait l'amour du médecin pour Pina, plus s'étiolait le souvenir de la *contessa*. Bientôt, il ne vit plus cette phase de sa vie qu'au travers d'une brume grise, comme le vestige insignifiant d'un autre temps – du temps d'avant la guerre.

Carmela s'était accrochée, pourtant. Apprenant les fiançailles du médecin, elle était devenue hargneuse. Elle avait menacé de tout dévoiler à son mari à moins qu'Amedeo ne se soumette à ses désirs une dernière fois. Puis une autre. Puis encore une autre. À contrecœur, il avait donc continué de jouer le rôle de l'amant. La rupture avait été laborieuse, progressive, et non instantanée ainsi qu'il l'aurait souhaité. Il lui en cuisait d'y repenser, mais sa dernière visite aux grottes datait d'un soir d'automne, la veille de son mariage. C'était là qu'enfin, dans le noir, arrosé des embruns d'une mer agitée, il avait quitté Carmela pour de bon. Lors de sa nuit de noces, Pina s'était étonnée de ses éternuements. Où avait-il bien pu prendre froid ?

Pina tomba enceinte peu après le mariage. Dans les transports de joie que lui causa la nouvelle, Amedeo oublia vite sa liaison passée. Quand il s'en souvenait, c'était sans le moindre émoi, comme si la chose n'avait pas réellement eu lieu. Il ne voulait plus y penser. Car, lorsque, malgré tout, cela lui arrivait, une peur obscure sourdait en lui : à tout instant, Carmela pouvait décider de parler. Une chance que le comte fût constamment absent, ces derniers temps ! Le médecin s'abandonna tout entier à sa passion pour Pina.

Apprenant que Carmela était allée se recueillir sur l'autel de Sant'Agata afin de lui rendre grâces pour l'enfant qu'elle portait, en avait-il conçu un vague pressentiment ? Il ne se le rappelait pas. En ce temps-là, tout était brouillé par l'amour et le bonheur. Mais en persistant trop longtemps à osciller entre les deux femmes, par lâcheté, par peur du scandale, Amedeo s'était enferré dans un drôle de bourbier. Son aventure avec Carmela, qu'il espérait garder secrète, menaçait désormais de prendre des proportions monstrueuses, de le poursuivre à jamais, voire de faire voler en éclats sa vie entière.

5

À midi, le jour où naquit l'enfant de Pina, toute l'île ne bruissait que de cette nouvelle : le médecin venait d'accoucher deux femmes, son épouse et sa maîtresse. Jamais Castellamare n'avait été la scène d'un tel scandale. Jamais jusqu'alors n'y était survenue si captivante péripétie. Plusieurs habitants de l'île renoncèrent même à travailler cet après-midi-là, rien que pour rester au plus près des rebondissements de l'affaire.

Quand la rumeur parvint aux oreilles de Pina, elle se tourna face au mur et sanglota. Les premiers temps, elle refusa même d'allaiter son enfant, de sorte qu'Amedeo devait le prendre dans ses bras et le promener de pièce en pièce pour tenter d'apaiser ses hurlements. Quant au comte, il dévalait les rues, fou de rage, laissant libre cours à sa fureur sur la place, jusqu'à ce que le prêtre et le maire l'en éloignent pour qu'il cesse de se donner en spectacle. Carmela, pour sa part, assise dans son lit, refusait de revenir sur ses affirmations, ce en dépit des exhortations de ses amies, de la sage-femme et des domestiques. Pour la première fois depuis son mariage, elle avait la main sur le comte et elle n'entendait pas renoncer de sitôt à son avantage. Son enfant, maintenait-elle, c'était Amedeo Esposito qui le lui avait fait ; le médecin avait été son amant une année durant et n'avait cessé de la fréquenter que la veille de ses noces.

« Si le bébé était de mon mari, comment expliquer que je sois demeurée sans enfant en six ans de vie conjugale, si bien qu'il m'a même accusée devant toute l'île d'être stérile ? » répétait Carmela.

Personne n'avait de réponse à cela. Amedeo se fustigea de n'avoir jamais songé que les difficultés du couple à concevoir pouvaient être le fait du comte.

Au vu des circonstances, une seule ligne de conduite s'offrait à lui.

« Je ne l'ai jamais fréquentée, soutenait-il avec un désespoir si flagrant qu'il en conférait à ses mensonges des accents de vérité. Je n'ai jamais fait ces choses dont elle m'accuse, Dieu et Sant'Agata m'en sont témoins ! »

Mais Pina était inconsolable. Carmela, elle, n'en démordait pas.

Dans la maison Au Bord de la Nuit, tout n'était que larmes et chaos.

Le travail d'Amedeo lui permit de fuir la maison et, au début, il en fut soulagé. Les sanglots de Pina transperçaient les murs, la nuit (il avait été banni à l'étage, où il dormait sous la bâche, sur le canapé humide). Cependant, pendant les jours qui suivirent la naissance de son fils, il commença à se sentir de trop non seulement sous son toit, mais encore dans certains coins de l'île. Quand il rendit visite à la cacochyme signora Dacosta afin d'examiner ses genoux perclus de rhumatismes, celle-ci entrebâilla sa porte, déclara qu'elle se portait « très bien, merci, *dottore* », et referma en boitillant. Il remarqua que Gesuina claquait ses volets avec plus de force que nécessaire lorsqu'il traversait la place. Arcangelo, l'épicier, avec qui il avait siégé au conseil municipal avant la guerre, se retira dans son arrière-boutique en le voyant entrer et y resta tapi jusqu'à son départ.

Pendant ce temps, des pêcheurs racontaient que le comte avait fait appeler de Sicile son ami médecin. Et de fait il vint, les bras chargés de bouteilles de vin et de ballotins de massepain de Palerme. On les entendait, tous les deux, élever la voix, tard, le soir, sur la terrasse du manoir. Le comte vitupérait, ivre ; le riche médecin le consolait. Carmela, semblait-il, vivait cloîtrée dans sa chambre avec le bébé. Son mari refusait de la voir.

Le troisième jour, le médecin de Sicile examina le bébé et, après réflexion, déclara que ses caractéristiques physiques correspondaient trait pour trait à celles de *signor il conte*.

Amedeo savait qu'il était possible de prélever du sang à un enfant et à son père présumé afin d'établir leurs groupes sanguins respectifs et de vérifier, avec une fiabilité relative, le lien de paternité. Mais, à l'évidence, le médecin du comte ne lisait pas les revues scientifiques.

D'Isantu eut un brusque revirement d'humeur.

— Elle veut donc m'humilier ! tonna-t-il. J'y vois clair, à présent. Toute l'affaire n'était qu'une invention destinée à me couvrir de ridicule. Elle voulait me prendre mon fils et faire de moi la risée de Castellamare avec ses affabulations sur cet Esposito, ce bâtard aux poches crevées à qui elle a à peine adressé deux mots dans sa vie ! Mais je ne le tolérerai pas. Apportez-moi l'enfant !

On arracha le petit au sein de Carmela et on le remit, éploré, à son père. Le comte le baisa, lui fit toute une fête, et lui donna son propre prénom : Andrea.

— Là ! conclut-il, tenant le garçon à bout de bras car il s'était mis à baver une substance blanchâtre peu ragoûtante. C'est réglé ! C'est mon fils. Rapportez-le à sa mère.

La nouvelle se répandit comme une traînée de poudre : l'enfant était légitime, tout compte fait. Carmela et le médecin n'avaient jamais eu de liaison, ce n'était qu'une calomnie de la part de la jeune mère visant à jeter le déshonneur sur son mari.

Et ce même si la plupart des villageois préféraient la première version de l'histoire. Requinqué par les événements de la semaine, même Rizzu revivait.

— C'est un nouveau miracle de Sant'Agata, affirma-t-il au prêtre. Deux bébés, nés la même nuit ! Un miracle, je vous dis. Le miracle qu'on attendait et qu'on appelait dans nos prières depuis le début de la guerre, et même avant, oui : depuis que la sainte en sa miséricorde a réparé les jambes de notre Gesuina.

Le père Ignazio taillait ses lauriers, la soutane retroussée pour plus de commodité. Il haussa un sourcil.

— Des jumeaux ! poursuivit Rizzu, tout transporté d'excitation. Des jumeaux providentiels ! Des jumeaux nés de mères différentes, la même nuit ! La femme du comte qui est stérile ! Et Pina qui n'est plus en âge d'enfanter !

— Pina a à peine dépassé la trentaine, remarqua le père Ignazio. Et il n'y a rien de miraculeux à ce que deux enfants naissent la même nuit, c'est une simple question de hasard. Ça ne s'était encore jamais produit depuis que j'habite l'île, il fallait bien que ça arrive un jour ou l'autre. Quant aux petits, je les ai vus l'un et l'autre et vous pouvez me croire, ils ne se ressemblent pas du tout.

Quelque chose perturbait Rizzu.

— Dites, *padre*, vous ne croyez tout de même pas qu'Amedeo et la *contessa* se retrouvaient dans les grottes comme elle l'a raconté ?

— Non, mentit le prêtre, tranchant par mégarde une branche en bourgeons.

Le lendemain, Amedeo vint le trouver. Il pleura, la tête basse, et il incomba au père Ignazio de jouer les consolateurs. Il s'en acquitta non sans déplaisir : en la matière, il penchait plutôt du côté de Pina.

— Allons, allons, fit-il en laissant tomber sur l'épaule d'Amedeo une claque amicale. Il faut garder la tête haute, Amedeo. Quand une rumeur s'empare d'une communauté aussi petite que la nôtre, qui n'a rien d'autre à se mettre sous la dent, elle peut causer la perte d'un homme. Si vous ne vous défendez pas, elle pourrait bien vous faire chasser…

— Je me moque du qu'en-dira-t-on. C'est Pina qui m'inquiète. Elle croit que la rumeur est vraie. Elle croit que j'ai fait ces choses…

— Parlez-lui. Dites-lui la vérité… quelle qu'elle soit.

Amedeo redressa vivement la tête.

— *Padre,* la vérité…

Mais le prêtre haussa une main.

— Non. Je n'ai jamais été votre confesseur. Je sais que vous n'êtes pas un homme de foi. Faites la paix avec Pina. Quant à nous autres, laissez-nous dans l'ignorance, ce sera pour le mieux. Ne l'humiliez pas davantage.

Rentrant chez lui, Amedeo trouva Pina endormie, un bras jeté en travers du visage, tendant sa chemise de nuit sur la peau brune de son sein droit. Elle avait les cils humides et ses longs cheveux noirs s'ouvraient, dénoués, en éventail sur l'oreiller. Il ne se rappelait plus quel genre d'amour il avait éprouvé pour Carmela, ni même s'il l'avait véritablement aimée. Une écrasante nostalgie s'abattit sur lui. Il regrettait le jour où il avait pour la première fois foulé le rivage de Castellamare.

Du moins avait-il un fils. Enfin. Il ne l'avait pas tenu dans ses bras depuis le matin de sa naissance. À présent, il le prit et monta au sommet de la maison. Quel être minuscule ! Ses mains, sa petite frimousse rose, l'étroite cage thoracique qui se gonflait et retombait…

Il brûlait de lui offrir quelque chose, un présent, un gage d'amour. Alors, dans un murmure, il lui fit don de la première chose qui lui vint à l'esprit : il lui raconta l'histoire de l'île.

Le premier nom de l'île avait été Kallithea, confia le médecin à son fils. Il lui avait été donné par des marins grecs en quête d'une terre hospitalière où s'établir. Le nom pouvait signifier « la plus belle », ou encore « celle qui brûle d'un feu favorable », car l'île était volcanique. Des marins de Syracuse affirmaient avoir vu le cratère du volcan brasiller et cracher des jets de flammes. Il luisait comme un phare, guidant les navigateurs. Les Grecs parvenus à bon port, il rougeoya une dernière fois et s'éteignit.

Ils accostèrent et passèrent la nuit dans une des galeries de grottes carrées dont les falaises étaient criblées. L'île n'était alors qu'eaux noires et étoiles par milliers. Dans le courant de la nuit, la lune se leva, illuminant la mer, et les voyageurs furent tirés de leur sommeil par des sanglots. Ils semblaient surgir de partout à la fois, de la roche même de l'île. Tâtonnant dans l'obscurité, ils trouvèrent des crânes durs et blancs et entendirent des os craquer sous leurs pas. Ce qu'ils avaient pris pour des grottes était en réalité un réseau de catacombes. Manifestement, quelque effroyable drame s'était joué ici.

Les colons prospérèrent sur l'île, à un détail près : nuit après nuit, les sanglots fantomatiques troublaient leur sommeil et leur inspiraient des rêves dérangeants. Petit à petit, la situation devint si intenable qu'ils résolurent de renoncer à dormir, purement et simplement. Le premier peuple de l'île, dans ses habitations de pierre, fut donc un peuple de veilleurs. La nuit, ils se regroupaient à la lueur des flammes et de la Voie lactée pour chanter et secouer leurs tambourins dans l'espoir de couvrir le bruit des pleurs. Mais, que ce soit à cause de leur isolement ou de l'influence des pleurs perpétuels, leurs chants étaient toujours mélancoliques. Même leurs meilleurs poètes ne parvenaient pas à composer un seul chant joyeux.

— Aujourd'hui encore, conta le médecin à son fils, les chants traditionnels de Castellamare sont si élégiaques à l'oreille étrangère qu'à trop en écouter on risque d'y perdre la raison.

Puis, d'une voix hésitante et basse, pour ne pas réveiller Pina, Amedeo chanta à son fils la plus belle et la moins triste de ces complaintes locales.

Il avait prévu de narrer au petit la suite de l'histoire : comment une petite paysanne nommée Agata avait reçu des visions de la Vierge et levé la malédiction, comment, pierre à pierre, les habitants de l'île avaient rebâti leurs maisons. Mais le petit remua et laissa échapper un cri. Pina, un étage plus bas, mue par un instinct profond, s'éveilla aussitôt et s'écria :

— Amedeo ! Où est mon fils ?

Il caressa la joue de son enfant.

— Il est temps de descendre parler à ta maman, lui dit-il.

Quand il pénétra dans la chambre, Pina semblait encore un peu désorientée ; cela se voyait au sourire languide qu'elle lui adressa comme au matin de sa première nuit à la maison Au Bord de la Nuit. Soudain, elle se remémora la situation, et sa mine changea.

— Donne-moi mon enfant, ordonna-t-elle.

Il le plaça dans ses bras. L'arc de ses épaules était hostile, mais il ne partit pas.

— Pina, commença-t-il, j'ai à te parler. Je t'ai causé du tort, Pina.

Elle ne pleura pas. Elle se tenait bien droite, intraitable.

— Oui, confirma-t-elle. Oui, tu m'en as causé.

Il se fit implorant. Il ne l'avait pas prémédité, mais il le fit tout de même.

— Pina. *Amore*. Dis-moi ce que je dois faire pour me racheter.

— Ce sont tes mensonges qui me peinent le plus, reprit Pina, calmement, en le toisant.

Aussi lui dit-il la vérité.

Ensuite, pendant longtemps, Pina n'eut rien à lui répondre.

— Tu m'as humiliée, déclara-t-elle enfin. Devant nos voisins, nos amis, l'île entière. Crois-tu pouvoir te comporter de la sorte et espérer qu'ils l'oublient ? Ce n'est pas la grande ville, ici. Nous ne sommes pas à Florence. Quand les gens ont vent d'un secret, ils s'y agrippent. Tout le monde saura, pendant des générations, que tu es allé avec la femme d'un autre la veille de ton propre mariage.

— Je me rattraperai, promit-il. Pina, c'est toi que j'aime. Je te le prouverai.

— Déménageons, suggéra-t-elle. Partons pour le nord, pour Florence. Tu ne peux pas trouver un autre poste, dans une ville où personne ne nous connaît ?

— Quitter l'île ?

Malgré lui, Amedeo en versa des larmes de chagrin. Elles tombèrent comme des gouttes de pluie sur le bébé, qui leva sur son père un regard étonné.

— Il doit y avoir un autre moyen, Pina. Demande-moi tout ce que tu voudras, tout, sauf ça.

Elle le congédia.

Cet après-midi-là, le fils d'Arcangelo, un adolescent, déboula à bicyclette au bout de la piste de terre qui longeait le terrain des Rizzu. Amedeo se trouvait dans la cuisine du vieil homme ; il examinait ses petits-enfants. Le garçon dévala la pente dans un tourbillon de poussière puis, laissant sa monture en appui contre la grille, ôta son chapeau et pénétra dans la cuisine.

— On vous demande, *signor il dottore*, déclara-t-il. Réunion extraordinaire du conseil municipal.

Quand Amedeo eut terminé de panser les enfants, il redescendit jusqu'au bourg. Sur le flanc de la colline, entre les figuiers de barbarie, la poussière était soyeuse et la chaleur pesait comme un fardeau sur le dos du médecin. Arcangelo, en nage, le héla depuis les marches de la mairie.

— Attendez-nous dehors, lui dit-il.

— Comment ça, dehors ?

— Enfin, dans l'entrée. Mais on ne veut pas que vous participiez à la réunion. Nous débattons de votre poste. (Arcangelo sortit un mouchoir et s'en tamponna le front.) Après les événements de la semaine, vous comprenez, il fallait bien qu'on se penche sur votre cas. C'est pourquoi *il conte* a fait convoquer cette session extraordinaire. Vous, vous devez attendre notre verdict.

L'automobile du comte arriva dans une pétarade. Et le comte de gravir les marches, sa ceinture de maire en bandoulière sur son costume de lin anglais. Sans un mot pour Amedeo, il saisit Arcangelo par le bras et l'entraîna dans l'édifice obscur.

Ils furent bientôt rejoints par le père Ignazio, tout écumant de colère. Amedeo s'avança à sa rencontre.

— Qu'est-ce que j'apprends ? Vous discutez de mon poste ? On m'a fait venir pour une réunion, mais je n'en sais pas davantage…

— Moi-même, je viens d'être averti, lui apprit le prêtre.

— Faut-il vraiment que je patiente ici ?

— Nous nous battrons, Amedeo, lui assura-t-il. J'en ai la ferme intention.

Sur le banc verni, dans le hall de la mairie, Amedeo attendit. De la salle lui parvenaient des cris, des protestations outrées : il reconnut la voix du comte et, à sa surprise, celle du prêtre.

— Maudit sois-tu ! jura ce dernier. Tu crois qu'on trouvera quelqu'un pour le remplacer ? Et quand les Mazzu ont tous eu la fièvre à Noël dernier, on aurait fait comment sans lui ? Et qui a eu l'idée de faire drainer le marais, hein ? Pas un enfant n'est mort de malaria depuis, tu l'oublies ? Bon sang, d'Isantu, ta propre femme et ton enfant seraient morts, à ce jour, sans Amedeo Esposito !

Il y eut un grand fracas de portes qui claquent, et les élus émergèrent. Dans le demi-jour du hall poussiéreux, Amedeo bondit de son banc. Pour la première fois de sa vie, il se sentait gauche, voûté, comme si sa carrure hors normes le rendait plus vulnérable aux attaques qui se profilaient. Le prêtre avait la nuque cramoisie, les pans de sa soutane volaient.

— Ils vous ont démis de vos fonctions ! rugit-il. Ces foutus *stronzi* n'ont aucune décence, aucune dignité ! Maudits soient-ils, je n'aurai plus rien à faire avec eux !

Arcangelo s'avança et présenta au médecin quelques mots d'excuses mielleux :

— En tant qu'adjoint au maire, il m'appartient de vous informer que vos services de médecin ne seront plus requis sur l'île. La communauté de Castellamare attend de ses responsables de la santé publique une moralité sans tache, comprenez...

Amedeo se mit à transpirer comme sous le coup d'une fièvre subite.

— Plus requis ? Mais vous n'avez aucune preuve contre moi ! Je ne suis accusé d'aucun crime !

— Peut-être, admit l'épicier, mais il y a des soupçons.

— Et les patients que je n'ai pas fini de traiter ? La petite Dacosta, Agata ? Et le neveu de Pierino qui s'est cassé la jambe et à qui je dois retirer son plâtre demain après-midi pour qu'il puisse faire la fin de la saison du thon ?...

Bêtement, Amedeo pensa aussi à la chèvre des Mazzu : trois jours plus tard, il faudrait à nouveau vider l'abcès qu'elle avait à l'œil...

— Combien de temps durera cette défense d'exercer ? s'enquit-il.

— Tout ce que je sais, c'est qu'au vu des circonstances nous ne pouvons plus vous permettre d'occuper une position de confiance au sein de notre communauté.

— Et ma paie ?

Amedeo avait honte de poser cette question, mais son mariage était venu à bout de ses économies, or il avait un enfant de dix jours.

— Elle sera interrompue, l'informa Arcangelo. Moi, je vous conseillerais de chercher à vous recaser ailleurs, loin de cette île. Nous vous sommes très reconnaissants de tout ce que vous avez fait pour nous, mais mieux vaut partir sans faire d'esclandre…

L'île était le premier endroit qu'avait aimé le médecin. Pourtant, il la découvrait à présent étriquée, capable de méchanceté. À moins qu'un miracle de Sant'Agata n'apprenne à sa famille à se nourrir d'eau de mer et de soleil, il ne pourrait pas rester. Mais où aller ? Amedeo ne parvenait pas à se représenter la vie ailleurs qu'à Castellamare.

Il prit le chemin le plus long pour rentrer chez lui.

— Il reste peut-être un espoir, lui glissa le père Ignazio le soir venu. Dieu sait que nous avons eu du mal à te trouver, Amedeo. Il se peut que personne n'accepte de te remplacer. Notre île est coupée du monde moderne, repliée sur elle-même. Ce n'est pas tout le monde qui peut survivre ici.

Mais, dans la foulée, le comte disparut en Sicile « pour une affaire politique » et il en revint, six jours plus tard, flanqué d'un jeune homme à lunettes, aussi pâle qu'un Anglais : on était allé le chercher pour pourvoir le poste de médecin, à titre temporaire, dans l'intérim. Le jeune homme détenait un vague certificat de l'université de Palerme et c'était de surcroît le fils d'un ami du comte qui avait été autrefois, à Punta Raisi, une sorte de duc. On l'installa dans une maison vide de la via della Chiesa, on l'invita à reprendre sur-le-champ les fonctions d'Amedeo Esposito.

Cinq jours durant, Amedeo vécu reclus chez lui, ne mangeant que ce que les veuves de l'île voulaient bien lui porter, et les quatre poulets que les Rizzu lui avaient donnés en dédommagement de ses services. Pina parlait toujours de quitter l'île, mais elle avait le cœur tendre, c'était dans sa nature : voyant son mari si affligé, elle se radoucit et l'autorisa du moins à voir l'enfant, qu'elle avait entre-temps baptisé Tullio. En l'espace de ces cinq jours, le père et le fils devinrent inséparables. Amedeo l'emportait partout, lové contre son épaule ou niché au creux de son bras. Face à l'adversité, Pina révéla toute sa force de caractère, comme elle l'avait déjà fait pendant la guerre. Le sixième jour, elle réunit tous leurs amis à la maison Au Bord de la Nuit : le père Ignazio, Rizzu, même la réprobatrice Gesuina (« Je ne cautionne pas vos agissements, *dottore,* lui annonça cette dernière, mais il est vrai que l'île ne peut pas rester sans médecin digne de ce nom. Il faut être le diable en personne pour vouloir vous chasser ! »).

— Nous devons faire appel, décréta le prêtre.

Dans la cuisine caverneuse, faiblement éclairée par une unique lampe, ils se repassèrent le bébé pour que chacun pût signer une lettre au gouvernement, à Rome. Le père Ignazio la plia, la glissa dans une enveloppe et la dissimula dans un pli de sa soutane. Plus tard, il chargea Pierino le pêcheur, le cousin de Pina, de la mettre au courrier à Syracuse le lendemain à la première heure.

Plusieurs jours s'écoulèrent. Un soir, la nuit venait de tomber quand on toqua au carreau. C'était le signor Dacosta, son chapeau dans les mains.

— *Signor il dottore,* ma petite Agata, elle est de nouveau malade, et le nouveau de la ville, il dit que c'est rien que le croup, mais le croup, elle l'a déjà eu, vous vous rappelez ? Et ben, là, c'est pas comme l'autre fois.

On médita quelque temps sur la conduite à tenir puis, bravant l'interdit, le médecin prit son veston et son chapeau et suivit Dacosta dans la nuit.

Sise entre la côte sud, où rien ne poussait, et le marais drainé quelques années plus tôt, la ferme des Dacosta était la plus pauvre de l'île. Amedeo trouva la petite en train de s'étouffer, emberlificotée dans ses draps, ses frères et sœurs à ses côtés. Amedeo la soupçonnait depuis quelque temps déjà d'être asthmatique. Il demanda qu'on lui apporte un bol d'eau chaude et fit avec le drap une petite tente au-dessus du visage de l'enfant.

— Penche-toi au-dessus du bol, lui dit-il, et inspire à fond.

Peu à peu, dans les bras du médecin, l'enfant réussit à calmer sa respiration.

— Le nouveau, il peut courir pour que je refasse appel à lui ! s'exclama Dacosta. Le coup du drap, il y aurait jamais pensé !

— Elle n'avait rien de grave, observa Amedeo. Elle était juste paniquée...

— C'est ce satané *cazzo* qui lui a fichu la frousse ! Il ne remettra pas les pieds ici. Merci, *dottore*. Je savais qu'on pouvait compter sur vous.

Et d'ajouter :

— Quand bien même vous auriez batifolé avec toutes les dames de l'île, je m'en moque !

Au cours des jours qui suivirent, Amedeo sentit à nouveau le vent tourner, en sa faveur cette fois. Confrontés à un étranger, les habitants de l'île se mirent à considérer Amedeo comme l'un des leurs. Certains, rompant le rang, venaient le consulter en cachette, empruntant les venelles et les sentiers détournés pour le prier de soigner leurs proches. Il s'agissait, hélas, des plus démunis, ceux dont la *comune* finançait d'ordinaire les frais médicaux. Et les poulets chétifs et les légumes racornis qu'ils offraient au médecin déchu en guise de rémunération n'étaient pas suffisants pour maintenir unis l'âme et le corps d'un homme, sans parler de faire vivre une femme et un nourrisson.

— Nous pourrions aller à Florence, insista Pina. Nous habiterions un appartement en ville, avec l'eau chaude et un crieur public juste au pied de chez nous. Tous les matins, on écouterait sonner les cloches du Duomo. Plus tard, on enverrait le petit dans une bonne école, puis à l'université. Ici, à Castellamare, personne n'est jamais allé à l'université. Je ne sais pas si c'est une bonne chose d'élever un enfant sur l'île. Il finira par nous quitter. Il partira pour la ville ou pour la guerre. Et si nous ne le revoyions jamais ? Moi, c'est ce que j'aurais fait, conclut-elle, amère, si j'avais été un homme.

— Donne-moi un peu de temps, je vais tout arranger, promit Amedeo afin de gagner du temps.

Le premier soir d'octobre 1920, il considéra attentivement la maison. Elle avait été autrefois un café ; elle pouvait le redevenir. Il convoqua ses amis.

— J'envisage de rouvrir le café Au Bord de la Nuit, leur annonça-t-il. Je pourrais gagner ma vie ainsi. Qu'en pensez-vous ?

— Le bar tombe en ruine…, protesta Rizzu.

— Un bar, ça se retape, souligna Amedeo.

— *Ahimè !* Mais qui mettrait les pieds dans ce taudis ?

Le père Ignazio réfléchissait.

— Je ne sais pas, intervint-il. C'est une idée. D'Isantu se démène pour te faire fuir. Tant qu'il est maire, tu ne récupéreras pas ton poste. Mais il ne peut pas t'empêcher de vivre ici si tu trouves une autre activité à exercer. Et si Arcangelo est réélu, ou quelqu'un d'autre, tu seras peut-être réintégré, et alors, tout redeviendra comme avant.

Mais c'était la réponse de Pina qu'attendait Amedeo, c'était de son accord qu'il avait besoin. Dans ses yeux tristes, il crut voir s'éteindre l'image du Duomo, du crieur, de l'appartement, de l'université. Enfin, elle trouva son regard, et hocha la tête.

Dans ce signe, il entrevit une possibilité : elle l'aimait peut-être encore.

— Je vais tout arranger, promit-il de nouveau. Promis. Rizzu, montre-moi les travaux à effectuer.

— Ici, c'était le comptoir, expliqua Rizzu en désignant contre le mur une planche couverte d'une pelisse de poussière. Là, c'étaient les vitrines avec les pâtisseries, les boulettes de riz et les chocolats. Mon frère voulait faire venir du continent une turbine à glaces, mais il n'a jamais réussi à réunir l'acompte. Là, il y avait les tables, une dizaine en tout. Derrière le comptoir, on stockait des cigarettes, des liqueurs, des allumettes, des alcools forts, des bonbons à la menthe, des pastilles Leone à la violette, des cure-dents, des lames de rasoir, des bas de soie pour ces dames (trop cher, il n'en vendait jamais), des chewing-gums américains… Il faisait des casse-croûte, il servait le café dans de petites tasses sans anse – elles doivent toujours traîner quelque part, celles-là, pas besoin d'en racheter. Notre mère chérie, Dieu et Sant'Agata aient son âme, confectionnait les boulettes de riz et les pâtisseries dans sa maison au port, puis elle gravissait la colline à cinq heures du matin pour approvisionner mon frère. C'étaient les meilleures boulettes de l'île, même les *arancini* de signora Gesuina ne leur arrivaient pas à la cheville !

Amedeo, qui n'avait aucune idée de la manière de réaliser une boulette de riz et qui doutait que Pina en connût la recette, se contenta d'opiner et de prendre note dans son carnet.

— Il avait aussi des journaux, poursuivit Rizzu, plein d'orgueil. Il les faisait apporter de Sicile par Pierino, le pêcheur, contre un petit dédommagement. Ils ne dataient que d'une semaine – parfois deux, quand il faisait de l'orage. Les gens venaient au café pour suivre l'actualité. Au début, mon frère facturait les clients dix *centesimi* la lecture, mais il a arrêté, ça faisait trop mesquin.

Amedeo passa derrière le comptoir et épousseta les miroirs. *Au Bord de la Nuit,* y était-il écrit en beaux caractères bouclés. Par les fenêtres, à travers la jungle de bougainvillées, la mer semblait flotter dans l'air, émaillée de bateaux de pêche comme d'autant de diamants roses.

— Pourquoi pas ? murmura Amedeo.

Chaque jour, cet hiver-là, il trima, balayant, récurant, les poumons encombrés de la poussière du vieux café. Il se sentait obscurément investi d'une grande mission, aussi importante que celle des premiers colons de l'île lorsque ceux-ci avaient rebâti pierre à pierre leurs habitations pour étancher les pleurs des murs. Dans la cuisine, à tâtons, Gesuina enseigna à Pina l'art de réaliser des boulettes de riz et des pâtisseries, à réussir un café bien fort, un chocolat bien onctueux.

— Souviens-t'en bien, ma fille, répétait l'aïeule, parce qu'à mon âge on n'a pas toujours l'occasion de se répéter.

Pina copia les recettes de sa belle écriture d'institutrice, dans un vieux cahier d'écolier, puis le colla entre les mains de son mari.

— Tiens, lui dit-elle. Débrouille-toi avec ça. C'est ton café. Moi, j'aurai bien assez à m'occuper avec Tullio et le prochain bébé, quand il viendra.

Si son ton était sec, en ouvrant le cahier, Amedeo remarqua qu'elle avait pris soin de détailler en marge les instructions de Gesuina (*Bien essorer le riz, ne pas mettre trop de sel. Si la pâte est trop élastique, ajouter une demi-cuiller de saindoux, bien frais...*). Cette attention lui mit du baume au cœur.

Du reste, elle avait mentionné un deuxième enfant. Non, tout espoir n'était pas perdu.

Concernant le bébé, il avait laissé Pina tout décider, tout choisir, à commencer par le prénom. Tullio avait été le nom du père de son épouse et elle en aimait les consonances latines (« C'est un prénom de personnage important », trouvait-elle). Pour la suite, aussi, elle avait déjà tout prévu : le second, ce serait Flavio, et le troisième Aurelio, en hommage à ses deux oncles. Ensuite, pourquoi pas une fille.

Un jour qu'Amedeo était profondément absorbé par la réfection de la salle (il raclait le plafond où adhérait une pâte collante de toiles d'araignées), Carmela vint à passer dans la ruelle. Elle poussait un landau flambant neuf.

Perché sur son escabeau, Amedeo se figea. Le bébé se mit à vagir. Carmela le souleva pour le calmer et Amedeo put voir sa petite main fripée, son nuage de cheveux noirs, sa figure pâle tordue par le chagrin. Une créature jaunâtre, laide, trouva-t-il, et il songea avec fierté à son petit Tullio, qui tétait goulûment et avait déjà pris près de deux kilos. Lorsqu'il songeait à Carmela, Amedeo avait du mal à ne pas la maudire en son for intérieur. Il fut soulagé quand elle s'éloigna.

Amedeo, Pina et Tullio vivaient pratiquement de la charité de leurs voisins. Le médecin, qui n'avait jamais scié une planche ni planté un clou de sa vie avant d'acheter le café, réalisa seul l'intégralité des travaux. Parfois, quand il gravissait les échelons de l'escabeau, il se sentait saisi de vertige ; il réservait à Pina les meilleurs morceaux afin qu'elle et le petit, au moins, ne manquent pas de forces. Une fois, tandis qu'il servait la soupe, elle avait posé la main sur sa nuque et il avait senti se répandre dans tout son corps un grand frisson de gratitude. Cela ne s'était plus reproduit, mais c'était pour lui une troisième raison d'espérer. Quand les travaux seraient finis, il en était sûr, elle commencerait à lui pardonner.

Avec une poignée de lires qu'il emprunta à ses amis, il commanda en Sicile quelques produits de base, pour commencer : du café, de quoi réaliser des gâteaux et des *arancini*, quelques cartouches de cigarettes. Il en commanderait davantage après l'ouverture, quand l'argent commencerait à rentrer. Ce fut Pierino qui lui rapporta les produits dans sa barque (Amedeo avait promis de le dédommager dès que possible). Cette première livraison se révéla décourageante. Les denrées paraissaient bien maigres et bien rares.

Ce soir-là, Amedeo se démena aux fourneaux jusqu'à trois heures du matin, garnissant des assiettes d'*arancini* et de pâtisseries. Les grandes mains malhabiles qui lui avaient attiré autrefois les foudres de l'horloger avaient entre-temps appris à extirper des balles fichées dans des entrailles de soldats et à mettre au monde des enfants pas plus grands que sa paume, et cette nuit-là, une fois encore, il les mit à son service.

C'est ainsi que, par une journée venteuse du mois de mars 1921, le café Au Bord de la Nuit rouvrit officiellement ses portes.

II

Maria-Grazia et l'homme venu des flots

1922 – 1943

Extrait du carnet d'Amedeo

La fille d'un roi était promise à un riche capitaine. Il avait réclamé sa main en récompense après l'avoir arrachée aux griffes d'un monstre marin. Cependant, le véritable héros n'était qu'un simple moussaillon, que le méchant capitaine avait jeté par-dessus bord. Depuis, la princesse était inconsolable, car elle avait promis au moussaillon de l'épouser, et lui avait offert sa bague en gage de sa bonne foi. Mais le moussaillon avait disparu, englouti par les flots.

Le jour de la noce, au port, les marins virent un homme sortir des vagues. Tout son corps était couvert d'algues, des crevettes et du fretin jaillissaient de ses poches et de ses vêtements troués. Quittant le rivage, il erra à travers les rues de la ville, des algues dans les cheveux, une traîne d'algues dans son sillage. À cet instant, le cortège nuptial vint à passer, croisant le chemin de l'homme enguirlandé d'algues.

On s'immobilisa.

— Qui est cet homme ? demanda le roi. Saisissez-le !

Les gardes s'avancèrent, mais alors l'homme aux algues leva la main et le soleil fit étinceler un diamant à son doigt.

— La bague de ma fille ! s'exclama le roi.

— Oui, renchérit la princesse. Cet homme m'a sauvée, et c'est lui que j'épouserai.

L'homme venu des flots raconta son histoire. Et, bien qu'il fût vert d'algues de la tête aux pieds, il prit place aux côtés de la princesse en robe blanche et lui fut uni par les liens sacrés du mariage.

Légende ligurienne (version de la veuve Gesuina, dont le cousin a vécu autrefois à Cinque Terre ; la signora Gesuina ne se rappelant ni le début ni la fin de l'histoire, avec sa permission je l'ai complétée à l'aide du recueil de contes du signor Calvino, paru en 1956).

1

Le café avait rouvert depuis un mois et quelque quand Carmela vint se camper dans l'encadrement de la porte, son bébé dans les bras. Amedeo, levant les yeux de son comptoir et l'apercevant, en fut frappé comme par une violente bourrasque. Il avait presque oublié à quoi elle ressemblait, pourtant, elle était bien là, la belle femme du comte, son ancienne amante, la silhouette moulée comme de l'eau dans un vase. La demi-douzaine de consommateurs se dévissaient la nuque pour la dévisager.

— Je viens parler au signor Esposito, annonça-t-elle.

Amedeo sentit tous les regards se braquer vers lui. Mais Pina, sans cesser de faire sauter sur sa hanche son bel enfant joufflu, posa la main sur l'épaule de son époux et répondit :

— *Signora la contessa*, mon mari et moi-même n'avons rien à vous dire.

Carmela éclata de rire, de ce même rire enjôleur et insultant qu'elle avait réservé au médecin le jour de son arrivée sur l'île.

— C'est à lui seul d'en décider, signora, répliqua-t-elle.

Pina s'avança, brandissant Tullio. Carmela s'arma de son propre enfant malingre, qu'elle plaqua sur son sein comme un bouclier. Le petit Tullio, avisant l'autre nourrisson, le gratifia d'un grand sourire humide.

— Ne revenez pas ici, l'avertit Pina. Ni vous, ni votre mari, ni votre fils. Vous n'êtes pas les bienvenus. N'en avez-vous pas fait assez ?

Carmela chercha les yeux d'Amedeo, mais celui-ci se détourna et se concentra sur le trait bleu de la mer, un bourdonnement brûlant à ses tempes. Carmela partit. Pendant qu'elle traversait la place, il s'autorisa à l'observer à travers la vitrine. À la voir clopiner en talons hauts sur les pavés, avec son landau, il la trouva soudain une personne quelconque, d'une taille ordinaire.

Pina, remontant Tullio sur sa hanche, proclama :

— Dieu et Sant'Agata m'en sont témoins, on ne reverra pas de sitôt un d'Isantu dans ce café !

Six mois après l'ouverture, le café commença à rapporter de l'argent et, au cours de l'été, Pina permit à Amedeo de la rejoindre dans le lit conjugal, dans la chambre de pierre près de la courette.

— Ne parlons plus de Carmela d'Isantu, commanda-t-elle.

Amedeo souscrivait pleinement à cette idée. Dorénavant, résolut-il, il ferait tout ce que Pina exigerait de lui.

Vers la fin de l'année, il ne restait plus au café un seul client pour oser mentionner le nom de Carmela à portée de voix d'Amedeo. Pina, en femme de parole, donna bientôt naissance à deux autres fils, qu'elle baptisa des prénoms de ses oncles, Flavio et Aurelio et, quand le benjamin parut, personne sur l'île ne parlait plus de l'affaire.

— C'est que notre île a retrouvé son cœur, grâce à la maison Au Bord de la Nuit, affirma Gesuina. La voilà, la vérité !

Pina, qui avait eu trois garçons en quatre ans, se consacra avec dévouement à leur éducation. Des années plus tard, quand Amedeo repenserait à cette période de sa vie, il aurait bien du mal, pour sa part, à distinguer ses fils, qui formaient dans son souvenir une mêlée confuse aux doigts tendus, aux cheveux tièdes, à l'odeur de lait. Il passait de longues heures derrière son comptoir, bercé par le tintement des verres, le claquement des dominos, le vent dans les bougainvillées et le cliquetis des lires dans le tiroir-caisse, convaincu de vivre mieux qu'au temps où il était *medico condotto*. Quand il voyait le nouveau médecin, le jeune Vitale, passer sur la placette avec sa calvitie naissante et son pantalon usé aux genoux, il devait s'efforcer de réprimer sa satisfaction.

Bien qu'il lui fût interdit d'exercer la médecine, certains continuaient de ne se fier qu'aux compétences d'Amedeo. Ceux-là se présentaient discrètement à la porte de derrière ou se penchaient par-dessus le bar pour lui glisser à l'oreille leurs requêtes. « *Signor il dottore*, l'arthrose de ma Gisella la fait souffrir », « *Signor il dottore*, le Vitale n'a pas bien remis la clavicule de ma nièce quand elle est tombée de l'échelle, j'en suis sûr, elle craque et se déboîte quand elle fait la vaisselle. Vous ne voudriez pas y jeter un œil ? » Et d'autres habitants de l'île, les Mazzu et les Dacosta, par exemple, se défiaient ouvertement du nouveau médecin : en cas de toux ou de fièvres, c'est au café même qu'ils venaient sonder l'opinion d'Amedeo, au vu et au su de tous. D'ailleurs, ils l'appelaient toujours *signor il dottore*, alors que le docteur Vitale n'était pour eux qu'*il ragazzo nuovo*.

Amedeo se retrouva donc face à un dilemme. Vitale était un bon médecin, du moins pouvait-on le présumer, mais il lui manquait quelque chose, une certaine présence. Du reste, son expérience était quasiment nulle. Jamais il n'avait posé à la lueur de la bougie une attelle à un homme gisant, la jambe cassée, dans un fossé inondé. Jamais il n'avait accouché une femme sur un sol couvert de paille. Et, lorsqu'il avait un doute, le jeune médecin tirait de sa mallette de grands livres et il les consultait ; ce détail, c'était le signor Mazzu qui l'avait rapporté à Amedeo, d'une voix sifflante et empreinte d'un dégoût patent, penché par-dessus le comptoir comme pour lui faire part de quelque scandale ou anecdote scabreuse. Des livres ! Le docteur Esposito n'avait jamais rien trimballé de la sorte, lui.

— C'est vrai, mais moi aussi, je me réfère aux livres, l'avisa Amedeo. Et je lis des revues médicales, et d'autres documents…

— Mais pas devant les patients ! Franchement, ça frise l'indécence. Des livres ! Comment lui faire confiance ?

Amedeo résolut le problème en offrant gratuitement ses conseils à qui le sollicitait, au bar, autour d'un café et de petits gâteaux, ou, pour les cas les plus graves, dans la fraîcheur obscure de son bureau sous les toits, où il dissimulait ses instruments dans une vieille caisse de Campari afin d'éviter les soupçons. Puisqu'on le dédommageait principalement en légumes, en œufs frais et en poulets vivants, il parvenait sans trop de mal à s'arranger avec sa conscience. Après tout, prodiguer quelques conseils à ses voisins n'était pas la même chose qu'exercer la médecine ! Dans les faits, il était tenancier de bar ! Et, à ce titre, il n'était certainement pas le premier à conseiller ses clients de temps en temps.

Durant ces années-là, le ménage Esposito vécut à peu près confortablement. La maison restait assez délabrée, mais Amedeo disposait désormais d'un peu plus de moyens pour tenter d'inverser la tendance. Il commença par remplacer les gonds des volets puis il changea la cloison entre sa chambre et celle des garçons (trop fine, elle laissait filtrer le moindre soupir, la moindre quinte de toux). Pierino, le cousin de Pina qui, quand il ne pêchait pas, faisait le factotum, désherba la terrasse et en rénova le dallage à l'aide de vieux carreaux récupérés dans les ruines hors de l'enceinte du bourg. Avec leur teinte rousse et leur semis de petites perforations, ils plaisaient à Amedeo, qui leur trouvait des airs de mappemondes. Il chargea Pierino d'en poser aussi dans le vieux cabinet de toilette, qu'il espérait convertir un jour en salle de bains moderne reliée à l'eau courante, comme en rêvait Pina. Amedeo tailla les bougainvillées ; leur floraison devint si abondante qu'à chaque oscillation de la porte battante du café le courant d'air chaud qui s'y engouffrait charriait leur parfum dans l'établissement.

Quand Tullio eut quatre ans, que Flavio fut devenu un beau bébé grassouillet et qu'Aurelio était encore tout petit, Pina retomba enceinte.

Cette grossesse fut différente. Amedeo n'avait jamais vu Pina souffrir de la sorte pendant les précédentes. Celle-ci l'accablait, l'oppressait. Ses chevilles gonflèrent tant qu'elle se mit à boiter, de l'arthrose raidit les jointures de ses doigts et elle ne mangeait plus qu'à peine, picorant des miettes dans les assiettes des garçons. Parfois, par les après-midi brûlants, elle s'endormait sans crier gare en travers du lit conjugal, de sorte qu'Amedeo, alarmé par les cris de ses fils qui, sans surveillance, se rudoyaient joyeusement, devait délaisser ses clients et courir à l'étage les séparer, leur sortir des cigales des cheveux, ou bien encore repêcher le petit Aurelio en larmes que ses frères avaient fourré dans le panier à linge.

Cela ne pouvait pas durer.

— Il faut faire quelque chose, déclara-t-il un soir à Pina. On ne peut pas laisser les petits continuer dans cette voie.

Mais Pina était languide, évaporée ; elle ne paraissait pas se rendre compte que ses fils se muaient à vue d'œil en petits sauvageons. Bien qu'elle fût aussi belle qu'au premier jour, ses traits avaient revêtu un caractère évanescent qui effrayait Amedeo. Elle qui avait eu autrefois la compacité d'une statue grecque…

Finalement, Rizzu se dévoua pour donner un coup de main au café et Gesuina accepta d'aider Pina à veiller sur les garçons.

— N'allez pas croire que ce soit pour les sous, se défendit la vieille. C'est par amour. Mais je prendrai les sous quand même.

Elle était à présent complètement aveugle, mais elle se déplaçait avec aisance dans la maison, et elle ne manquait pas de ressource. Elle parvenait à endormir Aurelio en l'espace de quelques minutes, en coassant des chansons ancestrales par-dessus son berceau. Quand les deux aînés se battaient, elle s'en approchait par-derrière sur la pointe des pieds puis les terrassait en laissant retentir un « *Basta, ragazzi !* » si tonitruant qu'après quatre ou cinq de ces manœuvres ils cessèrent pour de bon de se bagarrer. Alors, une fois qu'elle les eut matés, Gesuina se fit tendre envers les garçons. Elle leur glissait en douce des cuillerées de ricotta sucrée et des figues fraîches qu'elle pelait pour eux.

À elles deux, Pina et Gesuina faisaient régner l'ordre dans la maison, tandis que de leur côté Amedeo et Rizzu faisaient tourner le café. La grossesse progressait. Vint l'automne. Pina eut des envies fulgurantes. Elle avait soif de la poussière des chemins, des brindilles dont les loriots faisaient leurs nids dans les peupliers de la cour, si bien que Gesuina lui prédit qu'elle accoucherait d'une fille.

« Les envies singulières, c'est la marque qu'on attend une petiote », répétait-elle à l'envi.

Elle se mit à dire « elle » pour parler du bébé. La vieille avait sa propre logique et il n'était pas question de chercher à la contester.

Amedeo prévoyait de faire naître son quatrième enfant à l'hôpital de Syracuse. Son équipement médical commençait à être dépassé, il lui avait fallu jeter quelques instruments à cause de la rouille et il n'avait pas consulté une seule revue spécialisée depuis 1921. Non, il n'était plus capable d'accoucher lui-même son épouse, ou du moins ne se sentait-il pas de taille à endosser cette responsabilité.

— Un peu avant le terme, Pierino nous fera traverser dans sa barque, expliqua-t-il à Pina au début du mois de novembre.

Il brossait l'épaisse crinière noire de sa femme alanguie, caressait ses épaules nouées tandis qu'aux fenêtres grondait la première tempête de la saison.

— Tu y resteras jusqu'à l'accouchement.

Tout était déjà arrangé, affirma Amedeo. Rizzu avait un cousin fermier dans la région de Syracuse qui prendrait Pina sous son toit. Pour vingt lires par jour, sa femme lui servirait d'infirmière et, le moment venu, ils emprunteraient l'automobile d'un voisin pour conduire Pina à l'hôpital.

Pina refusa tout net.

— C'est à cause des superstitions de Gesuina ? s'enquit son mari. Tu sais, accoucher dans un hôpital, c'est sans danger. Il ne faut pas que tu écoutes les délires de la vieille. Elle n'a jamais mis les pieds dans un hôpital moderne. Les lampes électriques, les médecins en blouse blanche, l'odeur du désinfectant, ça l'effraie, voilà tout.

— Il ne s'agit pas de ça, le détrompa Pina. Je n'ai pas peur des hôpitaux. C'est une intuition que j'ai.

Amedeo connaissait trop bien son épouse pour se rire de ses instincts. N'avait-elle pas annoncé la venue d'Aurelio et de Flavio ? Deux fils, exactement comme elle l'avait pressenti, puis « pourquoi pas une fille » ?

— Mon enfant naîtra sur cette île, comme ses frères, conclut-elle. Je le sais. Et elle viendra quand le moment lui semblera bon, avant qu'on soit prêts. J'en ai la conviction.

La suite des événements lui donna raison. Le bébé arriva brusquement, dans des trombes d'eau et de sang, avec huit semaines d'avance.

La première chose qu'Amedeo entendit, ce fut les cris de Pina, « *Ahi ! Ahi !* ».

Afin de pouvoir surveiller à distance les garçons, au début de la grossesse de sa femme, Amedeo avait sorti de ses gonds la porte de la cuisine et l'avait remplacée par un rideau. Voici que Gesuina en soulevait le tissu et approchait en claudiquant.

— Où êtes-vous, *dottore* ?

— Je suis là.

— Vous feriez bien de fermer le café pour la journée et de monter voir Pina, la pauvrette.

Une clameur s'éleva parmi les consommateurs. Mais Gesuina donna un grand coup de poêle d'acier sur le comptoir, chassa un à un de leurs chaises les joueurs de dominos et expédia tout le monde sur la place cinglée par la pluie. Cela fait, d'un geste décidé, elle ferma les volets pour décourager les curieux.

Dans la cuisine, Pina se tenait au-dessus d'une mare de liquide, agrippant son ventre à deux mains.

— *Amore ?* murmura Amedeo.

Il voulut la prendre dans ses bras mais elle se dégagea et se mit à déambuler dans la maison, ne lui laissant pas d'autre choix que de la suivre. Elle monta et redescendit l'escalier, traversa la cuisine, pénétra dans le café pour en ressortir aussitôt et, partout où elle se rendait, elle laissait un sillage de sang. Amedeo, sur ses talons, l'assaillait de questions, désespéré :

« Quand ont commencé les douleurs, *amore* ?... Combien de temps durent tes contractions ?... Sont-elles violentes ? Sont-ce les mêmes que pour Tullio, Flavio et Aurelio, ou bien sens-tu une différence ?... *Amore*, réponds-moi, tu me fais peur, tu fais peur aux garçons... »

En effet, Flavio, leur fils cadet, s'était redressé tout seul dans l'encadrement de la porte et fixait la scène avec de grands yeux. Dans leur chambre, Aurelio piaillait, oublié, réclamant de l'attention.

— Il est trop tôt..., sanglota Pina. Elle arrive trop tôt. Il faut que je mette un terme aux contractions, sans quoi elle mourra. Elle doit naître en février, nous sommes à peine en décembre !

Mais Amedeo vit sans l'ombre d'un doute qu'on n'empêcherait pas la venue de l'enfant.

— Allonge-toi, *amore,* ordonna-t-il à son épouse, et essaie de pousser. C'est la seule chose à faire : il faut mettre au monde l'enfant.

Gesuina acquiesça :

— Il faut bien respirer, puis pousser. Poussez, *cara* ! Poussez !

— Non ! vagit Pina. Je ne veux pas pousser ! Il ne faut pas ! Je ne peux pas !

— Je vais chercher la statue de Sant'Agata ! s'écria Gesuina, avant de disparaître de son pas inégal.

Alors, avant qu'on ait rien pu faire de plus, Pina s'écroula d'un coup sous la table de jeu. Amedeo tendit les bras et mit au monde l'enfant.

— Elle respire ! déclara-t-il. Pina, elle respire !

— Regarde comme elle est petite, répondit Pina en pleurant. Et si faible... Amedeo, elle ne survivra pas et ça va me briser le cœur !

— Elle vivra, protesta le médecin, véhément, en frictionnant l'enfant. Elle vivra.

Mais à l'examiner plus attentivement il sentit sa poitrine se comprimer. De fines veines couraient sur son petit crâne, son buste était étroit, sa peau, rose et translucide. Amedeo avait vu naître extrêmement peu d'enfants aussi frêles, et presque tous avaient été mort-nés. Il s'admonesta : à Syracuse, ils auraient su quoi faire ! Mais il était trop tard. L'enfant ne survivrait jamais à la traversée en barque, pas en plein cœur de l'hiver. D'une chose, il était certain : qu'elle vive ou qu'elle meure, ce serait ici, sur l'île.

Elle grelottait.

— Et si nous lui donnions un prénom ? suggéra-t-il en ouvrant sa chemise pour la presser contre son torse, la première source de chaleur à laquelle il songea dans la confusion du moment.

— Je ne peux pas, répliqua Pina. Je ne peux pas la regarder. Pas encore. Pas si elle doit mourir.

Rien n'avait préparé Amedeo à ce quatrième enfant. Elle était trop faible pour téter, et il fallait la nourrir goutte à goutte à l'aide de la cuiller d'argent du baptême d'Aurelio. Pina pleurait sans discontinuer, toutes ses forces anéanties. Amedeo ferma le café et prit soin de l'enfant lui-même. Son univers s'était réduit à une unique chose : sa fille. Tout le jour, il la portait dans le creux de son bras ; la nuit, il la veillait. Sous son berceau, il plaça une vieille bassinoire pleine de braises presque éteintes, car l'île connaissait l'un de ses hivers les plus féroces et le moindre courant d'air aurait pu attenter à ses jours. L'enfant pleurait à peine. Un réseau de veines lui quadrillait toujours la tête et ses oreilles restèrent longtemps contusionnées des suites de l'expulsion.

Au cours de ces premières nuits, quand ni le père ni l'enfant ne trouvaient le sommeil, Amedeo lui récita toutes les histoires qu'il connaissait. Celle de la fille devenue pomme, devenue arbre, devenu oiseau. Celle de la jeune épouse et du perroquet conteur. Et une autre encore, du cru de Gesuina, dans laquelle un jeune homme concluait un pacte avec le diable pour sauver son père malade. Le père guérissait, le garçon partait à l'aventure, accumulait richesses et succès, devenait roi et, tout à son bonheur, en oubliait le pacte, si bien que lorsque le diable vint le prendre, au bout de dix années, il refusa de le suivre.

Par ces nuits irréelles, sous les toits, quand rien ne troublait le silence que le bruit distant du ressac, Amedeo se figurait obscurément que dans ces contes se trouvait déclinée leur histoire, à sa fille et à lui, qu'eux aussi étaient aux prises avec un combat millénaire inlassablement rejoué depuis l'aube des temps.

Comme à Tullio avant elle, il lui raconta la légende de l'île. Les grottes, la malédiction, les pleurs inextinguibles et Agata, la paysanne qui en était venue à bout, devenant sainte de Castellamare et patronne des infortunes. Lui qui n'avait jamais été versé en religion, il s'abandonna à la superstition. Lui que l'idée d'un au-delà n'avait jamais empêché de dormir, il brûlait désormais de baptiser sa fille au plus vite.

— Fais-le, toi, lui dit Pina. Moi, je ne le supporterai pas. Pas si le Seigneur et Sant'Agata doivent nous la reprendre ensuite.

Il penchait pour des prénoms divins : Angela, Santa, Madonnina. Finalement, son choix se porta sur Maria-Grazia. Ç'avait été le prénom de la grand-mère de Pina. Pour deuxième prénom, il choisit Agata, au cas où la sainte, flattée, accorderait à l'enfant une miette d'heureuse fortune. En effet, depuis la naissance inopportune, à son propre étonnement ainsi qu'à son léger embarras, Amedeo se surprenait à prier la statue.

« Sant'Agata, lui disait-il, si tu veux me punir d'avoir péché avec Carmela, trouve un autre châtiment. Prends-moi autre chose pour les fautes que j'ai commises, sur ton île, mais ne prends pas ma petite. »

Éperdu de désespoir, il lui semblait qu'il aurait préféré perdre sa femme et ses trois fils plutôt que ce petit être fragile qu'il connaissait à peine et qui aurait encore dû se trouver dans le ventre de Pina, les doigts recroquevillés et les paupières closes.

Les garçons, sentant que quelque chose ne tournait pas rond, avaient cessé leur tapage dans la maison, leurs duels au bâton dans la cour. Un jour, ils avaient par inadvertance réveillé la petite en lançant contre le mur de sa chambre une balle de caoutchouc, et leur père était entré dans une rage telle qu'il avait fait peur à tout le monde, Gesuina compris. La balle avait volé par la fenêtre, échouant dans la brousse de figuiers de Barbarie, et à compter de ce moment les garçons s'étaient assagis. Même le petit dernier, Aurelio, semblait avoir compris que sa sœur flottait dans une zone floue entre la vie et la mort.

Le café ne rouvrait toujours pas ses portes. Gesuina éloignait sans coup férir les voisins venus apporter des plats d'aubergines au gratin ou assouvir leur soif de cancans. Cela n'empêcha pas la nouvelle de se répandre sur l'île : le quatrième enfant du docteur Esposito et de Pina Vella se mourait.

Lorsque le bébé eut dix jours, Amedeo fit venir son vieil ami le prêtre afin de le baptiser. Ensuite, la famille se réunit autour du berceau et il prit une photographie. Elle ne serait développée qu'une fois la crise passée et, par la suite, son regard ne se poserait jamais dessus sans qu'il en ait des sueurs froides : elle était là, sur le cliché pendu au mur de l'escalier, avec ses yeux clos, ses petits poings serrés, mais avait-elle vraiment été si petite, si rachitique ?

Le café rouvrit pour la forme à la fin de l'hiver, mais Amedeo continua de le négliger. Rien ne lui importait que sa fille. Chaque fois qu'elle dormait, saisi de terreur, il collait doucement l'oreille à sa poitrine pour entendre l'infime succion de son souffle. Au reste, elle ne dormait paisiblement que dans ses bras, ne buvait de lait que si c'était lui qui maniait la cuiller. Rizzu se mit à tenir le bar l'après-midi. Pina le relayait lorsqu'elle arrivait à persuader ses fils de jouer sagement derrière le comptoir. Le soir, en revanche, la petite était agitée, et Rizzu travaillait comme gardien chez *il conte*, aussi Amedeo se résolut-il à laisser les clients se servir eux-mêmes en alcools et en cigarettes. Sur la boîte qu'il plaça à côté de la caisse pour qu'ils y déposent leur dû, Rizzu épingla une carte postale représentant une Sant'Agata au cœur sanglant.

— Ça fera honte à ceux qui voudraient t'escroquer, expliqua-t-il à son ami. On n'est pas des voleurs, à Castellamare, mais deux précautions valent mieux qu'une. Avec la sainte qui veille au grain, on est tranquilles !

Et pour faire bonne mesure il enguirlanda le coffret de chapelets et y perça deux trous, où il planta d'énormes cierges dégouttant de cire. Sur l'envers du couvercle, il cloua un petit crucifix de bois emprunté au père Ignazio, pour le cas où un voleur aurait eu l'audace de le soulever. Que ce fût par respect pour la sainte ou par crainte de se brûler les doigts, personne ne vola jamais le contenu du coffret, et chacun y déposa les sommes qu'il devait. Ainsi, si l'on peut dire, le bar demeura-t-il ouvert.

La fille d'Amedeo ne prit assez de forces pour téter qu'à la fin du mois de janvier. Entre-temps, le lait de Pina s'était tari. Mais la petite arrivait dorénavant à aspirer des petites gorgées à la tétine. Elle se fit un peu plus dodue, un peu plus résistante – même aux yeux incrédules d'Amedeo. Cependant, l'incertitude pesait encore sur sa jeune vie mouvementée. Une toux en freina le cours de quinze jours supplémentaires, et quand la toux se dissipa, le teint de la petite arborait les symptômes de la jaunisse du nouveau-né. Amedeo l'apporta sur la terrasse et, lui couvrant les yeux d'un mouchoir, la présenta au soleil jusqu'à ce que sa peau perde sa coloration citron.

Chaque matin, derrière son comptoir, il la pesait dans sa balance à plateaux de cuivre. Enfin, un matin de février 1926, il perçut un changement, comme un frémissement léger de l'appareil, et le lendemain le plateau s'abaissa : la courbe de poids de la petite commençait enfin à grimper.

Au printemps, son rythme de croissance était devenu normal. À l'été, elle souriait. Peu de temps après, elle sut se retourner toute seule et elle entreprit de ramper.

Le développement de ses jambes, en revanche, n'était pas tout à fait normal. Son père s'en doutait depuis longtemps mais cela devint manifeste lorsqu'elle perdit sa chétivité du début. Maria-Grazia se traînait sur le plancher en se tirant avec les bras à la manière d'un lézard. Il faudrait lui poser des broches, à tout le moins. Mais c'était sans importance. Rien n'avait d'importance, tant qu'elle vivait.

Bon gré, mal gré, Amedeo reprit le travail, mais il n'en délaissa pas pour autant sa fille. Lorsqu'il tenait la caisse, il la posait sur une couverture à ses pieds, et quand il servait les gâteaux et le café, il la portait contre son ventre à l'aide d'une gigoteuse de fortune qui lui valait les railleries des paysans et l'admiration de leurs femmes.

Contre toute attente, Maria-Grazia se révéla en grandissant indépendante et gaie. Elle riait doucement à part soi tout en rampant dans son coin. Tout l'enchantait : le soleil, le gros trousseau de clés du café que son père pendit à un cordon pour mieux les faire tournoyer au-dessus de son nez, la branche de bougainvillée que Gesuina venait de cueillir et dont les pétales étaient encore tout frais… Les vieux clients lui faisaient la fête. Ils lui promettaient des prières ainsi que les habits qui n'allaient plus à leurs petits-enfants. Et, quand Amedeo avait le dos tourné, du bout du doigt ils lui tendaient des noisettes de ricotta au sucre et des brisures de gâteaux roussis.

Il fallut qu'elle fête son premier anniversaire pour qu'enfin Amedeo s'en convainque : la petite ne mourrait pas. Chacun en était entre-temps tellement assuré qu'il finit par y croire, lui aussi. Petit à petit, la vie reprit son cours.

Tout de même : Pina avait été fortement ébranlée, et lui aussi. Quelque chose s'était altéré en eux pendant le long combat de leur petite fille. Désormais, un banal chant traditionnel de l'île suffisait à faire perler les larmes sous les paupières de Pina, et Amedeo éprouvait les mêmes élans, à peine contenus, comme si quelque chose en lui s'était rompu, ou avait molli, quelque carapace qui l'avait autrefois rendu moins perméable au monde.

Une nuit, Pina lui confia qu'elle lui avait pardonné sa liaison avec Carmela, qu'elle l'avait même complètement éradiquée de sa mémoire.

— Mais nous n'aurons pas d'autres enfants, lui souffla-t-elle dans le noir en caressant son poignet. Je ne crois pas que je puisse revivre cette épreuve.

Amedeo n'y trouva rien à redire. Quatre, c'était suffisant – surtout avec trois garçons particulièrement chahuteurs et une fille qui aurait besoin de traitements spéciaux. En effet, bien qu'elle fût devenue une enfant robuste, et même turbulente, Maria-Grazia conserverait à jamais une aura de miraculée, comme si une bonne étoile présidait à son existence ou que la sainte l'avait bénie, car il n'était pas écrit, à l'origine, qu'elle survive.

2

Chaque année, à l'occasion de leurs anniversaires, Amedeo prenait ses enfants en photo. Sur celles de Maria-Grazia, il lui semblait voir se jouer une lutte entre un esprit combatif comme celui de Pina et les circonstances où cet esprit avait été jeté. Sur la première, on remarquait tout d'abord la petite sur les genoux de sa mère, puis les jambes arquées, leur difformité manifeste. Mais sur la deuxième photo, déjà, il fallait voir comment elle se tenait ! Fermement accrochée aux mains de ses parents, et comme soutenue par leur seule fierté. Sur la troisième, elle se dressait toute seule, en équilibre, les jambes caparaçonnées par des espèces de bottes en métal qui lui montaient jusqu'aux rotules et se fermaient à l'aide de sangles de cuir. L'appareil orthopédique lui donnait une drôle d'allure, elle semblait aussi alerte qu'un boxeur sur le ring. Les médecins de Syracuse avaient avisé Amedeo qu'elle devrait le porter tous les jours pendant les dix prochaines années ; on les ferait ajuster chaque automne.

La nuit, on le troquait contre un autre appareil, plus contraignant, qui lui immobilisait les jambes au moyen de tiges d'acier et qu'elle devrait porter jusqu'à ses onze ou douze ans, voire au-delà. Lorsqu'elle serait plus grande, il faudrait leur substituer un modèle plus serré. Quand on lui mettait son appareil de nuit, Maria-Grazia ne pleurait jamais ; seuls ses yeux s'étrécissaient un peu. Une fois dans le carcan de métal, elle ne pouvait plus bouger, pas même pour se retourner. Si elle avait besoin de se rendre aux commodités pendant la nuit, elle en était réduite à appeler sa mère ou son père pour qu'on l'y porte. Parfois, depuis leur chambre au rez-de-chaussée, ils n'entendaient pas ses cris et la trouvaient, au matin, attendant patiemment dans ses draps souillés, sourde aux moqueries de ses frères. Pas une fois elle ne se plaignit de ces humiliations.

Sur la quatrième photo, Maria-Grazia posait aussi droite que sur la précédente, mais devant la mer cette fois. À la vue du cliché, le cœur d'Amedeo se serrerait toujours un peu, car il savait qu'au même instant ses frères folâtraient dans les vagues, hors champ. L'appareil orthopédique ne résistait pas à l'eau, même l'air salé de l'île hâtait sa corrosion, de sorte qu'il fallait régulièrement le frotter au papier de verre et en nourrir le cuir à l'huile d'olive.

De toutes les photos de sa fille, c'était la cinquième qu'Amedeo préférait. Il lui semblait que Maria-Grazia, en dépit de son handicap, commençait à s'affirmer face à ses frères. Tandis qu'à l'école ils peinaient et piochaient, elle se révéla d'une intelligence féroce. Sur la photo, on la voyait plongée dans l'étude d'un des manuels scolaires de ses frères, ses cheveux noirs (qu'elle portait tressés, pour ressembler à sa mère) caressant la page, ses yeux couleur d'ambre pâle bordés comme ceux de Pina d'un rideau de cils soyeux. Absorbée dans un délice d'ordre privé, elle souriait. Que lisait-elle donc ? Un chapitre de l'histoire, un théorème mathématique, un extrait de l'*Iliade* ? Mystère. Quoi qu'il en soit, la petite était prodigieusement douée pour les études.

Au début, Calleja, l'instituteur, n'avait pas voulu d'elle dans son école, persuadé que sa déficience physique reflétait un retard mental. Quand Pina reçut le courrier l'informant de cette décision, elle prit sa fille par la main, la traîna jusqu'à la salle de classe et la planta d'autorité devant le tableau noir. Calleja, médusé, entortilla les pointes de sa moustache. Au commandement de Pina, Maria-Grazia lui montra ce qu'elle savait faire, comptant jusqu'à cent, additionnant, soustrayant, multipliant, récitant des poèmes de Luigi Pirandello et décrivant les constellations visibles de Castellamare. Elle avait appris tout cela toute seule, en étudiant avec zèle les manuels scolaires de ses frères. Comme le maître refusait de se laisser convaincre, Pina prit un livre au hasard sur le bureau, un exemplaire de *La Divine Comédie*, et le mit dans les mains de sa fille.

— Lis, *cara*, lui ordonna-t-elle. Lis !

Maria-Grazia savait lire, et elle s'exécuta, butant çà et là sur l'italien du continent, sur son étonnante poésie, déchiffrant les mots sans en saisir le sens :

— « Au milieu du chemin de notre vie/Je me retrouvai par une forêt obscure/Car la voie droite était perdue./Ah ! Dire ce qu'elle était est chose dure…[1] »

— Bien, bien, la coupa le maître, qui n'entendait nullement reconnaître de bonne grâce sa défaite. Qu'elle se présente à la rentrée de septembre. Nous verrons comment elle se débrouillera. Si ses notes sont suffisantes, elle pourra rester, mais seulement si ses notes sont suffisantes !

Non sans réticences, il permit à la petite de lui emprunter son volume de Dante.

Pina porta sa fille sur ses épaules sur tout le chemin du retour, pleurant tout à la fois de colère et de fierté.

La sixième photo de Maria-Grazia avait été prise la veille de son entrée à l'école, qui représentait à ses yeux une occasion plus importante que n'importe quelle fête ou n'importe quel anniversaire. Elle trembla toute la soirée comme une feuille de vigne sous la brise. Sur le cliché, elle arbore fièrement par-dessus son appareil le *grembiule* blanc des

1. *La Divine Comédie : L'Enfer* (trad. Jacqueline Risset), Flammarion, « GF bilingue », 1992. *(N.d.T.)*

écoliers et elle a, calée sous le bras, une brassée de livres neufs liés avec de la ficelle. Ses frères, eux, s'étaient repassé les leurs – en vérité, ils les ouvraient si rarement que cette économie était justifiée. Mais ceux de Maria-Grazia étaient neufs ; on les avait commandés exprès chez un libraire de Syracuse et Pierino les avait rapportés, empaquetés avec soin dans du papier brun.

À l'école, les frères de la petite s'efforcèrent à leur manière de se montrer gentils envers elle. Ils l'embarquaient dans leurs jeux tapageurs, la défendaient contre ceux qui s'amusaient à donner des coups dans son appareil ou qui lui chipaient ses livres. Mais, entre eux, un fossé commençait de se creuser. Les garçons étaient accaparés par leurs propres affaires. Tullio, un colosse comme son père, coiffé d'une broussaille de cheveux noirs et doté des mêmes sourcils imposants, cultivait une obsession pour la mécanique automobile. Aurelio, le plus proche en âge de Maria-Grazia, un garçon à l'allure trapue et à la détermination sans pareille, passait sa vie à nager. Le puîné de la fratrie, Flavio, tenait de sa mère ses traits sombres et sévères, et lui aimait à s'enfermer dans sa chambre pour y mener de longues expériences musicales avec sa trompette de cuivre. La petite Maria-Grazia était la favorite, là-dessus les garçons ne se faisaient aucune illusion. Et Maria-Grazia avait conscience, pour sa part, de n'être pas faite du même bois qu'eux, et que ni l'amour ni l'érudition n'y pourraient jamais rien changer. Tandis que les autres enfants braillaient, agitaient des bâtons et cabriolaient dans la mer, elle restait bien sagement assise sur le sable, les jambes emprisonnées dans leur carcan d'acier, et lisait des ouvrages sur les constellations.

« Ton traitement porte ses fruits, lui assurait son père pour la consoler. L'année prochaine, tu pourras retirer ton appareil de temps en temps et alors, tu iras nager, toi aussi. »

Maria-Grazia savait qu'entre-temps les autres seraient devenus trop rapides pour elle ou qu'ils se seraient lassés des bains de mer, mais elle n'en disait mot.

Préoccupé par l'isolement de sa fille, Amedeo encourageait ses amitiés avec les clients du café et les chats qui rôdaient dans la cour à la nuit tombée. Un soir qu'il tenait le comptoir, il vit Maria-Grazia accourir, tout affolée. Elle le mena auprès d'un petit chat noir d'allure plutôt rebutante, tout maculé de ses propres déjections, qui poussait de pitoyables « *Miu, miu, miu* ».

— Il est malade ! affirma la petite, en larmes.

Amedeo se baissa et examina le chaton. Il avait une plaie sur le flanc. Elle était chaude au toucher.

— Il a une infection, *cara*. Il faudrait nettoyer sa plaie, mais c'est un chat errant, tu sais : je crains qu'il ne reste pas assez longtemps chez nous pour qu'on puisse le soigner…

— Guéris-le, papa !

Plusieurs clients les avaient suivis dehors, dans le crépuscule, et s'attroupaient à présent en faisant clapper leurs lèvres d'un air navré – même ceux qui étaient connus au bourg pour détester les chats.

— Guéris-le, papa ! insista Maria-Grazia. Va chercher tes instruments et soigne-le.

— *Cara,* je ne sais pas si je peux…

— Soignez le chaton, enfin ! s'indignèrent les vieillards.

La mère du chaton épiait la scène depuis un fourré, agitant la queue, méfiante.

Amedeo se laissa attendrir. Il alla chercher sa sacoche dans la soupente. Pendant toute l'opération, Maria-Grazia continua de pleurer.

— Guéris-le, papa ! Je ne veux pas qu'il meure !

Amedeo désinfecta la plaie et reposa le chaton.

La reconnaissance de Maria-Grazia fut à la mesure de ses épanchements : sans limites. Quand, trois semaines plus tard, elle apporta à son père le petit rescapé, lui montra sa jolie cicatrice et lui fit voir comme il lui léchait gentiment les mains, il eut bien du mal à contenir sa propre émotion.

— Regarde, il va mieux ! Il va guérir ! affirma Maria-Grazia. Comme moi.

Elle disait vrai. Maria-Grazia ne serait jamais bien grande (elle demeurerait l'unique descendante d'Amedeo à n'avoir pas hérité de ses proportions de géant) mais, pour le reste, hormis son appareil, plus rien ne pouvait laisser deviner que ses parents avaient autrefois craint pour ses jours.

Maintenant qu'il ne se préoccupait plus de la survie de sa fille mais de son avenir, Amedeo reprenait lentement conscience des bouleversements du monde. Les nouvelles extérieures parvenaient à Castellamare de manière brumeuse dans le meilleur des cas. Certes, on avait évoqué au café la crise économique qui frappait l'Amérique. Les vieux joueurs de *scopa* s'étaient ébahis devant les photos de riches familles dormant dans leurs autos ou encore sous des bâches. (« Pensez, des *Americani* vivant comme nous autres ! Pardi, c'est une bonne chose que mon 'Ncilino ne soit pas parti pour Chicago, tout compte fait. ») Cependant, la situation géographique de l'île préservait ses habitants. Sauf pour s'approvisionner en cigarettes, ils ne commerçaient pas avec le continent, et les économies des grandes nations ne les touchaient qu'à peine. Comme le fit remarquer Rizzu, sur l'île, on n'avait pas d'autos dans lesquelles camper en cas de Grande Dépression, à part celle d'*il conte*, et pour cause : il n'y avait nulle part où aller ! Quant aux valeurs boursières, les villageois n'en possédaient pas. S'ils étaient actionnaires, c'était du comité de Sant'Agata ou de la guilde des pêcheurs, point.

Pourtant, aux yeux d'Amedeo, l'île aurait aussi bien pu avoir subi un glissement tectonique. Pendant l'enfance chaotique de ses rejetons, il n'avait suivi que de loin les changements qui s'opéraient en Italie. C'était comme écouter le ressac du fond d'une grotte : les affaires du monde extérieur lui paraissaient secondaires comparées à celles du monde qu'abritaient les murs de sa maison. L'année où Flavio était né, il y avait eu un certain tohu-bohu autour des élections, mais Amedeo en avait été distrait par une crise de vomissements de Tullio : le jour J, il était arrivé trop tard au bureau de vote. Ce fut le lendemain, au café, qu'il avait saisi le nœud du problème en prêtant l'oreille aux débats enflammés des clients : apparemment, sur l'île, personne n'avait prévu de voter pour les *fascisti*, à part le comte et peut-être Arcangelo, l'épicier. Pour y remédier, le jour de l'élection, le comte avait posté à l'entrée de la mairie deux de ses sbires, armés de bâtons. Les paysans qui cultivaient ses terres en avaient déduit que l'île était un navire et qu'*il conte* jetterait à la mer quiconque se rendrait coupable de mutinerie. Quand ce dernier procéda au dépouillement des urnes, les *fascisti* avaient gagné.

Peu après, *La Stampa,* un journal qu'on livrait sur l'île depuis la lointaine ville de Turin, avait publié une série d'articles sur l'assassinat d'un député socialiste du nom de Matteotti, à la suite de quoi il était devenu compliqué, pendant un moment, de se le procurer. Et lorsqu'il reparut, les rédacteurs semblaient s'être désintéressés du sujet. Sur le coup, Amedeo ne s'en était guère inquiété. La seule publication qui importait à ses clients, c'était *La Gazzetta dello Sport.*

Bien sûr, avec le recul, il se rappelait ces événements. Il se rappelait que, pendant un temps, ceux qui avaient voté pour les fascistes et les autres avaient refusé de s'adresser la parole, ce qui avait d'ailleurs alourdi l'atmosphère lors des festivités de la Sant'Agata, cette année-là. Quand était venu le moment d'élire le nouveau maire, on n'avait voté ni pour le comte ni pour Arcangelo : les habitants de Castellamare réclamaient l'ouverture du poste à d'autres candidats. Sur l'île, c'était du jamais-vu. Mais alors le conseil municipal s'était vu dissous sur ordre du Duce, à Rome, ce qui avait réglé la question. Dorénavant, Castellamare n'avait plus ni maire, ni élus quels qu'ils soient, seulement un *podestà*. Dans ce contexte, le conflit entre les partisans et les détracteurs des *fascisti* n'avait plus guère de sens. De toute façon, ce podestat, qui n'était autre que le comte, depuis les marches de la mairie où il prononça son premier discours, avait proclamé toute l'île officiellement fasciste.

À voix basse, on avait émis quelques protestations. Au milieu de la nuit, un petit groupe, enhardi par les alcools d'Amedeo, avait déchiré le drapeau fasciste et le portrait du Duce au crâne chauve qui ornaient désormais l'entrée de l'hôtel de ville. Bepe, le neveu de Rizzu, et Pierino le pêcheur, s'étant familiarisés brièvement avec le communisme pendant la guerre, prirent l'habitude d'entonner « L'Internationale » chaque fois qu'Arcangelo venait à passer (lorsqu'ils croisaient le comte, ils n'osaient pas). Jusqu'à ce qu'un soir, en rentrant chez eux, deux hommes du comte leur tombent dessus à bras raccourcis, les rudoient et les contraignent à avaler chacun un demi-litre d'huile de ricin. Après cet épisode, plus personne ne se plaignit de la fascisation de l'île, du moins pas ouvertement. Car, comme le disait Gesuina : « Il faudra bien qu'on vive ensemble quand toute cette affaire sera derrière nous. »

— Tout ça, c'est encore des divagations de Nordistes, pesta Rizzu au comptoir du café.

Il travaillait toujours comme portier et veilleur de nuit pour *il conte*, mais, depuis l'embuscade dont avait été victime Bepe, il portait moins que jamais dans son cœur son employeur.

— Ici, à Castellamare, on ne s'est jamais mêlés de politique. C'est les affaires des Italiens, ça ne nous regarde pas !

— Dans un an ou deux, ça sera passé, philosopha Gesuina. Et puis, tant qu'à être gouverné par des étrangers, autant ce Duce que les Espagnols, ou les Grecs, ou les Bourbons, les Arabes… ou que sais-je encore, ils y sont tous passés ! On n'a qu'à pas s'en mêler et continuer de vivre comme avant.

On se fit une raison et, pendant un moment, les choses se calmèrent au café Au Bord de la Nuit.

Peu après l'entrée à l'école de Maria-Grazia, cependant, *il Duce* imposa par la force sa présence à Castellamare.

La nouvelle atteignit le café un jour en début d'après-midi : deux officiels du gouvernement étaient arrivés sur l'île en bateau à moteur pour s'entretenir avec *il conte* d'une affaire de prison. Pas pour les habitants de l'île (jamais crime sérieux n'avait été commis à Castellamare), mais pour les prisonniers d'*il Duce.* D'après les officiels, on les exilait couramment en des lieux reculés, comme sur l'île de Favignana ou sur le pourtour des volcans fumants de Lipari. Castellamare remplissait les critères.

On logea les deux hommes dans une aile du manoir d'*il conte.* Chaque soir, ils buvaient à grand bruit sur la terrasse. Au bout de trois jours, ils repartirent et on n'entendit plus parler de la prison. Jusqu'à ce que, trois mois plus tard, un groupe d'ouvriers siciliens débarque et se mette à retaper les ruines aux environs du bourg à grand renfort de bâches et de pierres. (« C'était un travail pour des gars d'ici ! » rouspéta Rizzu.) La prison ouvrirait à la fin de l'été. Les détenus y seraient escortés par huit miliciens fascistes, deux *carabinieri* et un lieutenant du continent, auxquels le comte loua à prix d'ami des maisons vides qui lui appartenaient.

— On n'a jamais eu besoin de *poliziotti* chez nous, bougonna Gesuina, désormais farouchement opposée à tous ces chambardements. Il suffit d'une bonne claque ou d'un tête-à-tête avec mamie pour que les voyous filent droit. Des gardes ! Et moi qui n'y vois plus, comment est-ce que je saurai s'ils m'épient dans la rue ?

Les premiers prisonniers politiques arrivèrent à l'été, dans un grand bateau gris en provenance de Calabre. Ils portaient des barbes touffues qui firent peur aux enfants. En une longue file, ils gravirent la colline depuis le petit port, enchaînés les uns aux autres de telle manière qu'ils devaient marcher en cadence. On aurait dit l'une de ces chenilles qu'on voyait ramper aux branches des bougainvillées. Un ou deux, fermant la marche, avaient avec eux femme et enfants. On parqua tout ce monde dans les ruines à demi retapées aux abords du village. Désormais, tous les soirs, à cinq heures, résonnait le coup de clairon les invitant à regagner leurs chambres et à y rester confinés jusqu'au matin. *Il conte* avait donné à ses hommes et à ses employés des instructions très claires : défense de leur parler ou de s'en approcher.

Ayant suivi la procession des détenus du haut de la colline, Pina serra les lèvres, furieuse. Entre quatre murs, elle fustigeait le Duce, sa prison, ses harangues martiales dans les journaux, la présence sur l'île de ses ignobles gardes... Alors, le jour où elle vit Flavio et Tullio, âgés respectivement de huit et neuf ans, rentrer de l'école vêtus de chemises noires miniatures et portant des répliques d'armes (les plus beaux jouets que les garçons posséderaient jamais), elle se rendit aussi sec chez le maître, Calleja, et les lui jeta au visage par la fenêtre de sa cuisine.

— Expliquez-vous ! ordonna-t-elle, cinglante. Qu'est-ce que c'est que ça ?

— C'est... c'est l'Opera Nazionale Balilla ! répondit le maître, la tête baissée pour se protéger d'un éventuel nouveau jet. C'est une organisation pour la jeunesse... Une organisation sportive... comme les scouts. Les enfants sont tous vivement encouragés à rejoindre le mouvement. Il ne s'agit pas seulement de vos fils, signora Esposito...

— Il n'y aura pas de Balilla sous mon toit ! rugit Pina, sourde aux lamentations de ses enfants, qui pleuraient leurs beaux fusils. Pas d'armes sous mon toit ! La guerre n'a-t-elle pas suffisamment meurtri notre île ? Si mes fils veulent faire du scoutisme, je les enverrai chez le père Ignazio !

Mais les gardes fascistes se faisaient omniprésents. Sur leurs bateaux à moteur vrombissant dans l'anse rocheuse que les pêcheurs surnommaient Morte delle Barche, ou plantés aux carrefours, et l'on pouvait les voir traîner aux quatre coins de la ville, de sorte qu'il devenait risqué de s'exprimer en public. Les gardes passaient régulièrement au café acheter des cigarettes et du café corsé. En ces cas-là, Amedeo baissait la tête. Parfois, discrètement, il glissait à un détenu une boulette de riz ou une tranche de mozzarella. Pina, lorsqu'elle en voyait errer sur la place comme des âmes en peine (on leur accordait, pour vivre, cinq lires par jour, soit moins que la paie du plus miséreux des employés du comte), les priait d'entrer, les asseyait à la meilleure table et leur offrait du pain, des gâteaux et du café.

En théorie les prisonniers avaient le droit de travailler, mais en pratique il y avait sur l'île tout juste assez de travail pour ses habitants. Pina engagea néanmoins trois pauvres hères pour réparer la véranda du café. Les hommes travaillaient lentement ; ils parlaient de philosophie et d'art en un italien livresque. Ils posèrent les poutres à l'envers. Avisant le résultat, Pierino le pêcheur écarquilla les yeux.

— C'est du travail de cochon ! commenta-t-il. On dirait que ç'a été fait par *il conte* ou par le maître d'école ! En tout cas par un intellectuel qui ne reconnaîtrait pas un linteau de porte ou une poutre maîtresse même si elle lui tombait sur le coin du nez !

— Ces prisonniers sont des hommes cultivés, Pierino, lui expliqua Pina. L'un est journaliste à Trieste, l'autre, le professeur Vincio, donne des cours à l'université d'architecture de Bologne, et le troisième, Mario Vazzo, est poète.

— Ceci explique cela.

Pierino offrit à sa cousine de refaire gratuitement sa véranda.

L'attitude frondeuse de Pina déplaisait de plus en plus à Amedeo. Selon lui, elle risquait d'attirer sur les siens une attention indésirable. Mais, quand sa femme avait une idée en tête, il était inutile de s'y opposer : c'était sans espoir. Amedeo s'employa donc à éduquer ses enfants, espérant que l'orage serait passager, qu'un vent favorable l'emporterait gronder ailleurs. Les garçons lui changèrent les idées. Il fallait sans arrêt les arracher à leurs activités, chasses au lézard dans la brousse ou jeux de cailloux sur la place, pour les faire étudier, sans quoi Amedeo craignait, à juste titre, qu'ils n'obtiennent jamais leur diplôme du secondaire. Avec l'aide de Pina, il leur faisait réviser leurs leçons d'histoire, de français et de mathématiques, consultait avec eux l'atlas, leur lisait des œuvres littéraires censées affermir le caractère. Encore fallait-il, pour ce faire, leur mettre la main dessus ; c'était en soi une gageure. Puis il y avait la petite, la plus prometteuse des enfants Esposito. Elle déambulait sur ses jambes raides, des questions plein la tête : « *Papà*, pourquoi est-ce que les lézards se cachent dans les réverbères ? Qu'est-ce qui fait qu'il y a des vagues dans la mer ? Pourquoi est-ce que Gesuina a du poil au menton, comme un artichaut ? » Chaque soir, il fallait lui faire faire des exercices physiques et ajuster son appareil. Par temps frais, son père marchait avec elle jusqu'au belvédère, le long des fortifications, afin de développer ses forces. Parvenue à destination, la petite se hissait sur le muret et montrait les étoiles à son père. Elle était première de sa classe, ce qui ne laissait pas d'ulcérer le professeur Calleja. Il avait beau la noter plus sévèrement que les autres (« pour qu'elle ne devienne pas imbue d'elle-même »), elle avait sur ses camarades une avance considérable.

« Tu pourras aller à l'université sur le continent, lui répétait sa mère. Tu pourras devenir quelqu'un d'érudit. Une scientifique ou une poétesse. »

Elle tenait le même genre de discours à ses fils, mais avec moins de conviction. Pour les persuader des vertus de l'éducation supérieure, mieux valait leur montrer des photos de vastes places pleines de cafés et de glaciers, de grands fleuves où se reflétaient les lumières d'une ville (son vieil atlas de maîtresse d'école en était farci). Dans les faits, jamais on ne verrait les garçons s'approcher à moins de dix kilomètres d'une université ; ils aimaient trop les vagues, la nature et leurs parties de foot sur le parvis de l'hôtel de ville ; ils ne supportaient pas de rester enfermés dans une salle de classe. Dans le même temps, Maria-Grazia nourrissait pour les livres une passion fervente, de celle que le pêcheur voue à la mer, et ses parents se félicitaient en secret d'avoir mis au monde une enfant si intelligente.

Mais son intelligence posait un problème, ainsi qu'Amedeo commença de s'en rendre compte. La petite voyait les choses, et elle comprenait tout. Comme sa mère, elle gardait les yeux obstinément ouverts. Et comme sa mère, elle refusait de détourner le regard.

3

L'été de ses neuf ans, Maria-Grazia fut ainsi témoin de cinq événements qui la marquèrent chacun à sa manière. Avec le recul, ils lui sembleraient si chargés de sens que, toute sa vie durant, elle se les rappellerait étrangement magnifiés, comme vus à travers une eau cristalline ; ils demeureraient les souvenirs les plus nets de son enfance.

Le premier fut une dispute à propos d'un vote.

Elle rentrait à la maison par un après-midi poussiéreux, brûlant d'impatience de se baigner pour la première fois de la semaine. L'été précédent, son père lui avait enfin appris à nager comme ses frères. Quand elle avait senti ses jambes remuer librement dans l'eau, elle avait poussé un cri de joie pure. Mais la natation l'avait dégoûtée de la terre : désormais, il lui en coûtait d'aller laborieusement à pied. Il lui semblait qu'elle était née dans le mauvais élément, comme la sirène de l'histoire que lui avait contée son père, car ses jambes dans l'air lui pesaient comme si elle se mouvait dans l'eau, tandis que dans l'eau elles lui paraissaient légères comme de l'air.

Elle claudiquait donc, cet après-midi-là, au terme d'une journée d'école, traînant péniblement la jambe loin derrière ses trois frères. Avec l'expérience, elle avait appris à anticiper les jours où ses genoux grinçaient, où ses mollets dans leur cuirasse de métal lui semblaient plus lourds que s'ils s'étaient trouvés au fond de l'océan. Que n'était-elle pas née dans la peau d'une créature marine ?

À mi-chemin, ses frères détalèrent, l'abandonnant. Ils couraient, ivres de liberté, débarrassés jusqu'au lundi de « ce *stronzo* de professeur Calleja », ainsi que l'appelait Flavio. Ces trois-là, il fallait toujours qu'ils fassent la course, qu'ils rugissent, qu'ils cognent ! Sans doute se rendaient-ils chez les enfants Rizzu. Pendant les vacances de Noël, ils avaient inventé avec eux un jeu qu'ils appelaient *nemici politici* et qui les emplissait d'une jubilation mauvaise. On commençait par former deux équipes : les *fascisti* et les *comunisti*. Les *fascisti*, armés de bâtons et de bidons d'essence vides, faisaient la traque aux *comunisti* d'un bout à l'autre de l'île, tout en proférant des menaces aussi obscènes que possible, promettant aux ennemis politiques de leur faire tâter du bâton ou de leur bourrer le gosier d'huile de ricin. C'était un passe-temps exaltant, parfois violent (comme toutes les activités qu'affectionnaient les frères de Maria-Grazia), et il se soldait souvent par des yeux au beurre noir ou des genoux en sang. Plus d'une fois, leur père avait dû ressortir ses instruments de la caisse de Campari. Lorsqu'ils rentraient ainsi couverts de plaies et de bosses, leur mère devenait intraitable, inquisitrice. Maria-Grazia, pour sa part, se retirait dans la courette et jouait avec Micetto, son chat, jusqu'à ce que les tensions retombent à l'intérieur.

Tout en regardant ses frères cavaler dans la brousse, la fillette poursuivait sa douloureuse progression. Quand elle arriva enfin à la terrasse du café, il était treize heures ; l'église achevait de carillonner les notes de l'Ave Maria. S'agrippant aux branches de la bougainvillée, elle gravit les marches et s'apprêta à rentrer quand il lui sembla entendre miauler Micetto.

Elle se fraya un chemin entre les tables. Le chat se terrait dans un buisson. Grimaçant, la petite s'agenouilla.

— Viens, Micetto. Petit, petit, petit ! Micettino !

Apparemment, quelque chose l'avait terrorisé. Quand elle le ramassa, son corps était tout raide et il gémissait comme un bébé.

— Là, là, Micetto, lui chuchota-t-elle. C'est fini, calme-toi.

Peut-être qu'une vieille harpie, énervée par la chaleur, lui avait donné un coup de pied. Ça n'aurait pas été la première fois.

— J'avais pourtant dit à *mamma* et *papà* de ne plus te laisser sortir, murmura-t-elle à l'animal, le nez dans sa fourrure. Dehors, c'est trop dangereux pour toi.

Le chat était un as de l'effraction. Il se hissait en haut du portillon à la force des griffes et on l'avait même vu tirer d'un coup de patte le loquet du garde-manger afin de s'y régaler de restes de poulet. Une nuit, il était entré dans le café par une fenêtre et s'était endormi dans la vitrine, roulé en boule sur une assiette de salami dûment vidée par ses soins. Maria-Grazia craignait qu'il ne possède les mêmes tendances téméraires que ses casse-cou de frères : quand il ne s'introduisait pas dans les jardins des plus farouches ennemis des chats que l'île eût jamais portés, et qui le recevaient à coups de tapette à mouche ou de balai, il tentait obstinément de se jeter sous les roues de l'automobile d'*il conte*. Maria-Grazia le prit dans ses bras.

La place était presque déserte. La voiture du comte était garée sous l'unique palmier, son moteur cliquetant doucement dans la chaleur ambiante. Seul, un prisonnier politique traînait sous les fenêtres de Gesuina. Se pouvait-il qu'il ait frappé le chat ? La mère de Maria-Grazia avait beau répéter que les prisonniers étaient des gens importants, des gens brillants venus du nord, la fillette les trouvait un peu effrayants. Tullio racontait qu'un jour il en avait vu deux sur la terrasse, à l'aube, en train de récolter les mégots abandonnés par les clients. Ils soufflaient dessus et les empochaient. Les garçons avaient jugé l'anecdote hilarante, mais Maria-Grazia ne la jugeait pas ainsi : elle la trouvait épouvantable.

Lorsqu'elle poussa enfin la porte battante du café, elle s'aperçut qu'il retentissait de cris. Au comptoir, *il conte,* flanqué d'Arcangelo, le gros épicier, faisaient un esclandre. Ils portaient leurs chemises noires, celles qu'ils revêtaient, d'après ce que disait sa mère en privé, quand ils prévoyaient de faire du grabuge.

— Vous auriez dû garder l'autre bulletin ! vitupérait le comte. Pour prouver que vous avez bien voté pour le parti ! Vous tenez à ce que les *fascisti* nous prennent tous pour des bolcheviks ? !

— Je n'ai rien à me reprocher, insistait son père, d'une voix forte, lui aussi.

Maria-Grazia ne distinguait que sa nuque. Elle était couverte de plaques rouges, comme lorsqu'il était en colère.

— Je me suis rendu aux urnes hier après-midi, j'ai voté pour qui bon me semblait et je suis rentré chez moi, reprit-il.

— Allons, fit Arcangelo d'un ton enjôleur, soyons raisonnables. Je suis sûr que le signor Esposito a encore quelque part le bulletin inusité. Apportez-le-nous ! On y jette un œil, et puis on vous laisse travailler, et on n'en parle plus.

— Et le secret du vote, alors ? persista Amedeo. Dans l'Italie où j'ai grandi, voter est une affaire privée.

Maria-Grazia trouva l'expression étrange. Pour elle, son père appartenait à Castellamare, pas à l'Italie.

Sa mère parut sur le seuil.

— Qu'est-ce que c'est que ce raffut ?

Le signor Arcangelo ouvrit les bras, les paumes vers le plafond.

— Signora Esposito, c'est un simple malentendu. J'ai déjà signalé à votre mari et à *signor il conte* que la conversation s'envenimait un peu trop à mon goût…

Un voile de farine sur les mains et les joues (elle préparait le déjeuner), Pina s'avança.

— Je répète ma question. Qu'est-ce que c'est que ce raffut ?

Arcangelo reprit sa voix mielleuse :

— Alors, voilà : hier, *il conte* et moi-même avons dépouillé le scrutin en nos qualités de président du bureau de vote et d'assesseur… ça veut dire que…

— Je sais ce que ça veut dire, le coupa Pina. Vous semblez oublier que j'ai été institutrice avant mon mariage, signor Arcangelo.

— Bien sûr. Bref, il nous est apparu que certains électeurs avaient voté contre la liste de candidats présentés par le parti fasciste, glissant malencontreusement dans l'urne le bulletin blanc imprimé du mot « *No* », au lieu du « *Sì* » tricolore…

— C'est leur droit le plus strict, l'interrompit Pina.

Le comte poussa un grand renâclement, digne d'une otarie.

— C'est pourquoi, poursuivit Arcangelo comme si de rien n'était, nous avons jugé plus prudent, pour ainsi dire, de vérifier la loyauté des hommes de l'île en âge de voter… afin d'identifier les mécontents… dans le but de les rassurer au sujet des candidats fascistes, bien sûr.

— Bien sûr. Et vous avez jugé bon d'interroger mon mari, au cas où il ferait partie de ceux qui ont voté « non ».

— Tout juste, signora Esposito.

— Amedeo, reprit Pina, tu as toujours le bulletin inutilisé ?

Amedeo baissa les yeux, observa une minute de silence, puis, lugubre, dit :

— Oui, Pina.

— Va le chercher. Mettons un terme à cette histoire absurde.

— Je ne doute pas que votre époux a voté « *Sì* », déclara Arcangelo en tremblant comme de la ricotta. J'ai toujours pensé le plus grand bien de votre famille, signora Esposito, ainsi que de feu votre père, Dieu ait son âme, et c'est pourquoi je ne doute pas que votre époux a voté « *Sì* »…

— Il va sans dire que, pour ma part, j'espère que le contraire est vrai.

Un ange passa. Manifestement, la mère de Maria-Grazia venait de proférer une énormité.

Son père reparut.

— Tenez, dit-il en plaquant sur le comptoir un bulletin blanc. J'ai voté oui. Voyez vous-même.

— Ma foi ! s'exclama Arcangelo, haletant. Voilà qui est tout à fait satisfaisant, signor Esposito, je ne vois pas pourquoi vous vous êtes tant fait prier ! Les autres aussi ont dû montrer leur bulletin. Tout le monde est logé à la même enseigne, vous savez. Vous n'êtes pas différents des autres...

D'un coup, la mère de Maria-Grazia s'emporta :

— Veuillez sortir, ordonna-t-elle au comte et à l'épicier. Nous n'avons plus rien à vous dire.

Claquant la porte avec une violence telle que Micetto se sauva, *il conte* et son acolyte sortirent.

Maria-Grazia vit sa mère prendre le bulletin blanc et le réduire en une boulette, comme s'il s'agissait d'un devoir raté.

— Tu as dit *« Sì »* aux fascistes ? ! gronda-t-elle en se tournant vers son mari. J'ai honte pour toi !

Dehors, on entendit vrombir le moteur du comte. Micetto ! Ouvrant d'un coup la porte, Maria-Grazia se précipita, trébucha, maudit son appareil et dévala tant bien que mal les marches de la terrasse. Dans sa hâte, sa tête vint percuter le ventre de quelqu'un, expulsant à grand bruit tout l'air de ses poumons.

— *Ahi !* piailla la petite, horrifiée, persuadée d'avoir heurté le comte ou l'épicier. Pardon, signor...

L'autre la remit d'aplomb. C'était le prisonnier aperçu plus tôt.

— N'aie pas peur, lui dit-il en un italien continental digne d'un livre de poésies. J'ai attrapé ce *gatto selvaggio* au moment où il allait se jeter sur la chaussée. Il t'appartient, je crois ?

Il tenait à deux mains le petit Micetto crachant et se débattant.

Dix minutes plus tard, sa mère la trouva en train de jouer sur la terrasse avec le chat et le prisonnier. Lequel s'appelait Mario Vazzo et connaissait tout un tas de chants du continent. Lorsque la petite, émue, avait versé quelques larmes et s'était furtivement essuyé le nez du revers de sa manche, il avait fait mine de n'avoir rien vu.

Ni Pina ni Amedeo ne surent jamais qu'elle avait assisté à la scène. Maria-Grazia, de son côté, remisa l'épisode dans un coin de sa mémoire afin de l'examiner plus tard à son gré.

Le deuxième événement marquant de l'année, ce fut l'agression de Pierino.

Quelques jours après le scandale du bulletin au café, ou peut-être le soir même, Maria-Grazia se réveilla en sursaut dans son lit. Son père n'était pas venu lui mettre son appareil de nuit. En se tortillant, elle réussit à s'asseoir sur le bord du matelas, dans le carré de lumière projeté par la lune. Là, elle entreprit de masser ses mollets endoloris. En bas, le café avait fermé, mais de la cuisine lui parvenaient les voix de ses parents, qui montaient et baissaient à la façon d'un moteur de bateau. Elle les entendait souvent, ces derniers temps. Flavio toussa. Atteint d'une bronchite carabinée, il avait été malade tout l'hiver, car son père n'avait pas réussi à se faire livrer le bon médicament. Maria-Grazia l'entendait régulièrement tousser à s'en esquinter la gorge. Il ne s'exerçait plus à la trompette que de façon haletante et entrecoupée. En l'occurrence, il cherchait à étouffer une quinte, ce qui signifiait qu'il ne voulait pas qu'on l'entende.

Maria-Grazia portait son appareil depuis maintenant huit ans : elle parvenait entre-temps à faire quelques pas jambes nues. Aussi se glissa-t-elle, en crabe, sur le palier. En haut de l'escalier, elle faillit se cogner dans ses frères, assis en rang comme des *sarde* dans une conserve, la tête entre les barreaux de la rampe.

Flavio, sombre et hargneux, la fusilla du regard.

— Va-t'en ! Tu vas nous faire repérer, avec ta quincaillerie !

— Je ne porte pas mon appareil, protesta Maria-Grazia. C'est toi qui tousses !

— Bon, tu peux rester si tu promets de ne pas faire de bruit, décréta Tullio.

La fillette s'agenouilla à côté d'Aurelio. On ne distinguait pas ce qui se disait, seulement les modulations des voix.

— *Cazzo !* jura Tullio. Ils viennent d'entrer dans le café. Ils doivent savoir qu'on les écoute.

— Et c'est ta faute, râla Flavio, t'as fait trop de bruit.

— Elle n'y est pour rien, intervint Aurelio, le plus doux des trois frères.

De reconnaissance, des larmes brûlantes perlèrent soudain sous les paupières de la petite. Elle les aimait, ses frères. Elle les idolâtrait, même. Et, elle le savait depuis toujours, elle les aimait bien davantage qu'eux ne l'aimaient en retour. Même Aurelio. Car elle était toujours à la traîne. Il fallait faire des pieds et des mains pour attirer leur attention, pour la conserver un instant. Car elle était avide de les impressionner un peu, bien que furieuse d'en éprouver à ce point le besoin.

La tentation était plus forte. Elle déclara :

— Je les ai entendus, tout à l'heure. Maman trouve scandaleux que le Duce ait changé les règles et qu'il faille maintenant voter « oui » ou « non » aux élections. Elle a dit que c'était une honte. Je l'ai entendue ! Elle dit que ce n'est pas ça, la *democrazia*.

Flavio lui tomba aussitôt sur le poil :

— Et qu'est-ce que tu voudrais voter d'autre ? On vote oui si on est pour les fascistes et non si on est contre. Si vous voulez mon avis, dans la famille, on est bien durs envers le Duce.

Elle l'avait vexé. Flavio avait gagné des prix chez les Balilla. À près de treize ans, il ne contrôlait plus sa voix et de disgracieuses grappes de boutons d'acné lui dévoraient le visage mais, aux réunions des Balilla, il était le plus fort au tir au fusil, le plus fervent lors des chants d'hymnes patriotiques. Pour des occasions particulières, il jouait de la trompette et marchait au pas avec les autres membres de la fanfare, le professeur Calleja et le docteur Vitale, qui était devenu son assistant depuis l'explosion démographique de l'île et qui jouait de la grosse caisse. Pina affectait d'admirer les médailles de son fils, mais elle se dépêchait de les entreposer dans le débarras, avec les bouts de poteries de son mari. Hélas ! Il en fallait plus que cela pour décourager Flavio. Nullement démonté, il en rapportait sans cesse de nouvelles.

— Tu as peut-être raison, susurra sa sœur pour se faire pardonner.

Flavio s'écarta d'elle sans se dérider. Il avait été d'humeur massacrante toute la soirée. Il était entré tard et fatigué, sa trompette à la main : ses quintes de toux perturbant la réunion des Balilla, le maître l'avait renvoyé chez ses parents.

Tullio colla l'oreille au plancher.

— Chut ! Je crois que j'entends une troisième voix.

— Ce doit être ce prisonnier, là, Mario, qui quémande encore du travail, supputa Flavio.

— Chut ! Non. C'est un voisin.

En effet, l'homme parlait le dialecte de l'île : dans le Nord, personne ne se lamentait de la sorte, aussi obstinément et inlassablement qu'un fleuve.

— Bah ! Alors, c'est sûrement le vieux Rizzu. Il doit se soûler avec *papà*, avança Flavio. De toute façon, on n'entend plus rien.

Effectivement, les éclats de voix s'étaient tus ; on ne percevait plus qu'une plainte discrète.

— Je crois que c'est plutôt son neveu, Bepe, insista Maria-Grazia. D'ailleurs, ce soir, Rizzu est de garde chez le comte.

Mais déjà ses frères se désintéressaient de la question. Sur la pointe des pieds, ils retournèrent se coucher. Maria-Grazia, cependant, n'avait plus du tout sommeil. Ses jambes, libres de leur carcan coutumier, étaient parcourues d'une sensation de picotement pareil à un courant électrique ; elle se sentait violemment vivante. Était-ce ce qu'éprouvaient les gens qui avaient des jambes normales, comme ses frères ? Elle regagna sa chambre. De son lit, elle entendit son père monter l'escalier et attendit qu'il vienne lui enfiler son appareil de nuit, mais son ombre massive passa devant sa porte et continua son chemin. Maria-Grazia l'entendit ensuite grimper dans la soupente et, après un silence, en redescendre en courant. Par sa porte entrebâillée, elle le vit, sa sacoche à la main et son stéthoscope noir autour du cou.

Il allait quitter la maison.

Surgie de nulle part, une peur dévorante s'empara de la fillette, et l'impression de puissance qu'elle avait savourée quelques instants plus tôt s'envola en fumée. Elle gagna sa fenêtre et se hissa en s'accrochant à ses rideaux : en contrebas, son père traversait la place à la lueur de la lune et disparut.

L'enfant se rassit. Pendant une ou deux secondes, elle se tint parfaitement coite. Puis, soudain, elle se leva. Elle allait suivre son père.

Qu'avait-elle en tête en amorçant la descente de l'escalier ? En traversant, clopin-clopant, la place baignée de lune ? Elle n'aurait su le dire elle-même. Son père avait pris beaucoup d'avance, aussi se mit-elle à courir, sans plier les genoux, raide comme les soldats de bois de Flavio, pour ne pas chanceler. Furtivement, elle aperçut le talon de la chaussure de son père, sa sacoche qui se balançait tandis qu'il empruntait une nouvelle ruelle. Il lui fallut fournir un effort intense pour ne pas perdre sa trace. Ce ne fut que lorsque ses jambes menacèrent de ployer sous son poids qu'elle comprit ce qui se passait : dans sa précipitation, elle avait oublié d'enfiler son appareil au moment de sortir.

Au moins, les ruelles étaient étroites, elle pouvait s'appuyer, de part et d'autre, sur des murs pour se propulser vers l'avant. De cette manière, plus silencieuse que Micetto le chat, elle dépassa la rue marchande, contourna la fontaine qui sentait toujours le même parfum vert, par temps frais ou caniculaire, longea le mur nu et lisse de l'église, qui n'offrait aucune prise… Là, elle manqua s'écrouler. Ses jambes s'étaient mises à trembler comme si elle avait de la fièvre. Par chance, son père venait de s'arrêter, juste devant la maison étroite de Pierino.

D'après la mère de Maria-Grazia, il était de la famille. C'était un cousin, tellement éloigné qu'on ne se rappelait pas précisément la nature du lien de parenté qui les unissait, et à Noël les deux familles s'offraient des bouteilles de *limoncello* ou bien une *cassata* aux fruits confits avec sur l'étiquette des vœux affectueux.

Maria-Grazia n'avait franchi qu'une seule fois le seuil de la maison du pêcheur. C'était après la messe. Sa femme, Agata-la-fille-du-boulanger, l'avait invitée à entrer afin de prier pour elle, à cause de ses jambes. Surmontant ses réticences, la petite s'était soumise aux mains parcheminées que des vieilles avaient plaquées sur son front, à la psalmodie soporifique de leurs Notre-Père et de leurs Ave. Pierino avait fixé à la façade une multitude de cordes à linge pour étendre les draps et les tabliers de ses huit enfants, et, pendant que les vieilles priaient au premier, dans la chaleur assommante du petit salon, la maison tout entière paraissait se gonfler et claquer au vent ; le soleil clignotait entre ses voiles comme s'il s'était agi d'un navire en haute mer.

Mais cette nuit le linge pendait sans vie, les volets étaient fermés.

Son père se dirigea vers une porte sur le côté. Maria-Grazia n'eut pas le temps de le héler : déjà, il était entré. Il ne laissa dans son sillage que l'odeur d'un pied de basilic qu'il avait bousculé sur son passage.

Elle était enfermée dehors, à bout de forces. Pourquoi l'avait-elle donc suivi ?

Sa volonté se réveilla d'un coup. Elle était déterminée à découvrir ce qui se tramait. Dans un ultime sursaut d'énergie, elle se suspendit au rebord de la fenêtre.

Dans la cuisine, elle vit d'abord des bougies, comme pour une veillée funèbre. Puis des voisins, des hommes qu'elle connaissait de vue : Mazzu, Dacosta, Terazzu. Et sur la table gisait Pierino, les poils de son torse tout englués de mazout, comme l'été précédent, quand le moteur de son bateau s'était fendu en deux moitiés bien nettes, l'aspergeant de liquide poisseux. (« Vingt seaux d'eau chaude, qu'il a fallu pour le nettoyer ! s'était lamentée sa femme. Même qu'à la fin il empestait toujours le mazout. Ça puait dans toute la maison : sur les meubles, dans mes plats, et jusque dans les œufs du poulailler ! »)

Maria-Grazia distinguait Agata, à présent, à travers la vitre ; elle se tenait près du visage de Pierino. Santa Maria, la benjamine du pêcheur, était au niveau de ses pieds. Quant à Amedeo, il se voûtait pour ne pas toucher le plafond.

Quelqu'un alluma une ampoule électrique. Des zébrures sur le torse nu du pêcheur fulgurèrent à la lumière, et Maria-Grazia comprit tout de suite qu'il ne s'agissait pas d'essence mais de sang. Quelqu'un l'avait fouetté à lui mettre la chair à vif.

Son père prit la parole. La vitre arrêta certains de ses mots mais d'autres passèrent au travers et parvinrent aux oreilles de la petite, qui se cramponnait toujours au rebord de la fenêtre, pétrifiée de terreur.

— Quand ? demanda son père.

— Il y a deux heures, répondit Agata-la-fille-du-boulanger. Il avait voté « non », *signor il dottore*. C'est sa faute, à lui. Si seulement, par Sant'Agata, il ne s'était pas mis en tête de voter « non » !

Son père se mit à tamponner les plaies avec du liquide, s'interrompant par moments pour en extraire de petites échardes scintillantes qu'il déposait dans un beurrier. Tandis qu'il s'activait avec sa pince à épiler, la cage thoracique de Pierino se soulevait et retombait. Ensuite, les pêcheurs hissèrent Pierino, comme ils hissaient chaque jour leurs filets pleins de *sarde*, pour permettre au médecin de le panser, puis ils le recouchèrent délicatement sur la table.

— Qui a fait ça ? demanda pour la énième fois le père de Maria-Grazia.

Agata, bouleversée, enfouit son visage dans ses mains et se détourna.

Dans un grondement s'éleva la voix du vieux Rizzu :

— Ils l'ont porté jusqu'ici et jeté dans la ruelle. Signora Agata a entendu le choc et elle est sortie, pensant que c'étaient des chiens errants qui faisaient des leurs, au lieu de quoi elle est tombée sur le corps de son mari, avachi dans la poussière comme un sac d'ordures, et le *figlio di puttana* qui a fait le coup, il s'était carapaté. Moi, j'ai rendu ma démission au *conte*. J'en ai ma claque de ses amis et de leur politique pourrie.

— C'est *il conte* qui a fait ça ? Ou bien Arcangelo ?

Une voix :

— Non… non… pas le comte. Pas signor Arcangelo.

Pierino revint à lui dans une quinte de toux. Il se mit à se tordre sur la table. Son père l'y maintint fermement pour terminer de le panser. Pierino se démena encore pendant de terribles secondes avant de se calmer enfin.

Le médecin entreprit de soigner son crâne. D'abord, il le tondit à ras avec une lame de rasoir, dévoilant une nouvelle plaie, bien nette, comme un quartier d'orange sanguine. Il la recousit en commençant par les extrémités. Le liquide rouge qui en dégorgeait lui barbouilla les bras jusqu'aux coudes.

Maria-Grazia assistait toujours à la scène, incapable de lâcher son rebord de fenêtre : la peur la paralysait. Alors, elle se raconta une histoire. Ce n'était pas vraiment du sang qui s'écoulait de Pierino. C'était de l'essence, ou alors du sang inoffensif, celui d'un poisson. Le plus jeune des pêcheurs de l'île, Totò, qui attrapait parfois vingt petits thons en un seul après-midi puis dansait toute la nuit avec les filles sur la terrasse du café, était bien remonté un jour du port, à l'aube, trempé de sang comme un bourreau. Il avait combattu un thon plus gros que lui pendant un jour et une nuit. Même qu'ils avaient dû s'y mettre à plusieurs pour le porter jusque chez lui, dans une civière qu'ils brandissaient au-dessus de leur tête en chantant joyeusement. Le temps qu'ils arrivent chez la mère de Totò, ils étaient couverts de sang, eux aussi, si bien que la pauvre femme, à leur vue, avait tourné de l'œil ; elle n'avait même pas eu le temps de les gronder parce qu'ils salissaient ses carreaux !

Mais Maria-Grazia savait que l'histoire ne s'était pas répétée. Pierino était vieux. Seul un homme jeune comme Totò pouvait combattre un thon.

Dans la cuisine, son père achevait de soigner Pierino. Il avait recollé les bords de sa plaie aussi soigneusement que sa mère recousait les culottes déchirées de ses frères. L'opération avait duré longtemps. La lueur grise de l'aurore tombait sur la peau grise du blessé. Pierino aurait déjà dû se trouver en route pour le port, en gilet et en pantalon de tweed graisseux, traînant ses filets et ses casiers à homards…

Les rayons se réfléchissaient sur la vitre, rendant la scène un peu moins réelle. Enfin, Amedeo reprit la parole. Sa fille ne saisit pas tout, seulement quelques bribes entre deux vagues, car la mer était agitée, ce matin-là. « Petite hémorragie cérébrale… n'en connais pas l'ampleur… rétablissement compliqué… repos et soins… »

Agata-la-fille-du-boulanger se laissa tomber vers son mari comme si elle portait au cou une chaîne d'un très grand poids. Quand le père de Maria-Grazia sortit de la cahute, il se mouvait lourdement, lui aussi.

— Mariuzza ! s'écria-t-il en la voyant pendue au rebord de la fenêtre. Qu'est-ce que tu fais là ? Qu'est-ce qui ne va pas ?

Maria-Grazia tremblait très fort, elle allait lâcher prise. Comment ferait-elle pour rentrer chez elle ? Soudain plus inquiète de son propre sort que de celui de Pierino ou d'Agata ou même de son pauvre père recru de fatigue, elle se mit à pleurer. Son père s'avança, déplia un à un ses doigts crispés sur la pierre comme s'il décollait un *riccio di mare* de son rocher.

— *Gesù*, Maria-Grazia, mais qu'est-ce que tu fais là ?

— Oh, *papà*, je sentais qu'il allait arriver quelque chose de terrible, alors je suis venue te chercher, mais alors mes jambes n'ont plus voulu me porter. Je ne voulais pas vous espionner ! Je pensais que tu allais ressortir et que tu me trouverais.

— Depuis combien de temps es-tu pendue là ? s'enquit son père en la secouant un peu. Qu'est-ce que tu as vu ?

Les sanglots de la petite redoublèrent.

— Cinq minutes, dit-elle. Ça ne fait que cinq minutes. Je n'ai rien vu du tout.

— Dis-moi ce que tu as vu !

— Rien, rien !

Son père la serra contre son cœur, la berça. Enfin, il la reposa et l'examina de la tête aux pieds.

— Où est ton appareil ? s'enquit-il.

— À la maison.

— Maria-Grazia ! Tu as fait tout ce chemin, toute seule, sans ton appareil ? !

— Oui, *papà*, je suis désolée.

Contre toute attente, son père la souleva dans les airs et, malgré la puanteur et le sang et l'épuisement qui lui collaient au corps, il se mit à la faire tournoyer, fou de joie.

En cheminant dans les bras de son père, Maria-Grazia se rasséréna un peu. L'île s'animait lentement et ils devaient se montrer discrets, parce que, lui confia son père, certaines personnes ne seraient pas contentes d'apprendre qu'il avait soigné Pierino. Pour plus de sûreté, ils passèrent par l'allée privée de Fazzoli. Du linge lui claqua doucement au visage.

— Est-ce que Pierino va mourir ? lui demanda-t-elle pendant qu'il la recouchait dans son lit.

— Non. Maintenant, dors, Mariuzza. Écoute la mer.

Elle se força à émerger une dernière fois, anxieuse à cause de l'école, qu'elle allait devoir manquer, mais son père se contenta de lui caresser le front en disant :

— Chut, chut. L'école sera encore là demain, va. Dors.

Le sommeil vint, sans rêves, aussi écrasant que les vagues sur les brisants.

Le troisième événement dont Maria-Grazia fut témoin l'année de ses neuf ans avait, lui aussi, à voir avec son père.

La fin de l'été approchait. Les bougainvillées roussies s'éparpillaient, la poussière envahissait tout et tous avaient les nerfs à vif. Elle s'amusait avec Micetto sur la terrasse. À sa connaissance, ses frères jouaient au foot sur la place ; il s'y disputait chaque jour un long match qui durait de la fin de la sieste jusqu'à onze heures du soir ou minuit (les joueurs se relayaient par roulement). Soudain, elle entendit du remue-ménage et, levant la tête, elle vit ses frères au centre d'une échauffourée : Flavio échangeait des coups et des insultes avec Filippo, le petit dernier d'Arcangelo, comme deux courants contraires impossibles à endiguer, enflant et grondant dans des salves d'injures et de cailloux. Filippo reprit son ballon et cracha en visant Flavio, mais le jet était trop court et sa salive retomba dans la poussière. Tullio et Aurelio poussèrent vers la maison leur frère écumant de rage. Les autres se dispersèrent. Flavio se dégagea d'une secousse et monta en courant les marches de la terrasse.

Cet été-là, Maria-Grazia apprenait à ne pas se faire remarquer. Elle prit le chat et se tapit dans un buisson.

— Mais qu'est-ce qu'il t'a dit, enfin ? demanda Tullio à son frère. Calme-toi, Flavio ! Si *mamma* te voit dans cet état, elle saura que tu t'es battu et on se fera tous attraper.

Flavio était dans une rage indescriptible.

— Il raconte des saloperies sur *papà* ! hurla-t-il enfin. Et les autres aussi ! Mais c'est Filippo le pire. Il crie sur tous les toits qu'avant qu'on soit nés *papà* aurait fait des choses honteuses dans les grottes avec la *contessa* ! C'est rien que des mensonges !

Tullio s'éloigna, s'assit à la table la plus proche et se prit la tête à deux mains, comme le faisait toujours leur père lorsqu'il souhaitait démêler quelque problème. Flavio faisait les cent pas sur la terrasse. Aurelio, poussant un petit gémissement, se leva et alla le prendre par l'épaule.

— Ce sont des calomnies, c'est sûr, conclut Tullio, solennel. Ce qui veut dire qu'on cherche à salir notre nom. Quelqu'un veut ridiculiser *papà*, et je parie que c'est à cause de cette maudite élection dont on nous rebat les oreilles. Quelqu'un a une dent contre nous, *ragazzi*.

— Puisque je te dis que c'est ce bâtard de Filippo ! s'écria Flavio, qui supportait mal cette tentative de discussion rationnelle au sujet de son ennemi. C'est lui qui mérite une raclée ! C'est à lui qu'on doit briser les deux chevilles ! Et même que je m'en serais chargé si vous ne m'aviez pas arrêté !

La porte battante s'ouvrit et Pina parut sur le seuil.

— Qu'est-ce que j'entends ? Flavio ? Tullio ?

Son ton de maîtresse d'école suffit à faire sursauter Tullio sur sa chaise. Flavio, en revanche, ne décolérait pas.

— *Mamma*, des garçons à l'école racontent des horreurs sur *papà*, il faut qu'on leur apprenne les bonnes manières. Ça nous regarde, ce ne sont pas tes affaires à toi ni à *papà*...

— Pas mes affaires ? Si je te reprends à te bagarrer, Flavio, tu verras si ce sont ou non mes affaires ! Je te priverai de sorties. Je te ferai repriser des chaussettes, plumer des poulets et peler des patates tout l'été !

Tullio et Aurelio baissèrent la tête, dans leurs petits souliers. Mais la rage de Flavio demeurait intacte.

— *Mamma,* tu ne sais pas ce qu'ils disent ! Ils prétendent que *papà* a fait des choses avec la femme du comte. Ils racontent qu'il la sautait aux quatre coins de l'île, cette *puttana*, dans les grottes, dans les buissons !

Pina ne le gifla pas. Elle ne releva même pas ses grossièretés.

— Baisse d'un ton, dit-elle. Flavio, baisse d'un ton, et tout de suite.

— Non !

— Je t'ordonne de baisser la voix !

— Je ne baisserai pas la voix !

Subitement, la colère de Pina enfla, se fit plus forte que celle de son fils, et elle le gifla jusqu'à ce qu'il se soumette.

— Je ne vous permets pas de parler ainsi à portée de voix de nos voisins ! siffla-t-elle à ses fils, hors d'elle. Je ne le tolérerai pas ! Tout le monde à l'intérieur, et que ça saute ! Où est Maria-Grazia ? Mon risotto est en train d'attacher à cause de vos bêtises !

— C'est vrai, pour *papà* ? tenta Tullio.

— Bien sûr que non ! Tu crois vraiment que ton père aurait fait des choses pareilles ? À ton avis, pourquoi est-ce que je suis aussi furieuse ? Tu n'as donc pas assez de jugeote pour distinguer le vrai du faux ?

Elle poussa sans ménagement ses fils par-dessus le seuil, et même Flavio céda, les poings serrés. Sur la place, il ne resta plus que la chaleur et le silence.

Terrée dans les branchages, Maria-Grazia avait la poitrine serrée, mais elle ne doutait pas une seconde de l'innocence de son père.

Peu après, une nouvelle rumeur se mit à circuler sur l'île. On aurait vu Flavio rentrer tard, en rasant les murs, le soir de l'agression de Pierino. Quand on demanda au professeur Calleja à quelle heure il avait renvoyé le garçon de la réunion des Balilla, celui-ci n'avait pas hésité : c'était bien avant neuf heures. Or Flavio n'était rentré à la maison que vers dix heures, ce soir-là. Et c'était au même moment qu'on avait retrouvé le pêcheur, sa femme le confirma.

Un matin, on découvrit, fiché dans les bougainvillées du café Au Bord de la Nuit, un objet sinistre que son père chercha à lui cacher mais que Maria-Grazia vit tout de même avec une atroce clarté : un grand fouet pour chevaux aux lanières incrustées de sang séché.

Ce qui suivit constitua le quatrième événement, qui marqua la dixième année de Maria-Grazia : celui de l'humiliation de son frère.

Pendant les années à venir, il circulerait sur l'île bien des théories sur la nuit de l'agression de Pierino. L'une d'elles concernait Flavio, et sa sœur fut la première des Esposito à l'entendre, chuchotée méchamment dans son dos à l'école.

Dans cette version des faits, Flavio Esposito, libéré en avance de la réunion des Balilla, empruntait un sentier détourné, celui qui traversait le champ de cactus, gagnait la route aux alentours de neuf heures et demie, à l'heure où Pierino rentrait de la pêche. Celui-ci était seul et, grisé par l'excellente prise du jour, il quittait la *tonnara* et escaladait la colline sans se douter que le jeune Esposito le suivait comme une ombre. Parvenu à l'angle de la maison de Pierino, sous le linge qui séchait, Flavio l'avait assailli. Tout le monde savait que le fils de l'ancien médecin était un bon petit fasciste et le protégé de Calleja. Mais cette fois, vraiment, il était allé trop loin. Il aurait pu se contenter de faire boire au pêcheur un peu d'huile de ricin. De plus, Pierino n'était-il pas de la famille de sa mère ? Non, vraiment, c'était une honte. Quoi qu'il en soit, dans cette version des faits, Flavio frappait l'homme au crâne, lui faisant perdre connaissance, puis il lui fouettait la poitrine alors même qu'il était à terre. Ensuite, il avait dû rentrer chez lui par les *vaneddi*, fourrer le fouet dans les broussailles et se présenter à ses parents la bouche en cœur et la trompette au poing, l'air parfaitement innocent.

— Je n'ai rien fait ! rugit Flavio quand son père lui montra le fouet. C'est quelqu'un qui l'a mis là pour me jouer un mauvais tour ! Ils veulent tous nous humilier, ils veulent faire croire que c'était moi ! Je n'ai jamais vu ce fouet de ma vie ! Pourquoi aurais-je battu Pierino ? Il est de la famille ! Et le professeur Calleja m'a fait sortir à neuf heures et demie !

Son père le secoua par les poignets. Comment expliquait-il, alors, l'odieuse rumeur qui courait sur son compte ? Flavio ne sut pas lui répondre.

Le garçon d'écurie d'*il conte* signala la disparition d'un fouet ancien dont la description correspondait trait pour trait à celui retrouvé dans les bougainvillées. Il ignorait de quand datait le vol, car l'objet trônait depuis des années au mur de l'écurie, enrubanné de toiles d'araignée, sans qu'on y prêtât jamais attention, et ce n'était que par hasard qu'il avait soudain remarqué son absence. Peut-être l'avait-on dérobé six mois plus tôt. Peut-être aussi le jeune Esposito s'était-il introduit discrètement pour s'en emparer le soir de l'agression.

— Mais comment ? s'indigna Flavio. Hein, comment ? Je n'ai jamais mis les pieds dans cette écurie ! Et ma trompette ? Je l'avais avec moi du début à la fin. Comment aurais-je pu assommer Pierino d'une main et le fouetter de l'autre tout en tenant mon instrument ?

À la décharge de Flavio, ni Santa Maria ni Agata-la-fille-du-boulanger n'avaient entendu tousser dans la ruelle, ce soir-là, or Flavio souffrait toujours de la bronchite chronique qui l'avait tourmenté toute l'année.

Cependant, l'état de Pierino était critique. Il ne pouvait plus parler, ni bouger le côté droit de son corps. Quand sa femme et ses filles s'adressaient à lui, des larmes perlaient aux coins de ses yeux au regard tombant, mais il ne soufflait mot. La mort le guettait, cela semblait n'être plus qu'une question de temps.

D'aucuns interprétèrent son silence comme une preuve supplémentaire de la culpabilité de Flavio.

L'un des doyens du village, un joueur de *scopa*, osa un soir formuler à voix haute, au café, ces soupçons. Alors, Amedeo se dressa de toute sa stature.

— Ce n'était pas mon fils, rétorqua-t-il. Mon Flavio n'avait rien à voir dans cette honteuse agression. Quelqu'un cherche à lui faire porter le chapeau, et quand j'aurai trouvé qui, il lui faudra quitter cette île, car je l'en chasserai moi-même. Comment pouvez-vous prêter foi à une accusation si vile ?

Après ça, plus personne ne se risqua à répéter cette théorie. On se rappela, penaud, que c'était le bon docteur Esposito lui-même qui avait soigné Pierino, que sa femme était une cousine éloignée du pêcheur. Mais Flavio ne rentra jamais complètement dans les bonnes grâces des habitants de Castellamare. La rumeur lui avait laissé une souillure, indéfinissable mais indélébile. Et, le sentant, le garçon se replia plus que jamais sur lui-même et fit le vœu de quitter l'île.

Le cinquième événement dont fut témoin Maria-Grazia fut le plus difficile à décrypter ; elle ne le comprendrait réellement qu'un quart de siècle plus tard. Un soir, à la tombée du jour, le poète Mario Vazzo, les cheveux huilés et les souliers lacés par des fils de fer récupérés à la vieille *tonnara*, s'apprêtait à regagner ses pénates suite au coup de clairon des *fascisti* quand Maria-Grazia le vit marquer une hésitation, saisir le poignet de sa mère et déposer au creux de sa paume une fleur de bougainvillée qu'il avait ramassée par terre.

Cette scène, comme les autres, Maria-Grazia la rangea dans un recoin de son cœur.

4

Quoique indirectement, ce fut l'agression de Pierino qui permit à Amedeo de réintégrer ses fonctions.

À l'automne, une contre-rumeur commençait à prendre de l'ampleur à Castellamare, évinçant celle qui concernait Flavio. Quelqu'un, au café, murmura qu'*il dottore* Vitale avait refusé de traiter Pierino pour ses blessures. C'était, disait-on, pour cette raison qu'Amedeo avait dû intervenir au milieu de la nuit et qu'il continuait de le soigner en lieu et place du médecin officiel. En vingt-quatre heures, le bruit avait fait le tour de l'île. Le lendemain, le pauvre *dottore* Vitale se retrouva sans un seul patient et une file désordonnée de malades et de blessés se forma devant les marches du café Au Bord de la Nuit.

— Je ne peux rien pour vous, leur rappela Amedeo d'un ton de remontrance, sourd aux quintes de toux et aux grognements qui émanaient de la file. Je ne suis plus médecin. Allez consulter *il dottore* Vitale, il connaît votre historique et c'est lui qui a tous les médicaments.

Mais le glas de la réputation de Vitale avait sonné.

La nuit du crime, un changement s'était opéré en Amedeo. Les blessures du pêcheur n'étaient pas en cause. Pendant la guerre, Amedeo avait recousu son lot de soldats démembrés sur les berges de la Piave : il avait vu des hommes réduits en charpie, d'autres déchiquetés par les flammes et les éclats d'obus. Jusque-là, il était parvenu à dissocier ces événements de ceux de sa propre existence, de la vie privée qu'il menait derrière les portes closes de sa maison, de son café. Mais quand, émergeant de la cahute ensanglantée de Pierino, il avait découvert sa Maria-Grazia pendue à la fenêtre (sa Mariuzza ! La plus pure, la meilleure de ses enfants !), il en avait conçu une colère telle que sa conscience politique s'était soulevée et ébrouée avec la férocité d'un ours au sortir de l'hibernation.

Petit à petit, il devint militant.

Il autorisa Pina à employer le détenu Mario Vazzo comme garçon de café jusqu'au couvre-feu de dix-sept heures, s'arrangea pour faire envoyer son salaire directement à sa femme, à Milan (d'après le poète, elle avait la vie rude depuis son arrestation, contrainte qu'elle était de déménager sans cesse, et leur petit enchaînait les rhumes et les grippes). Parfois, assis derrière le comptoir, le prisonnier-poète composait sur des serviettes en papier des fragments de poèmes mélancoliques qu'il abandonnait derrière lui mais que Pina, fière d'employer un homme de son érudition, mettait un point d'honneur à récupérer.

Nul autre sur l'île n'avait à son service d'homme si cultivé que lui, et pour cause : nul autre n'avait offert de poste aux prisonniers. D'aucuns s'indignaient même de ce qu'un étranger, déjà riche de cinq lires par jour (« Ce n'est pas rien, tout de même ! »), hérite d'une position qui revenait de droit à l'un des leurs. Mais Pina avait pris sa décision, et Amedeo finissait toujours par se ranger à son jugement.

Mario Vazzo avait une toison de boucles brunes qu'il en était réduit à dompter à l'huile d'olive. Il interrogea Amedeo au sujet des légendes locales et passa plusieurs jours plongé dans son carnet de cuir rouge, à se documenter en vue de la composition d'une « épopée dramatique en vers » (termes qui arrachèrent à Rizzu un renâclement de dédain, sur quoi Pina le traita de *filisteo*, et il s'en fallut de peu que les deux ne se brouillent pour de bon). Pina ne permettait à personne de se moquer de son protégé. Si les veuves et les vieux paysans refusèrent au début de prendre au sérieux ce gratteur de serviettes, ses attaches avec l'ancienne institutrice lui valurent bientôt une forme de respect. En outre, sa fascination pour la mythologie de l'île, qu'encourageait vivement Amedeo, flattait tout Castellamare.

Pina lui conta très tôt la légende du village.

— Il doit y avoir une explication, fit remarquer le poète. À ces bruits de sanglots, à ces crânes luisants…

— Pardi ! lâcha le vieux Rizzu. Sûr, qu'il y en a une, mais elle n'est pas de ce monde. Notre île est un lieu de mystères.

Le poète prenait des notes sur tout. Quand les fascistes pénétraient dans le café, il se retirait promptement derrière le rideau de séparation. Leur présence l'indisposait. Pour remédier au problème, Pina entama une campagne de résistance passive. Elle repéra tout simplement les produits préférés des gardes : pastilles à la violette, cigarettes Modiano, telle marque spécifique d'*arancello* palermitain… Puis elle négligea d'en faire le réassort, histoire d'exaspérer les gardes.

« *Mi dispiace*, leur disait-elle. La guerre en Abyssinie a encore perturbé la chaîne d'approvisionnement. »

Les fascistes en étaient quittes pour aller se fournir chez Arcangelo l'épicier, qui, étrangement, n'avait pas de difficultés pour se réapprovisionner.

Amedeo n'était pour rien dans cette façon de faire ; pour autant, il ne voulait plus détourner le regard des événements qui secouaient son île. Sa femme avait toujours eu un temps d'avance sur lui, et ce dès le tout premier soir, quand il l'avait pourchassée à travers la maison en ramassant ses épingles à cheveux. Et, à présent comme alors, elle le devançait, et comme toujours elle avait raison.

Pierino avait été la seule famille qui restait à Pina, et celle-ci n'hésitait pas à priver son propre foyer pour envoyer chaque semaine des colis de vivres à Agata-la-fille-du-boulanger, car sa famille se débattait dans la difficulté depuis que Pierino ne pouvait plus travailler.

Un matin, quand l'île s'éveilla, on s'aperçut qu'*il dottore* Vitale était parti. En l'absence d'un médecin officiel, le comte et l'épicier ne pouvaient guère empêcher les citoyens de consulter Amedeo. Traitait-il aussi les prisonniers ? Si oui, il prenait ses précautions, cachant ses instruments et effaçant ses traces. En tout cas, les voisins prétendaient n'être au courant de rien.

Ainsi Amedeo reprit-il ses fonctions. *Il conte* lui-même souffrait d'arthrose des suites d'une vieille blessure de guerre et l'épicier était sujet à des indigestions chroniques. S'ils étaient trop fiers pour se rendre en personne chez le médecin, ils se mirent à envoyer leurs fils se fournir en remèdes chez Amedeo, comme tout le monde.

Au cours des seize années qui s'étaient écoulées depuis la naissance de Tullio, Amedeo n'avait eu de cesse de guetter l'apparition chez son « jumeau », le jeune Andrea d'Isantu, de similitudes physiques. Mais, bien que nés la même nuit, les garçons ne présentaient pas le moindre trait commun. À la connaissance d'Amedeo, ils ne communiquaient jamais, sauf quand leurs activités, scolaires ou extrascolaires, l'exigeaient. Andrea ne ressemblait pas pour autant au comte. Il avait été un enfant malingre, au teint cireux, tel un fils de miséreux, sans rien de la plantureuse adiposité du comte. Maintenant qu'il était jeune homme, sa minceur dégageait quelque chose de tendu, de nerveux. D'après les fils Esposito, ses notes étaient irréprochables (seule Maria-Grazia en obtenait parfois de meilleures que lui à son âge). Chez les Balilla aussi, il avait été une recrue exemplaire et chez les Avanguardisti, dans les disciplines sportives et au tir à la carabine, il battait même Flavio. Il ambitionnait de devenir membre actif des Fasci Giovanili di Combattimento avant d'entrer au parti. On devait l'envoyer étudier dans une université du continent.

Une fois par mois, il passait au café récupérer les cachets d'aspirine de son père. Amedeo tentait parfois d'engager la conversation. Mais Andrea ne se départait jamais de son quant-à-soi.

— Mes fils me disent que tu as de bons résultats à l'école, hasardait Amedeo.

Andrea répondait posément :

— Oui, *dottore*. Grâce au professeur Calleja, j'ai de bons résultats.

Ou encore :

— Ainsi, tu vas partir pour l'université dans un an ou deux ? Et ta mère, qu'en pense-t-elle ? lui demandait Amedeo, honteux d'évoquer à voix haute Carmela, craignant ce faisant de trahir quelque émotion résiduelle.

Mais le jeune homme se contentait de répliquer :

— Elle est contente, merci, *dottore*. Elle comprend que je veuille aller plus loin.

Sur ce point, Andrea d'Isantu mentait. Chaque fois qu'Amedeo croisait le garçon flanqué de sa mère, lors des fêtes du village ou bien dans l'auto du comte, par exemple, ça lui avait sauté aux yeux : Carmela adulait son fils. En public, elle se pendait littéralement à son bras et chassait de sa chevelure des moucherons imaginaires. Andrea tolérait ces chatteries avec la même égalité d'humeur, la même indulgence qu'il réservait à toute chose ; il laissait sa mère le choyer et le cajoler sans la repousser, comme l'auraient fait d'autres adolescents. Plus poli, plus pondéré que le comte, son père, il était mieux apprécié à Castellamare et pourtant, obscurément, on le sentait plus dangereux.

Avec *il conte*, on sait à quoi s'en tenir, bougonnait Rizzu. C'est comme ça que j'ai pu travailler pour lui pendant vingt-six ans. Il gueule quand il est en colère et il rit quand il est content. On sait quand il faut se faire tout petit et quand lui lécher les bottes pour lui demander une faveur. Il a toujours été comme ça, même petit. Pour ce qui est des terres, feu son père était plus doué que lui, mais au moins il est transparent. Tandis qu'Andrea... Avec ses yeux perçants, qui peut dire ce qu'il pense vraiment ? Il est courtois, là-dessus, rien à dire, mais vous verrez qu'au final il fera un maître plus sévère que son père.

Amedeo n'avait guère le temps de s'inquiéter du jeune d'Isantu : ses propres fils grandissaient et il allait bientôt falloir leur trouver une occupation.

Lorsqu'ils étaient petits, leur père les avait aimés d'un amour féroce, presque douloureux, mais, face aux jeunes hommes qu'ils étaient en passe de devenir, il se sentait démuni. Tullio, Flavio et Aurelio semblaient appartenir davantage au monde extérieur qu'à lui ou à Pina. Élever des enfants se révélait un lent processus de perte et Amedeo, qui l'ignorait, tombait des nues. Son cadet, le sombre Flavio, l'inquiétait particulièrement. Il nourrissait depuis quelque temps une étrange fascination pour les *fascisti*, ce qui lui valait des affrontements incessants avec sa mère. Il punaisa au-dessus de son lit un portrait du Duce ; Pina l'arracha et le fourra au fond d'un tiroir. Tous les soirs, il répétait à la trompette des hymnes fascistes, et il passait ses journées à battre la campagne en uniforme d'avant-gardiste, culottes bouffantes et calot noir, gravissant les collines, franchissant les fossés, tirant au fusil avec ses pairs. À la maison, en revanche, il était fermé comme un *riccio di mare*. Le teint jaunâtre, l'humeur maussade, il était grave et mutique, comme son père à son âge.

Tullio, par contraste, semblait intarissable. Il avait hérité de sa mère une chevelure drue et de son père une belle carrure ; alangui sur la terrasse du café, il charmait tout le monde : les filles qui rentraient de la messe, les pêcheurs avec qui il troquait des cigarettes, les joueurs de *scopa*. Son bagou faisait l'admiration de tous. Seul son père considérait d'un mauvais œil l'assurance de son aîné : elle semblait démesurée pour une île de huit kilomètres de long. D'ailleurs, Tullio parlait sans cesse de l'Amérique, où vivait un cousin des Rizzu. On racontait que ce dernier avait su tirer son épingle du jeu pendant la Grande Dépression et qu'il possédait à présent une grosse voiture à moteur et même un réfrigérateur. Amedeo craignait que Tullio ne veuille suivre son exemple. En outre, le médecin avait dû plusieurs fois l'extirper des bougainvillées où on l'avait surpris dans les bras de l'aînée des Mazzu, ce qui avait scandalisé les joueurs de *scopa*, et il parcourait l'île si vite sur sa bicyclette que Pina redoutait un accident fatal avec l'automobile d'*il conte*.

Si le plus jeune de la fratrie, Aurelio, ne parlait pas de quitter l'île, c'était qu'il s'embourbait dans les dernières années d'une scolarité poussive et astreignante. De la fratrie, c'était lui le plus proche de son père. Il l'abordait à pas de velours et réclamait la dernière histoire consignée entre les pages du carnet rouge. Il consentait encore parfois à s'asseoir avec sa sœur sur la terrasse pour taquiner le chat. Il avait un visage rond, doux, et une voix qui, par moments, échappait à son contrôle d'une façon attendrissante. Mais il ne fallait pas s'y tromper : même lui finirait par se lasser de chasser le lézard dans les broussailles, de sauter dans le même carré de mer depuis le même banc de rochers, chaque dimanche, chaque été, de disputer d'interminables parties de foot sur la place du village. Amedeo ne se leurrait pas. Il avait bien remarqué sa façon de suivre Tullio partout, imitant sa démarche élastique, copiant sa coiffure gominée. En fait, ses trois fils avaient adopté une dégaine qu'ils pensaient propres aux vedettes du cinéma américain et tous trois huilaient leurs cheveux comme Mario Vazzo, le poète.

Pour empêcher les garçons de quitter l'île, Amedeo allait devoir ruser. Aussi les immergea-t-il dans la vie du café. Il leur apprit à préparer le café et le chocolat, comme le lui avait enseigné Gesuina près de vingt ans auparavant. Il les fit veiller jusque tard dans la nuit pour leur apprendre à réaliser de belles pâtisseries et des *arancini*. Il les appâtait en leur promettant un petit pourcentage sur les bénéfices ; avec, ils s'achèteraient ce qu'ils voudraient : chocolat, cartes de football, petits cadeaux pour les jeunes filles du voisinage qui traînaient dans les parages le samedi soir, espérant entrapercevoir « les garçons Esposito ».

La vérité, c'était que le travail d'Amedeo comme médecin officieux de Castellamare lui prenait énormément de temps et qu'il était bien content de déléguer à ses fils la charge du café. À cette époque, on frappait à la porte du fond pour se faire poser un plâtre ou arracher une dent, et à la porte d'entrée pour se faire servir un café ou un verre de liqueur – parfois même on faisait les deux, dans le courant de l'après-midi ! Ensuite, patients et clients se prélassaient ensemble sous la tonnelle en sirotant leurs boissons, admirant la vue qu'offrait la situation singulière de l'établissement : d'un côté courait la masse grouillante et lumineuse de l'Europe, de l'autre s'étirait l'immensité de la mer.

C'est là qu'un jour Amedeo trouva sa fille en pleurs.

— Qu'y a-t-il, Mariuzza, lui demanda-t-il en la picorant de baisers. C'est Micetto ? Il est malade ?

— Mais non, se fâcha-t-elle. Ce n'est pas ça, *papà*.

— Quoi, alors ? Tes jambes te font souffrir ?

— *Papà*, cela fait au moins trois ans que je n'ai plus mal aux jambes !

Il supposa qu'elle disait vrai.

— Alors qu'est-ce qui te chagrine ?

Maria-Grazia eut un petit soupir irrité.

— Pourquoi est-ce que tu ne me demandes jamais de t'aider au café ? Flavio, Aurelio et Tullio, ils ont le droit, eux ! Pourquoi tu ne me laisses pas rejoindre les Piccole

Italiane, comme les autres filles, et participer aux marches, aux camps, aux chansons ? Les garçons, ils sont tous chez les Balilla. Je sais chanter, tu sais, *papà* ! Et je saurais t'aider à tenir le café, et faire les comptes, et placer les commandes. Je serais toujours plus douée que Tullio, qui a sans arrêt le nez dans ses magazines de voitures, ou qu'Aurelio, qui fait tout de travers !

Un peu abasourdi par ce torrent de mécontentement, Amedeo protesta :

— Tu voudrais travailler au café ? Allons ! Tu es brillante, tu feras des études un jour ! Et tu ne veux tout de même pas participer aux rassemblements fascistes, à leurs activités du samedi, si ?

— Mes jambes sont guéries ! tonna Maria-Grazia. Et tout le monde y va sauf moi ! Je suis la seule de l'île à ne pas y participer !

Furieuse, elle se leva et disparut derrière le rideau du café. Il l'entendit s'éloigner – son pas restait un peu inégal – et en conçut une pointe d'exaspération mâtinée d'amour paternel. Ainsi donc, même Maria-Grazia allait devenir adolescente, récalcitrante ? Il lui semblait qu'il ne le supporterait pas. Plus tard, il alla la trouver et, l'amadouant en l'appelant par les petits noms qu'il lui donnait tout en lui glissant son gâteau préféré, il lui promit qu'elle pourrait rejoindre, à l'essai, les Piccole Italiane.

L'essai ne fut pas concluant. Les Piccole Italiane ne voulaient pas d'elle dans leurs rangs. Le professeur Calleja arguait que, handicapée par ses jambes débiles, elle n'arriverait pas à suivre le rythme.

Dans une tempête de larmes, Maria-Grazia remonta en trombe les marches du café, refusant de répondre aux questions de son père.

— Je ne veux plus jamais entendre parler des Piccole Italiane ! lui cria-t-elle. Je vais me faire nonne sur le continent !

Ce fut Mario Vazzo, le poète, qui réussit à la convaincre de ressortir de sa chambre. Il lui fit une telle sérénade qu'à son corps défendant elle finit par céder.

— Ta mère va aller dire deux mots à cet imbécile de Calleja, décréta Amedeo. Elle lui mettra du plomb dans la tête.

— *Papà*, je ne veux plus en entendre parler, répéta Maria-Grazia.

Amedeo n'eut pas l'occasion de consulter Pina sur la question. Le lendemain, les journaux ne parlaient que du Führer, le grand ami allemand du Duce, et de son offensive en Pologne. Le Duce freinerait des quatre fers pendant une année encore, mais l'imminence de la guerre fut bientôt l'objet de toutes les conversations. Et ce serait cette guerre qui, un par un, arracherait à l'île les trois fils d'Amedeo.

5

Peu après son dix-neuvième anniversaire, Tullio, comme tous les garçons de son âge, fut convoqué par courrier à une visite médicale en Sicile. Il en revint coiffé à la mode citadine et préoccupé, lui qui n'avait jamais été enclin à l'introspection, par des pensées secrètes qui le rendaient taciturne, voire renfermé. On l'avait déclaré « apte » et, quelques mois plus tard, une carte postale verte lui ordonna de se rendre immédiatement à la caserne militaire près de Syracuse.

Tullio médita pendant une demi-journée, allongé dans sa chambre au milieu des médailles de football et des petites voitures en métal. Ses frères avaient pour consigne de ne pas le déranger. Le soir venu, quand ses camarades se réunirent sur la terrasse pour causer avions et mitraillettes, cités italiennes et montagnes lointaines, il se sentait perdu. Puis le café ferma ses portes, et il alla trouver son père et sa mère pour leur annoncer sa décision :

— J'y vais. Sinon, j'aurai toujours l'impression d'être passé à côté de ma vie. De toute façon, on ne me laisse pas le choix. Autant faire contre mauvaise fortune bon cœur.

Sa résignation porta un coup terrible à Pina, bien qu'elle lui eût dès sa naissance prédit une vie loin de l'île. Il lui paraissait indécent qu'il ne pleurât pas, qu'il ne se débattît pas, qu'il leur fît simplement au revoir de la main, un grand sourire aux lèvres, le jour où le bateau de pêche l'emporta.

— On nous les prendra tous… sanglota-t-elle. Pourquoi, Sant'Agata, ai-je jamais voulu trois fils ?

Tullio leur envoya en guise de souvenir une photo de lui vêtu de l'uniforme du régiment. Tous les quinze jours, il leur écrivait des lettres évoquant en termes vagues sa nouvelle affectation. D'après la poussière qui tombait en pluie fine des pages de correspondance, ses parents le pensaient en quelque région chaude, comme leur île. En Lybie peut-être, ou encore en Abyssinie ; en tout cas pas dans le Nord, où il faisait froid. De cela, du moins, Pina était reconnaissante.

Quand Flavio reçut à son tour la carte verte de convocation, son bagage était déjà prêt, et lui aussi. Depuis des mois, déjà, il faisait dans sa chambre des pompes et des tractions afin d'être « prêt au combat ». Trois semaines après sa mobilisation, il posta de la caserne une lettre dénuée de ponctuation mais débordante d'enthousiasme, ainsi qu'une photo semblable à celle de son frère, suite à quoi ses parents ne reçurent plus la moindre nouvelle de lui.

Par le terrible jour de 1942 qui vit leur benjamin, Aurelio, quitter l'île à son tour, Amedeo, muet, dut s'agripper au comptoir pour se retenir de tomber, comme sa fille s'était agrippée au rebord de pierre de la fenêtre de Pierino des années plus tôt, et ni elle ni Pina ne trouvèrent de mots à lui dire.

Sur la photo qu'il leur fit parvenir, Aurelio paraissait larmoyant, presque poupin ; son cou portait les traces du feu du rasoir.

Les trois clichés vinrent s'ajouter à ceux qui ornaient déjà les murs de l'entrée. Parfois, quand elle descendait sans bruit l'escalier, le matin, Maria-Grazia trouvait son père planté devant.

Une nuit, elle entendit ses parents pleurer. Ce phénomène à sa connaissance inédit l'avait réveillée en sursaut. Déboussolée, elle perçut les hoquets de sa mère.

— Je n'aurais jamais dû les encourager à partir ! Je n'aurais jamais dû leur parler du continent, des universités, des villes, des *palazzi* !

— Tu en connais, ici, qui ont réussi à retenir leurs enfants ? répondit son père. Même les petits Rizzu ont été appelés sous les drapeaux, et pourtant, tu as bien vu, il a fallu que l'officier vienne les traîner de force. Qu'est-ce qu'on aurait bien pu faire ?

— *Amore*, ils ne reviendront pas ! sanglota Pina. Je le sais : ils ne reviendront pas !

Alors la voix de son père se fit perçante, elle aussi, et il se désola :

— Je n'aurais jamais dû passer ce marché avec la sainte ! Jamais je n'aurais dû négocier la vie de Maria-Grazia contre les trois leurs ! Pina, *amore*, qu'ai-je fait ? Qu'ai-je fait ?

On ne réussit jamais à lui faire dire ce qu'il entendait par là, pas plus Pina que Maria-Grazia. Mais on aurait dit qu'il savait déjà que ses fils ne reviendraient pas.

La nouvelle de la disparition de Tullio leur arriva par télégramme. On avait perdu sa trace en Égypte. Celle de la disparition d'Aurelio, survenue au cours de la même bataille, leur parvint une semaine plus tard : les deux frères, Tullio, l'aîné, le meneur, et Aurelio, le suiveur, avaient donc disparu ensemble.

Pour Flavio, la nouvelle tomba trois mois plus tard, bien qu'il eût disparu presque au même moment. S'ensuivit un courrier plus détaillé informant ses parents qu'il s'était vu décerner une médaille par le Duce pour son service en Égypte contre les Britanniques. L'enveloppe renfermait la médaille en question : c'était tout ce qu'on avait retrouvé de Flavio au moment de la retraite.

Le petit disque de métal entre les mains, Amedeo s'effondra. Le dos courbé, il jeta dehors ses clients et ferma les portes du café.

— On ne rouvrira pas tant qu'on n'aura pas retrouvé notre Tullio, notre Flavio et notre Aurelio ! lança-t-il.

Il se retira dans son bureau, sous les toits, où il se mit en devoir de polir et de repolir la médaille de bronze, comme pour en effacer l'effigie du Duce.

Par la suite, une fois de plus, Amedeo se replongea dans ses histoires avec des divagations de drogué. Pina, sommée de reprendre ses fonctions d'institutrice puisque le professeur Calleja combattait à Tripoli, s'acquittait de sa tâche avec maîtrise, mais se déplaçait à la maison comme une somnambule, elle aussi. Elle ne ressentait plus ni colère, ni passion, ni fureur, ni, en somme, aucune espèce d'émotion. Si bien que Maria-Grazia croyait vivre non plus avec sa mère mais avec son fantôme, non plus avec son père mais avec un vieillard impotent à l'échine voûtée qui n'en était que la pâle copie.

On condamna le café. Sur les glaces qui surplombaient le bar, celles qu'ornait de ses arabesques le nom de l'établissement, des taches de rouille apparurent et des lézards se mirent à courir, laissant derrière eux des empreintes tétradactyles. Comme toute chose abandonnée au soleil et à la poussière de l'île, la façade reprit à une vitesse alarmante son ancienne couleur ambrée, de sorte que, vue de loin, elle évoquait une photographie en sépia.

Ce fut dans un silence révérencieux que Maria-Grazia acheva sa croissance. Son père et sa mère étaient tous deux brisés et elle veillait sur eux avec douceur. Mais dans son cœur une tempête s'était levée. Elle n'était pas brisée, elle ! Elle avait près de dix-sept ans et la vie bouillonnait, prisonnière, en son sein, véritable poudrière d'énergie contrariée par ce carcan de silence et de deuil dans lequel il lui fallait vivre et où elle parvenait tout juste à respirer. La jeune fille refusait de croire, comme ses parents, que ses frères ne reviendraient pas, qu'on ne reverrait plus Tullio enlacer des jeunes filles dans les bougainvillées, qu'on n'entendrait plus Flavio entonner à la trompette ses éternels hymnes fascistes. Surtout, elle pensait à Aurelio, qui (bien qu'elle n'en eût jamais parlé à ses parents et qu'elle s'efforçât autant que possible de refouler ce souvenir) était venu la voir dans sa chambre, à l'aube, le jour de son départ, et avait fondu en larmes, éperdu de terreur muette, dans ses bras. Aurelio, qui avait toujours été le plus tendre de ses trois frères, lui ressemblait, elle le savait : il n'avait jamais voulu quitter l'île, il aimait ses après-midi derrière les volets clos, ses routes lourdes de chaleur et de silence. Ce petit monde lui suffisait. Mais il avait fallu qu'on l'envoie se perdre dans les déserts d'Afrique par-delà l'océan, et si Maria-Grazia s'autorisait à y penser, elle risquait, comme ses parents, de ne plus trouver la force d'habiter sa vie comme avant. Aussi décida-t-elle, pour sa propre survie, que ses frères reviendraient. Tôt ou tard.

L'été qui suivit le départ d'Aurelio, les sbires d'*il conte* s'étaient présentés au café avec une offre écrite de rachat.

« Pourquoi pas ? avait soupiré Amedeo.

— Mais que feront Tullio et Flavio et Aurelio à leur retour si on vend le café ? s'était récriée Maria-Grazia. Réfléchis, *papà*, voyons !

— Je n'ai pas la force de le rouvrir. Et ce ne serait pas rentable, de toute façon. »

Alors, lassée des pleurs de ses parents, Maria-Grazia prit les choses en main.

D'abord, elle termina sa scolarité, avec d'excellentes notes, collectionnant les huit sur dix, les neuf sur dix et même les dix sur dix en arithmétique et en italien. Puis, le lendemain du dernier jour de classe, au lieu d'ouvrir les livres qu'on lui offrit en guise de récompense (des volumes de Dante et de Pirandello, ainsi qu'un recueil de poésie fasciste), elle s'attela à la tâche de sauver le café Au Bord de la Nuit. Son père et sa mère ne s'en sentaient plus capables ? Soit. Elle s'en chargerait.

Elle rouvrit l'établissement. D'abord, elle en chassa les lézards, qui avaient un peu trop tôt considéré les miroirs comme leur territoire. Voyant s'y refléter la ligne de la mer au bleu invraisemblable, elle se prit à rêver au jour où ses frères franchiraient le seuil du café en héros décorés. Ce jour-là, peut-être, elle envisagerait d'entamer des études. Mais pas avant.

Au début, elle se contenta de menues choses. Juste de quoi tenir à distance le spectre de la ruine qui planait sur sa famille, comme planait sur tout le pays le spectre de la défaite. Il était devenu impossible de se procurer les cigarettes, les allumettes et les liqueurs qu'on faisait autrefois venir de Sicile. Une cargaison d'*arancello* avait été bombardée dans le détroit de Messine ; quant aux pistaches de Sicile nécessaires à la confection des pâtisseries, on n'en trouvait plus : les paysans, privés par l'effort de guerre de la moitié de leur main-d'œuvre et tenaillés par la famine, les avaient mangées. Dès l'entrée en guerre, les veuves de Castellamare avaient amassé des stocks de produits : fruits au sirop, chocolat chaud, paquets de *biscotti*, salami. Mais les réserves s'épuisaient. Maria-Grazia n'arrivait plus à se procurer de café ; le chocolat, il n'en était plus question depuis longtemps. Le boulanger ne fournit bientôt plus que le pain rustique et dur typique de l'île puis, quand l'approvisionnement en farine devint irrégulier, mêmes ces miches se firent rares, sèches et granuleuses au demeurant. Les porcs maigrirent et le boucher se mit à vendre des tranches de jambon fines comme des pétales afin d'en vendre moins pour le même prix. Tout ce qu'on put récolter à l'été 1942, on le récolta ; ensuite, les plus désespérés allèrent glaner les restes dans les champs, comme au XIXe siècle. Ils prirent l'habitude de fouiller les haies et les vergers abandonnés en quête d'« oranges de grand-père », ces agrumes sauvages à l'écorce verruqueuse qui pendaient encore aux branches de certains arbres, et dont certains recelaient une chair succulente et d'autres des quartiers aussi secs que du sable. Ils passèrent au crible des petits « potagers », qui n'étaient en réalité que des carrés de jeunes pousses et de mauvaises herbes qu'ils liaient en bouquets pour les vendre au marché. Ils remplirent des seaux de grands *babbaluci*, ces escargots qu'on dénichait sous les rochers après la pluie, et déterrèrent les noix tombées dans l'herbe épineuse des terres de chasse du comte, laissées en friche.

Vers la fin de la guerre, tous en seraient réduits à ces extrémités. Mais pour l'heure Maria-Grazia n'en était pas encore là. Elle servait au café des approximations des succulents gâteaux d'autrefois, l'*arancello* et le *limoncello* que distillaient les veuves de Castellamare, ainsi qu'un breuvage qu'elle baptisa *caffè di guerra* : de l'eau chaude agrémentée d'une fine poussière de café. Irrégulière, rouspéteuse, la clientèle continua malgré tout de fréquenter le café Au Bord de la Nuit, ne serait-ce que pour y voir du monde. Dans les dernières années de la guerre, quand toutes les voies ferrées eurent été bombardées et tous les ports occupés, la jeune femme bricolerait plats et boissons de fortune avec les moyens du bord : *limonata* sans sucre, café à la chicorée, pain frotté à la tomate, tartine d'oignons, tartine d'herbes.

On ne pouvait pratiquement plus se fournir en Sicile, à cause du passage incessant des navires de guerre autour de l'île, mais surtout en raison de la pénurie. Cependant, une fois de temps en temps, une manne extraordinaire s'échouait sur les rives de Castellamare. Un soir, 'Ncilino, pêcheur et gendre de Pierino, fit savoir qu'il était entré en possession d'une caisse d'appareils de radio sans fil en parfait état de marche, et qu'il était disposé à les vendre (discrètement) au plus offrant. Maria-Grazia lui mit le grappin dessus un jour qu'il remontait de la mer et demanda à voir les appareils.

Deux ou trois étaient endommagés par les flots et l'un avait un cadran cassé, mais elle en trouva un qui paraissait intact.

— Si tu me procures une batterie, et si elle fonctionne, je te l'achète, déclara Maria-Grazia.

Le café commençait à être dépassé, elle ne l'ignorait pas, et, sur un coup de tête qui lui vaudrait après coup plusieurs nuits d'insomnie, elle dépensa l'intégralité de ses deux premiers mois de bénéfices pour acquérir la radio, allant jusqu'à surenchérir lorsque Arcangelo voulut s'en porter acquéreur, pour son épicerie. Une fois que 'Ncilino, par des moyens connus de lui seul, lui eut trouvé une batterie, le poste de radio prit vie.

Elle l'installa sur le comptoir. Elle adorait la BBC, qu'ils captaient parfois, via Malte (« Quand le vent est avec nous », supposait Gesuina), ainsi que toute station qui diffusait des airs de jazz ou de musique classique ; ils étaient si différents des mélopées de l'île, or elle n'avait jamais connu que cela. Mais, sagace, elle régla la radio sur la station des informations. Apprenant que le haut-parleur pouvait à tout instant cracher en grésillant des nouvelles de leurs fils, neveux et petits-fils, les habitants de l'île se bousculaient au portillon pour s'attrouper autour du petit poste portatif et, pour ce privilège, ils consommaient volontiers du *caffè di guerra* et des tartines d'herbes et de pain croustillant.

— Si j'avais su que je te vendais le seul poste de tout Castellamare, je t'en aurais demandé davantage, maugréa 'Ncilino, plein de regrets. Mais que veux-tu, Maria-Grazia, tu es une excellente femme d'affaires, c'est comme ça ! Qui aurait cru que tu deviendrais si maligne, toi qui clopinais autrefois avec ton gros engin de métal ?

Maria-Grazia savait comment on la percevait. Sur l'île, au mieux on l'appelait « la pauvre petite handicapée », au pire « la boiteuse », ce en dépit du fait qu'elle ne portait plus d'appareil depuis l'âge de quatorze ans et que la marche, même en côte, ne la fatiguait presque plus. Elle n'avait d'ailleurs pas jeté son appareil orthopédique. Il reposait dans la vieille caisse de Campari de son père, sous les toits, parmi les autres reliques familiales. Il lui semblait encore parfois en sentir le poids fantomatique et, manifestement, les villageois aussi le croyaient toujours fixé à ses mollets. Gesuina, la vieille aveugle, avait même mis des années à s'apercevoir qu'elle ne le portait plus, car personne n'avait pris la peine de l'en informer.

— C'est vrai que je ne l'entendais plus cliqueter, observa un matin l'aïeule qui, à près de quatre-vingt-dix ans, se faisait accompagner tous les matins jusqu'à sa table, au café. Mais j'ai pensé que je devenais dure de la feuille.

Quand la guerre avait éclaté, Maria-Grazia avait quinze ans. Cette année-là, on avait observé un changement parmi les jeunes gens de l'île, une sorte de fièvre : même les plus innocentes de ses camarades de classe avaient soudain été avidement accaparées par les garçons en âge d'être mobilisés. On aurait dit qu'ils versaient des arrhes pour s'assurer de trouver à leur retour une épouse ou une chérie. Pendant des semaines, les jeunes filles accompagnées de leurs amoureux avaient traîné dans les venelles et dans les grottes du rivage, rentrant chez elles au crépuscule le cou moucheté de baisers, la peau pareille à celle du flet, s'attirant les réprimandes de leurs grand-mères. Mais pas un garçon n'avait jeté son dévolu sur Maria-Grazia. Assise seule sur les marches de la terrasse, pleine d'amertume, elle avait compris qu'à leurs yeux elle resterait toujours une personne à part, du genre pour qui l'on prie et dont on ne s'éprend pas.

Pour cette raison, et pour d'autres encore, Maria-Grazia ignorait ce qui, à la ville, aurait été une évidence : elle était belle.

Pourtant, durant ces années de guerre où les grands vaisseaux gris projetaient sur les rives des vagues pareilles à des raz-de-marée, où les vols incessants d'avions (britanniques selon certains, allemands de l'avis d'autres) survolaient l'île comme des nuées de moustiques, elle constata que sa façon de tenir le café lui valait une sorte de respect. Réticent, durement gagné, mais réel. Chacun voyait avec quel soin elle gérait l'établissement, le sauvant de la ruine comme le capitaine d'un chalutier navigue avec précaution pour le ramener en eaux sûres. Elle était douce avec les vieux joueurs de *scopa* et les veuves de Sant'Agata et elle charmait les pêcheurs à la retraite avec le même talent que Tullio avant elle. Et nul ne pouvait nier qu'elle se tenait tous les jours debout sur ses jambes pendant huit heures de rang, sinon dix, aussi droite et grande, ou presque, que n'importe quelle autre fille de Castellamare.

Ce n'était qu'au soir, quand Maria-Grazia balayait les mégots et les cartes à jouer cornées qui jonchaient les dalles, qu'elle s'autorisait à pleurer. Et encore. Elle ne s'apitoyait pas sur son sort. Elle pleurait de fatigue, simplement, épuisée par les longues journées de labeur, de solitude et d'attente interminable.

6

Vint alors le jour des bateaux.

Comme par un miracle, de grands vaisseaux gris hauts comme des églises, et d'autres pas plus gros que la vieille barque de Pierino, se massèrent à l'horizon. Agata, la sœur de Totò le pêcheur, mettait en son absence la même intrépidité que lui à écumer les eaux profondes des environs à bord de la *Santa Madonna*. Ce jour-là, elle entra au café en fin d'après-midi, le nez et les joues un peu brûlés, et raconta qu'elle s'était approchée assez près de la barre de navires pour entendre qu'on parlait à bord « une sorte d'*inglese* bizarre ».

— Combien sont-ils ? lui demandèrent les vieux joueurs de *scopa*.

D'après les estimations d'Agata, ils étaient plus d'un millier.

— *Cazzo,* jura-t-elle, peut-être même des milliers de milliers !

Et elle conclut en déclarant qu'à en juger par leur arsenal de canons ils ne venaient pas en Sicile pour visiter les temples grecs.

Sur ce, des vivats retentirent, car les habitants de l'île avaient depuis longtemps abandonné leur loyauté de façade envers le fascisme – ou le socialisme, du reste, ou tout autre « isme », quel qu'il soit. Leur préférence allait dorénavant à quiconque leur garantirait le prompt retour de leurs enfants.

Agata-la-pêcheuse, ainsi qu'on appelait la sœur de Totò, se versa dans le gosier deux grands verres d'eau, puis deux d'*arancello*, car ses lèvres étaient aussi sèches que la terre de Castellamare.

— Les pauvres, reprit-elle, je leur aurais souhaité de meilleures conditions. Il fait une chaleur de bête, et il y a un *bastardo* d'orage qui couve. Je vous parie mon chapeau qu'ils auront tous le mal de mer avant de jeter l'ancre, ces drôles d'*Inglesi*, parce que, d'après ce que j'ai entendu, c'est pas exactement des marins !

— Frotte-toi la bouche au savon, jeune fille ! lui lança Gesuina. Je ne veux plus entendre tes *bastardo* et tes *cazzo* ici, tu m'entends !

— Pardon, *nonna*.

Il n'y avait pas le moindre signe d'orage, mais tous les ancêtres d'Agata-la-pêcheuse avaient possédé ce don prodigieux de prédire le temps qu'il ferait, aussi personne ne s'avisa de la contredire. Agata, en grand pantalon d'homme, sa casquette vissée sur la tête, repartit de son pas traînant pour reprendre la mer.

Les clients se regroupèrent autour du poste de radio. La station diffusait un hymne fasciste. Maria-Grazia mit la BBC. Mais elle eut beau tendre l'oreille, les voix anglaises ne mentionnèrent pas de bateaux en Méditerranée.

— Ils parlent de la météo en Angleterre, dit-elle.

— Vous croyez vraiment qu'une invasion se prépare ? s'enquit un joueur de *scopa*.

— Si c'était le cas, ils ne nous le diraient pas, remarqua Rizzu. La vraie question, c'est de savoir si notre île sera épargnée. Est-ce qu'on fichera la paix à Castellamare, ou bien est-ce qu'on va devoir s'armer de fourches et de gaffes et se battre ?

— Je doute que les Anglais ou les Américains s'intéressent à notre tas de cailloux, observa du fond de la salle le père Ignazio. Même compte tenu de sa position stratégique et de son charme indéniable.

— *Ahi !* C'est qu'on a connu tant d'invasions depuis que le premier bébé de l'île y a poussé son premier cri ! gémit Gesuina. Vous verrez que ça va recommencer. C'est la malédiction – sauf votre respect, mon père, je ne voulais pas vous contredire.

— Je vous en prie.

Le prêtre se couvrit le visage d'un mouchoir. C'était à présent un homme vieillissant ; il passait ses après-midi à somnoler sur la terrasse du café. Mais l'agitation était telle ce jour-là que même lui ne parvenait pas à dormir.

Maria-Grazia alla toquer à la porte de la chambre de pierre, près de la courette, puis à celle du bureau de son père.

— *Mamma, papà*, réveillez-vous. Ils disent que les *Inglesi* et les *Americani* débarquent.

Son père se leva aussitôt et la suivit jusqu'au café. Cependant, les hymnes fascistes retentissaient à nouveau dans le poste, le ventilateur vrombissait comme d'habitude au plafond et tout semblait identique aux autres journées de l'année, aussi regagna-t-il sa mansarde et son carnet d'histoires.

Vers dix-huit heures, alors que la touffeur évacuait enfin la cour et la place, il appela sa fille et la pria de monter.

— Maria-Grazia, tu avais raison, lui dit-il. Regarde l'horizon.

Son père se tenait penché à la lucarne avec sur le nez une paire de jumelles gagnée par Flavio chez les Balilla. Au loin, les navires s'amassaient, en longues rangées, comme autant de gouttes de pluie le long d'un câble.

Ce spectacle troubla quelque peu la jeune femme, qui se mit à déambuler, fébrile, de chambre en chambre, puis sortit sur la terrasse au lieu de s'occuper du café comme il se devait.

Elle se trouvait, au frais, sous la tonnelle, quand elle entendit une voix d'enfant. S'accroupissant, elle trouva sous une table la petite Concetta, qui tentait sans succès d'attirer Micetto, tapi sous la bougainvillée.

— Il veut pas jouer avec moi, se plaignit la petite.

— Entre donc boire un verre de *limonata*, lui suggéra Maria-Grazia, ou manger un *arancino*, si tu as faim.

— Non ! Dedans, tout le monde me pousse et se bouscule autour de la radio.

— Je sais, mais reste auprès de moi, je vais te trouver un petit coin où tu seras tranquille.

Concetta était la fille d'Arcangelo, mais elle semblait n'être l'enfant de personne, car ni son père ni sa mère ne savaient que faire d'elle. La figure perpétuellement barbouillée, les cheveux emmêlés, elle errait sur l'île comme un petit garçon, attrapait des lézards dans son tablier et donnait des coups de bâton dans les rochers. Elle souffrait de violentes crises ; à l'âge de trois ans, elle était tombée comme une pierre sur la place, agitée de spasmes. L'écume lui sortait de la bouche. Depuis, ça ne s'était pas arrangé. Amedeo l'avait examinée et lui avait diagnostiqué de l'épilepsie, mais rien n'y faisait : les vieilles s'évertuaient à la capturer lors de ses déambulations et la traînaient jusqu'à l'église, où elles priaient pour le salut de son âme en débitant toute une litanie d'Ave et de Notre-Père. C'était la raison pour laquelle Concetta s'était mise à traîner au café, dans les pattes de Maria-Grazia.

— D'accord, je veux bien une *limonata* ; s'il te plaît, se ravisa-t-elle.

Elle se redressa, dévoilant une robe tout enfarinée de poussière.

— Et puis après, peut-être une boulette de riz. Ou deux ? ajouta-t-elle pleine d'espoir.

Maria-Grazia posa sur le comptoir un verre et deux petits *arancini* et hissa la petite sur un tabouret. Celle-ci mastiquait bruyamment sa collation, ravie, tout en buvant à grandes goulées sa citronnade. De tous les clients du café, elle était la plus facile à satisfaire. Elle n'avait pas souvenir des boulettes de riz bien grasses qu'on servait avant la guerre, et qu'on faisait avec du vrai riz et non de la mie de pain ; elle ignorait que la citronnade n'était pas supposée piquer la langue et faire grimacer, qu'elle était censée être sucrée.

— Et voilà ! annonça Concetta. Ça va mieux. Tu sais, j'avais tellement faim aujourd'hui que ça me faisait mal au ventre.

— Où es-tu allée te promener ? l'interrogea Maria-Grazia.

— Sur les cailloux, puis dans les grottes. Et après, je suis allée voir les chèvres chez les Mazzu, mais elles n'étaient pas drôles, elles ne faisaient rien qu'à rester couchées par terre en remuant les oreilles. C'est parce qu'elles ont trop chaud.

— Il faut faire attention à toi, l'avertit Maria-Grazia. Il y a toute une foule de bateaux qui se prépare, en mer.

Elle ignorait ce contre quoi, au juste, elle mettait en garde la fillette.

— Moi, les bateaux, ça ne me fait rien du tout, fanfaronna la petite. Sauf s'ils font des trucs intéressants, comme se battre. Alors, je veux bien regarder. (Elle aspira les dernières gouttes de citronnade qui collaient au fond de son verre.) Dis, pourquoi est-ce que Micetto il ne m'aime pas ?

— Oh, il est comme ça avec tout le monde. Ne t'en fais pas. Il est sauvage, c'est tout. Il n'est pas comme nous.

— Moi aussi, je suis sauvage, déclara Concetta.

Ce en quoi elle avait parfaitement raison.

Assise entre son père et sa mère dans la cuisine ce soir-là, oppressée comme toujours par leurs silences respectifs, Maria-Grazia perçut les premiers signes de la tempête. Les lames se brisaient de façon chaotique et les feuilles de palmier claquaient.

— Agata-la-pêcheuse avait vu juste, murmura-t-elle en voyant les nuages se masser à la fenêtre.

— Comment ? murmura Pina.

— Il va y avoir de l'orage.

Ce soir-là, dans sa chambre d'enfant aux murs ornés de fleurs séchées, de photos de Micetto et de bulletins de notes aux bords jaunis, Maria-Grazia ne trouva pas le sommeil. L'insomnie la narguait comme un moustique. Pourquoi n'arrivait-elle pas à dormir ? Dehors, de grandes bourrasques malmenaient les palmiers et faisaient hurler Micetto. À l'autre bout de la place, un volet claquait.

Elle descendit ouvrir au chat, comme elle le faisait toujours lorsque le temps était mauvais. Mais Micetto ne tenait pas en place, il courait en rond dans la chambre, le pelage tout hérissé, si bien qu'elle dut le remettre dehors. Alors, pour la première fois de sa vie, Micetto la mordit.

— Micettino ! le gronda la jeune fille.

Mais l'animal se terrait déjà sous le laurier-rose, vibrant de tout son être comme une bête sauvage.

Quand le vent se calma un peu, Maria-Grazia crut percevoir faiblement, au-dessus de la voûte nuageuse, le vrombissement distant des avions.

Elle avait dû dormir un peu, car elle fut éveillée par un crépitement si retentissant qu'elle crut que la maison lui tombait sur la tête.

— *Mamma !* rugit-elle. *Papà !*

Dans le noir, elle percuta son père dans l'escalier.

— Que se passe-t-il ? lui demanda-t-elle.

— C'est une fusillade. Ils tirent à la mitraillette.

— Ici ?

— Non, *amore.* En Sicile. Ils bombardent la côte. Ils sont plus loin qu'on ne pourrait le croire.

Elle courut avec lui au sommet de la maison. La vaste mer s'étalait à leurs pieds. Des éclats de lumière et des explosions déchiraient l'obscurité, et quand la nuit s'embrasait ainsi elle distinguait le grand mur gris qui masquait les étoiles, comme à l'approche d'un feu de forêt. Les minuscules maisons qu'elle avait toujours vu sur la côte comme dans un rêve, de l'autre côté de la mer, disparaissaient, englouties dans les rouleaux de fumée. Partout à la surface de l'eau s'agitaient des débris assaillis par les vagues.

— Des avions, murmura son père. Les malheureux se seront écrasés à cause du mauvais temps.

— Tu crois qu'il y a des survivants ? Il ne faudrait pas qu'on envoie nos bateaux ?

— Ils sont trop loin.

La panique fondit sur l'île. Quelqu'un s'éveilla en sursaut, courut jusqu'à l'église et, avant que le père Ignazio ait pu l'en empêcher, sonna les cloches pour alerter les villageois d'une invasion. Mazzu et ses fils, armés de fourches et de fusils de chasse, décidèrent d'improviser une mission de sauvetage en mer ; leur barque avait presque quitté le quai quand les pêcheurs les arrêtèrent : c'était trop dangereux, la houle les ferait couler par le fond en moins de deux. Pendant ce temps, une foule s'était rassemblée sur la place du village, où quelques paysans du *conte* avaient halé la statue de Sant'Agata. Gesuina et les autres veuves lui adressaient des prières tandis que le *podestà*, en d'autres termes le comte, passablement grotesque en chemise de nuit, chaussettes de laine et bottes de cuir craquelées (vestige de la Grande Guerre), courait partout en aboyant des ordres.

On murmurait que les gardiens de prison avaient pris la fuite à bord de leur bateau à moteur, abandonnant leur poste et leurs prisonniers. De fait, quand *il conte* s'en fut leur enjoindre de rétablir l'ordre, il ne les trouva nulle part.

Toute la nuit durant, les grands navires gris ne cessèrent d'affluer et de dégorger leurs équipages sur les côtes siciliennes. Vus de Castellamare, ils semblaient aussi petits que des grains de riz. Quand le soleil se leva, on put admirer un autre prodige : des vaisseaux pareils à des créatures marines émergèrent des profondeurs, accostèrent et s'éloignèrent en rasant la terre.

Au matin résonna un grondement sourd ; on en déduisit qu'*Inglesi* et *Americani* avaient pénétré au cœur de la Sicile. Il n'y avait rien d'autre à faire qu'ouvrir le café, et c'est ce que fit Maria-Grazia. Quand elle tira les stores, elle trouva à ses fenêtres une nuée de voisins qui trépignaient dehors, impatients de s'agglutiner autour de l'unique radio de l'île afin de suivre les nouvelles.

Toute la matinée, le café ne désemplit pas. Mais le bulletin d'information n'avait rien de nouveau à dire. On semblait même ignorer qu'une bataille faisait rage. Même quand Pina rentra de l'école à l'heure du déjeuner, elle ne put tirer aucune information nouvelle de la BBC, qu'elle peinait de toute manière à comprendre entre le débit trop rapide du speaker, le bruit des mitraillettes et les grésillements de la station.

C'est à ce moment-là que se produisit le miracle de l'homme surgi des flots, miracle dont la petite Concetta fut le seul témoin.

Toute la matinée, excitée par les pétarades et les crépitements de la bataille, Concetta avait sillonné l'île en quête d'un bon poste d'observation. À midi, elle était parvenue à la pointe de Castellamare, à l'endroit où la terre aride basculait vers les grottes. Le soleil lui cuisait les épaules et elle se réfugia dans la première cavité rocheuse qu'elle rencontra. Elle n'avait jamais eu peur des grottes, bien qu'on lui eût raconté leur étrange histoire de sanglots. La petite ne croyait pas à ces histoires de fantômes grecs, elles étaient trop bêtes !

La mer était à cette heure redevenue huileuse, inerte même, à peine un peu trouble en surface ; la Sicile n'était plus qu'une ombre, floue comme une brume. Qu'est-ce que

Concetta n'aurait pas donné pour posséder une paire de jumelles, comme les Balilla ! Qu'est-ce que ça faisait comme joyeux tintamarre, cette affaire, et comme fumée aussi !

Concetta ignorait ce qu'était la guerre, mais une chose était sûre : son boucan et son chaos l'enchantaient. Ils trouvaient en elle un écho naturel. Elle avait toujours considéré avec méfiance le monde qui l'entourait, ne le jugeant jamais complètement fiable. En ses six années d'existence, on l'avait badigeonnée d'eau bénite et signée contre son gré, des grenouilles de bénitier brandissant des effigies de Sant'Agata lui avaient tendu des embuscades sans fin, quant à son père, il lui faisait inlassablement égrener son chapelet alors qu'elle n'aspirait qu'à courir tout son soûl sur l'île et à ce qu'on lui fiche la paix. Pour Concetta, le monde était un rocher planté dans une mer bleue agitée, et jamais il ne lui serait venu à l'esprit qu'il était supposé avoir un sens. Elle ne savait pas quel âge elle avait, n'aurait pas su nommer une seule autre île, et pensait comme sa mère que les étoiles et les marées étaient un grand mystère, un peu comme sa maladie. Le reste était du ressort de gens comme la *professoressa* Pina Vella, comme *il conte*, des gens qui lisaient des livres sur le sujet, mais jamais leur univers ne pénétrait dans le sien.

Or voici qu'elle vit arriver de la mer une chose qui menaçait d'y pénétrer, justement. Concetta en conçut un léger frisson. Dans la bouche de la grotte, elle s'assit à croupetons et, pas plus visible qu'un caillou, elle attendit.

La chose avait la forme d'une fente, d'une noirceur entre deux vagues. Elle était si petite qu'il aurait pu s'agir d'un poisson ou d'une bouteille de verre. Puis elle enfla. Cela ressemblait plutôt à un morceau de bois. Seule Concetta assistait à son approche. La chose chevauchait la crête des vagues, disparaissait, reparaissait. Tantôt elle se brouillait, se scindait, se dédoublait ; tantôt les brumes de chaleur semblaient la faire léviter comme par prestidigitation. À un moment, elle jeta devant elle un tentacule, ou une patte, à moins que ce ne fût un bras, comme pour saisir quelque chose. Non sans stupeur, Concetta comprit qu'elle était vivante, ou au moins à demi. Sinon, comment expliquer ces étranges mouvements qu'elle décrivait dans l'eau, cette chose qui se débattait comme une *medusa* à l'agonie ?

Elle se rapprochait. Concetta vit qu'elle avait deux bras qui remuaient et à l'aide desquels elle se mouvait dans l'eau. Quand elle se trouva à quelques mètres du rivage, parmi les récifs de la crique que les pêcheurs appelaient la Morte delle Barche, elle s'immobilisa et, dans une série de gargarismes stridents et inquiétants, elle jaillit parmi les vagues comme mue par une détermination subite.

Sans s'en rendre compte, Concetta, fascinée, était sortie de sa grotte. Elle comprit que la créature l'avait vue et lui adressait des signaux. La petite en avait les bras lourds comme deux rondins de bois. Une curieuse saveur lui envahit la bouche, aussi caustique que l'huile de ricin dont se servait son père pour astiquer le comptoir de l'épicerie. Une saveur qui, chez l'enfant, était annonciatrice de spasmes. À cet indice seulement, elle comprit qu'elle avait peur. La créature continuait sa progression parmi les brisants. Elle s'approcha des écueils. Là, de grosses vagues l'avalèrent et la recrachèrent, encore et encore, jusqu'à ce que la mer la projette contre le rocher triangulaire qu'on appelait le Canetto. À ce rocher, la créature se cramponna désespérément. Les mains en visière au-dessus du front, Concetta plissa les yeux et remarqua que la créature ressemblait étonnamment à un homme étroit d'épaules, large de buste, aux bras longs comme ceux d'un singe et au visage blanc comme de la ricotta.

Les orteils de Concetta se recroquevillèrent. Elle brûlait de décamper. La créature, rassemblant ses dernières forces, se hissa sur les rochers puis replongea dans les flots. Elle parut se volatiliser une ou deux fois sous la surface avant de trouver ses appuis sur le sable fin de la plage. Doucement, à pas chancelants, elle émergea, sans cesse retombant et se rétablissant, faisant dans l'eau des bruits de noyé.

— Hé ! fit-elle. Hé !

Puis elle débita un drôle de salmigondis.

La créature portait du vert. Dans sa main, elle tenait un pistolet. Et elle s'agitait, fébrile, sans cesser de déverser son sabir insensé.

— *Sa... salve*, signore, balbutia Concetta, qui s'était entre-temps persuadée d'avoir affaire à un humain et non à un monstre marin.

L'homme s'extirpa de l'eau, tout ruisselant, et dans un grand choc mat il tomba sur le rivage. Étendu de tout son long, il ne bougeait plus.

À l'orée de la grotte, Concetta sentit la crise de spasmes desserrer son étau et passer son chemin ; le ciel bleu se fit moins oppressant, la chaleur moins écrasante, et d'un coup la peur s'évapora.

À petits pas, comme quand elle chassait le lézard dans les broussailles, elle rejoignit l'homme. Elle s'agenouilla à ses côtés. Ses cheveux étaient jaunes, comme le poil d'un chien ou d'un chat. Sa peau était si fine que, par endroits, on voyait un peu de gris ou de bleu en transparence. Peut-être avait-il très froid. Du sang s'écoulait sous lui, creusant dans le sable un trou parfaitement rond. Un crabe sortit de l'ombre et commença de s'y affairer, agitant ses pinces en rythme, telle une vieille à son tricot.

Quand Concetta eut regardé l'homme tout son soûl, elle lui demanda :

— T'es qui ?

— Ouiliou elpmi ? lui répondit l'homme. Ouiliou elpmi ? Goguételp...

— Parle comme il faut, le gronda Concetta. Utilise le dialecte ou au moins l'italien. Attends, je vais regarder ton épaule. J'ai vu travailler le *dottore* Esposito, je sais comment il fait…

Mais l'autre poussa un cri et chassa la petite d'une tape sans cesser de dégorger son babil incompréhensible. Concetta se rebiffa.

— Si tu ne veux pas parler correctement, je ne peux pas t'aider.

L'homme ne disait plus rien. Il allait dormir. Concetta se leva et s'en retourna au bourg par la côte.

Elle escalada la pente hérissée de figuiers de Barbarie, s'enfonça dans la brousse, suivit un ou deux sentiers connus d'elle seule et émergea à l'orée de la place peu après quatorze heures, en pleine sieste. Tous les volets étaient fermés. Même le prêtre n'était pas devant chez lui. Concetta monta les marches du café et poussa la lourde porte battante. Dans un coin, la vieille Gesuina somnolait, bercée par le murmure de la radio. Maria-Grazia se tenait derrière le comptoir, un gros livre calé contre la cafetière, sous le ventilateur dont les pales tournaient vainement sans parvenir à rafraîchir l'atmosphère.

— Tiens ! Voici Concetta, dit Maria-Grazia, comme chaque fois, de son ton qui vous emplissait d'un sentiment d'importance.

Concetta se dressa de toute la hauteur de son mètre vingt et déclara :

— J'ai vu un homme. Il dort près de la mer. Tu devrais venir voir, Maria-Grazia, tout de suite.

Maria-Grazia en laissa tomber son livre derrière son comptoir.

— *O, Dio !* Tu as trouvé un mort…

— Non, il est sorti de l'eau. En nageant. Il est habillé tout en vert. Et ses cheveux, ils sont comme les poils du chien des Mazzu : tout jaunes et bizarres. Et sa peau, on dirait de la ricotta.

La fille du médecin se leva.

— Où l'as-tu trouvé, Concetta ?

— Près de Morte delle Barche. (La petite réfléchit quelques instants.) Il y a du sang qui coule sous lui. Et il a un beau pistolet.

Gesuina poussa un ronflement, s'éveilla, et s'écria :

— Comment ? Un homme armé ? *Ahi*, c'est l'invasion !

Avec une alacrité affolante, elle se leva et fonça de son pas traînant pour rameuter les renforts.

— Viens, dit Maria-Grazia à la petite.

Elle prit Concetta par la main et retourna l'écriteau de carton. *Chiuso*, disait-il à présent.

— Il faut que tu répètes à mon père tout ce que tu m'as raconté, conclut Maria-Grazia. Et vite, avant que Gesuina commence à mettre le village sens dessus dessous !

Amedeo dormait souvent l'après-midi, couché en travers du canapé de velours élimé, dans son bureau sous le toit. Ces derniers temps, il sombrait plus profondément et dormait plus longtemps, de sorte qu'il lui devenait plus ardu d'émerger. Souvent, le temps qu'il se réveille complètement, le soleil avait terminé sa course au-dessus de l'île et disparu, et il reprenait ses esprits dans un monde crépusculaire. Ce jour-là, au contraire, il avait à peine fermé les yeux qu'il se redressa en sursaut. Sa fille le secouait, flanquée de la petite dernière d'Arcangelo, pieds nus et toute sale dans sa robe blanche que transperçaient les rayons.

— Qu'est-ce que c'est ? grogna-t-il d'un ton un peu trop bourru.

Concetta se mit illico à lui débiter une histoire embrouillée où il était question d'un homme en vert au teint pâle et aux cheveux comme de la paille qui lui serait apparu d'entre les flots.

— Il est blessé, expliqua Maria-Grazia. *Papà*, il a peut-être besoin de ton aide.

— Et il parlait une drôle de langue, précisa Concetta, à qui ce détail venait de revenir. Une langue qui voulait rien dire. Il répétait « ouiliou elpmi ouiliou elpmi »…

Amedeo, bien réveillé à présent, croisa le regard de sa fille.

— Qui d'autre est au courant ?

— Seulement moi ! affirma Concetta en bombant le torse.

— Et Gesuina, qui a surpris le récit de la petite.

Amedeo attrapa sa sacoche, qui était toujours prête, au cas où, il y fourra quelques bandages et des compresses supplémentaires ainsi qu'une précieuse dose de morphine, certes un peu datée, mais ce serait mieux que rien si le pauvre homme était effectivement blessé.

— Il faut des gens pour nous accompagner, affirma-t-il. Ignazio, et quelques gars costauds, des pêcheurs : Bepe, et puis Agata, la sœur de Totò. Va me chercher trois draps propres, Maria-Grazia, au cas où on serait amenés à le déplacer.

Maria-Grazia sortit en courant et alla arracher des draps aux lits des chambres vides de ses frères.

Ensemble, tous trois traversèrent le bourg pour se rendre chez le prêtre. Les rues étaient calmes, livrées aux seules cigales et à la chaleur oppressante. Le père Ignazio vint sans se faire prier. Tous ensemble, ils allèrent réveiller Bepe, dans sa maison derrière l'église.

— Il y a un blessé ! lui lança Amedeo lorsqu'il sortit la tête par la fenêtre de sa chambre, à l'étage. Il nous faut du monde pour le transporter. Tu viens nous aider ?

Bepe disparut, on l'entendit dévaler quatre à quatre l'escalier. Quand il ouvrit sa porte, le père Ignazio le prit par l'épaule.

— C'est un soldat étranger, lui souffla-t-il. On ne connaît pas les consignes d'*il conte* ni de la municipalité, mais nous allons tout de même lui porter secours. Si tu ne veux pas être mêlé à ça, retourne à l'intérieur.

Bepe hocha la tête et rentra chez lui, pour en ressortir aussitôt, son fusil de chasse à l'épaule. En sortant du village, l'équipée fit escale chez Agata-la-pêcheuse. Elle ne dormait pas. Sous la trompette de Virginie, dans son jardin, elle tissait un nouveau filet, son chien Chiappi couché sagement à ses pieds. Agata n'attendit même pas la fin du récit pour bondir de sa chaise et emboîter le pas aux autres, traînant son chien par son collier.

D'habitude, Concetta avait peur de Chiappi, mais pas cette fois. Cette fois, elle ne prêta pas la moindre attention aux grognements maussades et ensommeillés de la bête. Elle dit :

— Écoutez-moi, je connais un raccourci.

— D'accord, conduis-nous vite auprès du blessé, Concetta, lui ordonna Amedeo.

La fillette ouvrit donc la marche, empruntant ses propres voies, coupant entre les cactus, longeant la vigne des Mazzu puis piquant abruptement vers les grottes en contrebas. Le médecin, le prêtre, Maria-Grazia, Bepe et Agata-la-pêcheuse la suivaient gravement en file indienne.

Il n'était jamais rien arrivé de si excitant à Concetta.

L'étranger gisait sur le côté, en plein cagnard. L'une de ses mains avait imprimé dans le sable de profondes griffures. Un pan de sa chemise claqua, dévoilant une blessure à l'épaule. La plaie rendait du sang à un rythme inquiétant. Un peu en retrait, Maria-Grazia vit son père s'assurer que l'homme respirait, prendre son pouls, lui palper les jambes et les bras à la recherche d'autres blessures éventuelles. Ensuite, il ordonna aux membres de l'expédition de porter le soldat à l'ombre des grottes. Sans savoir pourquoi, Maria-Grazia recula de quelques pas ; elle ne participa pas.

Amedeo se laissa tomber à genoux auprès de l'homme et entreprit de lui enlever sa tenue de combat.

— *Padre*, dit-il au père Ignazio, passez-moi mes compresses et de la teinture d'iode. La morphine, on s'en servira en dernier recours, c'est l'une de mes toutes dernières ampoules. Quelqu'un ici maîtrise-t-il suffisamment l'anglais pour lui parler ? Maria-Grazia ?

— Non ! se récria-t-elle, épouvantée. Je ne peux pas lui parler, *papà*.

L'homme revenait à lui et il se tourna à demi en gémissant.

— Mariuzza, viens lui tenir la tête, tu veux ? Arrange-toi pour qu'il ne bouge pas pendant que je panse sa plaie !

Maria-Grazia ne voulait pas, mais elle fit ce qu'on lui demandait. Elle s'agenouilla et prit entre ses mains la tête du soldat. Ses cheveux étaient semblables, au toucher, à ceux de ses frères : chauds et tout emmêlés par l'eau salée, comme ceux d'Aurelio après ses bains de mer. Elle baissa les yeux, remarqua que l'homme n'était pas repoussant, contrairement à ce qu'elle avait craint : il avait le visage ouvert et attirant, celui d'un très jeune homme. Lorsqu'elle mit de côté les vestiges de sa chemise déchiquetée, il tomba de sa poche de poitrine un lourd disque de métal qui se ficha dans le sable. Ravie, Concetta s'en empara.

— C'est quoi ? C'est à moi ? Je peux le garder ? Est-ce que ça vient d'Amérique ?

— Je ne sais pas, *cara*. Non. Rends-le au monsieur. Peut-être que son pays le lui a donné pour le récompenser de son courage, comme la médaille que le Duce a donnée à mon frère Flavio. Il y tient sûrement beaucoup.

L'homme tendit une main, remua faiblement ses doigts pleins de sable.

— Tu vois ? poursuivit Maria-Grazia. Il veut le récupérer. Mets-le dans sa main. Peut-être que ça le réconfortera.

Concetta déposa la médaille dans la paume de l'étranger, mais ce dernier la laisser tomber et continua d'agiter les doigts dans le vide, jusqu'à ce qu'enfin il atteigne le bras de

Maria-Grazia. À tâtons, il descendit jusqu'à son poignet et referma ses doigts dessus. Et, pendant tout le temps que son père tamponnait et désinfectait sa plaie, il ne la lâcha pas.

Concetta, cependant, s'engouffra dans l'une des grottes et en ressortit peu après avec dans la main un caillou blanc porte-bonheur. Elle le fourra dans la poche de l'homme et passa la médaille autour de son propre cou.

— Voilà, on échange, décréta-t-elle. Il peut avoir le caillou, et moi je garde ça.

— Est-ce qu'il va s'en tirer ? demanda Maria-Grazia quand le blessé fut pansé et que le prêtre lui eut fait boire dans ses mains un peu d'eau de la source des Mazzu.

Son père ne se prononçait jamais sur ce genre de questions tant qu'un patient n'était pas complètement hors de danger. Il se frotta le front de son mouchoir et déclara :

— Ramenons-le à la maison. Il ne peut pas rester dans cette chaleur.

— Surtout s'il vient du nord, où il y a de la neige, précisa Agata-la-pêcheuse. La chaleur suffira sans doute à le tuer.

— Tendez les draps, commanda le médecin. Agata, Bepe, vous êtes les plus forts : vous tiendrez la tête. Ignazio et moi, on prend les pieds.

Le prêtre renifla.

— Voilà les empêcheurs de tourner en rond, avec leurs chemises noires, dit-il, mélancolique. Prudence, *dottore.*

De fait, un petit groupe s'avançait le long de la plage : le comte, deux de ses sbires et l'épicier.

— Seigneur, prends pitié de nous ! bougonna Agata-la-pêcheuse. Pardon, mon père, mais si Arcangelo se met en tête de discutailler, on va se retrouver coincés ici jusqu'à la fin de la guerre. Partons vite !

Ils s'y employèrent, mais le petit groupe fonçait droit vers eux. *Il conte* ne s'arrêta que lorsque ses bottes touchèrent celles d'Amedeo. Il avait le nez ruisselant de sueur.

— Qu'est-ce que c'est ? s'indigna-t-il. Un soldat ennemi ? Saisissez-vous de lui ! Le reste du conseil municipal est en chemin, signor Esposito, et il vous faudra bien nous le livrer.

Le médecin ne dit rien, mais il fit pivoter quelque peu la civière pour permettre à Bepe de se placer entre le comte et le blessé.

— Arcangelo ! Mes hommes ! tonna le comte. Saisissez-vous de ce soldat ennemi ! Capturez-le !

Arcangelo botta en touche :

— Je doute qu'il passe la nuit, *signor il conte*... Nous ferions peut-être mieux de laisser le médecin s'en occuper. Le médecin...

— Cet individu n'est pas le médecin ! vociféra l'autre. Ce n'est que le limonadier ! Je m'étonne d'avoir à vous mettre les points sur les « i », Arcangelo.

— Puisque je ne suis pas médecin, vous ne verrez pas d'inconvénient à ce que je ramène chez moi cet étranger blessé. Chez moi, dans mon café, qui est, à ce que je sache, une propriété privée et qui n'a rien à voir avec votre foutue guerre.

Le comte en vibrait de fureur.

— Je vous en prie..., intervint Maria-Grazia.

La main du blessé se faisait sèche et brûlante autour de son poignet. Il devait avoir de la fièvre.

— Je vous en prie, reprit la jeune fille, permettez qu'on conduise cet homme au village. Tant qu'on ignorera qui a gagné la bataille en Sicile, il s'agit d'un prisonnier de guerre et, en tant que tel, nous devons le traiter convenablement, surtout maintenant que les *Inglesi* et les *Americani* sont là, sur la côte d'en face. Si quelqu'un venait le chercher et apprenait qu'il n'avait pas reçu de soins...

Après coup, elle serait incapable de dire ce qui lui avait inspiré ce discours, mais quand elle eut terminé son père lui décocha un signe de tête approbateur.

Il conte médita longuement avant de battre en retraite. L'équipe de sauvetage partit au petit trop. Concetta portait au cou sa médaille. Le soldat gémissait. Maria-Grazia serrait sa main dans la sienne.

— Pina ! hurla le médecin quand ils déposèrent l'étranger sur la table de la cuisine, envoyant valser un bol de pêches. Pina, viens vite, j'ai besoin de ton anglais !

— Qu'est-ce qu'il y a ? lui répondit la voix de Pina.

— J'ai besoin que tu t'entretiennes avec cet homme, *amore*, et que tu me dises ce qui lui est arrivé. Maria-Grazia, va me chercher la plus petite de mes pinces à épiler, et un deuxième flacon de désinfectant. Il faut nettoyer son épaule de tout le sable qui s'y est incrusté. Il lui faudra peut-être une piqûre de morphine pour endurer ça… On verra. Pina ! Viens ! Parle-lui, s'il te plaît !

Sur le seuil, Pina tressaillit et se figea.

— Qui est-ce ?

— On n'en sait rien. Un soldat étranger. La petite l'a trouvé sur le rivage. Demande-lui comment il a été blessé, d'où il vient, si d'autres hommes ont besoin de secours…

Pina, dont l'anglais était plus théorique que pratique, se laissa tomber sur une chaise, posa sur l'homme un regard éberlué, tortilla d'une main sa tresse noire et, enfin, d'une voix hésitante, lui demanda :

— *What your name ? Who are you ? Is there any other person ?*

Concetta plissa le nez.

— C'est pas de l'anglais, ça, décréta-t-elle.

Mais l'homme avait tourné le visage vers Pina et il se mit à murmurer :

— *Robert. Carr. Robert Carr. Paratrooper. No one else.*

— Qu'est-ce qu'il dit ? demanda Amedeo.

L'homme serra de nouveau le poignet de Maria-Grazia. Ses yeux s'ouvrirent. La jeune femme n'en avait jamais vu d'aussi froids. Ils étaient du même bleu que les glaciers du Nord qu'elle avait vus en photo dans l'atlas illustré de ses frères. Bien que le regard ne fût pas déplaisant en soi, elle eut un mouvement de recul.

— *Grazie,* lui dit Robert Carr le parachutiste. *Grazie mille.*

Et il s'évanouit.

Sur la table de la cuisine du café Au Bord de la Nuit, Amedeo ôta un à un les grains de sable et la poussière de la plaie du soldat et la nettoya à la teinture d'iode. Pina était enfin sortie de sa torpeur des derniers mois. Elle fit bouillir de l'eau, prépara des linges propres, ouvrit les volets de la chambre de Flavio. C'est là qu'on installa Robert Carr, à demi conscient et toujours gémissant. Amedeo le veillait sur une chaise au pied de son lit, le fusil de chasse à la main ; Bepe le lui avait laissé au cas où les *fascisti* décideraient de lui rendre une petite visite.

Mais lesdits *fascisti* s'étaient claquemurés dans l'hôtel de ville, où ils débattaient furieusement de la marche à suivre. Car, si la guerre était vraiment terminée, il ne serait peut-être pas inintéressant, d'un point de vue stratégique, d'abriter l'un de ses vainqueurs.

Pendant ce temps, grâce à Gesuina, à Bepe et à Agata-la-pêcheuse, les langues se déliaient sur l'île comme jamais auparavant.

— Comment s'appelle-t-il ? voulait-on savoir. Qui est-ce ?

— Wobbeut', c'est ce qu'on m'a dit.

— Wobbeut' ? Quel drôle de nom ! C'est pas chrétien, ça.

— Mais non ! Il s'appelle Robbeur.

— Rob-a-Car. Il est américain.

— Ah ? On m'a dit qu'il était anglais ! Même qu'il vivrait entre Buckingham Palace et Kensington Garden…

— Il paraît que c'est un espion.

— Mais non ! C'est un protestant.

— Il paraît qu'il a une mitraillette, et que vingt autres comme lui rôdent autour de l'île pour nous attaquer à la nuit tombée…

Mais la nuit tomba et aucune bande d'*Inglesi* armés de mitraillettes n'envahit le village. Il en passa bien quelques-uns, au large, ainsi que des Américains, lors d'une seconde vague de navires tout hérissés de canons, mais ils contournèrent Castellamare comme les premiers pour aller bombarder la côte sicilienne. À cette occasion, la *Santa Madonna* fut coulée. Son épave alla s'échouer quelque part au fond de la mer, entre l'île et le continent. Agata-la-pêcheuse était sortie patrouiller au cas où il y aurait d'autres parachutistes à secourir, et ce fut un équipage local, passant par là par hasard, qui la repêcha.

Concetta, la médaille du parachutiste à son cou, sauta et piailla de joie face aux feux d'artifice que firent les troupes ennemies dans le ciel sicilien, des feux féroces et somptueux, comme autant d'étoiles filantes.

7

Le bombardement réveilla Robert. Revenant à lui empêtré dans son drap, il chercha frénétiquement son arme.

C'était la nuit. Il se trouvait dans une chambre. Il faisait frais. Il vit des étagères poussiéreuses et, dessus, une curieuse collection d'objets. L'endroit dégageait un parfum bien à lui : celui de la vie d'un autre. Des trophées de foot, des épées de bois sur leurs rectangles de feutrine brune. Un ourson au museau pointu, en piteux état. Un mont Etna en papier mâché, ses pentes couvertes d'une couche de poussière épaisse comme de la neige et envahies par une armée de petits soldats de bois. Une banderole imprimée du symbole fasciste – il le reconnut, celui-là. Une photo de groupe représentant des enfants maigrichons au teint mat en culottes courtes et gilets blancs, recevant fièrement des médailles. Sur une autre, les mêmes, en uniforme pseudo-militaire, tous coiffés du même calot. Sur une autre, encore, une femme aux épais cheveux noirs – l'un de ses sauveteurs, peut-être.

Déshydraté, la langue collée au palais sous le coup d'une insolation, Robert se recoucha sur ses draps qui sentaient un savon étranger, et tenta de faire le point sur sa situation.

D'une manière ou d'une autre, il avait atterri ici, dans une chambre obscure aux murs de pierre, entouré des reliques de l'enfance d'un autre. Obscurément, il savait que le vacarme infernal qui résonnait dehors provenait de la guerre et que c'était là-bas qu'il était censé se trouver. Hormis cela, il ne se rappelait pas grand-chose.

Une image flottait devant ses yeux, tout près, au-dessus de sa couche. Petit à petit, elle se fit plus nette. C'était un portrait de Mussolini, l'expression austère.

Robert s'efforça de retrouver la dernière chose dont il se souvenait.

D'abord, il y avait eu le campement d'El Alamein ; ça, il se le rappelait clairement. Un peu avant d'embarquer à bord du planeur, le sergent était entré dans la tente, une marmite d'étain pleine d'eau dans les mains, tout frétillant d'excitation contenue. Un peu d'eau avait éclaboussé le dos de la main de Robert et il se rappelait avoir pensé qu'elle était tiède comme du sang dans la chaleur ambiante.

« Ça y est, on est mobilisés, avait annoncé le sergent. On va vers chez nous, à ce qu'ils racontent ! »

Robert ne voulait pas paraître impoli mais c'était un homme de science, et il n'avait pas pu se retenir de demander des précisions :

« Qui ça, “ils” ? Vous êtes sûr qu'ils savent de quoi ils parlent ? »

Le sergent avait pris la mouche et refusé de lui en dire davantage.

Cela n'avait pas empêché une atmosphère de fête de s'installer au campement.

Des détails lui revinrent. Avant tout, la lumière qui régnait à El Alamein, sa façon de vous écorcher la peau, de vous faire plisser les yeux malgré vous, de sorte qu'on affichait à longueur de journée un perpétuel froncement de sourcils.

Oui, il se souvenait d'El Alamein.

Ils avaient pris place dans le planeur et le remorqueur américain les avait propulsés dans les airs. Déjà à ce moment-là, il avait cru remarquer quelques turbulences. On lui avait remis un livret, *Le Guide de la Sicile à l'usage du soldat*. Il l'avait feuilleté au hasard, sans grande motivation, dans le jour qui s'assombrissait. *L'été sicilien est torride*, avait-il lu. *La majorité des Siciliens sont catholiques et célèbrent avec rigueur les fêtes des saints… Les mœurs, marquées par la religion et par l'étiquette stricte du temps des Bourbons, paraissent puritaines, mais en pratique on tolère bien des choses, surtout dans les régions rurales…* Il avait vite fait trop noir pour qu'il puisse poursuivre sa lecture, aussi avait-il fourré le guide dans sa poche, résigné. Ils ne rentraient donc pas chez eux, tout compte fait.

Il avait recouru à ses stratagèmes habituels, ceux qui l'aidaient à faire le vide dans ses pensées durant les interminables vols en planeur. Il réalisa ainsi qu'il s'agirait de son soixante-dix-neuvième saut. Et que, tous réunis, les parachutistes assemblés dans la carlingue avaient sauté au moins mille neuf cent soixante-quinze fois. Que la vitesse actuelle de l'appareil devait être d'environ cent quatre-vingts kilomètres à l'heure, et qu'ils circulaient à une altitude de mille et quelques mètres. Bien sûr, ces chiffres n'étaient que spéculation de sa part, mais avec l'expérience il avait appris à sentir instinctivement ce genre de choses. Le poids de l'appareil fendant le ciel, le cliquetis du câble lors de la montée, son recul élastique lors du décrochage. Cet instinct le rassurait lors de sorties calmes, quand la météo était bonne, mais parfois il se révélait une source d'inquiétude. C'était le cas ce jour-là. Dès le décollage, il avait senti que quelque chose clochait.

Puis l'orage avait éclaté, frappant de côté l'appareil. Il se rappelait l'impact, le choc de ses propres genoux contre son menton. Certains avaient réagi avec agressivité, maudissant le pilote du remorqueur – ils n'avaient pas compris que le pire restait à venir, que ce choc n'avait été qu'un prélude. Mais lui, Robert, avait su dès lors avec une atroce clarté qu'ils allaient s'écraser.

Ce qui était curieux, car il ne se rappelait pas la chute à proprement parler. Seulement la claque de l'eau surgissant à leur rencontre. Puis la sensation de plonger, de vriller sous la surface, les cabrements de l'appareil. Il revoyait certains de ses camarades s'attaquer aux parois de l'engin avec leurs grands couteaux pliants ou la lame de leurs baïonnettes, flanquer de grands coups de masse dans le toit. Il s'était rappelé soudain le nom que les Ricains donnaient à leurs planeurs beiges, rigides : les « cercueils volants ».

Un trou s'était déchiré dans la carcasse. Il s'y était hissé. À l'aveugle, de toutes ses forces, à grands coups de pied. Luttant contre le poids de la mer qui s'engouffrait par le même chemin, mû seulement par l'appel de l'air et de la lumière. Le frein à air, rompu, pendait sur l'aile et il s'y était entaillé l'épaule.

Il avait fusé droit comme une lame, fendant les flots qui hurlaient comme le vent, crevant la surface d'une mer noire bouillonnante. Il était absolument seul.

De la suite, il ne conservait que des fragments. Il avait dû perdre beaucoup de sang. Il se revoyait escaladant l'aile arrachée d'un autre appareil, revoyait le déferlement qui lui avait fait faire un tonneau, expulsant tout l'air de ses poumons. Les obus éclataient, faisant siffler à ses oreilles une vague d'air après l'autre. Il se remémorait son cri à la vue d'un engin de débarquement qui glissait sur l'eau, telle une péniche à l'horizon, l'espoir qu'on le repêche. Puis le moment où il avait réussi à l'atteindre, à localiser la passerelle, pour finalement découvrir sur le pont un cratère d'obus qui happait lentement le navire par le fond et hormis cela personne, sauf un sergent, mort, face contre le pont. Il avait vu dériver son cadavre, emporté loin de lui.

Plus tard, quand le soleil s'était levé, il avait nagé comme en rêve dans des eaux paisibles avec le soleil sur sa nuque, pareil à une main puissante. Un rocher avait jailli devant lui, ses contours s'affinant pour devenir, miracle, une île. Puis cette voix d'enfant. Il se rappelait avoir rampé le long d'une pente de sable brûlant. L'attente sous le soleil, le crabe qui creusait le sable, trempant ses pinces dans son sang. Et la mort, qu'il croyait imminente, qu'il avait presque acceptée quand les autres étaient arrivés avec leur brancard de fortune.

Et voici qu'il reposait, pansé, fiévreux, dans la chambre d'un gosse étranger.

Il tenta de nouveau de bouger mais son épaule se rappela à lui. La douleur emprisonnait comme un filet tout le côté droit de son corps. Il voulut arracher ses pansements, d'abord de sa main gauche, puis avec les dents, afin de constater l'ampleur des dégâts mais bientôt, frémissant, il renonça. C'était une mauvaise idée. Il se contenta de se redresser à demi pour ouvrir les rideaux, délogeant de leurs replis une pluie de sable fine comme de la poussière.

Par les fentes des volets, il découvrit une sorte d'éden ondoyant. Des oliviers, des palmiers et la ligne bleue, clémente, de la mer. Pas le moindre signe de la bataille qui l'avait conduit là. Il apprendrait plus tard que sa chambre ne donnait pas sur la Sicile, mais de l'autre côté, vers l'Afrique du Nord, d'où il arrivait ; cependant, le soir de son sauvetage, cela ne fit qu'accroître le caractère prodigieux de l'endroit. Il aurait pu se trouver n'importe où : dans les mers du Sud, au milieu de l'océan Pacifique, dans le décor de quelque récit d'aventures pour adolescents…

Mais on lui avait parlé une sorte d'italien. Cela, il se le rappelait vaguement. L'homme aux sourcils effrayants, la femme qui maîtrisait quelques mots d'anglais, la jeune fille qui lui avait tenu la main : tous trois avaient parlé italien. De sa main valide, il chercha dans sa poche le *Guide de la Sicile*, mais bien sûr sa veste et son guide avaient tous les deux disparu. Il portait une chemise de nuit qui ne lui appartenait pas, déroutante, bouffante, et qui devait le faire ressembler à un revenant du XIXe siècle.

Une ombre se mouvait dans l'encadrement de la porte. Levant les yeux, il vit la jeune fille qui descendait l'escalier, tout auréolée de la paix du soir. Et c'est alors que survint un second miracle. Robert, ignorant que Maria-Grazia était « la boiteuse », celle dont nul ne s'éprenait jamais, ignorant d'elle tout, sauf sa beauté et le fait qu'elle lui avait tenu la main, Robert, un homme de raison aux yeux embués par la reconnaissance, aux facultés troublées par les divagations de la fièvre et par une forte dose de morphine, Robert, voyant Maria-Grazia tourner à l'angle de l'escalier, accomplit l'inévitable et commença d'en tomber amoureux.

Des pas. Sous ses yeux avides apparut non pas la belle jeune fille mais le médecin aux gros sourcils. Il pénétra dans la chambre, posa un verre d'eau sur la table de nuit puis désigna d'un coup d'œil le palier.

— *Mia figlia*, dit-il d'une voix ferme. *D... Dauter ?*

— *Daughter. Sì, sì,* répondit Robert en hochant furieusement la tête afin de lui signifier qu'il avait compris.

— My... wife speak litel... *inglesi*, poursuivit l'autre en un anglais plus qu'approximatif. *Io, no. Mi dispiace.*

Il plaça d'autorité le verre d'eau froide dans la main de Robert et replia dessus ses doigts.

— *Drink.*

Robert obéit.

— J'avais un livre, dit-il quand le médecin eut relâché sa poigne. Un opuscule, plutôt. En anglais. *Le Guide de la Sicile à l'usage du soldat.* Dedans il y avait quelques mots de vocabulaire italien...

Les sourcils du docteur frissonnaient sous le coup de la concentration. Un signe de dénégation. Non, il ne comprenait pas.

— Livre ? Petit livre ? tenta de nouveau le blessé, mimant de la main gauche un volume qu'on ouvre et qu'on referme.

Il puisa dans ses souvenirs de latin :

— *Liber* ? hasarda-t-il. *Liber ?*

— *Ah ! Un libro ! Sì.*

Le médecin quitta la chambre et reparut quelques minutes plus tard portant une pile d'ouvrages.

— *Ecco ! Scrittori inglesi.* Shek'speare. Charldicken. Pour apprendre *italiano, sì ?*

Il était inutile de s'obstiner. Robert laissa son hôte déposer sur ses genoux des traductions italiennes de *David Copperfield*, du *Conte des deux cités*, et quelques tomes des œuvres complètes de William Shakespeare.

— Femme *professoressat*, lui apprit le médecin avec fierté.

— Elle est enseignante ?

Hochement de tête.

— Mais je connais ces livres, objecta Robert, qui, à son grand embarras, était au bord des larmes. Je les connais par cœur. Pas en italien, bien sûr, mais en anglais…

Remarquant la frustration du patient, bien que n'en comprenant pas la cause, le médecin hocha de nouveau la tête avec ferveur.

— Anglais. Oui, oui.

Enhardi, Robert désigna la chambre et se décida enfin à poser la question qui le taraudait depuis qu'il avait repris connaissance.

— *Filius ?* dit-il, inventant le mot au petit bonheur la chance. Votre fils ? Où est-il ?

Les sourcils du médecin s'abaissèrent.

— *Morto.*

Il brandit trois doigts.

— *Tutti e tre figli. Morto, morto, morto.* Disparus. Guerre. *Probabilmente* morts. Tous trois fils.

Serrant contre son cœur les livres familiers, Robert, avec un sentiment de honte aiguë, se mit à sangloter. Il était secoué de violents hoquets qui lui coupaient la respiration, incapable de se contenir. L'affreux raffut qu'il faisait alerta la femme et la fille de son hôte. Mais personne ne manifesta de consternation face à sa crise de larmes. La femme le prit simplement par l'épaule et murmura des mots de sollicitude, tandis que la fille courait remplir son verre d'eau. Il le prit avec reconnaissance et but.

— N'ayez pas honte, lui dit la femme dans son anglais de bric et de broc quand il se fut enfin calmé. Je tiens à vous le dire : n'ayez pas honte. Tous, ici, nous avons perdu des êtres chers. Tous, ici, nous connaissons le malheur.

La femme tremblait légèrement. Cependant, dans son empressement à lui témoigner son soutien, elle prenait de l'assurance.

— Là, j'ai fini, ajouta-t-elle. Je ne parle pas très bien anglais mais je veux aider. (Elle lui prit délicatement son fardeau de livres et le déposa sur la table de nuit.) Maintenant, s'il vous plaît, il faut dormir. Vous lirez quand vous serez mieux. Vous apprendrez l'italien. N'ayez pas peur. Mon mari a le fusil au cas où. Mais je ne crois pas que les *fascisti* reviendront.

De fait, au cours des jours qui suivirent, à Castellamare, l'étoile du fascisme déclina rapidement. *Il conte* et Arcangelo avaient rangé leurs chemises noires et dissous les Balilla. Peu après, une rumeur se mit à courir selon laquelle les *Inglesi* allaient venir reprendre aux villageois les médailles de leurs fils et de leurs maris, leurs photos de l'armée et les lettres informant leurs proches de leurs actes de bravoure ou de leur mort au champ d'honneur. Alors, on vit toutes sortes de gens se glisser dans les prés et les jardins et creuser la terre, à la nuit tombée, pour mettre ces précieuses reliques à l'abri des regards.

Amedeo lui-même prit la médaille de Flavio, l'enveloppa dans une bandelette de cuir et alla l'enterrer une nuit sous le grand palmier de la cour. La lune irréelle prêtait aux palmes une allure cireuse et teintait d'argent la fourrure du chat endormi. Quand Amedeo s'en retourna en époussetant ses doigts terreux, il se surprit à constater que son chagrin s'émoussait un peu, comme une fièvre qui retombe juste assez pour devenir supportable.

Pina transmit aux autres des bribes du passé de l'étranger. C'était un Anglais et non un Américain, leur apprit-elle notamment (et Amedeo y vit la cause de ses rougissements et de son bégaiement sitôt qu'il se trouvait en présence de Maria-Grazia). Il avait vingt-cinq ans, soit deux de plus que n'en aurait eu Tullio. Pour le reste, Pina dut consulter un dictionnaire et, même après, elle demeura incertaine d'avoir bien compris, mais il lui semblait bien que l'Anglais affirmait être orphelin.

— Un orphelin ! s'exclama Amedeo, ravi. Mais alors, c'est déjà un Esposito !

Pina le considéra à travers ses paupières à demi closes.

— *Amore*, l'avertit-elle. Ce n'est pas ton fils.

Mais comment n'aurait-il pas vu ce garçon comme une sorte de restitution ? Il commençait même à caresser le dangereux, le fol espoir de voir au moins l'un de ses fils revenir, une fois la guerre officiellement terminée. Car, si cet Anglais avait pu être secouru, peut-être l'un de ses enfants avait-il eu la même chance. Peut-être qu'un gentil Anglais le soignait en ce moment même sur quelque rive lointaine.

Les habitants de l'île eux aussi percevaient le soldat étranger convalescent non pas comme une malédiction mais comme un don du ciel. Si ses amis rappliquaient, des Anglais ou des Américains, avec leurs Jeep et leurs drapeaux, ils seraient contents de voir avec quelle générosité on avait traité l'un des leurs. En plus, n'était-ce pas un nouveau miracle de Sant'Agata, ce noyé repêché des flots qu'elle leur offrait au terme d'années de combats ? Désormais, du matin au soir, les veuves défilaient au café pour lui porter des plats d'aubergines grillées et des bouteilles de liqueur. Le soir, en remontant du port, les pêcheurs déposaient pour lui des *sarde* fraîchement retirées de leurs filets, et quelques jeunes filles, dont les chéris étaient absents, n'hésitaient pas à se présenter affublées du rouge à lèvres qu'on ne leur avait plus vu depuis avant la guerre et à demander à Maria-Grazia si elles pouvaient voir le soldat.

Maria-Grazia, indignée, les envoyait paître. L'Anglais avait besoin de repos ! Jamais elle ne se serait jamais avoué avoir autre chose à cœur que son bon rétablissement.

— Il ne veut pas vous voir ! se surprit-elle à murmurer une fois, derrière son comptoir, tout juste assez bas pour que les admiratrices ne l'entendent pas. Il est peut-être hors de danger, mais je parie qu'il lui suffirait de voir vos trognes peinturlurées pour rechuter !

Et Gesuina, qui s'était toujours désolée de l'injustice subie par la pauvre, la gentille Maria-Grazia, qu'on laissait toujours sur la touche, sortit de sa torpeur pour pousser un cri de jubilation.

La vérité, c'était que le soldat anglais n'était pas tiré d'affaire. Au chevet du jeune homme, Amedeo se sentait engagé dans le même combat que lors de la naissance de chacun de ses fils. La température du garçon grimpait en flèche puis retombait en piqué. Il était tenaillé par une soif inextinguible et son épaule suintait des larmes de sang, refusant de guérir.

— Baignez-la d'eau bénie par la statue de Sant'Agata, ça marchera, vous verrez ! suggéra Gesuina.

— Ce qu'il me faut, ce sont des comprimés de sulfanilamide.

Gesuina pinça les lèvres, consternée, et sortit en traînant les pieds. Elle reparut armée d'une médaille de Sant'Agata à passer au cou du blessé, d'un caillou porte-bonheur taillé en forme de Vierge Marie et d'une bouteille d'eau bénite datant du dernier festival.

Aussi, quelle ne fut pas sa fierté lorsque la plaie commença à se refermer ! Petit à petit, le soldat combattait l'infection, jusqu'à ce qu'un beau jour, dénudant son épaule,

Amedeo eût un petit hochement de tête satisfait : la peau était fraîche et sèche.

— Cela va démanger un peu, avertit-il son patient en refaisant son pansement. N'y touchez pas.

Il avait en effet coutume de parler à ses patients, constamment, qu'on le comprenne ou non. Robert sentit que les nouvelles étaient bonnes et répondit :

— *Grazie. Grazie.*

— Il est temps pour vous de sortir de ce lit, reprit le médecin. Ça va vous faire du bien de prendre un peu l'air marin sur la terrasse.

L'anglais opina et répéta le seul mot qu'il eût compris :

— *Mare, mare.*

Certains villageois avaient considéré avec méfiance la fenêtre aux volets fermés où reposait l'étranger mais, quand il fit enfin sa sortie, ils s'étonnèrent de le trouver tout à fait sympathique. Ne maîtrisant pas la langue locale, il se montrait infiniment attentif et respectueux ; il saluait de hochements de tête obligeants toutes les opinions, même les plus farfelues, en murmurant *« Sì, sì, sì ».* Il adopta la flatteuse habitude de se précipiter pour tendre leurs chaises aux clients de Maria-Grazia ou pour ramasser leurs cartes à jouer. Quand il se relevait, il était tout rouge, exactement tel qu'ils se figuraient l'Anglais moyen. Il essayait d'apprendre l'italien, ce qui constituait pour les locaux une source de divertissement quotidien. La fois où, voulant demander son âge à la Gesuina, il confondit les mots « année » et « anus » entra sans discussion dans la légende de l'île (« Je ne l'oublierai jamais, soutiendrait Rizzu en pleurant de rire, des années plus tard. Ce gamin bien sous tous rapports qui demande à la vieille combien elle a d'*ani* ! Et la tête qu'elle faisait ! Haaa ! »).

De plus, Micetto le chat et la petite Concetta étaient tous deux fous de Robert, d'où la concession lâchée, du bout des lèvres, par Gesuina :

— Si même le fauve et la sauvageonne l'apprécient, c'est qu'il doit être irrésistible…

Robert, incapable de communiquer avec Maria-Grazia, s'aperçut que son amour pour elle grandissait, immodéré, sous l'étrange soleil de Castellamare, telle une fièvre l'aiguillonnant à chaque instant. Empruntait-elle l'escalier qu'il courait humer l'air qu'elle venait de traverser, tâchant d'y déceler quelques notes de son odeur sèche et acidulée. Manipulait-elle un objet sur le comptoir qu'il s'en emparait discrètement, juste pour le plaisir de le palper à son tour. Il agissait ainsi sereinement, certain que nul ne s'était aperçu de l'adoration qu'il vouait à la fille de ses hôtes. Bientôt, incapable de contenir ses élans, il se mit à lui parler de ses sentiments. Quand elle pénétrait dans sa chambre avec un livre ou un broc d'eau, se penchait pour les poser sur la table de chevet, il lui disait, d'une voix aussi naturelle que s'il lui prodiguait de simples remerciements :

— J'ai envie de te faire l'amour, ici même, pendant la sieste de ton père.

Ou bien, quand elle balayait le sol du café après la fermeture, il se mettait à lui parler du temps ou du bulletin d'information, pour enchaîner sans transition sur son incomparable beauté et sur le caractère sacré de la terre qu'elle foulait.

C'est ainsi que Maria-Grazia, bien trop timide pour avouer qu'elle comprenait et parlait l'anglais, découvrit, stupéfaite, qu'il l'aimait.

Les rougissements de la jeune fille n'avaient pas échappé à Robert. Son ton aurait-il trahi sa passion ? Il résolut d'être plus neutre encore lors de ses déclarations. Mais quant à y renoncer, ça jamais, il n'aurait pas pu, pas davantage qu'il n'aurait pu cesser de l'adorer. Son amour pour elle faisait partie du miracle de l'île, de l'air qu'il respirait ici.

Penché au-dessus du poste de radio, il écoutait les bulletins grésillants de la BBC, espérant obtenir des nouvelles de ses camarades. Ce fut de cette façon qu'il apprit que l'attaque contre la Sicile avait porté ses fruits et que les Allemands s'étaient retirés à Messine. Son épaule guérissait, et il commença à s'inquiéter de rejoindre son régiment. Du moins, la partie de lui qui restait animée par le sens du devoir s'en préoccupait-elle – l'autre, plus puissante, ne désirait qu'une chose : rester à Castellamare, bercé par le bruit des vagues et le bourdonnement des cigales, à déclarer sans cesse sa flamme en termes audacieux à l'objet de son affection. Rester ici et oublier qu'il y avait un jour eu la guerre.

À la longue, ce tiraillement devint pour lui une torture. Que faire ? Soit il partait sur-le-champ, soit il ne repartirait jamais, ce qui ne serait pas sans conséquences…

Un jour, à l'heure de la sieste, Maria-Grazia vint le trouver dans la chambre où il dormait d'un sommeil agité. Sur sa table de chevet, la petite radio crépitait sans parvenir à capter de station. La jeune femme s'agenouilla au bord du lit, prit la main de l'Anglais et, ses beaux traits empreints de mélancolie, lui déversa un torrent de mots italiens. Il ne comprit rien. Il se retenait de toutes ses forces pour ne pas la prendre dans ses bras et lui dire les tout premiers mots d'italien qu'il avait cherchés, fébrile, dans le dictionnaire que lui avait prêté la femme de son hôte, l'ancienne institutrice : *Ti amo. Ti adoro.*

Il se tut, donc, et l'écouta : elle semblait tergiverser, gronder, se raviser, implorer. Puis, ayant apparemment tout dit, elle se tut et lâcha sa main. Sans un mot de plus, elle sortit et remonta dans sa chambre.

Il l'entendit bouger à l'étage (elle avait un pas délicieusement inégal). Il reconnut le bruit de coups de brosse, celui de vêtements tombant légèrement sur le plancher et les soupirs du lit où elle s'installait – il songea qu'il devait être ancien, comme tous les meubles de la maison, et de fait il était trop court même pour Maria-Grazia, qui devait se recroqueviller pour y dormir. Ce qu'elle fit, ses beaux yeux emplis de langueur, sa tresse noire lourde comme une corde sur l'oreiller.

Cette tresse... Parfois, quand Maria-Grazia arrangeait un plateau de pâtisseries ou passait le balai dans les coins du café, la voyant se balancer entre ses omoplates, Robert mourait d'envie de la prendre à deux mains et de couvrir de baisers sa masse brillante et soyeuse.

S'il ne partait pas au plus vite, parviendrait-il jamais à se refaire à l'idée que cette guerre l'attendait ?

Il rédigea un mot en italien. Ce serait bien insuffisant pour payer la générosité de ses hôtes, Robert n'en avait que trop conscience. Il avait la bouche pâteuse, comme avant que sa fièvre retombe. Il posa le mot sur sa table de chevet, prit son arme et partit pendant qu'ils dormaient encore.

Devant l'église, il croisa le père Ignazio. Le prêtre considéra son arme d'un air pensif.

— *Where you go, Robert Carr ?* demanda-t-il après un silence.

Robert affecta de ne pas comprendre et, multipliant les sourires et les hochements de tête, il s'échappa par une ruelle. Il emprunta le raccourci de Concetta, coupant à travers les broussailles, traversant le champ de cactus, gagnant la route sans se faire repérer. Parvenu au niveau de la ferme des Mazzu, il se mit à courir, agrippant son épaule de sa main gauche car elle le faisait souffrir, à présent qu'il était dehors, à découvert, bien plus qu'il ne l'avait prévu. Il regrettait presque de ne pas s'être laissé intercepter par le prêtre.

Les chiens des Mazzu aboyèrent, tendant leurs chaînes, mais derrière les volets rien ne bruissait.

Il était presque arrivé au quai quand il entendit des pas qui claquaient. Il pivota et vit Maria-Grazia qui accourait. C'était précisément ce qu'il redoutait : il allait devoir s'expliquer. Il ne la lâcha plus des yeux. Micetto le chat galopait à ses côtés, et Concetta les poursuivait de son mieux en criant :

— Attends-moi, Maria-Grazia ! Attends-moi !

Maria-Grazia pila devant lui. Et de sa bouche jaillit un grand flux d'anglais ininterrompu :

— Tu pars ? dit-elle. Pourquoi pars-tu maintenant, Robert ? Nous voulons tous que tu restes. C'est par la grâce divine que tu es parvenu chez nous, tout le monde en est convaincu. Par la grâce de Sant'Agata. Pourquoi pars-tu ? Pour aller te faire tuer dans une autre bataille ? (Elle eut un sanglot, mais son œil restait sec.) Je croyais que tu allais venir dans ma chambre, comme je te l'avais demandé. Mais non. Tu t'en vas. Tu pars ! Qu'est-ce que j'ai fait, qu'est-ce que j'ai dit, Robert ? Tu rends ma mère et mon père très tristes. Tu nous rends tous très tristes.

Gêné, il put seulement dire :

— Tu parles anglais !

— Oui, oui. Je parle anglais. Avant, j'étais trop timide. Mais aujourd'hui, je t'ai demandé en italien de monter dans ma chambre et toi, tu pars. Tu nous abandonnes.

— Mais enfin, pourquoi ne pas me l'avoir demandé en anglais ?

Maria-Grazia fronça les sourcils et darda sur lui un regard terrible.

— Pourquoi ne pas me dire que tu m'aimes en italien ? Tu sais le dire. J'ai vu le dictionnaire. J'ai vu à quelle page il était ouvert.

— En ce cas, je te le dis maintenant, poursuivit Robert, plus brusque encore, beaucoup plus qu'il ne le souhaitait. *Ti amo. Ti adoro.* Mais je dois repartir.

— Ton épaule n'est pas guérie. Tu ne peux pas te battre dans cet état, Robert. Tu en mourras.

— Elle est bien assez cicatrisée pour que je rejoigne mon régiment.

Maria-Grazia se mit à pleurer.

— Tu mourras, répéta-t-elle. Tout le monde pense comme moi. Je prie Dieu et Sant'Agata que ta plaie se rouvre maintenant – tout plutôt que te voir repartir vers cette guerre.

— Je pars, lui dit-il. Je pars, mais je reviendrai. Ne t'ai-je pas dit que je t'aimais ?

Maria-Grazia le suivit jusqu'au port sans cesser de pleurer.

Une fois arrivé, il fut confronté à un phénomène singulier. Pas un seul des pêcheurs, ni Bepe, ni 'Ncilino, ni même Agata-la-pêcheuse, n'était disposé à lui faire faire la traversée. Ils lui opposèrent tous le même refus catégorique, secouant la tête en surveillant leurs rames du coin de l'œil. Agata l'arrosa même d'un déluge de dialecte si féroce qu'il eut un mouvement de recul.

— Pourquoi se met-elle en colère ? demanda-t-il à Maria-Grazia, bouleversé.

Cette femme avait participé à son sauvetage ! Pour quelle raison se retournait-elle à présent contre lui ?

— Elle n'est pas en colère, l'informa Maria-Grazia. Mais elle refuse de te conduire en Sicile.

— Qu'est-ce qu'elle dit ?

— Que tu ne peux pas repartir, pas maintenant que la guerre est finie. Elle dit que tu nous portes bonheur. Elle prétend que, depuis que tu es là, la pêche est excellente. Les pêcheurs ne prennent rien que de bonnes *sarde* et de beaux thons. C'est une superstition, bien sûr…

Mais la pêcheuse n'avait pas terminé sa harangue.

— Et maintenant, que dit-elle ?

— Elle dit… Elle dit que l'île a perdu suffisamment d'hommes comme ça.

Robert, que tout ceci rendait un peu fou, comprit que s'il voulait gagner la côte sicilienne il lui faudrait le faire à la nage. Tenant son arme au-dessus de sa tête, il sauta du haut du quai. Mouchés, Maria-Grazia, les pêcheurs, la petite Concetta et le chat restèrent là en silence, à le regarder s'éloigner.

Il gagna les rochers, grognant de douleur. Là, il lui fallut abaisser son arme.

Il distinguait confusément des cris dans son dos. Lorsqu'il se retourna, il vit toute une foule massée sur le quai. Il y avait le médecin, Amedeo, sa femme Pina, Ignazio le prêtre, la petite-fille de Rizzu, qui menait Gesuina par la main, les vieux joueurs de *scopa* et même Arcangelo l'épicier, avec qui il avait à peine échangé trois mots et qui, à peine un mois plus tôt, se réclamait encore du parti fasciste.

— Le conseil a statué ! hurlait ce dernier d'une voix un peu hésitante, assisté par Pina pour la traduction. Le conseil a statué que si vous ne restez pas de votre plein gré, *il conte* et moi-même, on sera dans l'obligation de… *Come si dice ?* On vous fera prisonnier de guerre. Allons, signor Carr, revenez, voyons !

Battant l'eau, luttant pour trouver sa respiration parmi les embruns et le sel qui saturait l'air marin, étourdi par l'effort physique, Robert sentit sa douleur à l'épaule redoubler d'intensité. Il y porta la main. Une substance collante lui poissait les doigts. La plaie s'était rouverte, elle pleurait. Et elle pleura de la sorte jusqu'à ce que les trois pêcheurs, Bepe, 'Ncilino et Agata, se frayent un chemin jusqu'à lui dans les vagues, le prennent dans leurs bras et le portent en sécurité sur le rivage.

III

La cité des morts

1944 – 1953

Extrait du carnet d'Amedeo

Il y a de cela très longtemps, une très vieille dame jeta une malédiction à la fille d'un roi. « Tant que tu n'auras pas trouvé l'Homme mort et veillé sur lui pendant un an, trois mois, une semaine et un jour, tu ne te marieras pas. »

La malédiction s'avéra. La princesse devint une belle jeune femme, et elle avait de nombreux soupirants, mais aucun qui lui plût assez pour en faire son mari. « Père, dit-elle un jour au roi, c'est peine perdue. Rendons-nous à l'évidence : je dois partir à la recherche de l'homme de la malédiction, car nul autre ne me conviendra. Je dois trouver l'Homme mort. »

Le roi pleura, mais sa fille avait pris sa décision. Le lendemain, elle fit son bagage, sella son cheval et partit sillonner le vaste monde à la recherche de l'Homme mort.

Elle voyageait depuis plusieurs années quand elle arriva au pied d'un grand palais blanc. La porte était ouverte, des lampes brûlaient et un feu ronflait dans l'âtre. La jeune femme entra et passa de chambre en chambre. Enfin, elle trouva un homme qui gisait, mort, devant une cheminée. « Voici mon fiancé, déclara la princesse. Je vais le veiller un an, trois mois, une semaine et un jour, jusqu'à ce qu'il revienne à la vie. »

Ayant dit, la princesse se jeta sur les dalles devant l'âtre et attendit le réveil de l'Homme mort.

Conte vénitien raconté dans *Le Décaméron*. Il figure dans le recueil du signor Calvino et a mystérieusement trouvé son chemin jusqu'à Castellamare durant la Seconde Guerre mondiale. Sans doute l'un des prisonniers venus du nord l'y aura-t-il apporté. Retranscrit en 1942, tel qu'il m'a été relaté par le signor Rizzu.

1

Les feux de la guerre achevaient de se consumer, l'été où Maria-Grazia et Robert devinrent amants. Au printemps suivant, alors que la Sicile était occupée depuis huit mois et que les pêcheurs recommençaient timidement à s'éloigner de la côte de Castellamare, une barque inconnue apparut à l'horizon. Concetta et Maria-Grazia coururent se poster à la lucarne pour scruter la mer à travers les vieilles jumelles de Flavio. La barque leur apparut, un pêcheur sicilien aux rames et deux soldats américains casqués en poupe.

Si les Américains avaient tant tardé à se rendre sur Castellamare, c'était par simple négligence. L'île aurait dû être occupée depuis des mois. Mais, dans le chaos qui sévissait à Syracuse, les Siciliens avaient tout bonnement omis de mentionner à l'occupant que le caillou qui semblait flotter au large de la côte était habité. Il fallut attendre encore avant qu'un colonel s'arme d'une loupe et distingue sur les photos aériennes l'ombre pleine de grains au sud-est de la Sicile. Il fit agrandir la photo et découvrit alors les pierres grises d'un débarcadère et, plus haut, un de ces rougeoiements qui attestaient la présence d'habitations. Un marché se tenait sous les fenêtres de son bureau. Il s'y renseigna.

— *Sì, sì !* lui confirmèrent les habitants de Syracuse.

Sì, Castellamare était habitée, l'île avait même servi aux *fascisti* de camp de prisonniers, on y avait envoyé des intellectuels ainsi qu'une poignée de gardes.

Dès le lendemain matin, le colonel y fit dépêcher deux hommes afin d'en avoir le cœur net.

Les Américains chargés de cette tâche, un sergent et un lieutenant, offrirent au vieux propriétaire du *Seigneur, Prends Pitié* un billet d'un dollar pour la traversée. Ils accostèrent peu après seize heures, par une chaleur printanière bestiale. Le pêcheur amarra sa barque dans le petit port désert et leur indiqua la route qui sinuait entre les oliveraies jusqu'au sommet de l'île, puis, se rasseyant, entreprit de disposer sur le banc devant lui une partie de solitaire, manifestement décidé à attendre là leur retour.

— Quelle fournaise, commenta le sergent, considérant la pente.

— On va bien croiser une automobile en chemin, répondit le lieutenant.

Le pêcheur pinça les lèvres.

— Pas d'auto chez ceux-là, fit-il avec un mépris de citadin. Pas de réfrigérateur, pas de télévision, pas de poste de radio. Rien, ici. Vous comprenez, *Americani* ?

Les *Americani* commencèrent réellement à comprendre en escaladant la colline. Dans les champs, la vigne commençait à faire voir de jeunes pousses, rappelant au sergent sa Californie natale. En contrebas, tout au bord de la mer, une rangée de paysans travaillaient la terre aride en parfaite synchronisation ; leurs coups de pioche résonnaient jusqu'aux hauteurs de la butte. Non loin, à la surprise des soldats, stationnait une auto.

— On revient sur nos pas ? suggéra le sergent. On demande à ces gens de nous conduire ?

— Trouvons d'abord la ville, décida le lieutenant, qui ne se sentait pas capable de refaire l'ascension.

Ils ne découvrirent aucun autre signe de vie avant de passer sous la porte de pierre décatie de la ville. L'arc était devenu le réceptacle de slogans politiques de tout poil. Les *Viva il Duce !* et les *Viva Mussolini !* disparaissaient presque à présent sous les noms des héros de l'Italie semi-libre : *Viva Badoglio ! Viva Garibaldi !* et autres *Viva il Re !*

Le lieutenant eut un hochement de tête approbateur.

— Pas de fascistes ici.

— En tout cas plus maintenant, précisa le sergent.

Le pêcheur de Syracuse s'était trompé sur un autre point, encore : il y avait une radio. Après quelques recherches, les Américains la trouvèrent, dans un café où une foule disparate les accueillit : veuves, vieillards jouant aux cartes, deux ou trois pêcheurs, et un soldat britannique. Et tout ce petit monde prenait le café ensemble en discutant, couvrant presque le son de la BBC.

— Où est le reste de votre régiment ? demanda le lieutenant américain au soldat britannique. On ne nous avait pas dit que l'île était occupée par les forces britanniques !

Robert posa sa tasse et se leva.

— Ce n'est pas le cas, répondit-il. Je suis seul. J'ai échoué ici dans la nuit du 9 juillet. J'ai été séparé de mon régiment après que notre planeur s'est écrasé en mer. Depuis, je n'ai pas revu mes camarades.

Le sergent avait eu vent de la catastrophe via son beau-frère, qui pilotait des remorqueurs : désorientés par le vent et la pluie, ils avaient lâché trop tôt les appareils. Les parachutistes qui ne s'étaient pas abattus sur les flancs de la montagne avaient été précipités au fond de la mer houleuse ou dispersés dans les vignobles plus de cent cinquante kilomètres derrière les lignes ennemies. Au cours des jours suivants, ceux qui étaient encore en état de se battre l'avaient fait à l'endroit où ils avaient atterri ; ceux qui dérivaient dans l'océan, cramponnés à des débris, avaient été repêchés et ramenés en Tunisie, où il avait fallu en enfermer certains, fous de rage envers les remorqueurs américains.

— Un carnage, murmura le sergent. On en a entendu parler.

Le soldat britannique récita :

— Parachutiste de section six, troisième bataillon, première division aéroportée. Savez-vous si d'autres ont pu sortir de l'appareil ? Cette question me hante. La nuit, j'en fais des cauchemars. Est-ce que les autres ont réussi à sortir ?

— Je regrette, nous ne sommes en Sicile que depuis six mois, lui répondit le lieutenant. Je ne suis pas au courant.

Il regarda le soldat, puis les vieux attablés autour de leur partie de cartes, puis les veuves, dans leur coin, et enfin les deux pêcheurs, qui avaient mis de côté leurs journaux et fixaient les nouveaux venus avec un intérêt bienveillant.

— On nous a parlé d'un camp de prisonniers..., hasarda-t-il enfin.

On fit venir Pina. Elle conduisit les soldats le long de la grand-rue jusqu'à la grappe de masures qui avaient quelques années plus tôt hébergé les prisonniers. Trop intimidée pour s'exprimer en anglais devant ces étrangers, Pina leur expliqua en italien que le camp avait été démantelé.

— Elle dit que c'est là qu'on logeait les prisonniers, leur traduisit Robert. Il n'y a jamais eu de campement à proprement parler. D'après elle, les gardes fascistes ont mis les voiles quand les choses ont commencé à chauffer. Ce devait être juste avant mon arrivée.

— Et les prisonniers ?

— Il y avait apparemment un professeur d'université, un ou deux députés socialistes... Mais ils sont repartis.

Même Mario Vazzo, le poète, s'en était allé retrouver sa femme et son enfant.

— Et le gouvernement local ? Il y a des gens avec qui traiter ? Le maire ?

Robert fit non de la tête.

Entre-temps, la moitié de l'île avait eu vent de la présence des Américains. Les villageois encerclèrent les libérateurs, leur distribuant des bourrades chaleureuses. Quelqu'un donna le coup d'envoi d'une retentissante série de *« Viva l'America ! »*. Concetta faussa compagnie à Maria-Grazia et se faufila jusqu'au premier rang pour mieux dévisager les étrangers.

— Que tout cela est étrange, laissa tomber le lieutenant, un peu déçu (il avait espéré reprendre triomphalement l'île à l'ennemi). On nous a dit qu'il y avait ici un gardien de prison et quatre ou cinq gardes…

— Oui, oui, confirma Robert. Il y a bien eu une prison, ici. Mais plus maintenant.

— Ramenez les *Americani* au bar, qu'on leur paie le café ! réclama Rizzu. Et puis un coup à boire et quelque chose à manger !

Les soldats furent reconduits en grande pompe au café Au Bord de la Nuit. On les traitait en invités d'honneur, ce qui consola un peu le lieutenant. Ils déclinèrent le *caffè di guerra* que leur proposa Maria-Grazia, mais consentirent à s'asseoir au comptoir, sous le ventilateur, et demandèrent qu'on leur amène l'ancien *podestà* de l'île.

Le vieux Rizzu alla le chercher aux champs, ce qui lui valut de revenir au café en auto. C'était une grande première pour lui, et il ne se sentait plus de fierté.

Il conte adressa aux libérateurs un petit salut guindé.

— Vous comprenez l'anglais ? lui demanda le lieutenant.

Le comte n'avait jamais été un grand intellectuel, et il fit un signe de dénégation. Robert et Pina s'avancèrent pour servir d'interprètes. Les Américains informèrent le comte que l'île était désormais occupée et le maire démis de ses fonctions. Le comte s'empourpra et regarda ses genoux. Puis il s'avança d'un pas traînant vers les deux autres. L'espace d'un instant, on vit la fureur monter en lui, mais enfin il céda et accepta de serrer la main des soldats.

Restait la question de Robert. Qu'allait-on faire de lui ?

— On vous ramène à Syracuse, annonça le lieutenant. Vous pourrez manger un morceau avant de rejoindre votre régiment.

— Je ne peux pas, répondit Robert. J'ai déjà essayé, c'est impossible. Ma blessure s'est remise à saigner quand j'ai tenté de quitter l'île.

— *Sì, sì,* approuva une aveugle d'un âge canonique, une taie blanche sur les yeux. *Un miracolo di Sant'Agata.*

— Qu'est-ce qu'elle dit ?

— Que c'était un miracle dû à Sant'Agata.

— Allons bon ! s'impatienta le lieutenant. Balivernes ! On vous embarque. Si vous êtes blessé, on vous conduira dans un hôpital digne de ce nom. On vous fera rapatrier en Tunisie. Ou en Angleterre, si c'est ce que vous voulez.

Robert secoua la tête.

Les villageois pressèrent Amedeo de faire part aux libérateurs de son diagnostic d'expert. Non, Robert n'était pas en état, confirma le médecin, il fallait attendre que sa plaie cicatrise. Du repos, voilà ce dont il avait besoin. Il fallait limiter les déplacements. Quitter l'île dans l'immédiat eût été malavisé.

— Montrez-la-moi, cette épaule, commanda le lieutenant.

Robert déboutonna sa chemise et exposa l'entaille que recouvrait depuis quelque temps déjà une couche de peau moirée.

— Mais elle parfaitement saine ! s'indigna l'Américain.

— Sauf quand il quitte l'île.

Maria-Grazia s'avança, tordant d'une main sa lourde tresse noire, mais s'exprimant en bon anglais :

— Quand il quitte l'île, la plaie se remet à saigner.

Tous les villageois acquiescèrent à mi-voix.

Le lieutenant se rappela le petit guide qu'on lui avait remis avant son arrivée à Messine. *La majorité des Sici-*

liens sont catholiques et célèbrent avec rigueur les fêtes des saints... Il scruta les insulaires. L'Anglais semblait détenir une curieuse emprise sur eux.

— Le choc a dû lui porter un coup au cerveau, souffla-t-il à l'oreille du sergent.

Mais celui-ci, effrayé, ne partageait pas son avis.

— Je ne sais pas, marmonna-t-il. Ce n'est pas le premier miracle dont j'entends parler dans cette guerre. Mon beau-frère Harvey, celui qui est pilote, il m'en a raconté...

— Allons !

Le lieutenant s'adressa de nouveau à Robert :

— Accompagnez-nous en Sicile. Vous n'avez donc pas envie de manger un bon repas chaud, de voir un médecin, de découvrir ce que vos camarades sont devenus ?

Robert secoua la tête de plus belle. Il ne pouvait pas les accompagner. Il ne voulait pas se faire traiter dans un hôpital de l'armée.

— Je ne peux pas partir. Cet endroit est le seul où je puisse guérir. Cet homme est le seul médecin qui puisse me soigner.

Le sergent haussa la voix pour prendre sa défense :

— De toute façon, il a l'épaule en vrac. Au fond, qu'on l'embarque ou pas, ça change quoi ?

— Un déserteur est un déserteur, déclara le lieutenant. On ne peut pas le laisser ici.

Le lieutenant s'était attendu à plus de résistance. En revanche, il ne s'attendait pas à ce qu'un cortège de villageois les suive tout le long du chemin dans un concert de lamentations, de protestations, voire, en un cas particulier, de sanglots assortis d'étreintes imprimées sur les mains de l'Anglais. Le lieutenant menait par le coude son prisonnier pâle et maussade ; il suait et se maudissait d'avoir posé le pied sur cette île. En plus, son sergent, ce jeune bigot des bas-fonds californiens, se rangeait ostensiblement du côté de l'Anglais.

Sur le quai, les villageois attendirent en silence que les *Americani* emportent Robert. Le lieutenant jugea que l'événement méritait un petit discours. Il se percha sur le banc du *Seigneur, Prends Pitié* et s'adressa aux villageois :

— Nous prendrons grand soin de votre ami, leur promit-il. Je vous promets qu'il recevra les meilleurs traitements.

La foule continuait de fixer la scène en silence. Robert et Maria-Grazia échangèrent une ultime et trop brève accolade, puis le pêcheur prit ses rames et la barque s'éloigna avec à son bord les Américains et l'Anglais. La foule triste demeura longtemps sur le quai à les regarder s'éloigner.

— Quel endroit infernal ! lâcha le lieutenant.

— Moi, j'en dis que ça va nous porter la poisse, prophétisa le sergent.

Tandis que le pêcheur négociait les eaux houleuses qui séparaient Castellamare de Syracuse, l'Anglais émit une sorte de râle. Un sang noir s'écoulait de sa plaie. Le lieutenant fourragea dans sa trousse de premiers secours et en tira un pansement Carlisle de combat.

— Tenez, lui dit-il. Nous vous trouverons un médecin dès que nous aurons accosté.

Cependant, un souvenir revenait à la mémoire du sergent. À l'âge de quinze ou seize ans, alors qu'il faisait la récolte dans un ranch près de Soledad, il avait vu un homme tomber d'une charrette et s'empaler sur une fourche. L'homme avait saigné, saigné, jusqu'à se vider de tout son sang. Quand on déposa le soldat à l'hôpital de campagne britannique, l'Américain fut soulagé d'en être débarrassé.

De l'hôpital général de Catane, Robert, dont l'hémorragie perdurait, fut évacué vers la Tunisie. Là, on le mit sur un navire-hôpital en partance pour Southampton. Durant tout le voyage, il ne réussit pas à quitter sa cabine. Il arrivait tout juste à boire un peu de bouillon de bœuf. Parfois, sa plaie semblait en voie de cicatrisation, mais tous les trois ou quatre jours les saignements reprenaient de plus belle. La fièvre allait et venait ; il souffrait de perpétuels maux de tête. Son infection, ni le mercure ammonié, ni les comprimés de sulfanilamide ne semblaient pouvoir la combattre ; elle devait être plus profonde, enracinée dans les tréfonds de son être.

Son régiment, ou du moins ce qu'il en restait, s'entraînait plus au nord, mais Robert n'était plus à même d'être déployé où que ce soit. Quand ses camarades parachutistes de la sixième section s'abattirent sur Arnhem, Robert se trouvait au lit, derrière des rideaux gris, à rêver de Maria-Grazia entre deux poussées de fièvre. De Maria-Grazia et de leurs étreintes par ces après-midi torrides, quand les autres dormaient derrière leurs volets clos et qu'ils retenaient leur souffle pour ne pas troubler le grand silence qui pesait sur l'île. De Maria-Grazia et de sa lourde tresse noire. De la paix qu'il goûtait à se réveiller auprès d'elle dans cette chambre aux carreaux frangés de palmes, face à la ligne bleue de la mer. Ces choses s'étaient-elles réellement produites ? Les avait-il seulement rêvées ? Robert n'aurait su le dire. La réalité lui semblait un monde immergé, où de grands pans de sa vie avaient été engloutis, et où d'autres s'étiraient, mornes, à l'infini. Pourtant, il se raccrochait à la conviction qu'elle avait bien été sienne, et qu'il l'aimerait un jour de nouveau.

En écoutant la radio, il comprit que la guerre touchait à sa chaotique fin. Deux bombes terribles avaient été lâchées sur le Japon, rayant des villes entières de la carte – une horreur. Puis la reddition. Hitler : mort. Mussolini : mort. Bientôt, les soldats rentreraient au pays. En bateau, en train, dans tous les sens, de par le monde entier. Les haines remisées de côté. Ce serait le grand exode, comme un flux d'oiseaux migratoires.

À l'automne 1945, Maria-Grazia reçut une carte postale imprimée de la photo d'un hôpital de briques rouges. Le courrier portait pour toute adresse les mentions : *Maria-Grazia Esposito, Café Au Bord de la Nuit, île de Castellamare*. Pourtant, la carte trouva son chemin jusqu'à elle. *Sto pensando a te*, était-il écrit au verso. Je pense à toi… Ainsi, elle apprit que Robert avait survécu.

2

La petite Concetta se réveilla avant l'aurore.

— Maria-Grazia, viens vite ! cria-t-elle, sa voix résonnant dans la cour.

Maria-Grazia émergea d'une série de rêves étranges où il était question de gouffres et de chutes. Elle trouva à tâtons le verrou de la fenêtre et passa la tête au-dehors.

— Concetta ?

Il y avait eu une ondée, le ciel était criblé d'étoiles.

— Maria-Grazia ! répéta la petite. Réveille-toi ! Il a plu et les *babbaluci* sont de sortie ! Si on y va tout de suite, ils seront pour nous !

Maria-Grazia s'habilla dans le noir et descendit l'escalier, longeant les photos obscurcies de ses frères.

Dans la cour, une bruine restait comme suspendue dans l'air ; la nuit était saturée d'humidité. Maria-Grazia s'empara de deux seaux de métal, encore un peu gluants de la dernière fois, et se pressa de rejoindre Concetta. D'autres les avaient sans doute devancées : les Mazzu, dont la récolte avait été mauvaise cet été, et les paysans du comte, sous-employés…

— Allons voir du côté des ruines ! lui lança la petite. Personne ne regarde jamais par là. Les *babbaluci* se cachent dans les fentes des murs, tous en tas, les uns sur les autres. Je les ai vus. Allez, viens, Maria-Grazia !

Concetta, qu'on n'avait jamais vue fatiguée ni démoralisée, s'en fut en trottinant dans l'air humide de la nuit. Sur la place, les ouvriers agricoles s'activaient déjà. Certains attendaient, debout, que les hommes du comte passent en automobile les embaucher comme journaliers ; c'était leur seul recours quand le travail venait à manquer. D'autres, plus furtifs, s'armaient de drapeaux rouges sous la houlette de Bepe.

— Ils font quoi ? s'enquit Concetta.

— Ils protestent, lui répondit Maria-Grazia. Viens, laissons-les.

La dispute qui opposait les paysans et *il conte* avait commencé après que Bepe était allé rendre visite à son cousin à Palerme. Il en était revenu un soir très remonté, un quotidien palermitain sous le bras et dans son âme un tourbillon d'indignation.

« Il y a de nouvelles lois, avait-il annoncé au café. C'est mon cousin qui m'en a parlé. Des réformes. Et même qu'elles sont en place depuis au moins un an. Bien sûr, personne ne nous a rien dit, mais la loi vaut pour nous aussi, comme pour le reste de l'Italie ! À partir de maintenant, on aura chacun notre part légitime des récoltes d'olives et de céréales, et pas seulement le misérable quart qu'*il conte* nous laisse nous partager. Et ceux d'entre vous qui n'êtes pas employés à temps plein, vous n'avez pas à attendre sur la place chaque matin qu'il veuille bien vous embaucher à la journée : vous avez droit à un contrat en bonne et due forme. Quant aux terres que personne ne cultive, nous sommes libres de nous les approprier ! Mêmes celles qu'*il conte* laisse à l'abandon, elles sont à nous ! »

Méfiants mais intrigués, les clients s'étaient avancés pour étudier le journal de Bepe. Celui-ci leur avait confirmé les propos de leur camarade. Si les lois n'étaient pas appliquées à la lettre, affirmait le pêcheur, les *carabinieri* rappliqueraient pour forcer *il conte* à les respecter, parce que le ministre de l'Agriculture était communiste et qu'il en avait décidé ainsi.

« Il dit vrai, était intervenue Maria-Grazia depuis son comptoir. Ici aussi, ç'a fait la une des journaux, mais personne ne lit, dans ce café, excepté *La Gazzetta dello Sport.*

— Il y a un détail essentiel, avait repris Bepe. Si on veut occuper des terres, d'abord, il faut qu'on fonde une coopérative...

— Une quoi ? l'avait coupé Mazzu le fermier, plein de soupçons. Moi, je ne coopère pas avec vous !

— On doit former une organisation, c'est tout ! Et aller ensemble occuper les terres abandonnées. Si on fait ça, le gouvernement nous les accordera. Ah ! (Bepe dégaina de sa veste un grand carré de tissu rouge.) Et on apportera le drapeau du parti communiste. On le plantera dans la terre au bout d'un piquet. Franchement, si on y réfléchit bien, des terres inexploitées, il y en a un paquet, à commencer par les terres de chasse du comte, et ce terrain caillouteux au sud dont personne n'a jamais voulu. Avant, tout ça, c'était des terres communes ! »

Un ou deux paysans âgés s'en souvenaient, et un vieil esprit de révolte commença de palpiter en eux.

Petit à petit, Bepe avait disséminé son message aux quatre coins de Castellamare. L'année précédente, la récolte avait été calamiteuse ; la moitié de l'île avait des dettes envers le comte et ses acolytes. Le jour où, fuyant la chaleur, il partit avec sa femme pour leur résidence à Palerme, Bepe obtint enfin gain de cause : les paysans se rallièrent à lui. Le lundi suivant, ces derniers, leurs femmes, qui portaient des marmites sur la tête, et toute une tripotée de bambins surexcités s'en furent donc ensemencer les terres abandonnées d'*il conte.* Le champ caillouteux à l'est de l'île, que n'occupaient jusqu'alors que lézards et chèvres sauvages, fut divisé en lopins équitables avec du fil à pêche et semé de blé d'automne.

À midi, les hommes du comte débarquèrent à dos d'âne armés de fusils de chasse.

— Ne touchez pas à ces terres, ordonnèrent-ils.

Les paysans firent mine de partir, mais, quand le blé eut germé, ils revinrent en cachette.

On ignorait ce qui se passerait quand le comte rentrerait, à la fin de l'été. Pour l'heure, les paysans, enhardis, se lancèrent à la conquête de nouveaux lopins à cultiver. La nuit des *babbaluci*, c'étaient les terres de chasse du comte qu'ils visaient.

Ils se mirent en route. Concetta leur emboîta le pas, attirée par les airs que Bepe égrenait doucement sur son *organetto*, suivie par Maria-Grazia. Peu après, leurs chemins se séparèrent. Les filles se rendaient au pied de la colline pelée, tandis que la procession de paysans s'engageait sur la route en lacet, l'éclat vacillant de leurs cigarettes constellant la pénombre comme autant de lucioles. La musique s'évanouit ; les paysans ne laissèrent dans leur sillage que l'obscurité et la pluie. Maria-Grazia et Concetta se faufilèrent entre les herbes humides et les chardons et gagnèrent les maisons abandonnées où l'on avait parqué les prisonniers. Comme le lui avait prédit la petite, lorsque Maria-Grazia s'agenouilla parmi les ruines, elle trouva partout des *babbaluci* pointant leurs cornes.

L'un après l'autre, elle les jeta dans son seau avec un petit pincement au cœur. Concetta, elle, comptait gaiement :

— Cinquante et un ! Cinquante-deux ! Cinquante-trois !

— On en fera une soupe, déclara Maria-Grazia. Avec de l'huile, du persil sauvage, de l'ail et un peu de poivre.

L'aube redonna aux ruines leurs dimensions normales et les escargots s'enfouirent plus profondément sous la terre. Maria-Grazia et Concetta continuèrent de travailler côte à côte en silence, faisant la course avec le soleil et la chaleur, jusqu'à ce que leurs seaux fussent pleins.

— Maria-Grazia, demanda alors Concetta en fixant le grouillement d'escargots. Qu'est-ce qu'il est devenu, à ton avis, le signor Robert ?

— Rien de spécial. J'imagine qu'il est toujours en Angleterre. Je t'ai montré la carte qu'il m'a envoyée.

— Mais elle ne disait pas grand-chose. Et ça fait plus d'un an !

— Je suppose que son épaule le faisait souffrir et qu'il n'a pas réussi à écrire davantage.

— Tu ne peux pas lui écrire, toi ?

Maria-Grazia fit « non » de la tête. Elle avait écrit à l'hôpital, un an auparavant. Ils n'avaient pas de nouvelles de lui, le patient était reparti. Pour aller où ? Ils l'ignoraient.

Concetta prit un escargot dans le seau et le regarda pointer ses cornes et les rétracter, comme s'il était en train de danser.

— On ne peut pas aller le chercher en Angleterre ? On prendrait le bateau, ou l'avion. Toi et moi, Maria-Grazia.

— Allons, Concetta, tu sais bien ce que ça coûterait. Des lires et des lires ! De toute façon, il reviendra dès qu'il pourra, j'en suis sûre.

La petite disparut derrière le mur. Maria-Grazia l'entendit pester sous cape en grattant la terre. Elle devait chercher les *attuppateddi*, les escargots plus petits qui vivent quelques centimètres sous la terre.

— Ne les mets pas avec les *babbaluci*, lui rappela Maria-Grazia. Ils se battraient, comme la dernière fois. En plus, les *attuppateddi* sont amers, il faut les faire tremper un jour ou deux pour en chasser le mauvais goût.

— Hum, lui fit pour toute réponse Concetta, contrariée.

Elles travaillèrent sans relâche jusqu'à ce que le soleil soit haut dans le ciel ; les derniers *babbaluci* avaient disparu dans les trous et les crevasses, et tous les *attuppateddi* s'étaient enterrés trop profondément. Concetta, de la terre jusqu'aux coudes, lâcha dans son seau une dernière poignée.

— Je peux en manger un ou deux maintenant ? quémanda-t-elle. Ça ne me dérange pas qu'ils soient crus.

— Oh, Concetta, attends qu'on les ait cuisinés…

Ce ne fut que lorsqu'elle se releva que Maria-Grazia prit conscience d'une présence derrière elle, une ombre d'homme dans son dos.

Était-ce parce que la petite venait de l'évoquer ? Ou parce que la jeune femme s'était déjà joué la scène cent fois dans le secret de son cœur ? Toujours est-il que, l'espace d'un instant, elle crut qu'il s'agissait de Robert. Mais, quand elle se retourna, elle trouva à la place un homme aux habits mal taillés, aux allures étrangères. Il avait à la main une valise de carton bosselée et, sur le visage, les traits de l'un de ses frères. Un peu plus burinés, plus ridés, mais néanmoins familiers. Et ce nez épaté, cet air sombre, ces sourcils épais sous cette masse de cheveux huilés… La vérité éclata et elle s'écria, terrifiée :

— Flavio ! *Dio,* c'est toi ?

— Maria-Grazia, prononça l'homme qui avait les traits de son frère.

— Oh, Flavio. C'est vraiment toi, ce n'est pas ton fantôme ?

— Bien sûr que c'est moi.

— Où étais-tu ? On nous a dit que tu avais disparu en Afrique du Nord…

— Tu ne m'embrasses pas ?

Mais, quand elle le prit dans ses bras, elle le sentit se raidir et résister à son étreinte.

— Tu en attendais un autre, devina-t-il. Quand tu m'as reconnu, tu as eu l'air déçue.

Elle fondit en larmes.

— Mais non. C'est le choc de te revoir. Rentre vite trouver *mamma* et *papà*…

— Et Aurelio, et Tullio ? Sont-ils de retour ?

— Nous sommes toujours sans nouvelles d'eux.

Elle le prit par le poignet et le ramena au café, Concetta sur les talons.

Dans l'enceinte du village, certains parurent reconnaître Flavio et lui murmurèrent un « *Salve* » ou un « *Buongiorno* ». Mais nul ne s'approcha. Maria-Grazia, à qui cela n'échappa pas, babillait avec un peu trop d'ardeur :

— Je suis si heureuse ! Tu verras, ici, rien n'a changé. On a toujours ta médaille…

Cependant, Concetta peinait à les suivre : elle portait seule les deux gros seaux. Elle les lâcha.

— Hé ! *Hé !*

Maria-Grazia se retourna.

— Oh ! Pardon, *cara.* C'est bien trop lourd pour toi. Donne-m'en un.

Flavio tendit la main pour prendre le deuxième.

— Qu'est-ce que vous avez là ? s'exclama-t-il, reculant devant la masse grouillante.

— Des escargots.

— Vous comptez les manger ?

— Que veux-tu qu'on en fasse ? lui rétorqua sa sœur. Pour ne rien te cacher, on ne mange pas très bien, par les temps qui courent. Mais, grâce à Sant'Agata, nous avons nos pêcheurs. Je suis sûre qu'au cœur de la Sicile, loin de la côte, on est bien plus à plaindre que nous. Loin de la mer, dans ces terres arides…

Quand son frère prit le seau, elle s'aperçut que, à l'exception du pouce et de l'index, il lui manquait les doigts de la main droite. Les larmes menaçaient de nouveau.

— Qu'est-ce qui est arrivé à ta main ?

— Hein ? Ah…

Il considéra sa paume puis en examina le dos, comme s'il la découvrait pour la première fois.

— Une balle, laissa-t-il enfin tomber. Il n'y a pas grand-chose de plus à en dire, et je préfère éviter le sujet.

En remontant la grand-rue, sa sœur s'efforça de ne pas les dévisager, ces moignons, uniques vestiges des doigts qui avaient autrefois dansé lestement sur les pistons de la trompette de cuivre, faisant sonner des notes éclatantes.

Devant la maison, elle s'arrêta et posa son seau.

— Laisse-moi entrer la première, Flavio, le pria-t-elle. Laisse-moi leur annoncer.

Flavio hocha la tête et se tint, rigide, son seau à la main. Il patienta. Bercé par le souffle qui perçait la masse des bougainvillées et par le frou-frou familier de la mer, il se détendit un peu. Du café lui parvenaient le grondement sourd et la mélodie connue des voix. Celle de son père, celle de sa mère. Puis, à nouveau, sa sœur :

— Il est là. Dehors. Mon frère. Rentré de la guerre.

Il entendit alors, clairs comme de l'eau de roche, les cris de sa mère :

— Tullio ? Aurelio ?

Elle cria même un troisième prénom, étranger, qui ne lui disait rien. Ce ne fut qu'en dernier qu'elle hasarda enfin :

— Flavio ?

Flavio entendit et sut qu'il ne retrouverait pas le bonheur à Castellamare.

Après la guerre, plusieurs jeunes hommes étaient revenus sur l'île. Certains avaient des médailles emmaillotées dans leurs valises, certains étaient affublés de vêtements civils exotiques et sentaient la gomina bon marché et la mousse à raser étrangère. Juste après Noël, alors que le *presepe* ornait toujours le parvis de l'église avec sa Madonna grandeur nature, son bébé Gesù et son San Giuseppe voûté, *il conte* avait appris que son fils Andrea s'apprêtait à rentrer d'un camp de prisonniers de l'Indiana, le pied en charpie. Pour l'Épiphanie, sa mère, devenue une femme d'âge mûr, s'était présentée à l'église agrippée à son époux, et au pied de la statue de Sant'Agata, en pleurs, elle avait jeté les bras vers le ciel et rendu grâce à voix haute à la sainte patronne de l'île (« Comme une vraie femme du peuple, une de chez nous », s'était étonnée Gesuina). Après quoi, Carmela s'était enfin mise à vieillir, comme les autres habitants de l'île. Ses toilettes furent dès lors aussi fatiguées et démodées que les vêtements des autres, son visage aussi usé.

Les d'Isantu n'étaient pas seuls à être dans ce cas. D'autres sur l'île avaient reçu des lettres et des télégrammes estampillés du sigle de la Croix-Rouge et portant des timbres étrangers. Une vague de jeunes gens étaient revenus. Mais Pina et Amedeo n'avaient jamais reçu de lettre. Le retour de Flavio fut pour eux un choc aussi violent que sa disparition, et il ébranla fortement la maison Au Bord de la Nuit.

En fait, la lettre de la Croix-Rouge arriva bel et bien, chiffonnée, un ou deux jours après Flavio. Ce fut le gendre de Pierino qui l'apporta au café. Le cri de Pina réveilla toute la place, faisant fuir à tire-d'aile des nichées de passereaux. Sa fille et son mari accoururent, alarmés. Pina avait cru l'espace d'un instant qu'on lui annonçait le retour d'un deuxième fils. Mais la lettre concernait Flavio ; elle s'était égarée.

Nous avons le plaisir de vous informer que votre fils Flavio Esposito nous a contactés en prévision de sa sortie du camp de prisonniers, le Langton Priory War Camp, dans le Surrey, en Angleterre, où il était détenu. Durant son séjour en Grande-Bretagne, il a été soigné au Belmont Prisoners of War Hospital (Sutton) pour une amputation des doigts de la main droite ainsi que des troubles psychologiques qui se sont déclarés lors de son service en Afrique du Nord. Il se rétablit bien et son moral est correct, bien qu'il ne soit pas en mesure d'écrire actuellement. Si vous souhaitez lui faire parvenir de vos nouvelles par retour de courrier, nous les lui remettrons volontiers.

La lettre était datée de trois mois. Qu'était-il arrivé à Flavio depuis ? Il ne se le rappelait pas et, quand on le questionna au sujet de ses « troubles psychologiques », il se renfrogna et refusa d'en parler.

— Tu crois qu'ils l'ont maltraité ? sanglota Pina dans l'intimité de sa chambre à coucher, cette nuit-là.

— Les Anglais sont des gens bien, affirma Amedeo, qui n'en avait connu qu'un seul. Je suis sûr qu'ils s'en sont bien occupés. Et maintenant qu'il est de retour, il se remettra très vite, tu verras. Le bon air marin, la famille, les visages connus...

Mais Flavio semblait ne rien reconnaître. Après les retrouvailles avec sa mère sur la terrasse du café, il avait fui les effusions comme si elle avait été une étrangère, montant directement dans sa chambre. Là, il avait constaté que son portrait du *Duce* et sa trompette avaient disparu, et sur sa table de chevet il avait trouvé des lames et de la crème à raser qui ne lui appartenaient pas. Pina s'était empressée de faire disparaître les dernières traces du séjour de Robert, de changer les draps et d'ouvrir les rideaux poussiéreux. Flavio, cependant, était resté assis sur le bord du lit, à manipuler les objets qui ornaient sa table de nuit comme s'il les voyait pour la première fois.

Pina n'eut pas de mal à remettre les affaires de Flavio en place, car pendant les années qui avaient suivi sa disparition, avant l'arrivée de Robert, elle avait erré durant ses nuits d'insomnie dans les chambres de ses fils, examinant et réexaminant chaque bulletin de notes, chaque petit soldat. Si le portrait du *Duce* resta enroulé dans un tiroir, la trompette dans son étui se retrouva sur le guéridon, au pied du lit, et les petits soldats préférés de Flavio et sa collection de cartes de foot furent disposés sur la table de chevet.

— *Mamma,* il a vingt-cinq ans maintenant ! s'énerva Maria-Grazia.

Amedeo alla sous le palmier déterrer la médaille et la mit dans les mains de son fils.

— Je ferai partir ces vilaines taches de terre, lui assura-t-il. Je voulais qu'elle soit en sécurité, c'est tout.

Sans répondre, Flavio alla s'allonger et dormit. Son sommeil était si profond qu'il en émergea à peine pendant plus d'une semaine. Sa famille prit l'habitude de marcher sur la pointe des pieds, comme si une bête sauvage sommeillait dans la chambre à l'étage.

Pendant le long sommeil de Flavio, Pina s'installa au fond du café, près de la fenêtre, dos à la salle. La cacophonie des clients, les incessantes allées et venues de Maria-Grazia avec ses verres et ses plateaux, elle en fit abstraction. Résistant à tous les efforts de sa fille pour la faire sortir de sa coquille, elle se ferma résolument au monde. En attendant que son fils se réveille et vienne la trouver, elle n'avait d'yeux que pour la mer.

C'est vers ce moment-là que Maria-Grazia, considérant sa silhouette solitaire, s'aperçut qu'elle était sur le point de devenir une vieille femme. Sa longue tresse, que Maria-Grazia voyait toujours noire, avait perdu sa luxuriance d'antan. Ses épaules étaient deux collines affaissées, tandis que sa colonne vertébrale demeurait une crête saillante, comme si la Pina actuelle se raccrochait à la charpente de la Pina de sa jeunesse.

Maria-Grazia pensait que son frère voudrait reprendre le café. Sans rien dire à personne, elle commença donc à éplucher les journaux à la recherche du prix d'un billet pour l'Angleterre, calculant que, Flavio aux commandes, plus rien ne l'empêcherait de partir retrouver Robert. Mais les prix étaient affreusement élevés, le billet coûtait plus d'un mois de bénéfices, et, même à supposer que son frère soit capable de gérer le café, où chercher son ancien amant dans l'immensité grise qu'elle s'imaginait être l'Angleterre ? Pourquoi n'était-il pas revenu la chercher, lui ?

Chaque soir, après la fermeture, Pina allait se coucher à contrecœur et, chaque matin, elle se levait avant le soleil, se passait de l'eau froide sur le visage et redescendait s'asseoir à sa place pour attendre le réveil de son enfant. Parfois,

Micetto, que l'âge avait enfin domestiqué un peu, venait se lover à ses pieds, juste hors de sa portée, et agitait la queue pour lui tenir compagnie.

Au milieu de cette période, alors que le retour des soldats occupait toutes les pensées, l'âme de Gesuina quitta son corps.

Elle dormait à sa place habituelle, près du poste de radio. Elle mourut si discrètement, les mains si joliment jointes, qu'on ne s'en aperçut pas tout de suite. Les parties de *scopa* se poursuivirent, le cliquetis des dominos continua de troubler le silence et la machine à café, qui avait vieilli, elle aussi, siffla comme à l'accoutumée. Ce ne fut que lorsque Concetta s'approcha de l'aïeule et lui tapota le genou qu'elle s'étonna de le trouver froid au toucher. Concetta lui lança un « Hé ! » retentissant. Pas de réaction. La petite se mit à pleurer.

— Elle ne m'a même pas grondée ! rapporta-t-elle à Maria-Grazia. Il y a quelque chose qui ne va pas !

On fit venir Amedeo, qui s'agenouilla auprès de la vieille.

— Signora Gesuina ?

La vieille ne répondit. Elle semblait sourire paisiblement, au repos. On décrocha le moins grand des miroirs du comptoir et on l'approcha des lèvres entrouvertes de l'aveugle. La glace ne s'embua pas, reflétant seulement la ligne bleue de la mer.

Quand l'île apprit la nouvelle, l'affliction fut immense. Gesuina était la première personne à mourir à Castellamare depuis la guerre, et sa mort offrait aux villageois en deuil une soupape pour pleurer d'autres pertes plus terribles. On ferma les boutiques, on sortit des tiroirs les manchons noirs. Ceux qui pleuraient d'autres défunts derrière leurs portes closes, battant leurs oreillers comme des possédés, gisant et vagissant sur le sol de la cuisine pendant des jours de rang, se frottant le visage au charbon, ceux-là allaient désormais sans honte dans les rues, pleurant avec modération, le mouchoir humide et l'œil rougi.

Gesuina fut enterrée dans un cercueil minuscule, au cimetière attenant au vignoble des Mazzu. C'était là que reposaient tous les habitants de l'île depuis les premiers colons grecs. Pour la vieille aveugle, on choisit une tombe sous l'unique cyprès du cimetière ; elle y resterait vingt ans, à la suite de quoi on rassemblerait ses os, on dirait quelques prières puis on les remiserait dans une petite alcôve blanche taillée dans le mur d'enceinte. Le père Ignazio mena le cortège et entonna les lamentations de Sant'Agata. La peine de l'île semblait ne pas connaître de bornes. Dans le flamboiement du soleil couchant qui présida à la mise en terre, le prêtre regarda ses ouailles et comprit qu'ils ne pleuraient pas seulement Gesuina, mais tout ce qui était en train de changer, tout ce qu'ils avaient déjà perdu. Parfois, le prêtre ne l'ignorait pas, la peine avait besoin d'un exutoire, d'un objet.

Le comte assista à la cérémonie, avec sa femme. Il déposa sur la tombe de Gesuina une élégante couronne de trompettes de Virginie. Car la vieille avait mis au monde presque tous ceux qui la pleuraient à présent, et *il conte* ne faisait pas exception à la règle.

3

Tandis que l'on inhumait Gesuina, Flavio s'éveilla comme on sort d'une transe. S'agitant dans son ancienne chambre d'enfant, il ouvrit les yeux et sentit l'accablante torpeur de la guerre lever un peu sa chape. Il avait les cheveux en bataille et un goût amer dans la bouche, et sa vessie était endolorie au sortir de son long sommeil – douze heures s'étaient écoulées depuis la dernière fois qu'il avait émergé à demi pour aller se soulager. Il se traîna jusqu'à la salle de bains et lâcha dans la bassine un long jet d'urine mousseuse. Ici même, autrefois, il jouait des coudes avec ses frères ; debout avant l'aube, ils rasaient leurs mentons poupins avec les rasoirs de leur père, graissaient leurs cheveux à l'huile d'olive comme Mario Vazzo, le poète, et se sentaient déjà trop grands pour l'île.

Flavio ouvrit d'un petit coup la fenêtre et se tint là un long moment, le regard vague.

Une sorte de procession sortait des champs en sinuant. Était-ce le jour de la Sant'Agata ? Mais non, il s'embrouillait, on la célébrait en juin, or c'était l'automne, presque l'hiver. Ce devait être des paysans.

Flavio se frotta le visage du bout des deux doigts qui lui restaient à la main droite. Le sentiment d'irréalité persistait. Il n'avait pas l'impression d'assister à une scène authentique, mais plutôt de contempler un documentaire sur l'île projeté sur un mur de la salle d'eau. Rien de ce qu'il voyait ne sonnait juste. Ça l'avait frappé dès l'instant où le pêcheur de Syracuse l'avait débarqué au port, avec les vêtements dont les Anglais lui avaient fait charité et sa valise de carton.

Flavio retourna s'étendre sur le lit, la tête sur l'oreiller, et refit mentalement le trajet en s'efforçant d'y détecter un indice, n'importe lequel, de retour au foyer. Il avait gravi la colline d'un pas lent, empruntant le sentier qui coupait entre les figuiers de Barbarie, comme quand il était petit. À chacun de ses pas, son attirail bringuebalait dans sa valise – rasoir encore rouillé de l'humidité de l'air anglais, cartes à jouer anglaises, bible anglaise. Cette bible lui avait posé un dilemme. L'abandonner lui aurait semblé sacrilège, la jeter impensable. Aussi l'avait-il rapportée à Castellamare, et c'est là qu'elle passerait les cinquante prochaines années, à prendre la poussière dans sa chambre, l'adresse de la prison inscrite sous la couverture.

Flavio n'escomptait pas qu'un comité d'accueil l'attende devant la mairie. Toutefois, quand il était parvenu au sommet, qu'il avait franchi la porte d'enceinte et pénétré dans le bourg, il avait compris qu'il ne recevrait pas un mot de bienvenue. Un ou deux gamins, qui avaient grandi depuis son départ, levèrent les yeux à son approche et détalèrent. Il entraperçut l'ancien maire, Arcangelo, mais ce dernier s'engouffra dans une ruelle, la mine contrite, comme s'il avait voulu signifier au jeune homme qu'il eût été malvenu pour le fasciste d'antan et l'ex-vedette des Balilla d'engager la conversation.

Alors, Flavio avait fait demi-tour et erré sans but jusqu'aux ruines, où, à sa stupéfaction, il était tombé sur une femme au front barré d'un pli qui s'était révélée être sa sœur. Elle ne portait plus d'appareil et, quand il l'avait enlacée, l'air embaumait de son parfum de femme adulte.

Elle l'avait ramené au café. Flavio l'avait trouvé altéré, étrange. Sa mère lui parut diminuée, son père était un vieillard à la voix éraillée. Assailli par les souvenirs, il s'était trouvé en proie à la confusion. Où était l'appareil orthopédique de sa sœur ? Où était le chaton ? Dans sa chambre, il avait découvert les affaires d'un inconnu. Sa trompette était ternie, son portrait du Duce envolé. Avant que la mémoire pût lui revenir pleinement, il s'était écroulé.

Il se leva. Il prit dans sa commode aux tiroirs garnis d'antimite une chemise et un pantalon, les enfila et descendit l'escalier. Sa mère entra, se débattit un moment avec ses chaussures de maîtresse d'école, les ôta. Les autres suivirent, son père et sa sœur.

— Qu'est-ce que c'était que ce défilé que j'ai vu par la fenêtre ? leur demanda Flavio.

— Un enterrement, le renseigna sa mère. Signora Gesuina est morte.

Gesuina. La vieille qui s'occupait de lui quand il était petit. Elle lui refilait en douce de la ricotta sucrée, lui pelait des figues. Il tenta de faire venir les larmes. Elles vinrent. Sa mère s'avança vers lui et le frotta doucement entre les omoplates.

— Mon Flavio, murmura-t-elle. Mon Flavio. Mon garçon, tu m'es enfin revenu.

Il la laissa dégager une boucle de sa tignasse emmêlée.

— Comment était-ce, au camp ? demanda-t-elle. Ils t'ont bien traité, les *Inglesi* ?

Que répondre ? Qu'ils lui avaient servi une nourriture correcte, quoique roborative et proche de la bouillie ? Qu'ils lui avaient passé un habit noir orné d'un cercle gris clair dans le dos et d'un autre à la cheville, pour leur servir de cible au cas où il aurait tenté de s'enfuir ? Qu'ils lui avaient permis, au bout de quelque temps, de travailler dans une ferme ?

Pas au début, bien sûr. Au début, il était encore ce qu'on appelait un fasciste. Il n'allait pas virer sa cuti comme ça. Mais après un moment quatre prisonniers, dont lui, avaient fini par obtenir la permission de travailler dans cette vaste et sombre exploitation entourée de chiens qui aboyaient. Tous les matins, ils faisaient à pied la longue route à travers les taillis que l'hiver bardait de gel. À la ferme, à Noël, on les avait autorisés à s'asseoir à la table du fermier. Ils avaient mangé de l'oie rôtie, des petites pommes de terre sautées et des choux miniatures au goût amer que les Anglais, riant de le voir froncer le nez, assailli par la puanteur qu'ils dégageaient, appelaient « *sprouts* ». Fallait-il qu'il raconte cela à sa mère ? Et les couronnes de papier qu'ils avaient portées le temps d'un après-midi, pour fêter l'Épiphanie ? Et la bière anglaise indigeste ? Ou alors, l'hôpital ? Fallait-il lui parler de l'hôpital ? Du service de psychiatrie où, après l'extinction des feux, on n'avait qu'à tendre l'oreille pour repérer aux gémissements et aux marmonnements les lits individuels dont chacun formait un îlot de larmes dans l'obscurité ? Lequel de ces souvenirs valait-il mieux choisir, épousseter, et lui présenter ? Il était las. Il ne savait pas.

— Ils m'ont traité convenablement, déclara-t-il. Je n'étais pas trop mal loti.

Cette soif inextinguible, encore. Il vida son verre d'eau. Sa mère se saisit du verre et le lui remplit, avide de se rendre utile.

Pendant les premiers jours, ce fut à peine s'il arrivait à tenir debout. Il dit à sa sœur qu'il allait reprendre le café, mais en réalité il parvenait à peine à porter un plateau avec sa main estropiée et ne se rappelait pas comment confectionner les pâtisseries ou préparer le café. L'avait-il vraiment su un jour ? Pour Flavio, dorénavant, exécuter les tâches quotidiennes, cela revenait à n'habiter le monde qu'à moitié. Dans les replis de son esprit, la guerre continuait, se rejouait, sapant son énergie comme s'il se trouvait encore au combat.

Ça lui tombait dessus sans crier gare. Par exemple, il était en train de lisser ses draps pour se coucher et soudain c'étaient les dunes du désert qui ondoyaient devant lui, leurs crêtes écimées par le vent. Ou bien il levait la main pour se raser et voyait à la place une plaie sanguinolente et sentait ses tripes se nouer comme la fois où il avait levé cette même main dans le noir et découvert épouvanté qu'un, deux, trois doigts lui manquaient, happés nets par une balle de fusil, irrémédiablement (bien qu'il eût cherché avec désespoir les membres arrachés, grattant le sable de sa main gauche, ne trouvant que des cailloux). Les tirs avaient repris, il avait fallu avancer. « *Vai, vai !* » avait hurlé le sergent. Flavio s'était exécuté, trébuchant, pressant contre son ventre sa main mutilée, abandonnant ses doigts aux bottes des Anglais, des kilomètres en arrière. La douleur n'était survenue que plus tard, des heures plus tard. Elle l'avait plié en deux.

Parfois, alors qu'il essuyait un verre au comptoir du café, le pinçant entre le pouce et l'index de sa main esquintée, il sursautait, ayant perçu sans avertissement le tac-tac-tac des mitraillettes. Puis il reprenait ses esprits. Derrière la porte, il n'y avait que le bourdonnement inoffensif des cigales et la mer bleue déserte.

On lui parla un peu de l'Anglais Robert Carr. L'homme avait couché dans son lit et, à en juger par les regards mélancoliques qu'elle tournait vers l'horizon, dans celui de Maria-Grazia. Peu après avoir repris possession de sa chambre, Flavio y avait découvert un petit livre, *Le Guide de la Sicile à l'usage du soldat*. Entre ses pages fripées d'eau de mer se trouvait une poignée de cheveux blonds. Cet Anglais avait dû connaître ce qu'avait connu Flavio : la lumière infernale du désert, les assauts sur les flancs des dunes, les rugissements, le tonnerre. L'Anglais savait.

Mais il était parti. Du reste, les villageois l'avaient, semblait-il, célébré en héros. Pas comme Flavio. Flavio, avec sa main estropiée et son regard fébrile, était une personne dont on ne savait que faire.

Andrea d'Isantu revint deux semaines après Flavio Esposito. *Il conte* était bien décidé à lui réserver un accueil plus fastueux qu'à tout autre soldat. Le jour J, il fit venir ses employés de bonne heure au manoir, vêtus de leurs habits du dimanche, et leur ordonna de s'aligner de part et d'autre de l'allée, des guirlandes de laurier à la main. Sa femme loua les services de la fanfare du village, bien que celle-ci eût vu ses rangs largement moissonnés par la guerre, ce dont les survivants se lamentèrent au café Au Bord de la Nuit, où ils étaient allés boire un coup pour se donner du cœur à l'ouvrage.

La mère de Flavio le pressa de se joindre aux autres avec sa trompette de cuivre.

— Et comment veux-tu que je joue ? riposta-t-il quand elle lui mit l'instrument entre les mains. Je n'ai plus de doigts !

— Joue quand même, insista Pina. Joue du mieux que tu peux, avec ta main gauche. Tu jouais si bien, Flavio, et tu vois bien que la fanfare a besoin de musiciens !

D'après les souvenirs de Flavio, sa mère n'avait jamais particulièrement apprécié sa trompette. Pourtant, il obtempéra, mû par quelque résidu d'obéissance enfantine. Il se tenait donc devant le manoir, entouré des vieux musiciens, transpirant dans la veste qu'on lui avait prêtée, quand il vit approcher la voiture du comte, labourant la poussière du chemin. Son fils était assis à la place du mort, maigre comme un pin, comme avant, le regard fixé droit devant lui.

Tandis que Flavio mimait les notes que jouaient les autres, une curieuse sensation s'empara de lui : en bougeant ses moignons, il lui sembla que ses doigts revenaient à la vie ; il les sentait pousser et résister contre les pistons de l'instrument, de la même façon que quand il était gosse. Il baissa les yeux : rien. Évidemment. Pourtant, il les sentait, ses doigts fantômes, jouant sur du vent.

Mais une altercation opposait le comte et son fils. *Il conte* murmurait, cajolait, et Andrea protestait :

— Non ! Hors de question !

Puis il eut ce grand éclat de voix :

— Je ne te permettrai pas de me tourner en ridicule, espèce de *stronzo*, sale *figlio di puttana* !

Jamais habitant de l'île n'avait parlé ainsi à son propre père. Flavio fut saisi d'une sorte d'admiration horrifiée. Andrea d'Isantu descendit de la voiture et claqua la portière puis il remonta l'allée à grands pas furibonds, boitant, pesant sur une canne. La fanfare entonna le premier couplet, mais le jeune homme la dépassa sans s'arrêter. Il dépassa aussi les paysans endimanchés, les domestiques en livrée, et disparut à l'angle du manoir, les plantant tous là, grotesques, dans son sillage. *Il conte* se mit à courir après son fils, toute dignité envolée, faisant taire les musiciens d'un geste impérieux.

La fanfare patienta un moment dans le silence brûlant, mais personne ne reparut. Un serviteur embarrassé finit par leur apporter une carafe de *limonata* et une demi-bouteille d'*arancello*. Ils burent debout sur la pelouse calcinée du manoir puis s'en retournèrent chez eux.

Après le fiasco du comité de réception, Andrea d'Isantu se claquemura dans le manoir de son père. Sa mère avait fait venir le prêtre, son père un médecin sicilien, mais Andrea les chassa l'un comme l'autre.

— Il doit être aigri d'avoir perdu la guerre, marmonna Rizzu, au café. Ce gamin était un fasciste convaincu.

Mais Flavio, qui avait eu le loisir d'étudier le regard d'Andrea avant que ce dernier disparaisse, savait que la vérité était autre. En fait, cela lui avait même fait un coup, car il s'était pour ainsi dire reconnu dans le fils du comte, comme si tous deux étaient des initiés, des frères, ou plutôt des malades atteints de la même honteuse affection.

Il entreprit de rassembler ses souvenirs au sujet d'Andrea. Le jour où il avait joué « Giovinezza » à la trompette, à l'occasion de la visite de quelque dignitaire fasciste, Andrea avait chanté. À seize ans, sa voix était encore étonnamment aiguë, un rien nasale, mais très pure, intacte. Toutefois, personne n'aurait songé à se moquer de lui. De la même façon, à l'école, on lui fichait la paix. C'était comme s'il était protégé par ses drôles de costumes étrangers, par sa manie de parler italien avec le maître, disant *« grazie »* au lieu de *« grazzi », « per favore »* au lieu de *« pi fauri »*.

« On dirait un personnage de roman », avait un jour commenté Tullio.

Andrea en ce temps-là se rendait à l'école à pied. Les après-midi de canicule, le vieux Rizzu venait le chercher avec son âne et sa charrette, ou alors Santino Arcangelo, le fils de l'épicier, employé au service du comte, prenait l'automobile, dérapant dans les virages en faisant hurler le klaxon pour chasser les gosses. Les dernières années de sa scolarité, Andrea les avait passées à s'instruire seul dans la bibliothèque privée de son père.

Mais voici qu'il était de retour, revenu de la guerre, une lueur dérangée dans le regard.

Après le fiasco du comité de réception, donc, Flavio ne le revit pas jusqu'à la fin de l'automne. Andrea pénétra un jour en claudiquant dans son champ de vision. D'une main, il s'appuyait sur sa canne et de l'autre il serrait quelques branches orange de trompettes de Virginie, un peu mises à mal par la tempête. Flavio avait entendu dire que ses rotules avaient été réduites en miettes ; il avait subi pas moins de cinq opérations dans un hôpital américain.

Andrea s'arrêta un instant près de la fontaine à l'odeur d'algue ; il baissa le visage vers la gueule des trompettes de

Virginie. Flavio le considéra tout en frottant ses moignons, qui le démangeaient. Andrea releva la tête et se retourna.

— Qu'est-ce que tu me veux ? cracha-t-il.

— *Salve*, signor d'Isantu, lui répondit Flavio.

— D'accord, mais qu'est-ce que tu me veux ? Qu'est-ce que tu as, à me fixer comme ça ?

— *Mi scusi.* J'ai entendu dire que vous aviez été fait prisonnier, vous aussi, en Afrique, pendant la guerre.

— Approche.

Flavio vint se poster devant le jeune homme. Le fils du comte avait les mêmes manières que son père, les mêmes yeux globuleux, insolents. Il leva son bouquet comme pour porter un toast.

— C'est pour ma mère. Elle en raffole. Il n'en pousse pas sur nos terres. Elle est un peu pénible, depuis mon retour. Exigeante. Alors je m'offre de longues promenades. Comme ça, elle, elle a ses fleurs, et moi, j'ai la paix. La saison est presque finie…

Flavio prononça deux ou trois mots à propos de sa propre mère. Il raconta qu'elle avait disposé sur sa table de nuit ses cartes de foot puis l'avait obligé à jouer de la trompette avec ses moignons.

— C'est plus fort qu'elles. Nos mères, nos pères, ils se figurent qu'on n'a pas changé, conclut-il d'une voix que l'urgence à se faire comprendre rendait stridente. Ils ne connaissent rien d'autre que cette motte de terre, la mer, les barques, la pêche, les ragots et le foutu festival de Sant'Agata.

Car tous les habitants de l'île lui semblaient désormais des enfants, simples et gais, comme les habitants d'un siècle passé.

— À qui le dis-tu, répondit Andrea. Il faut que je foute le camp d'ici. Cette *isola di merda*, elle me tuera. Et toi aussi.

Ainsi naquit une singulière amitié.

Alors que l'île se relevait peu à peu, l'année suivante, chassant la poussière de la guerre, les mariages se mirent à fleurir à Castellamare. Chaque samedi, la grand-rue était inondée de grains de riz ; chaque dimanche, à la messe, le père Ignazio lisait les bans. Les cérémonies s'enchaînaient à un rythme tel qu'il se mit à confondre les noms des fiancés du jour avec ceux des fiancés des semaines précédentes. Par les nuits calmes, on entendait les musiciens jouer la sérénade aux jeunes mariés à grand renfort de guitares et d'*organetti*, et tambouriner aux portes des parents chez qui, gênés et à l'étroit, ils passaient leur nuit de noces. Les affaires de Gisella la fleuriste n'avaient jamais si bien marché ; quant aux haies et aux buissons, ils furent dépouillés de leurs fleurs pour répondre à une intarissable demande de bouquets, de sorte qu'il sembla que l'été n'avait pas eu lieu cette année-là ou du moins qu'il avait été furtif et dépourvu de floraison.

Quand Giulia Martinello, sa dernière des anciennes camarades de classe, descendit les marches de l'église en dansant pratiquement tant elle exultait au bras de son mari, le jeune Totò, Maria-Grazia sombra dans une mélancolie si profonde qu'il lui semblait en sentir le goût, de la même façon que certains sentent le goût des orages qui arrivent du large. Emprisonnée dans son sourire et dans ses beaux habits trop petits, elle jeta du riz aux visages radieux de Giulia et de Totò et calcula que cet été marquait le troisième anniversaire du jour où les *Americani* avaient emporté Robert.

Au début, suite à la perte de l'Anglais, son père et sa mère avaient ployé comme elle sous le poids d'un chagrin immense. Mais Maria-Grazia n'avait pas voulu en parler. Elle allait jusqu'à quitter la pièce lorsqu'on prononçait son prénom, si bien qu'à la longue ses parents avaient battu en retraite, rangeant le souvenir de Robert dans quelque chambre secrète de leur cœur, avec celui de Tullio et d'Aurelio.

Donc, personne n'évoquait plus l'Anglais, hormis Concetta et le vieux Rizzu.

— Tout le monde adorait l'*Inglese*, décréta un jour le vieil homme de but en blanc, en prenant Maria-Grazia par la main. On adorait tous Roberto Caro. Mais un mari est un mari, et il est temps qu'on t'en trouve un.

— Tu te trompes, *nonno* ! s'écria Concetta, renversant dans sa rage le café de Rizzu.

— Et comment donc ? chevrota Rizzu. Si la pauvre Mariuzza attend trop longtemps, il ne lui restera personne !

— Maria-Grazia attend le signor Robert ! affirma Concetta. Elle doit attendre jusqu'à ce que le signor Robert rentre à la maison.

— Il ne lui restera personne ! se lamenta Rizzu. Il ne te restera personne, Mariuzza.

— Il ne reste déjà personne, lui fit remarquer la jeune femme.

C'était vrai. La tornade de mariages retombait aussi vite qu'elle s'était levée. Maria-Grazia avait reçu quelques propositions, certaines laissant même entrevoir un possible semi-bonheur. Par loyauté envers Robert, toutefois, elle était restée sur son quant-à-soi. Elle avait, ainsi, toujours baissé les yeux en servant Totò le pêcheur, si bien que celui-ci, las de la siffler en vain quand elle s'affairait au comptoir, s'était rabattu sur Giulia (avec plus de succès : en dix jours à peine, il obtenait sa main). Lorsque le veuf Dacosta prit l'habitude de venir s'accouder au comptoir pour exposer à la jeune femme ses analyses politiques et ses idées sur l'agriculture, elle avait adopté à son encontre une politesse filiale jusqu'à ce qu'il se décourage et retourne prendre son café seul à sa table d'angle, son journal étalé devant lui. Et même lui s'était entre-temps remarié, à une cousine issue de germain qu'il était allé chercher en Sicile l'hiver précédent. À la connaissance de Maria-Grazia, il ne restait sur l'île aucun célibataire, exception faite du prêtre et du vieux Rizzu. Pour rire, ce dernier fit mine de demander sa main à la jeune femme, tirant de sa poche la languette de métal d'une boîte de conserve et entonnant de sa voix cassée le plus romanesque des chants de Castellamare. Il avait voulu l'amuser, mais Maria-Grazia se détourna, les yeux pleins de larmes ; il lui semblait qu'on la ridiculisait devant tout le monde.

L'automne s'acheva dans le froid. Un jour que Maria-Grazia était sortie sur la terrasse pour ramasser des verres, elle trouva au pied des marches, en costume de lin anglais et visiblement désœuvré, le fils d'*il conte*. Depuis l'incident du bulletin de vote, en 1934, jamais le comte ni aucun membre de sa famille n'avait remis les pieds au café Au Bord de la Nuit. La haine qui opposait les d'Isantu et les Esposito, quoique tacite, était une chose puissante que chacun respectait.

— Bonsoir, signor d'Isantu, dit néanmoins la jeune femme. Puis-je vous proposer une table ?

— Non. Je ne poserai pas le pied sur la terrasse de votre café. Je viens voir Flavio.

— Je vous l'appelle.

Andrea, qui avait l'habitude qu'on lui obéisse, ordonna :

— Approche.

Maria-Grazia reposa ses verres et s'essuya les mains sur son tablier.

— Tu es la petite Maria-Grazia, pas vrai ? Je me souviens de toi. À l'école, tu étais la plus maligne.

Elle le fixa, otage de l'attention qu'il lui portait. Il avait le visage étroit, des cheveux noirs, huilés, comme ceux de son père, un regard inquisiteur. Le moindre de ses muscles dégageait une curieuse intensité. Il s'avança plus près en se hissant sur sa canne à pommeau d'argent et elle éprouva pour lui une soudaine tendresse, se rappelant la frustration que lui occasionnait autrefois son appareil orthopédique. À présent, elle se tenait raide et bien droite, et c'était lui que tout le monde appelait à voix basse, dans son dos, « l'invalide ». Enfin, quand il l'eut bien jaugée de la tête aux pieds, il laissa tomber :

— Tu as changé, depuis la guerre.

Maria-Grazia, ne sachant que répondre, garda le silence. Par une fenêtre, à l'étage, Amedeo baissa les yeux sur les deux jeunes gens, lui qui se tenait à la frontière de sa terrasse, et elle, sa fille, magnifique, et il fronça les sourcils en une ligne continue.

L'amitié de Flavio et d'Andrea d'Isantu commençait à faire jaser. Le vieux Mazzu les avait épiés, tous les deux, pendant les promenades qu'ils entreprenaient tout autour de l'île. Andrea cinglait les broussailles à coups de canne et Flavio brassait l'air de sa main estropiée. Ils faisaient une drôle de paire, le fils du comte et celui du médecin, son ennemi juré ! Plus d'une fois, Flavio invita Andrea à lui tenir compagnie sur la terrasse du café mais, par déférence pour son père, Andrea d'Isantu refusait d'entrer en territoire Esposito, aussi Flavio finit-il par installer une table sous le palmier de la place, à un ou deux mètres du café, en terrain neutre, et l'affaire fut ainsi réglée. Là, les deux amis avaient des conversations enflammées autour de bouteilles d'*arancello*.

Pina et Amedeo désapprouvaient cette amitié, de même que, de leur côté, Carmela et le comte.

Maria-Grazia, pour sa part, s'indignait de la façon dont ils parlaient de l'île, « *l'isola di merda* », ainsi qu'ils l'appelaient : pour eux, c'étaient un caillou, tout juste bon à recueillir les ragots de chevriers et de bouffeurs d'olives consanguins. Elle-même avait eu en pensée bien des mots à l'égard de Castellamare, mais, de l'entendre ainsi dénigrée, elle bouillait de fureur contenue. Lorsqu'elle débarrassait la table sous le palmier, il s'en fallait de peu qu'elle ne monte au créneau pour prendre la défense de sa terre natale. Toutefois, en présence d'Andrea, elle se sentait intimidée, irrémédiablement empotée. À plusieurs reprises, tournant son regard vers l'ombre noire du palmier, elle surprit celui d'Andrea qui la fixait, semblant répondre au sien comme son reflet dans le miroir. Et ce regard la suivait tandis qu'elle s'affairait sur la terrasse, il collait à ses moindres gestes.

Elle se le rappelait tel qu'il avait été à l'école, concentré sur ses cahiers. Son pupitre était installé à l'écart, surélevé sur des parpaings, en signe du statut supérieur de son père ; c'était une idée du professeur Calleja, qui espérait s'attirer les faveurs d'*il conte*. Andrea d'Isantu, la nuque cramoisie, baissait la tête sur ses problèmes. Aux yeux de l'enfant qu'était alors Maria-Grazia, avec son cou maigre et ses cheveux gominés, il était la solitude incarnée. Tous deux étaient des êtres à part : lui à cause de ses vêtements coûteux, de sa diction raffinée ; elle à cause de son appareil ferraillant et grinçant. À l'époque, cela n'avait pas suffi à former le socle d'une amitié. Mais à présent, les yeux d'Andrea suivaient Maria-Grazia et ceux de Maria-Grazia le cherchaient selon une cadence qui leur était propre, une cadence toute en retours et en répétitions.

Andrea la regardait comme s'ils partageaient quelque chose, comme s'ils étaient complices, tous les deux.

Un jour de décembre, il passa au café de bon matin et demanda à voir Flavio. La pluie tendait de longues cordes sur la place et, sur le seuil de la terrasse, Andrea ruisselait.

— Il n'est pas encore levé, l'informa Maria-Grazia. Je vais le chercher.

Par un temps pareil, elle ne pouvait pas ne pas l'inviter à entrer – à Castellamare, les bonnes manières l'emportaient sur tout, même sur les vieilles querelles.

— Patientez donc à l'intérieur. Venez au moins dans l'entrée, vous allez être trempé jusqu'à l'os.

— Merci, j'attendrai ici.

— Je vous en prie, signor d'Isantu, entrez.

Andrea ne voulut rien entendre. On lui avait raconté la façon dont Pina Vella l'avait chassé du café alors qu'il n'était qu'un bébé dans les bras de sa mère, et à ce jour encore, orage ou non, l'honneur lui interdisait de revenir sur ses positions.

— Je ne mettrai pas les pieds dans ce café. Je ne bougerai pas d'ici.

Le ciel se déversait sur lui, plaquant ses cheveux sur son front pâle, lui faisant une sorte de tonsure monacale. Soudain, Maria-Grazia fut frappée par l'absurdité de la brouille et cela la mit hors d'elle, tout cet orgueil, ce beau costume ruiné par l'averse… Elle ne le tolérerait pas un instant de plus ! Rejetant sa lourde tresse par-dessus son épaule, elle tapa du pied sur la terrasse inondée.

— Je n'ai jamais rien entendu de si bête ! Je te dis d'entrer, alors entre ! Quoi, tu vas rester planté là, sous la pluie battante ?

— Parfaitement.

— *Stronzo !* Je ne le permettrai pas.

Personne à Castellamare n'avait jamais parlé sur ce ton au fils d'*il conte*. Estomaqué, haletant sous le coup de l'indignation, il voulut protester, mais avant d'avoir repris contenance elle saisit son bras et le tira si fortement qu'il perdit l'équilibre et chancela sur sa jambe abîmée.

— Allons, viens, je te dis ! insista Maria-Grazia.

Traînant derrière elle un Andrea furieux, elle gagna l'entrée du café, poussa sans ménagement le jeune homme à l'abri de la pluie et referma la porte derrière elle.

— Là ! fit-elle en chassant l'eau des poches du costume. Ça commence à bien faire, ces enfantillages !

Andrea, complètement désarçonné pour la première fois de sa vie, regarda l'eau gicler de ses poches et inonder les dalles rouges pareilles à des mappemondes.

— Ce n'est pas la peine..., murmura-t-il. Ce n'est pas la peine...

Tout à coup, Maria-Grazia se pétrifia, regrettant son geste. Pendant un moment, les deux jeunes gens se considérèrent en silence.

— Veuillez patienter ici, signor d'Isantu, reprit enfin la jeune femme. Je vais chercher Flavio.

Andrea, mal à l'aise et grelottant de froid, ne broncha pas tandis que Maria-Grazia montait l'escalier. Ses yeux la suivirent jusqu'en haut.

— Flavio ! cria-t-elle en frappant à la porte de son frère. Ton ami est là ! Le signor d'Isantu !

Flavio s'éveilla dans un grognement sonore.

— J'arrive. Deux minutes. Dis-lui de m'attendre.

— Il t'attend.

Mais la présence d'Andrea au pied de l'escalier lui pesait désormais, sombre comme un nuage au-dessus de la mer. Maria-Grazia se retira dans sa chambre, sidérée par sa propre hardiesse. Son frère s'agitait dans sa chambre en dessous de la sienne, qu'elle considérait encore comme celle de Robert. Elle se rappelait les petits bruits que faisait l'Anglais : le gémissement des ressorts quand il se tournait dans son lit, sa toux au son étranger, le bruit mat du livre qu'il replaçait sur son chevet avant d'éteindre la lumière...

La carte postale qu'il lui avait envoyée était à sa place habituelle, sur la table de nuit. Elle la prit, caressante, cherchant pour la énième fois un sens caché dans ces quelques mots insuffisants.

Alors, avec un choc, elle s'aperçut qu'Andrea d'Isantu l'avait suivie à l'étage. Il ahanait sous le coup de l'effort et agrippait à deux mains sa jambe blessée, mais ne s'en tenait pas moins sur le pas de sa porte. Elle lâcha la carte postale et se réfugia au fond de la pièce, près de la fenêtre.

— La chambre de Flavio se trouve un étage plus bas, sur le palier…

— Je voulais m'excuser, la coupa Andrea. Tu as raison, cette brouille est stupide. Tout cela est stupide.

Il se baissa, sans fléchir sa jambe, pour ramasser la carte postale.

— « *Sto pensando a te…* », lut-il.

— C'est un ami qui…

— Ton Anglais. Flavio m'a raconté.

Son regard rusé, malicieux, la captiva. Elle se raidit, sévère, les bras croisés sur la poitrine, tandis qu'il la toisait, de sorte qu'elle se faisait l'impression d'une vieille fille repoussant les avances d'un prétendant un peu hardi. La poignée de sa commode s'enfonçait dans son dos. Un jour, elle s'en souvenait confusément comme d'un épisode qu'on lui aurait conté, Robert lui avait fait l'amour en la pressant contre ce meuble, si bien qu'après ils avaient trouvé deux cercles imprimés dans la chair de ses reins.

Andrea lui tendit la carte postale, et elle vit que son pouce mouillé de pluie y avait laissé une trace. Mais, quand elle voulut la lui reprendre, il lui attrapa le poignet et le tint fermement devant lui, comme s'il hésitait sur la marche à suivre.

— Quand tu m'as pris par le bras, tout à l'heure… Depuis mon retour – depuis la guerre –, personne ne m'a touché. Pas ma mère, pas mon père. Toi seule.

Soudain, Amedeo emplit l'encadrement de la porte ; Maria-Grazia ne l'avait pas entendu monter. Il s'avança, gonflé par une rage qu'elle ne lui avait jamais vue.

— Qu'est-ce qui se passe, ici ? tonna-t-il. Lâche immédiatement ma fille !

Il fit un pas et, d'un coup vif, fit lâcher prise à Andrea.

— Dehors ! rugit-il. Dehors !

Andrea battit en retraite, pourchassé par les cris du père furibond, aux joues cramoisies.

— Je te défends de fréquenter ma fille ! Je te défends de la courtiser ! Je t'interdis même de lui adresser la parole !

Flavio, interpellé par ce tapage, sortit de sa chambre et s'élança sur les pas de son ami, tout transpirant de honte.

Dans la chambre où résonnait encore l'écho de ses cris, Amedeo tourna ses foudres vers sa fille :

— Qu'est-ce que tu trafiquais avec le fils d'*il conte* ? Qu'est-ce qu'il faisait dans ta chambre ?

— Rien ! Il cherchait Flavio... La pluie... Je l'ai invité à entrer pour s'abriter et...

— Il joue un jeu dangereux. Un jeu dégueulasse ! Ah ! Le saligaud !

— Il est entré par erreur, il cherchait Flavio !

Amedeo l'empoigna par les coudes.

— Je t'interdis de fréquenter le fils du comte.

Cette nuit-là, Maria-Grazia fit des rêves étranges et chaotiques, des rêves où l'intrépide Andrea la plaquait contre sa commode puis contre le mur d'une des grottes du rivage, après quoi les marques aux creux de ses reins étaient ceux de crânes humains.

Elle se réveilla, se lava à l'eau froide et descendit au café. Lorsqu'elle ôta le verrou de la porte et sortit sur la terrasse, elle y trouva Andrea, une trompette de Virginie à la main. L'angle des rayons faisait luire la fleur comme si elle diffusait sa propre lumière.

— J'ai fait mauvaise impression, hier, dit-il. Désastreuse, même. Puis-je y remédier ?

Comme elle hésitait sur la façon de le repousser, il lui prit le poignet et replia ses doigts sur la fleur. Maria-Grazia se rappela soudain le jour où, enfant, tapie sous les bougainvillées avec son appareil grinçant, elle avait vu Mario Vazzo, le poète, glisser dans la main de sa mère une unique et frémissante trompette de Virginie. Sur le moment, elle n'avait pas compris le sens de ce geste. Elle le comprenait, à présent.

Elle mit la fleur dans un verre d'eau sur sa table de nuit et, quand elle la regardait, elle avait un sentiment proche de la nausée, mais pas déplaisant pour autant. Son père, découvrant le cadeau d'Andrea, jeta par la fenêtre l'eau puis le verre, qui se brisa en mille morceaux. Pendant des semaines, on marcha sur du verre pilé aux alentours de la terrasse. Quant à Andrea, il n'en franchit plus le seuil. Il restait dorénavant à la lisière, banni, pensif, le teint cireux et l'œil aux aguets.

Maria-Grazia n'avait jamais vu son père se comporter de la sorte. Certains soirs, derrière le rideau du café, elle l'entendait siffler rageusement à Flavio, congestionné par la fureur :

« Ton copain Andrea, je ne veux pas qu'il approche de Maria-Grazia. Je ne lui fais pas confiance, tu m'entends ? Pas du tout ! »

Au bout de plusieurs mois de ce manège, il convoqua sa fille dans son bureau. Là, il pétrit sa main entre ses grands doigts ridés, lui caressa les cheveux et, enfin, prit la parole :

— Voudrais-tu quitter cette île, Mariuzza ? Voudrais-tu t'en aller ailleurs ? C'est cela qui te tracasse ?

— Quitter l'île ? murmura-t-elle, prise de court par sa question.

— Tu pourrais étudier à l'université, ou à l'École normale. Aller à la ville. À Rome, à Florence. Il y a trop longtemps que tu vis cloîtrée ici, à soigner ton vieux père et ta vieille mère.

Il affectait la légèreté, mais son propos tomba complètement à plat. Un silence s'installa.

— Pourquoi me poses-tu cette question ? s'enquit Maria-Grazia. J'ai fait quelque chose de mal ? Ou alors c'est Flavio qui veut reprendre le café ?

— Non, *cara*, rien de la sorte. Tu n'as jamais été pour nous qu'une bénédiction. (Il poussa un profond soupir.) Mais Andrea d'Isantu…

La rage et l'indignation firent monter des larmes aux yeux de la jeune femme.

— Qu'a-t-il, Andrea d'Isantu ?

— *Cara mia. Principessa…*

Il lui caressa les mains, mais Maria-Grazia refusait de se laisser consoler.

— Je n'ai rien fait de mal, protesta-t-elle. Il ne s'est rien passé, *papà*.

— Tu connais la rumeur nous concernant, Carmela d'Isantu et moi. Tu ne peux pas ignorer ce qui s'est passé entre elle et moi avant ta naissance.

La loyauté la poussa à détourner son visage. Muette, elle fixa un grand paquebot qui glissait à l'horizon avec grâce et lenteur, brillant de mille feux, pareil à une cité dans le lointain.

— Regarde-moi, Mariuzza, lui ordonna son père. N'aie pas honte. C'est à moi d'avoir honte, car c'est moi qui ai fait ces choses, même si Dieu m'est témoin que je voudrais pouvoir te mentir et nier les avoir commises. Il m'est insupportable de baisser dans ton estime, *cara*. Mais je dois parler. Regarde-moi, Mariuzza.

Elle posa son regard sur les livres qui encombraient les étagères, les recueils de contes, les vieilles revues médicales dans leurs classeurs de cuir – n'importe où, plutôt que de croiser les yeux de son père fixés sur elle.

— Je croyais qu'on avait établi qu'Andrea n'était pas ton fils, lâcha-t-elle enfin dans un souffle.

Telle était l'histoire qu'on chuchotait derrière son dos dans la cour de récréation, à l'école : un médecin était venu de Sicile et il avait testé l'enfant. À l'époque, cette rumeur avait affermi sa conviction intime : son père était innocent.

Amedeo claqua des dents, impatient.

— Ce test ne vaut rien ! Il ne prouve rien. *Cara,* je n'aime pas sa façon de te regarder, de te suivre partout. Ça sent les ennuis.

— Personne d'autre ne me regarde. Personne d'autre ne me remarque. Que je vive ou que je meure, personne ne s'en soucie sur cette fichue île, à part lui !

Comble de l'horreur, son père prit alors son ton professionnel :

— J'ai entendu parler de ce phénomène. C'était quand j'étais jeune, à l'époque où je travaillais sur le continent. Il y avait deux jeunes gens, demi-frère et -sœur mais qui avaient été élevés séparément, aux extrêmités opposées du village. Ils ont fini par emménager ensemble, comme mari et femme. Mais c'est dangereux, Mariuzza. Dans de tels cas, l'attirance peut être puissante... sans même considérer l'aspect légal des choses, songe au scandale dans une communauté aussi...

Maria-Grazia en sanglotait presque d'humiliation.

— Ça te choque, ce que je t'ai confessé ? s'enquit Amedeo. Je t'ai déçue, *cara* ?

— Non, mentit Maria-Grazia sans le regarder.

— Et Robert ? demanda gentiment son père. Nous aimions tant Robert.

Sa voix menaçait de se briser. Maria-Grazia n'aurait pas supporté qu'il se mette à pleurer, lui aussi, alors elle se rebiffa et s'éloigna encore de quelques pas.

— Quoi, Robert ? répliqua-t-elle aussi froidement que possible. Il y a quatre ans qu'on ne l'a pas vu !

— « Quoi, Robert » ? *Cristo, Dio !* Tu l'aimais, pourtant, Mariuzza, n'est-ce pas ? Mais depuis qu'il est reparti, tu n'as pas une seule fois prononcé son nom. Il nous était venu de la mer, comme un miracle, comme un fils ! Tu ne l'aimes donc plus ? Et lui, ne t'aime-t-il plus ? Il ne va donc pas revenir ?

La rage lui fit monter les larmes aux yeux, ces larmes exaspérantes.

— De… demande-le-lui ! hoqueta-t-elle. Demande-le-lui, s'il m'aime, s'il va revenir ! Moi, je l'ai attendu ! Quatre ans, je l'ai attendu ! Faut-il que je sois la risée du village ? La vieille fille, la seule à rester en plan ! Oui, j'aimais Robert ! Vous ne le voyez donc pas, tous autant que vous êtes ? Je l'aimais, et je l'ai attendu, attendu, attendu, ce maudit *stronzo*, mais il n'est jamais revenu me chercher !

Son père tendit les bras vers elle mais elle fuit son geste, inconsolable. Elle courut, trébuchant jusqu'à la route, jusqu'au champ d'oliviers, jusqu'aux grottes du rivage.

Amedeo décréta qu'Andrea d'Isantu ne remettrait jamais les pieds au café Au Bord de la Nuit. *Il conte* avait de son côté réduit les libertés dont jouissait son fils. Plus tard cette année-là, à l'occasion des fêtes de Noël, il fit venir de Sicile un ami et ses cinq filles. Le premier soir, cependant, Andrea s'échappa pendant le dîner et jeta des poignées de sable à la fenêtre de Maria-Grazia.

— Maria-Grazia ! lui cria-t-il, complètement soûl. Pourquoi refuses-tu de me voir ? *Dio,* tu veux me rendre fou ?

Maria-Grazia, liée par la mise en garde de son père, ne put se résoudre à lui ouvrir. De sa fenêtre aux rideaux tirés, muette, elle le vit faire demi-tour et retraverser la place en s'appuyant sur sa canne tandis que, sur son passage, des fenêtres s'ouvraient, des curieux se penchaient pour ne pas en perdre une miette. À le voir ainsi, dans le froid et l'obscurité, il apparaissait à Maria-Grazia comme l'être le plus seul de toute l'île, autant que quand il était petit et que son trône perché sur ses quatre parpaings le séparait des autres enfants.

Les rumeurs fusèrent, firent le tour de l'île et revinrent aux portes du café avant le lever du soleil. Le fils du comte était bizarre depuis la guerre, ça, chacun le savait. Tout de même : Maria-Grazia devait bien avoir fait quelque chose pour encourager ses ardeurs…

Quand elle pénétra dans le café, ce matin-là, et que les clients se turent d'un seul coup, échangeant des regards en coin, elle devina sans peine ce dont ils parlaient l'instant d'avant. De fait, au cours des jours suivants, elle surprit d'odieux racontars :

« Il est gaga d'elle, c'est la signora Carmela elle-même qui le dit. Il refuse d'épouser une des filles de la ville… »

« *Gesummaria,* il a fallu qu'il s'entiche de la seule petite qui, pour autant qu'on sache, est peut-être sa sœur !… »

« J'ai entendu parler d'une histoire comme celle-ci. Mon cousin du continent, il connaît quelqu'un qui a épousé sa cousine germaine. Eh bien, leurs gamins, ils ont des jambes comme celles des poulpes, des têtes de méduse, douze doigts, et puis cinq yeux !… »

Andrea se rendit à la messe de minuit flanqué de ses parents, les cinq jeunes filles de la ville sur ses talons. De son banc à l'avant de la nef, devant toute l'île réunie, il se dévissa la nuque pour fixer sur Maria-Grazia son regard sombre et implacable.

Dès lors, les vieux joueurs de *scopa* et les veuves sur les bancs de bois devant les maisons se mirent à débattre du cas de Maria-Grazia sans la moindre discrétion. L'île semblait devenue un essaim de regards obliques. La jeune femme était souillée, comme Flavio, comme Andrea, contaminée par la poussière de leur désert, par les stigmates de leur guerre. Durant les derniers jours de 1948, elle pleura dans son lit, en proie à une peine muette, bourrant de coups de poing impuissants son matelas étriqué. On disait Andrea malade. Il ne buvait plus avec Flavio sous le palmier, ne faisait plus de rondes solitaires autour de l'île, et les quelques paysans qui cultivaient encore les terres de son père chuchotaient qu'il avait raccroché sa canne et pris le lit et qu'il refusait d'adresser la parole à quiconque.

Rien de tout cela ne se serait produit si Robert était revenu la chercher. Il l'avait trahie si complètement, par son départ, par ses années de silence, que Maria-Grazia croyait par moments ne plus rien éprouver pour lui. Andrea avait raison sur un point : cette île n'était rien d'autre qu'une *isola di merda*, un vivier à ragots, un foyer de honte. Elle n'y tenait plus. Au début de l'année 1949, sa vingt-quatrième, elle entreprit de prélever des billets dans la caisse et de les glisser entre son lit et le mur, dans une vieille bouteille de Campari. Quand elle aurait suffisamment d'économies, elle s'en irait.

4

Peu après l'Épiphanie, Carmela se présenta au café Au Bord de la Nuit. Elle avait dû faire le chemin pendant qu'on dormait encore car Maria-Grazia, réveillée de bonne heure par la frustration qui la tenaillait depuis des mois, trouva en descendant *la contessa* qui l'attendait au pied des marches de la terrasse. Elle se tenait là, parée de sa vieille toilette parisienne fanée couleur d'aubergine mûre, et coiffée de son chapeau du dimanche à voilette en tulle à plumetis acheté avant la première guerre. Carmela n'avait pas franchi le seuil de l'établissement depuis ce jour, vingt-huit années plus tôt, où Pina l'en avait chassée avec son bébé, jurant de ne plus jamais l'admettre sous son toit.

— Signora d'Isantu, la salua Maria-Grazia en émergeant au soleil.

Carmela s'exprima d'une voix aussi fluette et pleine de courants d'air que celle de feu l'aïeule Gesuina :

— Signorina Maria-Grazia, il faut que vous aidiez mon fils.

Maria-Grazia sentit son cœur se comprimer et le souffle lui manquer.

— Qu'a-t-il ? Il est souffrant ? Je vais réveiller mon père, je vais chercher ses instruments…

— Non, non, non, se mit à pleurer Carmela en secouant la tête. Ne réveillez pas Amedeo. C'est vous dont j'ai besoin.

— Dites-moi ce qui ne va pas.

— Il est malade. Malade d'amour pour vous, signorina Maria-Grazia ! Toute l'année son état n'a fait qu'empirer. Il ne quitte plus le lit, il ne mange plus, sa langue est sèche et blanche, ses yeux sont jaunes... J'ai peur de le perdre. Ne pourriez-vous pas lui donner un peu d'espoir ? Mon fils se meurt d'amour pour vous.

Telle une comédienne ôtant un masque, Carmela souleva sa voilette et Maria-Grazia vit que des larmes avaient barbouillé son khôl ; *la contessa* en avait les joues grisées comme un bandit. Maria-Grazia eut pour elle un élan de pitié. La prenant par le coude, elle la mena à l'intérieur du café encore désert, remit d'aplomb deux chaises, tira les stores pour éviter les regards indiscrets des clients matinaux qui traînaient souvent sur la place en attendant l'ouverture, laissa sur la porte d'entrée l'écriteau qui disait *Chiuso* et alluma la machine à café.

— Non, non, protesta Carmela. Quelque chose de plus costaud... de plus fortifiant. Le *limoncello* que faisait autrefois Rizzu, si vous en avez ?

Décidément, Carmela ne devait pas être dans son état normal : ce *limoncello* avait disparu de l'île depuis près d'un quart de siècle. Maria-Grazia sortit une bouteille d'un breuvage semblable et posa sur la table deux verres à liqueur. L'horloge indiquait à peine sept heures, mais cela n'empêcha pas la comtesse d'écluser son verre, debout et d'un trait. Alors seulement, comme une femme en deuil, elle consentit à s'asseoir, trouvant à tâtons le rebord de sa chaise.

— *Signor il figlio del conte* ne peut pas avoir de vues sur moi, déclara enfin Maria-Grazia. C'est impossible. D'après ce qu'on m'a dit, du moins, signora d'Isantu, ce ne serait pas convenable.

Dans le regard que Carmela braqua sur elle brûlait une joie mauvaise.

— Je sais quel genre d'histoires on colporte à mon sujet, affirma-t-elle, caustique. Ce qu'on raconte est faux.

L'espoir emplit Maria-Grazia de timidité.

— Vous voulez dire… mon *papà*… et… et les grottes…

— Oh ! Si. Ça, c'est vrai, dit Carmela, balayant le sujet d'un geste négligent de sa main gantée de blanc. Je parle du reste. Andrea n'est pas votre demi-frère. Du moins, je ne le pense pas. C'est ce que je voulais vous dire. Maria-Grazia, je ne crois pas qu'il existe d'obstacle à votre amour. Ni aux yeux de Dieu, ni au regard de la loi. Rien ne vous empêche de vous marier. C'est ce que je suis venue vous dire.

La contessa dégageait un curieux parfum musqué, un parfum de désespoir, qui flottait dans l'air entre les deux femmes.

Comme Maria-Grazia ne répondait pas, Carmela tira sur sa manche.

— Mon fils menace de quitter l'île si vous refusez, conclut-elle.

Enfin, prudemment, Maria-Grazia demanda :

— Comment pouvez-vous être sûre qu'il n'est pas mon demi-frère ?

— J'en suis convaincue, *cara*. Les ragots disent vrai : mon mari et moi, nous n'avions pas d'enfants. Mais, *cara*, il essayait à peine ! (Carmela eut un petit rire méprisant et se resservit un verre.) Très vite, il a claironné sur l'île que j'étais stérile, tout le monde était au courant. J'imagine que ça l'arrangeait bien de m'humilier tout en se soustrayant à ses devoirs d'époux. La vérité, c'est qu'il n'a jamais voulu de moi. Notre mariage était arrangé – une histoire de terres et de *palazzi* que se sont répartis nos familles respectives. L'union n'a jamais vraiment été consommée, ou si peu ! Pardon, *cara*, mais je dois parler franchement. La vérité, c'est que mon mari n'a jamais désiré aucune femme. Enfin, jusqu'à ce que je me mette à prendre des amants. Alors, il faut croire qu'une sorte d'instinct seigneurial s'est réveillé en lui et il est revenu vers moi – pendant quelque temps, du moins. C'était la seule façon pour moi d'attirer son attention. Il n'a bien voulu de moi qu'après ma liaison avec Amedeo, *cara.* Qu'après qu'un autre m'eut jugée désirable. (Carmela tira de plus belle sur la manche de Maria-Grazia.) Mais Andrea a très peu de chances d'être le fils d'Amedeo. Vous êtes libre de l'aimer – il le faut. Pourquoi ai-je laissé courir le bruit qu'Andrea était l'enfant de votre père ? Je l'ignore. Par facétie. Ou bien pour me venger de mon mari. Quoi qu'il en soit, c'était un mensonge. Du moins en suis-je persuadée.

Maria-Grazia laissa son regard se perdre dans les tréfonds troubles de la bouteille de *limoncello.*

— Persuadée, mais pas sûre, murmura-t-elle enfin.

De nouveau, Carmela lui toucha le poignet.

— Il a les chevilles frêles de son père, *cara.* Les mêmes crises de constipation, tous les quinze jours. Quand le vent vient du nord, ils ont les mêmes douleurs aux genoux, comme des coups d'aiguilles, à l'endroit de leurs vieilles blessures de guerre. Je les ai observés ensemble pendant vingt-huit ans. Je suis sûre de ce que j'avance.

— Mais vous ne pouvez pas avoir de certitude…

— Non, admit Carmela. Je ne peux pas avoir de certitude.

Comme Maria-Grazia gardait le silence, Carmela tendit une nouvelle fois la main. Cette fois, elle ne relâcha pas sa manche.

— Je vous en prie, *cara*, donnez un rai d'espoir à mon Andrea, ou il me quittera et me laissera seule dans ce village damné avec pour toute compagnie mon chien de mari.

— Vous ne pouvez pas m'ordonner de l'aimer, ça ne se commande pas ! se récria Maria-Grazia, affolée par la poigne et le désespoir de la comtesse.

— Non, bien sûr, signorina Esposito. Personne ne vous donne d'ordre, je ne voulais pas dire ça. Mais… ne pourriez-vous pas lui donner votre réponse quand vous aurez eu le loisir d'y réfléchir ? Disons à la fin de l'été. Dans six mois. Huit, si vous voulez – ou même dix ! Prenez tout le temps qu'il vous faudra. Mais laissez-le vous faire la cour, passer vous voir de temps en temps…

— Non, non, je ne veux pas qu'il vienne, protesta Maria-Grazia, bouleversée, je ne veux pas qu'il me courtise. N'a-t-on pas fait suffisamment de scandale ?

— En ce cas, je lui dirai de ne pas revenir avant que vous ayez bien réfléchi à la question. Prenez tout votre temps, *cara*. Six mois, un an ! Je lui défendrai de revenir avant.

— Et si, le moment venu, je n'ai rien à lui répondre ?

Carmela se liquéfia de nouveau.

— Il menace de partir. Il me quittera. Mon seul enfant…

— Entendu, *sì, sì* ! bredouilla Maria-Grazia pour endiguer une nouvelle attaque de larmes. J'y réfléchirai. Je lui donnerai ma réponse dans six mois.

— Ne parlez à personne de ma venue, la pria Carmela.

Elle ramassa son sac à main, reboutonna sa petite veste aubergine, tamponna ses yeux par-dessous sa voilette afin d'estomper les rigoles que le khôl avait tracées sur ses joues. D'un coup, elle redevint la femme froide comme une colonne que Maria-Grazia voyait passer à l'église, les paupières baissées, pour aller communier ; celle qui se tenait à l'écart, très digne avec ses parures d'avant-guerre et son éternel voile sur les yeux, lors des festivités de la Sant'Agata.

— Je n'en parlerai à personne, promit Maria-Grazia.

— Un jour, dans plusieurs années, lorsque je serai morte…, murmura Carmela.

— Je ne dirai rien.

Carmela lui reprit le poignet et y exerça une pression glaciale.

— Vous avez les traits doux, *cara*. C'est un soulagement pour moi de me confier à quelqu'un, après toutes ces années à vivre cloîtrée dans des enfilades de pièces vides sans personne à qui parler. Et vous me donnez de l'espoir, car je vois que vous avez suffisamment de cœur pour parvenir à l'aimer, *cara.* Dites-moi la vérité. Vous le pourriez ?

— *Sì*, reconnut Maria-Grazia. Je le pourrais.

Carmela lui agrippa les deux mains. Ses paumes étaient lisses et douces comme celles d'un enfant, comme celles qui ont porté des gants toute leur vie. Déjà, elle était partie et Maria-Grazia, abasourdie, la regardait claquer des talons à l'autre bout de la place, si bien qu'elle crut un instant que la scène avait été le fruit de son imagination.

Le silence retomba. L'ombre du palmier se mouvait avec langueur sur les dalles de la terrasse, indiquant le passage du temps aussi sûrement que l'aiguille d'un cadran solaire. Les lézards sortaient des fissures des maisons, en quête de la chaleur du jour.

Maria-Grazia s'acquitta en pestant des tâches de la matinée, allumant la machine à café, tirant les stores, disposant les chaises, sans décolérer. Pour qui se prenait-elle, cette Carmela ? De quel droit faisaient-ils tous de Maria-Grazia la dépositaire de leurs secrets ? Que lui voulaient-ils, tous, avec leurs yeux coupables, leurs hontes enfouies aux tréfonds de leurs âmes ? Qu'avaient-ils tous à déverser sur elle leurs tourments et leurs remords pour des événements survenus avant même sa naissance ?

Pourtant, savoir Andrea insomniaque et souffrant l'affectait, la taraudait comme autrefois sa peur pour Robert. S'agissait-il d'amour, ou seulement de pitié ? Elle ne pouvait aimer Andrea comme elle avait aimé Robert. C'était un fait. Elle avait épuisé pour lui ses réserves d'adoration. Mais Robert était parti tandis qu'Andrea était là. Il était là, et malade d'amour pour elle. Jamais personne auparavant ne lui avait fait cet honneur. Aux yeux de Totò et du veuf Dacosta, elle n'avait fait au fond qu'un parti convenable, aisément remplaçable. Et peut-être Robert l'avait-il lui aussi remplacée par quelque Anglaise, par quelque fiancée d'avant la guerre. Mais pas Andrea d'Isantu.

Il continuait à l'attendrir avec sa jambe abîmée, qui lui rappelait sa propre infirmité, sa propre claudication, et la gêne qu'elles lui inspiraient. Tout bien considéré, n'avaient-ils pas été camarades depuis l'enfance, le fils du comte et elle, unis par la même solitude, la même sombre intensité de caractère, la même attitude studieuse, les mêmes bonnes notes ? De quatre ans sa cadette, à l'école Maria-Grazia avait eu le sentiment de mettre ses pas dans les siens, car, quand elle brillait à un contrôle, le professeur Calleja sortait toujours de son placard les copies d'Andrea à titre de comparaison. « Alors, Esposito, murmurait-il, voyons comment s'en était tiré d'Isantu... » Il inscrivait toutes ses notes dans une colonne à côté de celles d'Andrea. En dernière année, enfin, elle le battait, et quand il en avait été informé il s'était contenté d'incliner légèrement la tête avec un petit sourire. L'adolescente qu'elle était l'avait jugé mauvais joueur. Il aurait pu lui serrer la main ! Mais peut-être avait-ce été, au contraire, une marque de déférence, celle-là même avec laquelle il lui avait offert la fleur ?

Quand l'été s'achèverait, elle lui donnerait sa réponse. En attendant, elle s'efforcerait de les chasser de son esprit, tous les deux. Aussi bien l'Anglais que le fils d'*il conte*.

En ce temps-là, même l'île était agitée, insatisfaite. Castellamare avait été autrefois un volcan, on le savait, mais celui-ci se tenait tranquille depuis si longtemps que, souvent, on l'oubliait. Alors il se rappelait au souvenir des habitants, brasillant soudain, comme en réminiscence de son lointain passé. Une ou deux fois par décennie, un trou se creusait dans la terre, crachait un jet de fumée, calcinant un pied de vigne ou changeant une chèvre sauvage en un tas d'ossements noircis. Ou alors c'étaient des eaux tièdes qui s'amassaient au pied de la falaise, en bordure de l'océan, mues par des courants invisibles et, en plongeant la tête sous l'eau, on pouvait suivre le fil d'un chapelet de bulles jusqu'à une nouvelle faille ouverte dans le flanc de l'île. Mais ces phénomènes étaient attendus. L'île, après tout, était un lieu prodigieux.

Le cratère se situait quelque part sous le manoir du comte. Il n'y avait jamais eu d'éruption. Parfois, en revanche, le volcan bougeait, faisant frémir la terre. L'année 1949 vit de tels mouvements. Au mois de janvier, le plafond du café se couvrit de nouvelles lézardes. En mars, lorsqu'on se couchait par terre à côté du comptoir, on entendait un son semblable à des gémissements remonter des entrailles de la terre. Étendue par terre comme une étoile de mer, sifflant aux clients de se taire, Concetta l'annonça, ravie, à qui voulait l'entendre :

— Va y avoir un tremblement de terre, Maria-Grazia ! Va y avoir un tremblement de terre !

La petite avait conservé son penchant déroutant pour la violence et le chaos.

— Dieu nous en garde, râla le vieux Rizzu. J'ai passé l'âge.

Sur ce, il se mit en devoir de terrifier Concetta à renfort de récits hauts en couleur à propos des séismes d'antan. L'un d'eux avait aplati comme des crêpes toutes les demeures de l'île, exception faite de la maison Au Bord de la Nuit, de la ferme des Mazzu et du manoir d'*il conte*. Une autre fois, c'était un raz-de-marée venu de Sicile qui avait assailli la côte, comme dans la légende de Noé, si bien qu'on avait dû chercher refuge sur les terres les plus élevées.

Mais Concetta refusait d'avoir peur.

— Vous imaginez un peu ? s'exclama-t-elle, les yeux ronds. Toute l'île rasée ! Même la stupide épicerie de papa, tout ! Envolé !

Maria-Grazia repeignait la devanture, perchée sur une échelle, quand elle sentit la première secousse. Un petit choc latéral, comme dans une barque touchant terre. Elle descendit, tellement paniquée qu'elle aurait été incapable de crier, et entra en collision avec son frère.

— *Gesù !* jura-t-il. *Gesù Dio !*

Et il s'élança à travers la place, pieds nus, en chemise de nuit.

— Flavio ! le héla sa sœur. Reviens !

La terre se rasséréna, l'île redevint calme. Maria-Grazia courut retrouver son frère. Tapi dans l'ombre de l'ancienne maison de Gesuina, à genoux, il tressaillait. Une foule s'était massée autour de lui.

— Flavio, lui murmura Maria-Grazia. Tu es en sécurité. Le tremblement de terre est passé.

Mais le jeune homme s'était retranché en lui-même ; il agitait la tête et gémissait, frottant encore et encore sa main martyrisée. Sa sœur s'accroupit auprès de lui et examina ses yeux : ils étaient voilés de blanc, comme ceux de la vieille aveugle ; il semblait n'avoir plus devant lui la place baignée de soleil et le café de ses parents, mais quelque lieu désert et hostile. Il fallut longtemps à la jeune femme pour le persuader de prendre la main qu'elle lui tendait.

Tandis qu'elle raccompagnait son frère tout frissonnant, la main crispée sur sa chemise de nuit comme une vierge par grand vent, quelqu'un lança un quolibet mais, depuis qu'on médisait d'elle à cause d'Andrea, Maria-Grazia était animée d'un esprit de rébellion : tirant son frère derrière elle, elle poursuivit sa route sans baisser la tête.

— Viens, dit-elle. Tout le monde ne s'est pas battu aussi vaillamment que toi, Flavio.

Après ce jour, on raconta sur l'île que le jeune Esposito était revenu de la guerre le cerveau détraqué. Mais on n'entendit plus de médisances au sujet de Maria-Grazia.

Comme les tremblements de terre persistaient, l'île succomba à une vague de ferveur religieuse. Flavio fut le premier touché. Personne ne s'en aperçut, jusqu'à ce que les babioles de Sant'Agata, dont était flanquée la porte du café et auxquelles plus personne ne prêtait attention depuis un bon quart de siècle, se mettent subitement à disparaître. Cela commença avec le flacon d'eau bénite. Puis ce furent les chapelets, et, enfin, la sinistre et imposante statue de Sant'Agata avec son cœur sanglant. Elle se volatilisa par une nuit d'avril, ne laissant derrière elle qu'un cercle net dans la poussière sur la table de l'entrée. Pina, fouillant la maison, dénicha les reliques sous un drap dans la chambre de Flavio, entre deux cierges noircis. La nuit, Maria-Grazia, qui couchait en dessous de lui, l'entendait marmonner des incantations. Bientôt, il se mit à s'absenter pour de longues périodes de temps : on le trouvait alors à l'église, où il suivait le père Ignazio pas à pas, le harcelant de questions.

— Il ne me dérange pas, répondit le prêtre quand Amedeo vint s'excuser au nom de son fils. Sant'Agata m'est témoin que j'ai toujours aimé vos enfants, Amedeo. Seulement, je crains de n'être pas le mieux placé pour encadrer la spiritualité de Flavio. En la matière, les rares connaissances qu'il me reste ne sont guère orthodoxes !

Le prêtre chargea le jeune homme de lustrer le grand crucifix de cuivre qui surplombait l'autel, une tâche qu'il avait toujours considérée comme une corvée. Flavio, au contraire, s'en acquitta chaque matin avec une solennité dévote, humblement penché par-dessus le métal, armé du vieux chiffon que lui avait fourni le prêtre, ne s'interrompant qu'à l'occasion pour plonger son regard dans celui du Sauveur et lui murmurer des imprécations secrètes.

Tous les midis, Maria-Grazia fermait le café et passait récupérer son grand frère à l'église, sinon, il aurait oublié de manger. Sur le chemin du retour, Flavio la haranguait inlassablement sur les miracles de la sainte, enchaînant des phrases sans début ni fin, comme si elles jaillissaient inaltérées du flux de ses pensées confuses :

— Et c'est justement ça qui fait le caractère unique de Sant'Agata, tu comprends : le mystère qui l'entoure, le fait que nul ne sache qui elle était, fille de pauvre, de fermier, peut-être… Ce qui ne l'a pas empêchée d'avoir des apparitions, des apparitions sacrées…

Il avait rejoint le comité de Sant'Agata et, le samedi après-midi, allait s'asseoir le dos bien droit dans les petits salons des veuves qui embaumaient le bois sombre et les mouchoirs vaporisés d'eau de rose, afin de discuter des cierges à commander pour le festival et des nouveaux coussins de prie-Dieu à confectionner pour la chapelle de la Madone.

Il était la risée de ses anciens camarades, entre-temps devenus pêcheurs, agriculteurs ou commerçants. Et Maria-Grazia le savait.

— Il laisse sa sœur faire tourner le bistrot pour aller s'adonner à des bondieuseries ! entendit-elle un jour ricaner quelqu'un. Il se barricade avec les vioques pour faire des messes basses !

Flavio s'asseyait désormais seul sous le palmier de la place. Du reste, il jeûnait. Il ne buvait plus que de l'eau citronnée, dont l'acidité le faisait grimacer.

— Il n'a pas la conscience tranquille, suggéra quelqu'un. C'est l'esprit de Pierino qui le hante.

Car nombre des habitants de l'île le tenaient encore pour responsable de l'agression du pêcheur. En effet, durant les premiers jours où la terre trembla, Pierino décéda. Bien qu'il eût finalement atteint un âge respectable, il n'avait jamais recouvré l'usage de la parole ni repris la mer, et depuis son enterrement d'aucuns juraient l'avoir vu, à genoux près de sa tombe, gratter la terre pour y retourner.

Cependant, Flavio s'enfonçait de plus en plus profondément en lui-même, si bien qu'il semblait disparaître à vue d'œil. Sauf, parfois, en rentrant de l'église avec sa sœur. Alors, il lui arrivait, machinalement, de lui prendre le bras, et elle s'autorisait à croire qu'il était sur la bonne voie.

La vérité, c'était que Flavio avait une nouvelle lubie. Il voulait quitter l'île.

— Je partirai, lui déclara-t-il un jour, le regard lucide. Je retournerai en Angleterre. Même s'ils m'ont traité comme un chien, là-bas, cela valait toujours mieux que la façon dont me traitent les miens.

Apparemment, Flavio aussi avait vu le fantôme de Pierino.

— Il est vert, marmotta-t-il. Translucide. Il veut que je m'en aille. Je le ferai. Je prendrai mon envol.

Ce qu'il voulait dire par là, il ne le dévoila pas. Mais quand Pina l'entendit murmurer cette promesse, elle pleura, croyant qu'il faisait allusion au monde des esprits, à l'au-delà.

— Je ne demeurerai pas plus longtemps prisonnier de ces rives, ajouta le jeune homme, cryptique, sans cesser de faire reluire la statue de Sant'Agata.

Quand l'île s'apaisa après le premier tremblement, un petit miracle se produisit. Les employés d'*il conte*, sous la houlette tantôt cajolante tantôt autoritaire de Bepe, continuaient de cultiver le champ de cailloux qu'ils avaient fait leur deux ans plus tôt, à la pointe sud de l'île. La deuxième année, du blé y avait poussé, ses épis verts ayant jauni aux extrémités, faute de nutriments suffisants. Cela n'avait pas arrêté les paysans, qui l'avaient récolté et, non sans témérité, gardé entièrement pour eux. Une deuxième récolte avait succédé à la première. Le temps de la taille était venu. Ils gagnèrent le champ, sans *organetto* et bien moins nombreux que la première fois, risquant un coup d'œil vers le manoir du comte en tournant au coin de la route, exhortés par Bepe qui, à califourchon sur l'âne de son oncle, allait et venait parmi les rangs comme s'il commandait une armée, en lançant des « Hardi, camarades ! La terre nous appartient ! ».

Mais la terre, quand ils y parvinrent, avait glissé et changé d'apparence. Une grande éruption s'était produite en son milieu et quelque chose tentait d'en crever l'écorce. Les pousses gisaient çà et là, déracinées, déjà calcinées par le soleil. Le jeune Agato se signa.

— Un présage ! s'écria-t-il.

— Non, objecta Bepe. Un phénomène naturel. Tâchons de découvrir lequel.

En creusant la terre sablonneuse, en dégageant les cailloux, les paysans mirent au jour, petit à petit, un muret. Et puis non, pas un muret, tout compte fait, plutôt une sorte de tribune, ou d'enceinte en arc de cercle. La pierre était froide au toucher. On courut chercher des pioches et des pelles et l'on se remit à l'ouvrage, creusant plus profondément, et l'on déterra de la sorte une deuxième corniche, puis une autre en dessous, plus étroite et inclinée, comme les stries d'un coquillage.

— Regardez ! s'exclama Agato, qui creusait un peu plus loin. Un autel !

Les paysans reculèrent de quelques pas, intimidés par ces signes de paganisme, de sacrifices humains, peut-être, mais Bepe s'avança et en racla bravement la surface de la lame de sa pioche.

— Ce n'est pas un autel, mais une scène, conclut-il. J'en mettrais ma main à couper. Ça doit être grec ou romain. J'en ai vu en photo sur des cartes postales quand j'étais à la ville, chez mon cousin de Sicile. Il y en a des petites, comme celle-ci, et d'autres aussi grandes que des terrains de foot.

— Y a peut-être moyen d'en tirer de l'argent ? hasarda Mazzu, qui ne perdait pas le nord.

— *Il conte* n'est pas au courant, renchérit Bepe. Et la terre nous appartient, à présent.

Les paysans se tinrent un long moment en rond autour du spectre de l'amphithéâtre, aussi révérencieux que devant l'effigie de leur sainte.

Ce soir-là, Bepe se présenta discrètement au café, son *organetto* dans les mains.

— Il faut que je parle de toute urgence à *signor il dottore*, dit-il à Maria-Grazia. C'est très important.

— Vous êtes venu jouer ?

— Non, non ! cria pratiquement Bepe. Mon instrument n'est qu'un prétexte. Va me chercher ton père !

Maria-Grazia s'exécuta, interloquée. Quelques minutes plus tard, elle entendit Bepe murmurer des propos indistincts derrière le rideau.

— Il faut qu'on se dégote un archéologue. Qu'il nous dise ce que ça vaut. Ça pourrait être une trouvaille importante pour l'île, une bonne chose, seulement il nous faut un savant pour nous l'expliquer. C'est peut-être la fortune de Castellamare qu'on a dénichée là ! Ça pourrait rapporter un paquet de lires…

— Et cette fortune, tu entends la répartir équitablement ? lui rétorqua Amedeo, un brin taquin. Ou bien as-tu l'intention de former d'abord un parti pour établir la dictature du prolétariat ?

— L'un n'empêche pas l'autre ! répondit avec ardeur Bepe, sincère. Mais j'ai besoin de votre aide, *signor il dottore*. Vous êtes un érudit, vous – enfin, vous avez de la culture. Vous devez bien connaître un archéologue qu'on pourrait faire venir ici. Chez vous, à Florence, ou à Rome – je ne sais plus d'où vous venez.

Mais Amedeo ne connaissait aucun archéologue. Pas plus que le père Ignazio, que Bepe alpagua lorsqu'il franchit le seuil du café le même soir pour l'attirer derrière le rideau en faisant un tas de mystères.

— Je vis sur l'île depuis plus longtemps que toi, mon garçon ! lui fit remarquer le prêtre. Je ne connais plus personne du monde extérieur. Je suis devenu l'un des vôtres ; ça m'apprendra !

À la surprise générale, la seule personne sur l'île à connaître un archéologue se révéla être Pina.

— Mais vous le connaissez aussi bien que moi ! s'étonna-t-elle. Vous l'avez donc oublié ? Le professeur Vincio.

— Qui ça ? s'enquit Bepe, brusque, croyant à une plaisanterie.

— Ah, Bepe, tu n'étais qu'un gosse, tu ne peux pas te souvenir. Le professeur Vincio était archéologue à Bologne. Il a été prisonnier politique ici, à Castellamare. C'est lui qui a réparé la terrasse du café.

— L'*idiota* qui avait posé les poutres en dépit du bon sens ? s'esclaffa Bepe. Si je m'en souviens ! Pierino avait dû passer derrière lui pour refaire tout le boulot !

— Le professeur Vincio était un archéologue de renom. Il avait travaillé à Chypre avant la guerre, il déterrait des cités primitives. Un jour, m'a-t-il raconté, il a découvert les squelettes presque intacts d'une femme et de son enfant tout parés de bijoux en or. Quelle chose à la fois terrible et prodigieuse de faire ainsi remonter le passé à la surface… C'est une chose qui doit être respectée, jeune Bepe. Qui sait ce qui pourrait émerger ! Quant au professeur, je ne sais pas ce qu'il est devenu.

— Écrivons-lui, conseilla le prêtre, à l'université de Bologne. Nous verrons s'il vit encore et si, avec l'aide de Dieu et de Sant'Agata, il accepte de venir inspecter cette ruine qu'on a trouvée. Mais, Bepe, pas un mot au comte – pas avant d'en savoir davantage !

Le prêtre rédigea la lettre le soir même, et Bepe s'en fut la livrer sur le continent. On recouvrit l'amphithéâtre à coups de pioches et de pelles et à l'aide de bâches. Tout au long du mois, les habitants de l'île gardèrent précieusement leur secret, exécutant leurs tâches quotidiennes avec dans le cœur une excitation sourde. Et pendant ce temps, la terre frémissait sous leurs pieds.

Nul ne reconnut le professeur Vincio. Il arriva au moment où, dans de grands débordements, l'été succède au printemps. L'homme débarqua, tout en cheveux blancs et en ombrelle distinguée, flanqué d'un assistant qui portait ses bagages. L'archéologue emprunta la charrette de Rizzu. Avant d'atteindre le sommet, il pria son chauffeur de faire halte en dehors des murs de la ville. Là, il descendit du véhicule et se tint longuement devant l'ancien camp de prisonniers, où les chardons et les broussailles avaient depuis longtemps repris leurs droits et que ne hantaient plus dorénavant que les lézards. Les ruines ne portaient pas la moindre trace du passé. Au café Au Bord de la Nuit, le professeur enlaça tour à tour Pina et Amedeo, les yeux embués de larmes.

Peu après son arrivée, *il conte,* ayant par quelque canal eu vent de la présence d'un érudit sur l'île, fit son apparition. Il déboula sur la placette au volant de sa grande auto et salua de la main le professeur comme s'il s'agissait d'un vieil ami.

— Signor Vincio, permettez-moi de vous souhaiter la bienvenue ! lui lança-t-il par sa vitre ouverte. J'ai une proposition à vous faire.

Il tenait absolument à ce que l'archéologue séjourne au manoir : il y serait mieux installé. Et il dînerait chaque soir aux frais d'*il conte.*

Mais le professeur déclina, arguant qu'il était très bien installé au café Au Bord de la Nuit.

— Mais vous viendrez au moins dîner ?

— Non, merci. Je me remémore parfaitement mon séjour sur cette île, *signor il conte.*

Humilié et furieux, le comte rentra la tête par la vitre de son auto et mit les gaz.

Le lendemain matin, au point du jour, les paysans escortèrent le professeur jusqu'à l'amphithéâtre. Le vieil homme se mit à quatre pattes et entreprit de balayer la terre à l'aide d'un petit pinceau. De temps à autre, il s'interrompait pour prélever un brin d'herbe ou un peu de terre ou encore pour indiquer quelque chose à son assistant. Ce dernier était pourvu d'une caisse de bois semblable à celles qu'utilisaient les villageois pour le transport des poules. Sauf que le professeur y puisait de curieux instruments : sorte de passoire comme pour les pâtes, jeu de cure-dents, brosse à récurer... Quelques-uns des locaux s'énervèrent, pensant qu'on se payait leur tête.

— C'est tout ? Il ne va rien faire d'autre ? explosa enfin Agato, déçu, n'y tenant plus.

Le professeur Vincio continuait de gratter. Les paysans, comprenant qu'il ne ferait rien de plus, s'en allèrent.

Entre-temps, le comte avait eu vent des fouilles. Le jour suivant, lorsque le petit groupe parvint sur le site, de bon matin, ils y trouvèrent deux de ses sbires qui les attendaient. Entre eux se tenait Andrea d'Isantu.

— Vous êtes sur une propriété privée, déclara-t-il. Nul n'est autorisé à passer sans la permission de mon père.

— C'est pourtant ce que j'entends faire, répondit le professeur Vincio avec cette façon tranquille qu'il avait de s'adresser à tous d'égal à égal. Nous sommes en pleines fouilles archéologiques.

Andrea prit sa canne à deux mains. Son regard dériva un instant vers Maria-Grazia puis se fixa de nouveau sur le vieil homme.

— Nul n'est autorisé à fouler ce sol, insista-t-il.

Bepe, écumant, se laissa tomber à bas de sa monture et fit trois grands pas flamboyants sur les terres du comte.

— Et pourtant, c'est fait, signor d'Isantu ! triompha-t-il.

Andrea souleva sa canne et en donna un petit coup sur l'épaule de Bepe.

— Recule, ordonna-t-il. Je t'ai prévenu : défense d'entrer.

— Cette terre appartient au peuple, désormais, murmura le père Ignazio, qui était de l'expédition. Et du reste, signor d'Isantu, ne ferait-on pas mieux de résoudre ce différend à l'amiable, sans en venir aux mains ?

Andrea s'avança vers l'homme d'Église comme s'il ne faisait qu'un avec les paysans.

— Je n'hésiterai pas à lever la main sur quiconque entrera par effraction sur les terres de mon père ! gronda-t-il. Si l'un d'entre vous est assez *stronzo* pour franchir cette barrière, Sant'Agata m'est témoin que j'en viendrai aux mains. Je vous défie d'essayer !

Bepe, plein de provocation, effectua un pas de plus. Andrea fit tournoyer sa canne à pommeau d'argent et envoya Bepe valser dans la poussière.

— Quant à vous, qui exploitez clandestinement les terres de mon père, vous êtes renvoyés, annonça le jeune homme aux paysans. Trouvez-vous un autre travail. Vous ne respectez pas les champs de mon père, soit : vous n'y travaillerez plus, espèces de *figli di puttana* !

— Andrea, où est ton père ? demanda le prêtre en posant la main sur son épaule. N'est-ce pas à lui de résoudre cette affaire ? Ne prends pas de décision hâtive. Renvoyer des familles qui travaillent pour la tienne depuis des générations…

— Je ne tolérerai pas cet affront, persista le jeune homme. Cette terre est à nous. Ce théâtre est à nous.

Livide, il secoua sa canne. Les paysans rompirent les rangs et se dispersèrent en petites grappes. L'âne de Bepe, affolé, s'enfuit en braillant sur la route. Toute l'expédition sombrait dans le chaos. Dans le dos d'Andrea, les hommes du comte, plissant les yeux, dégainèrent leurs fusils.

— Nous vous remercions pour vos services, insista Andrea. Vous êtes renvoyés.

Au comptoir du café, Amedeo banda le crâne du pauvre Bepe.

— L'amphithéâtre était de piètre qualité, de toute façon, les consola le professeur Vincio. Du moins, de ce que j'ai pu en voir. Romain, petit et mal conservé. Il n'empêche, j'aurais aimé l'inspecter à mon aise… Je suis navré que vous ayez reçu des coups par ma faute, Bepe. Et je ne saurais vous dire à quel point je regrette, pour le renvoi des paysans.

Bepe fulminait.

— Je fais le vœu de reprendre la mer, dit-il. Je serai pêcheur. J'en ai ma claque de cette île, et de ce salaud de comte de mes deux !

Le jour suivant, il remballa son drapeau communiste et prit le large à bord d'une vieille barque du défunt Pierino qu'il repeignit et rebaptisa *Santa Maria della Luce*. À compter de ce jour, il partit parfois plusieurs semaines de rang écumer les profondeurs houleuses de l'océan.

« Puisqu'on ne peut pas faire avancer les choses, ici, répétait-il, plein d'amertume, lors de ses passages au café, alors je m'en irai ailleurs ! »

Le renvoi des paysans se révéla, en un sens, une aubaine. Indirectement, ce fut ce qui permit au professeur Vincio de faire une découverte de bien plus d'envergure.

Au temps où il était prisonnier, le professeur Vincio n'avait jamais entendu parler des grottes de Castellamare. Le cinquième jour de son second séjour sur l'île, il en apprit l'existence par hasard. Il feuilletait le carnet d'histoires de son hôte en sirotant sur la terrasse du café un verre de l'incomparable *limettacello* de Gesuina (elle en avait laissé douze bouteilles à sa mort, et on n'en servait qu'aux hôtes de marque). Découvrant la légende des grottes, enhardi par l'alcool qui diffusait en lui sa chaleur, il conçut une idée. Il se pencha et effleura l'avant-bras d'Amedeo.

— Ces catacombes, sont-elles réelles, ou est-ce un mythe ? s'enquit-il.

— Elles sont bien réelles, répondit Amedeo, quelque peu étonné.

— Pour ça, oui ! intervint Rizzu, qui avait surpris l'échange. Ce sont des grottes bien carrées, pleines d'os et de crânes et de toutes sortes de choses. Des reliques, pour ainsi dire.

À ces mots, le professeur se mit à piaffer d'excitation, comme un enfant. Terminant en vitesse son verre de liqueur, il courut dans sa chambre pour se munir d'une lampe et reparut aussitôt, dévala l'escalier, puis, s'apercevant qu'il avait pris sa brosse à la place de la lampe, remonta, et tout au long de ce manège il lança des instructions à son assistant :

— Apporte les tamis, les brosses, les deux truelles – et puis non ! Oublie ! Allons-y de ce pas, on reviendra plus tard chercher l'équipement !

Rizzu attela sa charrette et, quoique un peu sceptique, conduisit le professeur et l'assistant jusqu'aux fameuses grottes. Selon lui, depuis le coup de l'amphithéâtre, le vieux perdait la boule.

— Vous savez, ce n'est pas grand-chose, l'avertit-il en chemin. Seulement quelques vieux crânes et des piles d'os blanchis. J'ai peut-être un peu exagéré…

Mais, sitôt arrivé à l'orée des grottes, le professeur s'enfonça dans l'obscurité et, caressant leurs murs comme le corps d'une amante, il déclara que l'endroit était une nécropole, une cité des morts.

— Elles sont très rares. C'est un site capital ! C'est là qu'on enterrait les défunts, dans les temps anciens. Il n'en existe que très peu d'aussi bien conservées. Signor Rizzu, ceci est bien plus exaltant qu'un vieil amphithéâtre romain ! Ce site est d'une importance mondiale ! Il a peut-être mille ans !

— Une cité des morts, murmura Rizzu, ébahi. Voilà qui explique la malédiction.

Les habitants de Castellamare, apprenant de la bouche d'un savant du continent qu'ils vivaient sur un site d'importance planétaire (ce dont ils s'étaient toujours un peu doutés), ne se sentaient plus de fierté.

La semaine qui suivit, toute une équipe d'archéologues arriva de Bologne et dressa le site des fouilles à l'aide de tentes, de clôtures, de pieux et de bouts de ficelle. Les tremblements de terre avaient délogé certains crânes, ouvrant un passage au fond de la deuxième grotte. Les archéologues en déblayèrent la terre, avec ces mêmes instruments qui, aux yeux des locaux, ressemblaient toujours à s'y méprendre à des blaireaux et à des cure-dents. Ils mirent au jour non seulement tout un système de tombes, mais encore une chambre remplie d'urnes, et deux pièces d'or. Rizzu avait fait courir le bruit que les archéologues allaient percer une fois pour toutes le mystère du fléau des pleurs, et l'on se bousculait pour les aider. Le troisième jour, notamment, le vieux Mazzu se présenta sur le rivage avec ses bêches et ses binettes à sarcler.

— Va vous falloir de meilleurs outils, expliqua-t-il. Quand je pense que vous n'avez pas les moyens de vous équiper correctement… Misère ! Tenez, je vous les prête. Prenez !

Les archéologues acceptèrent en s'inclinant avec de petits hochements de tête. Quand le vieux Mazzu repassa, le lendemain, grand fut son désarroi en constatant que les savants s'obstinaient à racler la terre avec leurs drôles de pinceaux.

Le mois suivant, ils furent rejoints par une équipe d'archéologues allemands. Du point du jour jusqu'à la tombée de la nuit, on entendait les étrangers faire sonner la roche en poussant des exclamations dans leurs langues nordiques à mesure qu'ils déterraient des trésors.

De son côté, puisque sa vie devait se résumer à l'île et au café, Maria-Grazia se résolut à sortir de sa propre grotte, celle, métaphorique, où elle se morfondait sur son sort, et à faire contre mauvaise fortune bon cœur.

Si Bepe avait renoncé au communisme, il avait une nouvelle marotte. Un jour, il pénétra dans le café, balança sur le comptoir un petit thon sanguinolent et annonça son intention d'ouvrir un service de bac.

— *Il conte*, ça l'arrange bien qu'on ne fasse jamais de commerce qu'avec nos voisins, ici ! lança-t-il. Mais j'ai compris son petit manège. Ce qu'il veut, c'est qu'on reste sans le sou. Vous savez comment je le sais ? Parce que lui, tout ce qu'il gagne, il le dépense en Sicile et sur le continent, dans les restaurants de Palerme, de Rome et de Paris. On n'a même pas de bac ! Je voudrais que mes gosses aillent au lycée, moi. Alors, pourquoi on n'aurait pas une ligne régulière pour faire l'aller-retour ? On pourrait attirer les touristes. Ils achèteraient les toiles de Vincenzo, le peintre, ils prendraient le café ici, ils visiteraient le coin comme ils le font à Athènes, à Valletta, ou que sais-je encore. Surtout que maintenant, on a un vrai site archéologique !

Agata-la-pêcheuse éclata de rire, crachant son café sur la table.

— Eh bien, quoi ? s'offusqua Bepe. On a une église, non ? On a une sainte, et des ruines, comme tout le monde, non ? Il y a des choses à voir, ici ! Des choses à acheter ! C'est ce qu'ils préfèrent, les touristes. Je les ai vus, à Syracuse : ils aiment les cartes postales, les miniatures en plâtre du Colisée… Elle n'est pas assez bien pour eux, peut-être, notre cité des morts ? Les fouilles ne sont même pas finies qu'elles rapportent déjà ; pas vrai, Maria-Grazia ? Vous hébergez les archéologues, que je sache ? Bon ! Alors, il ne faut pas s'arrêter en si bon chemin ! Si on ne peut pas être communistes, alors on sera *modernes*, et c'est comme ça qu'on écrasera le comte.

— Je suis d'accord avec toi, Bepe, déclara contre toute attente le prêtre, qui était assis à l'écart dans un coin de la salle. Je pense que tu as raison. Il faut faire des grottes et du festival de Sant'Agata des attractions touristiques. Nos jeunes doivent recevoir une éducation digne de ce nom et nous devons nous procurer les ressources nécessaires pour envoyer nos malades à l'hôpital lorsque c'est nécessaire ; ce point me tient à cœur depuis longtemps. *Il conte* et les siens ont dévoilé leur vrai visage en renvoyant les paysans : si nous voulons le progrès, il va falloir le faire advenir nous-mêmes.

— On pourrait fonder un comité, suggéra alors Maria-Grazia, étonnée elle-même de vouloir prendre part au débat alors qu'un instant plus tôt elle astiquait tranquillement la machine à café. Comme celui de Sant'Agata, mais dédié à la modernisation de l'île.

— Ouais, pas bête, approuva Bepe. Mariuzza a raison, il nous faut un comité. Faisons cela !

— Vous ne m'embarquerez pas là-dedans, grommela le vieux Mazzu.

Mais quand Maria-Grazia arracha une feuille au livre de comptes du café et la fit circuler pour recueillir les noms des volontaires, il signa sans se faire prier.

Le 5 juillet, une semaine après la fête de la Sant'Agata, le comité de modernisation de Castellamare se réunit pour la première fois. Étaient présents : Amedeo, Pina, Maria-Grazia, le père Ignazio, Vincenzo le peintre, les fermiers Mazzu et Rizzu, la moitié des hommes qu'avait renvoyés le comte, ainsi qu'Agata-la-pêcheuse, qui n'était plus pêcheuse depuis le retour de son frère et se sentait un peu déclassée. Elle ne s'était jamais mariée et vivait seule dans sa petite cahute envahie de trompettes de Virginie avec pour seul compagnon son chien Chiappi, résistant sereinement aux efforts de sa mère et de son frère pour la caser. « Un mari, ça me tuerait », se plaisait-elle à répéter, bien que chacun sût que Bepe s'évertuait à la conquérir depuis la fin de la guerre.

Pendant la réunion, on convint de faire la promotion de l'île et de mettre en place deux passages de bac quotidiens. L'argent gagné servirait à retaper les maisons endommagées par les tremblements de terre et, si les affaires étaient bonnes, à acheter de nouveaux filets pour la coopérative des pêcheurs et à agrandir l'école.

— Attention, intervint Amedeo alors que la discussion touchait à sa fin, pas de précipitation ! On a toujours vécu de troc et d'échanges de bons procédés, ici. On aide son voisin quand les temps se font durs. Je me souviens, quand Mariuzza était petite et très malade, tous, vous vous êtes relayés pour m'apporter des aubergines et des *pasta al forno*. Je ne sais pas si j'appréciais le geste à sa juste valeur, alors, mais je trouverais dommage que l'île renonce à sa tradition de solidarité juste parce qu'il y a de l'argent à la clé. Il faut que les habitants de Castellamare restent tels que je les ai toujours connus.

Certes, lui accorda Bepe, mais l'argent était l'argent, et il était temps que Castellamare commence enfin à vivre avec son temps.

Le samedi suivant, Bepe et Agata gagnèrent Syracuse à la rame munis d'un écriteau peint de frais vantant les mérites des visites historiques de l'Antique Nécropole de Castellamare. Pour cent lires, ou un dollar, le touriste se verrait amené sur l'île en barque puis promené en charrette (celle de Rizzu) jusqu'aux grottes afin d'y admirer les archéologues au travail. *Cafés historiques !* annonçait l'écriteau. *Églises anciennes ! Autel de Sant'Agata ! Balades à dos d'âne ! Glaces !* En réalité, il ne s'en trouvait pas encore à Castellamare, mais on espérait équiper le café de la toute première machine à glaces de l'île grâce aux flots imminents de touristes.

Ils vinrent. Non par flots, mais par poignées, appâtés par le charme rustique de l'île qu'on voyait au loin et par les couleurs fantasques de la *Santa Maria della Luce*. Quand, au terme d'un trajet cahotant et longuet dans la charrette à l'ancienne, ils découvraient au cœur de l'île un café où l'on vendait du thé et des pâtisseries et où un poste de radio ancestral diffusait la BBC, les touristes se sentaient récompensés de leur témérité par ce contact rassurant avec le monde civilisé.

La moitié de ces touristes se révélèrent des chercheurs, attirés par les conclusions préliminaires du professeur Vincio sur la nécropole de Castellamare, qui venaient de paraître dans l'*American Journal of Archaeology*. Toutefois, il se trouva aussi parmi eux un ancien prisonnier, Mario Vazzo, le poète. Il était désormais auréolé de gloire, décoré de tous les honneurs littéraires, mais cela ne l'empêcha pas de venir seul, ni de gravir à pied la colline. Il se rendit directement au café Au Bord de la Nuit et, à son approche, Pina se leva de sa chaise sur la terrasse et s'avança à sa rencontre. Ils s'étaient reconnus au premier coup d'œil. Mario escalada les quelques marches et prit dans ses mains celles de Pina. Ils demeurèrent longtemps ainsi.

Mario Vazzo avait perdu sa femme à la fin de la guerre, lui apprit-il, mais son fils avait survécu. Il était étudiant ; il faisait son droit à l'université de Turin. Le poète en bombait le torse de fierté. Il avait apporté un petit paquet emballé dans du papier et le plaça dans les mains de Pina.

— Mon dernier livre. Vous verrez, j'ai enfin trouvé les mots pour parler de la guerre. Cela fait un moment que j'envisage de venir vous l'apporter, mais je remettais toujours à plus tard… Jusqu'à ce que je tombe dans le journal sur l'article au sujet des fouilles. J'y ai vu un signe. L'île figure enfin sur la carte du monde.

Le recueil s'appelait simplement *Odissea*.

— Est-ce une épopée en vers ? se renseigna le vieux Rizzu, qui ne se moquait plus, maintenant que l'œuvre était imprimée et qu'il en avait lu le prix sur la couverture – mille lires !

— Tout à fait, confirma Mario avec un petit hochement de tête. C'est une réécriture moderne de l'*Odyssée*.

— Ma foi, ça peut être intéressant, concéda le fermier. Tant qu'il y a quelques batailles en mer et des passages avec des dames toutes nues sur les récifs…

Chacun sur l'île connaissait l'épopée d'Homère aussi bien que les contes et légendes de l'île ; Pina elle-même l'avait lue aux écoliers par les après-midi torrides en veillant à ouvrir en grand les fenêtres pour qu'on entende à l'arrière-plan le rugissement de la mer.

Quand elle fut seule sur la terrasse avec son ami le poète, elle ouvrit le livre. À en croire le texte en quatrième de couverture, Mario Vazzo avait été nominé pour deux grands prix de poésie : le Bagutta et le Strega. Pina, à sa grande honte, n'en avait jamais entendu parler. *Odissea* s'était vendu à des milliers d'exemplaires, lui valant le qualificatif de « *fenomeno nazionale* », d'après le professeur de Rome dont la critique ornait le bandeau.

— *L'Odyssée* m'a hanté durant mon séjour ici, lui confia Mario Vazzo. Et, quand je suis reparti, ç'a continué. Alors je l'ai réécrit, à ma façon. Des gardes fascistes remplacent les cyclopes, et les prisonniers politiques les Grecs en exil.

Pina le lut sur la terrasse, lentement, pour le faire durer, comme un verre d'*arancello*. À côté d'elle, le poète somnolait au soleil. Elle s'acquittait de sa lecture avec un grand sérieux, s'interrompant pour souligner des phrases au crayon, comme autrefois, quand elle annotait ses exemplaires de Dante et de Pirandello. Elle finit le livre, muette d'émotion.

— C'est l'œuvre d'un génie, déclara-t-elle, des trémolos dans la voix.

Amedeo le lut, lui aussi, le lendemain, quand Pina emmena leur invité visiter le site des fouilles. En cachette et en sautant des pages. Bon gré, mal gré, il lui fallut reconnaître que l'œuvre était bonne, peut-être même géniale, en effet, comme le prétendait Pina. Il y reconnut des incidents. Le poète avait transcendé la forme sordide, honteuse, qu'ils avaient eue pendant la guerre pour leur conférer une dimension de combat mythique, semblable à celle des légendes de l'île qu'il affectionnait tant. Le passage à tabac de Pierino devenait une bataille épique, l'arrivée des *Americani* une délivrance divine. Oui, c'était bien ficelé.

Un passage, toutefois, troubla Amedeo. Il décrivait le prisonnier Odisseo, qui n'était manifestement autre que Mario Vazzo lui-même, s'éprenant d'une femme de l'île. Par une nuit « d'eaux noires et de milliers d'étoiles », les deux protagonistes faisaient l'amour dans les grottes près du rivage, « roulant parmi les crânes de la cité des morts ». N'était-ce pas, à l'évidence, des grottes de Castellamare dont il était question ? Amedeo trouva la description si réaliste qu'elle en était presque indécente, comme frappée au sceau de la vérité ; elle fit affleurer en lui le souvenir de ses propres rendez-vous avec Carmela et, dans le même temps, une honte cuisante qu'il n'avait plus éprouvée depuis vingt ans. Oui, les faits étaient là : les os qui vous rentraient dans la colonne vertébrale, le sable qui maculait vos cheveux, l'eau froide qui s'insinuait entre vos membres mêlés et vous donnait la chair de poule. Or à quelle femme de l'île le poète s'était-il intéressé, à part à Pina ? Pina, qui lui avait donné du travail, qui avait collectionné ses fragments de poésie et les avait conservés dans le tiroir de sa table de nuit, reliés avec du fil. Il les avait vues il n'y avait pas six mois, ces serviettes en papier jauni, s'étonnant de les trouver en si bon état. Après le départ du poète, Pina n'avait jamais reparlé de Mario Vazzo, mais déjà à l'époque ces serviettes avaient dérangé Amedeo et, à présent, il y vit une provocation. Il n'y avait qu'à voir l'accueil qu'elle avait réservé à l'ancien prisonnier : elle était restée muette d'émotion. Le doute se mit à ronger Amedeo, trop absurde pour être exprimé, mais pas assez pour être balayé de ses pensées. Au dîner, il se surprit en train de dévisager le poète par-dessus son assiette de haricots et de *sarde*. Puis de nouveau au café, son regard fendit la foule pour se fixer sur lui. L'idée qu'il ait pu s'adonner avec Pina à des actes que la morale réprouvait le torturait. Avaient-ils, oui ou non, entretenu une liaison ? Lui que la culpabilité tenaillait depuis des années, il aurait trouvé passablement curieux que sa femme l'eût trompé, elle aussi.

D'étranges rumeurs se mirent à circuler. On aurait aperçu Pina et le poète perchés sur la falaise, au-dessus des grottes. De fait, Pina faisait désormais de longues promenades à des heures incongrues et rentrait décoiffée, les cheveux emmêlés par le vent. Il l'entendit discuter avec sa fille après la tombée de la nuit, et sa voix, irrégulière, comme à l'époque de la guerre, semblait déverser quelque histoire, quelque secret, mais il était trop loin, il avait beau coller son oreille à la porte, il ne distinguait pas les mots.

De nombreux résidents de l'île applaudirent à ce rebondissement ; ils y voyaient une sorte de justice poétique. Ne sachant que dire, Amedeo ne dit rien. Mais il se réjouit lorsque le poète repartit. Il prit le volume d'*Odissea* et le cacha dans la caisse de Campari, sous les toits, soutenant à sa femme qu'il ne l'avait pas vu. Sans se troubler et sans manifester le moindre signe de mauvaise conscience, Pina prit le bac de Bepe pour Syracuse et s'y procura un nouvel exemplaire.

À la fin de l'été, on organisa une conférence à la mairie pour présenter les découvertes de l'équipe archéologique. La salle était comble, aussi pleine que l'église à la messe de Sant'Agata, car chacun espérait apprendre l'origine des pleurs fantomatiques de la malédiction. Bien que nul ne les ait entendus de première main, tous connaissaient quelqu'un – la tante d'une tante, le cousin d'un cousin – pour qui c'était le cas, qui en avait fait des insomnies ou même perdu la tête, et qui jurait ses grands dieux que la légende disait vrai. Les étrangers lèveraient-ils le voile sur ce mystère ?

Dans le doute, Amedeo, son carnet de cuir rouge ouvert sur les genoux, se tenait prêt à consigner l'histoire. Rizzu, avide, avait accaparé une des chaises du premier rang. La réunion dut être reportée d'une heure, car la foule continuait d'affluer : les pêcheurs encore en pantalon de tweed et veste blanche cirée, les commerçants en tablier, les paysans, la peau tannée par la poussière, rappelant des masques mortuaires. Bepe avait interrompu exceptionnellement ses services en mer ; il arriva tout de même avec vingt-cinq minutes de retard, suivi d'Agata-la-pêcheuse, en pantalon crasseux et Borsalino d'homme. Et d'autres suivaient encore : la petite Concetta, qui avait échappé à la surveillance de ses parents, dévala en courant l'allée centrale, des nœuds plein les cheveux, et joua des coudes pour s'asseoir à côté de Maria-Grazia ; deux veuves du comité de Sant'Agata, qui s'était déclarées choquées par les fouilles et les propos blasphématoires qu'on tenait sur l'île à propos du grand fléau, s'introduisirent discrètement dans la salle. Les membres du conseil municipal, menés par Arcangelo, firent une entrée groupée plutôt pompeuse. Et ainsi de suite, si bien qu'il ne resta plus de place sur les bancs et que, dans un grand remue-ménage, on dut faire lever les jeunes pour asseoir les vieux.

Ce mépris général pour la ponctualité déconcerta les gens du Nord. Enfin, on ferma les portes et une archéologue se leva et prit la parole. C'était une Allemande aux cheveux gris frisottés et aux bras nus couverts de taches de rousseur. Elle transpirait. Le professeur Vincio traduisit ses propos.

— Les grottes, apprit-il aux villageois, sont en réalité des catacombes. L'ensemble de la nécropole comprend plus de cent tombeaux. Les plus petites grottes recueillaient les dépouilles de familles ; on y a retrouvé entre deux et sept squelettes par tombe. Les plus grandes… comment dire ? Il s'agissait vraisemblablement à l'origine d'habitations troglodytes qui ont plus tard été utilisées pour recueillir des ossements humains. La plus ancienne date de l'ère préhistorique, la plus récente de l'Empire byzantin. On compte également un certain nombre de grottes naturelles, mais la grande majorité d'entre elles ont été taillées par l'homme en vue de construire cette nécropole. Il s'agit d'une découverte de taille, et de conséquence. (Là, le professeur Vincio ajouta : « Comme je le soupçonnais depuis le début. ») Si l'on excepte le site de Pantalica, c'est le seul exemple connu de nécropole de telles dimensions dans toute la Méditerranée. Nous avons mis au jour de nombreux artefacts qui seront exposés dans de grands musées de Rome et de Milan et qui devraient vous valoir la visite d'autres chercheurs, ainsi, bien sûr, que de touristes.

Sur un élégant signe de tête de l'archéologue allemande, un assistant s'avança et brandit dans sa main gantée une sorte de lame rouillée, puis un clou tellement oxydé qu'on aurait pu le prendre pour quelque débris couvert de bernaches qu'on aurait repêché au fond de la mer. Puis ce furent des éclats de verre. Les habitants de l'île considérèrent tous ces objets comme autant de reliques de leur sainte. Enfin, Bepe demanda :

— Les visiteurs, ils seront combien ?

Et Rizzu, élevant la voix au même moment :

— Et la malédiction, alors ?

— Pour répondre à la première question, commença le professeur Vincio, nous ne connaissons pas encore à ce jour l'étendue complète du site. Une fois que nous aurons fait état de nos recherches lors d'une conférence à Heidelberg qui doit avoir lieu en novembre, un second chantier de fouilles, plus conséquent, devrait être entrepris.

Une seconde voix, plus aiguë, fit écho à celle de Rizzu :

— Oui, mais le fléau, alors ?

C'était Agata-la-pêcheuse.

Le professeur décocha un regard à l'archéologue allemande, mais celle-ci, d'un signe de tête qui fit tressaillir ses frisettes grises, lui délégua le soin de répondre. Le professeur se leva et, d'un mouvement circulaire de la langue, méthodiquement, il s'humecta les lèvres.

— Nous pensons avoir découvert une explication à ce phénomène, annonça-t-il enfin. La roche où sont taillées les grottes est perméable, poreuse.

Dans l'assistance, les visages, quoique empreints de respect, n'accusaient pas de réaction. Dans le répertoire de son italien classique, le professeur chercha les mots qui parleraient aux locaux, car il ne connaissait pas le dialecte de l'île, seulement celui de sa Bologne natale.

— L'eau coule dans les trous de la roche. L'air passe au travers. Quand j'y suis entré, j'ai tout de suite senti un courant d'air. Ce qui n'est pas banal : un courant d'air sous la terre.

Enfin, un murmure de compréhension traversa la foule. L'homme du Nord disait vrai : quiconque avait pénétré dans les grottes avait comme lui senti ce courant d'air.

— La falaise est si proche de la mer dans cette région de l'île que la roche était déjà érodée avant même la construction des catacombes. Usée, si l'on veut, poursuivit le professeur. Ce qui explique la présence des grottes naturelles. Les autres ont dû être creusées par les Byzantins du temps de leur présence sur l'île. Mais, au cours des siècles qui ont suivi, la falaise a continué de s'user, de sorte qu'une galerie souterraine s'est formée entre les grottes. Un réseau de tunnels et de fissures reliant les chambres funéraires. D'innombrables menus canaux. On les repère à ces courants d'air qu'on perçoit dans ces grottes, à l'air frais qu'on y respire. N'est-ce pas ?

Certains opinèrent. Pour la plupart, ils avaient toujours considéré que c'était là le fait de la nature miraculeuse des grottes.

— Quand le vent souffle selon un angle précis, reprit le professeur, un phénomène singulier se produit. En circulant dans ces conduits étroits, le vent émet une curieuse plainte. Nous l'avons nous-mêmes entendue à plusieurs reprises. Ce phénomène devait déjà être connu des habitants préhistoriques de l'île, qui auront en conséquence élu ce lieu pour y enterrer leurs morts : le son se prête aux lamentations.

— Mais les maisons ? objecta quelqu'un. Toutes les pierres de l'île pleurent comme ça, même quand on les taille ! Tout le monde sait ça.

Là, le doute s'insinua. Certains dans l'assistance objectèrent à mi-voix.

— Je ne sais pas, observa Mazzu. On a fait agrandir la ferme en trente-huit, et je ne me rappelle pas que la roche ait jamais pleuré.

— Mais la maison de *signor il dottore* ? répliqua Agata-la-pêcheuse. Celle-là, elle a continué de pleurer longtemps après les autres. Personne ici ne l'a entendue ? Il y a forcément quelqu'un…

Mais nul n'éleva la voix. On connaissait l'histoire, et certains croyaient vaguement avoir perçu les lamentations du café par temps d'orage, du temps où il appartenait au frère du vieux Rizzu, mais personne ne pouvait solennellement attester en avoir entendu pleurer les pierres.

— Les grottes présentent une autre caractéristique inhabituelle, reprit le professeur Vincio. Nous estimons que les morts qu'on y a retrouvés ne sont pas décédés les uns après les autres, au fil des ans, mais tous en même temps, en l'espace de quelques mois, ou d'années à la rigueur – en aucun cas de siècles. En effet, les méthodes de mise en terre sont étrangement uniformes et tout prouve que les corps ont été entreposés ensemble dans la nécropole. En tout cas, rien n'indique une réouverture ultérieure des chambres funéraires qui aurait permis qu'on y mette de nouveaux morts, comme on aurait pu s'y attendre. C'est le cas à Pantalica, par exemple. Ici, dans les grottes les plus vastes, à en juger par la position des corps, il apparaît qu'ils auraient été entreposés à la hâte, en une fois, indiquant que l'île était en proie à quelque crise – sans doute une épidémie de peste. Une tragédie a pu avoir eu lieu ici. Il est donc tout naturel que, par la suite, les habitants se soient mis à croire leur île intrinsèquement triste, mélancolique, voire maudite. C'est sans doute l'origine de la croyance populaire.

Les habitants tournèrent des regards implorants vers *il dottore*, le collectionneur d'histoires, mais ce dernier hochait la tête, validant la version du professeur.

Dans les jours qui suivirent la conférence, un vent de discorde souffla sur Castellamare. Pour ceux qui avaient toujours prêté foi à la légende, l'explication prosaïque, rationnelle, des archéologues constituait un affront.

— Ce qu'ils disent n'explique pas tout, affirma Rizzu. Il n'y a pas que ça. Je ne vous cache pas que je suis déçu. Des catacombes, des chambres funéraires… Non mais c'est quoi, ce charabia ? Notre malédiction, ce n'est pas qu'un effet du vent ! Ce n'est pas qu'un vulgaire courant d'air dans des conduits, comme… comme un gros pet !

— Qu'est-ce que ça change ? pépia Concetta qui, derrière le comptoir, aidait Maria-Grazia à préparer le chocolat chaud. Moi, elles ne m'ont jamais fait peur, ces grottes. C'est trop bête ! Et si des gens veulent venir y admirer des bouts de verre et des clous rouillés, et qu'ils nous paient pour ça, je suis bien contente qu'il n'y ait plus de malédiction pour les effaroucher !

En effet, le café tournait bien depuis l'afflux d'archéologues et de touristes qu'il fallait nourrir et divertir. Bientôt on pourrait même verser l'acompte pour la machine à glaces. Quant à Maria-Grazia, elle continuait d'épargner en secret quelques lires par semaine, dans la bouteille derrière son sommier.

Bepe tendait à partager le point de vue de Concetta.

— C'est tant mieux, renchérit-il. Les malédictions, ça n'est pas favorable au tourisme. Au fond, bon débarras !

— On n'en est pas du tout débarrassés ! s'indigna Rizzu, furieux. La malédiction est bien réelle. Ce n'est pas parce qu'ils débarquent et en nient l'existence qu'il faut les prendre au mot, ces étrangers, avec leur italien ronflant, leurs blaireaux et leurs cure-dents !

— Vraie ou non, l'histoire reste belle, intervint Amedeo.

Rizzu renâcla, mécontent, et renversa un peu de son café. Il avait plus de quatre-vingt-dix ans et en vivrait encore cinq, jouissant jusqu'au bout d'une santé de cheval, mais jamais il ne devait se remettre de cette déception. Jusqu'à sa mort, il resta personnellement offensé par la résolution du mystère des grottes.

5

L'été des archéologues, Flavio devint encore plus torturé, plus spectral, plus déterminé que jamais à partir.

« Je ne subirai plus longtemps le joug de ces rives », marmottait-il en accomplissant sa besogne quotidienne, et à ces mots Pina pleurait comme s'il lui avait signifié par là son intention de mettre fin à ses jours.

Lorsqu'elle songeait aux injustices faites à son frère, Maria-Grazia s'animait d'une indignation féroce.

Le lendemain de la conférence à l'hôtel de ville, Flavio était rentré à la maison l'œil écarquillé, tout secoué de frissons et hérissé d'épines de cactus comme la statue d'un martyr. Il refusa de dire qui les lui avait jetées, de même qu'il tut l'identité de celui qui, le lendemain, lui mit un œil au beurre noir, puis celle de l'individu qui déchira le fond de son pantalon à l'aide d'un hameçon pendant qu'il remontait de la plage, un peu plus tard. Mais cette fois-là sa sœur, lui lavant le visage et enduisant sa peau malmenée d'un baume à la calamine, se laissa gagner par une colère digne de celles de sa mère.

— Quelqu'un cherche à lui faire quitter l'île, affirma-t-elle. Quelqu'un cherche à lui faire perdre la raison. Et j'entends découvrir qui !

Car on avait revu le fantôme de Pierino, creusant la terre de ses mains vertes translucides.

Le quatrième jour après la conférence, donc, le café n'ouvrit pas de la journée. Quand Flavio se réveilla, l'après-midi, à cinq heures moins le quart, Maria-Grazia le convoqua dans la cuisine. Congédiant les autres (sa mère avait tendance à se mettre à pleurer dès qu'il était question de la maladie de Flavio, et son père n'arrangeait pas les choses en marmonnant dans sa barbe et en se dandinant d'un pied sur l'autre, visiblement dans ses petits souliers), elle fit asseoir son frère en face d'elle à la grande table et lui ordonna de lui révéler la vérité au sujet de l'agression de Pierino.

Flavio était assis, les coudes sur la table, la tête ballant entre les mains, et une grande ombre passa soudain sur lui. Sans se démonter, Maria-Grazia entreprit de secouer les *melanzane* dans sa passoire pour les faire dégorger et attendit patiemment qu'il lui livre son récit, quand il serait prêt. Le soir diffusait sa fraîcheur par la fenêtre ouverte. Dans la ferme des Terazzu, le berger allemand aboya une fois, puis une deuxième fois, puis une troisième.

— Je n'y étais pour rien, lâcha enfin Flavio. *Mamma* et *papà* me croient fou, mais je ne suis pas fou. Je l'ai vu, moi aussi, le fantôme vert. Je l'ai vu près des grottes, avec ses homards dans leurs casiers, tout couvert d'huile de moteur verte. Même lui, il croit que c'était moi. Mais je n'y étais pour rien.

— Dis-moi tout, *caro.*

Pendant de longues minutes, Flavio remâcha ses pensées, le regard perdu quelque part dans les carreaux du sol. Puis il se lança :

— On m'a renvoyé à la maison avant la fin de la réunion des Balilla, ce soir-là. Tu te souviens, j'avais une toux persistante…

— Je me souviens.

— On était censés prendre part à un exercice spécial. De nuit. On ne devait en parler à personne. Et d'un coup le professeur Calleja décrète que, finalement, je n'y participerai pas. Alors je suis rentré, furieux d'avoir été exclu. J'ai pris le chemin le plus long, celui qui passe par le champ de cactus. Tu sais, le sentier de chèvres, qui coupe à travers...

— *Sì, sì.*

— C'est tout. Le professeur Calleja m'a congédié à neuf heures et demie, je suis rentré, je n'ai croisé personne en chemin. Et après, il y a eu l'affaire avec Pierino, et tout le monde a voulu me faire porter le chapeau, sous prétexte que j'étais parti tôt et que j'aurais donc eu le temps d'aller chercher un fouet, de lui tendre une embuscade et de le rouer de coups. Mais ce n'est pas vrai.

Maria-Grazia abandonna ses aubergines. Elle frotta ses mains pleines de sel et prit fermement son frère par les épaules.

— En ce cas, tu dois proclamer la vérité, lui enjoignit-elle. Tu dois en informer toute l'île. Tu n'avais rien à voir avec ça, et tu dois le leur dire.

— Qui me croirait, dans une ville aussi truffée d'espions et de commères ? Non, c'est peine perdue. Leur opinion me concernant est faite.

Flavio eut une quinte de toux rocailleuse ; des tréfonds de ses bronches remonta une glaire qu'il cracha par la fenêtre de la cuisine.

Maria-Grazia décida de rendre visite à Arcangelo.

L'épicerie consistait en un petit antre frais, à l'odeur boisée, juste à l'écart de la grand-rue. Ses comptoirs et ses rayons vernis dataient du XIXe siècle. Maria-Grazia se posta devant le corps massif du signor Arcangelo et promena son regard parmi les rangées de paquets de pâtes, de légumes en boîte, de bouteilles de vin du continent, de conserves d'anchois, sur les énormes jambons *prosciutto* qui trônaient, poussiéreux, sur leurs carrés de papier graissé, comme autant de gourdins, de part et d'autre de l'épicier. Enfin, rassemblant son courage, elle demanda :

— Signor Arcangelo, que savez-vous à propos de l'agression de Pierino ?

Aussitôt l'épicier se leva, tel un monstre des profondeurs, de derrière sa caisse enregistreuse et, délirant de rage, la chassa de son magasin.

— Je n'ai pas de comptes à rendre aux Esposito ! vociféra-t-il tandis qu'elle détalait dans la rue. Tu as de la chance que je n'ôte pas mon ceinturon pour t'en faire tâter, *puttana troia* !

Auprès du professeur Calleja, elle n'eut pas plus de succès car dès qu'elle s'approcha du vieil instituteur, qui était assis sur une chaise de bois sur le perron de sa maison, il se retira dans l'ombre à l'intérieur et s'y barricada, fermant à grand fracas tous les volets.

Entre-temps, les clients du café avaient eu vent de sa démarche, et ils s'en agaçaient.

« Qu'est-ce qu'elle cherche, pourquoi remettre le fascisme sur le tapis ? » s'interrogeaient les vieux joueurs de *scopa.*

« Pierino est mort, mieux vaut ne pas remuer le passé », affirmaient les pêcheurs, ses anciens camarades.

Certains furent tellement révoltés par « les fouineries de la fille Esposito », selon les mots de la veuve Valeria, que, par mesure de représailles, ils cessèrent temporairement de fréquenter le café. Seul Bepe se rangea du côté de Maria-Grazia.

— Faut bien que quelqu'un règle cette histoire, marmonna-t-il, accoudé au comptoir. Si vous n'y arrivez pas, signorina Maria-Grazia, c'est moi qui m'en chargerai. Pierino était mon ami, et quelqu'un l'a tué, et il est temps que la vérité éclate au grand jour et que les coupables soient punis. Sinon, pourquoi son fantôme serait-il revenu nous hanter ?

La première à briser le silence fut la jeune Santa Maria, la benjamine de Pierino. Âgée de vingt-huit ans et veuve, elle adressa un signe à Maria-Grazia un dimanche après la messe, discrètement.

— Il paraît que tu demandes partout ce qui est arrivé à mon *papà*, lui chuchota-t-elle, terrifiée, en gravissant à la hâte les marches de sa maison, dérangeant les pots de basilic luxuriants. J'ai quelque chose à te confier. Pas grand-chose. Mais ça t'aidera peut-être... qui sait ?

Dans le petit salon défraîchi, où les veuves avaient autrefois prié pour le salut de Maria-Grazia, se trouvait encore dans son coin le vieux fauteuil du pêcheur ; son postérieur en avait usé le velours, y laissant une empreinte en forme de cœur. En effet, il ne l'avait plus quitté jusqu'au fameux mardi matin où il avait enfin décidé de mourir. Santa Maria envoya sa mère, Agata-la-fille-du-boulanger, chercher une *cassata* dans le cellier, et la vieille femme la servit avec solennité. Suite à l'agression de Pierino, après la guerre, ses enfants s'étaient disséminés de par le monde, qui en Amérique, qui en Angleterre, qui en Suisse, qui en Allemagne, jusqu'à ce que Santa Maria se retrouve seule avec elle, et voici que son mari aussi les avait quittées, laissant la famille sans un seul descendant. Le linge ne gonflait plus aux fenêtres, et même les veuves du comité de Sant'Agata, aux goûts notoirement sinistres, trouvaient le salon d'Agata trop morbide pour elles et avaient relocalisé ailleurs leurs rendez-vous. Pina rendait parfois visite aux deux femmes, leur portant de menus cadeaux. À part en ces occasions, rien ne troublait plus la fraîcheur du petit salon.

— Signorina Esposito, je me rappelle bien la nuit où mon *papà* a été attaqué, commença Santa Maria.

À la mention de l'agression de son pauvre mari, Agata-la-fille-du-boulanger, bouleversée, enfouit son visage dans ses mains.

— Descends, *mamma*, lui dit Santa Maria. J'ai des choses importantes à dire à la signorina Esposito.

La vieille femme ne se le fit pas dire deux fois. Santa Maria se pencha vers Maria-Grazia et, dans un murmure, lui confia :

— Je crois que ton frère n'y était pour rien.

Le soulagement fit tourner la tête de Maria-Grazia.

— Alors... tu... tu ne crois pas Flavio coupable...

— Je suis sûre de son innocence.

Maria-Grazia essaya d'avaler sa bouchée de *cassata*, mais elle avait la bouche sèche et le gâteau lui collait au palais.

— Je t'écoute, réussit-elle à dire. Raconte-moi ce que tu sais.

— On était dans la cuisine, ce soir-là, ma mère et moi. On plumait un poulet et on salait les aubergines en attendant le retour de *papà*. Marco, mon frère aîné, était là, lui aussi. Il était sorti pêcher avec *papà* et nous avait prévenues qu'il rentrerait tard : ils avaient pris un beau thon et *papà* s'attardait un peu à la *tonnara* pour fêter ça, comme à son habitude. Non qu'il eût été un ivrogne ! s'empressa-t-elle d'ajouter. Dieu ait son âme.

Maria-Grazia déglutit péniblement.

— Bref, reprit Santa Maria, on a entendu de drôles de bruits étouffés à la porte. Il était tard, neuf ou dix heures du soir, et ma mère a cru à des chiens errants qui faisaient du raffut. Elle est montée chercher le battoir à tapis. Elle a toujours peur qu'ils portent la rage, depuis que mon *zio* Nunziato, mon oncle du continent, s'est fait mordre et en est mort, en 1909. Mais ce n'étaient pas des chiens, c'était mon pauvre *papà* qui essayait de se remettre debout en se cramponnant aux murs. On a ouvert la porte, et il est tombé par-dessus le seuil. Ils lui avaient frappé le torse à coups de... je ne sais pas, de bâton ou de ceinturon. Et on les a entendus fuir. Des pas lourds, il y avait au moins un homme fait parmi eux.

— C'est tout ce dont tu te souviens ?

Santa Maria hocha la tête et, enfin, se laissa assaillir par l'horreur du souvenir.

— Mon pauvre *papà*, sanglota-t-elle. Mon pauvre *papà*. Il n'a plus jamais reparlé, plus jamais repris la mer à compter de cette soirée.

Maria-Grazia se força à finir son gâteau ; la mélancolie de la pièce l'oppressait. Dès qu'elle le put, elle prit congé.

Elle trouva le café en proie à une grande excitation. On avait revu le fantôme de Pierino errant le long de la falaise. Arcangelo avait piqué une colère, fermé son magasin et menaçait d'intenter un procès aux Esposito pour calomnies. Tous s'échauffaient et se disputaient.

— Sois prudente, conseilla Amedeo à sa fille. Tu as la volonté de ta mère, or elle l'a parfois desservie, Mariuzza.

Mais une inextinguible soif de vérité sourdait en Maria-Grazia. Quand bien même elle l'aurait souhaité, elle n'aurait pas pu s'arrêter.

Le lendemain, avant l'aube, Andrea d'Isantu se présenta de nouveau au café sans y avoir été invité.

Il arriva au volant de l'auto de son père, de sorte qu'il attendait déjà dehors quand Maria-Grazia descendit ouvrir, à sept heures et demie. Il était là, comme une apparition, assis derrière le volant dans son costume anglais passé.

— *Salve*, signor d'Isantu, lui dit-elle.

Sans descendre de voiture, il lui rétorqua :

— Je vous ai laissée en paix, vous en conviendrez ?

— *Sì*, signor d'Isantu.

— Je vous ai laissée réfléchir. Mûrir votre décision. Vous aviez dit six mois. Cela en fait huit.

— *Sì*, signor d'Isantu.

— Quand aurai-je ma réponse ? Je ne dors plus, Maria-Grazia. Je ne mange plus.

Comment aurait-elle pu se préoccuper de telles trivialités alors qu'un brûlant désir de vérité la possédait ? Comment aurait-elle pu envisager d'épouser qui que ce soit ?

— Quand la lumière aura été faite sur l'agression de Pierino, fut son verdict. Alors, j'y réfléchirai. Pas avant.

Quand elle considéra Andrea avec plus d'attention, elle le trouva amaigri, filiforme – on lui aurait donné quarante-cinq ans. Elle n'avait pas vu passer les huit derniers mois. Son cœur se serra, mais pas au point de lui faire précipiter sa décision.

— Quand on saura la vérité à propos de Pierino, précisa-t-elle de nouveau.

Andrea parut se satisfaire de sa réponse. Petit signe de tête à l'appui, il fit demi-tour et quitta la place au volant de la grosse voiture.

Ce soir-là, peu après sept heures et demie, le fils d'*il conte* avoua le meurtre de Pierino.

Les vieux joueurs de *scopa* arrivèrent au café plus tôt que d'habitude, en émoi, car les veuves du comité de Sant'Agata leur avaient tout répété. Dans le courant de l'après-midi, l'automobile du comte s'était garée devant l'église ; Andrea d'Isantu était au volant, seul. Cet homme en qui tous reconnaissaient un païen invétéré avait envers et contre tout retiré son chapeau, pénétré dans l'église, pris place dans le confessionnal et prié le père Ignazio de recueillir sa confession. Ces dames du comité de Sant'Agata étaient alors occupées à lustrer la statue de la sainte et à remplir le présentoir à cierges, à côté du tronc à offrandes, et c'est ainsi qu'elles purent entendre distinctement Andrea réciter, quand le prêtre eut pris place derrière le petit rideau pourpre :

— Pardonnez-moi, mon père, car j'ai pêché. Quatorze ans ont passé depuis ma dernière confession et, depuis, j'ai commis plusieurs péchés véniels et un péché mortel. C'est du péché mortel que je souhaite vous parler.

Les veuves, avec à peine l'ombre d'un scrupule, s'interrompirent dans leur besogne et, comme un seul homme, tendirent l'oreille.

Quand la cloche sonna l'angélus de midi, toute l'île savait que c'était Andrea d'Isantu qui avait battu le pêcheur à mort.

Au café ce soir-là, la rumeur menaçait de déclencher une guerre civile.

— Je refuse de croire une chose pareille ! piailla la veuve Valeria. Il cherche à couvrir son ami, voilà tout ! Ils sont comme larrons en foire depuis la guerre, celui-là et le jeune Esposito !

— Balivernes ! rugit Bepe. Pourquoi nier l'évidence ? C'était le jeune d'Isantu ! Vous ne vous rappelez pas comment les *fascisti* le traitaient, dans le temps ? Ils le célébraient en héros ! Ils le disaient destiné à une grande carrière sur le continent ! C'est parce qu'ils savaient. Oh, je comprends tout, maintenant.

— Vous voudriez me faire croire que le jeune Esposito est innocent ? persifla Valeria.

— Je l'ai toujours su, affirma Agata-la-pêcheuse. Je l'ai toujours su, que ça ne pouvait pas être le petit Flavio.

Cependant, Maria-Grazia fulminait, écœurée par la manœuvre d'Andrea.

Elle déboula dans la réserve du café, en rage, et, faute d'un meilleur confident, s'épancha auprès de Concetta :

— Andrea ne s'est confessé que pour hâter ma réponse ! Mais s'il se figure que je vais l'épouser dans ces conditions, il se met le doigt dans l'œil jusqu'au coude, le *stronzo* !

— Bien dit ! l'approuva Concetta, que la rage de son amie ne troublait pas le moins du monde et qui continuait tranquillement de suçoter son *arancino*. De toute façon, tu vas te marier avec le signor Robert. *Signor il figlio del conte* n'a pas la moindre chance !

Quand le soir succéda au jour, c'était fait : tous à Castellamare adhéraient à la théorie de la culpabilité d'Andrea d'Isantu. Alors, indignés, Bepe et les pêcheurs, les veuves de Sant'Agata et d'autres bras de la justice locale se rendirent en masse jusqu'au portail du manoir et demandèrent à voir le meurtrier.

Mais Andrea d'Isantu n'avait rien à ajouter. Son père n'admettait pas de visiteurs en sa demeure au bout de l'allée de palmiers ; il refusa d'accéder aux demandes du peuple. Furieux, on exigea alors qu'Andrea soit jugé, qu'il s'agenouille sur la tombe du mort, qu'il implore le pardon du revenant à peau verte, qu'il quitte l'île, comme Odisseo, pour n'y plus revenir. Leurs demandes se firent de plus en plus farfelues à mesure que la nuit s'épaississait. Il pourrait faire le tour de l'île à genoux en suivant la statue de la sainte, suggéra le comité de Sant'Agata. On pourrait le fusiller, proposa Bepe.

— Allons, allons, les rabroua le père Ignazio, qui n'avait jamais été bien doué pour faire régner la morale mais s'y efforçait de son mieux. Nous nous laissons emporter. La guerre appartient au passé : il est temps pour nous de revenir vers la lumière et de faire preuve de charité chrétienne…

On n'en démordait pas pour autant : Andrea d'Isantu devait à tout le moins être banni de l'île.

Tard la nuit suivante, Maria-Grazia fut réveillée par le son d'une poignée de sable mouillé percutant sa fenêtre. Elle ouvrit, baissa les yeux sur la place baignée de lueur nocturne et avisa Andrea, appuyé sur sa canne, le visage tourné vers elle comme une lune dans la pénombre. D'une main il agrippait le pommeau d'argent, de l'autre la valise de carton avec laquelle il était rentré de la guerre.

— Où vas-tu ? lui chuchota-t-elle.

— En Sicile. Un ami de mon père vient me prendre. Descends, Maria-Grazia. Tu m'as promis une réponse. Après ce soir, je ne te reverrai plus.

Maria-Grazia, oscillant entre l'indignation et le regret, mit un châle sur ses épaules et descendit le rejoindre.

Les bougainvillées jetaient sur les pavés de grandes silhouettes en forme de nuages. C'est là qu'Andrea d'Isantu attendait, maussade, pétrissant de sa paume le pommeau de sa canne.

— Tu me dois une réponse, laissa-t-il enfin tomber. Tu m'as promis.

— Je ne te dois rien, répondit Maria-Grazia, car je ne crois pas que tes récentes révélations soient vraies. C'est un petit jeu que tu joues. Tu t'amuses à couvrir Flavio dans l'espoir de gagner mon amour. Mais ça ne marchera pas. Je ne crois pas que ç'ait été toi.

Alors, sur la terrasse pleine d'ombres, Andrea d'Isantu lui raconta ce qui s'était véritablement passé le soir de l'agression de Pierino.

Ils étaient trois garçons ce soir-là à la réunion des Balilla : Flavio Esposito, Filippo Arcangelo et Andrea d'Isantu. Il y avait aussi les instructeurs, le *dottore* Vitale, avec son grand tambour de cuivre, et le maître d'école, Calleja. Dans la salle de classe poussiéreuse, sous le portrait du Duce que ce dernier avait découpé dans le journal suite à sa marche sur Rome, ils avaient répété. Un différend était survenu : Flavio Esposito n'arrêtait pas de tousser, multipliant les couacs grotesques avec sa trompette et gâtant la majesté de la marche militaire. À dix heures moins vingt, le professeur Calleja s'était emporté et avait renvoyé le garçon chez lui.

— Et le rôle de Flavio dans cette histoire s'arrête là ? s'enquit Maria-Grazia.

— Absolument, lui confirma Andrea d'Isantu.

Une fois le jeune Esposito congédié (son père était un Nordiste doublé d'un bolchevik notoire ; on ne pouvait pas lui faire confiance), on avait rangé les tambours et les trompettes. Le professeur avait passé sa chemise noire. Ce soir-là, avait-il déclaré, ils sortaient accomplir un exercice particulier. Il s'agissait de donner une leçon à un communiste. Ils se rendraient jusqu'à l'oliveraie des Mazzu puis attendraient, embusqués, que le communiste en question remonte de la plage.

Les garçons avaient ricané, car ils savaient à qui le maître faisait allusion et voyaient déjà le bolchevik s'étrangler avec l'immonde huile de ricin.

« L'un d'entre nous doit s'assurer qu'on ne l'y reprendra pas », avait continué le maître en les scrutant l'un après l'autre.

Il avait ouvert son placard et y avait prélevé son fusil, qui était rangé entre les craies et les crayons. Il donna une lampe à chacun des garçons.

« On y va. Un seul à la fois. On se retrouve à l'oliveraie dans trente minutes. »

Andrea avait couru jusqu'au manoir de son père, le faisceau lumineux de sa lampe tressautant sur les cailloux. Il n'avait pas de plan à proprement parler ; dans son excitation, il voulait simplement s'armer, comme le maître avec son fusil épatant. Mais les dépendances étaient plongées dans l'obscurité, les fusils des hommes de son père sous clé. L'âne solitaire de Rizzu, le veilleur, piétinait en braillant dans son box. Andrea était entré dans l'écurie. Sous de grandes guirlandes de toiles d'araignée, il avait alors découvert, fixés au mur, de vieilles pioches, une fourche encroûtée de rouille et, enfin, un très ancien fouet. Il s'en était emparé, avait éteint sa lampe et gagné au pas de course le point de rendez-vous.

L'oliveraie, la nuit, était pleine d'ombres océaniques. Andrea avait pris position derrière l'ancienne presse à olives, un bloc de pierre massif qui jouxtait l'entrée du champ depuis trois siècles. Il distinguait un peu plus loin le visage de Filippo éclairé par la lune, quadrillé par un entrelacs de branches de noisetiers, ainsi que la silhouette noire du professeur Calleja, son fusil pointé vers le ciel faisant comme une ligne tracée à la règle sur les ténèbres. Quant au *dottore* Vitale, qui s'adossait, grotesque, à un tronc d'olivier, il tentait d'imiter le hibou, comme chez les scouts, valant aux deux garçons des spasmes d'hilarité muette. Dans le noir, ils avaient attendu. Puis, sur la route en surplomb, ils avaient entendu, reconnaissable entre tous, le vrombissement de l'automobile d'*il conte*.

Quelqu'un s'avançait entre les broussailles. Quelqu'un qui semblait soûl ; Andrea l'avait compris à sa démarche chaloupée, à sa respiration entrecoupée.

« Papà ? »

Il s'était dit que son père avait dû décider de se joindre aux festivités, passablement ivre, comme il l'était souvent par ces soirées d'été. Mais alors l'homme avait laissé échapper un profond soupir et Andrea l'avait vu déboutonner son pantalon et se soulager dans le bosquet de noisetiers. Ce n'était pas son père.

Andrea était le seul à se trouver assez près pour frapper.

Émergeant de derrière son rocher, à tout petits pas, il s'était approché dans la chaleur pesante de la nuit. Il n'avait pas l'intention de porter le coup. Seulement d'examiner la cible de plus près.

C'était bien Pierino, le pêcheur, titubant un peu, appuyé sur sa gaffe. Andrea en vibrait de terreur et d'exaltation.

Mais voici que l'autre se hérissait, d'un coup. Il s'était mis à fouiller l'obscurité, promenant à droite, à gauche son regard tombant.

« Qui va là ? »

Il avait aperçu Andrea, avait brandi sa gaffe, furieux. On allait voir ce qu'on allait voir !

« Encore vous, les *fascisti* ! avait-il rugi, enhardi par l'ivresse. Je vous combattrai tous jusqu'au dernier ! Je vous crèverai comme des thons ! »

Il avait fait mine de se jeter sur Andrea, qui avait reculé, trébuché. S'ébattant parmi les sous-bois épineux, il avait senti la main du pêcheur se tendre vers ses chevilles. Dans le noir, Pierino semblait une chose monstrueuse, terrible, aussi grosse que le démon Truffe-d'Argent. Andrea avait levé son fouet et fouetté à l'aveugle, hurlant, battant, cinglant le large torse du pêcheur pour le maintenir à distance. Perdant l'équilibre, Pierino avait basculé et culbuté à son tour. Un craquement sonore. Ses membres écartés comme une étoile de mer. Il demeurait là étendu, immobile.

« Signor Pierino ! » avait appelé Andrea dans le noir, de sa voix haut perchée d'écolier.

Pas de réponse.

Voici qu'avec leurs lampes les autres convergeaient vers lui, le professeur Calleja, le *dottore* Vitale, son père. À sa grande honte, Andrea s'était rendu compte que sa culotte courte – l'uniforme des Balilla – lui collait aux cuisses, humides. Il avait perdu son fouet.

« Pardon ! Pardon ! Je ne voulais pas… »

Il conte avait levé une main, puis sa lampe. La raison du silence de Pierino leur était alors apparue. Le pêcheur s'était cogné la tête sur la presse de pierre en tombant. Il gisait comme s'il avait fondu et son arcade sourcilière gauche vomissait un flot de sang.

« Bravo, Andrea, avait dit *il conte.* Brave garçon. Tu n'as pas à avoir honte. »

Andrea avait alors entendu Filippo Arcangelo crapahuter en couinant de terreur jusqu'à la route. Puis ç'avait été au tour du *dottore* Vitale de fuir, remontant le talus à travers les broussailles, lâchant sa lampe, qui avait roulé et rebondi dans la nuit avant de s'immobiliser, éteinte, au pied du noisetier.

« Revenez ici, tous les deux ! avait grondé le professeur Calleja. Vous allez m'aider ! »

En vain. Il avait alors soulevé Pierino par les aisselles.

« Andrea, *signor il conte*, prenez ses pieds. Il faut le rapporter chez lui. »

Le comte avait paru méditer un instant ces paroles puis il avait hoché la tête.

« Mettons-le dans l'auto. »

Avant de se baisser pour saisir le pêcheur aux chevilles, il avait éteint sa lampe et mis le fouet dans la veste de son habit de lin anglais.

« À la une… à la deux… à la trois ! Hissez ! »

On avait fourré Pierino dans l'automobile du conte. Andrea, sur la banquette arrière, détournait le regard du corps inconscient du pêcheur à côté de lui.

Ils avaient garé le véhicule sous l'arche à l'entrée de la ville. Dans la touffeur de la nuit, ils avaient charrié Pierino à travers les ruelles et les *vaneddi*. Nul ne parlait ; seulement, de temps à autre, les deux *fascisti* jetaient à Andrea un regard pensif et approbateur. Cette excursion sous les étoiles en portant à bout de bras le pêcheur en sang avait été le plus long voyage de toute sa vie.

Ils avaient déposé Pierino dans la venelle près de sa maison. Peut-être avaient-ils eu l'intention de frapper à la porte, mais le pêcheur, soudain revenu à la vie, s'était retourné pour chercher à tâtons une prise dans la poussière. Alors, le courage leur avait à tous manqué et ils avaient décampé, par les passages et les allées, déjà pris dans l'étau du silence qu'il allait leur falloir garder, de leur terrible complicité dans le drame qui venait de se dérouler.

De retour dans l'auto, à la place du mort, Andrea avait enfoui sa tête entre ses genoux et s'était mis à pleurer.

« C'était un accident ! »

Son père avait posé sa main sur son épaule.

« Non, ça n'en était pas un, l'avait-il exhorté. Tu as fait ce que tu avais à faire. Redresse-toi. Tu n'as pas à avoir honte. »

En chemin, le comte avait arrêté la voiture et s'était débarrassé du fouet ensanglanté en le jetant par la portière ouverte. Il avait décrit un grand orbe, survolant la place et le palmier, pour aller se ficher, loin, dans les bougainvillées du café.

« Et si quelqu'un le trouve ? avait demandé Andrea.

— Laisse donc les Esposito se soucier de ça. »

Quand il eut fini son récit, Andrea d'Isantu fut secoué de violents sanglots. Ensuite, il demeura longtemps sans rien dire, le regard perdu dans le champ de cactus par-delà le muret ; l'aube leur redonnait enfin leur forme et leur consistance, mais Andrea continuait de pleurer au souvenir de ce qu'il avait fait.

— J'adorais cette île, confia-t-il à Maria-Grazia. Je voulais m'intégrer. Je n'aurais pas frappé Pierino si je n'avais pas eu si peur. Mais tous les *fascisti* ont cru que je l'avais fait exprès. Ils m'ont érigé en héros. Mon père était fier de moi ! (Il cracha ces mots avec dégoût, comme s'il les régurgitait.) Ils ne m'ont jamais autorisé à raconter ce qui s'était vraiment passé, ils ont fini par me persuader que j'avais tout prémédité. Mais c'est faux, Maria-Grazia. Je ne suis pas comme mon père. Je ne suis pas comme lui, il faut que tu me croies. Voilà, tu sais quel genre d'homme je suis à présent, et tu ne peux pas m'aimer, mais au moins tu connais la vérité. Si tu veux bien la croire.

Dans la lueur froide, dans le silence poisseux de la place, oui, Maria-Grazia la crut.

— Je vais te donner ma réponse, murmura-t-elle.

Andrea leva une main.

— Non. Non. Ne dis rien. Je la connais déjà, Mariuzza.

Dans un froissement de son grand manteau, il toucha une dernière fois son avant-bras, puis il disparut. Elle le suivit des yeux tandis qu'il traversait la place avec son bâton de vieillard, sa carrure étroite comme celle d'un spectre, et il lui sembla qu'il rétrécissait, rétrécissait, rétrécissait à perte de vue, comme sa mère, un quart de siècle plus tôt, lorsque Pina Esposito l'avait chassée du café.

Andrea d'Isantu marcha sans s'arrêter. Il quitta Castellamare et s'évanouit par-delà l'océan. Il laissa derrière lui une mère effondrée, vaincue, qui ne recouvrerait jamais la stature qui avait été sienne pendant les années d'avant-guerre, et un ami, Flavio, bien plus affecté qu'il ne s'autorisait à le penser. Quant à Maria-Grazia, cinquante ans devaient s'écouler avant qu'il ne lui adresse de nouveau la parole.

Flavio disparut sur les traces de son ami par un jour de septembre. Ce matin-là, Pina était montée frapper à sa chambre comme d'habitude avec sa tasse de café et une viennoiserie, et elle avait trouvé ses draps encore faits de la veille, sa chemise de nuit soigneusement pliée au pied du lit comme le saint suaire de Gesù au tombeau. Alors, laissant tomber la tasse, Pina s'était mise à gémir à pleins poumons, car elle savait que son fils était parti.

On fouilla l'île. Les pêcheurs et les paysans organisèrent une battue, écumant les fourrés, plongeant dans les criques au cas où Flavio aurait cherché à se noyer. On passa les vignes au peigne fin. On le chercha le long des quais et jusque dans les tréfonds obscurs de la vieille *tonnara*, dans les dépendances de la ferme des Mazzu. Dans les grottes, l'équipe improvisée trouva une trace du passage de Flavio : ses chaussures, des souliers de cuir anglais crottés qu'il n'avait pas quittés depuis son retour de la guerre, bien alignées côte à côte sur la falaise, la pointe face à l'océan. Sa médaille de guerre gravée du profil du Duce était cachée au fond de celle de droite, soigneusement enroulée dans son ruban.

Pina alluma un cierge à l'église et s'agenouilla devant, sous le crucifix que son fils avait lui-même poli, et de fait il luisait encore. Parfois, de leurs côtés respectifs de l'église, Carmela et elle s'adressaient un signe de reconnaissance, chacune recueillie devant son propre cierge, accablée par son propre chagrin – car la femme du comte priait quotidiennement pour que lui revienne son Andrea, dont on disait qu'il était parti en Allemagne de l'Ouest et refusait obstinément de rentrer au pays.

Puis survint le miracle. Au bout de dix jours, une lettre arriva, qui portait l'écriture de Flavio. Il était en vie, bien portant. Il écrivait d'Angleterre. Il avait nagé de Castellamare jusqu'à une embarcation, au large. De la Sicile, il avait marché vers le nord. *J'ai un bon poste, fixe, comme veilleur de nuit dans une usine,* disait sa lettre. *Il faut que je refasse ma vie mais, s'il plaît à Dieu et à Sant'Agata, je serai de retour pour la Noël ou la Sant'Agata. Saluez bien le père Ignazio de ma part merci. Vous voyez, je vais bien.*

Pina devait recevoir par la suite quantité de missives de la part de son fils, elle entendrait même sa voix, métallique mais identifiable, au téléphone, bien des années plus tard, cependant Flavio ne revint jamais. Après son départ, Pina commença de vieillir pour de bon. Maria-Grazia restait convaincue que son frère était parti pour des raisons qui lui étaient propres et qui n'avaient rien de triste, et elle accepta ce second départ. L'ordre avait été rétabli sur l'île.

Je te remercie pour ce que tu as fait, lui écrivit-il, un an après son départ. *Depuis, je dors mieux.*

6

Dans ce monde en proie aux changements et aux séismes se présenta alors un étranger, venu reprendre son ancienne place derrière le comptoir du café, comme s'il ne s'était jamais absenté.

Un après-midi, quand Maria-Grazia rentra de l'église (elle s'y rendait parfois quand elle avait le cœur lourd afin de parler de son frère avec le père Ignazio), elle comprit aux sourires satisfaits des vieilles qui papotaient devant l'épicerie, aux bénédictions que lui cria de sa fenêtre le veuf Onofrio, et même au silence inaccoutumé des colombes dans les palmiers de la place, qu'il se tramait quelque chose d'inhabituel. Méditant cet étrange phénomène, elle rentra par les *vaneddi* pour s'épargner davantage de bizarreries.

Concetta l'accueillit sur le seuil du café.

— T'as un nouveau client ! s'exclama-t-elle. Tu ferais bien de te dépêcher d'entrer pour faire sa connaissance !

Maria-Grazia, ne souhaitant pas la contrarier, lui prit la main. Elle s'attendait à trouver à l'intérieur de nouveaux archéologues ou peut-être un ancien prisonnier politique. Espérer le retour de Robert aurait été aussi absurde qu'espérer trouver Sant'Agata en personne assise dans le café.

Aussi fut-ce avec un choc violent qu'elle découvrit, debout au comptoir, un sourire contrit aux lèvres, son ancien amant.

Il était plus âgé, plus tassé que dans son souvenir, et mal habillé. Quand elle parla, le son de sa propre voix la sidéra tant elle semblait venir de loin :

— Qu'est-ce que tu fais là ?

Robert se leva, tamponna vaguement son front perlant de sueur. Il parla, parla, multipliant les expressions de tendresse où se mêlaient l'anglais et l'italien : *cara mia*, *darling girl*... Des expressions qui appartenaient à ces après-midi brûlants, cinq étés auparavant, lorsqu'elle était encore une jeune fille, et qui n'avaient pas à être employées en public dans le café, devant tous les voisins. Elle se trouva incapable de répondre tant étaient extrêmes les émotions qui se déchaînaient en elle : la surprise, puis la joie, puis la colère.

— Que faites-vous là, signor Carr ? redemanda-t-elle.

Robert bafouillait en cherchant à lui prendre les mains :

— Je... je suis de retour, Maria-Grazia, tu ne peux pas savoir ce que je suis heureux... et tu n'as pas changé...

Il parlait en italien, du moins en une langue qui approchait de l'italien.

Pas changé ? En cinq ans ? Elle qui avait récolté les escargots, s'était nourrie de mauvaises herbes, avait sauvé le café de la faillite, lancé l'idée du comité de modernisation de l'île et prouvé l'innocence de Flavio, des années après les faits ? Elle se surprit en train de serrer et de desserrer les poings.

— Tu ne m'as pas écrit.

Les vieux joueurs de *scopa* pivotèrent sur leur chaise, dans l'attente.

Fallait-il qu'elle se jette au cou de l'Anglais devant tout le monde, qu'elle leur fasse cadeau de la scène de la réconciliation ?

Elle chancelait. Elle se retint d'une main au comptoir pour ne pas tomber. Robert s'approcha, un peu anxieux désormais.

— Je n'aurais pas dû te causer un tel choc, dit-il.

Puis, timidement :

— Maria-Grazia, pendant tout ce temps, je n'ai pas cessé de t'aimer. Et me voici de retour pour de bon.

Elle leva les yeux, trouva les siens. Ses cheveux étaient plus ternes, plus gris qu'autrefois ; sa peau, qu'il avait autrefois fine comme du papier, s'était burinée. Elle avait envie de parler mais des vagues successives de colère et de joie ne cessaient de s'abattre sur elle avec la violence d'une fièvre, si bien qu'elle en frissonnait.

— C'est donc que tu en aimes un autre ? murmura-t-il comme elle gardait le silence. Tu n'as plus de sentiments pour moi ?

Ils se tenaient ainsi, face à face, devant le comptoir, quand la terre émit soudain une secousse latérale. Maria-Grazia était en proie à une telle confusion qu'il lui fallut plusieurs secondes pour comprendre que ce choc était extérieur à son corps. De nouveau, la terre trembla.

— Dis-moi ce qui ne va pas, l'implora Robert.

— Tu ne m'as jamais écrit, répéta-t-elle.

Mais, avant qu'il puisse formuler une réponse, une foule s'immisça dans le café. Les fidèles, sortant de la messe de midi, avaient eu vent du retour de l'Anglais et ils étaient venus ensemble lui présenter leurs respects : Robert fut littéralement emporté dans une joyeuse et bruyante mêlée.

— Signor Carr ! Signor Carr !

— *L'Inglese* est revenu !

— Gloire à Sant'Agata, patronne des malheureux, grâces soient rendues à tous les saints du paradis !

Sur ce entra le père Ignazio lui-même ; il prit Robert par les mains.

— Il va y avoir une noce ou je ne m'y connais pas ! annonça une veuve que Maria-Grazia connaissait à peine et qui lui donna un petit coup de coude entendu, enchantée de son propre trait d'esprit. *Padre*, préparez-vous à relire des bans !

Il fallait que Maria-Grazia leur échappe, à tous. Elle avait la nausée, et le tournis, elle n'arrivait plus à penser clairement avec tout ce fichu tapage. Mais alors qu'elle se frayait péniblement un chemin jusqu'à la porte, tirant l'Anglais par le poignet, un nouvel essaim de villageois parut au pied des marches et envahit la terrasse. C'était le vieux Mazzu, précédé du troupeau de chèvres qu'il menait à l'aide d'un piquet à linge en métal, et suivi par une horde de paysans. Découvrant Robert, Mazzu jeta les deux bras en l'air et, avec son curieux bâton, adouba spontanément l'Anglais sur les deux épaules en une étrange bénédiction.

— Signor Carr ! s'exclama-t-il. Signor Carr ! Par la grâce de Sant'Agata, vous êtes enfin revenu ! Et notre Maria-Grazia, qui va nous faire une belle mariée rougissante !

— Laissez-nous tous tranquilles ! explosa Maria-Grazia. Fichez-nous la paix avec vos ragots, vos intrigues, vos manigances !

Elle disparut derrière le rideau de la cuisine.

Dans la cour intérieure, les draps lavés de frais par Pina claquaient au soleil. Elle entendit la porte grincer. Robert l'avait suivie, ainsi qu'elle l'espérait.

— Maria-Grazia ? *Perché mi fuggi ?* Pourquoi me fuis-tu ?

Alors, la vague de fureur culmina en elle, noyant la joie fugace qui l'avait saisie en entendant son italien balbutiant, ses « *darling girl* » murmurés.

— Parce que tu ne m'as pas écrit ! cria-t-elle. Parce que tu ne m'as pas adressé un mot depuis cinq ans, à part cette maudite carte postale ! Parce que tu m'as humiliée, ridiculisée…

— Mais, *cara*…

Se débattant avec les draps, il vint se poster devant elle.

— Tu ne m'as pas écrit, insista-t-elle. Juste cette carte : *Sto pensando a te.* Tu trouves que c'est correct de ta part ? Tu trouves que c'est juste ?

— Non, je ne trouve pas que ce soit juste, répondit-il, prononçant chaque mot italien avec soin.

— Alors quelle explication comptes-tu me donner maintenant ?

— Quand je t'ai envoyé cette carte, murmura-t-il, je ne prévoyais pas d'en rester là. Je prévoyais d'être auprès de toi quelques jours plus tard. Autrement, je t'en aurais envoyé d'autres, je te le jure.

Elle se détourna. Non pas pour le fuir cette fois mais pour le faire réagir.

— Attends ! s'écria-t-il, paniqué. Attends, Maria-Grazia. Laisse-moi au moins t'expliquer. Il me faut du temps pour trouver les mots. J'essaie, *cara.* Je peux t'expliquer, si tu m'en laisses le temps.

L'indignation lui coupait le souffle. Elle s'empara d'un panier à linge, le renversa et s'y assit brusquement.

— *Bene.* Je t'écoute. Explique-toi.

Cependant, au café, une mutinerie couvait. Amedeo, animé d'une férocité qu'on ne lui connaissait pas, refusait de laisser quiconque suivre Maria-Grazia et Robert dans la cour. De plus en plus de villageois arrivaient à chaque instant, à la recherche de l'Anglais, et il prenait son rôle très à cœur.

— Où se cache-t-il donc ? s'enquit une des veuves du comité de Sant'Agata tandis qu'elles gravissaient en formation les marches de la terrasse. Nous lui apportons une bouteille de *limoncello* pour lui souhaiter la bienvenue, ainsi qu'un fanion aux couleurs de la sainte…

— Non, rétorqua Amedeo. On ne les dérangera pas. Je le défends formellement.

Pina se montra véhémente, elle aussi, montant la garde devant le rideau du café, au cas où quelqu'un aurait eu l'outrecuidance de suivre sa fille dans la cour.

— Ils ne se sont pas vus depuis cinq ans, souligna-t-elle. Par Sant'Agata, laissez-les tranquilles, tous autant que vous êtes ! Si j'en prends un seul d'entre vous à tenter de les rejoindre, je ferme la porte à clé et je nous enferme tous ici. Nous aurons tout le temps de parler avec le signor Carr après leurs retrouvailles.

Les voisins se firent une raison et se rassirent en bougonnant.

Mais Concetta ne supportait pas l'incertitude. Profitant de ce que Pina avait le dos tourné, elle gagna la porte sur la pointe des pieds et se faufila dehors. Dans la ruelle, elle escalada le portail et s'y assit à califourchon. Elle distinguait dans la cour la silhouette du signor Robert en ombre chinoise derrière un drap, comme au théâtre de marionnettes ; il faisait de grands gestes avec les mains. Maria-Grazia était assise à quelques pas de là sur le panier à linge, de dos, les bras croisés. Concetta, pourtant impie revendiquée, dédia une prière secrète à Sant'Agata pour que Mariuzza se tourne face à l'Anglais.

Robert avait fait commencer son récit hésitant le jour où il avait été obligé de quitter Castellamare. Il lui raconta comment les navires s'étaient succédé pour l'emporter loin d'elle : d'abord la barque de pêcheur, puis le grand paquebot et pour finir le navire-hôpital, dont les cales caverneuses résonnaient de soupirs et de gémissements. De Syracuse à Catane, puis de Catane en Tunisie, puis de la Tunisie jusqu'à Southampton. Enfin, il avait atterri dans l'hôpital aux rideaux gris où il avait exsudé les restes de sa guerre. Tout au long du voyage, il n'avait eu de cesse de regarder en arrière, par-delà l'étendue toujours croissante d'eaux grises, guettant confusément dans sa fièvre, parmi les passagers, le visage de Maria-Grazia.

Laquelle ne se laissait pas attendrir. Qu'importe : les mots venaient plus aisément à Robert, à présent, et il les déposa tous aux pieds de la jeune femme.

Pendant des mois, du pus avait suinté de son épaule, refusant de cicatriser. Cela avait duré jusqu'au dernier jour des combats. Sa blessure lui avait valu d'échapper au parachutage sur Arnhem le jour du débarquement et de mourir massacré dans la boue à l'orée de quelque village hollandais, comme presque tous ses frères d'armes. Son épaule lui avait coûté la fin de la guerre. Mais, au début du mois de mai 1945, la plaie commença de se froncer et de sécher, et la fièvre de retomber. Les combats cessèrent, il était guéri.

— C'est à ce moment que tu m'as écrit, nota Maria-Grazia. Mais c'était il y a quatre ans. Et après ?

— *Lo so.* Je sais, *cara.* J'y viens.

Avec son rétablissement, les ennuis avaient commencé. Car, au lieu de le libérer, l'hôpital l'avait envoyé rejoindre son régiment aux Pays-Bas. Son voisin de lit, un capitaine mélancolique, lui avait dit qu'il faudrait dans les deux ans avant qu'il soit démobilisé. Robert ne pouvait pas attendre deux ans. Il avait rassemblé ses affaires et pris la poudre d'escampette. Dans sa fuite, il avait griffonné au dos d'une carte à l'attention de Maria-Grazia quelques mots d'italien dont il se souvenait, *Sto pensando a te.*

— Je ne pouvais pas en écrire davantage, se justifia Robert. Le temps pressait.

Il était sorti, piquant droit vers la mer, cheminant seul le long des routes, vêtu de l'uniforme moisi qu'il portait à son hospitalisation, portant ses affaires en vrac dans ses bras. Il sentait les automobilistes dans son dos ralentir pour lui jeter des regards inquisiteurs. À mi-chemin, une ambulancière l'avait pris en stop : elle se rendait aux docks, elle le déposerait. Non, elle ne savait pas où on pouvait acheter un billet pour la Sicile. Du reste, Robert avait très peu d'argent. Il se rendit dans une banque pour retirer ses maigres économies. Son uniforme fripé et le baluchon qu'il avait bricolé avec une serviette de toilette dérobée à l'hôpital lui valaient des regards empreints de suspicion. Au guichet, où il était enfin parvenu à acheter le précieux billet pour la traversée de la Manche, il fut appréhendé par deux hommes de la police militaire : ils voulaient contrôler son certificat de démobilisation.

La suite, il la raconta à Maria-Grazia par bribes éparses, désireux de ne pas lui communiquer sa détresse, bien qu'il souhaitât par-dessus tout plaider sa cause auprès d'elle et obtenir son pardon. Il devait être jugé pour désertion, lui apprit-il. On lui avait confisqué son billet. Devant la cour martiale, un major maigre comme un clou, un étranger, avait assuré sa défense. Il avait pris connaissance de son dossier devant les portes du tribunal ; ses notes étaient criblées de fautes d'orthographe. Le procès de Robert avait été le septième d'une série de vingt-neuf, cette seule semaine. Et pendant ce temps-là, Paris et Londres grouillaient de déserteurs ; ils volaient des camions, cambriolaient des cafés, faisaient tout un chambard...

« Vous auriez dû mettre le cap sur Londres », lui avait glissé le major avec un sourire désabusé tout en inscrivant son nom et son poste (« Car » au lieu de « Carr », « soldat » au lieu de « parachutiste »).

En dessous, il nota que l'accusé avait été « soigné par un médecin de Castle Amary, en Sicile, puis à Netley Park ».

La cour martiale était divisée à son sujet : qu'une simple blessure à l'épaule se rouvre, saigne, suinte, occasionne fièvres et tremblements, pour se refermer comme par hasard le dernier jour de la guerre constituait en soi une circonstance suffisamment étrange pour suggérer quelque phénomène d'ordre psychosomatique. Car l'accusé avait effectivement été hors d'état de se battre, son dossier médical l'attestait.

« Qu'en est-il du médecin sicilien ? s'était enquis le colonel qui présidait la cour martiale. Ne peut-on obtenir son témoignage ? Qu'est-ce qui nous prouve qu'entre 1943 et 1944 vous étiez véritablement trop mal en point pour rejoindre votre régiment ?

— Nous ne disposions pas du temps nécessaire pour contacter le médecin sicilien et recueillir son témoignage, répondit le major, sans mentir, car il avait fait la connaissance de son client deux heures plus tôt.

— Acceptez-vous de rejoindre le 3e bataillon jusqu'à votre démobilisation ? » lui avait ensuite demandé le conseiller juridique chargé de l'accusation.

Robert avait refusé. C'est seulement lorsqu'on l'avait condamné à dix ans de travaux forcés qu'il avait compris l'ampleur de l'erreur qu'il venait de commettre.

Au cours des premiers jours qui avaient suivi son incarcération, songeant à Maria-Grazia, qui aurait près de trente ans à sa libération, Robert avait cédé au désespoir.

— Comment aurais-je pu t'écrire ? lui dit-il. Comment aurais-je pu te demander de m'attendre, d'attendre dix ans, même en admettant qu'on m'ait donné du papier et des timbres pour l'étranger ? Tu n'étais qu'une enfant quand je t'ai connue. Je ne parlais pas ta langue. Nous n'avions été amants que quelques mois, pendant la guerre. Comment aurais-je pu oser croire que ce que tu éprouvais pour moi était bien de l'amour, un amour pour lequel tu m'aurais attendu, renonçant à toute autre chance de bonheur ? Comment aurais-je pu présumer que les choses resteraient les mêmes en temps de paix ? Comment aurais-je pu te demander ça ?

— Et l'amour que tu éprouvais pour moi ? demanda très froidement Maria-Grazia. Était-ce ce genre d'amour-là ?

— Oui, *cara*. Oui, ça l'était, et ça l'est toujours, bien sûr, quels qu'aient été tes propres sentiments pour moi. Mais je ne savais pas ce que tu pensais. Tant de temps avait passé…

— Je t'aimais aussi, répondit Maria-Grazia, piquée au vif. Je n'étais peut-être qu'une enfant, mais je t'aimais. Je t'aurais attendu si tu me l'avais demandé.

Enhardi par cette lueur d'espoir, il poursuivit son récit. De la « glasshouse », la prison militaire, où il avait purgé sa peine, il ne lui révéla qu'une chose : une femme gentille, une dévote qui rendait des visites aux prisonniers par charité, lui avait fait la conversation et l'avait interrogé au sujet de son arrestation puis, quelques mois plus tard, lui avait apporté des livres pour lui permettre d'apprendre l'italien.

— Elle ne pouvait pas m'écrire, elle ? intervint Maria-Grazia. Tu ne pouvais pas lui demander de m'écrire ?

Robert s'étonna :

— Mais je l'ai fait, *cara*. Bien sûr que je l'ai fait ! Elle t'a envoyé dix ou quinze lettres !

Apparemment, pas une n'avait atteint Castellamare. Robert comprenait mieux la colère de Maria-Grazia.

— Alors que fais-tu ici ? voulut-elle savoir. Si ton histoire est vraie, il te reste six ans à purger.

C'était le cas. Sauf que, quatre ans après le début de sa peine, un colonel s'était présenté à la prison militaire : il était à la recherche de détenus avec un historique de bonne conduite pour travailler dans les mines de charbon du Nord, où la main-d'œuvre manquait. Robert était originaire d'un village minier du nord du pays et prêt à tous les efforts pour obtenir une réduction de peine : il se porta volontaire. On lui remit un coupon à échanger contre un billet de train.

« Vous pouvez rentrer chez vous », lui dit le colonel.

Mais au lieu de gagner le Nord Robert avait marché jusqu'à Douvres et pris le ferry pour Calais. Cette fois, il ne croisa pas de policiers. Il fit du stop. Ou marchait. Ainsi, il avait traversé l'Europe continentale. Parvenu en Sicile, il s'était lavé dans la mer avec un savon de Marseille, coupé les cheveux et rasé en se servant du rétroviseur d'une automobile, puis il avait acheté à un paysan un habit de rechange pour une poignée de lires. C'était Bepe qui lui avait fait faire le passage. Il avait reconnu l'Anglais avec un cri de joie. Terrassé par l'espoir, Robert l'avait questionné au sujet de Maria-Grazia.

« Je ne veux pas causer d'ennuis si elle en aime un autre, avait murmuré Robert. Seulement, dites-moi, est-elle mariée ? Puis-je espérer ? Elle n'a jamais répondu à mes lettres…

— Va donc voir par toi-même au café Au Bord de la Nuit ! » lui avait conseillé Bepe.

À en juger par les éclats de rire du passeur, par l'accueil chaleureux qu'on lui avait ensuite réservé au port, il avait semblé à Robert que tout n'était pas perdu.

Il en était moins sûr, désormais.

Qu'il était étrange de résumer en quelques mots les dernières années…

— Si on me prend, je serai condamné pour désertion, conclut-il. Telle est ma délicate situation. J'aurais dû tirer mon temps aux Pays-Bas et attendre qu'on me démobilise officiellement, c'est là qu'a été mon erreur, et même si j'avais été en mesure de t'écrire, jamais je n'aurais osé te prier de m'attendre dix ans à cause de cette erreur. Mais jamais je n'ai cessé de t'aimer, Maria-Grazia, tu peux me croire.

Pour désigner sa situation, il avait choisi un mot particulier, le mot « *frangente* », qui désigne également les écueils crevant l'écume, au large, et Maria-Grazia s'émut de sa façon de le prononcer devant elle : tendre et hésitante, comme le geste d'Andrea d'Isantu lorsqu'il lui avait offert la fleur.

— Tu ne peux pas rentrer chez toi ? lui demanda-t-elle enfin, un peu confuse de la fureur qu'elle lui avait opposée.

— Non, *amore.* Je ne pourrai plus jamais retourner en Angleterre.

Elle se pencha et, sans savoir pourquoi, caressa du bout des doigts les dalles fraîches de la cour. Elle comprit que c'était le sol de sa maison qu'elle touchait ainsi. Le sort de Robert l'effrayait. Être condamné à ne plus jamais fouler la terre qui vous avait fait, à ne plus jamais se laisser bercer par le son familier de sa mer, tantôt grondante, tantôt bruissante, à ne plus jamais se sentir tour à tour contraint et rassuré par l'étroitesse de ses murs…

Elle avait dû s'exprimer en partie à voix haute, car Robert répondit doucement :

— C'est cette île-ci qui m'a fait, pas l'autre.

Un étrange phénomène se produisit. La hâte de Maria-Grazia à partir de l'île, la douleur qui l'aiguillonnait depuis des années comme la piqûre invisible d'épines de cactus qui persiste dans la paume des jours après s'étaient calmées, évaporées même.

— Tu me crois ? demanda Robert.

— Oui. Je te crois.

Bouleversé, Robert chuchota :

— Ma chère Mariuzza. *Cara mia.*

— Je te crois, reprit-elle, mais tu ne t'es pas encore racheté. Loin s'en faut.

Elle refusait de l'embrasser ou de le serrer dans ses bras, mais elle consentit à prendre sa main. Et, l'ayant prise, elle éprouva bien des difficultés à la relâcher. Ils se tinrent longtemps ainsi, très dignes, comme s'ils venaient de se rencontrer pour la première fois.

— Crois-tu que tu puisses un jour m'aimer de nouveau ? demanda Robert.

— Je l'ignore. Mais ne pars pas.

Concetta, depuis son poste d'observatoire, vit leurs deux silhouettes se rapprocher et, sans bruit, elle fit des cabrioles de joie.

7

Quand Robert et Maria-Grazia rentrèrent main dans la main, réconciliés, retentit au café Au Bord de la Nuit une explosion de vivats. Cependant, on comprit bien vite que la noce n'était pas encore à l'ordre du jour, et que les jeunes gens n'étaient pas redevenus amants. On chuchotait même que Maria-Grazia, au lieu d'inviter l'Anglais à partager sa petite chambre avec vue sur les palmiers, le forçait à coucher sur le canapé de velours pelé où Amedeo lui-même avait été autrefois relégué, sous les toits.

C'était la stricte vérité. Un après-midi, Amedeo entreprit de consoler Robert autour d'une bouteille d'*arancello*.

— Elle a du caractère, ma Mariuzza, lui dit-il. Elle en a toujours eu. Il lui faut du temps. Elle t'aime. Seulement, elle te fait mariner un peu, comme tu l'as fait toi aussi, le temps d'analyser ses sentiments. Il ne faut pas la brusquer ni faire pression sur elle pour qu'elle hâte sa décision.

— Mais je l'ai fait attendre cinq ans, s'affola Robert. Elle n'entend tout de même pas...

— Patience, lui enjoignit Amedeo.

Robert porta son verre à ses lèvres. La liqueur lui colla au palais ; elle semblait moins raffinée que la boisson limpide dont il gardait le souvenir.

— Parle-lui, lui conseilla Amedeo après un long silence. Dis-lui tout ce que tu ne pouvais pas lui dire avant, quand tu ne savais pas l'italien. Raconte-lui ton enfance, ta jeunesse. Tout ce dont les amoureux discutent habituellement. Tu es redevenu un étranger pour elle, en quelque sorte. Raconte-lui tes histoires. C'est comme ça que tu la reconquerras.

Car Amedeo n'avait jamais découvert de moyen plus sûr de gagner le cœur de quelqu'un.

Maria-Grazia s'éveilla le lendemain matin en proie à un débat intérieur. Elle s'habilla calmement, se tressa les cheveux et descendit l'escalier d'un pas résolu, prête à affronter la réalité, à accepter qu'elle avait imaginé le retour de Robert. Au lieu de quoi, elle le trouva assis entre ses parents, en train de peler des figues de ses mains habiles et rugueuses. Il bondit de sa chaise et s'empara des siennes.

— Bonjour, *cara mia*, lui dit-il prudemment en étudiant sa réaction.

Elle prit la tasse de thé que lui tendait sa mère. Ses parents se retirèrent avec des excuses hâtives, et elle fut aussitôt assaillie par un torrent d'histoires. Robert déversait sur elle en un italien trépidant sa naissance, son enfance, son adolescence.

Il commença par la description de sa maison, dans un village de mineurs du nord de l'Angleterre, à peine deux pâtés de maisons campés sur une plaine que coiffaient des cieux gris. La plaine s'appelait Aykley Moor. L'histoire de sa famille était qu'il n'en avait aucune, à l'exception d'un vieil oncle et de sa femme, qui l'avaient élevé, bon gré, mal gré. Sa mère, comédienne classique, avait succombé à la grippe espagnole quand il n'avait que quelques mois. Robert était présent au moment du drame, il dormait dans son berceau, dans un coin de la loge du petit théâtre de province. Dans la précipitation qu'on mit à emporter le corps, on l'avait complètement oublié et ce fut le gardien qui, alerté par des vagissements fantomatiques au moment de fermer les grilles pour la nuit, avait trouvé le nourrisson.

Maria-Grazia reposa sa tasse de thé ; elle n'arrivait pas à le boire.

— Pourquoi me racontes-tu ça maintenant ?

— Parce que, *cara*…

Il lui prit le poignet. Anglais en toute chose, il l'avait toujours tenue du bout des doigts, comme s'il craignait de s'imposer. Même la première fois sur la plage.

— Parce que j'ai l'intention de te demander de m'épouser, et que tu as le droit de me connaître un peu mieux que la dernière fois.

Sous le coup de la joie qui l'avait envahie en entendant ces mots, elle faillit se mettre à pleurer. Mais elle refoula ses sentiments. Elle invita simplement Robert à poursuivre son récit.

Ses tuteurs avaient envisagé de l'abandonner. Pendant le voyage en train qui les conduisait dans le Nord, sous le regard bleu et froid du petit, ils avaient parlé de le déposer dans un orphelinat de Newcastle. S'il le savait, c'était qu'ils lui avaient par la suite raconté la scène en de multiples occasions, comme pour lui prouver leur immense bonté envers lui, enfant distant. Car, pour des raisons qui ne lui furent jamais révélées, ils avaient changé d'avis une fois parvenus au portail de l'établissement, et rapporté le bébé sous leur toit. Comme pour compenser ce moment de faiblesse, toutefois, ils ne lui témoignèrent jamais par la suite la moindre générosité. Ils avaient traité sa présence comme un fardeau jusqu'au jour où, à dix-sept ans, il était parti en quête d'une vie meilleure, une valise dans une main et dans l'autre un cintre muni d'un costume repassé de frais.

— C'est quoi, Newcastle ? demanda en anglais Maria-Grazia.

Et Robert répondit, en italien :

— Une grande ville du Nord, pleine de portes et de ponts.

Plus tard, quand Robert sortit présenter ses hommages aux habitants, elle courut à l'étage et retourna tout, à la recherche du vieil atlas de sa mère. Le récit de Robert avait touché une corde en elle. Sans crier gare, alors qu'elle empilait des caisses dans la réserve du café, elle se mit à sangloter de façon incontrôlable, sous le coup du bonheur. Pliée en deux au-dessus d'une caisse d'*arancello*, elle dut se plaquer les mains sur la bouche pour ne pas qu'on l'entende.

Ce soir-là, au comptoir, elle lui demanda :

— Quel genre d'enfant étais-tu, quand tu vivais à Aykley Moor ?

Robert chercha ses mots, infiniment reconnaissant pour cette marque d'intérêt.

— Petit, lâcha-t-il. Et pas large.

Il voulait dire maigrichon ; elle le comprit grâce au mime dont il assortit sa réponse.

— J'étais toujours blanc comme de la craie, ajouta-t-il.

Elle s'émerveilla de sa comparaison, qui fleurait bon les salles de classe : sur l'île, on aurait dit « pâle comme de la ricotta ».

— Quoi d'autre ? l'encouragea-t-elle.

Et Robert, qui jusqu'alors formait des phrases fébriles et paniquées, lui servit tout l'italien qu'il parvint à mobiliser :

— J'avais un strabisme. Je devais porter un gros pansement sur l'œil. Quand je ne me levais pas assez vite le matin, ma tante me faisait racler le givre des carreaux. Elle me traînait de vitre en vitre par l'oreille.

— Du givre ? Sur l'intérieur des carreaux ?

— *Sì, cara*.

— Et après ?

— J'ai pris des forces. Et je suis devenu rapide, trop rapide pour qu'elle m'attrape. Pour quitter la maison, le samedi, je me suis mis à la course à pied. Je parcourais les landes, les collines, pendant des heures. Je suis devenu le premier de ma classe, j'avais les meilleures notes. Et j'ai résolu de fuir cet endroit.

Grâce à ces fragments et à d'autres, qu'il lui murmura plus tard, au dîner, puis dans la cuisine aux dalles de pierre, en faisant la lessive, puis en montant l'escalier, à distance respectable l'un de l'autre, pour aller se coucher, elle commença à comprendre que lui aussi avait un jour été enfant, adolescent, jeune homme. Avant, son aura de miraculé avait fait partie intégrante de l'adoration qu'elle lui vouait : c'était un étranger qui était apparu un beau jour, pleinement formé, sortant des flots, et qui y était retourné, tels les voyageurs qui peuplaient les contes de son père.

— Puis-je ? lui demanda-t-il sur le seuil de sa chambre, tremblant un peu en effleurant son poignet.

Et elle répondit :

— Non, *caro*.

Mais, au cours de cette deuxième nuit, quand elle l'entendit remuer dans la chambre sous les toits, elle vit défiler en pensée tous les Robert qu'il avait été, et elle s'attendrit de nouveau : le garçon au pansement sur l'œil, raclant le givre dans son pays glacial de ses petites mains blanches comme de la craie, l'adolescent courant à travers la lande anglaise grise, mû par la volonté farouche de s'arracher à cet endroit… Elle ne lui avait jamais parlé de son appareil au cours des quelques mois où ils avaient été amants. Elle brûlait de honte en songeant qu'il moisissait encore dans la caisse de Campari, et craignait que Robert n'eût remarqué sa claudication. Elle ne lui avait rien dit non plus de la bouteille pleine de billets cachée derrière son sommier. Mais désormais, il lui semblait que peut-être il la comprendrait.

Tous les matins, son père et sa mère les considéraient prudemment, en retenant leur souffle, les yeux pleins d'espoir. Les clients du café ne valaient pas mieux : dès que

Maria-Grazia essayait d'avoir une conversation avec Robert, qui lui tenait inlassablement compagnie, assis chaque jour derrière le comptoir, les vieux joueurs de *scopa* tournaient vers eux leurs chaises et les dévisageaient, comme si le retour de Robert Carr eût été un spectacle monté à seule fin de les distraire un peu. Dans de pareilles conditions, comme s'exprimer librement ?

— Je sors récolter des figues de Barbarie, lui glissa-t-elle l'après-midi suivant.

Il laissa s'écouler un laps de temps respectable, puis il la rejoignit. Maria-Grazia, les mains emmaillotées dans des chiffons, cueillait les fruits des plantes épineuses. Il reprit le récit de sa vie.

Cette fois, il lui narra son adolescence et sa fuite du village. Il avait fréquenté l'école publique. Tandis que ses camarades partaient travailler à la mine, lui avait préféré tourner le dos à son foyer et, tenant son costume à bout de bras pour le préserver de la boue des chemins, il avait gagné la côte est à bicyclette. On le prit en apprentissage chez Furness, une entreprise de construction navale, au service dessin. Il trouva un lit dans l'arrière-chambre d'un employé plus âgé. Le soir, il se rendait sur le front de mer pour suivre une formation à l'Institut de lettres et de mécanique, où il lisait des livres sur l'ingénierie et les sciences physiques et étudiait des photos des étoiles.

Il ne comprenait pas la moitié de ce qu'il lisait. Piqué dans son orgueil, il dévora toutes les œuvres dont ses anciens professeurs, au lycée, avaient vénéré les auteurs. Il était décidé à voyager et à devenir quelqu'un de cultivé. Tout ce qui semblait de près ou de loin rattaché à l'instruction, il fondait dessus : les pièces de Shakespeare, les romans de Dickens, telle boîte à outils d'ingénieur qu'il dénicha dans une brocante par un samedi pluvieux… C'était à ce temps qu'il avait repensé, bouleversé, le jour où Amedeo lui avait mis entre les mains les livres de Pina : *Opere di Shakespeare*, *Racconto di Due Città*.

En 1939, avoua-t-il à Maria-Grazia, il avait même été candidat à l'examen d'entrée de l'université de Londres. Il n'avait jamais vu la capitale et c'était la raison de son choix. Tout ce qui avait trait à son enfance, à sa jeunesse, lui paraissait terne et sans intérêt, digne d'être relaté en un paragraphe tout au plus. C'est ce qu'il dit à Maria-Grazia, et elle dut se détourner, non pas par colère cette fois, mais parce qu'une fois encore il avait réussi à la toucher, et qu'elle ne souhaitait pas l'admettre. Elle ne lui avait jamais parlé des livres qu'elle avait gagnés à l'école et remisés avant même de les avoir ouverts, des photos des universités de Sicile dans l'encyclopédie de sa mère. La guerre avait mis un terme à tout cela. Comme elle hésitait à lui dévoiler ces éléments de son passé, il ôta sa chemise et y recueillit galamment les fruits qui encombraient ses mains.

Une autre fois, tandis qu'elle se perchait sur une chaise pour suspendre les guirlandes de la Sant'Agata, il lui raconta la guerre. Le centre névralgique de son récit. C'était la guerre qui l'avait arraché à sa vie dans le Nord, avant qu'il ait l'occasion de se présenter à l'examen d'entrée à l'université, de terminer son apprentissage, d'achever la lecture de *La Maison d'Âpre-Vent*, dont il n'avait atteint que le chapitre cinq. La guerre avait interrompu ce paragraphe de sa vie, le réduisant au simple préambule de quelque histoire plus vaste et inconnue. La guerre avait tout arrêté – et pourtant non, pas tout, car c'était la guerre qui l'avait guidé jusqu'à elle. Maria-Grazia vacilla quand elle l'entendit choisir, pour décrire cette guerre, avec son italien fragile, les mêmes termes qu'elle y avait toujours accolés : un monstre sanguinaire, qui engloutissait des villes, des îles, des hommes. Elle n'avait produit qu'un unique bienfait en portant à Castellamare l'Anglais jeté à la mer.

Maria-Grazia s'intéressa à ce qu'il avait vécu, à ce qu'il avait souffert, pendant que de son côté elle coupait le café avec de la chicorée et ramassait les escargots, naviguant en solitaire entre les silences respectifs de ses parents.

Il lui raconta El Alamein, les journées interminables, le campement dans le désert où l'on évoluait les yeux plissés, la peau recouverte de sable. Il évoqua brièvement ses amis, sans les décrire, car ils étaient morts et mieux valait en faire de simples noms sans leur attribuer de qualités. Comme Jack Snapes, qui avait informé Robert qu'on cherchait des volontaires dans tous les bataillons pour intégrer la division aéroportée. La candidature de Robert avait été acceptée, celle de Jack, qui était myope, non. Robert ne l'avait jamais revu. Il apprendrait plus tard que le jeune homme était mort de la gangrène en Normandie. Puis il y avait Paul Dodd, aux côtés de qui Robert avait effectué une cinquantaine de sauts. Il était du Nord, lui aussi, de Newcastle, et tout au long de la guerre leurs chemins n'avaient cessé de se croiser de façon singulière, jusqu'à cette nuit funeste où la tempête avait englouti Paul et épargné Robert. C'était à lui, surtout, qu'il avait pensé en dérivant vers le rivage de Castellamare, quand il prenait la roche floue à l'horizon pour un mirage ou une hallucination.

— Tu n'as jamais vu l'île de l'extérieur, lui fit-il remarquer. Elle est étrange, *cara*. Comme une apparition. On dirait qu'elle flotte dans des nappes de brouillard.

— C'est la chaleur qui évapore l'eau, murmura-t-elle en guise d'explication.

Elle avait déjà observé le phénomène : ces brumes enveloppaient parfois les barques des pêcheurs, au large. Mais les mots de Robert la médusaient : « Tu n'as jamais vu l'île de l'extérieur. » C'était la stricte vérité. Elle n'en avait jamais quitté le rivage, sauf une ou deux fois, en barque, l'été, pour graviter autour du littoral et se baigner. N'était-il pas curieux qu'elle qui n'avait jamais vu le monde et lui que les courants de la guerre avaient ballotté aux quatre coins du continent se soient retrouvés précisément là, sur les plages de l'île ?

— *Sì, cara. Un miracolo lo era*, répondit-il. C'était un miracle.

Il en parlait comme d'un événement appartenant au passé, et ce fut pour elle un petit coup au cœur. Reposant sa guirlande de trompettes de Virginie, elle baissa les yeux sur la chevelure invraisemblable, couleur de paille, sur les épaules étroites, un peu en dedans, sur les lunettes… Mais bien sûr ! Depuis des jours, elle cherchait ce qui avait changé chez lui. C'était les lunettes. Il ne s'agissait pas d'une métamorphose occulte, d'une différence sinistre. Seulement de lunettes.

— Tu portes des lunettes.

— En effet, *cara*. C'est toute cette lecture…

Elle eut un élan de tendresse. Elle descendit de son perchoir et effleura son visage, à l'endroit où la branche des lunettes rejoignait son oreille. Ce geste eut des témoins, car le café était éclairé comme une lanterne à cette heure tardive, et on ne voyait que lui sur la place baignée d'obscurité, de sorte qu'au matin toute l'île savait que l'Anglais avait commencé, enfin, à reconquérir le cœur de Maria-Grazia.

8

Quand Robert eut fini son récit, il pria Maria-Grazia de lui raconter tout ce qu'il lui était arrivé depuis son départ. Elle s'exécuta en le laissant lui caresser la main, dans le petit bureau sous les toits, et, ce faisant, elle prenait conscience que la jeune fille qui l'avait aimé, à peine sortie de l'adolescence, avait été remplacée par une femme de plus de substance. Elle était désormais la gérante du café, la libératrice de l'esprit de Pierino, la fondatrice du comité de modernisation de l'île. Et cela posait un problème. Car d'une telle femme fallait-il faire une épouse, comme Giulia Martinello, qu'on voyait dans la rue, les cheveux relevés par des épingles, penchée par-dessus un landau, ou comme la fille de la veuve Valeria, l'une des beautés qui se pomponnaient autrefois et soupiraient après Robert, au café, et que Maria-Grazia avait entre-temps aperçue sur son perron, armée d'une planche et d'un savon, la peau des mains à vif ? Non. Maria-Grazia ne le voulait pas.

Pourtant, elle aimait Robert. Cela lui était apparu, lui avoua-t-elle, lorsqu'il lui avait raconté les épisodes de son enfance. La flamme s'était rallumée, celle qui l'agitait autrefois la nuit lorsqu'elle l'entendait remuer dans sa chambre sous la sienne, tant et si bien qu'elle n'en dormait plus, occupée qu'elle était à emmagasiner dans son cœur le moindre son familier. Continuer de lui cacher cet amour, continuer de garder contenance relevait presque de la torture.

— Mais alors, s'étonna-t-il, tu ne veux pas qu'on se marie ?

— Non. Pas encore.

— J'attendrai. Je t'attendrai cinq ans, si c'est là ta volonté. Je coucherai seul dans la soupente et je serai patient et respectueux et j'attendrai cinq ans pour redevenir ton amant…

— *Caro*, déclara Maria-Grazia, mutine, je n'ai pas dit cela.

Robert la scruta et s'aperçut qu'elle riait, timidement, comme la jeune fille d'autrefois. Elle prit son autre main et il dut y avoir quelque chose dans sa façon de faire, quelque palpitation, car Robert s'autorisa pour la première fois à l'embrasser – pas sur la bouche ni sur la joue mais sur la main qu'elle lui avait offerte. Il imprima dans le creux de la paume un unique baiser ardent.

Sans savoir ce qu'elle faisait, Maria-Grazia se leva, tourna la clé dans la serrure et tira les rideaux.

Autrefois, ç'avait été leur signal, pendant l'heure de la sieste. Comprenant à demi, il s'avança vers elle, les mains ouvertes, plein de révérence, et la regarda dégrafer son corsage, ôter une à une les épingles de ses cheveux. Quand enfin elle le prit dans ses bras, il n'y tint plus : fiévreusement, il défit tout à la fois sa ceinture, ses chaussures, la tresse de Maria-Grazia. Ils tombèrent à moitié nus sur le canapé de velours et tirèrent sur eux le plaid pour se protéger des courants d'air automnaux. On aurait dit que le temps se télescopait, comme une brume de chaleur, perdant d'un coup toute son épaisseur : les instants qu'ils habitaient auraient tout aussi bien pu appartenir au tout premier après-midi, dans sa chambre de jeune fille, ou bien à quelque soirée de leurs vieux jours, encore distants de cinquante ans. Il acheva de la dénuder à gestes avides, inhalant profondément le parfum de ses cheveux, et ils retrouvèrent la cadence d'antan. Dans un silence exalté, ils demeurèrent longtemps entrelacés.

Après, comme elle se rhabillait, Robert lui demanda :

— Tu ne veux vraiment pas qu'on se marie ? Tu en es sûre ?

— Ne pouvons-nous pas rester amants, comme avant ? Qu'est-ce qui nous en empêche ?

Robert remit ses lunettes et cligna des yeux.

— Mais, *cara*, que diront les gens ?

— Je ne crains pas les racontars, rétorqua Maria-Grazia. J'ai connu pire.

Sans honte, elle regagna le café, où elle servit des clients tout l'après-midi, croisant de temps à autre le regard de Robert lorsqu'il s'attardait dans l'encadrement de la porte. Le soir venu, elle l'invita à la suivre dans sa petite chambre avec sa vue sur les palmiers et à s'y installer pour de bon. Elle rit de son exultation, de ses déclarations enflammées.

— Je veux bien porter une bague, lui dit-elle. Je serai ton amante, comme avant. Je t'aimerai toujours, je n'ai jamais cessé de t'aimer. Je ferai tout cela volontiers. Mais quant à nous marier… Nous ferons cela une autre fois.

Au cours des années qui suivirent, alors que nul habitant de Castellamare n'entretenait de doutes quant à l'amour qu'elle lui portait, alors qu'on murmurait qu'ils vivaient dans le péché, alors qu'ils tenaient le café et faisaient chaque soir les comptes ensemble, de part et d'autre du comptoir, dans une tranquillité complice, alors qu'ils ressemblaient en tout point, en somme, à un couple de jeunes époux, cela resterait la seule réponse qu'opposerait Maria-Grazia aux voisins et aux curieux : « On se mariera une autre fois. »

Ce ne fut qu'au printemps 1953 qu'elle finit par changer d'avis. Ce matin-là, elle rentrait de chez la veuve Valeria, qui habitait derrière l'église, et avec qui elle venait de conclure un marché avantageux, s'assurant une livraison de douze bouteilles de son *limoncello* maison à temps pour la Sant'Agata. À son retour au café, elle trouva Robert penché au-dessus du poste de radio, en larmes ; des clients lui distribuaient de grandes claques dans le dos, comme ils avaient coutume de le faire en cas de deuil ou d'ébriété.

— Qu'y a-t-il ? s'écria-t-elle en lui prenant le poignet. Qu'est-ce qui ne va pas ?

La radio diffusait la BBC. Bepe désigna le poste d'un signe du menton. Mais, folle d'inquiétude, Maria-Grazia n'y comprit rien, la langue lui semblait redevenue étrangère. Au bout d'un long moment, Robert se redressa et s'essuya les yeux. Apercevant Maria-Grazia, il prit ses mains et se mit à les pétrir entre les siennes.

— Les déserteurs ont été amnistiés, murmura-t-il enfin à son oreille, trempant ses joues de ses larmes. Les déserteurs sont amnistiés !

— Le signor Churchill les a graciés, intervint Agata-la-pêcheuse. Le signor Robert va pouvoir rentrer chez lui !

Ce fut alors au tour de Maria-Grazia de fondre en larmes, quoique sans comprendre tout de suite pourquoi.

— Tu… tu veux donc partir ? bredouilla-t-elle après quelques instants. Tu vas encore nous quitter ?

— *No*. Non, *cara*. Je te le promets. Je ne repartirai jamais.

— Imbécile, lui dit Agata-la-pêcheuse sans le penser vraiment. Dis-moi, Maria-Grazia, je crois bien que le moment est venu d'épouser le signor Robert.

— *Sì, sì*, renchérirent de conserve les vieux joueurs de *scopa*.

Ne l'avait-elle pas fait mariner quatre ans, presque autant que lui l'avait fait attendre ?

Mais cette pensée continuait de l'emplir de désespoir, de ce même désespoir qui avait fait irruption dans sa joie peu après son retour.

— Je ne veux pas être une épouse ! s'écria-t-elle. Je ne veux pas faire le ménage et la lessive et la cuisine toute la journée, je ne veux pas pousser le landau du soir au matin ni renoncer à tenir le café ! Il est dans ma famille depuis la fin de la Grande Guerre. Si je me mariais, je devrais l'abandonner, et alors, qui s'en occuperait ? Toi, Agata, tu n'es pas une épouse, tu as toujours soutenu que tu préférerais mourir. Et si je pense comme toi, hein ?

— Si c'est là tout ce qui te tracasse, lui murmura Robert, un peu étourdi, quand ils furent au lit ce soir-là, alors c'est moi qui ferai la cuisine et le ménage et qui pousserai le landau. Continue de tenir le café, puisque cela te plaît ! Tout ce que tu voudras, Maria-Grazia. Pourvu que tu me dises oui.

— En ce cas, répondit-elle en tâchant sans succès de contenir son allégresse, j'imagine qu'il vaut mieux sauter le pas, en effet. J'ai subi assez de ragots pour une vie entière.

Maria-Grazia et l'Anglais furent mariés par le père Ignazio, comme l'avaient été Pina et Amedeo. Après la cérémonie, Robert apposa sa signature sur le registre crasseux que lui tendit le prêtre. Afin de couper le fil de sa vie passée, il prit le nom de sa femme, devenant Robert Esposito.

Et pour la première fois depuis la guerre, on dansa sur la terrasse du café Au Bord de la Nuit.

Il conte ne vint pas présenter ses hommages aux mariés et trinquer à leur santé comme le voulait la tradition. Depuis le départ d'Andrea, sa femme et lui s'étaient murés dans une sorte de deuil. Les volets demeuraient clos, on ne repeignait plus la façade et les domestiques avaient été sommés de ne plus porter que du noir dans l'exercice de leurs fonctions. Mais rien ne pouvait entamer la joie qui régnait au café ce soir-là. Il fallut arracher Maria-Grazia de force à ses plateaux et à son livre de comptes. Robert était là, tout à fait anglais, tout à fait nerveux et presque tout à fait soûl, qui lui tendait les bras pour l'inviter à la danse. Pendant qu'elle tourbillonnait dans ses bras, l'île autour d'eux rétrécit, subitement insignifiante en comparaison de l'homme qu'elle avait en face d'elle.

— Je suis contente, murmura-t-elle.

— De quoi, *cara* ?

— De t'avoir épousé, tout compte fait.

Baignés par la lune, emportés par les rythmes de l'*organetto*, ils continuèrent de tourner, étroitement enlacés.

Elle abritait déjà en elle la pépite de vie qui deviendrait bientôt le prochain Esposito.

IV

Les deux frères

1954 – 1989

Extrait du carnet d'Amedeo

Deux frères étaient pêcheurs, tous deux très beaux et si semblables que nul ne savait les distinguer, et tous deux étaient très pauvres. S'apprêtant à rentrer bredouilles après une journée en mer, ils finirent par prendre une minuscule sardine à peine digne d'être mangée.

— Mangeons-la tout de même, suggéra l'aîné. Nous en tirerons bien quelques bouchées.

— Non, répondit le cadet. Épargnons-la. La tuer n'en vaut pas la peine.

Ils épargnèrent le poisson, et cela leur porta chance : en gage de reconnaissance, il leur accorda deux chevaux blancs et deux sacs d'or pour sillonner le monde, ainsi qu'un pot d'onguent magique capable de guérir toutes les blessures. Comme on ne pouvait pas le partager, l'aîné, qui était le plus fort et le plus valeureux, le donna à son frère.

Ils s'en furent, chacun de son côté.

Le frère cadet ne vécut pas d'aventures, ou, s'il en vécut, l'histoire n'en fait pas mention. Le frère aîné, pour sa part, sauva une princesse d'un serpent des mers, dont il trancha les sept langues et coupa les sept têtes, gagnant la main de la belle. Il libéra une vallée du joug d'un méchant sorcier. Il navigua jusqu'au fond de l'océan à bord d'un navire enchanté pour y récolter des perles. Il épousa la princesse, ses cheveux poussèrent et il ne ressembla plus du tout à son frère.

Mais il n'était toujours pas satisfait. Alors il se lança à la poursuite d'une sorcière qui avait ensorcelé tout un pays et que nul ne parvenait à tuer. Il galopa jusqu'à son château et menaça de lui trancher la tête avec son épée. Mais la sorcière était rusée. Elle enroula autour de sa gorge une mèche de sa chevelure magique et fit de lui son prisonnier. « Maintenant, déclara la sorcière, tu seras mon esclave et tu me défendras de tous ces chevaliers qui viennent chaque jour tenter de me décapiter. Et moi, pendant ce temps-là, je dégusterai bien tranquillement de la viande rôtie et des pâtisseries. »

Cependant, le frère cadet, à qui la solitude commençait à peser, sillonnait le monde à la recherche de son frère. Il chevaucha de longues années durant, demandant à tous ceux qu'il croisait s'ils avaient vu l'homme au cheval blanc qui lui ressemblait trait pour trait. Enfin, il parvint à la vallée de la sorcière et on lui raconta la capture de son frère. Le moment est venu, se dit le jeune homme. Je dois le délivrer.

En chemin, il rencontra un vieillard chétif qui lui demanda où il allait. « Délivrer mon frère, lui répondit-il, que la sorcière a fait prisonnier. »

Le vieillard lui confia que le pouvoir de la sorcière résidait dans ses cheveux. Pour la vaincre, il fallait l'empoigner par la crinière et tenir ferme. « Ensuite, rends-nous à tous service et tranche-lui la tête », conclut le vieil homme chétif.

Le frère cadet chevaucha jusqu'à l'entrée du château. Il en sortit un effrayant chevalier à la toison florissante qui brandit son épée en rugissant de colère. D'un coup, le cadet terrifié lui trancha la tête. Puis, empoignant par les cheveux la méchante sorcière, il transperça son corps de son épée et la tua à son tour.

Mais, à présent que le charme était rompu, il remarqua chez l'effrayant chevalier, l'esclave de la sorcière, quelques traits familiers. Se penchant au-dessus du corps, il reconnut le visage de son frère, et il pleura encore et encore à cause de ce qu'il avait fait.

Soudain, il se rappela le pot d'onguent magique. Il courut à son cheval et revint à l'endroit où gisait le corps décapité de son frère. S'agenouillant, il enduisit d'onguent le cadavre. La tête se ressouda au corps et le chevalier s'assit. Les deux frères s'embrassèrent, et le cadet implora le pardon de l'aîné pour le terrible crime qu'il avait perpétré. Ils rentrèrent ensemble au palais du frère aîné et ne furent plus jamais séparés, et ce aussi longtemps qu'ils vécurent.

Vieille histoire locale que m'a racontée Mazzu et qui n'est pas sans rappeler le conte sicilien du même nom. Sans doute en est-elle tirée. Consignée vers 1961.

1

Des années plus tard, quand ils furent grands et qu'ils eurent coupé les ponts, Maria-Grazia aurait bien de la peine à se remémorer un temps où ses fils n'avaient pas été en guerre l'un contre l'autre.

Ils étaient « jumeaux irlandais », pour reprendre l'expression qu'utilisèrent leur grand-oncle et leur grand-tante anglais dans la très froide lettre de félicitations qu'ils envoyèrent pour la naissance de leur second neveu : leurs naissances respectives encadraient une même année, Sergio étant de janvier 1954 et Giuseppino de décembre de la même année. L'arrivée de Sergio, qui naquit par le siège, fut préfacée par quarante heures de travail, et au pire de l'accouchement, à quatre heures du matin la seconde nuit, Maria-Grazia avait juré à Robert encore et encore qu'elle n'aurait plus jamais d'enfants.

Mais le jour où ils étaient rentrés de l'hôpital de Syracuse, tous trois emmitouflés dans le manteau de Robert, à bord de la *Santa Maria della Luce*, et que son mari avait tendrement caressé ses côtes pleines de bleus, elle avait changé d'avis :

« D'accord, on en fera un autre. Mais il faut se dépêcher avant que je me défile. »

Si Robert s'alarma de cette résolution, il n'en avait rien laissé paraître :

« *Cara*, nous ferons tout ce que tu voudras. »

Avant que le petit Sergio sache s'asseoir tout seul, avant même qu'il se mette à avoir une alimentation solide, les vieux clients du café avaient déjà de quoi nourrir leurs spéculations, car de nouveau le ventre de la patronne s'arrondissait sous leurs yeux et elle disparaissait régulièrement pour aller se plonger la tête dans une cuvette ou une corbeille à papier.

— C'est une force de la nature, votre Anglais, la taquina Agata-la-pêcheuse, lui chatouillant les côtes et faisant glousser les vieux joueurs de *scopa*.

Mais plus rien ne pouvait embarrasser Maria-Grazia.

— Que les hommes d'ici en prennent donc de la graine, répliqua-t-elle, sur quoi les pêcheurs dans leur coin partirent de grands rires gras.

Giuseppino parut, obligeamment, le jour du terme, la tête la première. Le travail dura moins d'une heure au total. Par la suite, les proches et les voisins n'auraient de cesse de souligner cette différence, comme si elle recelait quelque clé fondamentale de la personnalité respective des petits. Et peut-être est-ce là que les ennuis commencèrent.

La première chose que fit Sergio, quand on rapporta son petit frère à la maison, fut de ramper jusqu'à son berceau. Il se hissa aux barreaux et regarda à l'intérieur.

— Oh ! s'exclama, émue, sa grand-mère, Pina. Regardez, il veut saluer son frère…

Au lieu de quoi, Sergio rugit au visage du nouveau-né, qui se mit à pleurer, terrifié. Sergio continua de rugir et de gronder jusqu'à ce que Pina l'emporte.

C'était d'autant plus bizarre que, par la suite, tel que se le rappelait Maria-Grazia, ç'avait toujours été le cadet, Giuseppino, qui déclenchait les disputes.

Quand Maria-Grazia avait enfin accepté de l'épouser, fou de joie, Robert s'était préparé à tenir parole et à s'occuper seul des enfants tandis qu'elle ferait tourner le café. Mais cela se révéla trop pour un seul homme. L'éducation des garçons représentait une besogne tumultueuse, chaotique, à même d'engloutir les efforts de tous vos proches, de tous les priver de sommeil. On ne pouvait pas laisser les petits seuls ensemble cinq minutes. Très vite, ils usèrent leur père et leur mère. Au printemps 1955, Concetta, venue voir au café son amie Maria-Grazia, la trouva endormie derrière le comptoir ; les clients s'étaient résolus à se servir eux-mêmes l'alcool et le café. La jeune fille secoua son amie et, suivant les cris qui émanaient de la salle de bains, elles localisèrent Robert : trônant au milieu d'une mare d'excréments et de talc, Sergio à ses pieds occupé à flanquer de grands coups de poing dans la tête de Giuseppino, il paraissait au bord des larmes. Concetta considéra le tableau, les yeux plissés. Puis elle s'agenouilla, ramassa Sergio dans la flaque derrière le réservoir de la chasse d'eau, nettoya le derrière de Giuseppino et tendit un mouchoir propre au signor Robert.

— Oh, Concetta ! gémit Maria-Grazia. Mes enfants se détestent !

— Allons, allons, riposta Concetta du ton sévère qu'elle empruntait à Pina Vella. Tu dis des sottises.

— On ne s'en sort plus ! s'écria la jeune mère. Je ne peux pas m'absenter du café, or Robert n'arrive pas à gérer seul les deux petits, et quant à mon père et ma mère, ils sont trop vieux…

Amedeo avait eu entre-temps quatre-vingts ans, Pina à peine moins. Elle souffrait au demeurant de gonflements dans les jambes et ne parvenait guère qu'à clopiner péniblement derrière les garçons.

— Le café va couler, se lamenta Maria-Grazia, et les garçons vont s'entre-tuer avant leur dixième anniversaire.

— Ils se battent un peu, ce n'est pas la fin du monde, la raisonna Concetta. Tous les enfants se battent. Moi, quand j'étais petite, je me battais avec tout ce qui bougeait : les autres enfants, les chiens, les lézards… Tes frères ne se battaient pas ?

— Pas comme ça ! sanglota Maria-Grazia.

— Là, là, Mariuzza, murmura Robert en lui caressant le dos. On trouvera le moyen d'arranger la situation.

Même les deux frères enragés avaient perçu obscurément le désespoir de leur mère. L'espace d'un instant, ils interrompirent leur combat pour lever sur elle leurs yeux d'opale et leurs pâles paupières anglaises. Sergio était un petit sage, sa figure curieusement joufflue lui donnait de faux airs de buste XIXe, de statue de diplomate ou de professeur chauve. Giuseppino, au contraire, était une petite créature rougeaude, alerte, à l'affût, cherchant sans cesse la castagne. Concetta se saisit de lui et l'emporta hors de la vue de son frère, sur le palier, où elle lui mit sa couche avec une dextérité remarquable et le berça jusqu'à ce qu'il se calme.

Mais, si elle n'avait pas son pareil pour mater les petits rebelles, elle avait ses propres soucis. Maria-Grazia s'en apercevait à présent : la jeune fille n'était plus elle-même. Elle avait les épaules tombantes, ses bonnes joues roses semblaient ternies. Tout le printemps, l'île avait bruissé de rumeurs la concernant, elle et son père, le signor Arcangelo.

On savait depuis longtemps l'épicier mécontent de sa cadette, l'indomptable Concetta. D'après lui, elle avait depuis belle lurette passé l'âge des pantalons ; il était temps pour elle de se chercher un mari. Au lieu de quoi, elle battait la campagne avec les fils des pêcheurs, allumait des feux, plongeait dans la mer tout habillée. Les attaques d'épilepsie de son enfance semblaient lui avoir passé et de toute façon elle refusait catégoriquement qu'on prie pour elle. Au cours d'une dispute particulièrement venimeuse qui avait retenti jusqu'à la porte du bourg, elle avait jeté par la fenêtre son chapelet et s'était déclarée athée, comme Agata-la-pêcheuse.

Le conflit avait perduré de l'Épiphanie jusqu'à la Présentation. Ce soir-là, après une violente altercation, Concetta s'était rebiffée pour de bon. Avec sur l'épaule toutes ses affaires dans un sac de toile de jute, elle avait quitté le magasin de son père, bravant la dernière grosse tempête de l'hiver, remonté la grand-rue, contourné la fontaine aux algues, longé la ruelle des Fazzoli et gravi le petit passage exigu portant le nom grandiloquent de via Cavour pour débarquer à minuit et quart sur le perron de sa grand-tante Onofria. Au cours de sa traversée solitaire du village, à laquelle avaient assisté tous les habitants du quartier derrière leurs rideaux à moitié tirés, chacun avait pu voir les marques rouges qui lui striaient les bras tels les barreaux d'une échelle et les ecchymoses autour de ses yeux. Concetta ne révélerait jamais comment elle se les était faites, prétendant qu'elles lui étaient apparues spontanément comme les stigmates des saints, mais au village, on savait que si les bras étaient marqués le dos devait être en charpie. Cela sentait les coups de ceinturon. Les villageois, qui s'étaient jusque-là rangés du côté d'Arcangelo, changèrent donc de camp. Car l'épicier, apparut-il, battait sa fille depuis qu'elle était toute petite. Et d'autres rumeurs étranges émergèrent : on la faisait coucher par terre, à même le plancher. Quand elle avait des crises de spasmes, on l'obligeait à se cacher dans un placard ou dans les commodités du jardin pour ne pas alarmer les clients. Concetta ne dit rien pour infirmer ou confirmer les rumeurs. Elle se contenta de se claquemurer dans la chambre tout au fond de la maison de la veuve Onofria, refusant de rentrer chez elle.

— Elle m'humilie ! pesta Arcangelo auprès de son ami le comte. Vous ne pouvez pas faire quelque chose ? La forcer à revenir, faire taire les rumeurs à mon sujet ?

Ses autres enfants avaient toujours été si obéissants ! Filippo, qui lui avait succédé à la caisse et qui faisait pratiquement tourner la boutique, désormais, permettait à son père de profiter d'une bonne retraite, et Santino, que le comte avait pris à son service et qu'on voyait chaque jour circuler à ses côtés dans l'unique auto de l'île, emplissait d'orgueil le cœur de l'épicier.

Mais le comte n'avait que faire du sort de son ancien ami. Depuis le départ d'Andrea, il errait, l'esprit ailleurs, écoutant à peine ce qu'on lui disait.

— Allons, qui n'a jamais battu un enfant obstiné ? plaida encore Arcangelo. Qui n'a jamais puni son fils ou sa fille ? Faut-il m'agonir de reproches, me couvrir d'opprobre parce que j'ai châtié ma propre enfant – et par amour, notez bien, pas par cruauté, mais uniquement pour la remettre sur le droit chemin ?

— Ma femme et moi n'avons jamais levé la main sur Andrea, rétorqua *il conte*. C'est à vous de régler vos histoires de famille.

Mais, magnanime, il lança à l'épicier une miette d'espoir :

— Cela étant, la faim fait sortir le loup du bois. Dieu sait que la veuve Onofria n'a pas de quoi subvenir aux besoins de Concetta.

Onofria comptait en effet parmi les paysans qu'il avait renvoyés. Aussi démunie qu'un champ labouré en hiver, elle devait sa survie en partie à sa débrouillardise et en partie à la charité.

— Oui, dit Arcangelo, réconforté, oui, elle va revenir la queue entre les jambes, la garce, à temps pour la Sant'Agata et la visite de son cousin Cesare, et alors, avec un peu de chance, il acceptera de m'en débarrasser – elle sera bien en âge de se marier !

— Serrez les dents le temps qu'il faudra, lui conseilla le comte, et une fois Concetta rentrée vous vous occuperez d'elle.

Mais Concetta avait d'autres projets. À genoux près de Maria-Grazia, serrant le petit Sergio par la peau du cou tout en portant de son autre bras un Giuseppino vagissant, elle se lança :

— Mariuzza, je voudrais te parler de cette affaire avec mon père.

— Oui, *cara* ? Je t'écoute.

Maria-Grazia avait toujours aimé Concetta. Celle-ci, mal à l'aise pour la première fois de sa vie, commença par se racler la gorge.

— J'ai besoin d'un travail pour gagner notre pain, à moi et à ma vieille *zia*. Mais, après le scandale avec mon père, qui voudra de moi ? Les gens ne sont pas idiots. Ils savent qu'il est copain comme cochon avec *il conte*.

— Un travail ? Et l'école ?

Concetta redressa le buste.

— J'ai laissé tomber, l'année dernière. Je vais sur mes dix-huit ans.

Dix-huit ans ! Maria-Grazia ne l'avait pas vue grandir. Elle n'avait pas vu non plus les violences dont elle était victime, attribuant les bleus et écorchures dont la petite était constamment couverte à ses équipées sauvages dans les broussailles et les champs de cactus. Le remords la rongeait.

— J'aimerais travailler ici, au café, enchaîna Concetta.

Maria-Grazia comprit de quoi il retournait.

— Poursuis, lui dit-elle.

Concetta reprit, à un rythme haletant :

— Vous avez besoin d'un coup de main, le signor Robert et toi, vous venez de le dire, et justement, moi, j'adore le café et je sais comment il fonctionne, je sais préparer les boissons, même le chocolat, et je sais faire les comptes. Ou alors, je pourrais m'occuper de Sergio et Giuseppino. Je ferais comme Gesuina, à l'époque, quand elle prenait soin de toi et de tes frères quand vous étiez bébés, sauf que moi, je ne suis pas une vieille aveugle de cent vingt ans, contrairement à elle, paix à son âme.

Maria-Grazia savait que ce serait une bénédiction d'avoir Concetta auprès d'elle tous les jours, comme quand elle était petite.

— S'il te plaît, Maria-Grazia, dis oui. Je l'ai bien langé, Sergio, à l'instant, pas vrai ?

— Celui-là, c'est Giuseppino.

— Qu'importe. J'apprendrai à les reconnaître. Je t'en prie, Maria-Grazia, dis oui.

— D'accord, dit Maria-Grazia.

Et Robert renchérit :

— Bien sûr, Concetta, tu vas travailler ici. Si Maria-Grazia est d'accord, tu peux commencer tout de suite.

Le lundi suivant, vêtue du tablier neuf commandé exprès à la couturière Pasqualina pour épouser sa taille étroite, de sa seule robe présentable, repassée de frais et arrosée d'eau de lavande, les joues roses de fierté et un rien anxieuse, on put voir Concetta inaugurer ses fonctions officielles d'assistante du café Au Bord de la Nuit. Elle slaloma entre les tables, portant des assiettes au-dessus de sa tête avec une grâce inédite, prit attentivement les commandes des clients, les mains jointes, respectueusement…

— C'est un miracle, lâcha Agata-la-pêcheuse. Concetta, domptée par vous, les Esposito, là où tous les autres avaient perdu espoir !

Cependant, Arcangelo circulait au village la mine orageuse, sachant sa réputation ternie aux yeux de tous.

Avec l'arrivée de Concetta, le calme revint peu à peu. La jeune fille apprit à faire peur aux garçons en leur criant *« Basta ! »*, comme Gesuina en son temps. Elle les occupa pendant des heures grâce à des jeux un peu barbares de son invention, jusqu'à ce qu'ils soient si harassés qu'ils en oublient leur inimitié. Elle les promenait fièrement au bourg dans leurs poussettes assorties, que Robert avait fixées côte à côte et garnies d'un guidon en manche à balai, de sorte qu'on pouvait commodément manier l'attelage tout en séparant les enfants, car la seule perspective de partager un même espace suffisait à les mettre en rage. Le café n'avait jamais été si bien tenu ; Concetta y avait pour ainsi dire grandi et elle l'adorait. Elle avait le don de porter d'une main un plateau chargé de boissons et de serrer de l'autre un Sergio braillant, tout en retenant une dizaine de commandes à la fois. Avec le recul, Maria-Grazia se demandait comment ils s'en étaient sortis sans elle, avant. Désormais, la nuit, ils dormaient du sommeil du juste et parvenaient même parfois à se retirer dans la chambrette avec vue sur les palmiers pour redevenir, le temps d'une ou deux heures, les amants insouciants qu'ils avaient été pendant la guerre, et alors Maria-Grazia prononçait une prière muette pour remercier la sainte de lui avoir envoyé Concetta.

On ne voyait plus guère Arcangelo tenir la caisse de l'épicerie ; il déléguait cette tâche à son fils Filippo. Le père de Concetta passait ses journées près de la vieille *tonnara*, dans un carré de terre désert que creusaient sous ses ordres 'Ncilino et Tonino, les jeunes pêcheurs-maçons.

— Il se construit une nouvelle maison, conjectura Agata-la-pêcheuse. Il a tellement honte à cause de ce qu'on raconte sur sa gamine qu'il a décidé de se retirer du bourg pour de bon.

— C'est un deuxième magasin, spéculaient d'autres.

C'était connu : depuis l'ouverture de l'île aux touristes, les affaires d'Arcangelo prospéraient, plus encore que celles du café.

Cet été-là, par les soirées tranquilles, on entendait jusque tard le bruit des scies s'élever du lopin de terre près de la baie. Tonino et 'Ncilino en étaient à la charpente.

La veille de la Sant'Agata, des ouvriers arrivèrent de Sicile en bateau et déchargèrent des caisses et des caisses. Arcangelo les fit porter dans l'édifice, chassant quiconque s'approchait pour regarder. Le dernier objet qu'on apporta fut une longue boîte en forme de cercueil. Les perceuses des ouvriers étrangers vrombirent jusqu'aux premières lueurs de l'aube. Tandis que les femmes de l'île se pliaient par-dessus les haies humides pour remplir leurs paniers de pétales de laurier-rose et de bougainvillée en vue de la pluie de fleurs, quelque chose s'alluma et flamba brièvement dans le clair-obscur, la lueur pourpre d'un feu infernal et miraculeux.

Au point du jour, on sut enfin à quoi avait œuvré Arcangelo. Une enseigne au néon, la toute première de l'île, luisait sur la devanture du nouvel édifice, arrêtant petits et grands, qui levaient tous le nez pour fixer, fascinés, son feu liquide. L'édifice avait un toit rouge et un balcon plein de fioritures ; sa terrasse de ciment venait d'être balayée et équipée d'une dizaine de tables. À l'intérieur, des réfrigérateurs bourdonnaient, une radio diffusait une émission en anglais, une machine à glaces rutilante propageait dans l'ombre sa pâle lueur, pareille à un reliquaire. Le néon proclamait en caractères de style américain le nom de l'établissement : *Arcangelo's Beach Bar.*

Maria-Grazia n'apprit l'événement qu'en ouvrant son commerce avant la messe. Elle trouva la place déserte. En général, les villageois faisaient la queue devant son café pour y boire avant l'église, à la santé de la sainte, un verre d'*arancello* ou de *limonata.* Mais ce jour-là, pas de vieux joueurs de *scopa*, pas le moindre pêcheur, la cigarette à l'oreille, pas de marchand venu feuilleter le journal du jour. Le bar respirait au rythme paisible du ressac. Robert, un bébé sur chaque hanche, parut derrière le rideau.

— Que se passe-t-il ? s'inquiéta-t-il. Quelqu'un est mort ?

— Je l'ignore, *caro.*

Un peu soucieux, il se pencha pour embrasser ses cheveux.

— Ne t'en fais pas, lui dit-elle. Je suis sûre qu'il y a une explication.

Mais l'angoisse ne le lâchait pas. Il lui tendit Giuseppino, qui avait faim, posa Sergio entre les tables vides où il commençait à marcher d'un pas trébuchant, et lui tint compagnie un moment.

Une demi-heure plus tard arrivèrent Bepe et Agata-la-pêcheuse.

— Il se passe quelque chose, annonça Agata. Faut que vous voyiez ça.

Morose, elle mena le long du sentier Maria-Grazia, Robert avec la double poussette, Concetta, qui venait d'arriver pour prendre son service, et Pina et Amedeo. Depuis l'ombre d'un cactus, Maria-Grazia discerna le néon et la foule qui se massait sur la terrasse de ciment. Elle entendit la musique tonitruante, le choc des verres. De rage, Concetta éclata en sanglots.

— Maudit soit mon *stronzo* de père ! Il veut couler le café !

Cependant, le soir venu, le café des Esposito avait repris une activité presque normale. Les habitués revinrent, penauds, seul ou bien deux par deux, et reprirent leurs places attitrées. Il y eut un peu moins de danseurs sur la terrasse ce soir-là, ce fut tout.

— Vous auriez vu le prix du café chez Arcangelo ! grommela la signora Valeria. Ah, il nous a bien roulés !

Mais certains furent conquis par le nouveau bar. Quand Maria-Grazia et Robert marchèrent jusqu'au belvédère, à l'aube, ils distinguèrent des silhouettes de danseurs, là-bas aussi, découpées sur le fond noir de la mer, baignées du feu criard du néon.

28 juin 1955, nota Amedeo dans son carnet rouge ce matin-là, avec le sentiment d'un présage. *Ouverture du Beach Bar d'Arcangelo.*

L'ouverture d'un commerce concurrent présentait un défi et les Esposito entendaient réagir.

— Il nous faut notre propre machine à glaces, décréta Amedeo.

On la commanda, on la paya avec les liasses de billets étrangers qui remplissaient désormais les caisses du café – car les vestiges archéologiques attiraient toujours des visiteurs, lesquels accaparaient la terrasse du matin jusqu'à la tombée de la nuit, avec leurs jambes blanches d'étrangers, l'œilleton clignotant de leurs appareils photo qu'ils braquaient subitement sur les enfants, leur manie de rester assis en plein soleil, même à midi, leurs habits d'été achetés exprès, des shorts beiges roulés jusqu'à l'indécence, leurs chaussettes blanches, leurs grands chapeaux mous, comme s'ils exploraient l'Afrique. Ces visiteurs venus voir le site archéologique seraient peut-être le salut du café. Il fallait l'espérer. Autrement, comment une île de huit kilomètres de long aurait-elle pu faire vivre deux débits de boisson ?

On fit venir du continent un catalogue d'enseignes au néon ; on les étudia.

— Ce qu'il fait, il faut qu'on le fasse aussi, affirma Amedeo.

Pina manifesta doucement son désaccord :

— Notre café, c'est le vrai, celui d'origine. Les gens viendront quand même.

Maria-Grazia était de l'avis de sa mère, et au final on n'acheta pas de néon. Mais dorénavant, quand les affaires allaient moins bien ou que quelque petit malheur frappait la maison Esposito, il ne s'écoulait jamais plus de quelques minutes avant que quelqu'un lève les yeux au ciel et murmure une imprécation contre le signor Arcangelo. Au cours des premières années de leur mariage, cela devint même une plaisanterie pour Maria-Grazia et Robert. Lorsqu'ils ne dormaient pas de la nuit parce que Giuseppino faisait ses dents ou que Sergio avait de la fièvre, ou que la recette du mois était mauvaise, Maria-Grazia pestait, faisant rire son mari malgré lui : « Tout ça, c'est la faute d'Arcangelo et de son fichu *beach bar* ! »

2

Sergio et Giuseppino étaient nés au faîte de la prospérité de l'île. Quand ils grandirent, Maria-Grazia n'eut de cesse de s'émerveiller de la vie qui était la leur. Aux yeux de ses fils, les grottes de la falaise n'avaient jamais été autre chose qu'un site archéologique flanqué d'une guérite où Salvatore Mazzu vendait des billets pour la visite. Ils n'avaient pas connu l'époque où l'île n'avait pas de bac et ne possédait qu'une seule automobile, et ils refusaient de croire que l'amphithéâtre grec avait un jour été un simple champ de cailloux occupé par les chèvres (car *il conte* l'avait fait exhumer, encerclé d'une clôture et pourvu d'une guérite à lui, tenu par Santino Arcangelo, résolu qu'il était de profiter lui aussi de la cote ascendante de Castellamare). Aux yeux de Sergio et de Giuseppino, le café Au Bord de la Nuit avait toujours été le lieu où les étrangers prenaient le thé sur la terrasse en agitant leurs appareils photo.

Aux yeux de leur mère aussi, l'île semblait redevenue riche de possibilités. C'était Robert qui l'avait guérie de ses envies d'ailleurs. Robert, qui ne connaissait pas de plus grand délice que de plonger dans la mer avec ses fils les dimanches après-midi ou de se lover dans les bras de sa femme par les nuits ardentes et d'écouter le souffle des palmiers par la fenêtre, de se prélasser sur la terrasse une fois les corvées abattues et, après consultation des comptes, de faire miroiter à son épouse toutes sortes de rêves et de projets. Ils étaient si modestes que c'en était touchant.

« Les garçons pourraient aller au lycée en Sicile, lui disait-il en ces occasions. Tu pourrais faire installer l'air conditionné au café, et la télé. Ce sera mieux que chez Arcangelo ! »

En effet, au cours de ces années de modernisation, Castellamare s'était dotée de nombreuses curiosités étrangères, notamment d'une télévision. C'était Bepe le passeur qui, enrichi par son commerce et sourd aux persiflages des vieux lui reprochant d'être infichu de dépenser utilement son pécule, l'avait achetée dans une boutique d'appareils électriques de Syracuse. Il l'avait rapportée sur l'île dans un carton, protégée par des boulettes de papier journal, comme s'il s'agissait d'une relique archéologique. Des ouvriers étaient venus de Sicile poser l'antenne sur le toit de sa maison derrière l'église, et depuis, les villageois s'attroupaient souvent dans le petit salon de sa mère, avec ses tentures de velours, ses tristes figurines de saints, pour regarder flageoler à l'écran les troncs en noir et blanc de présentateurs étrangers. (« Je pensais qu'ils causeraient comme nous ! » avait ronchonné Agata-la-pêcheuse, déçue.)

C'est sur ce poste que Sergio et Giuseppino, accroupis entre les genoux de leurs parents, assistèrent aux funérailles nationales du Président américain, le signor Kennedy. On leur promit que, quand les *Russi* et les *Americani*, qui lançaient des fusées dans l'espace, enverraient un homme sur la Lune, ce serait également diffusé. Maria-Grazia s'éberluait de songer que cette même île où elle avait ramassé les escargots et broyé la chicorée, cette même île où s'était échoué Robert, bouillant de fièvre, et où l'on n'avait pas su lui prodiguer de pénicilline, allait permettre à ses enfants de voir des hommes être propulsés dans l'espace. À force de contempler le monde extérieur par le biais du poste de télé de Bepe et les pages du journal, il devenait difficile de ne pas se le représenter en noir et blanc.

Quoi qu'il en soit, le café pouvait désormais se targuer d'être équipé d'une machine à glaces dernier cri, et des vitrines réfrigérées, toutes suintantes de condensation, y fredonnaient leur complainte électrique. Parfois, les touristes, se languissant du climat de leurs contrées nordiques, s'y tenaient penchés quelques instants, dans le seul but de se rafraîchir un peu. Bepe, cependant, avait remplacé son petit hors-bord par un grand ferry gris moderne, à fond plat, capable de convoyer cinq autos, la *Santa Maria del Mare*.

Les locaux se mirent à caresser des espoirs toujours plus fous, audacieux et démesurés, comme autant de mirages.

— Peut-être qu'on aura des boîtes de nuit, comme à Paris, suggéra Bepe. Et des rues pleines de bars, au lieu de nos deux vieux bouis-bouis pour joueurs de dominos. Et puis une boutique de vêtements milanais.

On se satisfaisait de plus en plus mal des habits traditionnels de l'île qu'on faisait apporter de Sicile, empaquetés dans du papier kraft, ou qu'on achetait à la boutique de la veuve Valeria, où les mêmes chaussettes, les mêmes caleçons et les mêmes pantalons se décoloraient dans la vitrine pendant des décennies.

Surtout, l'île se munit, enfin, d'une caisse d'épargne.

De mémoire d'homme, il n'y avait jamais eu de banque à Castellamare. Il est vrai que la famille Arcangelo prêtait à l'occasion de l'argent à ses voisins pour la réparation d'un toit ou l'achat d'un nouveau filet. Les ancêtres de Pierino avaient autrefois proposé un système malhonnête de prêt de barques et de filets aux pêcheurs ayant perdu en mer leur équipement, taxant en contrepartie la moitié de leurs poissons sans encourir le moindre risque, et les cousins des Mazzu, entre-temps décédés, louaient pour les enterrements des costumes à dix lires l'heure, tarif qui, grâce à la longueur des cérémonies funèbres du XIXe siècle, leur permettait d'empocher rapidement vingt fois la mise de départ. Bref, l'île avait connu par le passé différents avatars du capitalisme. Mais une banque, c'était autre chose.

— On n'a pas besoin de ça chez nous, protesta Agata-la-pêcheuse. On s'est toujours débrouillés sans, que je sache !

De tout temps, les locaux avaient conservé leurs gains dans des boîtes de métal, rarement cadenassées, ou bien sous leurs matelas. Il était aussi courant d'être payé en thon ou en huile qu'en monnaie sonnante et trébuchante ; en vertu de ce système, on s'était toujours arrangé pour se vêtir et se nourrir. (« Pas comme les *Americani* pendant leur Dépression », avait observé sombrement Agata-la-pêcheuse.) Or voici que devait s'édifier sur l'île une banque, un bâtiment tout en verre scintillant et en poignées dorées qu'on aménagerait dans ce qu'il restait de la maison de Gesuina, sur la place, en face du café, pile à l'opposé du carré de poussière ensoleillé de la place, et comme en défi.

Tout avait commencé à la mort d'*il conte*. Le vieux rival d'Amedeo était décédé à l'été 1964, sans bruit ni cérémonie, alors qu'il pilotait son automobile. Il avait fallu huit hommes et trois ânes pour extraire le véhicule du fossé où il avait plongé suite à son décès. Le corps, cependant, était intact. À le voir, on aurait pu croire qu'il s'était tout simplement endormi au volant.

Il fut enterré avec les honneurs. Des porteurs de cercueil à gants blancs vinrent de Sicile et du continent, ainsi que d'autres ducs et comtes issus du monde d'hier auquel avait appartenu le défunt. Son vieil ami, le médecin de Syracuse, lut l'éloge funèbre. Carmela, l'œil sec derrière sa voilette antédiluvienne, se tenait seule au pied de la stèle.

Alors, Andrea d'Isantu revint, quoique trop tard pour la mise en terre. Maria-Grazia ne le revit pas tout de suite, car il accosta après la tombée de la nuit et s'enferma aussitôt au manoir avec sa mère. Les clients du café racontaient qu'il portait désormais des costumes de tissus brillants et des lunettes sans monture, comme un étranger. Les derniers paysans à avoir travaillé les terres de feu son père, entre-temps parvenus à un âge considérable, s'étaient présentés au quai pour l'accueillir, mais alors était survenu quelque désaccord, des cris avaient éclaté à propos du fantôme de Pierino.

Carmela s'était pendue au bras de son fils sitôt qu'il eut posé le pied sur l'île. Il allait hériter du domaine, ou du moins de ce qu'il en restait, et elle s'en réjouit à l'église le lendemain de son retour (« Mon fils ! Mon beau garçon ! Gloire à Sant'Agata et à tous les saints ! »), si ostensiblement et si tôt après que son mari avait été rappelé à Dieu que, d'après les veuves du comité de Sant'Agata, c'en était proprement gênant.

— Il a l'intention de rester, marmotta Tonino le maçon aux clients du café. Il nous a payés, 'Ncilino et moi, pour qu'on retape la moitié des bicoques en ruine. Y en avait pour tellement d'argent qu'on va pouvoir remplacer nos boîtes à outils et s'acheter des échelles neuves.

Maria-Grazia n'aurait pas su dire pourquoi le retour d'Andrea la mettait si mal à l'aise. Son mari savait que le fils du comte l'avait aimée, autrefois, et cela ne l'inquiétait pas. Alors, pour quelle raison le retour d'Andrea lui inspirait-il, à elle, autant de crainte ?

Les maçons se mirent à l'ouvrage et bientôt il leur fallut employer en renfort la moitié des paysans au chômage de l'île. Quand vint la fin de l'été, Tonino et 'Ncilino purent se payer non seulement les outils et les échelles évoqués mais encore une fourgonnette où stocker le tout et un hectare et demi de terrain où la garer. Car le fils de feu *il conte* était revenu sur l'île en homme riche et pétri d'ambitieux projets d'avenir.

La banque, avec ses volets blanchis à la chaux et son écriteau jaune soleil et bleu océan, faisait l'objet d'un intérêt mâtiné de méfiance. La veille de la Sant'Agata, alors que nul ne savait encore ce qu'était, au juste, le nouveau bâtiment, Andrea d'Isantu promit aux villageois une cérémonie d'ouverture. Comme il avait trop peur pour les affronter personnellement (c'était du moins la théorie des vieux joueurs de *scopa*), il envoya sa mère y présider à sa place. Carmela se tint devant l'entrée de l'établissement, vêtue de son éternelle toilette aubergine, et coupa le ruban bleu ciel. Santino, qui travaillait au service des d'Isantu, et son père, Arcangelo, se précipitèrent alors pour ôter le drap qui recouvrait l'enseigne et en découvrir le texte : *Société d'épargne et de crédit de Castellamare*.

— Vous profitez tous de l'intérêt que les touristes portent à notre chère île, récita Carmela, imitant le style fleuri qu'avait affectionné le comte. Désormais, vous aurez une banque fiable où placer vos richesses et, si vous voulez quitter vos vieilles maisons pour investir dans du neuf, n'hésitez pas à passer nous voir et nous vous proposerons un crédit adapté à vos projets.

À compter de ce jour, Filippo Arcangelo fut le premier à se présenter chaque soir au guichet, l'air nerveux, avec ses bénéfices du jour dans un sac de toile de jute. Bientôt, le boulanger et la fleuriste suivirent son exemple. Puis, impressionnée, pour une fois, par les beaux costumes des employés siciliens de la banque, ce fut au tour d'Agata-la-pêcheuse de s'enquérir de son éligibilité à un prêt, car un tremblement de terre avait endommagé son plancher, et la banque d'Andrea d'Isantu lui avança la somme nécessaire pour raser la ruine et ériger à sa place une villa de béton, le tout sans frais, contre une simple promesse de remboursement. Agata s'était en effet laissé persuader de s'associer à Bepe ; elle tenait les comptes et gérait les réservations de la compagnie de ferrys et en pilotait un sur quatre : elle semblait promise à la même réussite financière que lui.

— Comme si j'allais raser la maison que mon arrière-grand-père a bâtie de ses mains ! renâcla-t-elle. Mais bon, j'ai pris l'argent, pour mon plancher. J'en ai par-dessus la tête de la pluie qui s'infiltre partout.

Le bruit se mit à courir que la banque d'Andrea d'Isantu prêtait non seulement aux amis de feu son père, mais à tous, indifféremment. Et, si Agata était attachée à la maison de son arrière-grand-père, avec ses courants d'air et ses nids de lézards, d'autres sautèrent sur l'occasion de quitter enfin les taudis ancestraux où ils croupissaient depuis des décennies. À Castellamare, on n'achetait pas de maisons : on se les léguait de génération en génération. Cela faisait partie de la loterie de la vie. Ceux qui recevaient de larges fenêtres avec vue sur la mer pouvaient s'estimer chanceux ; à d'autres revenait la charge de retaper du mieux qu'ils pouvaient les demeures sombres et exiguës, comme celle de Bepe, derrière l'église, qu'il tenait de sa défunte mère. Quand on se trouvait sans descendants, ou que ceux-ci étaient au contraire trop nombreux et disséminés à l'étranger de sorte qu'on ne savait comment départager le bien, les maisons restaient vides, dépouillées de leur valeur, jusqu'à ce que les volets s'écroulent sous leur propre poids et que la vigne envahisse les pièces. Ç'avait été le sort de celle de Gesuina avant que la banque s'y établisse. Mais, dorénavant, annonça le nouveau *conte*, quiconque jouissait d'un emploi fixe et de quelques économies placées dans les caisses de sa société pouvait prétendre à une hypothèque qui lui permettrait de racheter quelque terrain inoccupé et de s'y faire construire sa villa de béton.

— Ne devrions-nous pas placer nos économies à la banque, nous aussi ? demanda un soir Robert à sa femme en lui caressant le poignet. Je n'arrête pas de buter contre nos boîtes et nos enveloppes de billets. On devient riches, *cara* ! La semaine dernière, encore, je suis tombé sur une bouteille pleine de lires calée entre le mur et le sommier…

Le bas de laine de Maria-Grazia ! Elle l'avait tout bonnement oublié. Glissant la main le long du mur, elle extirpa la bouteille et en dévissa le bouchon. Il s'en échappa un relent de poussière mêlé d'un vague résidu de l'odeur âcre du Campari. Fourrageant à l'intérieur à l'aide d'une épingle à cheveux, elle sortit un à un les billets et en fit un petit tas poisseux.

— C'est pour quoi ? s'étonna Robert.

Maria-Grazia eut un petit sourire en repensant à ses velléités de fuite. Elle lui raconta.

— Mais, *cara*, murmura-t-il, solennel, ne plaisantant qu'à moitié, comment as-tu pu songer à quitter cette île ?

Quand elle se rallongea à ses côtés, il l'attira à lui, comme si elle avait froid.

— Alors, qu'en penses-tu ? De ce que je te proposais. Pour nos économies.

— Non, répondit Maria-Grazia. Je ne veux pas mettre nos économies là-bas.

— Je n'y verrais pas d'inconvénient, lui assura son mari. Je n'ai pas d'objections à ce que tu traites avec d'Isantu. Je ne le crains pas.

Il lui arrivait encore de prononcer en italien de ces expressions étonnantes. « Je ne le crains pas » ! Le mari de Maria-Grazia avait une belle carrure et sa peau était devenue aussi brune que la sienne. À force de porter les garçons à longueur de journée, il s'était taillé des épaules de pêcheur. Quelle raison aurait-il bien pu avoir de craindre le nouveau comte, avec sa jambe boiteuse, son teint maladif, sa démarche poussive de vieillard ? Elle baisa l'une après l'autre les mains de Robert et répondit :

— *Lo so, caro.* Je sais.

Cependant, elle ne céda pas.

— Sa société ne s'appelle pas pour rien « Société d'épargne et de crédit », maugréa Amedeo, s'inscrivant en faux contre l'enthousiasme qui s'était emparé du café, car il lui en coûtait toujours de se montrer charitable envers son ancien ennemi. Andrea d'Isantu emprunte votre argent d'une main et le prête de l'autre. Mettons qu'Arcangelo dépose dans les caisses son bénéfice du mois. Disons : cent mille lires. (Il déplaça la salière pour illustrer son propos.) Le signor d'Isantu n'a plus qu'à prêter ces cent mille lires à Agata-*la-pescatrice* pour l'aider à refaire son plancher. Elle le rembourse avec les intérêts, lui rembourse Arcangelo au comptant, et le surplus, c'est pour sa poche. Voilà ce qu'il fait.

— Je ne sais pas ce qu'il fait, mais ç'a l'air de marcher pour lui, avança Agata-la-pêcheuse. Quand il était à l'étranger, il est devenu encore plus riche que son père.

Andrea d'Isantu avait lancé de grands travaux de rénovation au manoir de feu son père : mise aux normes de l'électricité dans toutes les pièces, démolition des dépendances croulantes, remplacement des volets déformés par les ans… La vieille auto accidentée était partie à la casse ; on voyait désormais circuler Carmela au volant d'une berline d'Allemagne de l'Ouest au grondement impressionnant qu'on avait apportée à bord du ferry de Bepe. Quant au nouveau *conte*, il demeurait cloîtré dans son manoir, où nul ne pouvait le voir.

Pina fustigea pour sa part le nouveau lotissement.

— Cette rangée de maisons de béton, elle ne vaut rien ! Le premier tremblement de terre les aplatira comme des crêpes, c'est évident. Sans compter que bientôt on ne verra plus du tout la mer depuis le bourg. La baie sera envahie. Il ne restera nulle part où faire brouter les chèvres, et on comptera sur l'île plus de touristes que de locaux ! Et c'est notre nouveau *conte* avec ses manières de citadin qui possédera tout !

Maria-Grazia ne pouvait pas nier que les caisses du café étaient pleines, que les boîtes à économies sous les matelas et derrière les étagères étaient mieux garnies qu'avant. On ravala la façade, on changea le percolateur et Concetta, profitant d'une augmentation, fit main basse sur tous les meubles de sa tante Onofria et les repeignit en bleu ciel, puis elle planta des orangers dans le jardin. Robert rénova quant à lui les chambres de Tullio et d'Aurelio, qu'Amedeo avait fini par lui céder pour les petits, et, chaque samedi, il était à l'ouvrage, sablant les cadres des portes, prenant des cotes pour commander de nouveaux meubles au charpentier et cirant le parquet jusqu'à ce qu'il brille tant et plus.

Durant tous les mois que le nouveau comte séjourna sur l'île, Maria-Grazia ne le vit pas une seule fois. Une semaine et quelque après son retour, elle s'était levée tôt pour aller sonner au manoir, sans intention particulière. Cinq ou dix minutes s'étaient écoulées, puis Santino était apparu derrière la grille.

« *Sì ?* Vous désirez ?

— Je viens voir le signor d'Isantu. »

Santino avait tourné les talons et remonté l'allée sans se presser, s'arrêtant même en chemin pour cingler avec un bâton une touffe d'herbes hautes – visiblement, il mettait un point d'honneur à lui témoigner sa mauvaise volonté. Vingt-cinq minutes plus tard, il était revenu, un rictus aux lèvres.

« Il refuse de vous recevoir, avait-il craché à travers le maillage de fer. Partez immédiatement, Maria-Grazia Esposito. *Signor il conte* n'a rien à vous dire. »

En rentrant, elle s'était demandé pourquoi ses pas étaient si lourds. Après tout, qu'aurait-elle bien trouvé à dire à Andrea d'Isantu ? Ils ne s'étaient pas parlé depuis quinze ans. Elle aurait aimé lui dire qu'il n'avait pas baissé dans son estime après sa confession, que Flavio était heureux en Angleterre, à en croire ses drôles de lettres dépourvues de ponctuation, qu'on n'avait pas revu le fantôme de Pierino sauf quand on subissait l'influence du *limettacello* extrafort de la veuve Valeria, qu'en somme tout allait bien. Mais où aurait-elle puisé les mots pour lui dire ces choses ?

Rentrant au café, elle avait trouvé Robert en train d'arbitrer dans la cour un conflit qui opposait les deux garçons. La brise printanière coiffait en houppette ses cheveux fins.

« Je sais où tu étais, lui avait glissé Amedeo. Toute l'île est déjà au courant. Fais attention, *cara*. Ton mari est bien bon de ne pas te questionner sur tes motivations.

— Cette satanée île ! avait pesté Maria-Grazia. Maudites commères, maudits espions ! Ils n'ont rien de mieux à faire ? Pourquoi faut-il toujours qu'ils fourrent leur nez dans les affaires des autres ? »

Alors, pour la première fois, son père et elle s'étaient disputés.

« Je ne vois pas ce que tu peux bien avoir à dire à cet homme ! avait-il déclaré. Ni quelle mouche t'a piquée d'aller le trouver au petit jour, seule, en catimini, et tout endimanchée ! Alors que ton mari fait tourner le café et s'occupe des petits...

— Lui ne me soupçonne de rien, *papà*. Tu devrais suivre son exemple !

— C'est que Robert a la patience de Sant'Agata, tout le monde sait ça !

— *Cazzo !* s'était-elle écriée, piquée au vif. Tu voudrais que je te rende des comptes pour mes moindres faits et gestes ? Es-tu mon père, ou mon geôlier ? »

C'était injuste, elle le savait. Mais plutôt que de le reconnaître humblement par quelque mot d'excuse, elle s'était éloignée en claquant des pieds pour aller, toute frémissante de rage, actionner la machine à café.

La dispute s'était poursuivie au cours de la journée, à coups de propos marmonnés sous cape, et achevée seulement à l'heure du dîner, quand elle avait vu Robert s'avancer du bout de la place, sa silhouette brouillée par la chaleur, un fils au bout de chaque bras. Alors elle avait couru à lui et enfoui son visage dans le creux de son cou.

« Je te demande pardon ! Ça ne voulait rien dire, cette visite… »

Et Robert de répondre :

« Je sais. »

Amedeo, témoin de la scène et résolu à ne plus mentionner le fils d'*il conte*, avait tapoté le bras de sa fille quand elle avait regagné le comptoir.

Quelques mois plus tard, Andrea d'Isantu repartit sans que Maria-Grazia l'ait revu, si bien que pendant les années qui suivraient elle peinerait à croire qu'il était vraiment revenu. Pour elle, il avait pris les traits d'un fantôme de l'ombre, apparaissant et disparaissant à l'envi, comme le spectre de Pierino.

Les phénomènes dont il avait été à l'origine, en revanche, étaient bien réels. Il y avait notamment la question du logement des touristes. Jusqu'à présent, quiconque voulait visiter l'île en était quitte pour y faire un grand pèlerinage, comme sur les traces d'un saint. Il fallait d'abord rallier les villes siciliennes les plus proches, à savoir Noto ou Syracuse, depuis les aéroports de Catane ou de Palerme, ce qui, en bateau, pouvait prendre la journée. Le touriste moyen restait donc, à Castellamare, une sorte d'explorateur, mû par son intérêt pour les sites archéologiques et fort de quelques rudiments d'italien hésitant.

« Si seulement on avait un terrain d'aviation, ici, sur l'île, ou bien en face, à Syracuse ! » soupirait Bepe.

Des pêcheurs étrangers lui avaient raconté que les îles grecques avec leurs eaux limpides attiraient des milliers de touristes, car elles étaient accessibles en vol direct et climatisé depuis Londres et Paris.

Parfois, au cours de ces années grisantes de modernisation, de grands paquebots blancs glissaient à l'horizon et troublaient l'air marin de leur vacarme pour la plus grande joie des enfants de l'île, qui chahutaient et tapaient des pieds pour les saluer. Avec les vieilles jumelles de Flavio, on distinguait sur le pont des petites têtes dorées chaussées de lunettes de soleil et de longs corps roses alanguis sur des transats.

« Si seulement ils faisaient escale chez nous ! » s'exclamait Giuseppino.

Les fils de Maria-Grazia adoraient les touristes. Ils fleuraient bon, d'ailleurs, et les langues qu'ils parlaient, vives et brusques, évoquaient aux enfants de grandes villes regorgeant d'événements si importants qu'ils supposaient qu'on les dise vite. Rien à voir avec le dialecte de l'île, qui se traînait et décrivait autour des choses d'épiques circonvolutions !

On racontait que le nouveau *conte* avait racheté la ferme des Mazzu, tombée en ruine après sa mort et le départ pour l'Amérique de son dernier fils. Sur les instructions d'Andrea, Carmela fit venir des hommes de Sicile pour raser l'édifice et entreprendre des travaux sur ce terrain qui avait toujours été considéré comme le plus beau de l'île, car il était bien plat et donnait sur le port.

— Vous verrez qu'ils vont encore nous construire une villa, se désola Tonino, vexé d'avoir vu le contrat lui passer sous le nez au profit de ces étrangers aux bétonnières neuves. Quand elle sera terminée, je parie que notre nouveau *conte* va s'y installer avec sa mère et qu'ils démoliront le vieux manoir…

— Pas si j'ai mon mot à dire ! s'emporta Pina. Ce manoir, c'est une attraction touristique ! Il est à moitié normand, Tonino, c'est l'un des plus anciens édifices de l'île !

Le nouveau bâtiment, une espèce d'apparition de béton rose, s'érigea par paliers. Les rayons du couchant éclairèrent tout d'abord ses colonnes nues et ses poutrelles d'acier, faisant étinceler sa découpe dorée. Au petit jour, le chantier reprenait sous un soleil de plomb. L'édifice s'enrichit non seulement de balcons et de corniches mais encore d'une piscine en forme de haricot aux parois intérieures teintées de bleu, d'une palmeraie (on emballa les arbres dans du papier afin de les protéger le temps que la poussière retombe) et dans l'ombre, derrière le bâtiment, d'un désert de ciment destiné au stationnement de véhicules motorisés. Les emplacements de ce parking à l'américaine, révéla Concetta, qui était allée fouiner sur place, étaient larges, propres à recevoir des autos étrangères, deux fois plus grosses que les petites Cinquecento et les triporteurs Ape à trois roues qu'on affectionnait sur l'île. D'ailleurs, pour quel motif le comte prévoyait-il tant de places de stationnement pour ses invités ? Depuis la mort de son père, ni lui ni Carmela n'avaient reçu la moindre visite (« Et encore faudrait-il qu'il ait les tripes de revenir, » grommelaient les vieux joueurs de *scopa*).

L'édifice prit de la hauteur ; bientôt il dominait la rangée de villas de béton, qui, depuis la terrasse du café, ne paraissaient pas plus grosses que des paquets de cigarettes. À l'été suivant, le grand bâtiment était prêt à ouvrir ses portes, mais personne ne savait, au juste, à quoi on le destinait.

— C'est la nouvelle résidence d'été de *signora la contessa*, avança Agata-la-pêcheuse. En avril, on la verra descendre de la colline au volant de sa grosse auto pour passer l'été au bord de l'eau. Comme ça, elle n'aura pas à faire les quinze minutes de route matin et soir.

Santino Arcangelo effectuait en effet chaque jour l'aller-retour au volant de la berline allemande pour permettre à Carmela de s'asseoir seule sous son ombrelle à son endroit préféré, tout au bout de la baie, où l'on pouvait la voir enduire de crème ses bras secs comme du papier.

— Qui sait ce qu'achètent les riches avec leurs sous ? philosopha Bepe.

— Des postes de télévision, peut-être ? l'asticota Agata.

— C'est un nouveau bar ! lança Concetta. *Il conte* cherche à nous concurrencer, comme mon père.

L'édifice rose se dressait à l'horizon, grille ouverte, parking désert.

— C'est un hôtel, annonça Tonino ce soir-là, mettant un terme aux spéculations. J'ai vu l'enseigne et la réception. Il y a un petit comptoir avec une clochette.

Il n'y eut jamais autant de postes à pourvoir à Castellamare qu'au cours de la semaine qui suivit l'ouverture. On cherchait des bras pour nettoyer, lustrer, arroser au tuyau la pelouse toute neuve (« Quel gaspillage ! » ronchonnait Pina), transbahuter les lits et les penderies, confectionner des plats typiques et des mets étrangers dans la grande cuisine argentée de l'hôtel. Même la vieille fanfare fut sollicitée, pour faire couleur locale. Un matin, les habitants de l'île trouvèrent à leur réveil un grand paquebot blanc fendant les eaux étales de la baie, juste au large du port. Les enfants coururent l'accueillir. Tandis qu'ils caracolaient de joie, la fanfare entonna nerveusement son répertoire de chants locaux. On fit accoster les passagers. Ils portaient des valises et des cartons comme s'ils venaient de réchapper à quelque péril en haute mer, murmuraient des propos abscons en leurs curieuses langues nordiques, hésitant à laisser un pourboire au passeur ou à distribuer des pièces aux enfants.

Un problème se présenta. Ces nouveaux touristes préféraient la salle climatisée et l'éclairage au néon du Beach Bar d'Arcangelo à l'intérieur sombre et séculaire du café Au Bord de la Nuit. Le comte leur avait fait réserver une portion de la plage, où ils se doraient au soleil sur des chaises longues en plastique. Le Beach Bar proposait des cocktails à l'américaine et du whisky servi dans des verres de cristal. Entre le luxe de l'hôtel et l'air conditionné du bar, cette nouvelle race de touristes ne voyait pas la nécessité d'entreprendre l'ascension d'une colline abrupte pour gagner le village.

— Je ne comprends pas comment on peut préférer le bar d'Arcangelo au nôtre ! s'emporta Bepe. Arcangelo vend son café cent cinquante lires et on dirait de la pisse d'âne !

— Va chercher les touristes, conseilla Robert à Maria-Grazia, ambitieux pour elle, par procuration. Invite-les à monter. Si tu arrives à les convaincre, je te garantis qu'ils tomberont sous le charme de l'île, comme moi quand je suis arrivé.

Un matin, deux des touristes d'*il conte* bravèrent enfin l'adversité et gravirent la colline. On les aperçut sur la place peu après que les cloches eurent fini de sonner la messe ; ils erraient, déboussolés, sous le palmier. Enhardie, Maria-Grazia sortit sur le perron.

— Bienvenue, leur dit-elle en anglais. Entrez !

Après un débat animé, le couple franchit le seuil du café.

— Café ? Thé ? Pâtisseries ? leur proposa Maria-Grazia.

Les nouveaux venus, tout en blondeur et en coups de soleil, regardaient à la dérobée les joueurs de *scopa*, le poste de radio qui diffusait une station sicilienne, les vitrines réfrigérées remplies de boulettes de riz, la machine à café. L'homme fit le geste d'ouvrir un livre.

— Menu ? demanda-t-il.

— Pas de menu, répondit Maria-Grazia. Mais dites-nous ce que vous voulez, on vous le servira. Un café, peut-être ? Un *arancino* ?

L'homme secoua la tête et finit par demander combien coûtait une tasse de thé.

— Trente lires, le renseigna Maria-Grazia. Trois *cents* américains.

Mais le couple, après un dernier coup d'œil aux boulettes de riz, secoua de nouveau la tête et repartit sans rien acheter.

Les prix étaient trop bas, selon Bepe.

— Arcangelo, il a un système : il y a un prix pour les touristes, et un autre pour les pêcheurs.

— On ne peut pas faire une chose pareille ! s'insurgea Robert. La maison ne verse pas dans ce genre de trafic…

— Mais les touristes n'aiment pas payer moins que prévu ! expliqua Bepe. Vous les avez bien vus, ceux qui viennent pour les sites archéologiques et les grottes, puis se reposent sur la terrasse, vous avez bien vu leurs pourboires : ils paient trente lires le café et en laissent quatre-vingts de pourliche ! Si ce n'est pas assez cher, ils s'imaginent que les produits ne sont pas bons, ou bien que vous vivez dans la misère comme les chevriers d'avant la guerre, enfin bref : ça les met mal à l'aise, Mariuzza.

— Je ne peux pas les faire payer plus cher, insista Maria-Grazia. Ce ne serait pas juste.

Arcangelo, grâce à son système de double menu, faisait des affaires florissantes.

3

Amedeo l'avait affirmé, et c'était vrai : Robert avait la patience de Sant'Agata. Cela devint particulièrement flagrant lorsque les garçons grandirent. Robert avait passé trois ans dans une prison militaire, il en avait attendu cinq avant de pouvoir retourner à Castellamare, puis près de cinq autres avant que Maria-Grazia consente à l'épouser : il y avait en lui de toute évidence quelque chose d'infrangible, et ce n'étaient pas quelques querelles de gosses qui allaient l'effrayer. Quand ses fils se chamaillaient, il écoutait tranquillement l'intarissable liste de doléances de chacun, puis arbitrait la situation et distribuait les punitions sans jamais se départir de son calme ni de son inflexibilité, comme Pina Vella, autrefois, lorsqu'elle était confrontée aux querelles de ses élèves. Au terme de ces fastidieux après-midi, il était encore capable d'enlacer sa femme derrière le comptoir, de chantonner des airs locaux tout en ajustant les tables et les chaises. Maria-Grazia, pour sa part, avait les nerfs à fleur de peau rien que d'entendre ses enfants se battre.

Peut-être le problème venait-il justement de la patience de Robert. Peut-être que s'il n'avait pas été si tolérant envers leur incessante guerre, s'il en avait été plus affecté, les garçons se seraient mieux conduits. Peut-être aussi que leurs disputes auraient, au contraire, dégénéré.

Amedeo, pour sa part, se sentait pris de fièvre en voyant se quereller ses petits-fils – il avait oublié les luttes cruelles auxquelles se livraient autrefois ses propres enfants dans la cour et dans les couloirs de la maison Au Bord de la Nuit. Il aimait Sergio et Giuseppino d'un amour plus farouche qu'il n'avait aimé ses propres enfants, à l'exception peut-être de Maria-Grazia ; pourtant, ils avaient une capacité nettement plus développée à le faire tourner en bourrique.

À l'âge de quatre ans, on pouvait voir souvent Sergio penché, perplexe, au-dessus du livre d'histoires de son grand-père. Son frère, qui n'avait que trois ans, avait déjà commencé d'en déchiffrer les mots. Pour les remettre sur un pied d'égalité, Amedeo leur lisait les contes à voix haute, à tous les deux, sur la terrasse du café, les gavant d'histoires et de glaces en portions équitables. Sergio écoutait, les yeux rivés sur l'horizon, portant pensivement sa cuiller à sa bouche ainsi parfois qu'à son plastron. Giuseppino, lui, balançait frénétiquement les jambes, refusant de se tenir tranquille. Il les balançait, les balançait, jusqu'à ce qu'immanquablement il finisse par heurter son frère, et alors le récit se voyait interrompu par des cris. Cela n'empêchait pas Giuseppino de se rappeler chaque histoire. Interrogé plus tard par son grand-père, il pouvait les lui raconter par le menu.

« Et il y a celle du perroquet qui rentre par la fenêtre et qui raconte à la fille l'histoire des dix chevaux blancs et des dix chevaliers noirs qui s'en vont à la guerre...

— Il est malin, ce Giuseppino, remarquait Amedeo.

— Ils le sont tous les deux », répliquait avec ferveur Maria-Grazia.

Voyant qu'il l'avait blessée, son père se reprenait bien vite :

« *Sì, sì,* bien sûr, mes deux petits-fils sont intelligents. Je me suis mal exprimé. »

Mais n'était-ce pas justement leur tort, cette manie de les traiter en tout point en égaux ? Car les deux enfants semblaient par moments étrangement distincts, comme s'ils étaient frères par erreur plutôt que par le sang.

Dès leur entrée à l'école, Sergio fut loué pour ses performances scolaires ; il avait toujours les meilleures notes. Amedeo le savait parce que, depuis leur naissance, il consignait scrupuleusement chaque prouesse, chaque étape marquante de la vie de ses petits-fils. *Sergio mesure soixante-cinq centimètres*, notait-il dans son carnet rouge, satisfait, sous la date du jour, ou encore : *Giuseppino est passé aux aliments solides : un petit pois et une cuillerée de carciofo en purée.* Puis, quand ils furent scolarisés : *Sergio – sept sur dix en calcul (additions et soustractions)* ; *Sergio nommé responsable des crayons 1961-1962* ; *Journée des sports à l'école : Giuseppino décoré d'une médaille au sprint.* Dans toutes les disciplines, hormis le sport, Sergio l'emportait. Pourtant c'était Giuseppino, un athlète, comme son père, qui dégageait l'impression d'une grande intelligence, qui semblait tout absorber à travers ses paupières languides à demi closes. Il aurait suffi, semblait-il, qu'il s'en donne la peine pour les vaincre tous, et de loin.

Quand les garçons firent leur première communion, Amedeo leur offrit, à moitié pour rire, mais à moitié seulement, un album illustré qu'il avait fait acheter à Syracuse et emballer dans du papier rouge : *Les Deux Frères*, un conte traditionnel sicilien.

Sergio et Giuseppino l'adorèrent, comme l'avait escompté leur grand-père. Certes, ils s'attardaient davantage sur le passage du serpent de mer et sur la mort de la sorcière que sur la scène de la réconciliation, dont Amedeo avait espéré qu'elle retiendrait leur attention et leur ferait comprendre la futilité de leurs chamailleries. Mais il ne baissait pas les bras. Cela viendrait.

« Le héros de l'histoire, c'est le plus jeune, soutenait Amedeo. C'est lui qui se montre magnanime envers le poisson, au début, et c'est lui qui sauve son frère.

— Non ! protestait Sergio. C'est le grand frère qui sauve la princesse ! »

Quand ils eurent écouté leur grand-père leur lire le livre, l'un et l'autre conçurent le désir ardent de l'avoir rien que pour soi. Ils se le disputèrent, tirèrent dessus tant et si bien qu'à la fin ils le déchirèrent. Amedeo regretta – mais trop tard – de n'avoir acheté qu'un exemplaire pour deux, à partager. Il en commanda deux autres pour le remplacer, mais le mal était fait, les garçons avaient jeté leur dévolu sur l'original, celui qui portait sur la page de garde le mot qu'avait tracé leur *nonno* de son écriture soigneuse d'écolier : *Pour Sergio et Giuseppino, à l'occasion de leur première communion.*

L'incident du livre n'était qu'une illustration parmi tant d'autres de la manière dont on se fourvoyait dans l'éducation des garçons.

Il arrivait parfois, sous l'influence bénéfique de leur père, qu'ils se tiennent tranquilles. Amedeo se demandait alors pourquoi il se tracassait tant à leur sujet. Pina le rassurait, elle aussi :

« Qu'est-ce que quelques disputes, pour deux enfants ? Faisons confiance à Mariuzza et à Robert. Ils savent ce qu'ils font. »

Comme les villageois du conte des *Deux Frères*, les habitants de Castellamare peinaient à distinguer Sergio de Giuseppino. Bien que Sergio eût le visage plus allongé et Giuseppino les traits plus fins, le teint plus rouge et le regard plus fureteur, ils s'endormaient et s'éveillaient toujours au même instant, avaient la même démarche, entortillaient une mèche de cheveux du même geste machinal lorsqu'ils lisaient et, sans se concerter, résolurent chacun de son côté d'étudier plus tard à la même université, à Londres, l'un d'eux étant tombé, petit, sur une photo des lieux dans l'encyclopédie de Pina et en ayant corné la page. Les dimanches après-midi, ils se baignaient avec leur père, se retournant par instant pour s'assurer que leur mère et leur *zia* Concetta les admiraient depuis le rivage ; alors ils consentaient à jouer ensemble et passaient parfois des heures entières à des jeux intenses et secrets. Giuseppino, qui écrasait systématiquement son frère lors des événements sportifs, à l'école, était le meilleur au foot et courait le plus vite, mais il avait une peur embarrassante pour un insulaire : il craignait la mer. Jamais il ne s'aventurait là où il n'avait pas pied. On vit un jour Sergio le prendre par la main et le guider vers le large. Pendant des jours, Pina et Amedeo avaient décortiqué la scène, comme s'il s'était agi du signe d'un grand changement à venir dans la relation des enfants.

Hélas, à la consternation d'Amedeo, l'île déplaisait aux deux frères. On aurait cru qu'ils n'y étaient pas nés. Peut-être était-ce la faute de leur père anglais, songeait à part lui le vieil homme, bien qu'il n'eût jamais prononcé un seul mot à voix haute contre son gendre. Robert était un ange, mieux : il était le fils qui leur était venu de la mer, à lui et à Pina, quand il ne leur en était plus resté aucun, et le seul mari qu'il trouvât à la hauteur de sa Mariuzza. Pourtant, il fallait bien qu'elle vînt de quelque part, cette insatisfaction des garçons, songeait, maussade, Amedeo, oubliant cette force qui l'avait poussé autrefois à quitter sa ville natale et qui avait plus tard possédé ses fils adolescents.

Mais ce Sergio et ce Giuseppino, qu'ils étaient donc râleurs ! L'été, au café, ils avaient trop chaud. L'hiver, ils se plaignaient du froid. Ils critiquaient le manque de livres, l'absence d'un cinéma, et jusqu'à la mer elle-même, impitoyable et infinie. Ils étaient l'un et l'autre assez sensibles pour se laisser atteindre par les commérages, par cet incessant échange de rumeurs à chaque coin de rue, sur le pas de chaque boutique. Or ces rumeurs concernaient bien souvent la famille Esposito. Le grand-père des garçons aurait fait l'objet d'un scandale impliquant deux jeunes femmes, il y avait des années de cela. Leur père se serait conduit pendant la guerre de manière peu honorable. Leur oncle Flavio aurait battu la campagne tout nu, sa médaille de combattant autour du cou. Ces rumeurs étaient monnaie courante sur l'île, où elles circulaient depuis plus d'un demi-siècle ; toutefois, elles avaient le don de déprimer Sergio et de faire enrager Giuseppino, avec pour conséquence que, l'un comme l'autre, ils bouillaient d'impatience de partir de Castellamare. Bientôt, Giuseppino ne parla plus que l'italien classique et Sergio l'anglais.

« C'est à croire que le dialecte de l'île n'est plus assez bien pour eux, se désolait Amedeo.

— Les temps ont changé, tentait de l'apaiser Pina. Ils ont grandi avec les autos et les touristes anglais, ils ont vu à la télévision des Américains voler dans l'espace. Il est normal qu'ils aient envie de se tailler leur part du monde. Ne prends pas la chose trop à cœur, *amore.* »

Mais comment ne pas la prendre à cœur, après avoir vu ses fils quitter l'île un à un pour n'y plus revenir ? Un plan commença à germer dans l'esprit d'Amedeo.

— Et si je leur apprenais à faire tourner le café, comme à nos fils ? suggéra-t-il un matin. Et si on le leur confiait ?

— Ils détesteraient ça, objecta Pina. Puisque je te dis qu'ils ont envie de voir le monde ! Au reste, nous aurions tort de lutter : ce serait le meilleur moyen de les faire fuir pour de bon.

Bien sûr, comme en toutes choses, Pina avait raison.

Elle ne se déplaçait presque plus désormais, à cause de ses pieds enflés. Assise sur la terrasse, chaque jour, elle lisait et relisait les livres qu'elle avait aimés au temps où elle était institutrice, Shakespeare, Dante et Pirandello, ainsi que d'autres volumes, qu'on pouvait désormais se permettre de commander à Syracuse : *Le Guépard*, par exemple, mais encore l'étude de Danilo Dolci sur la pauvreté à Palerme, une lecture qui lui arracha des grimaces d'épouvante et lui fit bénir sa chance d'avoir vu le jour au sein d'une communauté restreinte et charitable. Ses pieds étaient trop douloureux pour la porter mais elle voyageait grâce aux livres, comme Amedeo, autrefois, en écrivant ses contes. Et lorsque Sergio et Giuseppino se battaient comme des chiffonniers, elle savait toujours les réduire à l'état d'agneaux dociles d'un seul de ses fameux regards d'institutrice. Sans le sain respect qu'ils vouaient à leur intraitable *nonna* Pina, les choses auraient pu bien plus mal tourner.

Cependant, quand les frères furent dans leur onzième année, Amedeo commença à redouter que ne couve entre eux un vrai mal.

Celui-ci se manifesta, comme c'était souvent le cas, pendant le festival de Sant'Agata, au mois de juin. Les tensions montaient depuis février. Peu après l'anniversaire de Sergio, les garçons avaient vu la neige pour la première fois. Au réveil, elle saupoudrait la place telle de la poussière. Dans les rues, tout n'était que chaos : les adolescents se livraient des batailles sans merci, les clients âgés refusaient de sortir ne serait-ce que dans leur propre cour et six des automobiles de l'île avaient déjà dévalé la colline pour s'écraser contre les murs des villas en contrebas. Sans compter que le Beach Bar d'Arcangelo avait été inondé par la tempête, une petite victoire dont les adultes au café de Maria-Grazia refusaient de se féliciter ouvertement.

La neige avait vidé l'air de toute odeur, le rendant aussi incisif que des échardes de verre. Les petits-fils d'Amedeo étaient aux anges, cela sautait aux yeux. Quand le soleil s'immisça dans la cour, les feuilles du laurier-rose dégouttèrent un peu et l'on se serait cru dans un village alpin. Dans le journal humide que Robert fit voir à ses garçons s'alignaient des photographies qui les émerveillèrent : demeures anglaises aux toits couverts de couches de neige pareilles à des tranches de ricotta, autos ensevelies sur les routes et dont seuls dépassaient les toits rutilants.

— Pourquoi est-ce que je ne suis pas né là-bas ? s'écria Sergio. À quoi bon posséder un passeport anglais si c'est pour ne jamais l'utiliser ! Pourquoi ne m'emmènes-tu pas voir la neige là-bas ?

Maria-Grazia servit le café. Amedeo, blessé par les mots de son petit-fils, chercha frénétiquement entre les pages de son carnet un conte propre à l'île où il fût question de neige. Mais les garçons s'en moquaient. Pendant tout le petit déjeuner, ils n'arrêtèrent pas de bondir à la fenêtre, jouant des coudes pour avoir la meilleure vue, sans toucher à leur assiette. Robert fit une descente dans le garde-manger qu'ils avaient converti en vestiaire et en ressortit les bras chargés de vieux bonnets tricotés, de moufles et de fourrures qui dataient de leur jeunesse, à Pina et à lui, et entreprit d'emmitoufler les garçons avant de les libérer.

— Et pas de bagarre ! leur lança Maria-Grazia.

Au vu de leur passif, on ne pouvait qu'admirer son optimisme.

Cela ne manqua pas. Au bout d'à peu près une demi-heure, Giuseppino reparut, en larmes, et jeta rageusement ses gants et son écharpe. Dans son sillage apparut un Sergio fou de colère, le nez en sang. Apparemment, ils s'étaient disputé un seau rempli de neige.

— Il a tout pris ! sanglota Giuseppino. Il est sorti dans la cour et il a pris toute la neige, sans rien me laisser !

— Tu voulais me la lancer dessus ! cracha furieusement Sergio. Moi, je voulais en faire une sculpture, alors je l'ai récupérée sur les marches et sur les dalles et sur les feuilles de laurier, mais bien sûr, il a fallu que tu me voles mon seau et que tu le renverses sur le sol !

— Bon, mais où est-elle, cette neige ? s'enquit Robert en se levant.

— Disparue ! vagit Sergio, au désespoir.

Giuseppino donnait des coups de pied dans les lambris.

— C'est bon, pas la peine de faire le bébé, ronchonna-t-il.

Comme souvent, nota Amedeo à part lui, Giuseppino boudait alors que c'était Sergio qui avait subi l'offense. Il sortit en traînant les garçons par l'oreille (chose que n'aurait jamais faite Robert, même en cas d'insolence) ; Pina localisa la scène du crime et constata qu'ils s'étaient bagarrés dans la neige renversée, tant et si bien qu'il n'en restait plus rien. Vaillamment, elle tenta de tirer la leçon de l'incident :

— Vous voyez : quand on se dispute une chose, au final, tout le monde est perdant.

— Je le déteste, gronda Sergio que son nez en sang faisait nasiller. Je le déteste ! J'ai envie de le tuer !

Ce matin-là, le poêle de l'école étant hors-service, les garçons n'avaient pas cours, et Amedeo erra partout en ville à la recherche de neige pour ses petits-fils inconsolables, qui faisaient la tête, chacun dans sa chambre. Mais elle avait fondu ou bien était souillée ; les toits et branches du village en vomissaient les derniers résidus salis. L'après-midi, Giuseppino semblait avoir oublié la dispute, mais Amedeo trouva Sergio changé. Pendant tout le printemps, il ne décoléra pas, sa hargne envers son frère bouillonnait en lui et menaçait sans cesse d'éclater. Ils se battirent des mois entiers pour tout et n'importe quoi : une note à l'école, une place à table, le score d'une partie de foot. Et, de plus en plus, Amedeo redoutait que se cache derrière ces querelles quelque mal profond et grave.

Ce n'était pas tant que Sergio haïssait son frère. Pas vraiment. Seulement, il ne semblait pas y avoir de place pour eux deux dans un endroit aussi étriqué que le café Au Bord de la Nuit. Quand ils tentaient de régler leurs différends, tout le monde en faisait une affaire d'État, comme s'ils lisaient dans leur discorde un terrible présage. Aussi loin qu'ils s'en souvenaient, ils ne s'étaient jamais entendus et personne dans leur entourage ne semblait comprendre pourquoi. On les destinait, semblait-il, à assurer la relève du café, dont ils étaient censés devenir les propriétaires associés, comme chaque fratrie de l'île ayant quelque affaire familiale à hériter. Sergio adorait le café, mais à l'idée de le partager jusqu'à sa mort avec son frère il craignait de devenir fou, comme son oncle Flavio, et de se mettre à courir dans la rue en chemise de nuit, lui aussi.

Cette année-là, la veille de la Sant'Agata, le sirocco souffla sur Castellamare. C'était un vent venu d'Afrique du Nord, à la voix pleine de gravier, qui parsemait toute la ville de poussière rouge, enflammant les paupières, asséchant les langues et surissant les gosiers. Il vous ahanait dans la nuque comme une mauvaise haleine et faisait de la moindre montée de marches une véritable épreuve. Au café, la poussière enraya le mécanisme du ventilateur ; de la condensation coulait le long des vitrines réfrigérées et mouillait les manettes scintillantes de la nouvelle machine à café. Les garçons, nerveux, irascibles, furent envoyés jouer sur la plage, pour permettre aux adultes de terminer en paix les préparatifs du festival. Même leur père, leur éternel allié, plongé dans un inventaire, les congédia.

Enfourchant les vélos que leur mère leur avait achetés l'été précédent, d'un rouge assorti (comme pour des jumeaux ! fulminait Sergio en son for intérieur), ils dévalèrent la route qui traçait des montagnes russes jusqu'à la baie. Le vent leur crachait au visage à chaque tournant sans les rafraîchir.

Ce jour-là, même la mer semblait stagnante. Huileuse, elle s'enroulait et se brisait sur la roche encrassée de vase rougeâtre. Sergio en avait la migraine. Ils portaient des costumes de bain cousus main qui bouffaient grotesquement une fois mouillés. Sergio passa le sien et plongea dans l'eau près des grottes. Une grappe de touristes faisait griller leur peau blanche çà et là sur la plage. Giuseppino, assis sur le rivage, toisait la mer d'un œil méfiant en jetant des cailloux dans l'eau.

Sur une impulsion, Sergio revint, exhibant son crawl impeccable.

— Hé ! lança-t-il. Viens te baigner avec moi. Tu n'as rien à craindre. Il est grand temps que tu surmontes ta peur de la mer, Giuseppino. Il faut la vaincre !

Un peu plus loin, sur le sable, bronzait, immobile, un petit groupe de touristes venus du nord. Mais voici qu'une fille aux cheveux d'or, une créature filiforme et dégingandée au maillot rose trop petit, se tournait vers les garçons. Sergio avait parlé anglais volontairement pour humilier son frère. Mais la fille se détacha de son groupe et s'approcha. Timidement, elle lança un caillou dans la mer.

— Des tas de gens ont peur de l'eau, dit-elle enfin à Giuseppino.

Elle parlait un anglais presque atone, l'anglais du Sud – rien à voir avec leur accent qui, comme celui de leur père, venait du nord. Pourtant, pour Sergio, la fille possédait la plus belle voix qu'il eût jamais entendue.

— Quel âge as-tu ? lui demanda Giuseppino, formant sur elle le même jugement que son frère.

— Onze ans.

— Nous aussi, on a onze ans, déclara Giuseppino.

— Moi, j'ai onze ans, le corrigea Sergio. Lui, pas encore.

— Vous êtes jumeaux ?

— Frères.

— Je vais nager avec toi, décréta la fille. Je suis la meilleure de ma classe en natation. J'ai gagné le prix de l'école, l'an dernier !

Giuseppino ignorait ce que cela voulait dire, mais il consentit à suivre la fille dans l'eau sur quelques pas.

— Peut-être que ça m'aidera si tu me tiens la main, suggéra-t-il.

La fille se contenta de rire et plongea entre les vagues, offrant aux garçons le spectacle de son derrière maigre et insuffisamment couvert.

Elle refit surface, dégoulinante d'eau de mer.

— Allons jusqu'au tunnel ! lança Sergio, attrapant la fille par le bras.

— Non ! protesta Giuseppino. Attendez. Je ne suis pas encore mouillé…

— Viens, dit Sergio à la fille. Puisque tu nages bien, je vais te montrer un tunnel sous-marin.

Le tunnel, une voûte naturelle ouverte dans la roche, était sombre et plein d'ombres marines. Il y défilait des bancs de poissons rayés bleu et jaune qui vous fixaient de leurs yeux argentés en dérivant, portés par les courants, frôlant les parois visqueuses de la roche. En plongeant, on pouvait longer le tunnel en apnée et émerger de l'autre côté. Sergio savait pertinemment que l'endroit effrayait Giuseppino. Il s'élança, la fille à ses côtés, laissant son frère s'ébattre et clapoter derrière eux dans l'eau peu profonde à l'ombre de la falaise.

— Attendez ! Attendez !

— Alors, tu viens dans le grand bain ? le railla Sergio. Allez, nage, Giuseppino, ne reste pas là à patauger !

Il mena la fille jusqu'au bassin. Sergio fit du surplace avant de plonger.

— Attendez-moi ! cria encore Giuseppino.

Mais les autres l'avaient distancé. Giuseppino rentra le ventre et lâcha les rochers du rivage. Dans une grande éclaboussure disgracieuse, il s'abattit sur l'eau, trouva à tâtons la paroi et y prit appui du bout de l'orteil. Sergio rejeta en arrière une mèche de cheveux, plongea et disparut. Son frère l'entendit remonter de l'autre côté.

— À toi ! lança-t-il à la fille. Tu vas voir, il y a un gros banc de poissons !

La fille plongea. Ses pieds nus battirent, s'agitèrent un instant à la surface, puis elle se volatilisa à son tour.

Giuseppino vacillait en équilibre précaire, seul sur son surplomb rocheux. Il entendait les cris des deux autres, par-delà le tunnel. Le sirocco déposait une pellicule poudreuse à la surface des flots. Le ciel se couvrait, les vagues prenaient de la force et ses orteils faiblissaient.

— Allez, viens ! retentit la voix de son frère, étrange et pleine d'écho. Rejoins-nous, Giuseppino !

Une grosse vague le désarçonna : en refluant des récifs qu'on surnommait Morte delle Barche, elle le cingla de plein fouet. L'eau était froide, ici, à l'ombre, et plus profonde qu'il ne s'y attendait. Il n'avait aucune envie de franchir le tunnel, il ne voulait même pas s'en approcher. L'eau y émettait de drôles de clapotis et d'étranges bruits de succion. Des anémones de mer palpitaient à l'orée noire de la grotte, comme de la gelée rouge ; le courant le happa, l'emmena si près d'elles qu'il les effleura, et il se retira, terrifié : l'eau était glacée, comme le congélateur, au café. De puissants courants sous-marins circulaient en cet endroit précis, il le savait : c'était ici même que son père avait failli se noyer, il y avait de cela des années.

Mais il entendait son frère qui plaisantait et l'Anglaise qui riait de l'autre côté.

— Allez, viens ! hurla Sergio. Fais la traversée ! Ici, on a presque pied !

— Sergio ! cria Giuseppino. Reviens !

— Traverse, je te dis ! La mer est plus calme de ce côté-ci, promis !

Encore une grosse vague. Le rire aigu de l'Anglaise. Quand Giuseppino tendit le pied, cherchant sa prise sur la paroi, il ne la retrouva pas – ses pieds battaient dans le vide, à lui en donner le tournis, et il glissa, retombant dans la crique, où il fut de nouveau aspiré jusqu'à l'entrée du tunnel et s'y écrasa violemment. Il but la tasse, la tête sous l'eau, et se débattit de son mieux pour faire cette fichue traversée – il allait leur montrer ! Il y arriverait ! Mais la mer le recracha à la surface, lui entaillant le dos contre les coquillages, puis l'attira de nouveau par le fond, encore et encore, la mer avait changé, elle était devenue la chose féroce qu'il l'avait toujours soupçonnée d'être et Giuseppino criait et pleurait et s'étranglait et se débattait dans les eaux froides, et où était donc son frère…

Sergio l'empoigna par la taille et le hissa à l'air libre, où Giuseppino se mit à cracher, à barrir et à éructer.

— Nage, grogna Sergio en le tirant jusqu'au rivage. Nage, bon sang ! Si tu n'avais pas paniqué, tu y serais arrivé.

Sergio hala son frère sur le sable et se dressa de tout son long, dos au soleil, poings sur les hanches.

— Tu ne pouvais pas faire un effort ?

Giuseppino toussa, saisi de haut-le-cœur. Quand il recouvrit enfin l'usage de la parole, il protesta :

— Tu m'as laissé. Tu m'as pas du tout aidé.

— C'est pas ma faute si tu sais toujours pas nager à dix ans !

Giuseppino se mit à renifler. Il savait nager. Il venait de le faire ! Les poumons en feu, les yeux brûlants de larmes, il toisa Sergio et l'Anglaise, qui sautillait d'un pied sur l'autre, mortifié d'avoir à endurer les tirs croisés de leur hostilité.

— Vous m'avez laissé tomber ! accusa-t-il. Je vous entendais jouer et crier de l'autre côté. Vous vous fichiez bien de ce qui pouvait m'arriver !

Soudain, ils perçurent une pétarade, puis un cri qui leur fit tourner la tête. 'Ncilino le pêcheur se tenait là, dans sa barque, au détour de la roche. Il coupa le moteur et son esquif rebondit sur les flots mous. Sans ses lunettes de soleil, son visage paraissait nu et son expression étonnée.

— Les garçons ! les héla-t-il. Cette fille, elle s'appelle Pamela ?

La fille opina.

— Ses parents la cherchent partout. Vous, les Esposito, vous allez vous faire attraper : tout le monde est à sa recherche !

— Tu vois ce que tu as fait ! cracha Sergio. Je m'occupais bien d'elle, mais il a fallu que tu nous mettes en retard en faisant le bébé, et maintenant on va être punis à cause de toi !

Giuseppino s'épousseta avec la serviette sablonneuse que leur mère leur avait fait apporter puis il ramassa son vélo par le guidon et entreprit de gravir la pente pieds nus, au pas de course, semant dans son sillage un mélange d'eau et de sable. Il poussa son vélo en sanglotant jusqu'au village, Sergio sur ses talons, un peu gêné par la détresse de son frère.

Quand ils atteignirent le café, Giuseppino enfouit son visage dans les jupes de sa mère et, bien sûr, on blâma Sergio. Robert eut beau écouter les deux versions de l'histoire, inlassablement, il lui sembla qu'il n'était plus à même d'arbitrer leurs différends. C'était à croire que les deux garçons étaient descendus dans quelque arène privée où il leur fallait combattre, homme à homme, jusqu'à ce qu'un seul en émerge, victorieux.

— Nous n'aurions jamais dû les envoyer se baigner, se désola Amedeo, une fois seul avec sa femme.

— Il est des combats que les enfants doivent mener seuls, lui répondit Pina, confirmant les pires craintes de son époux.

Le soir venu, les garçons furent envoyés à confesse. Mamie Pina avait toujours scrupuleusement respecté les codes de la Sant'Agata et pensait qu'au vu de la situation une bonne dose de crainte catholique ne pourrait pas faire de mal.

— Allez parler au père Marco comme vous l'a dit mamie, ordonna Maria-Grazia, et quand vous reviendrez je veux que vous soyez prêts à vous entendre, tous les deux. Vous n'aviez pas promis d'être gentils, au début de l'été ?

Maussades, les garçons se rendirent à l'église. Le père Ignazio n'y était plus, il s'était retiré dans sa petite maison bordée de lauriers ; c'était le père Marco, un nouveau, frais émoulu du séminaire et plein de bonne volonté, qui assurait la relève. Les yeux du père Ignazio, toujours pétillants de malice, avaient autrefois rassuré les fidèles lors des interminables confessions des veilles de Sant'Agata. Ils suggéraient qu'il n'était point de péché si grave qu'il ne pût être rédimé, pour peu qu'on le confessât. Les yeux du père Marco, en revanche, étaient pieux et infiniment tristes. Avant même la confession, ils considéraient les fidèles avec déception. Une fois dans l'isoloir, derrière le petit rideau de soie, Sergio soutint ce terrible regard et des sanglots coupables le prirent à la gorge. Il balbutia une confession confuse, haletante :

— Je ne voulais pas... Je ne voulais pas vraiment le tuer... Mais sur le moment, j'étais tellement en colère contre lui que j'ai espéré, juste un peu, pas longtemps, j'ai espéré qu'il se noie...

Toutes les veuves du comité de Sant'Agata étaient là, à cirer cérémonieusement la statue de la sainte, au fond de la nef, ou bien à tresser des branches de laurier pour sa couronne en forme d'étoile. Et toutes les veuves dudit comité surprirent donc la confession éplorée du petit et son long feulement accablé, de sorte qu'à la nuit tombée toute l'île savait que Sergio Esposito avait voulu assassiner son frère. Et, tout comme la rumeur concernant Flavio et Pierino, celle-ci porterait à Sergio un coup dont il ne se relèverait jamais pleinement.

— Pourquoi n'iriez-vous pas tous les deux au lycée en Sicile ? leur proposa leur mère. Bepe vous ferait faire la traversée tous les matins. Le monde est vaste, là-bas, et Dieu sait qu'il est bien assez grand pour vous deux – pour peu que vous arriviez à vous supporter jusque-là.

Pourquoi, déplora Amedeo, fallait-il toujours qu'on les exhorte à partir ?

Après la fête de Sant'Agata, cette année-là, Giuseppino devint secret et renfermé. Tous les après-midi, après l'école, il s'enfermait dans sa chambre, refusant même de sortir jouer au foot comme avant avec ses copains Pietro et Calogero. Il étudiait, et ce avec une telle ferveur qu'on l'aurait cru engagé dans une lutte à mort avec ses manuels scolaires. Au cours de ces mêmes mois, Sergio commença à se plaindre de la disparition de ses propres livres de classe, mais on ne put jamais rien prouver, car on les retrouvait toujours à leur place lorsqu'on fouillait la maison. Giuseppino étudia tant et si bien qu'entre avril et juin il ne sortit plus de sa chambre que pour manger et se rendre aux toilettes, et encore, à contrecœur, courant dans le couloir le front barré d'un pli soucieux et un peu courbé à force de passer ses journées le nez dans ses cours. Quand vint la fin de l'année, il passa ses examens avec tant de brio, selon les mots de *la professoressa* Valente, la nouvelle institutrice, qu'elle suggéra de lui faire sauter une classe à la rentrée suivante. C'était, affirma-t-elle, l'élève le plus brillant qu'elle eût jamais eu.

Quand les parents de Giuseppino reçurent son bulletin, on lança des pétards sur la terrasse pour célébrer l'événement. Les touristes applaudirent et poussèrent des vivats, croyant à une célébration traditionnelle. Sergio demeura en marge des festivités. Quand lui avait-on fait autant d'honneurs, à lui ? Quand est-ce que des pétards avaient pour lui illuminé l'obscurité ?

Ainsi, le moment venu, Giuseppino passa dans la classe supérieure, entrant au *liceo* en Sicile et laissant derrière lui son grand frère. Ce fut seul qu'il s'installa sur un banc de la *Santa Maria del Mare*, son ballot de livres sur les genoux.

« Plus tard, j'irai à l'université, avait-il affirmé, aussitôt approuvé par ses parents. Il est important de travailler dur à l'école. »

— Et moi ? fulmina Sergio auprès de sa mère. Moi aussi, je voulais aller à l'université, mais Giuseppino m'a coiffé au poteau exprès pour me dégoûter, je le sais !

— Qu'est-ce qui vous empêche de faire des études tous les deux ? s'étonna Maria-Grazia. S'il travaille bien à l'école, qu'est-ce qui t'empêche d'en faire autant ?

Mais Sergio restait obscurément persuadé que son destin dépendait de celui de son frère. Or la rupture était consommée, Maria-Grazia le voyait bien : cet été-là, l'été de la quasi-noyade, un schisme avait séparé les deux garçons, de sorte qu'ils ne faisaient plus que cohabiter dans la maison Au Bord de la Nuit, et n'étaient plus frères que de nom. Et voici qu'à présent, trop tard, Sergio voulait récupérer Giuseppino ; on le voyait errer, inconsolable, avec leurs billes et leurs lance-pierres, dans l'espoir qu'il lâche enfin ses livres et vienne jouer sur la place, guettant le moindre mot gentil.

— Ai-je fait quelque chose de travers ? murmura leur mère à l'oreille de son mari le soir de cette dispute. Aurais-je dû passer plus de temps auprès d'eux quand ils étaient bébés ? Ai-je eu tort de me consacrer autant au café ?

Mais comment aurait-elle pu leur donner davantage ? Les premières années, elle s'était sentie déchirée presque jusqu'au point de rupture entre les exigences de son commerce et celles de sa famille, et cette déchirure avait pratiquement anéanti la jeune femme qui avait fièrement sauvé le café, rétabli la justice pour son frère, et conquis le cœur de l'Anglais là où les autres filles avaient échoué.

— Et si les rôles avaient été inversés ? Si j'avais gagné de quoi leur payer des bicyclettes et les envoyer à l'université pendant que tu les promenais et que tu les changeais, qu'est-ce que ç'aurait changé ? demanda Robert.

— Ç'aurait été plus conventionnel, fit remarquer Maria-Grazia, qui avait essuyé bien des reproches de la part des veuves de l'île pour l'arrangement peu commun de son ménage, ainsi que les quolibets des pêcheurs, qui ne comprenaient pas pourquoi elle tenait la boutique tandis que Robert poussait le landau.

— Tu les aimes ? lui demanda son mari, d'un ton un peu sévère.

— *Sì, caro*. Bien sûr.

— Où est le problème, alors ?

— Tu sais bien ce que les veuves racontent, au café...

— Au diable les veuves !

Elle rit. Il la prit par la taille, comme s'ils étaient de tout jeunes amants, comme au temps de la guerre.

— Ce qu'il leur faut, reprit-il, c'est de l'amour. J'en ai manqué, je sais de quoi je parle. Tout le reste n'est que détail.

Pourtant, bien qu'elle n'eût jamais pu se résoudre à formuler cette pensée, ni à voix haute ni même en son for intérieur, elle n'avait jamais aimé ses fils autant qu'elle aimait son mari. Telle avait été sa première réaction, coupable, en voyant Sergio nouveau-né, confirmant le soupçon qui l'avait rongée durant toute sa grossesse : oui, elle aimait son fils, mais nulle vague d'affection n'était venue chasser Robert de la première place qu'il occupait dans son cœur. Rien n'avait pu l'en déloger : ni l'absence ni l'humiliation, même pas la naissance de ses garçons. En les regardant grandir, ce secret s'était fait plus sombre et plus lourd en elle. Ses fils devaient forcément le sentir. Peut-être était-il responsable de leur animosité mutuelle, de leur insatisfaction chronique...

— Tout finira par s'arranger, lui glissa Robert, comme s'il avait compris.

4

Un matin de 1971, au réveil, Amedeo vit Pina qui lui tournait le dos, la main crispée sur la couverture. D'habitude, son côté du lit était toujours vide avant sept heures et l'on pouvait entendre son pas claudiquant dans quelque coin de la maison tandis qu'elle vaquait à ses tâches matinales. Amedeo porta la main vers elle et la trouva froide au toucher. Son cri réveilla toute la maisonnée. Les autres accoururent. Maria-Grazia tendit sous le visage de sa mère le miroir taché de l'étagère de la salle de bains. La glace ne se brouilla pas.

Toute la journée, la maison Au Bord de la Nuit retentit de sanglots. Amedeo errait de pièce en pièce, la tête basse, cherchant les murs à tâtons, inconsolable. On afficha les avis de décès à bord noir sur tous les murs du village et les proches vinrent se recueillir auprès d'Amedeo sur la terrasse. Personne n'avait été autant aimé sur l'île que Pina Vella.

Le poète Mario Vazzo revint pour l'enterrement, de même que le professeur Vincio et quelques archéologues ; quelques anciens habitants de Castellamare, qui avaient entre-temps émigré mais qui se rappelaient la maîtresse d'école de leur humble passé, vinrent également, ces fils et ces filles de l'île qui portaient désormais des vêtements voyants à la mode exotique et conduisaient des autos étrangères. L'église était si pleine que le père Marco fut obligé d'en ouvrir les portes et de crier pour qu'on entende sa messe funéraire jusque sur le parvis. On enterra Pina non loin de la tombe de Gesuina, et les villageois durent jouer des coudes pour y déposer leurs gerbes. Gisella la fleuriste avait veillé toute la nuit pour tresser des couronnes de trompettes de Virginie, de bougainvillées et de dentelaires du Cap, car Pina, n'ayant jamais vécu ailleurs que sur l'île, adorait ces plantes endémiques.

Ce soir-là, quand le soleil se coucha, Maria-Grazia parcourut toute l'île, les pieds meurtris par les chaussures qu'elle avait achetées pour la cérémonie à la boutique de Valeria, afin de récolter plus de fleurs encore. La tombe de sa mère en était déjà bien garnie, mais il lui semblait qu'il n'y en avait pas encore assez. Elle en cueillit ainsi jusqu'à la tombée de la nuit, sans retenir ses pleurs, accumulant des brassées et des brassées de dentelaires du Cap et de lauriers-roses. À huit heures, quand elle eut déposé sur la tombe des centaines de branches fleuries, elle vit Robert au bout du pré qui s'avançait à sa rencontre. Il s'arrêta en face d'elle et sécha ses larmes du bout de son pouce. Puis il se baissa et, sans mot dire, l'aida à disposer les fleurs sur la tombe de Pina Vella jusqu'à ce qu'il n'en reste plus, jusqu'à ce qu'elles forment sur la pierre une grande toile bigarrée aux couleurs de l'île.

— Il y en a assez, comme ça ? demanda-t-il enfin.

— *Sì, amore.* Il y en a assez.

Elle se redonna une contenance. Tirant de sa poche un mouchoir, elle s'en tamponna les joues puis essuya ses mains pleines de pollen. Robert noua son bras autour de ses épaules et, ensemble, ils s'en retournèrent au café où l'on veillait la défunte.

Ce soir-là, Mario Vazzo demanda à s'entretenir avec Amedeo. Il s'assit à côté de lui dans un coin de la terrasse. Amedeo s'agrippait à une bouteille d'*arancello*. Le poète devait repartir le lendemain.

— Je ne sais pas si je reviendrai sur cette île, dit-il au veuf. Je me fais vieux. Mais je voulais être là aujourd'hui, pour Pina. Pour lui rendre hommage. C'était une grande dame, une femme comme j'en ai connu très peu...

Mario Vazzo prononça encore quelques mots à propos de Pina, puis, se caressant le menton, il s'abîma dans une contemplation muette.

Amedeo s'arrima à deux mains à sa bouteille. Il n'avait jamais parlé à Pina de ses soupçons concernant le poète, mais soudain il n'y tint plus :

— Vous aimiez ma femme, n'est-ce pas ? lui lança-t-il, les sourcils frémissants.

L'autre était vieux et raide ; il se pencha un peu vers le médecin. Il réfléchit longtemps, contemplant à l'horizon les lumières d'un paquebot à destination de quelque île plus importante, et, finalement, choisi de réserver sa réponse.

Cela fit enrager Amedeo. Les yeux bouffis de larmes, le poing serré sur le goulot de la bouteille, il parla longuement de Pina, de sa grâce, de sa force, jusqu'à ce que le poète ne pût plus contenir ses pleurs. Jamais son égale n'avait foulé le sol de l'île, persista Amedeo. Par Sant'Agata et par Gesù lui-même, pourquoi les avait-elle donc quittés ?

— Vous l'aimiez, vous aussi, signor Vazzo, déclara-t-il, répétant l'accusation, mû par quelque chose de froid au fond de lui. Vous pleurez en cet instant la femme que vous aimiez, bien que vous ne vouliez pas l'admettre. Cette scène d'amour dans les grottes, dans votre épopée, cette histoire d'île, toute en eaux noires et en étoiles. Et la maîtresse d'Odisseo. C'est de Pina que vous parliez, et c'est ce que vous avez fait, tous les deux, et vous n'avez même pas la correction de le reconnaître.

Mario Vazzo balaya cette accusation d'un seul geste rageur : il se leva, tourna les talons et quitta le café Au Bord de la Nuit pour n'y plus jamais revenir.

Maria-Grazia, qui avait assisté de loin à cette altercation, vint s'asseoir à la table de son père.

— *Mamma* m'avait parlé de son amitié avec Mario Vazzo, lui apprit-elle. Ils se promenaient souvent sur l'île, tous les deux. Ils allaient s'asseoir sur la falaise, au-dessus des grottes, pour lire de la poésie. Rien de plus. Tu as été bien sot, *papà*, de ruminer tes soupçons pendant toutes ces années.

— L'aimait-elle ? demanda Amedeo.

— Pas de la même façon qu'elle t'aimait, toi. Il n'a jamais été question de faire des galipettes dans les grottes, si c'est ce qui t'inquiète ! Je comprends que le signor Vazzo soit parti offensé.

— Mais pourquoi ne m'avoir rien dit ? Puisqu'elle t'en avait parlé, *cara*...

— Elle m'avait demandé de me taire, jusqu'à sa mort.

Ainsi, il s'était agi d'une relation innocente. De promenades, de poésie. Pina avait-elle souhaité le maintenir dans le doute pendant toutes ces années, lui faire croire qu'elle était, comme lui l'avait été, capable de duplicité ?

— C'est tout ? murmura le vieil homme.

— C'est tout.

Jusqu'au bout, elle avait été meilleure que lui. Il avait toujours su, au fond, qu'il en était ainsi, et voici qu'il en avait la confirmation. Des larmes de remords lui brûlèrent les paupières, se mêlant à celles de son chagrin.

— Nous pouvons réparer le mal, le rassura sa fille. Je sais où maman conservait l'adresse du poète.

Amedeo écrivit à Mario Vazzo la semaine suivante, implorant son pardon pour l'offense qu'il lui avait faite. Mario répondit et, au cours de l'année qui suivit, ils entretinrent une correspondance : deux fois par semaine, ils s'envoyaient des lettres dans lesquelles ils louaient les vertus de Pina, sa beauté, sa ténacité, sa grâce. Ces lettres procuraient au veuf un étrange réconfort.

Pourtant, pendant plusieurs semaines, après la mort de Pina, il fut aussi perdu, aussi vainement obsédé qu'au temps où il était un gamin orphelin ou qu'après la disparition de ses fils à la guerre. Il cheminait chaque matin jusqu'au cimetière, un vieux pliant sous le bras, et s'installait au pied de la tombe de sa femme. Là, ses sourcils blancs ébouriffés par les vents marins, ses mains se calcifiant sur sa canne, il parlait à Pina, l'apostrophait, lui murmurait des mots pleins de tendresse. Puis, quittant le cimetière, il s'en allait, fébrile, revisiter les lieux qu'elle avait fréquentés, et Maria-Grazia s'échinait en pure perte à le prier de rentrer. D'abord, il empruntait le chemin que prenait sa femme chaque dimanche pour se rendre à la messe, puis celui de l'école. Ensuite, il se rendait à sa place attitrée sous les bougainvillées, puis dans la chambre de pierre où elle l'avait aimé, où elle avait mis au monde ses enfants et où, finalement, elle était décédée. Cette île était la sienne, son air, sa lumière étaient les siens, et, tout en la sillonnant, il lui parlait, encore et encore. Puis, un jour, comme si Pina lui avait enfin répondu depuis les lointaines contrées qu'elle habitait désormais, Amedeo forma une sorte de résolution.

Ce soir-là, Maria-Grazia le vit commencer à trier ses affaires. Il fourrait celles qui comptaient à ses yeux dans la vieille caisse de Campari où il avait pendant la guerre caché ses instruments. Quand elle l'interrogea sur ce qu'il faisait, il s'emporta et la repoussa, lui qui ces derniers jours avait systématiquement cherché sa compagnie dès qu'il rentrait de ses errances, rechignant à rester seul.

— Je fais un peu de rangement, c'est tout ! grommela-t-il. Tu ne devrais pas tenir le café, Mariuzza ?

On l'entendit piétiner derrière la porte bien après la fermeture, marmonnant dans sa barbe en examinant chaque objet avant de le déposer dans la caisse ou de le remiser.

Une fois ses affaires triées, il cessa de faire attention à celles qui n'avaient pas rempli ses critères de sélection. C'était comme si elles ne lui appartenaient plus. Parfois, il tombait sur l'une d'elles et la considérait avec un sursaut d'intérêt purement scientifique : une statuette de Sant'Agata ensanglantée, par exemple, ou bien une photo qui n'avait pas trouvé sa place dans la caisse de Campari. Il les inspectait comme s'il ne les avait jamais vues auparavant.

Ensuite, il entreprit de mettre de l'ordre dans ses documents. Il en jeta certains, en annota d'autres. Relisant son carnet d'histoires, il inscrivait consciencieusement, en marge, les circonstances qui avaient entouré le récit. *On m'a raconté cette légende chez la veuve Agata à l'automne 1960*, écrivait-il, ou encore : *Récit intéressant, sur le motif de la vérité qui finit par triompher, datant de l'époque où j'étais* medico condotto *à Bagno a Ripoli.* Les pages rejetées furent brûlées par ses soins dans la cour, dans une vieille boîte de métal, avec un abandon serein. Tout en attisant les flammes du bout d'un bâton, il semblait s'embraser lui-même ; on l'aurait presque cru heureux.

Au cours de ces semaines, ses petits-fils renoncèrent un temps à leur flegme adolescent pour redevenir des enfants. Ils suivaient leur grand-père dans ses errements. Sergio déterra même le vieil exemplaire massacré des *Deux Frères* et le répara avec du ruban adhésif, et Maria-Grazia le trouva un après-midi après l'école en train d'en parcourir les pages dans un coin de la terrasse.

— Relis-le-nous, *nonno,* implora-t-il son grand-père.

Mais Amedeo se contenta de monter dans son bureau sous les toits pour y poursuivre son tri.

— Si tu cherches à t'occuper, Sergio, lui dit-il un peu plus tard, aide-moi donc à mettre au propre ces histoires. J'en ai tout un tas sur des feuilles volantes, il faut les recopier dans mon carnet.

Sergio s'y attela, penché sur le bureau qui avait été jadis celui du médecin, ajoutant son écriture gauche à la suite de l'élégante calligraphie de son grand-père. Pendant ce temps, Amedeo dégagea les étagères d'un fardeau de revues médicales qu'il jeta aux ordures sans autre forme de procès.

— Tout ce qui était vrai du temps où j'exerçais ne vaut plus rien aujourd'hui, se justifia-t-il. Autant nous débarrasser de ces vieilleries !

Le lendemain soir, il fit monter dans son bureau Sergio et Giuseppino. Les garçons vinrent se placer devant lui, à un bras de distance l'un de l'autre. Sergio se tenait un peu voûté, un peu gourmé. Giuseppino donnait de petits coups dans le pied en forme de griffe de lion du canapé râpé, les yeux rivés sur le plancher.

— Les garçons, j'ai à vous parler de mon testament, leur déclara Amedeo.

Le plan avait commencé de germer dans ses pensées dès que s'était manifestée la rivalité des enfants, mais, maintenant que le moment était venu de le mettre en œuvre, la nervosité le gagnait ; il avait le souffle un peu court et cherchait malgré lui à différer l'annonce.

Giuseppino fixait toujours le plancher. Sergio leva la tête, attentif et respectueux.

— Lorsque je mourrai, dit enfin Amedeo, je vous léguerai deux choses. N'en parlez pas à vos parents. Vous serez les seuls à savoir. Premièrement, je vous léguerai mon livre d'histoires. Deuxièmement, je vous léguerai le café. Prenez-en bien soin, de l'un comme de l'autre.

Amedeo se redressa dans son fauteuil et donna du bout de sa canne un petit coup dans le genou de Giuseppino.

— Tu m'entends, mon garçon ?

Car l'enfant continuait, maussade, de taper dans la griffe de lion. Quand il leva la tête, son grand-père vit qu'il ravalait ses larmes.

— Tu ne vas pas mourir, *nonno,* marmonna-t-il. Tu ne vas pas mourir. Arrête d'en parler.

Brièvement, la peur unit les frères ennemis.

— Il a raison, renchérit Sergio. Tu ne peux pas mourir. Il ne faut pas en parler comme ça ! On t'amènera à l'hôpital…

Amedeo leva la main.

— J'ai quatre-vingt-seize ans. Qu'est-ce que je leur dirais, à l'hôpital ? Que je suis en train de mourir ? Ils vont tomber des nues, dites donc ! Un vieillard de quatre-vingt-seize ans en train de mourir ! Ce sera du jamais vu !

— Tu ne vas pas mourir, répéta Giuseppino en tapant encore et encore le pied du canapé jusqu'à ce qu'il en eût fait sauter tout ce qu'il y restait de vernis.

— Vous aurez un devoir à remplir quand je serai parti, reprit Amedeo, soucieux de reprendre une conversation sensée. Votre *mamma* et votre *papà* ne pourront pas éternellement faire tourner le café. Un jour, ils deviendront vieux à leur tour. Alors, qu'adviendra-t-il de l'établissement qui est le nôtre depuis cinquante ans ? C'est pourquoi je vous le léguerai : pour assurer sa survie.

— Mais lequel d'entre nous s'en occupera ?

— Vous vous en occuperez tous les deux. Je vous le cède à parts égales.

Sergio en avait le vertige. Il se voyait déjà d'un côté du comptoir, son frère de l'autre, condamnés à passer l'éternité ensemble, devenant gras, comme Filippo et Santino Arcangelo, liés à jamais l'un à l'autre.

Ni Sergio ni Giuseppino ne reparleraient de cette conversation. Giuseppino se renferma un peu plus sur lui-même, et Sergio courba un peu plus l'échine, un peu plus contrit.

Quand vint la Sant'Agata, Amedeo avait fini d'empaqueter et d'étiqueter sa vie. Sans un mot d'adieu, il monta s'étendre sur le canapé, où on le trouva au soir, bien après la tombée de la nuit, couché sur le dos, les mains jointes sur la poitrine, comme pour épargner aux siens la peine d'avoir à le positionner pour le tombeau. Il avait attendu exactement quatre mois pour suivre Pina et, comme nul autre habitant de l'île n'était mort dans l'intervalle, il put être enterré, dans l'immense cercueil qu'il fallut lui faire confectionner, dans la tombe voisine.

Dans les jours de vide et d'accablement qui succédèrent au décès de ses deux parents, Maria-Grazia eut l'impression qu'elle n'avait plus de poids et qu'on avait arraché le toit de la maison Au Bord de la Nuit, si bien qu'elle s'en trouvait pitoyablement exposée. D'autant qu'une seconde blessure s'était ouverte dans son cœur quand son père était décédé, une blessure qu'elle n'osa avouer qu'à Robert : après toutes ces années qu'elle avait passées à faire vivre le café, son père ne le lui avait pas légué. Les garçons n'en voulaient même pas ! Cette histoire de testament ne causerait que des ennuis. Pina n'aurait jamais autorisé une chose pareille. Encore une fois, Maria-Grazia se sentait comme un capitaine à la barre d'un navire rebelle, forcée de gouverner pour d'autres, prudemment, alors que des eaux troubles s'étiraient devant elle.

Robert, à sa surprise, était en partie d'accord avec Amedeo.

— Il veut les obliger à parler ouvertement de leur inimitié, déduisit-il. C'est peut-être une bonne chose. Nous avons plus de quarante ans, toi et moi. Tous les autres commerçants de l'île ont une relève assurée. Comment ton père aurait-il pu choisir l'un ou l'autre de nos enfants ? Comment le pourrions-nous ?

— Mais pourquoi ne me l'a-t-il pas légué à moi ? sanglota-t-elle, telle une enfant lésée.

Comme l'hiver se dissipait, elle commença à sentir, par les nuits fraîches, la présence de son père dans le café, vérifiant les comptes par-dessus son épaule, guidant ses mains quand elle manipulait la machine à café, ou encore intervenant d'un raclement de gorge lors des disputes entre pêcheurs et vieux joueurs de *scopa,* comme si cela pouvait suffire à résoudre leurs différends. Par respect envers ce nouveau fantôme domestique, Maria-Grazia accrocha un portrait d'Amedeo au-dessus du bar. Elle choisit la toute première photo qu'on possédait de lui, entre-temps tachée par les ans : celle qu'avait prise sa jeune épouse, Pina Vella, et qui le représentait, sa sacoche à la main, son carnet sous le bras. Ainsi, la mère de Maria-Grazia était présente, elle aussi, suggérée dans le regard surpris que le jeune Amedeo fixait juste au-delà de l'objectif. Ce regard semblait suivre Maria-Grazia dans ses occupations, tel un *Cristo Pantocrator*, la couver avec amour comme autrefois la photographe. Et Maria-Grazia comprit. Si son *papà* lui avait légué le café, elle aurait dû un jour choisir entre ses deux garçons, or elle en aurait été incapable.

— *Papà,* le pria-t-elle en lui accordant son pardon, veille sur cet endroit.

5

La trêve entre les garçons dura juste le temps qu'on enterre leur grand-père. Ensuite, ils se remirent à guerroyer avec hargne, d'abord au sujet du café, dont aucun ne voulait, puis du carnet d'histoires, qu'ils convoitaient tous deux. Dans le sillage du geste absurde et généreux d'Amedeo Esposito, les tensions qui fermentaient entre eux depuis des années éclatèrent enfin au grand jour. Maria-Grazia, remontant de la cour les bras chargés de draps, faisait une pause pour sécher ses larmes au coin d'une taie d'oreiller (elle s'autorisait à pleurer ses parents à l'abri des regards, en abattant les tâches domestiques) quand elle entendit les garçons s'insulter dans la chambre de Sergio. Elle prit peur. Des jours durant, tout à leur antagonisme intense et privé, ils se pourchassèrent dans les couloirs de la maison où flottait encore le parfum des couronnes mortuaires d'Amedeo, jusqu'à ce que Concetta leur confisque le carnet de cuir rouge et l'emporte chez elle, dans la maison de la via Cavour.

Le lundi suivant, à l'aube, on fractura sa fenêtre. On ne lui avait rien dérobé, hormis le carnet, qu'elle avait pourtant caché dans sa vieille boîte à économies, dans le dernier tiroir de sa commode. Santino Arcangelo, son frère, celui qui travaillait au service du comte, inspecta la scène du crime et nota ses observations dans un calepin, comme un vrai *poliziotto*. Qui que soit le coupable, se dit-il en considérant un éclat de verre à travers ses yeux plissés, ainsi qu'il avait vu un détective le faire à la télé, il connaissait assez Concetta pour savoir où chercher le carnet.

C'était, de mémoire d'homme, le premier cambriolage jamais perpétré sur l'île. Pour tous, excepté ses parents, il ne faisait pas de doute que l'auteur du crime était le cadet des Esposito. Cette certitude se vit renforcée quand Sergio annonça, affolé, que son frère avait disparu. Maria-Grazia et Robert fermèrent le café pour la journée et entreprirent de fouiller l'île.

À la maison Au Bord de la Nuit, cette nuit-là, nul ne dormit.

Giuseppino leur téléphona trois jours plus tard de la résidence de son oncle Flavio dans le Surrey, un lieu qui revêtait depuis toujours une dimension mythique aux yeux de Maria-Grazia et devenait curieusement réel maintenant que résonnait dans le combiné la voix métallique, immatérielle, de son fils cadet. Cette voix paraissait fluette et un peu effrayée.

— Je suis avec l'oncle Flavio… déclara Giuseppino. Oui, oui, je vais bien. Ne t'en fais pas, *mamma*. Seulement, je ne rentrerai pas avant un moment. (Un silence. Un grésillement.) Je trouverai du travail à Londres. Ou j'étudierai à l'université. Oncle Flavio m'aidera pour les démarches. J'ai pris mon passeport anglais, j'ai fini mon lycée, qu'est-ce qui me retenait ? (Un nouveau silence.) Je rentrerai pour Noël, si je peux.

— Et le carnet d'histoires ? s'enquit Maria-Grazia, s'efforçant d'adopter le ton calme de Robert.

Giuseppino mit un certain temps à répondre, cette fois, mais, quand il le fit, ce fut d'une voix affermie :

— Ah, ça. Ne t'inquiète pas, il est en sécurité. J'en ferai faire une copie pour Sergio, je la lui enverrai.

Sergio se jeta sur son lit et sanglota de rage, encore et encore.

Comme promis, un colis portant le cachet des postes britanniques arriva au nom de Sergio. Giuseppino avait photocopié le carnet de leur grand-père. Les pages étaient tachées et ondulées, comme si on les avait écrites sous l'eau. Maria-Grazia savait que Giuseppino se moquait de son frère : c'était le carnet d'origine qu'il voulait.

Avec une inquiétude croissante, elle vit Sergio se ressaisir, bien décidé à revendiquer la seule victoire qui lui restât : celle d'être le bon fils.

— Tu peux partir, toi aussi, si tu le souhaites, lui rappela sa mère. Tu le sais, n'est-ce pas ? Rien ne s'oppose à ce que vous partiez, l'un et l'autre. Nous ferons tourner le café, ton père et moi.

Les locaux avaient toujours proféré à mi-voix des paroles ombrageuses au sujet de Sergio, mais voici qu'un revirement d'opinion s'esquissait en sa faveur.

« Ce Giuseppino, il s'est toujours cru trop bien pour Castellamare », remarquèrent les vieux joueurs de *scopa.*

Et Agata-la-pêcheuse de renchérir :

« Si Sergio a vraiment tenté de le noyer quand ils étaient petits, ma foi, je commence à comprendre pourquoi ! »

Cependant, Sergio surprit tout le monde en refusant de partir. À l'automne, il se rendit à la Société d'épargne et de crédit de Castellamare, plein d'ambition pour la première fois de sa vie. Il portait le complet qu'il avait mis à l'enterrement de son grand-père et qui le serrait à la taille et à l'entrejambe suite à une dernière poussée de croissance ; le tissu trop court lui battait aux chevilles de manière cocasse. À la main, il tenait une vieille mallette d'Amedeo contenant les comptes du café, copiés à la main, au crayon, d'une écriture bien nette, sur cinq feuilles de papier d'écolier. Dans la banque, il patienta sur un canapé tendu de tissu, priant pour qu'aucun voisin ne l'aperçoive par les grandes baies vitrées. Un employé sicilien le fit entrer dans la petite cabine qui lui tenait lieu de bureau, à l'emplacement où s'était autrefois trouvée la cuisine de Gesuina, et lui servit une tasse de café, sicilien également.

— J'aimerais souscrire un emprunt, déclara Sergio, après avoir fait lire à l'employé le bilan du café.

— Afin de moderniser l'établissement ? supputa l'autre en suivant les lignes de comptes du bout de son crayon, hochements de tête à l'appui.

— Afin de racheter les parts de mon frère.

— Combien de parts détenez-vous aujourd'hui ?

— Cinquante pour cent. Mais c'est moi qui vais faire tourner le café, dorénavant. Mon frère est parti. Or, voyez comme notre bénéfice augmente d'année en année…

Sergio avait tracé la courbe des bénéfices du café Au Bord de la Nuit de 1960 à 1971 et complété le schéma d'une partie intitulée *Estimations de croissance* : une flèche tendue vers l'avenir, comme une promesse d'expansion fulgurante ne demandant qu'à se réaliser.

L'employé fit un calcul sur une feuille à filigrane et opina, satisfait.

— Nous ne pouvons pas vous faire de prêt sans garantie de votre part, déclara-t-il. Je vous recommanderais d'hypothéquer vos parts et de vous servir de la somme pour racheter celles de votre frère. Nous estimons votre commerce à environ six millions de lires. Notre établissement peut vous proposer un prêt de la moitié de cette somme, plus un petit quelque chose pour quelques réaménagements, ou une nouvelle voiture.

— « Un petit quelque chose » ?

— Oui. Disons, trois millions cinq ou quatre millions en tout. Une fourgonnette pourrait peut-être vous être utile ? Les autres commerçants en ont…

— Et quand vous rembourserais-je ?

— Progressivement, au cours des trente prochaines années. À un taux d'intérêt de sept pour cent.

Sergio se pencha vers l'employé et s'éclaircit la voix, qu'il avait comme encombrée de gravier :

— Si j'accepte, qui possédera le café ?

— Vous, lui répondit l'employé. Dans son intégralité.

Il fit établir les contrats. Sergio les rapporta à la maison. Hypothéquer sa part du café pour racheter celle de son frère, il y avait là une ironie qui ne lui échappait pas. Mais la tête que ferait Giuseppino ! Ce serait une récompense en soi.

Effectivement, quand il lui fit part de son projet au téléphone, Giuseppino éructa d'une rage si tonitruante qu'on l'eût cru un instant de retour sur l'île, à remplir toute la maison de son tapage. Mais Sergio couvrit ses éclats de voix avec une insistance tranquille.

— J'ai fait estimer le café. Je l'ai fait en toute honnêteté, sur la base des critères que m'a soumis la banque : la valeur de la maison, plus la moitié de trois ans de bénéfices. Tu y gagnerais gros, Giuseppino. Il y a des millions de lires à la clé pour toi. Tu pourrais aller à l'université, comme tu l'as toujours voulu. Cet argent, tu pourras en faire ce que bon te semblera…

— Tu me chasses de l'île ! tonna Giuseppino. Tu cherches à te débarrasser de moi ! Je n'ai jamais dit que je comptais rester éternellement chez *zio* Flavio !

— Tu es parti. Tu as pris le carnet et filé à l'anglaise. Le café, tu n'en voulais pas.

D'une petite voix belliqueuse, Giuseppino s'entêta :

— Et si je voulais revenir ? On ne sait jamais !

— Alors, reviens, répliqua Sergio. Si c'est ce que tu souhaites.

Soudain, sa poitrine se gonfla d'une obscure aspiration. Laquelle ? Il l'ignorait. Jusqu'à ce que des tréfonds de sa conscience lui parvienne la réponse : cette chose qui lui manquait si cruellement, c'était son frère.

— Reviens, murmura-t-il d'un ton un peu implorant.

Giuseppino s'étrangla sur un sanglot furieux et raccrocha.

On hypothéqua le café. Giuseppino renvoya le contrat paraphé et signé. Ce fut Maria-Grazia qui ouvrit l'enveloppe et tira les vers du nez de Sergio. Quand enfin elle lui eut arraché toute la calamiteuse vérité, elle en versa des larmes de rage.

— Tu as compromis le café ! s'écria-t-elle, aussi véhémente qu'avait pu l'être autrefois sa mère, Pina. Tu l'as hypothéqué aux d'Isantu, aux ennemis jurés de ton grand-père, et pour quoi ? Pour une querelle d'écoliers, une rivalité fraternelle ! Sept pour cent ? Seigneur, Sergio, tu te figures que les taux d'intérêt sont toujours aussi hauts ? Tu t'imagines qu'ils vont le rester ces trente prochaines années ? Tu crois vraiment qu'un homme d'affaires approuverait cette hypothèque ?

Sergio, qui à dire vrai ne connaissait rien aux affaires ni aux taux d'intérêt, se tassa derrière le comptoir et marmonna :

— Je vais tout rembourser.

Mais, en s'encombrant de cette hypothèque, il s'était lié irrémédiablement au café.

Giuseppino ne revint pas. À la fin de son cursus universitaire, il envoya à sa famille une photo de sa cérémonie de remise de diplôme. Il avait fière allure, avec sa toge noire et son mortier à coque de carton, sur fond de pelouse, d'un bâtiment de brique et d'un ciel d'un bleu invraisemblable. Bien qu'il fût toujours en disgrâce sur l'île, on ajouta le cliché à la galerie du mur de l'escalier.

Cet été-là, Sergio fit rallonger les horaires d'ouverture du café, remplaça la vieille machine à espressos, et avec les bénéfices de la vente de glaces, qui suffisaient amplement à couvrir ses mensualités, il fit enfin poser une enseigne au néon. Tonino et 'Ncilino, les maçons, la hissèrent au-dessus de l'entrée à grand renfort de cordes. Désormais, la terrasse reluisait d'une lueur verte mystique qui attirait toute la faune locale : les lézards se doraient sous les tubes comme à la chaleur d'un soleil martien et de grands papillons de nuit aux ailes veloutées s'y cognaient dans des gerbes d'étincelles.

Sergio commanda en outre un baby-foot qu'il passa toute une nuit à assembler, fixant l'une après l'autre les deux cent soixante-dix petites vis et attrapant des ampoules au passage. Bientôt, on organisa des tournois tous les samedis après-midi et tous les mardis soir. Il remplaça l'antique poste de radio par une télévision en couleur et souscrivit un abonnement à la chaîne des sports, et par ce coup de maître replaça le café au centre de la carte de Castellamare, comme l'avait déjà fait Maria-Grazia en son temps. Car, dorénavant, tous les habitants du quartier affluaient vers la maison Au Bord de la Nuit pour y suivre les matchs de foot et les feuilletons sous-titrés des chaînes italiennes, y découvrir les publicités pour les machines à laver et les produits d'entretien ménager et y admirer les annonces bigarrées de la BBC. Avec l'argent de la banque, Sergio avait déjà fait l'acquisition d'un triporteur Ape, comme celui de Tonino le maçon, et il avait en outre repeint toute la maison. Le commerce semblait entrer dans une phase de prospérité, comme à l'époque lointaine où Amedeo l'avait rouvert.

Aux yeux de Maria-Grazia, cependant, les choses semblaient stagner. Sergio restait vissé derrière son comptoir, déterminé à rembourser sa dette. Giuseppino, à Londres, recueillait sans efforts tous les lauriers que la vie peut apporter et envoyait par courrier maritime des photos triomphantes de chaque nouveau succès : petite amie puis épouse, maison, voitures. Il semblait sourd aux demandes de pardon que multipliaient ses parents lors de leurs grésillantes conversations téléphoniques ; il refusait de rentrer ne serait-ce que le temps d'une visite. Et Sergio, derrière son comptoir, attendait, toujours vêtu de sa vieille chemise de lycéen et de la culotte courte de sa jeunesse, ne permettant même pas à sa mère de repriser les trous de ses maillots de corps ou de lui couper les cheveux.

Et Maria-Grazia, une fois de plus, eut la curieuse impression de se perdre, comme lorsqu'elle était devenue mère pour la première fois. Car le café n'avait-il pas toujours été le sien ?

— Si seulement il se décidait à se marier ! se lamenta-t-elle un jour auprès de Robert, dans la chambre de pierre adjacente à la cour, qui était désormais la leur. Si seulement Giuseppino nous amenait sa femme, l'Anglaise, pour nous la présenter, et faire la paix avec son frère ! N'importe quoi, pourvu qu'il se passe quelque chose !

Sergio, plus têtu au fond que son frère, s'enferrait dans sa solitude, siégeant tel un martyr derrière son comptoir, de la même dégradante façon qu'avait eue Flavio de s'agenouiller autrefois aux pieds de la statue de la sainte. Tant que nul changement ne viendrait secouer le café et le tirer de sa torpeur, Maria-Grazia redoutait qu'il demeure englué dans un temps immuable, comme dans les dernières années de la guerre. Giuseppino resterait absent, Sergio aussi à sa façon, et rien ne tournerait plus rond.

Pendant longtemps, il ne se passa rien au café Au Bord de la Nuit.

6

Le changement tant espéré se présenta enfin sous les traits de la petite Maddalena. Elle naquit les pieds devant, comme son père Sergio, vagissante, inconsolable, la semaine où les trois postes de télévision du café diffusaient les images de la chute du mur de Berlin.

L'année avait été étrange. En janvier, entre la Santo Stefano et l'Épiphanie, Carmela d'Isantu était morte. Andrea d'Isantu était revenu à Castellamare pour les obsèques. Comme à son dernier passage, il refusa de voir Maria-Grazia, ce qui n'empêcha pas les habitants de déterrer l'histoire des poignées de sable qu'il jetait, jeune homme, contre ses fenêtres, et des semaines qu'il avait passées alité, malade d'amour pour elle. On chuchotait ces histoires dans les coins du café d'une façon que Maria-Grazia trouvait fatigante, insupportable même, quarante ans après que la nouvelle avait perdu sa prime fraîcheur.

Elle entraperçut Andrea parmi la foule amassée autour de la tombe venteuse où l'on descendit le cercueil de *signora la contessa* : un homme de petite taille aux sourcils broussailleux, qui tenait davantage du vieillard que de l'homme d'âge mûr.

— Ça ne peut pas être Andrea ! s'ébahit-elle en rentrant, Concetta à son bras.

— On ne rajeunit pas, tu sais, lui répondit son amie. Tu ne t'en es pas rendu compte ? Bepe, lui qui était si bel homme, il a une bedaine grosse comme un tonneau, et Totò a perdu tous ses cheveux. Quant à Agata-la-pêcheuse, elle porte des pantoufles et une robe de chambre et elle traîne la patte comme le faisait Gesuina !

Maria-Grazia fut bien forcée de reconnaître que c'était la vérité.

Mais Robert et elle, se pouvait-il donc qu'ils soient vieux ? Eux qui dormaient encore les membres entrelacés, comme des adolescents, dans la chambre de pierre qu'elle considérait toujours comme celle de ses parents, eux qui dansaient à la Sant'Agata avec le même abandon que le soir de leurs noces ! Sa vie lui semblait une chose étrange. Après s'être traînée, dépourvue d'intérêt, lorsque, enfant, elle souffrait, caparaçonnée dans son appareil, son existence s'était soudain emballée quand le bonheur l'avait trouvée, pour s'enfuir à perdre haleine avant que Maria-Grazia ait le temps de dire « ouf ».

Même Concetta avait cinquante ans révolus. Si elle ne s'était jamais mariée, elle avait, en revanche, recueilli un pupille : le fils de son frère Filippo, un redoutable garçon de cinq ans prénommé Enzo. Le petit avait perdu sa mère tout bébé et, sitôt qu'il avait su marcher, il s'était mis en devoir de sillonner Castellamare en long, en large et en travers, pour y chasser le lézard, y distribuer des coups de bâton et dévaler les pentes les plus caillouteuses et les plus escarpées à califourchon sur son âne en plastique bleu à roulettes rouges. À quatre ans, il était devenu proprement ingérable, d'après les joueurs de *scopa* à tout le moins, car la voix de stentor de Filippo Arcangelo résonnait dans toute la partie sud du village par ses fenêtres ouvertes, ordonnant au petit de descendre de telle échelle, de sortir de tel placard ou encore de cesser d'escalader les cartons dans la réserve de l'épicerie familiale.

Concetta, qui n'avait pas adressé la parole à ses frères depuis trente ans, se fit alors sévère.

— J'y vais, dit-elle à Maria-Grazia. Je vais m'assurer qu'ils le traitent correctement.

Filippo, s'avéra-t-il, ne maltraitait pas Enzo. C'était plutôt ce dernier qui lui en faisait baver. Concetta trouva à son arrivée son frère vieillissant affalé sur les marches de la cour et le garçon en train de décrire de grands cercles sur son âne en rugissant tout ce qu'il savait, la figure tartinée de farine et de sirop.

— Toi aussi, ma sœur, dit Filippo en levant sur Concetta des yeux de chien battu, tu as appris que je n'arrivais pas à contrôler mon propre enfant. Et tu es venue me faire la leçon.

— Je ne suis pas là pour te faire la leçon, imbécile, lui répliqua-t-elle, mais pour te proposer mon aide, car Dieu sait si j'étais sauvage, moi aussi, à son âge. Le petit n'a pas de mère mais je suis venue te rappeler qu'il a une tante, même si son frère et elle ne sont pas fichus de converser poliment ensemble. Et même s'il a l'air coriace, ton Enzo ne l'est pas autant que moi autrefois, tant s'en faut ! Enzo ! Viens ici.

Le petit, surpris, obéit.

— À partir d'aujourd'hui, tu viendras me rendre visite, de temps en temps, l'informa Concetta. Qu'en dis-tu ?

— Oui, *zia*, répondit le petit, intimidé, car on lui avait raconté des centaines d'anecdotes au sujet de sa redoutable tante Concetta.

Le samedi suivant, il se présenta chez sa tante en habits du dimanche sur son âne à roulettes, ses affaires dans un petit sac à provisions, prêt à passer la journée dans la maison bleue aux orangers. C'était un gamin malingre et noir de peau, tout comme elle à l'époque. Avec ses chevilles et ses poignets osseux, il toucha chez sa tante une corde sensible, si bien qu'elle décida de se consacrer à son éducation.

Concetta n'avait pas atteint une taille considérable et, même une fois adulte, elle était restée fluette, mais par sa personnalité, c'était une femme imposante. Qu'elle soit soucieuse ou gaie, elle irradiait de vitalité ; son énergie était telle qu'elle semblait la cause de ses cheveux frisés et de ses joues rouges de jeune fille. Enzo sentit dès le début qu'elle faisait un adversaire à sa hauteur, et il s'assagit.

Quinquagénaire, Concetta n'en était pas moins active. Elle se consacrait notamment avec passion à l'entretien de son jardin. De toute part il menaçait d'engloutir sa maison et il était si vert qu'il en piquait les yeux. Un ingénieux système de tuyaux perforés arrosait chaque matin les rangs de son potager – tomates, courgettes, aubergines, basilic. Ce dernier, notamment, poussait à un rythme alarmant : chaque touffe était assez haute et drue pour avaler le petit garçon tout entier. Le long de la façade s'emmêlaient les lianes grimpantes des pastèques qui s'aventuraient jusqu'aux chambranles des fenêtres et encerclaient, inquiétantes, le cadre de la porte d'entrée. Entre les orangers poussaient en outre des asperges, du fenouil, de la menthe et de grands artichauts tout hérissés d'épines d'argent. Dans cette jungle, Concetta permit au petit de laisser libre cours à ses élans.

— Crie, tape, fais ce que bon te semble, lui dit-elle. Moi, ça m'est égal !

Elle lui ficha sur la tête un vieux Borsalino, s'agenouilla devant un entrelacs de tiges et entreprit paisiblement de récolter des tomates cœur de bœuf, livrant le petit à lui-même.

Enzo ne tarda pas à reparaître, rassasié de cris et de coups, dont personne ici ne s'offusquait.

— Les *cuori di bue* ont toutes mûri d'un coup, commenta Concetta sans se tourner vers lui, car elle savait que, pour tapageur qu'il fût, Enzo était dans le fond un grand timide. On en fera de bonnes salades, avec des boulettes de riz et de la mozzarella. Tu m'aideras ?

— Oui, *zia*, répondit-il.

Tout l'après-midi, il travailla aux côtés de sa tante, roulant sous sa paume les boulettes de riz, pétrissant la pâte à pain et agitant dans la grande passoire les aubergines salées pour leur faire dégorger leur suc amer, jusqu'à ce qu'il en soit exténué.

— Là ! fit Concetta, satisfaite, en le rendant à son père, ses beaux habits tout crottés. Il est calmé. Envoie-le-moi quand tu voudras.

À compter de ce jour, Enzo passa la moitié de son temps chez son père, et, quand il faisait sa forte tête, il préparait son baluchon et se voyait confié aux bons soins de sa *zia* Concetta, pour la journée ou pour la semaine, c'était selon. Bien qu'il finît par l'aimer comme une mère, elle lui inspira jusqu'au bout une forme de crainte sacrée. Même quand il était particulièrement déchaîné, elle était toujours capable de courir plus vite que lui, de crier plus fort, de le pousser à une allure effrayante sur son petit âne à roulettes si bien qu'il en avait le souffle coupé. Ayant trouvé en elle son égale, il résolut, en sa présence du moins, de s'apaiser. Et ce fut ainsi que la brouille qui divisait les Arcangelo depuis que Concetta avait pris ses cliques et ses claques pour s'installer au café perdit un peu de son mordant. On l'entretenait toujours, pour la forme, en souvenir du temps passé, mais elle ne valait presque plus la peine d'être mentionnée. Par respect envers sa sœur, Filippo prit même l'habitude d'envoyer quelques clients de l'Arcangelo's Beach Bar au café Au Bord de la Nuit, bien que Santino, furibond, s'évertuât à leur faire faire demi-tour.

— La solidarité, la famille, c'est bien beau, pestait-il, mais ce que tu fais est complètement crétin, frérot !

En février, Enzo eut cinq ans. Il n'avait jamais été si sage. En effet, le dernier descendant (par sa mère) de Vincenzo le peintre venait de découvrir le papier et les crayons.

— C'est une bonne chose, murmura Concetta à Maria-Grazia.

Au comptoir du café, le garçon dévorait une part de *cassata* tout en dessinant à la craie les joueurs de *scopa* dans une manne de détails peu flatteuse.

— Il sera sage, maintenant, et il ira à l'école, chose que je n'ai jamais réussi à faire.

— Comment t'y es-tu prise ? l'interrogea Maria-Grazia, impressionnée.

Concetta s'étonna :

— Comment ? Mais de la même façon que tu t'y es prise avec moi, Maria-Grazia !

Qu'il était donc curieux, songea cette dernière, que la petite fille à la tignasse pleine de nœuds et à la robe d'été blanche qui se gavait autrefois d'*arancini* de fortune et de *limonata* sans sucre soit devenue une femme aussi forte ! Et, accessoirement, sa plus fidèle amie.

En mars, un autre événement se produisit. Alors que plus personne ne l'espérait, Sergio Esposito ramena une fille au café Au Bord de la Nuit.

Sergio avait trente-cinq ans et, depuis dix-sept ans, ses parents l'imploraient de quitter l'île. Qu'il parte chercher la fortune, se marier, ou faire ce qu'il voudrait, pourvu qu'il cesse de se morfondre avachi derrière son comptoir, affublé de ses vieux habits gris du lycée, son visage trahissant ses envies d'ailleurs. S'il s'obstinait pour faire culpabiliser son frère, c'était en vain, se désolait Maria-Grazia, car ce dernier habitait à des milliers de kilomètres de là et, occupé à mener sa propre vie, ne se rendait compte de rien.

Or voici qu'un beau jour, sans crier gare, Sergio fit entrer au café une femme qu'il présenta en ces termes à ses parents et aux clients :

— *Mamma, papà,* voici Pamela.

Elle était petite, fine et soignée, nota Maria-Grazia avec satisfaction. Ses cheveux teints en roux épousaient la forme de son crâne comme un bonnet de bain.

— *Buongiorno, piacere*, répéta-t-elle à chacune des personnes présentes, inlassablement, car c'était là tout ce qu'elle maîtrisait d'italien.

— Vous êtes américaine ? s'enquit Maria-Grazia.

— Non, non. Anglaise.

— Pamela et moi nous fréquentons depuis quelque temps, reprit Sergio, comme si ce fait venait de lui revenir en mémoire, et nous attendons un enfant.

Ce fut une explosion de joie au café Au Bord de la Nuit. Les vieux clients auraient fait la fête à n'importe quel représentant du sexe féminin, Maria-Grazia le savait, même s'il s'était agi d'une chèvre ou d'un *riccio di mare* femelle, mais Pamela semblait charmée. Un peu décontenancée par tant d'agitation, elle consentit à s'asseoir à la meilleure table, comme ils l'en priaient, et accepta les boulettes de riz et les fleurs qu'on se bousculait pour lui offrir. Maria-Grazia en profita pour couler un regard à son fils et constata qu'il n'était plus le garçon voûté, contrit, qu'elle connaissait. Pour la première fois, il rayonnait de bonheur.

Les difficultés ne tardèrent pas arriver. Pamela voulait accoucher en Angleterre. Ce fut la première dispute que surprit Maria-Grazia entre les futurs parents. D'autres suivirent. Pourquoi n'avait-il pas postulé pour un emploi à Londres, ainsi qu'il le lui avait promis ? Pourquoi s'obstinait-il à ne parler qu'italien à leur futur bébé ? Où était passé l'argent des billets du retour ?

La femme parlait du retour en Angleterre, bien sûr. Maria-Grazia entendait les mots durs qu'ils se jetaient au visage, et elle se faisait du souci.

Sergio aimait Pamela. De cela, elle était certaine, car ils s'étaient avancés dans le café ce fameux jour de mars nimbés des mêmes auspices, forts de la même affection singulière qu'elle et Robert en leur temps. Sergio en était resté plusieurs jours comme éclairé de l'intérieur ; son visage tout en longueur irradiait d'un éclat juvénile tandis qu'il se lançait à corps perdu dans une foule de projets divers relatifs au café : acquisition d'une plus grande télévision, informatisation des comptes des cinquante dernières années, réfection des dalles fendues de la terrasse… À part soi, sa mère s'était secrètement réjouie, et Robert aussi. Sergio habitait depuis trop longtemps dans cette zone d'ombre qui relie l'enfance et la maturité et qui, sur Castellamare, avait une fâcheuse tendance à s'éterniser. Sa mère savait ce qu'on murmurait sur son compte. Un homme de trente ans révolus, dormant toujours dans sa chambre d'enfant, mangeant encore le risotto et les *melanzane* au four de sa maman, accoutré des vieux habits de ses années de lycée et fréquentant toujours les mêmes gens : Nunzio le fils du boulanger, Peppe le fils de Valeria, Calogero l'avocat… Autant d'adolescents attardés, d'après les critères en vigueur sur l'île : échoués derrière les comptoirs des commerces familiaux, soumis aux remontrances des grand-mères, aux ragots des joueurs de *scopa* et promis à des semaines de scandale pour peu que l'un d'entre eux ramène un jour une fille sous son toit. Aussi Pamela l'Anglaise avait-elle incarné aux yeux de tous la promesse d'une délivrance. Dans l'expérience de Maria-Grazia, pour échapper à la zone d'ombre, il fallait soit se marier, soit faire fortune, soit partir.

Mais elle avait commencé à s'inquiéter quand Sergio, peu avant le mariage, lui avait raconté l'histoire de leur rencontre.

« On s'est connus il y a longtemps ! s'était-il exclamé, exalté, servant à tous les convives de grandes rasades de vin. Quand on était enfants. Je ne vous en ai jamais parlé, *mamma, papà, zia* Concetta. C'était en 1965.

— Comment est-ce possible ? s'était étonné Robert, inclinant la tête vers sa future bru, qui souriait de toutes ses dents. »

Sergio avait répondu à la place de Pamela :

« Elle était en vacances ici avec ses parents. »

Puis Sergio leur fit le récit de leurs retrouvailles, l'été précédent, sur la bande de sable qui servait de plage privée au grand hôtel d'*il conte*.

Sergio avait pris l'habitude de nager tous les dimanches matin, plongeant d'un rocher non loin de la plage privée. Ce matin-là, il avait laissé son vélo, comme d'habitude, près du quai, traversé au pas de course la pierre chaude, ôté ses chaussures, son jean et le polo gris et troué aux aisselles que Maria-Grazia cherchait à jeter par tous les moyens, et s'était tenu en caleçon de bain, prêt à fendre les flots quand, à son grand embarras, il avait remarqué que le transat le plus proche était occupé par une jeune femme, et que celle-ci pleurait.

Pamela avait opiné à cette évocation. Elle riait, désormais.

« Je venais de divorcer. J'étais venue ici me changer un peu les idées. J'y étais déjà venue enfant et je gardais de bons souvenirs de l'île. »

Sergio avait agi conformément au code de l'honneur : il avait récupéré son polo, remis son jean, reboucle sa ceinture, était allé s'asseoir auprès de l'inconnue et s'était mis en devoir de la consoler.

« Comme un vrai gentleman, avait commenté Pamela. Il m'a demandé si j'étais déjà venue sur l'île. Je lui ai répondu oui, en 1965, avec mes parents…

— J'avais onze ans, à l'époque. Elle m'a dit qu'elle devait avoir à peu près le même âge. Alors je lui ai demandé si elle s'appelait Pamela. »

Car tout lui était soudain revenu, comme une vision : la petite fille au maillot de bain rose plongeant sous le courant et émergeant à ses côtés, dégoulinante d'eau de mer, la Pamela du jour des grottes et du sirocco.

« La Pamela ? Quelle Pamela ? avait demandé Concetta, qui ne connaissait pas l'épisode.

— Souviens-toi, *zia*, la fille avec qui on nageait la fois où Giuseppino a failli se noyer… »

Cette histoire troublait Maria-Grazia, bien qu'elle n'eût pas su dire pourquoi. Il lui semblait que son fils attachait trop d'importance à l'épisode. Il avait même téléphoné à son frère pour le lui rappeler.

« Pamela ? Quelle Pamela ? » avait à son tour demandé Giuseppino.

Il prétendait ne pas se rappeler l'angelot blond au maillot de bain rose. Lorsque Sergio lui avait fait part de la naissance du bébé, un silence avait résonné dans le combiné. Maria-Grazia n'ignorait pas que lui et sa femme n'avaient pas réussi à concevoir.

« Félicitations », avait-il enfin lâché, en anglais.

Rien de plus.

Malgré les appréhensions de Maria-Grazia, au début tout se passa à merveille. Puis, au début du printemps, entre deux orages, Sergio fit l'erreur de reparler à sa femme du sirocco, du maillot rose et du passage sous-marin. Or Pamela ne s'intéressait plus à ce genre de coïncidences.

— Qu'est-ce que ça change, de toute façon ?

— Allons, Pam, tu ne t'en souviens pas ?

— Quand était-ce ? Au début ou à la fin de l'été ?

Il avait toujours pensé que l'événement devait être pour elle aussi un souvenir chéri entre tous, et revêtir à ses yeux la même importance qu'aux siens.

— C'était la veille de la Sant'Agata, lui rappela-t-il. En 1965.

Pamela ne l'écoutait que d'une oreille.

— Je ne sais pas. On passait tous nos étés dans un coin différent de la Méditerranée chaque année. Tout se mélange dans ma tête. J'imagine que ce devait être moi. (Elle haussa les épaules.) Ça changerait quelque chose, pour toi ?

Fallait-il lui avouer que oui, cela aurait tout changé, qu'elle ne soit pas la vraie Pamela ? Il sentait que, déjà, ses questions l'irritaient. Dans son emballement, il se fit incohérent :

— Tu ne te rappelles pas avoir nagé dans le tunnel ? Le sirocco ? Quelle était la probabilité pour qu'on se retrouve après toutes ces années ? Tu te rends compte ? C'est comme dans les contes de mon grand-père !

— Toi et tes contes ! s'emporta-t-elle soudain, inexplicablement. Vous tous, les Esposito, avec vos fichus contes ! Évidemment que ce n'était pas moi !

Ils se trouvaient face à face à présent, dans la pénombre de la chambre d'enfant de Sergio, et c'était à son tour à elle de le noyer sous un déluge de mots, tandis qu'il se murait dans le silence.

— Sergio, je n'avais pas onze ans à l'été 1965 ! Tu le sais bien ! J'en avais seize ! Et on n'a pas pu se rencontrer parce que je n'étais pas sur l'île. Bon sang, ne fais pas l'enfant. Tu as pourtant bien vu ma date de naissance, quand on a rempli notre demande de mariage… !

— Alors, pourquoi avoir joué le jeu, puisque tu trouvais ça grotesque ?

— Je trouvais ça flatteur ! Pour l'amour du ciel ! Tu affectais de croire que j'avais cinq ans de moins que je n'en ai en réalité ! Je ne pensais pas que tu en étais réellement persuadé ! Ne me dis pas que c'était le cas ?

Sergio se sentait comme échoué sur une rive étrangère, irrémédiablement défait. Il n'aurait su expliquer pourquoi.

Mais il y avait le bébé. Et puis, était-ce si important qu'elle fût ou non la Pamela de son enfance ? Non, ils se marieraient quand même. Elle l'avait malgré tout aimé, ces semaines passées.

Sur leur photo de mariage, prise par une matinée humide d'avril sur le parvis du bureau d'état civil de Syracuse où eut lieu l'expéditive cérémonie, devant Robert et Maria-Grazia pour seuls témoins, Pamela, enveloppée dans des volutes d'organza blanc, appuyait tendrement son petit minois auréolé de cheveux teints contre l'épaule de Sergio. Elle consentit même, quand ils rentrèrent de leur lune de miel sur le continent, à ce que Maria-Grazia lui apprenne à confectionner le *limoncello* avec de l'alcool, du sucre et un sac rempli des fruits du citronnier de la cour. En la regardant touiller le liquide trouble, Maria-Grazia s'était laissé surprendre par une vague de tendresse pour cette bru inattendue.

Mais, à la venue de l'automne, tout avait changé. Pamela, comprit Maria-Grazia, voulait rentrer chez elle.

« Il faut qu'on ait une maison à nous, chuchotait-elle à son époux. On est trop à l'étroit, ici. »

Sergio répondait doucement, sans comprendre :

« Mais ce ne sont pas les chambres qui manquent, mon amour… »

Maria-Grazia, pour sa part, était de l'avis de sa bru. Comment Pamela aurait-elle pu rester de marbre face aux indéfinissables relents d'adolescence qui hantaient encore la chambre de Sergio, face aux bruits du café qui s'élevaient dans l'escalier par les chaudes soirées d'été ? Comment aurait-elle pu ne pas s'en trouver oppressée ? À moins de suivre Pamela en Angleterre, Sergio la perdrait.

Plus les tensions se multipliaient, plus leur mariage faisait office d'ultime rempart, et plus le couple ressemblait à la conjugaison de deux solitudes. La mère pressait son fils :

« Va donc visiter l'Angleterre. Emmène-la au moins y faire un petit séjour. Va rencontrer ses parents. »

Mais Sergio, hésitant, n'acheta jamais les billets. Il tenta de parler à ses beaux-parents au téléphone. Seulement, quand il lui fallut s'exprimer dans la langue de son père avec des inconnus, il s'emmêla, oubliant jusqu'aux mots de vocabulaire les plus élémentaires. Lui qui avait la nationalité britannique, il bafouillait, se débattait avec des approximations, appelant la route « the autostreet », les orteils des « foot fingers », traduisant littéralement des expressions italiennes... Il avait toujours parlé anglais sans difficultés avec son père et son frère. Mais quelque chose en lui s'accrochait à son île – c'est du moins l'interprétation qu'en fit Maria-Grazia. Une redoutable obstination s'était fait jour en lui à l'idée d'y être arraché.

— Il se comporte comme un gosse ! murmura-t-elle, furieuse, à Robert ce soir-là. Si elle veut vivre en Angleterre, il faut qu'il le lui permette. Toi-même, n'es-tu pas venu ici pour moi ?

Sur ce sujet, Robert était profondément tiraillé. Il était revenu pour Maria-Grazia, certes, mais aussi parce qu'il ne pouvait envisager d'aimer une autre terre que celle de Castellamare. Et Maria-Grazia, en toute honnêteté, se sentait elle aussi quelque peu découragée à l'idée de ce pays étranger en noir et blanc, sans cigales et sans ressac. Mais ils lui rendraient visite là-bas, ainsi qu'à leur petit-enfant et à Giuseppino. Peut-être qu'une fois réunis les deux frères parviendraient enfin à se réconcilier.

En attendant, même les clients du café avaient remarqué l'insatisfaction de l'épouse de Sergio Esposito. Celui-ci, cependant, se jeta à l'automne avec une ardeur redoublée dans ses sempiternelles préoccupations : servir le café, rouler la pâte à tarte, rassembler les lires crasseuses, chaque soir après la fermeture, sous la photo de son grand-père. Le tout avec ostentation, car l'argent était censé financer les billets pour l'Angleterre. Mais sa mère n'était pas dupe : ces gestes, en réalité, c'était par amour qu'il les accomplissait. Rien ne le persuaderait de renoncer à son existence au café. Car il semblait avoir décidé, avec dix-sept ans de retard, que l'île était la terre à laquelle il appartenait.

Restait aussi l'histoire de l'hypothèque. Sur ce point, Maria-Grazia se montrait véhémente : il fallait régler l'affaire dans les plus brefs délais, puisque le couple devait partir avant la naissance de l'enfant, prévue pour décembre. Or la moitié de la somme empruntée restait à rembourser. Avec les intérêts, elle s'élevait à trois millions de lires. Soit, au tarif actuel, dix mille cafés. Huit mille boulettes de riz. C'est en ces termes que Maria-Grazia lui résuma la situation pour s'assurer qu'il en prenne la pleine mesure. L'afflux de touristes, qui avait été assez constant vingt années durant, commençait à se tarir. Les réservations à l'hôtel avaient décru cette année-là et, début septembre, tous les estivants étaient déjà repartis. On ferma le site archéologique pour la saison hivernale ; l'amphithéâtre fut recouvert de bâches noires. Dès l'automne, les barrières qui fermaient l'entrée des grottes furent mises sens dessus dessous par des orages précoces ; certaines se rompirent tout à fait et nul ne prit la peine de les retaper, car les prochains à payer les deux mille lires que coûtait la visite, plût à Dieu et à Sant'Agata qu'il y en ait, ne viendraient pas avant le printemps. Les adolescents de l'île colonisèrent les grottes, armés de ce que Concetta appelait « des boîtes à bruit américaines ». Et, en dépit de tout cela, Sergio semblait croire que rembourser la dette serait un jeu d'enfant, et aussi, confia-t-il plein d'espoir à sa mère, que d'ici là Pamela aurait appris à aimer sa chère île et son vieux café.

Giuseppino n'était pas revenu pour le mariage de son frère. Pour se faire pardonner, il envoya au jeune couple un chèque de deux millions de lires pour la réfection du café Au Bord de la Nuit. Par endroits, le toit recommençait à fuir. Maria-Grazia téléphona à Tonino et à 'Ncilino pour qu'ils viennent y remédier.

— Peux-tu encaisser le chèque de ton frère ? demanda-t-elle à Sergio.

De son côté, Pamela le tannait entre ses dents :

— Rembourse l'hypothèque, libère-toi de tes obligations et partons pour l'Angleterre avant la naissance du bébé !

Pendant plusieurs semaines, le chèque resta intouché sur la table de chevet de Sergio. Comment leur expliquer, à l'une et à l'autre, qu'il se sentait toujours contrecarré dans ses projets par son frère absent ? Giuseppino envoyait régulièrement de l'argent pour l'entretien du café. C'était lui qui avait financé le nouveau triporteur en remplacement de la vieille Ape ; il stationnait sur la place et l'on s'en servait pour remonter du port les cartouches de cigarettes et les caisses de café. C'était encore lui qui avait permis l'achat du second baby-foot, et de la dernière télévision. Mais le café à proprement parler ne lui appartenait plus, et ce depuis dix-sept ans.

On commença les travaux de réparation courant octobre. Une semaine plus tard, quand Tonino et 'Ncilino eurent dépouillé le toit de la moitié de ses tuiles, Sergio déchira le chèque et en dissémina les morceaux dans la mer. Il paierait lui-même les ouvriers. Il avait réussi par le passé à faire revivre le café, il réussirait de nouveau.

Giuseppino ne remarqua jamais que son chèque n'avait pas été encaissé, un fait que Sergio attribua autant à son extrême richesse qu'à son indifférence.

Sur l'île, le frère absent jouissait d'une certaine notoriété. Sergio s'efforçait de ne pas en concevoir d'aigreur. Ce n'était pas chose aisée. Au café, lui semblait-il, on ne parlait que de Giuseppino, du matin au soir. Deux ans auparavant, le boucher et sa femme étaient partis à Londres en voyage de groupe. En regagnant leur hôtel après la visite de Buckingham Palace, ils avaient fait un détour pour voir l'appartement où résidait Giuseppino. Le boucher était revenu avec quelques photos surexposées de la résidence, prises à travers une grille, de derrière une benne. Sur l'un des clichés, on devinait Giuseppino, sa silhouette floue et distante ; il montait à bord de l'une de ses voitures. Sur l'envers de la photo, le boucher avait écrit : *Chez Giuseppino*. Quand on n'avait pas de nouvelles fraîches à se mettre sous la dent, au café, on ressortait ces clichés et l'on se penchait dessus afin de mieux les détailler.

« Dire que ton frère a fait fortune en prédisant l'avenir ! n'avait de cesse de s'ébahir Agata-la-pêcheuse. Des millions de lires, rien qu'en disant la bonne aventure ! Tu sais que la tante de Concetta, la vieille Onofria, elle en faisait autant avec son jeu de *tarocco* ? Sauf que ça ne lui a jamais rapporté gros. Bon, c'est vrai qu'elle n'était pas très douée. Mais quand même ! Des milliers de livres, pour prédire le futur !

— Il ne prédit pas le futur, s'irritait Sergio. Il vend des *futures*. Ça n'a rien à voir. C'est en rapport avec la finance. Une sorte de titre d'investissement, ou quelque chose comme ça. C'est du commerce, quoi ! »

Il n'aurait pas su en dire plus. Il lui semblait que les activités de Giuseppino étaient aussi, en partie du moins, liées à l'immobilier – ou bien n'avait-ce été qu'un projet secondaire ?

— Je crois qu'il vend des contrats sur des maisons pas encore construites, avança-t-il une fois.

Cette version laissa son auditoire sur sa faim. À Castellamare, on préférait penser que Giuseppino était un richissime cartomancien.

— Et toi, tu feras quoi en Angleterre, Sergio, quand tu partiras avec ta femme ? lui demanda Bepe le passeur. Tu vendras des… *futures*, toi aussi ? Ou bien tu ouvriras une banque, comme *il conte* ? C'est qu'il doit y en avoir, des bons boulots, à Londres…

— J'ai toujours rêvé d'être libraire, admit Sergio.

Cette vocation remontait à la première fois qu'il avait eu entre les mains le carnet rouge de son grand-père. Bepe s'enthousiasma :

— Libraire ! En voilà un beau métier ! Un métier solide. Tout le monde a besoin de livres !

Les vieux joueurs de *scopa* hochèrent la tête en signe d'assentiment. Pour sûr, tout le monde avait besoin de livres.

— Mais pour devenir libraire, pas la peine d'aller à *Londra* ou à *Parigi*, poursuivit le passeur. Tu pourrais très bien faire ça ici.

Bepe lui-même nourrissait un penchant pour la littérature. Tous les livres de l'île étaient commandés à Syracuse puis acheminés à bord de son bac jusqu'à Castellamare. Quand la météo retardait la traversée, Bepe ouvrait quelques paquets et lisait leur contenu. Nul ne s'en était jamais plaint, car il veillait à ne pas casser la tranche des ouvrages et prenait soin de les remballer avant de les livrer à leur destinataire. Il dévorait ainsi des sagas, des romans d'amour, des histoires policières… Sur l'île, on raffolait des livres. Une librairie sur l'île n'eût pas été du luxe.

— Pourquoi ne pas te faire libraire ici ? insista Bepe. On n'en a jamais eu, de librairie. Tu pourrais transporter tes livres dans ta camionnette. Ou en mettre à disposition des clients du café, pour une somme modeste… Mettons cinq mille lires l'ouvrage.

Les idées se bousculaient dans sa tête.

— Ou alors, tu pourrais créer un système d'abonnement, comme dans les bibliothèques. Les clients te paieraient au mois. Comme ça, même les plus grands *idioti* de l'île s'abonneront, de crainte de passer pour des ignares aux yeux de leurs voisins. La moitié de tes clients ne t'emprunteront jamais de livres, et tu feras fortune à bas coût !

— Une librairie, ça n'intéresse personne, objecta Sergio.

Mais les vieux joueurs de *scopa* multiplièrent les signes de dénégation.

— Toute ville a besoin d'une librairie, répéta Bepe. Tiens, si tu veux, je te prête le capital de départ. Tu n'as qu'à me faire actionnaire.

— Il faut que j'en parle à ma femme, marmonna Sergio. Elle ne veut pas rester ici éternellement.

— Qui te parle d'éternité ? Tu feras tourner la boutique vingt ans, ou trente, puis tu la revendras quand le bébé sera grand et vous partirez en Angleterre à ce moment-là. Et comme ça, tout le monde est content !

Sur ce, Bepe tira de la poche arrière de son pantalon une liasse de billets qu'il abattit sur le comptoir.

Le lendemain, il apporta à Sergio un catalogue de libraire qu'il s'était procuré en Sicile et qu'il avait scellé dans une pochette en plastique zippée pour le protéger de l'air marin.

— Tiens, déclara-t-il. Fais ta sélection. Moi, je me charge de la livraison. Allons, Sergio. C'est toi qui as modernisé le café. C'est toi qui as acheté la première télé, et le baby-foot. Personne ne l'a oublié, tu sais.

Alors, quelque chose étreignit le cœur de Sergio. Il se souvint comment, aiguillonné par la peine que lui avait faite son frère en partant, il avait travaillé d'arrache-pied et assemblé tout seul avec son tournevis le premier baby-foot de l'île, et comment il avait présidé, du haut de son échelle, à la pose du premier néon du café. Une librairie, après tout, pourquoi pas ? Peut-être que quand elle ouvrirait Pamela aurait appris à aimer l'île.

— Cette librairie, c'est une bonne idée, dit Maria-Grazia, heureuse de découvrir en son fils, enfin, quelque esprit d'entreprise. Mais tu ne peux pas te lancer sans l'accord de Pamela.

— Tu n'as qu'à faire la sélection de livres à ma place, répliqua Sergio. Comme ça, l'idée n'aura pas l'air de venir de moi.

Maria-Grazia désapprouvait, mais elle obtempéra.

— Il nous faudrait des contes et légendes, pour les enfants, marmonna-t-elle en feuilletant le catalogue. Et des romans siciliens. Pirandello. *Le Guépard*. Des livres d'Histoire, et des livres en anglais… On va faire une liste.

Sergio et sa mère veillèrent tard ce soir-là, compulsant le catalogue, et le lendemain ils commandèrent deux cents ouvrages. Il les disposa au fond du café, sous la photo tachée d'Amedeo, et proposa des abonnements mensuels à mille lires. Le jour de l'ouverture, cinquante personnes s'inscrivirent, si bien qu'à la fin du mois Bepe s'était fait rembourser la mise. Ainsi le café Au Bord de la Nuit diversifia-t-il ses activités.

— Combien de temps comptes-tu encore rester ici ? demanda sans ambages Pamela à son mari, cassante et furieuse. On est censés partir pour l'Angleterre ! Je te rappelle que j'accouche dans huit semaines ! Je ne peux même plus prendre l'avion !

Sergio, malgré lui, plaida sa propre cause :

— Tant qu'on est là, autant faire prospérer les affaires. La librairie va bientôt rapporter. Cet argent, on pourra en faire ce qu'on voudra : payer les billets pour l'Angleterre, ou...

— Très bien. Je te donne un mois.

— On partira quand tout sera en ordre ici, parlementa Sergio. Je ne peux pas fixer d'échéance précise...

Pamela se détourna et sortit de la pièce. Le claquement des sandales qu'elle portait depuis l'été résonna dans l'escalier.

Cette nuit-là, elle téléphona à sa mère. Son débit était haché et entrecoupé de sanglots, mais on entendit distinctement la voix qui provenait de l'autre bout de la ligne, crépitante mais impudiquement amplifiée par l'écho de l'entrée :

— Rentre à la maison, ma chérie. Quitte-le. Je n'ai jamais pensé que c'était quelqu'un pour toi. Rentre à la maison.

Le bébé prévu pour la fin de l'année arriva la deuxième semaine de novembre. Le matin de l'accouchement, Maria-Grazia faisait les cent pas, folle d'anxiété, entre la porte du café, où l'on avait mis la pancarte *Chiuso*, et la cuisine, où Pamela se tenait pliée par-dessus une chaise, le souffle coupé par la douleur. Maria-Grazia allait et venait, guettant l'arrivée du médecin. Sergio s'agenouilla devant sa femme. Il lui massa le dos. Il caressa ses bras brûlants.

— Le médecin arrive, lui promit-il. Il ne va plus tarder.

En contrebas, au pied de la pente mangée de broussailles, la mer moutonnait et se déchaînait.

— Le bac ne passera pas, chuchota Maria-Grazia, paniquée, à Robert, derrière le rideau du café. Le bébé naîtra avant terme, comme tous les Esposito, de toute antiquité, et on ne pourra rien faire pour l'empêcher !

— Mais non, *cara*, lui répondit Robert. Regarde : il est là.

Et de fait, le médecin arrivait au pas de course, sa sacoche et son petit défibrillateur portatif à la main, la sage-femme sur les talons. La petite Maddalena, fille de Sergio, naquit une heure plus tard, dans la précipitation, comme sa grand-mère, entre les murs de la maison Au Bord de la Nuit.

V

Le Naufrage

1990 – 2009

Extrait du carnet d'Amedeo

Il était une fois un couple de vieillards très pieux et dévoués à Sant'Agata. Chaque année, ils la fêtaient. Ils n'avaient pas d'argent, seulement un petit-fils qu'ils aimaient plus que tout au monde. Une année, la récolte fut si mauvaise qu'ils se retrouvèrent sans le sou et sans rien pour célébrer la fête de la sainte. Alors ils décidèrent d'emmener leur petit-fils par-delà l'océan pour le vendre à un roi étranger, afin de gagner quelques lires et d'offrir au garçon la chance d'une vie meilleure. Le roi leur offrit cent pièces d'or et prit le garçon sous son toit.

'Ncilino – c'était son prénom – grandit au palais du roi aux côtés de la princesse et, bientôt elle tomba amoureuse de lui. Le roi s'en aperçut et il en prit ombrage, car il ne souhaitait pas que sa fille épouse un va-nu-pieds originaire d'une île reculée aux confins de la civilisation. Il résolut donc de chasser le garçon.

Quand 'Ncilino eut dix-huit ans, le roi lui dit :

— Écoute, 'Ncilino. Je t'envoie en expédition. Je t'accorde un jour et une nuit pour charger ton navire.

Et il donna au garçon pour son voyage le plus vieux de tous ses bateaux, un frêle esquif à la coque percée.

Le lendemain, à l'aube, 'Ncilino leva l'ancre. Il n'eut pas plus tôt quitté le port, cependant, que son bateau se mit à prendre l'eau. 'Ncilino se mit à pleurer.

— Ma pauvre grand-mère, mon pauvre grand-père ! s'écria-t-il. Ma pauvre île natale, que je ne reverrai jamais !

Alors il pensa à la sainte qu'avaient si fidèlement vénérée ses grands-parents. Ce devait être une sainte vénérable et puissante pour qu'ils l'aient vendu, lui, l'être le plus cher à leur cœur, à seule fin de pouvoir la fêter dignement. Le garçon décida de la prier de venir à son secours.

— Chère Sant'Agata, par pitié, aidez-moi !

Aussitôt, la sainte apparut sur un vaisseau d'or massif, elle recueillit 'Ncilino et le ramena sur son île, où l'attendaient ses grands-parents, et qu'il ne quitta plus jamais aussi longtemps qu'il vécut.

Histoire que j'ai entendue souvent, avec des variantes, et qui semble inspirée de la légende de San Michele telle qu'on la raconte dans l'ouest de la Sicile. Cette version m'a été confiée par Agata-la-pêcheuse vers 1970.

1

Au final, ce fut la petite Maddalena qui rendit son café à Maria-Grazia.

La fin de l'année avait été tempétueuse, placée sous le signe de la discorde. Sergio et sa femme, incapables de trouver un compromis, étaient désormais en butte à une crise plus sombre, plus grave encore qu'auparavant. Dans les semaines qui suivirent la naissance de l'enfant, Pamela demeura assise sur la terrasse battue par les vents, le visage tourné vers son Angleterre natale. Dans ses bras, la petite Maddalena fixait le ciel. Même quand Pamela consentait à se joindre à sa belle-famille dans la cuisine, elle s'asseyait toujours à l'écart de Sergio, et elle allaitait la petite avec indifférence, sans chercher à l'inciter à téter. Parfois même elle la négligeait. Alors, Maria-Grazia prenait le relais et lui chantait « Ambara-bà, cic-cì, coc-cò », la comptine que son père Amedeo lui fredonnait quand elle était petite fille. Ou bien c'était Robert qui entonnait pour elle dans sa langue maternelle une de ses curieuses comptines sans queue ni tête : « Pat-a-cake, pat-a-cake », ou « Rock-a-bye baby ». Le visage de la petite s'illuminait ; un sourire éblouissant animait ses traits. Ses grands-parents se tournaient vers elle comme vers les flammes d'un bon feu. Lena leur offrait un réconfort bienvenu dans ces jours troublés.

Avant Noël, Maria-Grazia s'inquiétait tant pour la pauvre Pamela qu'elle alla chercher Concetta dans la maison aux orangers. Pendant que le petit Enzo jouait avec le bébé, les deux amies attirèrent Pamela hors de l'ombre où elle se terrait et toutes trois entreprirent de confectionner des boulettes de riz en prévision des fêtes. Maria-Grazia lui offrit un cadeau avec un peu d'avance : un bracelet de perles qui avait autrefois appartenu à Pina, et quand elle le ferma autour de son poignet, elle vit les yeux de la jeune femme s'embuer devant tant de bonté.

— Noël très beau en Angleterre, ânonna Concetta en un anglais tâtonnant. Angleterre, j'aime. Très beau. Kensington Gardens. Reine Elizabeth. Oui ?

Larmoyante, Pamela leur confia qu'elle ne se faisait pas à la solitude, à la poussière, à tous ces légumes baignant dans l'huile et le sel, des légumes à n'en plus finir, tous les soirs des légumes, sans exception, aux chats féroces qui se jetaient avec hargne sur le landau de Maddalena au détour des buissons, au dialecte local, auquel elle ne comprenait rien, alors qu'elle avait essayé d'apprendre l'italien au début de leur mariage ! Bientôt, encouragée par la compassion des deux autres, sa tirade vira à la complainte, au raz-de-marée de chagrin :

— La vérité, c'est que je déteste cet endroit, et je n'arrive pas à m'occuper de la petite, et Sergio ne comprend rien, et c'est plein de lézards partout, et de poussière… de soleil… et l'hiver, il fait si froid ! Je n'ai jamais eu aussi froid de ma vie, pas même en Angleterre ! Et ces vieilles qui nous dévisagent quand on se promène dans la grand-rue… Je n'aime pas mon bébé, je n'aime plus Sergio…

— Pardon pour les légumes, intervint Maria-Grazia, pleine de remords. Si j'avais su, je t'aurais cuisiné des plats anglais.

— Ce n'est pas ça… Ce n'est pas ça…, sanglota Pamela.

— Dépression post-partum, diagnostiqua Concetta d'un air entendu et dans son anglais de cuisine, tout en roulant une boulette dans de la panure. Aussi ma mère, elle avoir ce problème. Mais à l'époque, pas savoir ce que c'était. Vous, on va faire venir vrai médecin. Peut-être vous allez mieux, *cara*. Et les vieilles, elles pensent pas à mal, juste elles regardent. Et les chats, en vrai, peureux. Un coup avec le sac à main, et plus de problème !

— Je sais ! s'écria Pamela. Mais je n'en peux plus !

— Alors il faut rentrer en Angleterre, conclut Concetta. Non, mais quel jeu joue Sergio, à le lui refuser ? ajouta-t-elle en se tournant vers Maria-Grazia.

Maria-Grazia s'était posé mille fois la même question.

— Sergio, écoute, dit-elle à son fils peu après le Nouvel An. Il faut que tu fixes avec ta femme la date de votre départ pour l'Angleterre.

Alors, trop tard, Sergio tenta de se racheter.

— Encore un peu de patience, Pam, murmura-t-il cette nuit-là contre le dos tiède qu'elle lui tournait avec ostentation. Donne-moi encore un ou deux mois.

Pamela remua brusquement dans le lit étroit, tirant les couvertures ici et là. Il se retrouva à l'implorer, désespéré, comme un enfant blessé.

— Tu ne m'aimes plus ?

— Je ne peux pas vivre ici, déclara-t-elle enfin. C'est tout.

— Encore quelques mois seulement…

— Tu ne m'accompagneras jamais en Angleterre. Elle est là, la vérité. Tu ne quitteras jamais cette maudite île. Aie au moins la correction de l'admettre.

— Je ne peux pas, Pam, dit-il en sentant ses tripes se nouer. Je ne peux pas partir, Pam. Pardon.

Le lendemain, il sentit sa femme quitter le lit, entendit confusément l'eau qui coulait dans la salle de bains et murmurait dans les canalisations. Quand sa mère vint le tirer du lit, le ferry était parti, avec à son bord Pamela. Elle avait emporté toutes ses affaires, ne laissant derrière elle que le bébé.

Nul n'avait jamais envisagé que Pamela pût partir en abandonnant le bébé. Cette nuit-là, Maddalena eut de violentes coliques. Elle s'époumona de douleur, le visage cramoisi. Ce fut Maria-Grazia qui prit dans ses bras le petit corps souple. Elle ferma le bar, baissa les stores, promena Lena de pièce en pièce. Elle avait des paupières exsangues, anglaises, et d'adorables oreilles décollées. Mais ses yeux étaient ceux d'une fille de l'île, à n'en pas douter, avec leur iris de cette indéfinissable couleur d'opale, leurs longs cils fournis et si doux ! Comme de minuscules pattes de chenille. Maria-Grazia chancelait sous l'amour qu'elle lui inspirait.

— Pam reviendra la chercher, affirma Sergio. On réglera tout à ce moment-là.

Et si elle ne revenait pas ? La question emplissait Maria-Grazia d'un mélange de crainte et d'espoir. La petite, elle, n'aimait-elle pas son île ? Déjà, elle se remplumait et sa peau fonçait. Elle répondait gaillardement aux provocations d'Enzo, tendait ses mains vers les lézards qu'elle voyait courir sur les murs au-dessus de son berceau. Les premiers sons qu'elle émit parurent à Maria-Grazia pour moitié anglais et pour moitié dialectaux, et elle penchait la tête de côté avec la même attention, quelle que fût la langue qu'on parlât à proximité. Si on lui permettait de rester, elle succomberait à l'attrait des légendes locales, courrait sur les sentiers de chèvres avec Enzo et les autres enfants, plongerait avec témérité dans les vagues et apprendrait à chanter les mélopées de Castellamare.

Elle était, de fait, destinée à rester, car Pamela ne revint jamais.

Quand Maddalena s'apaisa enfin, cette première nuit, Maria-Grazia n'en souffla jamais mot à personne, excepté à Robert, mais, devant le portrait de son père, elle fit le vœu solennel de toujours protéger la petite.

Ainsi, pour le bien de tous, Maria-Grazia reprit-elle sa place derrière le comptoir du café. Tandis que Sergio s'occupait de son bébé et que Robert s'employait, sur instruction de sa femme, à mettre de l'ordre dans les dix dernières années de comptes (car il s'agissait dorénavant d'assurer l'avenir de l'enfant), la fille de Pina et d'Amedeo redevint responsable du café Au Bord de la Nuit. Son but était de rembourser au plus vite l'hypothèque. Elle assigna un créneau horaire fixe au dépôt à la banque des lires prélevées dans la petite boîte au crucifix. Elle fit l'inventaire de la librairie. Elle remplaça la vieille cafetière, qui crachotait, par un modèle sophistiqué permettant de réaliser des allongés, des cafés au lait et de grandes tasses de cappuccino laiteux, comme en buvaient les touristes.

Souvent, Maria-Grazia se disait que la petite Lena devait avoir dans les veines non pas du sang mais de l'amour pur, notamment de l'amour pour le café qui l'avait vue naître, qui l'avait regardée faire ses premiers pas titubants entre les pieds des chaises, et où elle dormait des heures dans son couffin sous le comptoir, bercée par le chuintement bleu de la mer et le grincement de la porte battante. Une fois qu'elle sut marcher, elle passa son temps à entrer et sortir des pièces en galopant, munie de curiosités qu'elle avait dénichées çà et là dans la vieille maison : le forceps d'Amedeo, son scalpel, la médaille de guerre de l'oncle Flavio avec son insigne fasciste, l'appareil orthopédique dans lequel on avait autrefois emprisonné les jambes de sa grand-mère... Maria-Grazia le prit et montra à Lena comment il fonctionnait. Elle raconta à la petite l'histoire de la médaille de Flavio et de celle de Robert.

Assise aux côtés de son grand-père dans la cuisine, Lena polit et repolit la médaille à l'aide d'un chiffon imbibé de

Brasso jusqu'à ce que l'effigie du roi George reluise et resplendisse comme il se devait. Et Robert, qui n'avait plus jamais abordé le sujet depuis l'été où, pour reconquérir le cœur de Maria-Grazia, il lui avait fait le récit de sa jeunesse, accepta de reparler un peu de la guerre.

— Pourquoi ne m'as-tu jamais dit tout ça ? s'enquit Sergio, pénétrant dans la pièce et surprenant le récit de l'accident de planeur. Pourquoi ne m'as-tu jamais dit que tu sautais en parachute, que tu avais été injustement emprisonné pendant trois ans ?

Et Robert, clignant des yeux, lui répondit :

— Je ne pensais pas que ça t'intéresserait.

Depuis la naissance de Maddalena, Sergio avait changé. Il avait émergé des décombres de son mariage, n'était plus l'adolescent attardé, l'éternel insatisfait. Suite au départ de Pamela, il avait enfin jeté les vieux polos grisâtres de ses années lycée et, quand la veuve Valeria lui tâta le ventre un dimanche après-midi et se moqua gentiment de son embonpoint, il prit la chose très à cœur (trop, de l'avis de sa mère) et se mit à faire des longueurs tous les matins dans la baie pour retrouver la ligne. Surtout, il était sorti de l'épreuve plus stable. Son mariage avait peut-être volé en éclats, son sens des affaires n'égalait probablement pas celui de Maria-Grazia, mais sa détermination à être un bon père, elle, ne faisait pas de doute. Il apprit à lire à Lena. Il la porta chaque jour à l'école sur ses épaules. Il s'appliqua tant et si bien que les vieux joueurs de *scopa* et les veuves de Sant'Agata cessèrent enfin de l'appeler *il ragazzo di Maria-Grazia* pour le nommer finalement Sergio Esposito, tout simplement – et même, parfois, *signor*. Peut-être avait-ce été l'enfant et non l'épouse qui lui avait fait défaut depuis le début.

C'était pour Maria-Grazia une chose merveilleuse que d'avoir sous son toit une enfant telle que Maddalena. La petite était à la fois assoiffée d'avenir et passionnée par le passé. Muni des photocopies du livre de contes de son père, Sergio lui lut des histoires extraordinaires : celle de la fille qui se change en arbre, puis en oiseau, puis en pomme, celle des géants découpés en rondelles, celle du démon Truffe-d'Argent et celle du sorcier Corps-Sans-Âme, celle du frère décapité qui s'en sortait grâce à un baume magique et même celle, moins connue, qu'avait contée à Amedeo Onofria, la grand-tante de Concetta, peu avant sa mort, et qui relatait les mésaventures du petit garçon qui avait eu si peur à la vue de son propre derrière qu'il en était tombé raide mort.

Lena et son *papà* passaient de longs après-midi d'hiver alanguis entre les rayons du café-bibliothèque, plongés dans tel ou tel volume. Les abonnés remplissaient des petites fiches roses pour demander l'achat de tel roman d'amour, de tel thriller, de telle saga familiale exotique, longue et circonvolutée, où tous les personnages semblaient porter le même nom… Maria-Grazia passait commande. Mais si les vieux raffolaient de ce type d'ouvrages, aux yeux de Lena aucun livre étranger ne valait les récits propres à Castellamare. Quand elle eut cinq ans, elle connaissait par cœur tous ceux d'Amedeo. Elle connaissait aussi les anecdotes concernant les membres de sa famille, car Maria-Grazia lui avait répété, dès qu'elle avait été en âge de comprendre, l'histoire de la fuite à la nage de son grand-oncle Flavio, celle de ses trois oncles partis à la guerre, celle de l'arrivée au bourg de son arrière-grand-père, et également celle des jumeaux nés de deux mères différentes, celle de l'homme venu des flots, et celle de la brouille entre son père et son *zio* Giuseppino. Si seulement Lena avait pu vivre au temps où ces légendes peuplaient l'île ! Gesuina, le vieux Rizzu, Pina l'institutrice avec sa tresse noire comme une corde, Amedeo et son fameux carnet rouge ! Pour la petite, les esprits de ces personnages hantaient encore les sentiers de chèvres et les venelles de Castellamare, aussi vénérables que la sainte elle-même. Car l'île était à ses yeux un lieu vivant, sa terre toute gorgée d'histoires.

La veille de la Sant'Agata, l'année de ses six ans, Lena, pleine d'esprit d'entreprise, se confectionna une pancarte et y traça au feutre, en capitales d'imprimerie, les mots *Museo dei Miracoli.* Puis, sur la terrasse du café, elle disposa les précieuses reliques de sa famille : les deux médailles de guerre, l'appareil orthopédique, le petit médaillon qu'avait eu Amedeo à son arrivée à l'orphelinat florentin, les pages photocopiées du vieux carnet d'histoires.

« Mille lires ! criait-elle aux touristes, en anglais et en italien. Mille lires pour découvrir les merveilles de l'île ! Mille lires l'entrée au musée des miracles ! Ou alors un dollar. Ou ce que vous voudrez. »

Enzo, accroupi à côté d'elle sur les dalles, traçait à la craie une Joconde, comme il avait vu un artiste de rue le faire quand il avait rendu visite à des cousins à Rome.

Quand un touriste s'arrêtait pour jeter un œil à l'exposition, Lena lui fonçait dessus armée d'objets divers pour lui en débiter l'histoire et la signification.

« Cette médaille, elle appartenait à mon grand-père Robert, il l'a gagnée en Angleterre pendant la guerre, avant que son avion tombe dans l'océan. Celle-ci, c'est Mussolini qui l'a donnée à mon grand-oncle. Ça, c'est le livre qu'écrivait mon arrière-grand-père à l'époque où il était *medico condotto.* Ce chapelet de Sant'Agata, c'est un porte-bonheur. Il est à moi. »

À minuit, les enfants s'endormirent sous la table de leur petit musée, bercés par les accords de l'*organetto.* Ils avaient gagné trente-sept mille lires, deux dollars et une livre anglaise. À partir de ce jour, chaque année, ils renouvelèrent l'opération.

Lena semblait la première de la lignée Esposito à ne pas caresser l'envie de quitter Castellamare. Au café de sa grand-mère, on la laissait porter des plateaux peints du logo de marques de café, qu'elle brandissait à deux mains au-dessus de sa tête pour se faufiler entre les tables. Avec solennité, elle prenait les commandes sur un petit carnet à hologramme qu'elle avait reçu en récompense pour ses bonnes notes à l'école. Robert la conduisait en triporteur chez le grossiste de Syracuse et ils en revenaient à bord du ferry de Bepe, le coffre plein de cigarettes, de café et de chocolat.

— Est-ce qu'un jour le café sera à moi ? demanda Lena à sa grand-mère quand elle eut six ans.

Maria-Grazia pensa à l'hypothèque, cette chose fastidieuse dont on ne voyait pas le bout.

— Oui, répondit-elle. Bien sûr.

Avec chaque nouvelle année qui s'écoulait, on était de plus en plus sûr que Pamela ne reviendrait pas chercher Maddalena. Maria-Grazia avait guetté anxieusement chez sa petite-fille des signes de traumatisme, car sa vie avait débuté sous de tristes auspices, sa mère l'ayant abandonnée alors qu'elle n'avait que trois mois. Mais Lena paraissait une enfant robuste. Elle avait pris très jeune l'habitude de suivre partout Maria-Grazia, au café comme ailleurs, et respirait le bonheur. Lena comptait sur l'île une centaine de protecteurs. Les clients du café lui réservaient un traitement de faveur : les joueurs de *scopa* entre les jambes desquels elle avait rampé, bébé, sans craindre de se faire houspiller, lui rapportaient des quatre coins de l'île des fragments de poteries et des pièces antiques pour son petit musée. Les veuves du comité de Sant'Agata priaient pour elle chaque semaine, la pavoisant de plus de rosaires et de médaillons qu'elle n'en pouvait porter, et quant aux membres du comité de modernisation de l'île (qui, à l'insu de Maria-Grazia, avaient fait le serment de protéger l'enfant dès leur première réunion après la défection de Pamela), ils téléphonaient sans cesse à sa grand-mère pour lui faire part de ses diverses allées et venues.

« Elle vient de traverser l'oliveraie des Mazzu, disait à mi-voix dans le combiné la veuve Valeria, telle une détective privée. Elle est couverte de sable de la tête aux pieds, Maria-Grazia. Récupère-la et fais-lui prendre un bon bain… »

« Elle est sortie de l'école, elle prend le chemin du retour, rapportait Agata-la-pêcheuse de sa maisonnette ensevelie sous la vigne. Elle marche d'un bon pas de petite *santina*, Maria-Grazia ; elle devrait être à ta porte dans moins de cinq minutes… »

Faisant l'objet de tant d'attention bienveillante, comment n'aurait-elle pas pu croître et s'épanouir ?

Bien sûr, songerait Maria-Grazia avec le recul des années, il était vain de se féliciter d'avoir réussi l'éducation d'une fillette de dix ans. Pour la plupart, les vrais ennuis ne se manifestaient que plus tard.

Une année, au début de l'été, Lena fut envoyée en Angleterre pour passer un mois chez sa mère. Au grand soulagement de Maria-Grazia, Pamela semblait, comme Sergio, s'être remise de son bref et orageux mariage. Lena avait deux demi-frères cadets et une chambre à elle tendue de rideaux roses. Cela devint une tradition estivale. Chaque année, Maria-Grazia ne l'ignorait pas, Pamela espérait que Lena choisirait de rester. Chaque année, il y avait entre la mère et sa fille, pendant les semaines qui suivaient son retour à Castellamare, de longs appels déchirants. Mais Lena avait confié à Maria-Grazia qu'à Londres elle avait toujours mal au ventre et que les bruits de la circulation curieusement étouffés par les vitres l'empêchaient de dormir ; le crachotement des *motorini*, l'éternel va-et-vient de la mer lui manquaient. Telle était sa malédiction : toute l'année, elle souffrait de l'absence de sa mère mais, une fois sous son toit, elle perdait sommeil et appétit jusqu'à ce qu'elle puisse de nouveau courir entre les figuiers de Barbarie et plonger dans les flots écumants avec son ami Enzo et les autres enfants. Ainsi Lena se persuada-t-elle que son destin était de rester à Castellamare et d'y devenir la prochaine tenancière du café Au Bord de la Nuit.

Durant les délicates années de croissance de sa petite-fille, Maria-Grazia sentit de nouveau sa vie s'accélérer à un rythme étourdissant. Le siècle touchait à sa fin. Elle avait plus de soixante-dix ans. Quand, sidérée par ce fait, elle en informa son mari, celui-ci lui fit remarquer :

— Pense à tout ce que nous avons vécu pendant toutes ces années. Ça ne te semble pas une éternité ?

Oui, ils avaient vécu bien des choses, mais non, le temps ne lui avait pas semblé long. Cela ne lui avait pas semblé durer soixante-dix ans !

Pour Lena, il n'y avait pas lieu de s'émerveiller du passage des années. À ses yeux d'enfant, les choses étaient immuables sur l'île. Mais pour Maria-Grazia, voir s'achever le siècle durant lequel elle avait vécu le plus clair de sa vie lui rappelait l'inexorable vérité : elle vieillissait.

Cette année-là lui sembla truffée de présages. Pendant l'été, avec sa petite-fille, elle assista à une éclipse solaire. L'événement en soi ne dura qu'une ou deux minutes, et l'éclipse consista seulement en une ombre noire pas plus grosse que l'ongle et qu'on ne pouvait admirer qu'indirectement, projetée sur une feuille de papier blanc ou à travers des lunettes spéciales à monture de carton. À l'automne, une grande tempête déversa plusieurs tonnes de sable sur la plage et dans la bouche des grottes, déposant au passage un modeste miracle : l'épave d'un bateau qui demeura dans les eaux de la baie. Les enfants plongèrent et en déchiffrèrent le nom : la *Santa Madonna*. Le vieux bateau d'Agata-la-pêcheuse avait par quelque prodige retrouvé le chemin de l'île, petit à petit, au gré des courants, et la tempête avait fait le reste. Cet hiver-là, au café Au Bord de la Nuit, on accueillit l'année nouvelle en regardant sur les écrans les habitants des grandes villes qui lançaient des feux d'artifice et piaillaient en voyant passer en rase-mottes au-dessus de leurs têtes les caméras de la télé. Inspirés, Lena et Enzo lancèrent à leur tour quelques pétards sur la place, si bien que Concetta en fit un bond sur sa chaise. Mais quand les étincelles s'éteignirent, les autres regagnèrent dans le noir leurs maisons, laissant l'île inchangée, balayée par les mêmes vents tièdes, bercée par le même frou-frou des vagues.

La première modernisation qu'apporta le siècle nouveau manqua bien déclencher une guerre civile.

— Peux-tu m'expliquer pourquoi je vois deux prix distincts sous les *arancini* de ta vitrine ? s'indigna un matin, au comptoir, Agata-la-pêcheuse.

— On va avoir une nouvelle monnaie, lui expliqua Lena, à qui la maîtresse d'école avait tout expliqué. Il faut que tu échanges tes vieilles lires.

— Sur ordre de qui ?

— Du gouvernement, à Rome.

— Ah ! fit Agata, soulagée, car il était bien connu que ceux-là, personne ne les écoutait jamais.

Mais la nouvelle monnaie arriva bel et bien. Bepe fit la conversion pour les passagers du ferry, et Arcangelo aussi adopta le double affichage des prix dans son épicerie, calculés selon un taux de change de son invention qui, bien sûr, l'avantageait. Cependant, ceux qui se méfiaient encore de la banque des d'Isantu fulminaient à l'idée de devoir y porter leurs économies afin de faire l'échange.

— Comment est-ce que je saurai que je ne me fais pas escroquer ? ronchonna la veuve Valeria.

— Pas question que je place mes sous dans leurs caisses, pesta Bepe. Ce comte-là, je ne lui fais pas plus confiance qu'à son père !

Le jour J, on procéda au changement de monnaie. Les habitants se rendirent en procession à la banque, venus des quatre coins de Castellamare avec leurs sacs et leurs seaux remplis de lires. Il y en avait en tout pour des millions – un joli magot. Les vieux joueurs de *scopa*, malgré leur désapprobation, apportèrent à eux seuls cinq sacs bien tassés ; Agata-la-pêcheuse en avait dix à elle et Bepe et ses neveux durent emprunter la camionnette de Tonino pour convoyer leurs deux millions personnels, car ils n'arrivaient pas à les porter. En retour, on leur remit à tous des pochettes en plastique pleines de pièces et d'une nouvelle monnaie de papier.

— Je ne savais pas que l'île était aussi riche ! s'émerveilla Lena.

L'île, à sa manière discrète, avait continué de prospérer au fil des années. Et, durant tout ce temps, chacun avait pu prétendre à un prêt. Sergio, traversant la place, furtif comme une ombre, était d'ailleurs allé emprunter un peu plus afin de se soulager des exténuantes mensualités de l'hypothèque, toujours pas remboursée. D'autres achetèrent à crédit des voitures et des télés, souscrivirent des assurances retraites au système alambiqué mais supposées leur assurer une fastueuse vieillesse. Les villas de béton d'*il conte*, qui s'étaient comme prévu lézardées au premier tremblement de terre, furent rénovées et agrandies avec les fonds de la banque.

— Elle emprunte à d'autres banques, plus grosses, sur le continent, affirma Bepe d'un air pénétré, l'un de ses neveux travaillant dans un tel établissement. Ils se gavent ! Moi, je préfère avoir mes sous là où je peux les voir.

Afin d'ouvrir au monde l'esprit de Lena, son père emprunta de l'argent pour acheter un ordinateur. Ce nouvel emprunt déplut à Maria-Grazia, qui se défiait toujours de la banque. Sergio lui promit de le rembourser, en vingt-quatre fois, sur deux ans. Comment aurait-elle pu lui en vouloir ? Il agissait, comme toujours désormais, par amour pour son enfant.

Ce fut le tout premier ordinateur de Castellamare. Quand les neveux de Bepe apportèrent la machine dans sa boîte imprimée de caractères noirs, un cortège d'enfants les suivit le long de la grand-rue. Sergio déballa l'ordinateur, en examina les pièces, étudia le manuel rédigé en anglais puis, abattu, demeura assis sans bouger sur les carreaux du café. Il fallut à Enzo et à son ami Pino, qui avaient vu des ordinateurs au lycée, en Sicile, tout un après-midi pour assembler la bête et lui insuffler vie.

Pour établir la connexion à Internet, la chose qui avait suscité l'intérêt de Sergio car on la lui avait décrite comme une sorte de vaste encyclopédie, il fallait brancher un boîtier noir muni d'une rangée de diodes rouges clignotantes.

— Viens voir, Lena ! appela-t-il.

Elle vint, pieds nus, et se pencha affectueusement par-dessus son épaule. Intrigués, Maria-Grazia et Robert l'imitèrent.

— Comment ça marche, ce machin ? marmonna Sergio quand tout fut prêt. Il faut taper des instructions ? J'ai vu des gens faire ça à la télé.

— Non, non, le détrompa Enzo. Ça, c'est dépassé ! Tu cliques sur l'icône, là, et ça lance Internet.

— Quelle icône ? fit Robert, songeant aux images de saints éclairés par des cierges.

Maria-Grazia lui serra le poignet, un signal rituel, entre eux, qui signifiait désormais « *Caro*, nous vieillissons ».

Enzo se voûta par-dessus le clavier, déplaça une flèche le long de l'écran, trop vite pour que Maria-Grazia la suive des yeux. L'ordinateur émit une série de sons, comme s'ils téléphonaient en Amérique : des grésillements, puis quelques notes graves, une sorte d'ululement et, enfin, un bruit similaire à celui des cigales.

— C'est cassé ! s'exclama Sergio, catastrophé. On m'a vendu un produit défectueux !

— Mais non, le rassura Enzo. Il établit la connexion.

Des mots apparurent.

— Et voilà ! déclara le garçon.

— C'est tout ? C'est ça, Internet ?

— Ça peut faire d'autres trucs. Il suffit d'apprendre.

— On pourrait le louer, suggéra Lena. Ça se fait. J'ai vu ça à Londres, l'été dernier. Là-bas, ils appellent ça des « cybercafés ».

Sergio cligna des yeux, hésitant entre la fierté que lui inspirait sa fille, déjà si astucieuse, et la déception d'apprendre qu'elle avait déjà rencontré l'Internet par le passé.

Maria-Grazia, cependant, lisait le manuel et découvrit que l'ordinateur était, au fond, assez simple à utiliser. Elle suivit le conseil de Lena et, quand elle se fut familiarisée avec l'appareil, elle le mit à la disposition des touristes et des jeunes de l'île, pour cinquante centimes d'euros l'heure.

D'un brusque chavirement, le café Au Bord de la Nuit venait de basculer dans le nouveau millénaire. Après cette étape, aux yeux de Maria-Grazia, Lena acheva sa croissance en un rien de temps.

2

Plus d'un demi-siècle après son départ de l'île, Andrea d'Isantu, entre-temps octogénaire, revint à Castellamare. Il arriva par la mer et, quand Maria-Grazia le vit, elle fut saisie de terreur, car la mort pesait déjà sur ses épaules, comme elle avait pesé autrefois sur celles de Pierino le pêcheur puis sur celles d'Amedeo, à l'automne précédant sa mort.

Cette fois, Maria-Grazia avait été avertie du retour d'*il conte*. Elle avait entendu Bepe en parler à voix basse, la veille, à la table de *scopa* :

— Il rentre seul, et je crois que c'est pour de bon.

Le lendemain soir, elle descendit jusqu'à l'embarcadère pour accueillir le ferry. Quelques-uns des anciens employés du comte s'étaient rassemblés sur le quai. Le ferry approchait. La fanfare se mit à jouer. Maria-Grazia discerna la silhouette étroite d'Andrea, impénétrable dans son grand manteau étranger. Quand le fils cadet de Bepe enclencha la marche arrière pour accoster, les cheveux fins du comte furent plaqués en arrière par le vent et il sembla frissonner comme une coque vide, à peine là.

Le soir, Maria-Grazia reprit les chemins de traverse et les *vaneddi* pour se rendre au manoir des d'Isantu.

Santino Arcangelo parut derrière la grille affublé de son sempiternel rictus insolent, bien qu'il eût de plus en plus de mal à marcher d'un pas conquérant depuis qu'on l'avait opéré des deux hanches.

— Signora Maria-Grazia, dit-il en claudiquant jusqu'au portail en appui sur ses béquilles. Ce n'est pas bien, ce que vous faites là. *Signor il conte* refuse de vous voir. Vous devez bien le savoir, enfin, depuis le temps !

Maria-Grazia avait apporté avec elle un plat d'aubergines gratinées recouvert de papier aluminium, comme pour une simple visite de courtoisie.

— J'attendrai le temps qu'il faudra, déclara-t-elle. Ces *melanzane* sont pour lui. Veuillez lui dire que c'est moi qui les lui ai portées.

Elle jugeait le moment venu de tirer un trait sur ces enfantillages. Maria-Grazia s'assit sous le vieux piquet d'attelage en face de la grille, glissa son plat sous le portail de fer forgé et se prépara à attendre, les mains jointes sur les genoux.

Santino laissa le plat, tourna les talons et remit le cap sur le manoir.

Des pêcheurs vinrent à passer ; ils rentraient du large.

— Maria-Grazia ! s'écria gaillardement Bepe. Mais qu'est-ce que tu fais là, assise devant chez d'Isantu comme une amoureuse éconduite ?

— Je me mêle de ce qui me regarde, moi en tout cas, rétorqua-t-elle. Et toi, signor Bepe, où vas-tu comme ça ? Tu as un rendez-vous secret avec Agata-*la-pescatrice* ?

Rougissant, Bepe remballa ses sous-entendus et s'éloigna en claudiquant derrière ses neveux. La route redevint déserte. Maria-Grazia ajusta sa position pour rafraîchir sa nuque brûlante. La nuit tomba, le soleil avait plongé dans la mer. Bon. Le pire était passé. Autant attendre jusqu'à ce que quelque chose arrive enfin.

Elle avait dû dormir, ou du moins somnoler, car elle se réveilla et constata que la lune pleine faisait luire les feuilles des palmiers, et que le chant des cigales s'était tu.

Le plat d'aubergines avait disparu et quelqu'un se tenait dans l'ombre derrière le portail.

— Pourquoi es-tu venue ? lui demanda-t-il enfin.

C'était la première fois en un demi-siècle qu'Andrea s'adressait à elle, et la rupture du silence, ou peut-être était-ce la brutalité du réveil, lui fit tourner la tête. Sa voix avait-elle toujours été si sèche et ténue, si semblable à celle d'un vieillard ?

— Signor d'Isantu, dit-elle, j'ai à vous parler.

Andrea se tint un long moment à se ronger l'intérieur de la joue, ruminant, agité, derrière les barreaux. Enfin, il s'avança de trois pas et défit la chaîne qui fermait le portail. Ses mains étaient trop faibles et elle lui échappa dans un grand fracas de métal. Maria-Grazia la prit et, la tenant à deux mains, elle franchit le portail.

Peu après le retour d'Andrea d'Isantu, Lena entendit un soir la veuve Valeria commérer à voix basse sur la terrasse du café.

— Elle lui rend visite tous les dimanches après la messe, chuchota-t-elle aux vieux joueurs de *scopa*, sur un ton de médisance. Elle boit avec lui du porto de Palerme, dehors, au vu et au su de tous, et ils se remémorent le bon vieux temps en riant. Elle y reste des heures d'affilée. Je ne sais pas comment le signor Roberto fait pour tolérer ça. En plus, à leur âge ! (Valeria elle-même approchait des quatre-vingt-dix ans.) C'est indécent, oui, c'est une honte.

Lena ne répéta rien à ses aînés des cancans qu'elle avait surpris, mais elle y réfléchit longtemps. Elle n'eut guère à attendre avant d'en entendre davantage.

— J'ai ouï dire que le signor d'Isantu avait révisé son testament, murmura Gisella, la fleuriste dont la boutique jouxtait le cabinet de l'avocat Calogero. Ce n'est un secret pour personne : ses nouveaux bénéficiaires, ce seront les

Esposito, car on raconte qu'il était très amoureux de Maria-Grazia durant sa jeunesse.

La grand-mère de Lena s'était effectivement mise à sortir le dimanche, confiant le café aux bons soins de Robert et de Sergio. Et, parfois, elle ne rentrait pas avant dix-sept ou dix-huit heures. Sur le sujet, Lena trouvait son grand-père d'un calme exaspérant : il se contentait d'écarter les mains et de siroter son *arancello*, refusant de dire ce qu'il savait.

« J'ai confiance en Mariuzza, disait-il. Il ne s'agit pas d'une liaison amoureuse. Elle me l'a assuré elle-même. Pourquoi aurait-elle à se justifier devant les commères du café ? »

Mais Lena s'impatientait de sa capitulation, de sa passivité. En ce temps-là, elle s'impatientait facilement ; elle se surprenait à frapper d'un bâton les buissons indomptables qu'elle était supposée tailler, à flanquer violemment les verres dans le lave-vaisselle, sans bien savoir ce qui la mettait dans un tel état. Les vieux clients, pour leur part, avaient leur petite idée sur la question. Le jeune Enzo avait quitté l'île pour faire des études d'art dans une école romaine. Une épingle de nourrice à son oreille, un chapelet de Sant'Agata à son rétroviseur, les haut-parleurs de sa voiture crachant d'exubérants tubes américains, il avait dans un premier temps fait le taxi sur l'île, jusqu'à ce qu'elle devienne trop petite pour lui et qu'il s'en aille dans des volutes de gaz d'échappement. Depuis, il avait envoyé à Lena quelques courtes lettres lui assurant qu'elle restait une sœur à ses yeux. Mais, pour la jeune fille, tout était sens dessus dessous à Castellamare et elle entama sa seizième année avec au cœur un grand trouble.

Comme son grand-père en son temps, elle y remédia en s'absorbant corps et âme dans un monde d'histoires.

— Quelle mouche t'a piquée ? râla un soir Concetta en l'aidant à récurer les grands bacs à crème glacée tandis que Sergio ramassait à la balayette mégots de cigarettes et cartes de *scopa* cornées. Vous êtes bien pareils, toi et Enzo. Il n'aurait jamais supporté de rester ici, sur l'île. Et toi, Lena, regarde-toi : tu lis et tu relis ces livres étrangers, comme si tu ne rêvais que de nous quitter, toi aussi !

Humiliée, Lena plaqua sur le comptoir son exemplaire de *Guerre et Paix*.

— N'importe quoi, nia-t-elle. Je n'ai pas l'intention de partir.

— Quiconque se plonge dans un pavé gros comme ça a envie de partir, philosopha Concetta.

Lena vida en silence un nouveau bac dans l'évier, siphonnant les tourbillons multicolores.

— Parfois, je me dis que je partirais volontiers, moi aussi, si je le pouvais, ajouta Concetta. Je me dis que j'aurais aimé aller vivre à la ville, comme mon Enzo. Mais alors je me souviens que je suis vieille et que j'ai ma maison, ici, et ça me passe.

Cet été-là, sur une suggestion de Concetta, Lena alla rendre visite à Enzo à Rome, armée de la valisette en carton qui avait appartenu à son *zio* Flavio et que la tante du jeune homme avait bourrée de pâtes à l'aubergine, de *limoncello* et de *marmellata* maison. Lena trouva son ami ravi de la revoir et inchangé, à un détail près : à l'occasion d'une longue promenade sur un site archéologique, il noua comme un frère son bras autour de ses épaules et lui confia être tombé amoureux d'un garçon de Turin qu'il avait rencontré à son cours d'histoire de l'art.

— N'en parle à personne, la pria Enzo. Sauf à ma *zia* Concetta, à ta *nonna* et au signor Roberto – ils comprendront.

Le soir même au téléphone, entre deux sanglots, Lena raconta à sa *nonna* l'histoire du jeune Turinois. Elle se défendit avec véhémence d'en avoir eu le cœur brisé ; toutefois, elle passa le restant de ses vacances d'été chez sa mère, en Angleterre.

Les autres étés, elle avait pris l'habitude d'appeler son père de Londres chaque soir, l'estomac noué par le mal du pays, juste pour le plaisir d'entendre les bruits familiers du café : les rugissements de triomphe d'un joueur de *scopa* remportant une partie, le chuintement du percolateur, le grincement de la porte battante. Dans l'entrée, les yeux fermés, elle collait à son oreille le combiné, les bruits de l'île devenant aussi présents pour elle qu'un verre d'eau qu'elle aurait eu à la main, attentive à n'en manquer aucun. Cette année, en revanche, ses appels se firent impatients.

— Je vais la perdre, se désola Sergio. Sa mère va la garder. Je le sais.

— Mais non, voyons, le consola Maria-Grazia. Elle a juste besoin d'un peu de temps.

Pourtant, un soir qu'elle rentrait du manoir d'*il conte*, alors qu'elle ôtait ses souliers (aussi déformés à présent que l'avaient été vers la fin de sa vie ceux de Pina) et posait son sac à main du dimanche sur le guéridon, à côté de la statuette de Sant'Agata, elle entendit sonner le téléphone et eut une prémonition : c'était sa petite-fille et les nouvelles étaient mauvaises.

— *Cara*, dit-elle en décrochant. Dis-moi, quand reviens-tu ?

— Je ne reviens pas, lui souffla Lena d'une petite voix. Je vais rester ici un moment.

Lena, dont les aînés avaient toujours loué l'intelligence, allait rester en Angleterre pour étudier la médecine comme son arrière-grand-père.

Dorénavant, le café Au Bord de la Nuit semblait un local vide ; dorénavant, ses murs ne contenaient plus que l'absence de Maddalena, comme les pleurs spectraux de la vieille malédiction. Son absence navrait tout le monde : les vieux joueurs de *scopa*, qui cherchaient des yeux la jeune fille et son éternel plateau, les veuves de Sant'Agata, qui n'avaient plus d'enfant chéri à pavoiser de chapelets, Sergio, derrière son comptoir, qui se vit rétrogradé au statut d'*il ragazzo di Maria-Grazia*, et Robert, dont la médaille oubliée se ternissait sur le guéridon de l'entrée, sans plus personne pour lustrer son effigie de bronze. Maria-Grazia surprit même Concetta en pleurs, elle qu'elle n'avait jamais vue verser de larme sur quoi que ce fût.

— J'ai été une vieille imbécile, confessa-t-elle. J'espérais qu'ils se marieraient, Mariuzza, et qu'ils reprendraient le café tous les deux.

— Ma foi, je ne vois pas ce qui empêcherait Lena et Enzo de faire tourner le café ensemble. On n'a pas besoin d'être marié pour ça !

Car Maria-Grazia refusait de croire que la petite ne reviendrait pas, comme elle l'avait fait pour ses frères. Elle avait besoin de temps, voilà tout.

Cependant, les semaines passaient, puis les mois, et bientôt près d'un an s'écoula sans que Lena revienne. Maria-Grazia existait entre-temps de dimanche en dimanche, car c'était le dimanche que la petite téléphonait pour donner des nouvelles. Ses études avançaient ; elle avait passé une série d'examens d'anglais, obtenant apparemment d'excellentes notes. Il était également question, au grand soulagement de Maria-Grazia, d'un nouveau garçon.

« Elle finira par rentrer », murmurait Maria-Grazia à Robert, le soir, après ces appels, quand elle cherchait le sommeil dans la chambre de pierre près de la cour.

Et Robert, à demi endormi, lui prenait le poignet, comme il l'avait fait tant de fois par ces après-midi d'été quand ils étaient devenus amants, et répondait sur le même ton :

« *Lo so.* Je sais. »

Finalement, ce fut une sorte de vision qui rappela Lena sur l'île, du moins l'expliquerait-elle ainsi à sa grand-mère, bien des années plus tard. Le soir en question, alors qu'elle émergeait de la bouche de métro dans un souffle d'air chaud, un phénomène étrange se produisit : elle fut assaillie par l'odeur des bougainvillées. Au début, elle n'en perçut qu'une trace fugace dans le parfum d'une passante. Puis soudain elle était partout, pluie de fleurs invisible, à la fois immédiate et lointaine. La puissance du souvenir la força à s'arrêter.

Deux années de suite, elle avait raté la Sant'Agata.

Ce fait s'abattit sur elle dans le jour déclinant et lui parut si épouvantable qu'elle s'arrêta net au milieu de la chaussée et se mit à pleurer.

Une camionnette dérapa, une moto l'esquiva dans un hurlement de klaxon. Elle se réfugia sur le trottoir – l'odeur avait disparu.

Elle ne décida pas de rentrer le soir même. Mais, compter de ce moment, un grand malaise commença de peser sur elle, la rendant irritable, comme Agata-la-pêcheuse avant un grain. L'île s'était incrustée de force dans ses pensées, comme s'il se tramait quelque chose de grave. Quand elle décrivit le phénomène à sa grand-mère, elle lui dit qu'il lui avait semblé sentir le café en danger. Ce qui était curieux, songea alors Maria-Grazia, car, si des menaces avaient couvé durant les derniers mois de l'année 2007, elles étaient alors pareilles aux frémissements qui annoncent les tremblements de terre : trop discrets pour qu'on les décèle sans sondes et jauges spéciales, si bien que nul n'en avait conscience.

Cet automne, en l'absence de Lena, le petit Enzo de Concetta était rentré à Castellamare.

— Pourquoi revenir ? s'étonna Maria-Grazia quand son amie accourut pour lui annoncer la nouvelle. Je croyais qu'il rêvait de s'échapper !

— Le mal du pays ! s'exclama Concetta, mi-joyeuse, mi-excédée. Il prétend que l'île lui manque trop. Il veut refaire le taxi et sculpter des statues de la sainte… Ah ! Maria-Grazia, je crains qu'il n'ait complètement perdu la tête.

La vérité était qu'Enzo s'était réconcilié avec l'île. Car, arraché à Castellamare, un mal étrange s'était emparé de lui. Dans son école d'art, à Rome, chacun de ses croquis finissait par représenter quelque scène de son village natal : son église, sa place, ses rangées de cactus, ses chèvres broutant sur les pentes le long de la baie, son épave, la *Santa Madonna*, avec sa quille rouillée, son manoir à l'allée bordée de palmiers, ainsi qu'inlassablement l'image de la sainte. Aussi était-il rentré, par un jour venteux, trois hivers après son départ, pour reprendre son activité de chauffeur de taxi.

— Pourquoi revenir ici ? le harangua Concetta, bien qu'elle eût pleuré son départ et maudit son ambition. Tu allais devenir célèbre, à Rome ou bien en Amérique, faire des expositions dans des galeries, et que sais-je encore !

Au lieu de quoi, Enzo s'attela à ce qui allait devenir son chef-d'œuvre. Dans l'ancien atelier de Vincenzo, son aïeul, traînait depuis toujours un gros bloc de pierre grossièrement sculpté ; il provenait de grottes de la falaise. Vincenzo avait payé les pêcheurs pour qu'ils l'extirpent de la roche et le lui remontent avec leur treuil au siècle dernier : il projetait d'en faire une statue grandeur nature de la sainte. Enzo avait décidé de reprendre le projet là où Vincenzo l'avait laissé.

Tout en attaquant les angles au ciseau, il fronçait les sourcils, livide, distrait, les cheveux saupoudrés de part en part d'une substance cendreuse.

— Ça ne rend rien, observa-t-il, s'adressant moins à sa tante, venue lui rendre visite, qu'à lui-même. Ce que j'ai en tête, ça ne marche pas.

Concetta plissa les yeux.

— Et qu'est-ce que tu as donc en tête ?

— Un hommage à Sant'Agata. (Enzo caressa un repli de la pierre.) Là, à ses pieds, c'est une reproduction de l'île. Les pans de la robe se transforment en vagues. Voici les bateaux des pêcheurs, avec tous leurs noms. Regarde, là, c'est la *Foi en Dieu*, et là la *Santa Madonna,* ici tu as la *Sant'Agata Salvatrice* et la *Santa Maria della Luce*, la *Maria Concetta*, l'*Étoile de Syracuse*… Tous les bateaux qui ont un jour abordé ou quitté nos rives, ceux qui survivent à ce jour et ceux qui ont fait naufrage…

Il gesticulait, tendait les bras comme pour saisir quelque chose, puis, renonçant, il laissa ses bras retomber le long de son corps.

— La roche volcanique est trop friable, trop poreuse. Mais Vincenzo a bien précisé que la statue devait absolument être taillée dans ce bloc-ci et pas un autre. Il devait avoir ses raisons. Tout est là, quelque part, dans la pierre…

Concetta ignorait si son neveu devait lui inspirer fierté ou désespoir. Il était là, assis, voûté par-dessus la forme grossière de la sainte, et jusque tard dans la nuit on entendait cliqueter son ciseau par les fenêtres ouvertes de l'atelier.

— Peut-être, murmura Maria-Grazia à Robert ce soir-là, toute vibrante d'anticipation, peut-être Lena va-t-elle rentrer, elle aussi.

Et c'est ce qu'elle fit, par le ferry de Bepe, au début de l'été suivant. Elle avait été partie deux ans. Assise sur le banc de bois verni à la proue du navire, elle se sentait harassée, comme si le temps avait filé deux fois plus vite depuis son départ. Sa peau avait perdu ses anciennes défenses ; elle avait oublié la façon que le soleil avait ici de vous brûler, et cet air qui vous tombait dessus par vagues flamboyantes, et le blanc éclatant auquel sa fureur réduisait toutes les couleurs.

Le ferry pivota contre la marée, l'eau forma une vague contre son flanc gauche et devant Lena s'érigea l'île. Et déjà la jeune fille était sur le quai, grimpait le long de la vieille colline, et l'île la mitraillait de mille souvenirs : le sifflement hydraulique de la mer, l'odeur familière de la poussière chaude. Dans le même temps, Lena voyait tout à travers les yeux de sa mère : les rues qu'elle gravissait étaient pleines d'air stagnant, les pavés maculés de crottes de chiens. La peinture pendait en lambeaux aux façades de l'église et des magasins et tous les habitants étaient plus ou moins d'un âge avancé. C'était le genre d'endroit qu'on ne pouvait aimer qu'au prix d'un certain effort, et pourtant, comprenait-elle à présent, c'était le seul endroit sur terre qu'elle pût aimer vraiment.

Sur la rangée de chaises alignées devant l'épicerie d'Arcangelo, des vieux la dévisagèrent.

— Mais n'est-ce pas Lena Esposito ? murmura la veuve Valeria, d'une voix tout à fait audible. N'est-ce pas Maddalena, la petite de Sergio ?

— Oui, signora Valeria, répondit Lena, tâchant de ne s'exaspérer contre personne le jour de son retour. Je suis revenue.

— N'est-ce pas qu'elle a beaucoup grandi, et pâli ? On dirait un petit fantôme ! souffla Valeria au pharmacien en levant sa main pour la saluer innocemment.

Mais déjà c'était la place, et la terrasse et son tapis de fleurs de bougainvillées. Et, sur la place, sa grand-mère. Pourtant, Lena douta en approchant : était-elle vraiment si petite et soignée, si âgée ? Maria-Grazia posa le plateau qu'elle avait à la main. Et tout d'un coup voici qu'elle courait comme pour sauver sa vie, les bras tendus devant elle pour l'accolade, en criant :

— Lena ! Lena ! Lena !

Son cri parvint aux oreilles de Robert, qui sortit à son tour, incrédule, la main en visière pour protéger ses yeux de l'éclat du soleil. Et son père, Sergio, abandonnait un plateau de verres pour courir, courir, et arriver le premier. Lena les autorisa à l'ensevelir sous leurs étreintes, et ne songea plus à repartir.

— Lena est revenue ! lança Maria-Grazia aux clients qui assistaient à la scène. Ma petite-fille est revenue ! Je vous l'avais bien dit qu'elle reviendrait !

Ainsi, Lena devint la première Esposito à revenir à Castellamare après l'avoir quittée.

— Je reste, annonça-t-elle à sa grand-mère. Je serai médecin une autre fois.

3

Par un matin de septembre, Maria-Grazia alluma la télévision et vit s'afficher à l'écran des images de troubles : dans la nuit verdoyante de New York, des hommes en costume cravate émergeaient de tours de verre, des cartons à la main.

— Il y a eu un attentat ? s'effraya Maria-Grazia devant les mines hagardes des hommes et leurs gestes englués, craignant le meurtre et les flammes.

— Non, non, la détrompa Sergio. Ils ont perdu leur travail.

— Mais pourquoi déambulent-ils comme ça avec des cartons ? voulut savoir Agata-la-pêcheuse. Et est-ce qu'ils sont anglais, comme le signor Robert, ou bien *americani* ? Monte le son, je n'entends rien !

— C'est ici qu'on ne s'entend plus ! ajouta l'un des joueurs de *scopa*. Tu n'arrêtes pas de monter le volume, un peu plus tous les jours ! Entre toi et ces maudits galopins qui font un foin de tous les diables avec leur baby-foot…

Une dispute éclata et l'on en oublia le sujet initial de la conversation. Quand Maria-Grazia réussit enfin à rétablir l'ordre parmi ses clients, les hommes aux cartons avaient disparu de l'écran, remplacés par d'autres calamités plus familières.

Maria-Grazia sortit consulter Robert, qui taillait les bougainvillées, une tâche presque mensuelle depuis le début de l'été.

— Il se passe une chose étrange, lui dit-elle quand il vint s'asseoir à ses côtés. Il se trame dans le monde une chose singulière, ajouta-t-elle en leur prenant la main.

— Cette maison en a vu d'autres, lui rappela Robert en déposant un baiser au creux de sa paume.

Lena s'inquiétait également. Toute la semaine, au lieu de rédiger sa candidature pour l'école de médecine sicilienne où sa grand-mère lui avait ordonné de s'inscrire (après tout, ce n'était pas trop loin de la maison), elle éplucha les journaux en quête d'une explication. Peu à peu, elle comprit que les banques anglaises et américaines étaient en faillite.

— Comme en 1929, affirma Agata-la-pêcheuse. Une grande dépression.

— Non, non ! objecta Bepe. Rien à voir.

Car, s'il se méfiait par principe de la banque d'*il conte*, les grands pontes de la finance outre-Atlantique lui inspiraient un profond respect.

Au café, on débattit quelque temps au sujet de l'origine de la crise, les journaux semblant incapables de s'accorder sur le sujet. Certains clients affirmaient que tout était la faute de deux riches Américains prénommés Freddy et Fannie. D'autres répondaient que pas du tout, c'étaient deux frères du nom de Lehman qui étaient responsables. D'autres encore avançaient que tout avait commencé dans la ville de Northern Rock. Certains se remémoraient que, vers la fin de l'année précédente, la banque de Castellamare avait cessé d'accorder des prêts. L'argent qui coulait à flots une décennie plus tôt, on le gardait désormais jalousement dans les caisses. Mais cela pouvait-il vraiment avoir un lien avec les événements en Amérique ? Au café, Maria-Grazia à son tour étudia les journaux, laissant la télé allumée sur la chaîne des informations.

Petit à petit, la crise se rapprochait comme un tsunami.

— Vous feriez bien d'être prudents, recommanda Agata-la-pêcheuse. Un commerce comme le vôtre peut être emporté en un an, un an et demi. En trois, il pourrait être rasé.

— Allons, ce sont des balivernes, et tu le sais ! s'indigna Bepe. Pense à toutes les tempêtes qu'a surmontées ce café ! Deux guerres, des scandales en veux-tu en voilà, deux tremblements de terre, le bar que ce *stronzo* d'Arcangelo a ouvert juste au pied de la butte… Quand les *Americani* ont eu leur Grande Dépression, c'est à peine si on l'a remarqué. Qu'est-ce que ça nous faisait, à nous ?

Agata-la-pêcheuse ne répondit rien. Dans sa famille, on avait toujours eu le don prodigieux de prévoir le mauvais temps.

Au printemps suivant, les ennuis arrivèrent au café Au Bord de la Nuit.

Au comptoir, Lena feuilletait distraitement les journaux en quête de nouvelles de la crise tout en écoutant d'une oreille les bruits matinaux de l'île. Le café était déjà bien rempli. Les pêcheurs, les vieux joueurs de *scopa*, le père Marco, qui venait chaque matin consulter les scores du football, mais encore Tonino le maçon, qui attendait la finalisation d'un contrat avec *il conte* pour un chantier sur le site de l'hôtel et, dans l'intervalle, occupait ses journées à lire la *Gazzetta dello Sport*. Robert faisait les comptes sur la terrasse quand Filippo Arcangelo monta soudain les marches à grands pas furibonds. Plusieurs témoins le virent, tout droit débarqué de son épicerie, son tablier rayé autour de la taille et ses sabots en plastique aux pieds, débouler dans le café et lancer à la cantonade :

— Je viens pour une dette. Le signor Tonino est là ?

Penaud, l'ouvrier se leva, anticipant déjà l'humiliation publique.

— Tu me dois très exactement..., commença l'épicier en s'embarquant dans la lecture d'une longue note tout en additionnant les montants sur ses doigts. Huit cent quatre-vingt-neuf euros et dix-sept *centesimi* ! Je les veux avant la fermeture. Je te fournis à crédit depuis trois mois, Tonino. Maintenant, ça suffit.

— Je n'ai pas l'argent ! se désola l'autre. J'attends toujours la signature du contrat pour le nouvel hôtel. Tu le sais bien, signor Arcangelo.

Sur ce, quelques joueurs de *scopa* se levèrent pour prendre sa défense.

— Lui réclamer ses sous comme ça, devant tout le monde, sans vergogne !

— Tu ne sais donc pas que le contrat a pris du retard ?

— Et moi, je fais comment ? Je suis censé le nourrir à l'œil ?

Plein d'un sentiment de justice outragée, Filippo Arcangelo balançait de droite à gauche sa masse devenue, avec l'âge, aussi imposante que celle de son père.

— J'ai des droits, moi aussi ! poursuivit-il. Je l'ai mis en garde plusieurs fois ! Mais le signor Tonino évite ma boutique depuis qu'il me doit cette ardoise longue comme le bras, et quand je me rends chez lui ou à son travail, comme par hasard il n'y a personne pour m'ouvrir ! J'ai quand même le droit d'être payé pour la nourriture qu'il a mangée et le vin qu'il a bu !

L'opinion revira de bord.

— Oui, admit Bepe, c'est vrai : le signor Arcangelo doit être payé, d'une manière ou d'une autre.

— Mais à quoi bon me demander de payer puisque je n'ai pas encore l'argent ? se récria Tonino, plein de vindicte. Comment pouvais-je savoir que le contrat mettrait tellement de temps à être finalisé ?

— J'exige qu'on me paie ce qu'on me doit ! tonna Arcangelo, hors de lui. Tous autant que vous êtes, vous avez tous une note chez moi. Soi-disant que vous me paierez à la fin de l'été. Il n'y a pas que Tonino ! Comment voulez-vous que je fasse mes réassorts, moi ? Que je règle mes factures ? Vous y pensez, à ça ? J'ai fait un emprunt à la banque, j'ai une dette à rembourser, moi aussi !

— Signor Arcangelo, intervint Sergio, les affaires tournent au ralenti, en moment. Vous le savez. Vous nous faites crédit chaque année et on vous a toujours remboursé à la fin de la saison touristique, une fois nos caisses renflouées.

Arcangelo fit un tour d'horizon, comme pour inviter toute l'assemblée dans sa confidence.

— Il se trame quelque chose dans le monde, au cas où ça vous aurait échappé. À la fin de l'été, la moitié de vos commerces auront peut-être bien mis la clé sous la porte. Les touristes, qui sait s'il y en aura encore ? Je veux mes sous, et je les veux maintenant.

Alors se produisit un étrange phénomène. Le café tout entier s'indigna comme un seul homme à mesure que chacun se rappelait l'argent qu'il devait à ses voisins et, surtout, celui que ses voisins lui devaient.

« Et mes dix mille lires ! s'exclama un vieux joueur de *scopa*. Je les avais prêtées au signor Mazzu pour qu'il s'achète une chèvre en 1979 et ça me revient, maintenant : je n'en ai jamais revu la couleur ! »

« Et l'argent que j'ai avancé au signor Donato pour qu'il retape sa maison après le tremblement de terre ? »

« Et quand j'ai investi dans la citronneraie du signor Terazzu, en 1953, pour le remercier d'avoir marié sa fille à mon fiston ? »

Un vent de folie se mit à souffler sur Castellamare, comme à la fin de la guerre. Chaque propriétaire de commerce, l'imprimeur, le boulanger, le marchand de tabac, le boucher, l'électricien, le pharmacien, le coiffeur, tous entrèrent en guerre les uns contre les autres, publiquement et à grand bruit, pour savoir qui devait quoi à qui. Effrayées par ces manifestations de panique, les veuves de Sant'Agata, très respectables en leur éternel habit noir, organisèrent une descente à la banque, car une source fiable leur avait laissé entendre que cette dernière allait bientôt connaître le même sort que les grands temples de la finance, outre-mer.

Pour traiter avec elles, on dépêcha le neveu de Bepe, seul habitant de l'île à travailler à la Société d'épargne et de crédit de Castellamare. Bien qu'il eût quarante-trois ans, Bepino semblait redevenu un tout petit garçon avec son costume et sa cravate bon marché ; le soleil rendait translucides ses larges oreilles et des gouttes de transpiration perlaient sur son nez.

— Que faites-vous là ? Vous ne pouvez pas toutes retirer votre argent en même temps, dit-il aux veuves.

Valeria finit par lui avouer :

— On raconte que la banque va fermer.

— Est-ce vrai ? demanda Bepe à son neveu. Réponds-moi franchement. La banque est-elle menacée de faillite ?

— *Sì, zio*, reconnut Bepino, qui n'aurait pas su mentir aux veuves de Sant'Agata quand bien même il l'aurait voulu. C'est vrai.

— Comment ? ! s'effaroucha la veuve en chef, la signora Valeria. Si la banque a des ennuis, je veux récupérer mes sous, immédiatement, et jusqu'au dernier !

— Vous avez environ sept mille euros sur votre compte, c'est juste ? répondit Bepino.

— Sept mille deux cent vingt-sept euros, le corrigea la veuve en brandissant un livret d'épargne estampillé du sigle jaune et bleu de la banque d'*il conte*. Vous n'avez qu'à les prélever sur la pile, dans le grand coffre-fort. Je l'ai vu, dans l'arrière-boutique, à la place de l'ancien salon de Gesuina, paix à son âme !

— Les prélever dans le coffre ? Mais il n'y a pas assez dans ce coffre ! Il contient quelques milliers d'euros, tout au plus.

La veuve plaça la main fermement sur la porte pour être prête à la pousser sitôt que Bepino la déverrouillerait, et dit :

— Ce n'est pas grave. Pour le moment, quelques milliers d'euros, ça me suffira.

Mais alors une clameur s'éleva :

— Et l'argent de ma retraite ?

— Et mon compte d'investissement ? J'ai presque onze mille euros dessus, c'est le comte lui-même qui me l'a vendu en 1992 et j'y fais des versements mensuels, depuis !

— Oh, fit Bepino, comprenant le problème. Cet argent, on ne le garde pas ici. On ne peut pas tout vous restituer comme ça d'un coup. Ne vous inquiétez pas. Vous le récupérerez tôt ou tard, d'une façon ou d'une autre.

— Mais où est-il ? demanda Bepe. Dis-le-nous tout de suite. Si tu empruntes à l'un pour prêter à l'autre, sans avoir suffisamment de réserves pour couvrir toutes les opérations, c'est un tour sacrément malhonnête que tu nous joues, Bepino, et je suis bien déçu d'apprendre ça de toi.

— Il ne s'agit pas de ça. Seulement, l'argent n'est pas stocké ici.

— Il est stocké où, alors ?

— À l'étranger, esquiva Bepino, dont les propres connaissances sur le sujet étaient limitées. Dans des banques étrangères, plus grosses.

— Alors, qu'elles le rendent ! rugit Bepe, exaspéré. *Gesù,* Bepino, tu es donc né sans un sou de jugeote ?

— C'est que ce n'est pas aussi simple… Ils ne l'ont pas forcément, dit Bepino. Pour autant que je sache, ils l'auront prêté à d'autres…

Bepe écumait.

— C'est ainsi que vous faites des affaires ? Ha ! Je suis bien content d'avoir gardé mes sous dans un sac sous mon matelas, même quand j'ai eu deux cents millions de lires, je te le dis tout net, Bepino !

— Je n'y suis pour rien, protesta son neveu, cramoisi sous les regards accusateurs de ses voisins.

Il luttait contre la marée de leur déception, de leur incompréhension.

— C'est comme ça que ça marche, c'est tout, plaida-t-il, chevrotant de honte.

— Vous n'auriez pas dû y placer vos économies ! cria Bepe. Tous autant que vous êtes ! Combien de fois l'ai-je répété ? *Il conte* n'est pas quelqu'un de bien !

La chaleur de midi possédait à Castellamare une puissance bien à elle et, ce jour-là, elle tempéra la fureur des habitants de l'île. Sous son influence, les commerçants se retirèrent dans leurs boutiques, les chats errants disparurent dans l'ombre et les veuves, engoncées dans leurs robes noires malcommodes, ralentirent le pas presque jusqu'à l'immobilité. Au café régnait de nouveau le calme habituel du début de l'après-midi, mais Maria-Grazia, choquée par les querelles indignes d'Arcangelo et des autres, ne décolérait pas. Elle se rendit chez Concetta, dont c'était le jour de congé, et la trouva assise sur le pas de sa porte, une poêle de cuivre sur les genoux, en train d'équeuter au couteau des haricots. Tout en enchaînant les coups de lames précis, celle-ci se mit en devoir d'apaiser son amie :

— Ici, à Castellamare, on ne s'est jamais disputés longtemps pour des histoires d'argent. Parce que, même quand on n'avait trois fois rien, on s'en sortait malgré tout. Songe au nombre de cafés que tu as servis à crédit ! Le père Marco, par exemple, il ne te paie jamais. Ce ne serait pas convenable. Et Tonino non plus. Comment pourrait-on lui demander de payer alors qu'il est toujours en attente de contrat ? Tout ça va se tasser, tu verras.

Mais avril avançait, les jours de troubles se succédaient et Maria-Grazia prit conscience que les choses ne se tasseraient pas avant un long moment. Filippo Arcangelo avait envoyé des lettres incendiaires à tous ses débiteurs, même à ceux qui ne lui devaient que cinquante centimes d'euros. Le boulanger avait des ennuis, de même que le boucher, car ils fournissaient le grand hôtel du comte, qui tournait au ralenti, et dépendaient aussi du festival de Sant'Agata, qui fut modeste cette année-là. En outre, il apparut que la moitié des habitants de l'île avaient hypothéqué leurs boutiques dans la course à l'achat de voitures et de postes de télévision qui avait fait rage sur l'île quelques années plus tôt – voitures et télés entre-temps cassées ou dépourvues de valeur.

Même les touristes furent rares, ce printemps.

— Le café va-t-il tenir le coup ? s'enquit Lena. Sommes-nous menacés ? C'est ça que je veux savoir.

Lena et Maria-Grazia sortirent les livres de comptes et, avec l'aide de Robert, qui avait toujours su garder la tête froide en de telles circonstances, ils se lancèrent dans des calculs. Mais comment savoir ? Dans un contexte aussi incertain, sans la banque d'épargne pour remettre à flot l'économie locale, tout pouvait arriver.

Quant au comte, il refusait d'aborder le sujet. Deux semaines après le début des troubles, il fit remettre à Maria-Grazia un mot griffonné de sa main qui la convoquait chez lui. Au café, après son départ, il y eut bien des mots et des grommellements autour des tables de *scopa*.

— Elle n'a pas à fricoter avec lui, soutenait Bepe. C'est pas correct.

— Oh, tais-toi donc, lâcha Agata-la-pêcheuse. Maria-Grazia doit avoir ses raisons.

— Quand on pense au pauvre signor Robert ! se désola un vieux joueur de *scopa*.

Lena s'aperçut que la nuque lui cuisait à ces mots, et, indignée, elle se risqua à gronder les bavards :

— Vous savez que j'entends tout ce que vous dites ? Adressez vos réclamations à ma grand-mère, au lieu de médire derrière son dos !

— Je lui en parlerai, marmotta Bepe, à la prochaine réunion du comité de modernisation.

Elle ne l'aurait jamais admis, mais même Lena s'énervait à force de voir sa grand-mère louvoyer auprès d'Andrea d'Isantu, comme s'ils entretenaient réellement quelque liaison illicite. Le soir venu, elle alla donc la trouver dans sa chambre de pierre, près de la cour. Devant son miroir piqué de taches, Maria-Grazia se passait de la crème sur le visage.

— *Nonna*, l'aborda Lena en appuyant sa tête contre son épaule. Tout le monde colporte des ragots sur toi.

— Je sais, *cara*. Je sais. Mais ce n'est pas la première fois et cette fois non plus je n'en mourrai pas.

— Pourquoi est-ce qu'il te fait venir au manoir ? se lamenta malgré elle la jeune femme. Qu'est-ce qu'il peut bien avoir à te raconter ? Et pourquoi est-ce que tu accours chaque fois, comme s'il détenait encore une emprise sur toi ?

— *Cara, cara*, murmura-t-elle en caressant les cheveux de sa petite fille. Je te dirai tout le moment venu. Pour l'instant, je n'ai pas le droit de te raconter.

Le comte attendait d'autres visiteurs. On murmurait que des représentants d'une banque étrangère devaient venir inspecter la sienne dans le but de la racheter. Et de fait, à la fin du mois, ils arrivèrent comme escompté. Ils furent reçus au manoir, où l'on put les voir discuter sur la terrasse en épluchant avec leur hôte d'épaisses liasses de documents. *Il conte* ne parlait à personne, hormis aux étrangers et à Maria-Grazia.

Une fois de plus, Maria-Grazia redevint la dépositaire des secrets de l'île. Car, par-dessus le comptoir du café, ses voisins s'épanchaient auprès d'elle de leurs tracas financiers : les traites qu'ils n'avaient pas pu payer, les chiffres d'affaires catastrophiques pour la saison, les fils et les filles projetant de partir pour le continent comme leurs ancêtres autrefois, entre les deux guerres... Quand arriva la Sant'Agata, Maria-Grazia connaissait les ennuis personnels de tous les habitants de Castellamare.

Cependant, Maria-Grazia était bien décidée à régler l'affaire de l'hypothèque souscrite par Sergio une bonne fois pour toutes.

— Nous aurons bientôt tout payé, indiqua-t-elle à Robert. Plus que treize mois, et nous serons libres. Plus que trois mille cinq cents euros. Ne pourrait-on pas demander à Giuseppino ?

— Je ne sais pas, répondit Robert, qui n'avait jamais aimé quémander de l'argent à son fils. Je préférerais qu'on essaie de régler le problème par nous-mêmes. Lena est là, maintenant, et elle a le sens des affaires. À nous quatre, on doit pouvoir y arriver !

Mais Maria-Grazia invita tout de même Giuseppino à rentrer pour le festival.

Au cours des premiers mois de la saison touristique, la société de construction de Tonino perdit son contrat avec l'hôtel d'*il conte* : les travaux projetés avaient été abandonnés. Un autre chantier, celui des apparts-hôtels qui devait faire vivre cinq hommes tout l'été, fut interrompu à peine lancé, et il ne resta du projet que des squelettes détachant leurs poutrelles sur le fond de mer.

Durant cet été incertain, Concetta, bien qu'avec un peu de honte, se mit à prier la statue de Sant'Agata au cœur sanguinolent. Après coup, elle se demandait toujours ce qui lui était passé par la tête, seulement, quand elle la voyait là, à récolter la poussière dans le couloir de Maria-Grazia, elle se sentait immanquablement saisie de pitié : pour le café, pour son neveu Enzo dont le taxi croupissait des semaines de suite entre les artichauts, pour la petite Lena qui, au train où allaient les choses, ne deviendrait jamais médecin… Concetta s'agenouillait alors dans l'entrée, allumait une bougie et adressait quelques mots à la sainte.

— Je ne t'ai jamais rien demandé de ma vie. Ni de ramener le signor Robert pendant la guerre, ni de mettre un terme à la querelle avec mes frères, ni d'aider les Esposito quand tous leurs fils ont été envoyés au front. Mais, aujourd'hui, je te le demande : sauve le café. Cela fait des années qu'on espère un miracle de toi, Sant'Agata. Tu nous as offert les jumeaux nés de mères différentes et le sauvetage de Robert, tu as ramené de Londres Maddalena et de Rome mon petit Enzo. Je ne te demande qu'un tout petit miracle, cette fois. Que Giuseppino rentre à Castellamare pour le festival. Qu'il enterre cette brouille absurde avec son frère, comme le rêve Maria-Grazia, et qu'il donne aux siens de quoi maintenir à flot le café. Et fais que les autres s'en sortent aussi : Valeria et Tonino, et mêmes mes frères Filippo et Santino, qu'ils ne fassent pas faillite…

La sainte baissait les yeux sur elle, la tête légèrement inclinée, une main levée comme pour faire la circulation ; la lueur de la flamme roulait sur sa figure peinte qui, dans cette pénombre, paraissait d'une grande douceur et d'une tristesse infinie.

Au cours des semaines qui suivirent, d'autres suivirent l'exemple de Concetta. Quelqu'un s'était en effet souvenu que la statuette des Esposito, qu'avait autrefois hébergée la petite chapelle près de la *tonnara*, abritait en son sein une relique sacrée : le pouce droit de la sainte elle-même.

Que ce fût vrai ou pas, la veuve Valeria résolut elle aussi de prier la statuette et, quelques jours plus tard, survint un miracle troublant et sidérant.

Valeria, qui était presque centenaire, avait demandé à la statuette deux cent vingt euros pour payer ce qu'elle devait à la banque, pour son hypothèque. La veuve était presque sourde et les clients du café l'entendirent distinctement adresser à la sainte sa requête désespérée, en dialecte :

— Et *pi fauri, signora la santa,* deux cent vingt euros, juste de quoi payer ce que je dois, car Dieu sait que Carmelo a des difficultés à trouver du travail et que ma pauvre Nunziata, avec ses problèmes de genoux…

Le lendemain matin, se levant avant le soleil, Nunziata, la petite-fille de Valeria, réveilla la moitié de la ville avec ses cris stridents. Elle avait découvert, fourrés dans le basilic du perron, une liasse de billets. Il y en avait pour très exactement deux cent vingt euros, comme si la sainte savait.

— C'est un miracle ! s'exclamèrent les vieux joueurs de *scopa* quand Valeria, extatique, se précipita au café de son pas traînant afin de remercier la statuette.

Agata-la-pêcheuse était plus sceptique.

— Ça fait des jours qu'elle nous bassine avec ses deux cent vingt euros, souligna-t-elle. On l'a tous entendue ! N'importe lequel d'entre nous a pu lui donner les billets.

Mais rien n'y fit : l'après-midi, une petite foule faisait la queue devant la statuette.

Le prochain à se voir gratifier d'un miracle fut le pêcheur-mécanicien Matteo, qui n'avait même pas prié la statuette et (observa, outragée, la veuve Valeria) n'allait plus à la messe depuis son enfance. Matteo, qui buvait un café sur la terrasse tous les après-midi en revenant de l'océan, était coincé sur l'île depuis plusieurs semaines faute d'un nouveau moteur de hors-bord, ce dont il se plaignait à qui voulait l'entendre. Or voici qu'il en trouva un tout neuf, enveloppé dans du plastique, calé sous la boîte aux lettres de la maison de sa mère. Quelqu'un l'y avait déposé pendant la nuit. Matteo, c'était vrai, n'allait plus à la messe depuis qu'il était petit et ne s'était jamais agenouillé devant la statuette des Esposito, mais les jours passèrent et il se produisit bientôt toute une ribambelle de nouveaux miracles aussi singuliers les uns que les autres. Des billets se glissaient sous la porte des commerces qui périclitaient, les pièces détachées qui manquaient pour réparer les camionnettes se matérialisaient en pleine nuit dans les courettes, des tuiles apparaissaient à l'aube sur le seuil des maisons aux toits endommagés, de sorte que les habitants, au réveil, les y trouvaient, éberlués.

Certains attribuaient ces miracles à la sainte. D'autres, comme Agata-la-pêcheuse, prêtaient au phénomène une explication rationnelle.

— Quelqu'un sait ce qu'il manque aux habitants de l'île, lâcha-t-elle un matin. Quelqu'un de bienveillant se livre à ce petit trafic.

— Mais qui peut bien avoir de telles sommes à débourser ? objecta Concetta.

Car le total devenait impressionnant, ainsi que le confirma aussitôt Lena, ayant fait l'addition sur l'une des dernières pages du livre de comptes. Il y en avait pour plus d'argent que n'en possédait toute l'île !

— Peut-être que c'est le signor Arcangelo…, supputa quelqu'un.

Sur quoi, comme un seul homme, le café éclata de rire.

On ne trouva jamais de cadeau miraculeux au café Au Bord de la Nuit. Chaque matin, avant l'ouverture, Concetta et Lena en passaient la terrasse au peigne fin, grisées par le parfum de miracle qui flottait sur l'île. En vain.

« Les soucis financiers finiront par se dissiper, assurait Concetta à la jeune femme, qui se décourageait. Giuseppino reviendra nous tirer d'embarras comme il l'a toujours fait et Sergio sera bien obligé de ravaler son orgueil et de tourner la page. »

Mais le doute avait commencé de germer en Maddalena. Et si les soucis ne se dissipaient pas ? Et si c'était cette crise, et non les guerres et les séismes, qui enterrait le café ?

— Allons, ne dis pas ça ! la gronda Bepe. Ce n'est pas une vraie crise. Tu verras : en 2010, tout ça ne sera plus qu'un lointain souvenir.

4

Dans les semaines qui précédèrent la Sant'Agata, on procéda chez les Esposito à une réunion extraordinaire du comité de modernisation de l'île et, pendant qu'on s'assemblait, une grande tempête s'abattit sur l'île. Elle assaillit le café Au Bord de la Nuit, faisant grelotter les carreaux, se déversant des conduits et des rameaux de la terrasse dans un vacarme guttural. Il y avait tant de raffut que Maria-Grazia devait forcer sa voix pour se faire entendre des membres du comité.

— Il faut que la Sant'Agata soit à la hauteur, cette année, même si nous disposons de moyens limités.

La Société d'épargne et de crédit de Castellamare avait toujours financé en partie les festivités. Il en était ainsi depuis tellement longtemps qu'on en avait presque oublié d'où provenait l'argent. Mais, désormais, qui payerait les fleurs pour l'église, le cortège de musiciens traditionnels qu'on faisait venir de Sicile, les stands de noix caramélisées et de souvenirs en plastique, les palettes de générateurs, d'amplis et de projecteurs que Bepe acheminait sur son ferry et qu'on installait sur la place la veille de la fête ? Au cours des deux décennies précédentes, pour séduire toujours plus de touristes et pour faire plaisir aux anciens habitants de Castellamare qui ne manquaient jamais de revenir pour la Sant'Agata, on avait paré la fête de toujours plus de pompe, et il allait falloir se montrer au niveau.

Quand les préparatifs commencèrent pour de bon, la pluie redoubla d'intensité.

— Sant'Agata est en colère, maugréa Agata-la-pêcheuse dans un coin du café, furetant des yeux pour suivre les joueurs de football qui couraient sur l'écran de la télé (car elle s'était toquée de foot sur le tard, et la Juventus rencontrait l'Inter). C'est ce qu'on disait toujours quand on prenait un grain en mer : « Sant'Agata est en colère. » Ce genre de tempête nous tombait dessus quand un membre de l'équipage avait quelque chose sur la conscience.

Un ou deux joueurs de scopa jetèrent un regard en coin à Maria-Grazia, car ce n'était un secret pour personne : elle continuait de passer ses dimanches après-midi au manoir, auprès d'*il conte*, et ce pour des raisons que nul ne connaissait, excepté le signor Robert.

— Pas la peine d'être si macabre, signora Agata, répliqua Concetta. Moi, je crois qu'un miracle se prépare. Pour moi, c'est ça que ça signifie.

Effectivement, à la faveur d'une rare éclaircie, deux semaines avant l'ouverture du festival, par un ciel gris et calme, un étrange demi-miracle se produisit. Comme le ferry de Bepe parcourait les eaux agitées séparant Castellamare de Syracuse, une ombre s'approcha du bateau. De plus en plus près. Les touristes n'étaient pas tranquilles.

— Des requins, murmura quelqu'un.

D'un coup, l'ombre creva la surface de l'eau comme une balle, jaillit et retomba lourdement sur le pont. Il ne s'agissait pas d'un requin, mais d'un dauphin. Gris comme la pluie, le ventre rose, il se tordit sur le métal rouillé du ferry de Bepe, glapissant et couinant dans sa drôle de langue, égaillant les touristes affolés.

— Silence ! leur cria Bepe. Silence. Laissez-moi l'approcher et voir ce qu'il nous veut.

Bepe n'avait pas vu de dauphin bleu depuis sa jeunesse, et encore, même alors, ç'avait été de loin, du haut de la *Santa Maria della Luce.* Pour l'heure, la créature à l'odeur de poisson claquait des dents de façon peu avenante juste à ses pieds, et il ne savait trop que faire. Il coupa les moteurs et, la gaffe à la main, s'avança vers l'animal.

— Là, là, fit-il à mi-voix. Du calme, dauphin. Arrête de mordre comme ça. Sois sage. *Stai bravo.*

Le dauphin considéra Bepe de son œil lisse et brillant. Prudemment, délicatement, l'homme le poussa jusque dans un coin du pont. Alors, sans crier gare, d'un violent coup de queue qui propulsa Bepe en arrière, le dauphin se jeta par-dessus la rambarde et plongea dans la mer. Les touristes se précipitèrent et le virent remonter à demi, s'attardant sous la surface pour lever sur eux ses petits yeux noirs. Puis il disparut dans un mouvement de torsion, ne laissant derrière lui que le vide.

Le temps que le ferry accoste à Castellamare, les passagers pensaient presque avoir rêvé l'événement. Et, quand Bepe le raconta au café, il se heurta à la même incrédulité.

— Non, ça n'est jamais arrivé de mon temps, déclara Agata-la-pêcheuse en faisant claquer sa langue en guise de réprobation. Un dauphin bleu ne bondirait jamais comme ça sur un bateau, sans retenue, comme une vulgaire otarie dressée.

— Pourtant, c'est ce qui s'est passé, insista Bepe. Il a sauté à bord de mon ferry.

— Ah oui, vraiment ? Sur ton ferry ? Un dauphin ? Tu te fais sénile, rétorqua Agata. Sauf le respect que je te dois, Bepe, tu perds la boule.

— Puisque je te dis que c'est arrivé ! s'emporta Bepe. Je l'ai vu de mes yeux. Et qui es-tu pour me parler de sénilité, Agata ? Je te rappelle que tu es née le même hiver que moi.

Bepe et Agata ne s'étaient jamais mariés, mais nul n'ignorait sur l'île qu'ils entretenaient une liaison discrète depuis une cinquantaine d'années. Maintenant qu'ils étaient âgés, ils se disputaient avec toute la familiarité d'un vieux couple.

— Pauvre vieux *stronzo*, reprit affectueusement Agata-la-pêcheuse. Un dauphin bleu, sur le pont de ton ferry ! C'est la meilleure de l'année.

Ce soir-là, cependant, les plus jeunes pêcheurs de l'île, Matteo et Rizzulinu, le dernier arrière-petit-fils de Rizzu, racontèrent une série d'anecdotes étranges, eux aussi. Ils remontèrent du port en jeans déchiquetés et tee-shirts à l'effigie de chanteurs américains, tout souillés d'eau de mer, et déclarèrent dans un murmure qu'ils croyaient Bepe. Oui, c'était bien possible, assurément : eux aussi avaient vu des dauphins dériver sur une vague scélérate juste au large de *Morte delle Barche*, deux jours plus tôt. Et un matin ils avaient vu un grand banc de poissons volants s'abattre comme une grêle de part et d'autre de leur bateau, la *Provvidenza*. Et un jour qu'ils pêchaient tard, tous feux éteints, le moteur coupé, ils avaient entendu monter des profondeurs la complainte d'une baleine.

— Il se trame des choses bizarres, conclut Agata-la-pêcheuse, qui voulait bien croire le récit de Bepe, maintenant que d'autres le confirmaient. Il y a du miracle dans l'air. Les poissons doivent le sentir.

Pendant ce temps, d'étranges rumeurs circulaient à propos d'*il conte*. Bien qu'il ne reçût toujours personne à part Maria-Grazia, on vit de curieux colis quitter le manoir en empruntant l'allée de palmiers. Il y en avait des carrés, comme des portraits emballés dans du papier kraft, d'autres semblables à de grandes malles, et même une fois une caisse qui tintinnabulait comme si elle était pleine de bougeoirs en cuivre.

— Il vend ses affaires, rapporta Bepe, qui le tenait de la gouvernante du manoir. Tout ce qui appartenait à ses défunts parents. Les vieux tableaux, l'argenterie poinçonnée aux armoiries d'Isantu, les tables et les chaises françaises, et même les fresques qui ornaient les murs du salon. Il faut croire qu'avec l'âge et la faillite de sa banque il a fini par virer de bord : il s'est fait communiste.

— Il perd la tête, oui ! supposa Agata-la-pêcheuse.

— Ce qu'il a perdu, c'est le respect pour feu son père, s'offusquèrent les joueurs de *scopa*.

La tempête continuait de faire rage. Elle abattit les barrières dressées pour la Sant'Agata, et quant à l'estrade que Tonino et 'Ncilino avaient érigée sur la place, il y tomba tant de pluie que, quand on voulut la tester, les planches se rompirent sous le poids de l'eau et la fanfare atterrit sur le derrière dans la boue.

Un matin, Maria-Grazia et Lena ouvrirent les volets du café et découvrirent que la terrasse s'était à moitié effondrée sur elle-même. Les poutres enguirlandées de plantes gorgées d'eau étaient trop lourdes pour qu'on les remette en place.

D'ailleurs, la maison elle-même semblait en passe de se désintégrer. Le toit fuyait, inondant si bien le vieux canapé d'Amedeo que le velours en était toujours nimbé d'un voile de gouttelettes. Le moindre séjour aux commodités se transformait en une excursion pluvieuse et venteuse. La peinture de l'entrée se faisait ondulante et les livres de la bibliothèque se gondolaient. Sergio, derrière le comptoir, les passait un à un sous le sèche-cheveux de Lena afin de les garder en vie.

Jamais on n'avait eu à se soucier de la pluie à la période du festival. Pourtant, insistait Concetta, un miracle était peut-être en chemin, une éclaircie après tous ces jours de météo tumultueuse.

— Il n'y a pas eu de miracle depuis que la mer nous a livré Robert, rappela-t-elle. Il est grand temps. Ça va forcément arriver.

Toute la semaine, la pluie ne faiblit pas. Le nombre de touristes ne cessait de décroître, ce qui constituait en soi une tragédie, au cœur d'un été si pingre et désolant.

— Sergio, il faut que tu téléphones à ton frère, affirma Maria-Grazia. Si c'est toi qui l'appelles, si tu l'invites au festival, peut-être qu'il viendra.

Mais la ligne était coupée, un grand pied de bougainvillée, déraciné par une bourrasque, l'avait entraînée dans sa chute.

Tandis que Lena errait de pièce en pièce, Maria-Grazia s'arma d'une détermination farouche :

— Je ne quitterai pas l'île ! J'ai la ferme intention de finir mes jours ici, comme mon père Amedeo, et comme ma mère Pina. Je mourrai dans cette maison qui est à nous depuis quatre-vingt-dix ans. L'esprit de mon père l'habite encore, et c'est ici que je suis née. Et de toute façon, Robert ne peut pas partir : il est lié à cet endroit.

— Les chiffres ne mentent pas, objecta tristement Sergio. Et l'argent ne pousse pas dans les arbres…

— Mais dans les pots de basilic, si, le coupa Maria-Grazia.

Sur ce, elle gravit d'un pas vif l'escalier pour aller contempler par la lucarne de l'ancien bureau de son père la mer grise et agitée.

Puisque personne d'autre ne semblait disposé à le faire, Lena entreprit de trier les affaires de la famille et de faire l'inventaire annuel. Elle redoutait la visite des huissiers du continent qu'on avait vus, semblait-il, frapper aux portes et menacer d'emporter les fours à micro-ondes et les téléviseurs, car la prochaine échéance était prévue pour la fin de la semaine et on risquait cette fois d'avoir du mal à payer. Lena s'y mit de bon matin. Elle jeta aux ordures des sacs pleins de vieux papiers et de catalogues de fournitures. Puis elle fit reluire la machine à glace et le percolateur et prépara les cartons du baby-foot et de la télé pour pouvoir, au besoin, les emballer rapidement. Ensuite, elle passa en revue les stocks : jus de pêche, chips au paprika, *amaretti* pour accompagner le café, *arancello*, *limoncello*, *limettacello*…

Oui, il y avait encore de quoi fêter la Sant'Agata. Toutes ces denrées furent dûment inventoriées. Maria-Grazia regardait s'activer sa petite-fille, la bouche pincée, le front barré d'un pli comme celui de son défunt père.

— Ne parlons plus pour le moment de nos soucis d'argent, décréta Maria-Grazia. Nous avons trop à faire : décorer le café, confectionner trois mille gâteaux, laver les vitres, suspendre les lumignons dans les bougainvillées, récurer la terrasse, faire disparaître les branches arrachées qui encombrent la piste de danse… Il faut préparer les bouteilles, sortir les pots de café de la réserve, récurer les bacs à glace avant qu'ils moisissent… Quand Giuseppino reviendra, nous lui demanderons de nous aider à régler la dette. Voilà qui devrait nous laisser le temps de nous retourner.

S'il revient, songea Lena en silence.

Sergio veilla toute la nuit pour confectionner les pâtisseries et les boulettes de riz, en tablier, les manches retroussées. Vers onze heures, Enzo le rejoignit pour l'aider une petite heure ; il finit par rester la nuit entière. Il pétrissait la pâte entre ses doigts d'artiste comme s'il s'agissait d'argile, et toutes ses créations prirent la forme de la sainte. De leur côté, Lena et Concetta taillèrent sous la pluie battante des guirlandes de bougainvillée et les suspendirent aux murs de la salle. Les branches dégouttaient sur le carrelage, formant de grosses flaques sombres. Puis elles se perchèrent sur des chaises et, dans le café que gagnait l'obscurité, accrochèrent au plafond les fanions aux couleurs de la sainte.

Il n'y avait plus de fleuriste pour fournir les traditionnels pétales ; la boutique de Gisella avait été le premier commerce de l'île à fermer. Aussi les femmes de Castellamare allèrent-elles cette nuit-là, armées de seaux et de sacs à provisions, sous des parapluies moribonds, comme après la guerre, délester de leurs fleurs massifs et buissons. On fixa des lumières sur ce qui dépassait de l'épave de la *Santa Madonna* et sur les arcades de la *tonnara*. Quand Maria-Grazia et Lena remontèrent la colline, elles surent que la fête aurait bien lieu, qu'elle débutait déjà. Son frou-frou magique enflait déjà dans la nuit battue par la pluie.

C'est dans cette ambiance que cheminait Giuseppino. Il avait pris le dernier ferry. Dans son complet gris brillant, tirant sur les pavés sa valisette à roulettes, il faisait une silhouette étrange et amoindrie. Les locaux ne le reconnurent pas quand ils le virent s'enfoncer dans la ville inondée, aussi furtif que Flavio à son retour de la guerre. Ce ne fut que lorsque Concetta parut échevelée au café en criant « Mariuzza, ton fils est là ! Ton fils est là ! » que Maria-Grazia descendit de la terrasse dans la pénombre et reconnut son garçon. Il s'arrêta devant elle, essuya l'eau qui détrempait ses cheveux épars. Lena sécha timidement ses mains sur son tablier, car elle n'avait jamais rencontré son *zio* Giuseppino.

— *Salve,* dit-il dans cet italien un peu rouillé qu'il ne parlait plus depuis des années. Je suis de retour.

Attiré par les cris de joie, Sergio s'avança jusqu'au bord de la terrasse et sonda la pluie du regard. Il descendit les marches et consentit à serrer la main de son frère. Concetta et Lena se tenaient en retrait, sentant le miracle tout proche, et, de fait, Sergio prit la parole, précipitamment, en se débattant avec la ficelle de son tablier :

— Un prêt, Giuseppino, mille euros, ou deux mille, juste de quoi payer les traites à la banque et faire tourner le café cet hiver, sans quoi nous perdrons tout, vois-tu, j'ai pris du retard avec les mensualités, je sais que je n'ai pas à te le demander…

Giuseppino s'assit sur une chaise détrempée. Il y appuya sa mallette, se massa la poitrine. Enfin, il répondit :

— Je ne peux pas t'aider, Sergio.

— *Pi fauri,* Giuseppino…

— Je ne peux pas t'aider. Je n'ai pas d'argent. Ma boîte a coulé.

Maria-Grazia s'avançait à présent et le prit par les épaules.

— Comment ça ?

— Nous avons mis la clé sous la porte. Ma boîte a fermé.

Soudain, Maria-Grazia parut imposante, gigantesque, comme l'avait été son père.

— Qu'est-ce que c'est que cette histoire ? s'écria-t-elle. Regarde-moi dans les yeux, Giuseppino ! Explique-moi ce que tu as fait.

Sous l'œil accusateur de sa mère, Giuseppino se fit sec, irritable :

— Je travaillais dans les *futures*. Mais ce business est fini. C'est la crise. La boîte a coulé. Et je n'ai plus un sou.

— Ton travail si… important…, bredouilla sa mère sans comprendre.

— Ce n'était pas un travail important, nia Giuseppino. J'achète et je vends des contrats. Et vous autres, sur votre île, qui me prenez pour un riche ! Je n'ai jamais évolué qu'aux marges de tout ça ! Qu'est-ce que vous croyez, que je sais faire des miracles ?

Sa voix s'était faite cassante, méprisante. Quelques voisins, attirés par le climat de scandale, s'attroupaient au bord de la terrasse.

— Mais l'appartement…, poursuivit Maria-Grazia. Les grosses voitures…

— J'ai tout acheté à crédit.

— *Ai-ai-ai*, Giuseppino ! lança Concetta en une lamentation spontanée. Mais qu'es-tu devenu depuis ton départ de l'île ?

Giuseppino baissait la tête de plus en plus, exposant la calvitie qui ornait le sommet de son crâne comme un écho à celle de Sergio.

— Oh, Giuseppino ! gémit Maria-Grazia. Si ton grand-père te voyait, tu imagines ce qu'il dirait ?

— Je vous ai toujours envoyé de l'argent, non ? rétorqua-t-il, piqué au vif. Ces deux millions de lires pour les rénovations… J'ai toujours mis la main à la poche quand vous aviez des travaux à effectuer ou que les affaires tournaient mal ! Encore et encore. Et ce bien que Sergio m'ait exclu de tout ce qui avait trait au café, dès le début. Ne dis pas que tu n'en as pas profité, Sergio ! Toi et *papà* et tous les autres ! Vous vouliez une camionnette. Puis c'était le toit qu'il fallait retaper. Puis de nouvelles télés. Vous vouliez tous profiter de mon succès !

Sergio, qui pendant cette tirade était resté dans l'encadrement de la porte sans prononcer un mot, se trouva alors au centre de l'attention des voisins, catapulté dans le rôle peu habituel pour lui du fils qui avait réussi. Il voyait son frère humilié, diminué, et le triomphe avait un goût amer, comme un vin frelaté.

— *Mamma, zia* Concetta, ça suffit, murmura-t-il du bout des lèvres. Giuseppino, entre donc.

Giuseppino quitta sa chaise trempée. Dans la main de sa mère, il mit le carnet de cuir rouge d'Amedeo.

— Tiens, dit-il. Je vous l'ai rapporté. Au moins on ne pourra plus m'accuser de l'avoir volé. J'ai toujours dit que je le rapporterais quand je reviendrais. Voilà, c'est fait.

Finalement, ce fut presque un soulagement pour lui de suivre son frère à l'intérieur, et il s'abandonna volontiers à la scène du retour, pareil au voyageur des contes de son grand-père : appauvri, diminué, ramené à ses dimensions d'origine.

5

Maria-Grazia n'arrivait pas à dormir. Elle alla se poster derrière le comptoir du café et, là, elle feuilleta le livre d'histoires. Elle y retrouva celle du perroquet et celle de la fille devenue oiseau, celle de Truffe-d'Argent et celle de Corps-Sans-Âme. Et, merveille, alors qu'elle était assise seule par cette aurore froide sous le portrait de son père taché d'humidité, elle découvrit entre les pages du carnet des histoires inconnues, que son père avait dû se rappeler dans les jours précédant sa mort. Sergio les avait transcrites, adolescent, de son écriture gauche, puis Giuseppino les avait emportées dans sa fuite avant que les autres aient eu l'occasion de les lire.

Maria-Grazia réveilla Giuseppino, qui dormait sur le canapé de velours, dans la soupente.

— *Caro*, qu'est-ce que c'est que ça ? s'enquit-elle en lui mettant sous le nez les contes inédits.

La nuque de Giuseppino s'empourpra comme au temps de son enfance quand on le prenait la main dans le sac.

— Je n'ai pas photocopié les derniers, marmonna-t-il. Je n'avais plus de pièces. J'ai pensé que Sergio s'en souviendrait, c'était lui qui les avait copiés…

Mais elle, Maria-Grazia, ne les connaissait pas ! Et à présent qu'elle découvrait les dernières histoires de son père, c'était comme s'il se trouvait de nouveau à ses côtés, à lui susurrer les légendes de l'île, comme quand elle était petite et qu'elle devait encore porter son appareil orthopédique. En tournant les pages, elle découvrit les chroniques de l'île. Il y était question de ventes d'ânes, de sauvetages en mer, de conflits de voisinage, d'une prise spectaculaire, à la pêche, en 1913 (« telle que me l'a racontée en 1922 la signora Gesuina »), d'un grand glissement de terrain survenu en 1875 (« Fait historique que se transmettent les Mazzu de génération en génération »)... Dans les pages finales du carnet se cachait une histoire relative à la sainte. Elle ne comportait ni date ni mention d'aucune source, et pour Maria-Grazia elle resterait à jamais associée uniquement à son père et au festival, persuadée qu'il l'avait écrite pour qu'elle la découvre précisément en cette veille de Sant'Agata, quatre-vingt-quinze ans après le premier festival auquel il avait assisté.

Sant'Agata, écrivait son père, fit un jour une apparition au cimetière, près de l'étang. C'est au fossoyeur qu'elle apparut, et d'effrayante manière, flottant au-dessus de la grille, les mains tendues. Quand l'homme s'en retourna auprès de la tombe, il s'aperçut que sa pelle avait disparu et que la terre qu'il avait creusée s'était complètement refermée. C'était fâcheux. Il renonça pour la journée et rentra chez lui.

En ces temps-là, les séismes étaient légion. Le fossoyeur tenta de recreuser la tombe, mais la terre se montra rétive, dure comme le marbre. Un jour, après un grand tremblement, il trouva à son réveil toutes les tombes ouvertes, béantes – spectacle horrifiant.

Le fossoyeur comprit que, si la sainte lui mettait des bâtons dans les roues, ce devait être qu'elle souhaitait voir les morts ensevelis ailleurs. Les villageois se réunirent et convinrent de déplacer leurs morts vers quelque sépulture plus sûre. Cependant, en ce temps-là, on craignait les maladies : nul habitant de l'île ne consentit à accueillir les morts près de son puits ou de son logis. Comme la volonté de la sainte n'était pas respectée, un nouveau malheur frappa l'île de Castellamare : une nouvelle vague de sanglots fantomatiques.

Un matin, la sainte apparut aux villageois sur le chemin du cimetière. Elle semblait les inviter à la suivre, ce que firent quelques pêcheurs. La sainte les conduisit aux quatre coins de l'île, en une pérégrination miraculeuse qui les mena à travers champs, fossés et oliveraies jusqu'à ce qu'enfin ils parviennent aux grottes de la falaise. Là, la sainte alla se camper au fond de la cavité, et attendit. Après quelques délibérations, les villageois conclurent qu'ils n'avaient pas d'autre choix que de reloger leurs morts dans les grottes qu'elle leur avait désignées.

Ils y découvrirent un second miracle : des petits compartiments déjà remplis d'ossements, où caser les cercueils et les urnes funéraires de leurs aïeux, ainsi que de grosses pierres taillées aux bonnes dimensions pour les reboucher.

Le jour de la procession, la tempête soufflait. Les villageois étaient incertains, mais la sainte leur apparut comme avant aux quatre coins de l'île, insistant pour qu'on porte les morts jusqu'aux grottes. Toute la ville se réunit et la procession dura la plus grande partie de l'après-midi. Enfin, ils atteignirent les grottes.

Alors quand tous se trouvèrent au fond des grottes, un tremblement de terre ébranla Castellamare jusqu'aux racines. De grands jets de lave jaillirent le long du manoir d'*il conte* et l'île fut secouée de spasmes et de convulsions. Les villageois se tapirent contre les parois rocheuses et, quand ils ressortirent, constatèrent que leur ville avait été rasée à l'exception de l'église, du manoir et de la maison Au Bord de la Nuit.

C'est ainsi que les villageois comprirent que la sainte n'avait pas seulement protégé les morts mais aussi les vivants, car, abrités par la falaise, ils avaient tous survécu au tremblement de terre.

Quand ils eurent achevé d'ensevelir leurs morts, un grand miracle se produisit. Une roche au fond de la cavité, délogée par le séisme, avait pris les traits de la sainte. L'artiste Vincenzo la détacha de la paroi afin d'en faire une statue et, à compter de ce moment, les habitants de l'île surent que les grottes n'étaient pas un lieu maudit mais au contraire un sanctuaire.

Et c'est ainsi, Mariuzza, écrivait le père de Maria-Grazia, *que les villageois mirent un terme aux pleurs de la malédiction.*

Robert était là. Il se tenait dans l'encadrement de la porte, soufflant un peu d'avoir marché, car il était vieux, Maria-Grazia devait enfin le concéder. Elle lui remit le carnet.

— Nous aurions dû écrire toutes les autres histoires, dit-elle.

Car, après son père, qui avait pensé à le faire ? Qui avait couché sur le papier l'aventure d'Agata-la-pêcheuse qu'on avait repêchée en mer ? L'apparition de Robert ? Le jour où les bateaux s'étaient alignés à l'horizon comme autant de gouttes de pluie sur un câble ? Les apparitions du fantôme de Pierino ? La domestication d'Enzo, la construction du grand hôtel, la prolifération des billets, la nuit, sur le pas des maisons ? Tant d'histoires que nul n'avait consignées !

— Tu pourrais t'en charger, lui fit remarquer Robert.

— *Caro*, je suis trop vieille. Nous sommes tous les deux trop vieux. Vois comme le temps a passé. Il reste à peine le temps de faire quoi que ce soit.

Elle le prit très doucement par le poignet et le mena jusqu'à leur chambre de pierre, près de la cour. En marchant, Robert s'appuyait un peu sur elle désormais, un fait qui ne laissait pas de la déconcerter car c'était l'inverse qui était vrai autrefois. Mais Maria-Grazia savait à présent que son temps était presque écoulé. Robert semblait le penser lui aussi, car, étendu dans le lit à ses côtés, il avait gardé ses lunettes et sa lampe de chevet brillait, ce qui signifiait qu'il ne dormait pas, lui non plus, qu'il réfléchissait. Maria-Grazia referma le carnet de son père et le posa sur la table de nuit.

— Toi non plus, tu n'arrives pas à dormir ? demanda-t-elle à son mari.

— Non, *cara*. J'ébauche des plans.

— Des plans ? Lesquels donc ?

— Maintenant que nous avons les garçons sous un même toit, le moment me semble venu de leur parler de l'avenir du café.

— L'avenir du café ? répéta Maria-Grazia, un peu décontenancée.

— Si Maddalena le veut, ils devraient le lui céder. C'est du moins mon avis. Elle l'aime depuis qu'elle est née. Et elle est assez aguerrie pour lui faire affronter vents et marées, malgré la crise. Le café lui revient de droit, de même qu'il te revenait de droit à toi. J'aimais énormément ton père mais, si tu me permets de te le dire, en le léguant aux garçons il a commis sa seule erreur.

Maria-Grazia hésita. En elle, quelque orgueil entêté, quelque résidu de l'opiniâtreté de sa mère, aspirait toujours violemment à voir Lena étudier la médecine.

— Mais elle n'en fera rien, l'informa gentiment Robert lorsque sa femme émit cette objection. Elle cherche le courage de te l'annoncer, *amore*. Elle me l'a dit, à moi.

Au fond, Maria-Grazia le savait déjà : Lena nourrissait en son cœur la même ambition que sa grand-mère et son arrière-grand-père, et elle saurait comme nul autre protéger le café.

6

Le jour de la Sant'Agata, l'aube était incolore, la mer masquée par la brume. La messe matinale sur le parvis de l'église se tint devant une phalange de parapluies.

— Gloire à Gesù et à Santa Maria ! clama le père Marco, criant contre le vent, protégeant de sa soutane tendue la sainte de plâtre. Gloire à Sant'Agata et à tous les saints !

La procession fut une expédition boueuse et périlleuse. La statue de plâtre, très vieille, une œuvre de l'arrière-arrière-arrière-arrière-grand-père de Vincenzo le peintre, n'avait encore jamais été exposée à la pluie et, sur le chemin caillouteux qui descendait aux grottes, on déplora une petite tragédie : elle se mit à fondre. Des larmes noires barbouillèrent son visage comme autrefois le khôl de Carmela, et les plis de sa robe se couvrirent d'épaisses coulées violettes.

— Vite, Rizzulinu, Matteo ! lança le prêtre. Mettez la statue au sec, et au trot !

Car le père Marco, dans son vieil âge, vénérait la sainte de l'île avec la même ferveur que ses plus fidèles dévots.

Les pêcheurs piquèrent au pas de course vers les grottes obscures et y pénétrèrent d'un bond, enjambant les rochers, suivis par le reste du cortège.

— Est-elle endommagée ? s'inquiétèrent les veuves du comité de Sant'Agata, une fois la statue à l'abri.

Des briquets s'embrasèrent, des écrans de téléphone portable s'illuminèrent. La sainte, éclairée par cent feux, scintillait tristement, comme animée, son visage un peu plus pâle qu'avant de prendre la pluie.

— On ne peut pas la faire ressortir par ce temps, déclara le père Marco. La peinture coulerait, le plâtre s'effriterait. Il faut la garder ici jusqu'à la fin de l'averse.

C'est ainsi que les huissiers venus de Sicile mettre en demeure les villageois endettés trouvèrent les maisons désertes et les boutiques fermées, comme si Castellamare avait été abandonnée. Ils rangèrent dans leurs cartables leurs mandats et leurs papiers et repartirent, bredouilles, là d'où ils étaient venus.

Pendant ce temps, dans les grottes, des protestations s'élevaient.

— On va rester coincés ici jusqu'à la fin des temps ! déclara Agata-la-pêcheuse.

— Encore une demi-heure, négocia le père Marco.

La demi-heure se mua en heure, puis en heure et demie. Une dispute se profilait quand Concetta prit la parole :

— Enzo, il a une statue de la sainte, lui aussi.

D'un coup, Enzo se trouva au centre de l'attention. Les quelques personnes qui avaient vu son œuvre opinèrent en guise de confirmation. Oui, c'était vrai, sa statue aussi représentait la sainte.

— Allez chercher la Sant'Agata d'Enzo ! ordonna Concetta. Elle résiste à l'eau. C'est son grand-oncle Vincenzo qui l'avait commencée, et elle est presque terminée. On n'a qu'à s'en servir pour la procession.

Les vieux joueurs de *scopa* hochèrent la tête, convaincus : cette autre Sant'Agata ferait l'affaire. Après tout, c'était bien une effigie de la même sainte !

— Mais la sienne, elle est en pierre, objecta Bepe, pas en plâtre. Comment on va faire pour la transporter ?

— Elle n'est pas en pierre, répondit Enzo, mais en roche volcanique : poreuse comme de la pierre ponce. On y arrivera !

Ici et là, on marmonna quelques mots au sujet de la malédiction.

— Vous, les porteurs, venez avec moi. Allons voir cette statue, décida le père Marco, tout en rangeant celle en plâtre bien au fond de la grotte, loin de l'humidité et des rafales.

Trente minutes s'écoulèrent encore avant leur retour. Quand ils reparurent, ils furent salués par des acclamations émerveillées : ils avaient chargé la statue sur la vieille charrette de Rizzu, à laquelle on ne pensait plus depuis vingt ans. Et elle était là, avec ses panneaux jaunes et verts illustrant l'histoire de l'île, halée par les pêcheurs et leurs descendants : Tonino, Rizzulinu, Matteo, 'Ncilino, Calogero.

On promena la sainte tout autour de l'île, dans la tempête. On lui fit longer le manoir d'*il conte*, aux portes et aux volets clos. Certains levèrent les yeux, s'attendant à voir le comte s'avancer à sa fenêtre pour accorder sa bénédiction au cortège d'un hochement de tête, comme le faisait son père en son temps, mais il n'en fut rien. L'expédition se poursuivit. Les pêcheurs poussaient la charrette pour l'empêcher de redescendre le long des pentes escarpées. Ils contournèrent la pointe sud, rocailleuse, de l'île, longèrent l'amphithéâtre grec, entre-temps envahi de chardons et de mauvaises herbes, gravirent les falaises qui surplombaient les grottes, dépassèrent le portail de l'hôtel où s'était trouvée autrefois la ferme de Mazzu et d'où ne montait pas un bruit ; au bord de la piscine, les chaises longues gisaient, renversées, et les parasols ployaient sous des trombes d'eau. Cependant, quelques touristes émergèrent de l'édifice et se joignirent au cortège. La sainte, quant à elle, dodelinait sur son char, la main levée au-dessus des ruisseaux et des torrents qui dévalaient dans les replis de sa robe.

— Allons, encouragea Maria-Grazia. On touche au but.

L'angoisse lui coupait pratiquement la respiration tant il lui importait que la statue fasse le pèlerinage en entier, comme si une métamorphose s'était produite dans la nuit bruissante de prodiges et que c'était la sainte elle-même qui oscillait dans la charrette.

Sur le quai, devant la vieille *tonnara* et la carcasse de la *Santa Madonna*, le père Marco pria les bonnes grâces de la sainte. On apporta les bébés pour la bénédiction. Les récoltes des agriculteurs, qui pourrissaient à cause des pluies incessantes, furent néanmoins consacrées. Le père Marco vida une bouteille d'eau bénite sur la proue d'un nouveau bateau de pêche, la *Provvidenza*, de Matteo ; le liquide se mêla au déluge environnant.

Le soir venu, la pluie poussa les villageois à se réfugier au café.

— Tant de monde ! s'étonna Maria-Grazia. Vous avez pris pitié de nous ? Vous venez commander un verre chacun, histoire que nous passions l'été ?

Concetta se fraya un chemin à travers la foule, les yeux pétillants.

— Je viens de l'apprendre : le Beach Bar est inondé ! Comme à l'hiver 1963, tu te souviens ? Mon pauvre frère !

— Un miracle ! s'extasia Agata-la-pêcheuse. Je vous l'avais dit ! C'était pour ça, toutes ces averses !

Les clients du bar d'Arcangelo, trempés de la tête au pied et penauds, se faufilèrent par la porte, en quête de liqueurs et de thé chaud. Filippo Arcangelo rôdait sur la terrasse ; il fallut que Concetta aille le prendre par le bras et le traîne d'autorité à l'intérieur.

Mais cela ne suffirait pas, songea Maria-Grazia en regardant ses fils et sa petite-fille servir les consommateurs tassés autour des tables. Il en faudrait davantage que quelques cafés à quatre-vingt-dix centimes et quelques verres à un euro pièce. La pluie rendait la terrasse impraticable et les crèmes glacées cristallisaient dans les cuves, intactes – par un temps pareil, même les touristes n'en voulaient pas.

Sur la place, la nuit tomba et l'on dansa envers et contre tout, dans de grandes mares, sous les fanions trempés aux couleurs de la sainte qui déversaient des cascades d'eau tiède sur la tête des fêtards. Sous les grands spots lumineux de location qu'on avait érigés sur des trépieds, les villageois virevoltèrent au rythme de l'*organetto* de Bepe. Maria-Grazia, assise à côté de Robert au bord de la terrasse, sous le grand parapluie de golf rayé de Giuseppino, raconta à son mari la première nuit que son père avait passée sur l'île. Il en avait fait pour elle une histoire quand elle était petite fille : son émerveillement devant la statue éclairée par cent cierges rouges, le silence fantastique quand le comte avait fendu la foule… Que le festival était donc différent de sa version actuelle, avec le grondement des générateurs électriques, le chatoiement des lumières éclatantes sur les étals, le boum-boum de la musique au son de laquelle dansaient, dans leur coin, les jeunes, qui ne nourrissaient plus de passion pour les complaintes de l'île ! Et les touristes, avec leurs appareils photo, prenant mille clichés, là où son père, ce premier soir, n'en avait pris qu'un seul, celui qui contenait en germe tout ce qui devait advenir par la suite. Et plus de *conte*, dorénavant. Bien que nul ne l'eût reconnu, et sûrement pas les membres du comité de modernisation, le festival semblait étrangement dénaturé sans sa présence.

Mais soudain, fendant la cohue et le charivari, surgirent Bepe et ses neveux, courant comme de jeunes hommes.

— Il y a une urgence ! s'écria Bepe. Le ferry est tombé en panne !

— Comment donc ? s'enquit Tonino.

— Ce sont ces maudits poissons volants – tout un banc –, ils ont bloqué le moteur. *Puttana* de tempête !

— Tant pis, laisse la *Santa Maria*, lui conseilla Tonino en lui donnant une claque sur l'épaule. Tu es trempé comme une soupe, je te paie un *arancello*. On réparera le moteur demain, quand on sera sobres et que la pluie aura cessé…

— Mais non, tu n'y es pas du tout ! se rebiffa Bepe. La *Santa Maria del Mare* est en panne avec des gens à son bord ! Ils sont tout un tas, ils voulaient traverser ! Il faut qu'on les fasse accoster !

Cette affirmation souleva quelque confusion. S'agissait-il de touristes du grand hôtel d'*il conte* ?

— Mais non ! s'impatienta Bepe. Ce sont des gens d'ici revenus pour le festival ! Des cousins issus de germain des Mazzu, si j'ai bien compris, venus d'Amérique rien que pour l'occasion. Et l'oncle suisse des Dacosta. Et je crois même avoir vu Flavio Esposito ! Ils poireautent tous sur le ferry à quai à Syracuse. Et moi, mon moteur est en panne, je ne peux pas les faire traverser !

Maria-Grazia se leva, saisie d'une conviction tenace.

— Mon frère Flavio ? Il faut le faire passer. Envoyons les bateaux de pêche. Où sont les pêcheurs ? Matteo ? Rizzulinu ?

Rizzulinu s'arracha à la piste de danse et tordit le bas de son jean mouillé.

— La *Provvidenza* ne peut prendre que cinq ou six passagers, déclara-t-il quand Agata-la-pêcheuse lui eut exposé la situation.

— Bepe, combien sont-ils ?

Le vieil homme gonfla les joues.

— Oh, je ne sais pas. Bien plus que ça !

— Qui d'autre possède un bateau ? lança à la cantonade Maria-Grazia. Qui d'autre peut aider ?

Le cadet des Terazzu fit un pas en avant, de même qu'un ou deux autres. Ce fut tout.

Alors, Agata-la-pêcheuse se dressa de toute son imposante stature.

— On n'a qu'à ressortir les vieux bateaux, déclara-t-elle. Ceux qui sont remisés dans la *tonnara*. Ceux qui sont incrustés de pierres blanches et qu'on utilisait avant la guerre. Il y en a bien dix ou douze, là-dedans.

On s'activa. On s'empressa de descendre au port en voiture, en fourgonnette, en vélo, à pied, des lanternes au bout des bras, comme autant de petites étoiles blanches. Maria-Grazia attrapa la paire de jumelles des Balilla et, embarquant Lena, suivit le mouvement à bord du triporteur. Dans l'obscurité d'un coup moins tempétueuse, moins orageuse, les pêcheurs larguèrent les amarres et sur les eaux du port s'élancèrent à nouveau la *Sant'Agata Salvatrice*, la *Foi en Dieu*, la *Santa Maria della Luce*, aux côtés de la *Provvidenza*, de la *Maria Concetta* et de l'*Étoile de Syracuse*.

Lena et Maria-Grazia demeurèrent sur le rivage avec les autres villageois à regarder s'éloigner les lumières des navires. Et là, sur le quai, il sembla à la vieille femme qu'elle voyait enfin l'île telle qu'elle devait apparaître aux marins qui en quittaient la rive, telle qu'elle avait dû apparaître à ses frères, à son fils, à sa petite-fille, à tous les Esposito qui l'avaient quittée : un roc crevant un nuage de vapeurs marines, reculant sur l'onde brumeuse tel un navire qui lève l'ancre.

— Tu ne voulais pas aller avec eux ? demanda-t-elle, pensive, à Lena.

— J'aime mieux rentrer et préparer le café pour leur arrivée.

Sa grand-mère préféra rester à guetter les bateaux, au cas où, comme par un miracle, son frère se trouvait réellement sur l'un d'entre eux. Lena la laissa et remonta la colline au pas de course sous un reste de pluie.

Ainsi Maria-Grazia était-elle seule quand Santino Arcangelo courut lui porter un billet humide tracé de la main d'Andrea d'Isantu, la priant de se rendre au manoir une dernière fois.

Lorsque, cherchant son amie, Concetta traversa la place où la musique jouait dans le vide et où tout était sens dessus dessous, elle nota un curieux changement. Une lueur blanche fluorescente éclairait la banque, ses portes coulissantes étaient ouvertes. Et Bepino se tenait assis au guichet.

Les veuves du comité de Sant'Agata lancèrent l'assaut les premières. Les autres villageois ne tardèrent pas à leur emboîter le pas. Trempés, jouant des coudes, ils s'immobilisèrent devant le comptoir jaune.

— Peut-on savoir ce que tu fabriques, Bepino ? lança Valeria. Tu fais des affaires, au milieu de la nuit, et en plein festival ?

— La banque ouvre ses portes pour une ou deux heures, répondit Bepino avec un petit raclement de gorge cérémonieux. Je suis chargé de vous informer que vous allez tous récupérer l'argent que vous nous avez confié.

— Je croyais que la banque était en faillite, lui rappela Concetta. Ce n'est plus le cas ?

— Si, la banque est bien en faillite. Mais vous allez quand même récupérer vos sous, comme on vous l'a promis.

D'où pouvait provenir l'argent ? Médusées, les veuves de Sant'Agata se pressèrent de retirer leurs économies.

— C'est la banque étrangère qui a payé ? persista Concetta. Allons, Bepino, trêve de mystère. C'est elle ?

— Non.

— Qui, alors ? Quelqu'un outre-mer a décidé d'investir dans notre île ?

Bepino secoua vivement la tête – quel investisseur étranger doué de raison aurait bien pu vouloir jeter son dévolu sur Castellamare ?

— Moi, je sais ! exulta Agata-la-pêcheuse. C'est la même personne qui a caché des billets sur le pas de nos portes, offert des tuiles à 'Ncilino pour son toit et un moteur de hors-bord neuf à Matteo !

— C'était Sant'Agata, corrigea dans un souffle l'un des vieux joueurs de *scopa.*

Maria-Grazia finit par arriver au volant du triporteur du café. Elle se gara sous le palmier et sortit. À la consternation de Concetta, elle était en pleurs.

— Qu'y a-t-il, Mariuzza ? s'écria-t-elle.

Mais Agata-la-pêcheuse, qui n'avait pas remarqué ses larmes dans l'humidité générale de la nuit, la prit par l'épaule sans autre forme de procès.

— Aide-nous à éclaircir ce mystère, Maria-Grazia, la somma-t-elle. Quelqu'un nous a rendu nos sous ! Et si quelqu'un sait qui, c'est bien toi : tu connais les secrets de tout le monde…

— *Sì*, répondit Maria-Grazia sans cesser de pleurer. Je le sais. C'est *il conte.*

Les oreilles translucides de Bepino se teintèrent de fuchsia.

— On n'était pas censés le dire, siffla-t-il.

La vieille Valeria s'emporta et le saisit par le poignet.

— Maintenant, Bepino, tu vas tout nous expliquer !

— Je ne suis pas censé…

Mais Valeria était la doyenne de l'île et il n'osait pas lui désobéir.

— Il a confié à Santino plein d'argent en liquide, avoua-t-il enfin. Pour rembourser tout le monde. Pour que vous ne perdiez pas tout quand la banque fermera ses portes.

— Pourquoi ? voulut savoir la veuve Valeria.

— Vos commerces sont menacés, n'est-ce pas ? Cet argent, il vous le faut, oui ou non ?

— Oui, bien sûr, mais ça n'empêche. *Il conte ?*

— Il a ta… tabassé Pierino le pêcheur, bafouilla Agata-la-pêcheuse, complètement hébétée. C'est un méchant homme. Il n'est pas comme son père, l'ancien *conte*. S'il veut faire amende honorable, c'est un peu tard !

D'un seul coup, Maria-Grazia fut saisie d'un sentiment de pitié si profonde qu'il lui semblait en sentir le goût, comme celui d'une tempête venue du large.

— Andrea n'a jamais été aussi méchant que vous le croyez, murmura-t-elle. Il ne mérite pas ces reproches.

— Tu es bien placée pour dire ça, Maria-Grazia, lâcha Valeria, toi qui traînes chez lui à toute heure du jour et de la nuit, en empruntant les ruelles et les *vaneddi* comme une gamine amoureuse !

Mais alors intervint Robert, le souffle un peu court, car il arrivait à l'instant :

— Signora Valeria, je vous en prie ! Quel genre d'accusation proférez-vous là ?

La vieille femme recula, chancelante. Jamais le signor Robert n'avait haussé le ton de la sorte pour s'adresser à quiconque sur l'île.

— Personne n'accuse personne, marmonna-t-elle dans sa barbe.

— Mariuzza, dit Robert en touchant le poignet de sa femme, dis-lui la vérité.

— *Il conte* est malade, déclara Maria-Grazia. Il est mourant. Je suis allée le voir parce que je me faisais du souci pour lui, et il s'est avéré qu'il avait besoin de mon aide. Il n'a aucun héritier – il sera notre dernier comte. Il n'a personne à qui léguer son patrimoine, tout sera donc saisi à sa mort : le manoir, les chasses de son père, la banque, les bâtiments qui sont dans sa famille depuis trois siècles… Quand il est revenu sur l'île et qu'il a pris conscience de la crise qui se profilait, il s'est mis à vendre ses biens pour aider ses voisins endettés. Peut-être pour se racheter un peu de l'agression de Pierino, car Dieu sait si on la lui aura fait payer !

— Continue, lui souffla Robert. Continue.

— C'est lui qui a eu l'idée de déposer des offrandes pour vous en secret, les tuiles, le moteur, les liasses de billets, sachant que vous les attribueriez à la sainte. Mais comment s'y prendre, tout seul, lui qui était alité depuis des mois ? Et comment savoir qui sur l'île avait le plus d'ennuis, puisque pas un seul d'entre vous ne lui a adressé la parole depuis la mort de son père, il y a près de cinquante ans ?

— Mais pourquoi toi, Maria-Grazia ? geignit encore Valeria. Il aurait pu demander à n'importe qui ! Par exemple à Santino Arcangelo, ou bien à l'un de ses employés siciliens…

Ce fut Concetta qui répondit :

— Ils n'auraient pas fait l'affaire. Il fallait quelqu'un qui connaisse tous nos tracas. Qui d'autre que Mariuzza ?

Car depuis sa jeunesse Maria-Grazia s'était vu confier tous les secrets de l'île, depuis qu'elle avait pris sous son aile Concetta la sauvageonne et l'avait apprivoisée avec sa douceur et sa *limonata*.

— C'est toi qui as fait ça, Maria-Grazia ? l'interrogea Valeria.

— C'est elle, oui, confirma Robert. Avec mon aide.

Mais Valeria n'était pas encore satisfaite.

— Je persiste à penser qu'il y a entre les deux une relation pas nette, ronchonna-t-elle. Pas correcte. Tu lui rendais déjà visite avant toutes ces histoires, Maria-Grazia. Tous les dimanches après-midi, à en croire ce qu'on raconte.

Maria-Grazia se grandit comme l'aurait fait Pina Vella.

— Bien sûr que nous avons une relation, répliqua-t-elle, puisque nous sommes liés par le sang. C'est mon demi-frère. Vous le savez aussi bien que moi. Pourquoi ne pas le dire ouvertement, au lieu de colporter des rumeurs dans les coins, comme vous le faites depuis quatre-vingt-quinze ans ?

Les vieux joueurs de *scopa*, qui se piquaient d'être à la page, murmurèrent quelques mots à propos de prises de sang, d'un test ADN, arguant qu'en attendant il fallait réserver son jugement.

— Le test, on l'a fait il y a trois ans, s'impatienta Maria-Grazia. Robert est au courant. Maintenant, est-ce qu'on pourrait enfin nous ficher la paix ?

Sans conviction, Valeria lança une ultime offensive :

— Et ce soir, alors, qu'est-ce que tu faisais chez lui ?

— Je suis allée lui rendre visite parce qu'il est en train de mourir, et qu'il ne se trouve pas une seule personne dans ce fichu patelin pour se rendre à son chevet !

Maria-Grazia eut l'impression d'être allée trop loin sous l'emprise de la colère, de s'être montrée ingrate, car en vérité elle aimait Castellamare et ses habitants. Mais Robert la prit par le poignet. Andrea d'Isantu se mourait bel et bien. À quatre-vingt-huit ans, le même âge, au jour près, que le fantôme de Tullio, dont le portrait en jeune homme ornait toujours le mur de l'escalier du café et dont la présence continuait de hanter, par les nuits calmes, les sentiers de chèvres, Andrea d'Isantu succombait à un cancer du foie tenace.

Timidement, les veuves murmurèrent quelques mots de pitié, songeant à l'homme qui se mourait tout seul dans son manoir en marge de la ville, sans personne pour lui rendre visite, sans personne pour le pleurer. Valeria se joignit à elles.

— Il faut qu'on aille le voir, Mariuzza, lâcha enfin Concetta. Il faut qu'on lui apporte des cadeaux, comme on le faisait autrefois chaque année pour son père *il conte*. Comment avons-nous pu négliger cette tradition ?

— Il est très malade. Le prêtre et le médecin de Sicile sont auprès de lui. Il est trop tard, maintenant, on ne nous laissera plus entrer…

— Il faut y aller quand même. C'est la moindre des choses.

Dans la chambre rose et ivoire au plafond peint de chérubins, Andrea d'Isantu gisait dans le lit qui l'avait vu naître. Un chapelet s'enroulait autour de sa main droite. Le père Marco lui prodiguait de l'eau bénite. Non loin, le médecin s'apprêtait à se retirer ; il ôtait son stéthoscope avec cette même lassitude que Maria-Grazia reconnut pour l'avoir souvent observée chez son père, les soirs où il rentrait tardivement de chez quelqu'un pour qui l'on ne pouvait plus rien. Et ce fut dans cette chambre que pénétrèrent les villageois, sans avoir été annoncés, inondant d'eau de pluie les dalles du plancher.

— *Signor il conte*, lança la veuve Valeria, nous sommes venus vous apporter nos offrandes pour la Sant'Agata ! Nous savons tout. Nous savons tout ce que vous avez fait pour nous.

Dans son incommensurable vieillesse, à la façon d'une tortue, Andrea d'Isantu se haussa péniblement sur son oreiller, le cou comme un bouquet de câbles. Puis il se laissa retomber et referma ses paupières pareilles à du papier. Soudain, quelqu'un rompit le rang et lui présenta un plat d'aubergines grillées qu'il déposa sur ses genoux. Un autre l'imita, collant dans les bras de son médecin une poule dans un carton. Concetta tendit au malade une grosse tranche de thon enveloppée dans du film alimentaire. Et toute une vague de villageois brandirent à leur tour leurs offrandes, afin de rendre un ultime hommage au dernier comte de Castellamare.

De nouveau, le très vieil homme leva brièvement la tête, et serra dans sa main, tour à tour, celle de chaque visiteur.

Quand revinrent les huissiers, qui attendaient leur heure de l'autre côté de la mer, ils trouvèrent le grand manoir dépouillé du moindre bougeoir en argent, les murs détroussés du moindre portrait de famille, les lustres délestés de la moindre breloque de cristal : tout avait été vendu, tout avait disparu au profit de moteurs et de tuiles, de bateaux et de vieilles demeures. Le manoir au bout de l'allée de palmiers serait vendu à des promoteurs immobiliers ; la banque, les chasses et les terres inexploitées seraient divisées en parcelles et distribuées à d'autres gestionnaires. Mais, quant au reste de la grande fortune d'*il conte*, elle avait été engloutie dans la terre qui les avait tous façonnés, restituée aux descendants auxquels avait autrefois commandé son père, et il n'en restait plus trace.

Maria-Grazia et Robert rentrèrent à la maison bras dessus, bras dessous, empruntant les ruelles et les *vaneddi*. La pluie avait enfin cessé. Une procession de lumières approchait par la route en provenance du port. Les visiteurs débarqués de Sicile. Enzo les avait devancés ; il se tenait prêt, au comptoir du café.

— Vite, préparez-vous ! cria-t-il. Ça va être le plus grand festival de Sant'Agata qu'on ait jamais connu !

Maria-Grazia se coula sur une marche de la terrasse et y resta longuement à tenir la main de son mari. Il imprimait à son poignet une pression sereine, comme autrefois quand il était soldat et elle une toute jeune fille à peine débarrassée de son appareil, encore dans l'ombre de la guerre.

— Je n'ai jamais aimé que toi, lui dit-elle.

— *Lo so, cara*, répondit Robert.

Pendant ce temps, Lena s'était démenée. Elle avait chassé l'eau des dalles à grands coups de serpillière, aligné les bouteilles d'*arancello*, disposé tables et chaises, astiqué les miroirs couverts de condensation jusqu'à ce qu'ils étincellent, et elle faisait à présent dorer dans l'huile les *arancini* pour qu'ils croustillent à la perfection tout en lançant des ordres à son père et à son oncle comme à deux écoliers, ce qui ne laissait pas d'amuser Concetta, laquelle, pour ne pas être dans leurs pattes à son retour du manoir, sortit arranger le mobilier sur la terrasse.

Lentement, un par un, comme en un pèlerinage privé, les touristes envahirent la place. Ils plongèrent dans la nuit qui vibrait de nouveau des accords de l'*organetto*, s'emmitouflant de la douce pénombre. Ils virent ce qu'avait vu Amedeo un siècle plus tôt : un lieu reculé, reclus, fleurant bon le basilic humide, tout au bord de la nuit, aux confins du monde. Ainsi que des miracles : une sainte illuminée de la lueur rouge de mille bougies, une incroyable maison perchée en équilibre tout au bout de la ville. Et, sur leurs visages, Lena lut l'émerveillement qu'il avait dû éprouver alors, le vieux médecin, trouvant au terme de son voyage une île comme celle-ci.

Les visiteurs franchirent le seuil du café. Lena servit les clients avec empressement. Elle versa le café, le chocolat, le *limoncello*, l'*arancello*, le *limettacello*, la *limonata* dont sa grand-mère lui avait enseigné la recette : sans sucre, parfumée au miel, comme au temps de la guerre. Elle servit des cappuccinos à n'en plus finir, boisson qu'on n'avait jamais commandée après onze heures du matin au café Au Bord de la Nuit. Elle servit même, malgré la fraîcheur, tant de glaces que Sergio et Giuseppino durent en confectionner de nouvelles, en urgence, dans l'arrière-salle. Elle servit les gâteaux et les boulettes de riz sur leur papier huilé ; les clients s'en délectaient avec la même avidité que Concetta enfant.

Bepe n'en revenait pas.

— Pourquoi tout ce monde ? Et ce ne sont même pas des touristes ! Pas tous, en tout cas. Il y en a qui sont des Siciliens, des gens comme vous et moi !

— C'était pareil après la guerre, murmura Agata-la-pêcheuse. Il suffit que le monde ait des ennuis pour que les gens s'intéressent de nouveau aux miracles.

De fait, les visiteurs cette année étaient d'une autre espèce : plus miteux, plus ordinaires. Ce qui ne les empêchait pas de faire preuve d'un bon coup de fourchette. Rien qu'en pourboires – Lena les récolta dans la vieille boîte au chapelet couverte de cire fondue –, on avait amassé plus que ce qu'on devait ce mois-ci à la banque.

— J'aurais aimé pouvoir les servir gratuitement, regretta Maria-Grazia, un peu triste, sans lâcher la main de Robert. C'est ce qu'on faisait autrefois, quand des plus démunis frappaient à notre porte.

— Et toi, pourquoi *signor il conte* ne t'a-t-il rien laissé ? lui demanda son mari. C'est la question que je me pose depuis des mois. Il a aidé presque tous les autres…

— Je crois qu'il savait que nous nous en sortirions sans lui. Après tout, le café a toujours surmonté les épreuves qu'il rencontrait.

Lena parut au bord de la terrasse. Posant son plateau de boissons, elle aborda ses grands-parents :

— *Nonna*, je te demande pardon. Je n'aurais pas dû prêter foi aux ragots qu'on colportait à propos de toi et du signor d'Isantu. Et j'ai autre chose à te dire. Grand-père est déjà au courant. Je voudrais faire ma vie ici. Je voudrais reprendre le café.

La petite aurait pu devenir médecin, comme son arrière-grand-père. Pourtant, dans le joyeux chaos de la fête, le renoncement semblait à Maria-Grazia une chose moins pénible qu'elle ne l'eût été à la ville. Que pouvait faire Lena, sinon revenir, comme un bateau à la dérive, comme la *Santa Madonna*, attirée par une boussole invisible jusqu'aux rives de son île ?

En la jeune fille, quelque chose s'était altéré et cristallisé. Qu'il était donc étrange, songea Maria-Grazia, qu'en cette île où chacun savait toujours avant vous tout ce qui vous concernait, où les veuves vous embarrassaient de prières non sollicitées, où les vieux joueurs de *scopa* vous houspillaient et où les pêcheurs connaissaient votre nom avant même votre naissance, on puisse toutefois posséder la profondeur de l'océan et être aussi insondable que les ténèbres qui s'étiraient par-delà les murs du café ! Oui, Lena passerait sa vie à revenir ici. Comme Amedeo avant elle, comme Pina l'institutrice, comme Maria-Grazia elle-même – comme eux tous, les vivants et les morts. Lena reviendrait fouler les mêmes sentiers de chèvres qu'autrefois son grand-père, sa sacoche d'instruments dans une main et des histoires plein la tête – son grand-père l'orphelin devenu fondateur, le draineur de marais, le soigneur de maux, le dévoué protecteur de ces lieux.

D'un seul coup, dans une grande pâleur grise, la nuit devint crépusculaire. Puis, à chaque fenêtre, ce fut le déploiement. À la pluie, les villageois ajoutèrent des poignées de fleurs de bougainvillées, de lauriers, de trompettes de Virginie et de dentelaires du Cap. Flavio Esposito, qui se tenait tremblant à l'orée de la place, s'avança enfin dans l'ondée de pétales. Les spots étaient éteints ; l'air était saturé de fleurs. Les danseurs trébuchaient sous l'assaut fleuri, aveuglés, titubants. Au cœur de la mêlée chantait l'*organetto*. Ivres de tintamarre, les deux plus jeunes Dacosta lancèrent des pétards. Et, fendant l'air frais de l'aube, le fantôme de Pierino et l'âme d'*il conte* prirent ensemble leur essor, verdoyants, translucides, en quête d'autres rives. La statue de pierre de Sant'Agata fut juchée lentement, cran à cran, sur les épaules des pêcheurs jusqu'à ce qu'enfin ils se tiennent en triomphe, reluisants d'eau de pluie, et qu'une fois de plus la sainte se balance au-dessus de Castellamare, brandissant dans sa paume droite tous les miracles de l'île.

Remerciements

La Maison au bord de la nuit n'aurait jamais vu le jour sans l'aide de trois grands chroniqueurs de contes populaires italiens et siciliens : Giuseppe Pitrè, Laura Gonzenbach et Italo Calvino. Pitrè, le médecin collectionneur d'histoires dont la vie m'a inspiré le personnage d'Amedeo Esposito, a sauvé de l'oubli des centaines de récits populaires. *The Collected Sicilian Folk and Fairy Tales of Giuseppe Pitrè*, traduit en anglais par Jack Zipes et Joseph Russo, a été ma source principale. Je me suis aussi beaucoup appuyée sur *Beautiful Angiola : The Great Treasury of Sicilia Folk and Fairy Tales*, de Laura Gonzenbach (également traduit par Jack Zipes). Ma version du conte des deux frères est une adaptation personnelle de celle d'Andrew Lang, qui lui-même reprend celle de Gonzenbach. Les *Contes populaires italiens* de Calvino m'ont permis de découvrir de nombreuses histoires italiennes aussi fascinantes que belles ; certaines ont trouvé leur chemin jusqu'au carnet rouge d'Amedeo. Celle que j'ai intitulée « Le naufrage » me vient de son « Ship with Three Decks » et ma « Cité des morts » s'inspire de son « Dead Man's Palace ». L'extrait de « L'homme à la couronne d'algues » qui ouvre la deuxième partie du présent ouvrage est tiré d'une traduction des *Contes* de Calvino par George Martin datant de 1980. Quant à la légende de la ville hantée par des sanglots fantomatiques, elle est entièrement de mon cru.

Concernant la documentation des jeunes années d'Amedeo, je suis infiniment redevable envers la *dottoressa* Lucia Ricciardi pour son aide inestimable, de même qu'envers la bibliothèque et les archives de l'Istituto degli Innocenti de Florence, où j'ai notamment pu étudier l'ouvrage *Figli d'Italia : Gli Innocenti et la Nascita di un Progetto Nazionale per l'Infanzia*. Dans *La Maison au bord de la nuit*, j'ai présenté une version romancée de cette noble institution en avance sur son temps qu'était l'orphelinat de Florence. Toute inexactitude est de mon fait.

Lors de mes recherches sur la période fasciste, je me suis beaucoup appuyée sur *Mussolini's Italy* de R. J. B. Bosworth, de même que sur « Prisoners of Mussolini », le témoignage de Fausto Nitti, évadé d'une île prison. *The Day of Battle : The War in Sicily and Italy, 1943-44*, de Rick Atkinson, m'a apporté éclairages intéressants et peintures vivaces de l'opération Husky, et dans *Deserter : The Last Untold Story of the Second World War*, de Charles Glass, j'ai beaucoup appris sur le sort des déserteurs pendant la Seconde Guerre mondiale. Enfin, j'ai énormément consulté les écrits de deux grands chroniqueurs de la Sicile d'après-guerre : Danilo Dolci (*Inchiesta a Palermo*) et Carlo Levi (*Le parole sono Pietre*).

Mais si *La Maison au bord de la nuit* a pu voir le jour, c'est aussi grâce au soutien personnel de beaucoup d'individus. Premièrement, mon agent Simon Trewin, plus fervent défenseur de ce roman. Il s'est battu pour ce projet depuis sa toute première page. Je remercie aussi mon agente américaine, Suzanne Gluck, pour son aide et son incroyable enthousiasme, ainsi que Tracy Fisher, agent international extraordinaire, et Matilda Forbes-Watson, pour son aide précieuse à chaque étape du projet. Quant à mes éditeurs, Jocasta Hamilton et Kate Medina, qui nous ont soutenus, mon livre et moi-même, avec une perspicacité et une délicatesse infinies, je m'estime extrêmement chanceuse que mon livre ait dès sa conception reposé entre leurs mains expertes. Je tiens à remercier encore Derrill Hagood, pour ses conseils et son soutien au cours du processus de correction, ainsi que Robin Duchnowski, pour ses éclairages avisés. Les équipes de Hutchinson and Random et tous mes éditeurs à travers le monde entier m'ont été d'une aide précieuse et je ne saurais les remercier assez d'avoir cru en *La Maison au bord de la nuit* ainsi qu'en l'importance de relater la crise financière, l'histoire européenne, et tout ce qui s'est joué dans le théâtre de cette petite commune.

Pendant le long processus d'écriture, j'ai en outre pu compter sur le soutien d'amis et de proches ; leur amour et leur présence m'ont été particulièrement chers. Je tiens en premier lieu à remercier ma mère, Jane Wheare, ma sœur, et mon père, Michael Banner, mais encore Sally-Ann Gannon, Marta Ruth, Roberto Galloni, Michela Joppolo, Alessandro Galloni, toute ma famille élargie, anglaise comme italienne, ainsi que tous les amis qui m'ont aidée de mille façons diverses pendant que j'écrivais ce livre.

Enfin et surtout, je veux remercier mon mari, Daniele Galloni, à qui je dédie ce roman. Son soutien a été si indéfectible et sa foi en moi si entière qu'il me semble que ce livre est autant le sien que le mien.

Composition et mise en pages : FACOMPO, LISIEUX

MIXTE
Papier issu de sources responsables
FSC® C003309
FSC
www.fsc.org

Achevé d'imprimer en mars 2017
par Normandie Roto Impression s.a.s., Lonrai
Dépôt légal : avril 2017
N° d'impression : 1700468

Imprimé en France